Tödlicher Absturz

Die Autoren

Andreas Franz' große Leidenschaft war von jeher das Schreiben. Bereits mit seinem ersten Erfolgsroman *Jung, blond, tot* gelang es ihm, unzählige Krimileser in seinen Bann zu ziehen. Seitdem folgt Bestseller auf Bestseller, die ihn zu Deutschlands erfolgreichstem Krimiautor machten. Seinen ausgezeichneten Kontakten zu Polizei und anderen Dienststellen ist die große Authentizität seiner Kriminalromane zu verdanken. Andreas Franz starb im März 2011. Er war verheiratet und hatte fünf Kinder.

Daniel Holbe, Jahrgang 1976, lebt mit seiner Familie in der Wetterau unweit von Frankfurt. Insbesondere Krimis rund um Frankfurt und Hessen faszinieren den lesebegeisterten Daniel Holbe schon seit geraumer Zeit. So wurde er Andreas-Franz-Fan – und schließlich selbst Autor.

Andreas Franz
Daniel Holbe

Tödlicher Absturz

Kriminalroman

Weltbild

Besuchen Sie uns im Internet:
www.weltbild.de

Genehmigte Lizenzausgabe für Verlagsgruppe Weltbild GmbH,
Steinerne Furt, 86167 Augsburg

Ein Unternehmen der Droemerschen Verlagsanstalt
Th. Knaur Nachf. GmbH & Co. KG, München
Umschlaggestaltung: *zeichenpool, München
Umschlagmotiv: www.shutterstock.com
(© Grischa Georgiew, © Genotar, © Vilmos Varga, © pashabo)
Gesamtherstellung: GGP Media GmbH, Pößneck
Printed in the EU
ISBN 978-3-95569-721-1

2018 2017 2016 2015
Die letzte Jahreszahl gibt die aktuelle Lizenzausgabe an.

Lumpen ergeben Papier
Papier ergibt Geld
Geld ergibt Banken
Banken geben Darlehen
Darlehen ergeben Bettler
Bettler ergeben Lumpen

Lumpensammlerweisheit
aus dem 18. Jahrhundert

PROLOG

Eine Hundskälte da draußen«, kommentierte der Taxifahrer den eisigen Luftzug, der die muffige Luft im Wageninneren durchströmte. Zu seiner Verwunderung war der Fahrgast hinten eingestiegen, obwohl er die Beifahrertür bereits entriegelt und einen Spalt aufgestoßen hatte. Nach Mitternacht stellte kaum einer der Kollegen seinen Wagen irgendwo ab, ohne sich darin einzuschließen. Man konnte nie wissen – nicht in Frankfurt, nicht zu dieser Zeit.

»Allerdings«, brummte es von hinten, dann, etwas freundlicher, »na ja, es muss ja auch nicht das ganze Jahr über mild sein. Zum Museumsufer bitte, ich sage Ihnen dann drüben, wohin dort genau.«

Der cremefarbene Mercedes war zwei Jahre alt und sehr gepflegt. Er roch dezent nach Rauch und ein wenig nach Abgasen, so wie Taxis eben riechen, in denen Fahrer stundenlang herumsitzen und die verschiedensten Fahrgäste durch die Gegend chauffieren. Alkohol, Kotze, Kneipendunst und auch mal eine benutzte Heroinspritze – das waren nur einige der Spuren, denen man als Taxifahrer in dieser Stadt ausgesetzt war, und die abwaschbaren, regelmäßig imprägnierten Ledersitze waren daher ein Segen. Nicht auszudenken, wenn ein volltrunkener Gast seine Blase nicht mehr unter Kontrolle halten konnte und sich in gepolsterte Stoffsitze entleerte …

»Komme ich für fünf achtundachtzig denn überhaupt rüber zum anderen Mainufer?«, unterbrach die Stimme aus dem Fond den Gedankengang des Fahrers. Er zuckte zusammen und warf einen Blick auf die rote Digitalanzeige des Taxameters. »Na, rüber bestimmt«, überlegte er laut, »und sogar ein Stückchen weiter. Aber allzu weit reicht es wohl nicht, wegen der Nachtpauschale und so ... Sie können mit EC-Karte zahlen, und mein Lesegerät akzeptiert auch die gängigen Kreditkarten.«

»Hätte ich Plastikgeld dabei, würde ich wohl nicht nach fünf achtundachtzig fragen«, erwiderte die Stimme mürrisch.

Der Fahrer zuckte mit den Schultern. Dann eben nicht. Er setzte den Blinker, nahm den Fuß etwas vom Gaspedal und ordnete sich auf die Rechtsabbiegespur ein.

»Ein Vorschlag«, setzte er erneut an. »Ich stelle mich an den Affentorplatz, da stehen die Chancen am besten, dass ich nicht zu lange warten muss. Wird dann zwar übers Limit gehen, aber das wäre okay für mich.«

»Hmm. Aber wir fahren über die Bubis-Brücke.«

»Jetzt sowieso, wir sind ja schon gleich dort.«

»Können Sie bitte ganz langsam rüberfahren?«

Der Taxifahrer runzelte die Stirn und warf einen prüfenden Blick in den Innenspiegel. Hinter dem Mercedes fuhr kein Fahrzeug, die Straßen waren ohnehin relativ leer.

»Solange keiner kommt, meinetwegen.«

Über dem Main schien ein leichter Dunst zu liegen, ansonsten war die Luft kristallklar, und die Lichter der rechts in den Blick kommenden Skyline strahlten in die Nacht. Ein Seufzen ertönte von hinten, zumindest kam es dem Fahrer so vor, und mit einem weiteren Blick in den zweiten Innenspiegel musterte er seinen Fahrgast. Er trug einen schwarzen Mantel, nicht zugeknöpft, darunter war ein weißes Hemd zu erkennen, keine Krawatte, aber ein dunkler Schal lag locker um den Hals. Handschuhe trug der Mann nicht, und eine Tasche hatte er auch nicht bei sich. Vielleicht einer dieser Workaholics, die weder Tageszeiten noch Feiertage kennen. Nur eben mal kurz ins Büro, und ehe man sich's versieht, sind zwei Tage um, und man hat weder gegessen noch geschlafen, bestenfalls mal einen kurzen Augenblick, und dann steht man irgendwann nachts ohne Portemonnaie am Römer und friert sich den Hintern ab.

Ein weiteres Seufzen, eher ein schweres Atmen, das Taxi hatte gerade die Hälfte der Brücke überquert.

»Würden Sie kurz anhalten?«

»Nein, bedaure. Nicht mitten auf der Brücke.«

»Dann fahren Sie doch am Ende mal rechts ran.«

»Hören Sie, die Uhr läuft auch, wenn ich stehe«, mahnte der Fahrer. »Außerdem kommt hinter uns ein Auto, ich kann hier nicht weiter den Verkehr blockieren.«

»Schon gut, lassen Sie mich einfach am Ende raus.« Die Stimme klang wieder versöhnlich, und der Fahrer änderte daraufhin seine Meinung.

»Okay, meinetwegen fahre ich Sie auch noch mal hin und her, wenn Sie mögen. Sie glauben gar nicht, wie viele Leute unterwegs ein wenig Sightseeing geboten haben möchten. Aber danach fahre ich mit Ihnen direkt zum Affentorplatz, und Sie gehen endlich nach Hause. Sie werden ja wohl mal einen Tag ohne Ihr Büro auskommen.«

»Ich wohne nicht am Affentorplatz. Biegen Sie einfach rechts ab und fahren Sie den Main entlang. Möglichst langsam, wenn der Verkehr es zulässt. Ich steige dann aus, sobald der Fahrpreis erreicht ist.«

Der Fahrer seufzte und lenkte den Wagen nach rechts. Die Skyline war nun auch für ihn gut zu sehen, der gelbe Schein des Hochhauses der Commerzbank, die angestrahlte rot-weiße Antenne des Maintowers sowie unzählige Glasfenster, hinter denen zum Teil Licht brannte oder die fremdes Licht reflektierten.

»Der Kunde ist König«, brummte er, »und wir haben ja immerhin die Zeit des Gebens, nicht wahr?«

»Davon merkt man in meinem Job nicht viel«, erwiderte der Fahrgast kopfschüttelnd. »Bei uns gibt es nur dreihundertfünfundsechzig Tage des Nehmens, na ja, und alle vier Jahre sogar noch einen Tag mehr.«

»Banker?«

»Anlageberater.«

»Hm«, nickte der Fahrer, »knapp daneben. Aber stimmt, ein Banker arbeitet wohl auch nicht mehr um diese Zeit.«

»Kommt drauf an«, war die knappe Antwort, dann schwiegen die beiden wieder. Schließlich setzte der Fahrer den Blinker rechts und steuerte den Wagen so weit wie möglich an den rechten Fahrbahnrand, hielt aber noch nicht an.

»Okay, wir müssten nun langsam zum Ende kommen. Ich würde mich, um ehrlich zu sein, doch lieber an den Hauptbahnhof stellen.«

»Schon gut, wie steht das Taxameter?«

»Sechs fünfzehn. Aber egal. Ich habe ja gesagt, Sie können ein Stück länger mitkommen.« Der Fahrer lächelte und drehte den Kopf nach hinten.

»Also fünf achtundachtzig bitte.«

Sein Fahrgast nestelte in den Taschen seines Mantels herum und brachte eine zerknitterte Fünfeuronote zum Vorschein, außerdem ein paar goldene und kupferfarbene Münzen.

»Fünf, fünf zwanzig, vierzig ...« Die Zählschritte wurden immer kleiner, bis es nur noch Centstücke waren, die der Mann abzählte. Die Ärmel seines Mantels waren abgewetzt, das fiel dem Taxifahrer erst jetzt auf, das Hemd war zerknittert, und auch der Schal wirkte abgetragen. Das kantige Gesicht mit den dunklen Augenbrauen und den tiefen Stirnfalten war unrasiert. »Siebenundachtzig, Mist, einer ist mir wohl runtergefallen.«

»Macht doch nichts, der findet sich schon. Und wenn nicht, bleibt's ein Glückspfennig. Oder Glückscent meinetwegen. Ist doch eine schöne Tradition.«

»Wie Sie meinen«, erwiderte der Gast mit einem schmalen Lächeln, doch die Augen blieben trüb. Er machte eine Faust um das Geld und streckte sie dem Taxifahrer entgegen. »Hier, bitte. Und danke fürs Mitnehmen.«

»Gerne. Und sehen Sie zu, dass Sie ins Warme kommen!«

Der Fahrgast verharrte einen Augenblick, nachdem er die schwere Tür des Mercedes schwungvoll ins Schloss geschlagen hatte. Fröstelnd schlug er seinen Kragen hoch und verschränkte die Arme. Ein kalter Windstoß fuhr ihm durch die Haare, während er den Blick über die Querstraße und dann die Untermainbrücke entlangwandern ließ, an deren gegenüberliegendem Ende die eleganten Hotels und Geschäftshäuser lagen. Trotz der späten Uhrzeit, es war bereits Viertel nach drei, überquerten immer wieder Fahrzeuge den Main. Mit einem Schulterzucken setzte er sich in Bewegung, warf noch einen raschen Blick zurück, um sich zu vergewissern, ob das Taxi nicht bald verschwinden wollte. Doch der Fahrer schien es nicht allzu eilig zu haben.

Er zählte die Schritte, bei dreißig hörte er auf und hob den Blick vom Asphalt des breiten Fußgängerstreifens nach oben. Selbst im Dunkel der Nacht – oder vielleicht sogar gerade dann – wirkten die fernen Fassaden gleichermaßen majestätisch wie beängstigend. Er versuchte, anhand der winzigen Fenster die Etagen zu zählen, wurde aber immer wieder durch die Lichtreflexe irritiert. Irgendwo dort oben jedenfalls war es gewesen, sein Büro. Geräumig, elegant, ein dunkler Schreibtisch im Kolonialstil, eine ebenso dunkle und mächtige Bücherwand, überall dazwischen teure Mitbringsel von verschiedenen Reisen: auf dem Boden der handgefertigte Teppich aus dem Nahen Osten, im Regal vor den Aktenordnern eine Schatulle aus Elfenbein, neben dem Tisch ein Lampenschirm aus Schlangenhaut und, ganz besonders apart, ein Haigebiss über der Tür. Er hatte aufgehört zu zählen, wie viele Kunden er damit vergrault hatte und wie viele Kommentare er lachend darüber im Kreis seiner Partner zum Besten gegeben hatte.

Doch all das war nicht mehr wichtig, das Büro gehörte nun einem anderen, das Gebiss war wer weiß wo – vielleicht hing es ja sogar noch.

Es war wie im Mittelalter: In den erhabenen Burgen verschanzte sich die Elite gegen den Pöbel und blickte voller Verachtung auf ihn hinab. Das Glück lag bei dem, der sich auf der richtigen Seite befand, und hier unten, nachts, in winterlicher Kälte, war definitiv die falsche.

Mit klammen Fingern tastete er das metallene Geländer

ab, passierte einen der Betonaufsätze, aus deren Oberseite Straßenlaternen ragten. Knapp acht Meter, so wusste er, betrug die Durchfahrtshöhe in der Brückenmitte, dort, wo der weiteste Abstand zwischen zwei Laternen war. Von hinten näherte sich ein Auto, es war das Taxi, der Fahrer nickte ihm flüchtig zu. Er blieb stehen und folgte dem Wagen mit seinen Blicken. Zwei weitere Autos bogen auf die Brücke ein, beschleunigten und brausten an ihm vorüber, ohne ihn zu beachten. Wenn die Hochhäuser Burgen waren, so bildeten die protzigen Karossen wohl die Schlachtrösser. Doch all das hatte nun keine Bedeutung mehr. Er prüfte, ob sich irgendwo ein Fußgänger, ein Fahrradfahrer oder ein weiteres Auto näherte. Nichts. Nun sollte er keine Zeit verlieren, das wusste er, das hatte er bereits gewusst, als er ins Taxi gestiegen war. Etwas zittrig kletterte er über das Geländer, verlagerte sein Gewicht auf die Absätze seiner Schuhe und versuchte dabei, so nah wie möglich an der Reling zu stehen. Seine Finger klammerten sich schmerzhaft um das kalte Metall, die Arme hatte er links und rechts von sich gestreckt.

Ein letztes Mal ließ er den Blick in Richtung Skyline wandern, dann, wie in Zeitlupe, schloss er die Augen, nahm einen tiefen Atemzug durch die Nase und löste die Finger.

FREITAG, 31. DEZEMBER 2010, 22.50 UHR

Karl von Eisner goss sich ein Glas Champagner ein und beobachtete die kleinen Gasbläschen, die sich wie Perlenschnüre an der Innenwand des Glases nach oben schlängelten. »Du auch?«, fragte er knapp und nickte dem Mädchen zu, deren Kopf auf seiner dunkel behaarten Brust ruhte und deren Augen gedankenverloren ins Leere zu blicken schienen.

»Nein danke. Für mich nicht.«

»Schade drum«, seufzte Karl. Er nippte kurz an seinem Glas.

»Das ist eine ganz andere Liga als dieser Discountmüll. Was meinst du, wie viel so eine Flasche kostet?«

»Weiß nicht«, klang es leise, und das Mädchen zuckte gleichgültig mit den Schultern. »Fünfzig vielleicht? Ich habe keine Ahnung.«

»Pah, fünfzig ... Für einen guten Bollinger musst du schon ein wenig mehr hinblättern. Probier's noch mal.«

»Hundert?«

»Fast richtig. Da siehst du mal, was mir unsere kleinen Treffen wert sind.«

»Aber ich trinke doch fast nie etwas«, gab das Mädchen zurück.

»Du weißt eben nicht, was gut ist. Aber das ist dein Problem.« Er sah auf die Uhr, verdammt, schon so spät.

»Dann schlage ich vor, du widmest dich wieder dem, von dem du immer kostest, wenn du hier bist«, fügte er lasziv hinzu und hob die Decke an, die ihre Körper unterhalb der Hüfte bedeckte.

Lara verachtete seine Überheblichkeit, auch wenn Karl von Eisner alles in allem kein unangenehmer Kunde war. Er sah gut aus für einen Mann jenseits der fünfzig, war trainiert, hatte nicht zu viel schlaffes Fettgewebe an Bauch und Hüfte – angeblich hielt er sich durch regelmäßiges Joggen in Form. Sie hätte es also weitaus schlechter treffen können. Seine Augen allerdings waren unheimlich, sie waren von einer beängstigenden Kälte und zeigten selbst beim Sex kaum eine Gefühlsregung außer Gier. Selbst diese brach jedoch nur kurz vor dem Höhepunkt durch, bevor der Direktor, wie sie ihn manchmal nennen musste, sich krampfend in sie ergoss. Seine dunkelbraunen Haare waren zweifelsohne gefärbt, und zwar inklusive der kräftigen Augenbrauen. Alles in allem also war er kein Kunde der üblichen Natur, korpulente, verklemmte Muttersöhnchen oder diskrete Familienväter auf Abwegen, die bereits nach dem Akt um Verständnis buhlten. Der Direktor hingegen hatte Macht und Geld, und er machte daraus auch keinen Hehl. Ja, Lara hätte es schlechter treffen können als mit diesem attraktiven Kunden, dessen sexuelle Vorlieben nicht pervers waren und dessen Portemonnaie recht locker saß. Der Direktor war Laras Ticket in die Zukunft, ein paar Monate noch, dann würde sie eine Abendschule besuchen und sich noch vor ihrem dreiundzwanzigsten Geburtstag an einer Universität einschreiben.

Die Treffen, auch damit hatte sich das Mädchen arrangiert, kamen meist recht kurzfristig, so auch heute. Sie trafen sich in einem kleinen Appartement am Rand von Oberrad. Wenn der Direktor kam, musste Lara ihn bereits erwarten, was nicht weiter schwer war, denn sie wohnte kaum zwei Kilometer entfernt in der Nähe der Binding Brauerei und war mit dem Fahrrad binnen weniger Minuten vor Ort. Ein eigenes Auto besaß Lara nicht, Taxifahren sollte sie nicht, zu indiskret, und auf öffentliche Verkehrsmittel zu warten hatte sie keine Lust.

Der erste Akt dauerte in der Regel nur wenige Minuten, Stressabbau, ein schneller Schuss, keuchend und schwitzend arbeitete er sich in Missionarsstellung an ihr ab, rollte danach zur Seite. Lara musste ihm dann das obligatorische Gummi herunterziehen und danach an seiner Brust liegen, während sein Herzschlag sich nach und nach beruhigte und die schnelle Atmung langsamer wurde. Danach folgte der Small Talk, jene Überheblichkeiten, die Lara zunehmend verabscheute, weil es meist darauf hinauslief, dass der Direktor ihren kleinen, geilen Körper erwähnte und dass nicht jeder im Leben sein Köpfchen einsetzen müsse, vor allem, wenn der Rest unterhalb nur gut genug beschaffen sei. Diese Phase, manchmal zehn Minuten, manchmal eine halbe Stunde, ließ Lara über sich ergehen, während sie darauf wartete, dass seine Potenz sich regenerierte für den zweiten, deutlich längeren und abwechslungsreicheren Akt.

Heute jedoch schien Karl von Eisner unter besonderem Stress zu stehen, denn obwohl Lara genau wusste, wo sie Hände, Lippen und Zunge an seinem Geschlechtsteil einzusetzen hatte, regte sich nichts.

»Verdammt, Kleine, was machst du?«, grollte er. »Ich muss los, die Gala, und ich will dich vorher noch einmal spüren.«

Doch es tat sich nichts. Der Schwellkörper pulsierte zwar sanft, wurde aber nicht hart. Nach einer weiteren Minute, Lara setzte nun das Zungenpiercing ein, und spätestens jetzt sollte ihr Bemühen doch Effekt zeigen, stieß der Direktor wütend ihren Kopf zurück und sprang auf.

»So, jetzt reicht's mir, glaub ja nicht, dass du nachlässig werden kannst, wo ich dir so viel Geld in den Arsch geblasen habe!« In seinen Augen erkannte das verschüchterte Mädchen plötzlich eine neue, ihr bis dato unbekannte Gefühlsregung. Wut. Entstanden durch verletzten Stolz, nur so konnte Lara sich diese Reaktion erklären, denn es war das erste Mal, dass ihn seine Manneskraft im Stich gelassen hatte.

»Komm, wir versuchen es einfach noch mal«, säuselte sie, »auf die paar Minuten kommt es doch sicher nicht an.«

Der Handrücken traf sie völlig unerwartet und so hart, dass ihr Kopf zur Seite flog. Lara schnappte unwillkürlich nach Luft, wusste nicht, wie ihr geschah, vernahm nur, wie der Direktor ins Bad stampfte und dabei etwas murmelte wie: »Mit dir bin ich fertig.«

Wimmernd rollte sie sich auf der Matratze zusammen, heiß pochte ihre Wange. Im Bad wurde die Duschkabine geöffnet und Wasser aufgedreht, dessen monotones Prasseln alle anderen Geräusche überdeckte. Wie viele Minuten sie in zusammengerollter Fötalstellung verbracht hatte, hätte Lara nicht zu sagen vermocht. Der Schmerz auf ihrer Wange ließ langsam nach, doch vielleicht hatte sie sich auch nur daran gewöhnt. Sie fiel in einen dösenden Zustand, vernahm weder die leisen Schritte noch den Schatten, der sich ihr näherte.

Das Letzte, was Lara spürte, war ein dumpfer Schlag auf den Hinterkopf. Von dem Feuerwerk, den Kanonenschlägen, Tausenden jubelnden Menschen und der ausgelassenen Atmosphäre im Dunst der Schwarzpulverwolken, die von der Kälte zwischen den Häuserschluchten der Stadt gefangen gehalten wurden, bekam Lara nichts mehr mit. Für sie begann das neue Jahr, auf dessen Beginn wie in jeder Neujahrsnacht die Hoffnung von Millionen Menschen lag, mit der Hoffnungslosigkeit und Endgültigkeit des Todes.

Nur einige hundert Meter entfernt entkorkte Karl von Eisner eine halbe Stunde später eine weitere Champagnerflasche. Lachshäppchen, tablettweise Bruschetta und natürlich Kaviar auf Wachteleiern – das war seine Welt. Es gab in Frankfurt nicht wenige Menschen, die ihre Seele verkauft hätten, um an diesem Galadiner teilnehmen zu dürfen. Doch diese Welt ist nicht für alle gedacht, dachte der Direktor zufrieden, als er lachend mit seinen Geschäftspartnern, seiner eleganten Frau und einigen befreundeten Kollegen aufs neue Jahr anstieß.

SONNTAG, 2. JANUAR 2011, 10.50 UHR

Julia Durant gähnte noch einmal herzhaft und nahm anschließend das unerbittlich läutende Telefon aus der Ladestation. Ein kurzer Blick aufs Display verriet ihr, dass es sich um die Nummer von Kommissariatsleiter Berger handelte. Stirnrunzelnd warf sie einen Blick auf die Uhr. Kein gutes Omen, dachte sie noch, dann vernahm sie bereits die Stimme ihres Chefs: »Guten Morgen, Frau Durant, und frohes neues Jahr.«

»Danke ebenso. Vermutlich wird es nicht mehr lange so froh bleiben.«

»Ich störe Sie auch nur ungern, aber mit Ermittlern sieht es hier gerade nicht besonders üppig aus, wenn Sie verstehen, was ich meine. Und ab morgen früh sind Sie doch ohnehin wieder im Dienst.«

»Passt schon«, seufzte Julia, »ich bin nur noch nicht richtig angekommen. Aber schießen Sie mal los, umso schneller bin ich wieder drinnen im Alltag.«

»Unbekannte Tote, noch ein ganz junges Ding«, erläuterte Berger knapp, »abgelegt in einem Müllcontainer in der Taunusanlage. Bankenviertel, Sie wissen schon, irgendwo im Hinterhof eines dieser Hochhäuser, wo außer der Putzkolonne kaum jemand hinkommt.« Er gab die genaue Adresse durch und ergänzte dann: »Ich schicke Ihnen Hellmer und irgendjemanden von der Rechtsmedizin, das ganze Programm eben, glauben Sie mir, es ist niemand begeistert, das neue Jahr ausgerechnet so zu beginnen.«

Julia notierte sich Straße und Hausnummer und verabschiedete sich mit den Worten: »In Ordnung, ich bin unterwegs. Geben Sie mir eine Viertelstunde.«

»Schon gut, kein Grund, einen neuen Rekord aufzustellen«, kommentierte Berger mit einem leicht ironischen Unterton. »Hellmer hat gesagt, er braucht eine halbe Stunde, wie gut, dass ich ihn als Erstes angerufen habe. Übrigens, Frau Durant, eine Sache noch«, fügte er hinzu und klang schon wieder ernst und geschäftig.

»Ja?«

»Wir haben zwar Sonntagvormittag, und angesichts der Kälte dürfte sich auch das Laufpublikum eher in Grenzen halten. Aber seien Sie bitte diskret, achten Sie darauf, dass die Kollegen den Tatort vernünftig abriegeln, Sie wissen ja, im Bankenviertel wittert jeder Amateur sofort eine riesige Geschichte.«

»Schon klar«, wehrte Julia ab, »als ob ich den Streifenbeamten ihren Job erklären müsste!«

»Darum geht es nicht. Seien Sie einfach nur vorsichtig. Sie wissen doch, wir haben Kommunalwahlen, da kann ich hier keinen Finger krumm machen, ohne mich irgendwo dafür rechtfertigen zu müssen.«

»Ist ja gut«, lenkte Julia ein. »Ich achte darauf, dass nichts nach außen dringt, und werde den Fall Ihnen zuliebe schnellstmöglich lösen.«

»Ja, genau, ich sehe schon, Sie verstehen mich.«

Kunststück, dachte Julia. Immerhin habe ich lange genug auf Ihrem Platz gesessen.

Es lag kaum ein halbes Jahr zurück, dass Julia Durant für mehrere Wochen kommissarisch seine Funktion hatte übernehmen müssen; ein Bandscheibenvorfall hatte Berger für viele Wochen handlungsunfähig gemacht. Der Innendienst hatte Julia wenig geschmeckt: ständiges Rechtfertigen vor den verschiedensten Abteilungen, die sich um Finanzen und öffentliches Ansehen weitaus mehr zu sorgen schienen als um die Schicksale von Gewaltopfern, die einer schnellen Verurteilung mehr zugeneigt schienen als einer lückenlosen Aufklärung. Glücklicherweise hatte Berger sich schließlich erholt und im September endlich wieder das Ruder übernommen. Denn für Julia Durant gab es nur einen Job, der sie erfüllte: die leitende Ermittlung eines Falles.

Rasch eilte sie vor den Badezimmerspiegel und bürstete das schulterlange, kastanienbraune Haar, welches sich dankenswerterweise nicht allzu widerspenstig zeigte. Mit zusammengekniffenen Augen musterte sie ihr Spiegelbild, doch es gefiel ihr nicht, was sie dort sah. Julia Durant war Jahrgang 1963, ein Novemberkind, das zweieinhalb Wochen vor der Ermordung Kennedys zur Welt gekommen war. Ein Ereignis, welches lange zurück lag, zu viele Jahrzehnte, ja, mittlerweile sogar in einem vergangenen Jahrhundert. »Du brauchst dringend eine Maske«, murmelte sie verdrossen, denn während die gut proportionierte Kommissarin noch eine recht straffe Figur aufweisen konnte, breiteten sich um die Augen unübersehbare Fältchen aus. Seufzend wandte sie sich vom Spiegel ab, schlüpfte aus ihrem Morgenmantel und fröstelte.

Der Wetterbericht hatte von minus zehn Grad gesprochen, in der Innenstadt sicher etwas milder, aber dennoch ein eisiger Tag. Selbst in der angenehmen Wärme ihrer Wohnung meinte die Kommissarin bereits den kalten Wind auf den Wangen zu spüren.

Julia Durant hatte die Weihnachtsfeiertage in München verbracht, bei ihrem Vater, der in ihrem Heimatdorf unweit der bayerischen Landeshauptstadt als Pastor tätig gewesen war. Seit einigen Jahren befand er sich im Ruhestand, was den beinahe Achtzigjährigen jedoch nicht daran hinderte, vertretungshalber in den umliegenden Gemeinden einzuspringen, wenn Not am Mann war. Julia missfiel dies zunehmend, sie sorgte sich um ihren Vater, der bei weitem nicht mehr so fit war wie noch vor ein paar Jahren.

»Julia, du musst das verstehen«, entgegnete er nur jedes Mal, wenn sie das Thema ansprach. »Ich habe den Großteil meines Lebens im Dienst an der Gemeinde verbracht, und so werde ich es auch einmal beenden. Ich kenne die meisten Menschen hier seit ihrer Taufe, habe viele von ihnen getraut und auch einige beerdigt. Julia, das ist für mich kein lästiger Job, das ist mehr wie eine große Familie. Lass mich das machen, dadurch fühle ich mich lebendiger, als wenn ich zu Hause in meinem Sessel hocke.«

Julias Mutter war vor vielen Jahren an Krebs gestorben, und immer öfter plagten sie Gewissenbisse, dass sie ihren Vater wegen ihres Hunderte Kilometer entfernten Jobs nur so selten sah.

Doch es war nicht Pastor Durant alleine, den die Kommissarin in München besucht hatte. Silvester hatte sie mit Kommissar Claus Hochgräbe und einigen Kollegen von der

Münchner Mordkommission gefeiert. Der Kontakt war vor einigen Monaten während des Mason-Falls zustande gekommen, und Hochgräbe hatte Julia irgendwann nach München eingeladen. Er war ein sympathischer Mann, ein paar Jahre älter als sie, durchaus attraktiv, kinderlos und außerdem verwitwet.

»Eine gute Partie!«, so hatte Hellmer ihn, als Julia ihm den Münchner Kollegen zum ersten Mal beschrieben hatte, lapidar bezeichnet. »Angel dir den nur mal, egal, ob hinterher was draus wird oder nicht.« Julia Durant hatte daraufhin nur müde gelächelt. Die Zeiten, in denen sie sich auf die Suche nach kurzlebigen Abenteuern begeben hatte, waren vorbei. Diese Julia Durant gab es nicht mehr.

Erst gestern war sie nach Frankfurt zurückgekehrt. In Bayern war es noch um einiges kälter gewesen, sie war also gut vorbereitet, kramte die Thermowäsche aus dem noch nicht ausgepackten Koffer und zog eine Jeans und einen hellgrauen Wollpullover darüber. Dunkelgrauer Mantel, schwarzer Fleeceschal, schwarze Lederhandschuhe, alles dabei – prüfte sie im Hinausgehen. Die Pudelmütze lag offenbar noch im Auto.

Gleichzeitig mit Hellmer traf die Kommissarin zehn Minuten später an der angegebenen Adresse ein. Die Taunusanlage war ein Teil des Frankfurter Grüngürtels und wand sich vom Opernplatz zwischen den Hochhäusern der Banken hindurch in Richtung Main. Sie durchschnitt das protzige Finanzviertel und trennte die Sündenmeile und den Hauptbahnhof im Westen von den eleganten Boutiquen und Hotels, die östlich angesiedelt waren. Selbst im Winter strahlte die vier Hektar große Parkanlage eine gewisse Anmut aus, sicher nicht so elegant wie der Holzhausenpark, aber überall standen Statuen und Skulpturen, und wenn man den Blick nicht abschweifen ließ, konnte man die protzigen Paläste der Hochfinanz und die unweit liegenden Sexclubs für einen Moment vergessen.

»Guten Morgen, meine Liebe«, begrüßte ihr langjähriger Partner sie mit polternder Stimme und zog Julia sogleich in eine kurze, heftige Umarmung. »Frohes Neues!«

»Dir auch«, ächzte sie und klopfte ihm auf die Schulterblätter. »Würde es dir etwas ausmachen ...«

Hellmer ließ locker, und Julia schüttelte prustend den Kopf. »Ein paar Sekunden länger, und mir wäre der Sauerstoff ausgegangen.« Ihr Atem kondensierte sofort zu kleinen Wolken.

»Wollen wir?«, fragte Hellmer mit einem Nicken in Richtung des vor ihnen liegenden Wolkenkratzers. Julias Blick wanderte nach oben, es waren schätzungsweise dreißig, vierzig Etagen, vielleicht sogar noch mehr. Sie rechnete kurz. Hundertfünfzig Meter?

»Okay, dann los«, nickte sie. »Bleibt uns ja nichts übrig.«

Die Zufahrt zum Hinterhof des verwinkelten Betonkomplexes ging mit einem leichten Gefälle und in einer Rechtskurve nach unten, gerade so weit, dass man die oben liegende Straße und den Gehweg nicht mehr sehen konnte. Ein vier Meter breites Schiebetor mit grauen, glanzlosen Metallstreben, von denen jede einzelne so dick war wie ein Unterarm, war zu zwei Dritteln geöffnet. Im Innenhof befanden sich unter einem Vordach zwei Doppeltüren mit Gitterglas, durch das von innen her Licht schien. Vermutlich handelte es sich um die Zulieferungszone der Kantine, außerdem verriet ein schäbiger, gut gefüllter Standaschenbecher, dass sich das Personal hierher, abseits der eleganten Bereiche des Hauses, zum Rauchen verzog. Ein typischer Wirtschaftshof, schloss Julia Durant, eben jener Bereich, wo sich all die Dinge abspielen, von denen man in den oberen Etagen, dort, wo die Fassade elegant mit Glas verkleidet ist, nichts wahrnimmt.

Seitlich, an einer nackten Betonwand, befanden sich drei metallene Rollcontainer, die Deckel waren bis zum Anschlag nach hinten geschoben. Zwei Uniformierte sicherten die Zufahrt, doch es gab kaum Schaulustige. Da der Innenhof abseits der Blicke lag, waren Bergers Befürchtungen wohl übertrieben gewesen.

»Ah, die Kommissare«, begrüßte Platzeck von der Spurensicherung Durant und Hellmer. Er und sein Kollege waren gerade im Begriff, sich die Schutzkleidung anzulegen, kein dankbarer Job, denn sie mussten zumindest für einige Zeit ohne wärmende Handschuhe und Mantel arbeiten.

»Arschkalt mal wieder«, ergänzte er, bevor Julia die Begrüßung erwidern konnte, »ich hoffe, die Rechtsmedizin kommt bald. Wobei es in diesem Fall ein echter Witz ist, denn die da«, er deutete mit dem Daumen über die Schulter hinter sich, »erklärt einem auch jeder Nichtmediziner ohne großes Tamtam für tot.«

»Lass mal sehen«, forderte die Kommissarin.

»Aber bloß nichts anfassen«, gab Platzeck zurück.

»Ist ja nicht unser erster Tatort«, brummte Hellmer und trat an ihm vorbei neben Julia an den Container.

»Jetzt verstehe ich«, sagte sie leise.

Die junge Frau war bleich, lag mit dem Gesicht nach oben, seltsam verrenkt auf blauen Säcken, Stofffetzen, allem möglichen Verpackungsmaterial und einigen Scherben. Weiße und gelbe Styroporchips umgaben ihren Kopf, in den Augenbrauen und an den Wimpern der geschlossenen Augen hatte sich millimeterdicker Reif gebildet. Die Lippen waren matt und bläulich, der Gesichtsausdruck wirkte unendlich traurig. Aber gab es überhaupt Tote mit einem frohen Gesicht? Julia zwang sich zur Konzentration und ließ den Blick weiterwandern. War das ein blauer Fleck unter dem Kinn? Und seitlich, am Hals, befand sich dort ein Würgemal, oder handelte es sich am Ende um einen gewöhnlichen Knutschfleck? Das Mädchen war kaum über zwanzig, die Arme waren dünn, nicht magersüchtig, aber eben sehr zierlich, der kurze Rock war den Außentemperaturen ebenso wenig angemessen wie das Oberteil. Von einer Jacke, Mütze oder Schal war nichts zu sehen, das Einzige, was einigermaßen angemessen erschien, waren die kniehohen Lederstiefel.

»Was meinst du?«, vernahm die Kommissarin Hellmers Stimme.

»Ich weiß nicht recht. Möchte sie nur ungern als Prostituierte abtun, wenn sie keine ist. Die Kleidung ist aufreizend, aber nicht billig, und sie scheint ja schon länger als eine Nacht hier zu liegen. Könnte also auch ein Silvesteroutfit sein. Fakt ist, dass ihr jemand Gewalt angetan hat, ob sexuell, das werden wir noch sehen, aber sie ist mit Sicherheit nicht von alleine in den Container gekrabbelt und erfroren, dafür liegt sie viel zu unnatürlich. So betrunken kann man gar nicht sein, dass man sich derart verdreht auf den linken Unterarm legt und dann auch noch den Kopf so weit nach hinten streckt.«

»Wow, dafür, dass du offiziell erst morgen wieder im Dienst bist, rattert dein hübsches Köpfchen ja schon wieder auf Hochtouren«, lächelte Frank Hellmer anerkennend. »Warst wohl nicht ausgelastet bei deiner neuen Flamme, wie?«

»Ach, halt die Klappe«, winkte Julia ab. »Sag mal lieber was Konstruktives, denn im Gegensatz zu mir bist *du* heute ganz regulär im Dienst.«

»Ist ja schon gut, dann gebe ich mal meinen Senf dazu. Also vorbehaltlich der Einschätzung von der Rechtsmedizin stimme ich dir in zwei Punkten zu. Erstens, dass jemand das Mädchen dort abgelegt haben muss, und zweitens, dass sie zu diesem Zeitpunkt mindestens bewusstlos war. So viel scheint sicher zu sein, niemand legt sich freiwillig so hin und bleibt dann auch so liegen. Daraus ergeben sich wiederum zwei Möglichkeiten, nämlich einmal, dass jemand sie getötet und hier entsorgt hat, oder aber, dass jemand sie gefunden und hier abgelegt hat.«

»Je eher ihr mich meine Arbeit machen lasst, umso eher könnt ihr eure Hypothesen prüfen«, erklang es aus dem Hintergrund, und die beiden Kommissare fuhren herum. Andrea Sievers, die attraktive Rechtsmedizinerin, war eingetroffen und stellte ihren Lederkoffer neben sich.

»Hey, Andrea«, lächelte Julia, »das ist mal wieder ein toller Start in ein neues Jahr, oder?«

»Na, wenigstens begegnen wir uns mal wieder«, gab diese zurück. »So ist das eben in unserem Job. Grüß dich, Frank, na, gut reingekommen?«

»Passt schon, danke.«

»Dann lasst mich mal sehen, was wir hier haben. Ich sehe zu, dass ihr bald ein paar Fakten bekommt. Ihr könnt mir glauben, dass ich mir hier keine Minute länger als nötig den Hintern abfriere. Aber ich sag's gleich: Das meiste wird sich erst nach einer Untersuchung im Labor ergeben. Organisiert euch also am besten erst mal einen Kaffee und lasst die Spusi und mich hier unser Ding machen.«

»Gibt es denn schon jemanden, den wir konkret befragen können?«, erkundigte sich Julia Durant bei den Beamten, die am Tor der Zufahrt standen. Zwei junge Männer, beide deutlich unter dreißig, der eine gertenschlank, der andere eine eher stattliche Erscheinung.

»Nein, zumindest noch nicht«, gab der Schlanke zurück. »Gemeldet wurde der Leichenfund per Telefon, wir waren nur um die Ecke, also gleich vor Ort. Angerufen hat einer der Hausmeister, kann auch einer aus der Putzkolonne gewesen sein, da sind wir nicht so ganz durchgestiegen. Er wirkte alkoholisiert, stammelte wirres Zeugs, und die Sanitäter mussten erst mal seinen Kreislauf checken. Wir haben ihn dort drüben mit zwei Kollegen vom 13. Revier ins Café gesetzt.« Der Beamte deutete in Richtung einer Häuserzeile auf der gegenüberliegenden Straßenseite. »Der Personalraum der Bank liegt nämlich direkt hinter den Containern, und da wollte er partout nicht rein«, ergänzte der andere. »Kann ich verstehen, na, und es hätte Platzeck auch mit Sicherheit nicht gefallen.«

»Allerdings«, lächelte Julia, »danke. Wir übernehmen das dann mal, geben Sie uns aber bitte Bescheid, sobald sich im Hof etwas tut.«

»Gar keine schlechte Idee bei dieser Hundskälte, wie?«,

fragte Hellmer, nachdem sie die Straße überquert hatten und sich dem Café näherten.

»Als hätte Andrea es geahnt. Ich möchte auch gerade nicht mit ihr tauschen, wenn ich ehrlich bin.«

»Nein, wirklich nicht. Wir können nachher ja eine Runde Kaffee für sie und die Jungs mitnehmen. Aber erst mal die Pflicht, ich bin gespannt, was das für ein Typ ist.«

»Werden wir gleich sehen.« Julia öffnete die golden umrahmte Glastür des Cafés.

»Mein Name ist Julia Durant von der Mordkommission, und das ist mein Kollege Frank Hellmer«, begrüßte die Kommissarin die beiden Beamten und den Mann, der ihnen gegenübersaß. Er dürfte etwa Ende vierzig sein, schätzte Julia, sein Gesicht war faltig, und alles an ihm wirkte irgendwie verbraucht. Nur die dunklen Augen waren noch lebendig und aufmerksam, selbst in ihrem derzeitigen Zustand. Dunkle Ränder umgaben sie, und die Pupillen hatten einen gläsernen Glanz, dennoch schienen sie alles zu erfassen, was um sie herum geschah. Durch das ungekämmte, nach hinten liegende Haar zogen sich jede Menge grauer Strähnen, und die Hände, die auf dem Tisch neben einer großen Cappuccinotasse ruhten, glichen riesigen Pranken mit zahlreichen kleinen Narben und dunklen Rändern unter den Fingernägeln. Die Hände eines Mannes, der für sein Geld kräftig anpacken muss, schloss die Kommissarin.

»Morgen«, brummte der Mann unwirsch und ließ seinen Blick langsam über sie wandern, was ihr etwas unangenehm war.

»Danke Ihnen, wir übernehmen das dann mal hier«, nickte Frank Hellmer derweil zu den beiden Beamten. »Wir kontaktieren Sie später. Oder haben Sie bereits etwas protokolliert?«

»Nein, so weit sind wir noch nicht gekommen.«

»Gut, danke.«

Hellmer und Durant nahmen auf den beiden Stühlen Platz, und mit einem Blick verständigten sie sich darauf, dass Julia das Gespräch moderieren würde.

»Ich möchte Ihnen zunächst danken, dass Sie die Polizei verständigt haben«, begann sie freundlich, »denn das ist ja heutzutage leider nicht mehr selbstverständlich.«

»Hatte doch Dienst heute, und der Rundgang führt mich zwangsläufig dort vorbei«, entgegnete ihr Gegenüber und drehte die Tasse hin und her. »Das weiß hier auch jeder, also wären Sie ohnehin ganz schnell auf meinen Namen gekommen. Ich wäre ja schön blöd gewesen, wenn ich da nicht selbst angerufen hätte.«

»Okay, da haben Sie natürlich recht, dann war es aber zumindest eine konsequente Reaktion«, lächelte Julia. Früher oder später würde sie ihn schon knacken.

»Wie auch immer. Ich habe den Kollegen längst gesagt, dass ich nichts weiter weiß. Was wollen Sie also noch?«

»Nun, wir brauchen eine lückenlose Geschichte, wissen Sie, wir müssen die sogenannten W-Fragen beantworten. Wann, warum, wo und so weiter. Fangen wir doch damit an, wer Sie sind, ich kenne ja noch nicht einmal Ihren Namen.«

»Hubert Brack.«

»Danke, Herr Brack. Jetzt kann ich Sie wenigstens vernünftig anreden. Möchten Sie übrigens noch einen Kaffee?

Wir haben da draußen ganz schön gebibbert, ich brauche jetzt jedenfalls ganz dringend etwas Warmes.« Sie wandte sich zu Frank Hellmer. »Würdest du mal jemanden herwinken?«

»Einen mit Schuss, wenn's schon auf Sie geht«, brummte Brack und klang dabei zumindest ein klein wenig verbindlicher.

»Ich mache Ihnen einen Vorschlag«, sagte Julia. »Wir sehen zu, dass wir mit den Fragen durchkommen, und danach können Sie sich gerne einen Grog, einen Lumumba oder sonst was auf unseren Deckel bestellen. Aber vorher müssen wir das Geschäftliche regeln.«

»Meinetwegen.«

»Okay, woher sind Sie denn heute Morgen gekommen?«

»Von zu Hause.«

»Und wo ist das?«

Er gab die Adresse durch, und Julia notierte sie. »Sagt mir gar nichts.«

»Sachsenhausen«, erklärte Brack, und Julia überlegte kurz. Sie hatte jahrelang in Sachsenhausen gewohnt, doch natürlich kannte sie bei weitem nicht alle Ecken. Er schien ihre Gedanken zu erahnen und ergänzte: »Ziemlich weit unten, so die Ecke vom Südfriedhof.«

»Aha«, erwiderte Julia knapp und nickte. »Wie sind Sie hergekommen?«

»Mit dem Bus. Notgedrungen.«

»Wieso notgedrungen?«

»Kostet ein Schweinegeld! Aber ein Auto hab ich nicht, und das Fahrrad ist leider platt. Und Laufen ist bei dieser Kälte ja auch nicht.«

»Haben Sie denn kein Jobticket oder eine Monatskarte?«

»Woher denn? Nur weil ich in der Bank arbeite, habe ich noch lange keinen Geldscheißer zu Hause.«

»Hmm. Ist wohl auch nicht so wichtig«, brummte Julia. »Den Zeitpunkt Ihres Anrufs bekomme ich ja von der Leitstelle noch durchgegeben. Verraten Sie uns aber bitte, wie lange Sie sich schon vorher auf dem Gelände oder im Gebäude aufgehalten haben.«

»Gar nicht. Ich bin gekommen, wollte ein leeres Päckchen Kippen in den Müll werfen und dann reingehen. Da hab ich sie dann auch schon gesehen.«

»Stand der Müllcontainer offen?«

»Nur so einen Spalt, wie immer. Gerade so weit, dass es nicht reinregnet oder momentan wohl eher reinschneit. Weit genug eben, dass ich ihn nicht jedes Mal aufschieben muss.«

»Und dann?«

»Dann hab ich mir gedacht, das ist doch ein Arm, was soll denn das, und hab den Deckel aufgeschoben, und da hab ich sie liegen sehen. Erst mal bin ich für einen Moment wie angewurzelt dagestanden, ich meine, man findet ja nicht jeden Tag eine Tote – und dann auch noch so ein hübsches Ding. Irgendwie hatte ich dann das Gefühl, ich müsste auch in die anderen beiden Tonnen sehen, habe also die Deckel aufgerissen bis zum Anschlag und inständig gehofft, dass da nicht noch eine liegt.« Er keuchte, und auf seiner Stirn bildeten sich Schweißperlen. Die Bedienung stellte mit einem höflichen Lächeln drei breite, dampfende Cappuccinotassen auf den Tisch und eilte wieder davon.

Brack fuhr sich mit dem Ärmel seines rotkarierten Flanellhemds über die Stirn. »Gott sei Dank waren da nicht noch mehr, und ich habe mich dann natürlich umgesehen, man weiß ja nie, ob einem nicht jemand auflauert oder so. Da schießen einem plötzlich völlig wirre Sachen durch den Kopf, das sind so Gedanken und Bilder, die rasen vorbei, ohne dass man sie zu Ende denkt, na, das macht wohl das Fernsehen. Ich habe es jedenfalls nicht länger ausgehalten da unten im Hof, bin hoch auf die Straße und habe die 112 gewählt.« Er tastete auf die linke Brust, vermutlich verbarg sich dort in der Tasche sein Handy. »Der Notruf geht ja tatsächlich ohne Guthaben, ich hab nämlich keines drauf. Sonst hätte ich wohl gar nicht gleich anrufen können, denn Telefonzellen findet man ja kaum noch hier, und allein ins Gebäude wäre ich mit Sicherheit nicht gegangen. Na, und wenn die mir bei Ihnen in der Leitstelle nicht gesagt hätten, dass sofort jemand käme und dass ich mich nicht wegbewegen soll, wäre ich wohl einfach losgerannt, wahrscheinlich den ganzen Weg bis nach Hause.«

Neue Schweißperlen hatten sich auf seiner Stirn gebildet. Der Schreck schien noch immer tief zu sitzen.

»Kann ich gut verstehen.« Julia nickte. »So was braucht kein Mensch. Und das Opfer ist Ihnen nicht bekannt?«

»Nein. Ist wohl auch nicht so ganz meine Liga, wie? Weder vom Alter noch vom Aussehen.«

»Ach, wir haben schon die tollsten Konstellationen erlebt«, warf Hellmer ein. »Aber sagen Sie, ist es eigentlich üblich, dass Sie sonntags arbeiten? Ich meine, sonntags früh um zehn ist doch sicher in keinem der Büros jemand da, oder? Schon gar nicht nach Neujahr.«

Brack kratzte sich am Kinn, wo, wie überall im Gesicht, graue Stoppeln auf der grobporigen Haut wucherten. »Da oben im Glaspalast sicher nicht, aber es gehört nun mal auch zu den Pflichten der elegantesten Bauten, dass die Zugangswege schnee- und eisfrei sind. Das ist vertraglich klar geregelt, und vom Facility Management«, diese beiden Worte setzte er mit Fingern in Anführungszeichen, »wird erwartet, dass bei Frost täglich zweimal gestreut wird. Die wollen keine Klagen an den Hals bekommen, und was meinen Sie, an wem es letzten Endes hängenbleiben würde, wenn trotzdem was passiert?«

»Klingt einleuchtend«, nickte Durant. »Und Sie sind demnach der Verantwortliche?«

»Im Schadensfall schon«, knurrte Brack. »Nur die Bezahlung für diese ach so tolle Verantwortung, die kommt bei mir nicht an. Das heimst die Zeitarbeitsfirma ein. Sie glauben doch nicht, dass auch nur einer der Betonbunker hier einen richtigen Hausmeister hat, so jemanden, der den Job von der Pike auf gelernt hat, der betonieren kann oder Stromkabel und Wasserleitungen anschließen und nicht bereits für das Wechseln einer Glühbirne eine Firma kommen lassen muss.«

»So jemanden wie Sie?«

»Ach, vergessen Sie's«, winkte Brack ab. »Es ist, wie's ist. Halb so viel Bürokratie und ein, zwei Kollegen, die es draufhaben – und wir wären weitaus effizienter als ein Dutzend Eurojobber. Aber letzten Endes bin ich ja selbst einer«, seufzte er schwermütig. »Die Zeiten, in denen es so etwas wie eine gute Seele in jedem größeren Gebäude gab, einen, der jeden Winkel kennt und weiß, wie es tickt, diese Zeiten sind wohl ein für alle Mal vorbei.«

»Geben Sie mir doch bitte noch die Daten Ihres Arbeitgebers, und Ihre Telefonnummer würde ich mir auch gerne notieren«, sagte Julia. »Dann wäre es das auch schon fürs Erste. Falls wir noch weitere Fragen an Sie haben, können wir Sie dann immer noch kontaktieren.«

»Wüsste nicht, was ich noch dazu sagen könnte.« Brack zuckte mit den Schultern und erhob sich.

»Doch keinen Kaffee mehr mit Schuss?«, lächelte Julia mit einem Zwinkern und erhob sich ebenfalls.

»Nein, jetzt will ich nur noch heim in meine Bude. Außerdem streut sich die Straße nicht von alleine.«

»Darauf müssen Sie heute verzichten«, sagte Julia, »wir können Sie derzeit nicht in den Hof lassen.«

»Solange Sie das auf Ihre Kappe nehmen«, erwiderte Brack gleichgültig.

»Machen wir. Sagen Sie, nur noch eine Frage«, Julia hob den Zeigefinger, und Brack verharrte. »Kann irgendjemand bezeugen, was Sie uns eben berichtet haben? Ankunftszeit, das Verlassen Ihrer Wohnung, irgendetwas davon?«

»Bedaure. Da gibt's niemanden.«

»Okay. Danke trotzdem.«

Als Brack gegangen war und Hellmer die Kellnerin bezahlt hatte, ergriff Julia das Wort: »Und, was hältst du von ihm?«

»Ganz ehrlich? Das ist 'ne arme Sau, der sich den Rest des Tages mit einer Flasche Doppelkorn vertreiben wird und es noch eine ganze Weile zutiefst bereuen wird, heute aufgestanden zu sein. Das ist zumindest mein erster Eindruck – was sagst denn du dazu?«

»Na, ganz so drastisch hätte ich es wohl nicht ausgedrückt, aber prinzipiell sehe ich das ähnlich. Er hat eine sympathische Art, irgendwie, jedenfalls ist er ja doch noch aufgetaut und wirkte aufrichtig. Schade nur, dass niemand seine Geschichte bestätigen kann. Wir müssen also alles selbst prüfen. Warten wir Andreas Ergebnisse ab, dann haben wir zumindest einen konkreten Zeitraum, den wir auf ein Alibi abklopfen können.«

Andrea Sievers kam ihnen bereits entgegen, als sie das Tor erreichten.

»Ich hoffe, ihr hattet es schön gemütlich, während wir uns für euch abgerackert haben«, rügte sie die beiden mit einem Augenzwinkern, stellte ihren Koffer ab und hauchte sich warme Atemluft in die ausgehöhlten Handflächen. »Na, wenigstens habt ihr an mich gedacht«, lächelte sie versöhnlich, als Hellmer ihr die Tragevorrichtung mit vier Pappbechern entgegenstreckte. »Danke dir.«

»Kannst du uns denn schon etwas sagen?«, erkundigte sich Julia.

»Bedaure, viel ist es noch nicht. Ich habe vorerst nur die typischen Stellen in Augenschein genommen, also geschaut, ob es Würgemale am Hals gibt, und mal unters Röckchen gelugt, ob sich dort Hämatome finden, die auf einen sexuellen Übergriff hindeuten.«

»Und?«, bohrte Julia ungeduldig nach.

»Würgemale negativ, aber eine Vergewaltigung würde ich nicht ausschließen. Eindeutig ist, dass sie einen ordentlichen Hieb auf den Hinterkopf bekommen hat. Ob sie daran gestorben ist, bleibt noch zu klären, denn sie kann natürlich auch nur bewusstlos gewesen sein, und die Kälte in dem Müllcontainer erledigte den Rest. Tests auf Drogen,

Alkohol und Co. kann ich erst vornehmen, wenn ich sie aufgetaut habe, und auch alle anderen Untersuchungen müssen bis dahin warten. Ich möchte da nicht mit dem Eispickel rangehen, obwohl, das wäre mal etwas erfrischend anderes, wenn ich drüber nachdenke.«

»Andrea!«, schalt Julia sie. »Du immer mit deinem grauenvollen Humor. Den kann ich gerade überhaupt nicht vertragen.«

»Tja, das ist eben der Preis, wenn man einen Job hat, bei dem man zu den inneren Werten eines Menschen nur selten ohne Knochensäge gelangt. Das hat tatsächlich schon etwas ... Pathologisches.«

SONNTAG, 12.15 UHR

So, prima, ein halber Tag vorbei und keine Ahnung, was der Rest einem bringen wird«, stöhnte Hellmer, als die beiden an seinem BMW standen.

»Bleibt uns wohl nichts anderes übrig, als auf die Identifizierung des Mädchens zu warten«, antwortete Julia, »Um Bracks Firma werden wir uns wohl erst morgen kümmern können. Was ist denn mit irgendeinem Verantwortlichen aus der Bank?«

»Keine Ahnung«, erwiderte Hellmer kopfschüttelnd. »Wen ruft man bei so etwas an? Ich werde mich da am besten mal dahinterklemmen, muss ja ohnehin ins Büro.«

»Da komm ich mit. Ist allemal besser, als zu Hause herumzusitzen und sowieso die ganze Zeit drüber nachzudenken.«

»Sicher?«

»Klar. Nimmst du mich mit? Ich lasse mein Auto hier stehen. Dann kann ich nachher ein Stück laufen, um es abzuholen. Nötig hätte ich es ja, nach all den Kalorienbomben der Feiertage. Aber im Moment steht mir der Sinn nur nach Wärme.«

»Gerne.« Sie stiegen ein, und Hellmer startete den Wagen. »Ich fühle meine Ohren sowieso kaum mehr, sind sie überhaupt noch dran?«

Der BMW fädelte sich in den noch immer dünnen Verkehr, und aus dem Gebläse kam bald angenehm warme Luft.

»Du bist aber auch nicht gerade passend ausgestattet für so einen Tag«, gab Julia nach einem prüfenden Blick zurück. »Schau mal mich an, ich bin nicht zu eitel dafür, mir die Pudelmütze bis zum Hals runterzuziehen. Mit Claus habe ich sogar ...«, sie räusperte sich schnell, »... also, was ich sagen wollte, in München bin ich sogar mit Ohrenschützern rumgelaufen. Und überhaupt«, fügte sie eilig hinzu und stieß ihren Kollegen in die Seite, »meinst du nicht, so langsam fällt es auf mit deiner Strategie? Ich meine, du kommst aus Okriftel gefahren, meinetwegen, aber du würdest ja selbst, wenn du hier im Revier übernachten würdest, angeben, dass du eine halbe Stunde brauchst. Und dann stehst du vor allen anderen auf der Matte.«

»Tja, besser so, als über der Zeit zu liegen, oder?«, grinste Hellmer. »Man darf völlig abgehetzt zu einem Treffpunkt kommen, keine Frage, aber ist man dann zu spät, wird man schief angesehen, ist man aber früher als erwartet, hat man sofort einen Bonus.«

»Oh Mann.« Julia rollte die Augen.

»Aber wo wir gerade dabei sind. Deine Strategie ist auch nicht übel«, begann Hellmer mit einem Unterton, der Julia ganz und gar nicht behagte.

»Wieso?«, entgegnete sie und tat unwissend.

»Du weißt genau, was ich meine. Einfach mal so schnell das Thema München anschneiden und dann wieder drüber weggehen, als wäre nichts gewesen. Aber nicht mit mir, da hast du dich mal schön verplappert, meine Liebe, und das werden wir jetzt auch brav auslöffeln!«

»Ach, Frank. Das ist doch Blödsinn.« Julia runzelte die Augenbrauen. »Hör mal, ich habe das vorhin nicht mit Absicht getan, ehrlich. Ich bin nur noch überhaupt nicht richtig hier angekommen, und ja, ich hatte ein paar wunderschöne Tage in München, und die meiste Zeit davon habe ich mit Paps verbracht. Zu Hause liegen noch die Koffer auf dem Bett, nicht ausgepackt, na, und dann kommt dieser Anruf.« Sie zuckte mit den Schultern und suchte den Blickkontakt zu ihrem Kollegen. »Wenn es nach mir ginge, hätte es mit dem Job ruhig ein wenig langsamer losgehen können. Kannst du das nicht verstehen?«

Frank legte die Hand auf Julias Schulter. »Na klar, und wie ich das kann. Schau, ich habe meine Familie zwar ständig um mich, aber gerade nach der Weihnachtszeit fällt es auch mir besonders schwer, wenn der Alltag kommt.«

Er machte eine kurze Pause und fragte dann: »Aber mal abgesehen davon scheint es dir wirklich gutzugehen. Oder irre ich mich?«

»Ja, Frank«, nickte Julia nach einigen Sekunden, in denen ihr Blick sich in weite Ferne verlor. Ein sanftes Lächeln zog über ihr Gesicht, als sie weitersprach: »Ich glaube, so gut wie jetzt ging es mir schon lange nicht mehr.«

»Das freut mich«, gab Hellmer lächelnd zurück und tätschelte ihr die Schulter, bevor er die Hand zurück ans Steuer nahm. »Halt es fest, solange es geht.«

»Na, wir werden sehen, wie lange der Alltag das zulässt«, seufzte Julia, ließ es aber nicht schwermütig klingen. Dann rieb sie sich die Hände und fügte geschäftig hinzu: »Na gut, bevor wir gleich nach oben gehen, klär mich doch mal bitte auf, was sonst noch so anliegt.«

»Nichts Außergewöhnliches, wenn ich das so sagen darf«, erwiderte Hellmer und überlegte kurz. »Zwei, nein drei erfrorene Obdachlose, das war fast unmittelbar nach deiner Abreise, und einer kam nach den Feiertagen dazu.«

»Schrecklich.«

»Ja, jedes Jahr derselbe Mist. Aber es interessiert einfach niemanden, und dann, im Rest vom Jahr, erfriert ja auch keiner mehr. Und wenn der nächste Frost kommt, tut jeder so, als wäre es das erste Mal, dass so etwas passiert. So ist das halt.« Er schüttelte resigniert den Kopf. »Dann hatten wir einen goldenen Schuss direkt an Heiligabend, ein neunzehnjähriger Stricher, das war nicht gerade feierlich. Insgesamt also nichts, was uns direkt betrifft, aber alles, was einen echt betroffen machen kann.«

»Allerdings«, pflichtete Julia bei. »Besonders dieser Junge. Wie kann man nur so abstürzen?«

»Ist jedes Mal ein Jammer«, seufzte Hellmer. »Aber was will man machen? Zwischen den Jahren ist für die meisten Menschen die schlimmste Zeit. Wenn einen dann die Einsamkeit übermannt, oder eine Depression, kommt man auf die dümmsten Gedanken. Entweder rastet man aus – und wir können heilfroh sein, dass es dieses Jahr wenigstens kein blutiges Familiendrama gegeben hat –, oder aber man macht einfach Schluss.«

»Eines so schlecht wie das andere«, kommentierte Julia bitter. »Sonst noch was?«

»Wie gesagt, keine großen neuen Fälle, die uns betreffen, nicht bis heute Morgen jedenfalls.«

Sie hatten das Präsidium erreicht, und Julia stieß die Beifahrertür auf. »Okay, dann gehen wir's mal an.«

SONNTAG, 14.50 UHR

Bald, nur noch etwas Geduld, mahnte Arthur Drechsler sich zur Ruhe. Er drehte den Regler der Gasheizung hinunter, im Inneren des Wohnwagens war es angenehm warm. Die dicke Isolierung, die er den Sommer über nach und nach eingearbeitet hatte, zahlte sich aus. Auch die Aussparungen der Fenster waren mit zehn Zentimeter dicken Schaumplatten abgedichtet, das schuf ein wenig Privatsphäre, denn es ging schließlich keinen etwas an, was im Inneren geschah. Er legte den Kopf in den Nacken und sah in Richtung Oberlicht. Die Dämmerung würde nicht mehr lange auf sich warten lassen, es war einer dieser kurzen, eisigen Wintertage, spätestens in zwei Stunden würde es dunkel sein. Außerdem war in zwei Tagen Neumond, die finsterste Zeit dieses Winters, genau passend zur Stimmung, in der er sich befand.

Arthur schob einen der beiden Schuhkartons, die vor ihm auf dem Klapptisch der Essecke standen, zur Seite und griff nach dem anderen. Behutsam hob er den Deckel an, dabei hinterließen seine Finger Spuren in der dicken Staubschicht. Im Inneren der Box befanden sich Postkarten, Papierschnipsel, ein paar Fotografien und ein ganzer Stapel gefalteter Dokumente, meist Fotokopien. Zielstrebig blätterte er einen Stapel Fotos durch, dabei fiel sein Blick auf eine Urlaubsaufnahme, und er hielt kurz inne. Er zwang sich, die düsteren Erinnerungen zu verjagen, schob die Fotos beiseite, und schon wenige Sekunden später hielt er ein Sparbuch in den Händen. Das stoffähnliche Material und der Zustand des Covers ließen darauf schließen, dass es sich um ein recht altes Sparbuch handeln musste. Arthur schlug es auf und suchte den ersten Eintrag. 14. Februar 1959, ja, es war in der Tat ein sehr altes Dokument. Aber nach wie vor gültig, lächelte er grimmig und blätterte einige Seiten um, bis er den letzten Eintrag erreichte. Zufrieden schloss er das Buch und legte es zurück in die Kiste, die er gemeinsam mit dem anderen Schuhkarton wieder auf dem Hängeschrank verstaute.

Erneut warf Arthur einen Blick auf seine Uhr. Nur zehn Minuten waren vergangen, kein Grund zur Eile also. Er überlegte kurz, ob er den Ofen auf kleinster Stufe weiterbrennen lassen sollte, entschied sich aber dagegen. Keine Risiken, so lautete eine seiner Devisen. Er schlief nicht einmal bei eingeschaltetem Ofen, dabei war das Heizsystem seines Wohnwagens idiotensicher: Die Zuluft wurde durch eine separate Bodenöffnung angesaugt, außerdem gab es überall Bodenschlitze, meist hinter den Möbeln verborgen. Das Gleiche oben, wo die Abluft durch eine runde Öffnung, den sogenannten Pilz, entweichen konnte. Und auch hier gab es Schlitze oberhalb der Wandschränke. Diejenigen, welche hinaus auf die offene Grünfläche zeigten und von aufmerksamen Passanten gesehen werden konnten, hatte Arthur verschlossen. Ein wild wuchernder Holunderbusch und ein Haselnussstrauch bedeckten zwar eine große Fläche der Außenwand, trotzdem konnte man den Wohnwagen noch gut erkennen. Die Eingangstür lag auf der Rückseite und war nur über einen schmalen Fußpfad um den Wagen herum zu erreichen. Man konnte also nicht ohne weiteres feststellen, ob sich jemand im Inneren befand, kein Rauch, kein Licht – so sollte es sein. Den Nachbarn, so wusste Arthur, war es zwar ein Dorn im Auge, wie er das Grundstück hergerichtet hatte, doch das störte ihn herzlich wenig. Er pflegte die Grünanlage gerade ausreichend gemäß den Statuten der Grünflächenordnung. Der bescheuerte Verein von Kleingärtnern würde ihm nicht ans Bein pinkeln können, sosehr es sie auch wurmte. Spießer, Möchtegerngärtner, die sich auf ihrer achtzig Quadratmeter großen Parzelle ein Stück heile Welt schaffen wollten auf der einen Seite, und auf der anderen Seite ein altes Lehrerehepaar, dessen Tomatenstauden und Himbeerranken wie mit Lineal und Wasserwaage gemessen wuchsen. Nicht ohne Grund hatte Arthur auf der gesamten Länge seines Zauns Efeu und Liguster wuchern lassen.

Er knackste mit den Knöcheln seiner Finger und ging zum Kleiderschrank. Etwas Dunkles sollte es sein, am besten schwarz, passend zur Nacht und passend zu dem, was er vorhatte.

SONNTAG, 15.20 UHR

Stefan Löbler runzelte die Augenbrauen, dabei zogen sich vier breite Falten über seine Stirn. Wer zum Teufel läutete sonntagnachmittags unangemeldet an der Tür? Eigentlich müsste man in einem gehobenen Viertel wie diesem davon ausgehen dürfen, nicht unangemeldet gestört zu werden, dachte er missmutig, als er über den Marmorboden in die Eingangshalle schlurfte. Die exklusiven Villenviertel und Wohnanlagen der Reichen in den USA kamen ihm in den Sinn, Satellitensiedlungen in den ruhigen Randbezirken mittelgroßer Städte, abgetrennt durch Zaunanlagen und mit einem eigenen 24-Stunden-Wachservice. Beneidenswert, seufzte er in Gedanken, als er das Terminal der Schließanlage erreichte, denn dort gibt es sicher keine Hausierer wie hierzulande. Doch das Display zeigte etwas ganz anderes, und verwundert öffnete Löbler die Tür.

»Guten Tag, Herr Löbler«, sagte ein schlanker Uniformierter förmlich und nickte. Einen Schritt hinter ihm stand eine Polizeibeamtin, ebenfalls ausstaffiert mit Uniform, Mütze und Waffe im Holster.

»Tag«, entgegnete der Hausherr knapp. »Wird das jetzt etwa zur Gewohnheit?«

»Sie meinen, weil unsere Kollegen unlängst, am zweiten Weihnachtsfeiertag, schon einmal bei Ihnen waren?«, kam sogleich die Gegenfrage, und bevor er etwas sagen konnte, fuhr der Uniformierte fort: »Herr Löbler, dann können Sie sich vielleicht auch den Grund unseres Besuchs denken?«

»Genauso wenig wie damals.«

»Gut. Ich frage anders: Ist Ihre Frau zu Hause?«

»Nathalie? Na klar, sie wollte sich gerade ein Bad einlassen, möchten Sie vielleicht nachsehen?« Löbler klang ironisch und gab sich keinerlei Mühe, freundlich zu sein.

»Meine Kollegin, wenn Sie gestatten.« Der Polizist nickte seiner Partnerin zu. Dann wandte er sich wieder an den Hausherrn: »Wir beide bleiben derweil hier unten, und vielleicht möchten Sie mir erklären, warum wir erneut zu Ihnen gerufen wurden.«

Es klang nicht wie eine Frage, und auch der Beamte wirkte nicht, als wollte er freundlich oder zumindest höflich sein. Offenbar gefiel ihm diese Art des Einsatzes ebenso wenig.

»Hören Sie«, setzte Stefan Löbler an, »ich kann Ihnen nichts weiter sagen, als dass Sie mal wieder völlig umsonst bei mir auf der Matte stehen. Was war es an Weihnachten? Ruhestörung? Jemand fühlte sich belästigt?«

»Ja und nein. Jemand war *in Sorge*, Herr Löbler, das ist etwas anderes. In Sorge, dass Sie und Ihre Frau sich an die Gurgel gehen, dass jemand, insbesondere Ihre Frau, verletzt werden könnte.«

»So ein Humbug!«, entfuhr es Löbler, doch der Beamte zeigte sich unbeeindruckt.

»Wenn Sie das so sehen, bitte. Aber wir werden uns auch heute persönlich davon überzeugen, dass es Ihrer Frau gutgeht, denn uns erreichte dieselbe Meldung – und zwar mit Nachdruck. Was auch immer in Ihren vier Wänden geschieht, Herr Löbler, Sie sollten sich Gedanken darüber machen. Wenn schon Nachbarn die Polizei rufen, will das etwas bedeuten, stimmen Sie mir da zu?«

»Einen Scheiß stimme ich zu«, knurrte Löbler und trottete nach innen, wo er sich auf seine breite weiße Ledercouch fallen ließ. Oben hörte er sanfte Stimmen, konnte aber nicht verstehen, worüber dort gesprochen wurde. Der Polizist folgte ihm.

»Sie sagen also, es hätte heute Nachmittag hier im Haus keine lautstarke Auseinandersetzung zwischen Ihnen und Ihrer Frau gegeben, in deren Verlauf Porzellan oder etwas in dieser Art zu Bruch gegangen ist?«

»So lautete die Meldung?«, hakte Löbler verächtlich nach. »Dann sollte Ihr Informant sich mal die Ohren untersuchen lassen, oder Sie sind im falschen Haus gelandet. Probieren Sie es doch im Nachbarort, da gibt's 'ne Sozialbausiedlung, da finden Sie sicher jemanden, dem Sie helfen können.«

»Kein Grund, unverschämt zu werden.« Der Beamte sah ihn tadelnd an, blickte dann aber ans obere Ende der Treppe, wo eine attraktive Rothaarige, eingehüllt in einen Bademantel, neben seiner Kollegin stand. Diese schüttelte mit aufeinandergepressten Lippen und einem Schulterzucken den Kopf und kam die Stufen herunter.

»Sehen Sie«, grinste Löbler überheblich, »wieder nix. Hören Sie«, fuhr er mit gedämpfter Stimme fort, »sehen Sie sich meine Frau doch mal an, hm? Ich bin vierundvierzig, auf wie alt schätzen Sie sie? Kaum drei Jahre jünger, ob Sie's glauben oder nicht, dabei würde sie locker für fünfundzwanzig durchgehen. Und sie ist knallhart im Geschäft, das ist ein weiterer Punkt, den man ihr nicht ansieht. Bei uns kann es, und da will ich Ihnen überhaupt nichts vormachen, durchaus heiß hergehen. Aber wenn sie schreit«, er grinste breit, »na, Sie können sich's wohl denken, dann nur in Ekstase.«

»Danke, das interessiert uns nicht«, wehrte der Beamte ab und schloss zu seiner Kollegin auf, die bereits an der Haustür stand. »Doch Sie sollten sich dessen bewusst sein, dass wir ein Auge auf Sie haben werden. Wir sind dazu verpflichtet, denn irgendjemandem haben Ihre Aktivitäten offensichtlich Grund zur Besorgnis bereitet.«

»Purer Neid, sonst nichts«, spottete Löbler und kam ebenfalls zur Tür. »Rufen Sie doch vorher an, wenn Sie das nächste Mal kommen. Sie könnten vielleicht Pizza mitbringen oder so, dann ist der Weg wenigstens nicht umsonst. Denn glauben Sie mir: Meiner Nathalie, der geht es prächtig hier, da können Sie Gift drauf nehmen, und wenn Sie mal wieder diesen Neidhammel in der Leitung haben, schicken Sie ihn doch mal rüber. Vielleicht geht ihm ja vom Zusehen einer ab, und er gibt endlich Ruhe.«

Mit Schwung warf er die Tür ins Schloss, dann stapfte er die Treppe nach oben in Richtung Badezimmer. Stefan Löbler war stinksauer, und es gab nur eine Sache, die ihn nun entspannen konnte.

SONNTAG, 15.30 UHR

Etwa zur gleichen Zeit schaltete Julia Durant im Präsidium ihren PC aus. Sie hatte E-Mails abgerufen, einige davon in knappen Sätzen beantwortet und zwei Telefonate geführt, nun gesellte sie sich wieder an Frank Hellmers Seite, der ebenfalls an seinem Monitor saß.

»Das ist eine ganz schön illustre Gesellschaft in den oberen Etagen unseres Tatorts«, sagte er und deutete auf eine

Liste mit Firmennamen. Julia überflog einige Zeilen mit zusammengekniffenen Augen. Anlageberater, Steueranwälte, ein paar Zweigstellen namhafter internationaler Unternehmen und jede Menge Vertretungen kleiner und größerer Banken.

»Wow, das stinkt ja förmlich nach Geld.«

»Geld stinkt nicht«, warf Hellmer ein, »aber ich weiß schon, was du mir sagen willst. Ich wette darauf, von diesen Damen und Herren hat nicht ein Einziger jemals seinen Fuß in den Hinterhof gesetzt. Wahrscheinlich glauben die, dass deren Fünf-Gänge-Menüs von alleine wachsen und auf den Tisch geflogen kommen.«

»Ja, der Verdacht liegt nahe«, murmelte Julia. »Meinst du denn, das Opfer könnte dort gearbeitet haben?«

»Wenn wir einen Namen hätten, wäre es kein Ding, das herauszufinden. Aber so bleibt uns leider nur die Fahndung nach einer unbekannten Toten, inklusive Veröffentlichung im Internet. Parallel dazu müssen wir wohl oder übel mit einem Foto der Kleinen Klinken putzen gehen. Das wird Berger zwar überhaupt nicht schmecken, aber diskreter geht es nun mal nicht.«

»Es sei denn, unsere Metzger entlocken der Kleinen eine Identität. Wenn sie allerdings tatsächlich bei irgendeiner der Firmen tätig war, dürften wohl kaum Fingerabdrücke oder DNA in irgendeiner Datenbank ruhen.«

Julia seufzte. Das Warten auf Ergebnisse anderer Abteilungen gehörte nicht gerade zu ihren Stärken. Da klingelte Hellmers Telefon.

»Hallo?«

Angestrengt versuchte Julia, die Anruferstimme zu identifizieren, hatte jedoch keinen Erfolg. Dann aber formte Frank den Namen Andrea mit seinen Lippen und drückte auf die Lautsprechertaste.

»... dass wir Sperma sicherstellen konnten. Die kalten Temperaturen kommen uns hierbei zugute, mit ein wenig Glück können wir relativ schnell eine brauchbare Vergleichsprobe erstellen und die Datenbanken abfragen.«

»Als hättest du meine Gedanken gelesen«, klinkte Julia sich ein, »wir haben gerade darüber gesprochen, dass wir zurzeit ziemlich tatenlos rumstehen müssen.«

»Das können wir euch leider weder abnehmen noch maßgeblich verkürzen«, erwiderte Andrea. »Ich mache hier alles so weit fertig, wie ich kann, aber du weißt ja selbst, wie das mit der DNA läuft. Zwei Tage für einen vernünftigen Abgleich, und dann ist noch völlig offen, ob es überhaupt einen Treffer gibt. Ich an eurer Stelle würde Speichelproben sammeln ohne Ende, umso schneller geht es hinterher, falls die Datenbanken nichts ausspucken.« Sie kicherte kurz. »Habt ihr gehört? Speichel und Spucken, na ja, egal, war nicht mal Absicht, aber wenn man sonntags alleine zwischen lauter Toten steht, da sucht man sich eben seine Lacher.«

»Soll ich rüberkommen?«, fragte Julia.

»Nee, lass mal.«

Als das Gespräch beendet war, wandte Julia sich an Hellmer: »Wollen wir noch mal bei Brack auflaufen und uns ein Bild von seiner Bude machen? Vielleicht gibt er uns ja auch freiwillig eine Probe zum Abgleich, dann haben wir wenigstens die schon im Kasten.«

»Meinetwegen«, nickte Hellmer, da läutete es erneut, diesmal an Julias Anschluss.

»Platzeck!«, stellte sie mit einem Blick aufs Display fest, während sie den Hörer aufnahm. »Durant hier«, sagte sie in den Lautsprecher und drückte rasch auf die Freisprechanlage.

»Hallo, hier Platzeck. Wir haben da etwas gefunden, kann sein, dass es von Bedeutung ist, kann aber auch Zufall sein.«

»Was ist es? Spann mich doch nicht so auf die Folter.«

»Ein Smartphone, zerdeppert«, erwiderte Platzeck knapp. »Lag etwa dreißig Zentimeter tiefer im Müllcontainer.«

»Wie stehen die Chancen, dass es etwas mit unserer Toten zu tun hat?«

»Keine Ahnung. Es ist blitzeblank, also keine Fingerabdrücke oder so. Und das Display ist zerbrochen. Wir können es nicht einschalten. Die Abdeckung hat ebenfalls etwas abbekommen, sieht beinahe so aus, als wäre es aus großer Höhe abgestürzt. Jedenfalls konnten wir den Akku lösen und somit feststellen, ob die SIM-Karte noch enthalten ist.«

»Und?«

»Ist sie nicht. Möchtest du das Gerät in der Computerforensik haben? Es wurde abgewischt, so viel ist schon sicher, aber wir checken die üblichen Stellen noch auf Epithele. Abgeriebene Hautpartikel, na du weißt schon. Aber bei diesen rundum hermetischen Geräten findet man ja ohnehin kaum mehr etwas. In einer halben Stunde könnte ich es dir überlassen, dann räumen auch wir hier das Feld, es wird bald zappenduster sein hier.«

»Ich komme rüber, wollte sowieso meinen Wagen holen«, antwortete Julia nach kurzem Überlegen. »Danke, und noch was.«

»Ja?«

»Ich wollte vorhin nicht allzu genervt klingen, aber dieses Handy ist der erste Lichtblick an diesem verkorksten Tag.«

»Wem sagst du das«, brummte Platzeck.

»Lass uns den Schlenker zur Taunusanlage fahren und dann mit zwei Autos zu Brack«, schlug Julia Durant ihrem Partner vor, als sie einige Minuten später im Hof des Präsidiums standen. Hellmer zog genüsslich an einer Zigarette, und Julia beobachtete, wie die Glut sich langsam und knisternd in Richtung Filter fraß.

»Meinetwegen kannst du ruhig im Auto rauchen, ich komm damit klar«, sagte sie fröstelnd.

»Nein, lieber nicht«, gab Hellmer zurück, zog noch einmal kräftig und schnippte die Zigarette in hohem Bogen davon. »Erstens will ich dich nicht in Versuchung führen, und zweitens muss die Kiste nicht nach kaltem Rauch riechen.«

»Ah, so läuft der Hase«, grinste Julia, und sie stiegen ein. »Da hat jemand Schiss vor seiner Holden!«

»Quatsch«, murrte Hellmer, »aber hast du mal gerechnet, wie viel man allein im Auto so einfach wegqualmt? An jeder Ampel, im Stau oder bei jeder anderen Gelegenheit zündet man sich eine an, zumindest bei mir ist das so. Wenn ich schon nicht aufhöre, und das werde ich wohl nie, kann ich mir zumindest das Überflüssige verkneifen.«

»Ja, ja, ist ja auch nicht mein Bier«, beschwichtigte Julia ihn, denn scheinbar hatte sie eine empfindliche Stelle getroffen.

»Hast du denn keine Vorsätze?«

»Sollte ich?«

»Weiß ich doch nicht, was du dir mit deinem Claus so fürs neue Jahr ausgedacht hast«, neckte Hellmer.

»Daher weht der Wind. Doch keine Chance, ich steige nicht darauf ein, nicht heute, und wenn du dich auf den Kopf stellst und mit den Ohren wackelst«, wehrte Julia energisch ab. »Aber hör mal, ich habe seit Heiligabend nicht mehr geraucht, was sagst du dazu?«

»Wow, schon eine ganze Woche«, nickte Hellmer und klang dabei unangenehm ironisch.

»Na und? Immerhin. Es heißt ja nicht, dass daraus nicht auch zwei oder drei Wochen werden können, oder? Mir ist momentan auch gar nicht danach.«

»Vermutlich raucht Claus auch nicht?«

»Nein.« Julia hätte sich am liebsten auf die Lippe gebissen, überhaupt geantwortet zu haben. »Aber das hat überhaupt nichts damit zu tun«, setzte sie rasch hinzu.

»Natürlich nicht«, grinste Hellmer. »So, und jetzt raus mit dir, wir sind da.«

»Blödmann. Mach dich mal lieber nützlich und gib die Adresse von Brack in dein Navi ein, ich fahre dir dann nach. Habe gerade keine Ahnung, wie ich dahin kommen sollte, du?«

Hellmer zuckte mit den Schultern, als er auf den Notizzettel mit der Adresse sah. »Geht mir auch so. Keinen blassen Schimmer.«

SONNTAG, 16.45 UHR

Karl von Eisner lauschte dem tiefen Gong der mannshohen Pendeluhr, die in der Ecke des Wohnzimmers stand. Der Raum war hell erleuchtet von modernen Halogenleuchten, die vor einigen Jahren die schweren Kristalllampen abgelöst hatten. Kein Stilbruch, wie seine Frau befürchtet hatte, als er die Idee vorgebracht hatte, und tatsächlich hatte sie das angenehme Lichtspektrum rasch zu schätzen gelernt. Draußen war es dunkel, hinter den hohen Glasscheiben der Fenster schien schwarzer Samt zu hängen, doch innen war es behaglich warm, und der Raum leuchtete in angenehm warmem Weiß. Für eine Gartenbeleuchtung, wie sie bei vielen Nachbarvillen installiert war, hatten die Eisners keinen Sinn. Wozu gab es Bewegungsmelder mit Flutlicht? Ein Garten musste des Nachts nicht illuminiert sein wie ein Fußballstadion. Gerade das Diskrete, die Abschottung zu anderen, war es, was die Luxusvilla mit dem achthundert Quadratmeter großen, dicht umwachsenen Garten so angenehm machte. Genau richtig, um vor neugierigen Blicken geschützt zu sein und bei Sommerfesten ausreichend Privatsphäre zu haben.

Zeit für deinen Espresso, dachte Karl von Eisner, denn um siebzehn Uhr, und danach konnte man die Uhr stellen, trank er einen frischen, doppelten Espresso, jeden Tag, wobei dies unter der Woche meist im Büro geschah, aber auf seine Sekretärin war Verlass. Wahrscheinlich, weil diese genau wusste, dass der erste Tag, an dem der Espresso des Direktors nicht pünktlich um siebzehn Uhr auf dessen Schreibtisch stand, zugleich ihr letzter Tag bei der Eisner

Group sein würde. *Don't mess with the principal*, verdirb es dir nicht mit dem Direktor, wie man selbst bei den internationalen Partnern wusste. Karl von Eisner war kein unfairer Mensch, wohl aber ein gnadenloser Geschäftsmann, der Unzuverlässigkeit und Nachlässigkeiten hart bestrafte. Er wusste um diesen Ruf und tat sein Bestes, diesen zu pflegen. Gerade in Zeiten der Krise war es von Vorteil, wenn Geschäftspartner bereits vor einem Treffen respektvoll an den Namen Eisner dachten.

Lächelnd erhob sich der Direktor, faltete die *Financial Times* zusammen und legte sie auf den runden Beistelltisch neben seinem Sessel. Er schritt über das Parkett in Richtung Küche, leise, auf Filzsohlen, denn er hatte nicht das geringste Bedürfnis, seine Frau auf den Plan zu rufen.

»Na, ist es wieder so weit?«, ertönte, kaum dass er an der Treppe in die obere Etage vorbeikam, die unangenehm schnarrende Stimme von Sophie. Na bravo. Karl seufzte leise. Vorbei war der sonntägliche Frieden. Seine Frau, mit der er seit siebenundzwanzig Jahren verheiratet war, war eine unangenehm dominante Person, ganz anders als die stillen, der Wohltätigkeit verschriebenen Bankiersgattinnen, die er von seinen Partnern kannte. Früher einmal, vor vielen Jahren, hatte sie etwas von Sophia Loren gehabt, Klasse, Charme, Sexappeal. Doch dieser Vergleich hinkte schon lange, und er sah in ihr mittlerweile nicht viel mehr als eine zur Bitterkeit neigende, alternde Diva, deren Allüren mit jedem Jahr abstoßender wurden.

»Zeit für meinen Espresso«, erwiderte er so freundlich und unverbindlich wie möglich, »lass dich nicht stören von mir.« Bei was auch immer.

»Mit Sicherheit nicht«, antwortete Sophie. »Aber ich habe gewartet, bis du in die Küche gehst, ich kenne ja deine Vorlieben, denn beim Lesen zu stören wäre mir nie eingefallen.« Sie setzte sich in Bewegung, die Hand auf dem geschwungenen Geländer. Wenn sie nun stolpern würde, ertappte sich der Direktor bei einem äußerst verwerflichen Gedanken, und konnte sich ein huschendes Schmunzeln nicht verkneifen.

»Sehr rücksichtsvoll«, antwortete er nickend, »aber es war nur die *Financial Times* von vorgestern. Da hättest du nicht gestört, denn die Hälfte der Meldungen ist längst veraltet, und die andere Hälfte steht morgen wahrscheinlich genau andersherum drinnen.«

»Werden wir sehen.« Sophie von Eisner hatte das untere Ende der Treppe erreicht und wies mit der Hand in Richtung Küche.

»Geh nur vor, ich mache mir derweil einen Tee. Ich denke, du weißt, worüber ich sprechen möchte.«

»Ja, vermutlich schon«, seufzte Karl und verdrehte die Augen, als er an ihr vorbeigeschritten war. »Aber ich kann dir dazu nicht mehr sagen als bereits gestern.«

Er holte den Espressokocher aus dem Schrank, ein achteckiges Aluminiumkännchen von Bialetti, dessen matte, angelaufene Oberfläche darauf schließen ließ, dass es sich um einen alten, vielbenutzten Kocher handelte. Doch ganz gleich, was es mittlerweile für Neuerungen gab, von Edelstahlkochern bis zu Siebträgerautomaten, Karl von Eisner mochte es einfach. Er wusste, dass sein Kännchen genau genommen keinen Espresso, sondern bestenfalls Mocca produzieren konnte, denn für alles andere war der Druck viel zu gering. Er scherte sich nicht um die Patina, den Belag auf dem Aluminium, der nach Ansicht einiger Lebensmittelexperten beim Kochen einen gesundheitsschädigenden Stoff in die Flüssigkeit abgab. All dies kümmerte ihn nicht, denn er trank seinen Espresso seit dreißig Jahren genau so und er würde daran auch nichts mehr ändern.

»Ganz schön ranzig, willst du nicht mal einen elektrischen Kocher kaufen?«, reizte Sophie, als hätte sie seine Gedanken gelesen.

Während Karl das gemahlene Kaffeepulver einfüllte, klapperte sie mit ihrem gläsernen Teebereiter.

Ranzig, dachte er abfällig, sagte jedoch nichts.

»Hör zu, lass uns jetzt einfach über diese Sache sprechen, auch wenn ich der Meinung bin, dass ich dazu gestern alles gesagt habe, was dazu zu sagen ist.«

»Gut, das mag für dich so sein, aber nicht für mich.«

Sonst stünden wir ja schließlich nicht hier, schlussfolgerte Karl. Er wusste nur zu gut, worum es ging. Die erste Szene hatte seine liebe Gattin ihm zwanzig Minuten nach dem Feuerwerk gemacht, sie hatte ihn beiseitegezogen, war mit ihm in ein ruhiges Eckchen des Saales gegangen und hatte ihn zur Rede gestellt, warum er eineinhalb Stunden fort gewesen sei. Karl hatte sie zu beschwichtigen versucht, hatte relativiert, dass es kaum mehr als siebzig Minuten gewesen seien und dass es ihm auch leidtäte. Aber niemand sonst habe schließlich etwas mitbekommen, zumindest hatte sich niemand über seine Abwesenheit irritiert gezeigt, und er war rechtzeitig zurück gewesen, um allen gesellschaftlichen Verpflichtungen nachzukommen. Doch Sophie hatte sich damit nicht zufriedengegeben und das Thema am gestrigen Tag zwei weitere Male aufgewärmt. »Gut, was möchtest du denn noch hören von mir?«, begann er, so ruhig und gelassen, wie es ihm möglich war. »Oder besser gesagt: Was hätte ich denn sonst in einer solchen Situation tun sollen? Irgendeinen Lakaien beauftragen etwa? Und diesem dann den Haustürschlüssel geben, den Autoschlüssel am besten gleich dazu, und ihm eine halbe Stunde lang erklären, wie er herfindet, den Hausalarm dabei nicht auslöst und das Kuvert findet, was ich leider Gottes in der Hektik liegengelassen habe? Oder wärst du lieber selbst gefahren? Das wäre ja auch eine Möglichkeit ... Und überhaupt, wer war denn eigentlich dafür verantwortlich, dass wir so spät losgekommen sind an dem Abend?« Seine Stimme war lauter geworden und hatte nun einen bissigen Klang, bereit, den Kampf erneut aufzunehmen. »Dein Scheißumschlag interessiert mich nicht, auch wenn ich dir schlicht nicht abnehme, dass du derart wichtige Unterlagen zu Hause liegenlässt, noch dazu, wo du genau wusstest, dass die Partner unmittelbar nach der Gala abreisen werden!«, keifte Sophie und schlug mit der Handfläche auf die hölzerne Arbeitsplatte. »Eines sei dir gesagt, mein Lieber, und das solltest du dir gut anhören«, fuhr sie dann in leisem, bedrohlichem Tonfall fort. Sie trat auf ihn zu und tippte ihm mit dem Zeigefinger auf die Brust. »Du kennst unsere Vereinbarung zum Ehevertrag, und ich werde dich nur ein einziges Mal daran erinnern.«

Karl blinzelte und hielt die Augenlider für zwei Sekunden geschlossen, atmete ruhig durch die Nase ein und sah seiner Frau dann fest in die Augen. »Das brauchst du nicht. Mir ist unsere Zusatzvereinbarung durchaus bewusst.«

»Fein, dann solltest du beim nächsten Mal, wenn du einen ach so wichtigen Umschlag zu Hause vergisst, auch daran denken, dass dich möglicherweise ganz zufällig jemand begleiten möchte. Oder, noch besser, deine dich liebende Ehefrau wird für dich geradestehen, denn so etwas tut man doch gerne für seinen erfolgreichen Mann, nicht wahr?«

»Ich habe keine Geheimnisse vor dir«, erwiderte Karl und kontrollierte dabei seinen Blick, der wieder so stark und unnachgiebig war, wie er sich seinen Geschäftspartnern gegenüber gab. Und Lara. Karl lief für einen kurzen Augenblick Gefahr, die Kontrolle zu verlieren, an Lara zu denken, riss sich aber sofort wieder zusammen.

»Du kannst mit mir joggen, du kannst mit mir durch die Weltgeschichte fahren, du kannst meinetwegen sogar vor meinem Büro campieren. Ich habe dich nie aus meinem Leben ausgeschlossen.«

»Nur aus dem Schlafzimmer«, kam es verächtlich zurück, »doch das ist wohl normal nach so vielen Ehejahren. Aber glaube nicht, dass ich nicht trotzdem Bedürfnisse habe ... Und du kannst es drehen und wenden, wie du willst: Solange du deinen Verpflichtungen in unserem Haus nicht nachkommen wirst, hast du auch anderswo nichts verloren. Dein Platz ist in meinem Bett! Wie sagt man so schön: Gegessen wird zu Hause.« Sophie machte eine kurze Pause, bevor sie hinzufügte: »Tja, mein Lieber, jetzt habe ich dich also doch noch mal an unsere Vereinbarung erinnert. Nun«, ihre Stimme wurde spöttisch, »das sollte ich von nun an wohl öfter machen. Oder glaubst du, mir wäre nicht entgangen, wie du auf der Gala jedem Dekolleté hinterhergegafft hast? Zumindest in der Zeit, in der du anwesend warst. Wenn dir das nicht peinlich ist – denn es ist bestimmt nicht nur mir aufgefallen –, soll es mir recht sein. Gucken darf man, das ist menschlich, meinetwegen. Wie gesagt: Solange du zu Hause isst, ist es mir gleichgültig, wo du dir Appetit holst. Aber sobald sich mir auch nur der leiseste Verdacht aufdrängt, dass du wieder hinter irgendwelchen Rockzipfeln herjagst, sind deine Tage hier gezählt!«

»Danke, dass du mich daran erinnert hast«, lächelte Karl bitter. »Aber diese Genugtuung werde ich dir nicht gönnen. Da kannst du Gift drauf nehmen.«

»Das hättest du wohl gerne.«

Mit diesen Worten verschwand Sophie nach oben, der süße Geruch nach Früchtetee zog mit ihr, und Karl goss sich endlich seinen Espresso ein. Siebzehn Uhr, stellte er zufrieden fest, und endlich herrscht wieder Ruhe. Doch er konnte seinen Kaffee nicht genießen. Zu schwer lagen ihm die Worte im Magen, denn, so ungern er sich das auch eingestand, seine Frau hatte recht. Ein beachtlicher Teil des privaten Vermögens stammte von ihrer Seite der Familie. Schlimmer noch: Der Grundstock für die Eisner Group war daraus gebildet worden, und dementsprechend würde im Falle einer Scheidung auch das Anteilspaket aussehen, welches an Sophie ginge. Die erwähnte Klausel zum Ehevertrag ließ keinen Spielraum für Grauzonen.

Der Direktor lehnte sich zurück in seinen Sessel und nippte an der heißen Tasse. Er hatte die Macht, jede Menge Menschen zu vernichten, und wer ihn betrog, wer ihm in die Quere kam und wer ihn demütigte, bekam diese Macht gnadenlos zu spüren. Der letzten Person, die ihn gedemütigt hatte, war es so ergangen, und irgendwann, in nicht allzu ferner Zukunft, würde er auch für seine Frau eine entsprechende Strafe finden.

Don't mess with the principal, niemand demütigte den Direktor.

Draußen, im Schutz der Dunkelheit, beobachtete eine schwarze Gestalt zufrieden das Geschehen im Inneren der Villa. Auch ohne hochsensible Überwachungstechnik hatte der Eindringling, der sich, ohne die Strahler auszulösen, durch den Garten geschlichen hatte, alles verstanden, worauf es ankam. In der vergangenen Viertelstunde war die Stimmung – wieder einmal – im Hause von Eisner auf den Tiefpunkt gesunken. Spannung, Misstrauen, Unfrieden: Es lief genau so, wie es laufen sollte.

Bald wirst du büßen, dachte Arthur Drechsler mit einem unfrohen Grinsen. Buße tun für deine Sünden, sühnen für deine Vergehen. Noch zwei Tage, maximal, dachte er, als er geduckt und lautlos wie eine Katze den Weg zurück in den Schutz der Büsche suchte. Es war nur noch eine Frage von Tagen, bis der Direktor für den feigen Mord an dem Mädchen zur Rechenschaft gezogen werden würde.

MONTAG, 3. JANUAR 2011, 8.40 UHR

Polizeipräsidium, Lagebesprechung.

Kommissariatsleiter Berger lehnte in seinem Ledersessel und lauschte Durants Ausführungen. Obgleich er kaum mehr als eins siebzig maß, war er doch eine stattliche und unverwüstliche Erscheinung. In all den Jahren, die Julia ihn nun kannte, hatte er eine beachtliche Wandlung vollzogen, vielleicht sogar die beachtlichste von ihnen allen. Er war von einem Kette rauchenden Koloss, der um die drei Zentner wog und sich nie weiter als drei Schritte von einer versteckten Flasche Schnaps entfernte, wieder zu einem gepflegten, lebensfrohen Mann geworden. Zugegeben, sein schrittweiser Verfall hatte gute Gründe gehabt: Berger hatte einen schweren Schicksalsschlag erlitten und einen Großteil seiner Gefühlswelt damals mit seiner ersten Frau zu Grabe getragen. Doch irgendwann hatte er jemanden kennengelernt, und zwar wie so oft genau dann, wenn man am wenigstens darauf hofft. Marcia war knapp dreizehn Jahre jünger, eine zierliche, aber überaus resolute Person mit dunkelbraunen Augen und einem warmen, herzlichen Wesen. Durch diese neue Liebe hatte der beinahe Sechzigjährige zu seinem alten Leben zurückgefunden. Er trieb wieder Sport, gab das Rauchen auf und schwor dem Alkohol ab. Nicht alles auf einmal, das hätte er niemals durchgehalten, aber schrittweise, denn Berger hatte endlich auch außerhalb des Präsidiums wieder einen Sinn im Leben gefunden.

Dennoch ließen sich so viele Jahre Raubbau nicht einfach ausradieren, und in den vergangenen Jahren hatte Berger sich mit massiven Rückenproblemen herumgeplagt. Diese hatten im Sommer 2010 darin gegipfelt, dass er für geraume Zeit völlig weg vom Fenster war: Klinik, Krankengymnastik und Kur; das volle Programm eben. Doch die Auszeit schien ihm gutgetan zu haben, Berger ächzte deutlich seltener, wenn er sich bewegte, und er rieb sich kaum mehr seinen Nacken mit diesem typischen, gequälten Gesichtsausdruck. Außerdem reagierte er nicht mehr so empfindlich auf Lärm und schien sich deutlich besser konzentrieren zu können. Julia Durant war heilfroh, dass sie ihm sein Büro wieder hatte abtreten können, daran dachte sie beinahe jedes Mal, wenn sie ihrem Chef gegenübersaß.

»Nun, wie gesagt«, schloss sie ihren Bericht ab, »wir haben das Handy gleich in die Computerforensik gegeben, und Herr Schreck, den ich erst spät am Abend erreichen konnte, war so freundlich, heute extra früher zu kommen, um das Teil eingehend unter die Lupe zu nehmen.«

»Wenigstens etwas«, ergänzte Hellmer, »denn bei Herrn Brack konnten wir nichts mehr ausrichten. Wir haben ihn weder zu Hause angetroffen noch ihn telefonisch erreichen können. Er wohnt in einem dieser Hochhäuser vom sozialen Wohnungsbau, drüben in Sachsenhausen, da hätte ich ohne Navi wohl gar nicht hingefunden. Nun, wie auch immer. Das steht also noch auf dem Programm für heute.«

»Danke«, nickte Berger, »dann müssen wir uns also in Geduld üben. Wie haben Sie denn geplant, vor Ort tätig zu werden? Um mit einem Foto der Toten von Büro zu Büro hausieren zu gehen, bräuchten wir ja ein Dutzend Beamte, oder?«

»Wird uns wohl nichts anderes übrigbleiben, denn wenn sich erkennungsdienstlich nichts ergibt und Bracks DNA, wovon ich ausgehe, nicht mit dem Sperma im Vaginaltrakt der Toten übereinstimmt, stehen wir allein mit einer unidentifizierten Leiche da. Und nur über die Website des Präsidiums zu suchen wäre wohl etwas dünn, Sie kennen ja die Erfolgsquoten, auch wenn es hin und wieder mal einen Lichtblick gibt. Bleibt uns also nur der Schritt über die Presse.«

»Schon gut«, brummte Berger, »aber ich wiederhole es noch mal: Seien Sie so diskret wie möglich, und überlassen Sie den Kontakt zu den Medien bitte ausschließlich unserer Pressestelle. Lassen Sie sich da bloß zu nichts hinreißen, auch wenn's manchmal schwerfallen mag.«

»Ja, wir haben es kapiert«, stöhnte Julia und verdrehte die Augen. Sie wandte sich an Peter Kullmer, der als Einziger noch nichts gesagt hatte. »Du kümmerst dich dann wie besprochen um die Sache mit der Identifizierung, und such dir ruhig ein paar Leute. Aber bevor das hier im Alltagstrubel total untergeht: Es freut mich sehr, dass du wieder hier bist. Ich hoffe, Doris und der Kleinen geht es gut?«

»Ja, danke«, lächelte Kullmer, dessen Augen zwar einen gewissen Glanz hatten, aber auch sehr müde wirkten. Er hielt sich den Handrücken vor den Mund und gähnte herzhaft. »Sorry.« Er zuckte vielsagend mit den Augenbrauen. »Mag sein, dass Babys lange schlafen, aber leider nicht am Stück. Mehr als drei Stunden sind uns derzeit einfach nicht vergönnt.«

Zwei Tage vor Heiligabend hatte Doris Seidel, langjährige Partnerin im K II und seit geraumer Zeit mit Peter Kullmer liiert, ihre gemeinsame Tochter Elisa entbunden. Ebenso wie für Julia war es auch Kullmers erster offizieller Arbeitstag im neuen Jahr. Doch im Gegenteil zu ihr schien ihm der neue Fall bei weitem nicht so nahezugehen. Gut möglich, dass dies nur Einbildung war, aber ihn umgab eine leicht verklärte Aura, was wohl auf sein Vaterglück zurückzuführen war. Ja, es schien ihm sehr gutgetan zu haben, dachte Julia im Stillen, und sie gönnte es ihm auch. Kullmer, der selbst unmittelbar vor seinem fünfzigsten Geburtstag noch etwas von einem Dressman hatte, war vielleicht drei, vier Kilo schwerer als vor der Schwangerschaft, aber die konnte er sich durchaus leisten. »Ich habe Fotos dabei, aber nur auf dem USB-Stick, vielleicht sende ich sie zwischendurch einfach mal herum. Total süß und ganz dunkle Haare, Mensch, es ist eben ein echtes Wunder.«

»Ich freue mich drauf«, lächelte Julia. »Aber mal was anderes: Wo ist denn Sabine?«

»Das habe ich mich auch schon gefragt«, antwortete Kullmer. »Ich wollte sie nach der Besprechung anklingeln. Hoffe, sie meldet sich nicht wieder krank, sonst müssen die Vertretungskollegen Kohn und Leißner uns eben noch ein Weilchen verstärken.«

»Das entscheiden wir später«, schloss Julia, »wir machen uns dann erst mal auf den Weg zu Herrn Brack. Bin gespannt, ob wir ihn zu Hause oder an seinem Arbeitsplatz antreffen.«

»Wollen wir wetten?«, grinste Hellmer. »Ich tippe ganz klar auf Möglichkeit eins. Der wird den Teufel tun, da heute aufzukreuzen.«

»Und wieso glaubst du das?«, fragte Durant stirnrunzelnd.

»Nur so eine Ahnung. Rufen wir ihn an und finden es heraus!« Julia suchte die Handynummer in ihrer Anrufliste. Sie ließ das Freizeichen zehnmal ertönen, eine Mailbox schien es nicht zu geben, dann unterbrach sie die Verbindung.

»Nichts. Fahren wir trotzdem zu seinem Arbeitsplatz«, entschied sie, »der liegt ohnehin auf dem Weg.«

MONTAG, 9.10 UHR

Hellmer und Durant betraten das Gebäude durch den Haupteingang, es war Montagmorgen, und von der Besinnlichkeit der Feiertage war nichts mehr zu spüren. Ein neues Geschäftsjahr, eine neue Kalenderwoche, ein neues Quartal – und das weltweit: Es gab jede Menge Dinge, über die man sich auf dem Kapitalmarkt nun schleunigst den Kopf zerbrechen musste. Wie würde der Dow Jones starten? Hatte es Naturkatastrophen gegeben? In welchem Krisengebiet würde es zuerst krachen – und wer würde die Waffen dafür liefern?

So zumindest wirkte das emsige Treiben auf die Kommissarin, die den eilenden, teuer gekleideten und wie aus dem Ei gepellten Männern und Frauen hinterhersah, die in das Gebäude oder aus ihm herausströmten. Dabei vergaß sie nicht, den Blick auf den Boden zu richten, es war noch immer eisig kalt, und über Nacht war sogar feiner Schneegriesel gefallen. Doch der Weg wirkte frisch gekehrt, das Salz und der Schotter neu ausgestreut. Hättest du mal lieber mit deinem Partner gewettet, dachte sie hämisch und stieß Hellmer in die Seite.

»Schau an«, sie deutete auf den Boden und grinste, »da war heute schon jemand fleißig.«

»Ja, ja«, brummelte Hellmer. »Unfehlbar wie immer.«

Im hellen Foyer, dessen Mitte ein von exotischen Grünpflanzen umgebener Marmorbrunnen zierte, war es angenehm warm, und trotz der trappelnden Schritte war die Atmosphäre ruhig und einladend. Der Empfangstresen lag linker Hand, ohne Termin oder Chipkarte konnte kaum einer ins Allerheiligste vordringen. So zumindest erschien es dem unwissenden Besucher. Eine adrette Blondine in elegantem Hosenanzug mit einem goldenen Namensschild telefonierte gerade, etwas weiter hinten lehnte ein stämmiger Security-Mann an einem Stehpult und fokussierte jeden, der das Gebäude betrat. Julia nickte ihm zu und sah sich dann in der Halle um. Die Decke lag mindestens zehn Meter über ihnen, eine gläserne Kuppel, durch die der Schein der Morgensonne fiel.

»Netter Tempel, wie?«, wisperte Frank Hellmer. »So hätten sie mal das neue Präsidium einrichten sollen. Dann würden die Verdächtigen reihenweise freiwillig antanzen.«

»Ich finde es ziemlich dekadent. Fehlt nur noch, dass Papageien oder Flamingos auftauchen.«

»Wohl eher Alligatoren. Erinnere dich mal an die Liste der Firmen. Hier sind einige der gnadenlosesten Spekulanten zugange, die Frankfurt zu bieten hat.«

»Komm, lass uns zum Empfang gehen, das Telefonat scheint beendet.«

Stirnrunzelnd begrüßte die Empfangsdame, ihr Name war Verena Schubert, die Kommissare. Durant und Hellmer wiesen sich aus und erkundigten sich nach Hubert Brack.

»Einer der Hausmeister, sagten Sie? Einen Moment bitte, ich sehe nach.«

Mit flinken Fingern tippte sie etwas auf ihrer Tastatur, hob dann den Telefonhörer auf und wählte eine Kurzwahlnummer. »Schubert vom Empfang ... zwei Beamte von der Kripo ... unten bei Ihnen ... Ja, ich schicke sie dahin.«

Frau Schubert wandte sich wieder an sie: »Dort hinten ist ein Treppenhaus, ich führe Sie hin, dann zwei Ebenen runter, in Richtung Tiefgarage, durch die Brandschutztür, und Sie gelangen in den Wirtschaftstrakt. Herr Brack erwartet Sie dort.«

Sie kam hinter dem Tresen hervor, flüsterte im Vorbeigehen etwas zu dem Mann von der Security, dann wandte sie sich wieder an die Kommissare: »Hören Sie, ich habe mitbekommen, was gestern geschehen ist, schreckliche Sache, aber wie lange werden Ihre Ermittler noch den Hof blockieren? Ich meine, das soll jetzt nicht pietätlos klingen, aber wir erwarten Essenslieferungen, haben eine Wäscherei, und in einigen Büros werden neue Möbel aufgestellt. Das muss alles reibungslos funktionieren, Sie glauben gar nicht, was sonst hier los ist.«

Mittlerweile hatten sie die Tür erreicht, und Julia warf der jungen Frau, deren Stimme zunehmend aufgebracht klang, einen ernsten Blick zu. »Es klingt in der Tat ein wenig pietätlos, wie Sie das nennen, denn für uns gibt es weitaus Wichtigeres als ein paar Büromöbel. Der Bereich um die Container bleibt so lange gesperrt, wie es notwendig ist, keine Minute länger, aber mehr kann ich Ihnen nicht versprechen. Übrigens«, sie zog den Ausdruck des Fotos aus der Innentasche ihres Mantels, »nachher werden ohnehin ein paar Kollegen kommen, aber wir können das ja gleich erledigen. Kennen Sie diese Person?«

Angewidert warf Verena Schubert den Kopf nach hinten, als Julia ihr den Ausdruck vor die Nase hielt.

»Nein, oh Gott, wie schrecklich.«

»Ja genau«, nickte die Kommissarin. »Schrecklich trifft es ganz gut. Wir haben ein totes Mädchen, noch etwas jünger als Sie, will ich meinen, welches das neue Jahr mit Sicherheit tausendmal lieber anders begonnen hätte als in einem Müllcontainer in Ihrem Hinterhof. Damit hat sie von uns eindeutig eine höhere Priorität verdient als Ihre Büromöbel, finden Sie nicht?«

»War ja nur eine Frage«, gab die Blondine zerknirscht zurück.

»Ich bekomme heute früh nur den ganzen Frust von oben ab. Da, hören Sie?« Das Telefon läutete im Hintergrund, und der Wachmann rief ihren Namen. »So geht das schon die ganze Zeit. Ich muss los.«

Eilig verschwand sie in Richtung Empfang, und Julia und Frank betraten das Treppenhaus.

»Der hast du es aber ganz schön gegeben«, kommentierte Frank, sobald sich die Tür geschlossen hatte.

»Ist doch wahr. Wir haben hier eine Tote, das ist für mich relevant. Dabei interessieren mich weder Bergers Belehrungen wegen der Presse und schon gar nicht so ein Barbiepüppchen, deren Welt nur aus Schickimicki besteht.«

»Trotzdem. Du hast doch gehört, sie bekommt das auch alles ab. Schickimicki beginnt erst ein paar Stockwerke weiter oben, du weißt doch, je weiter unten im Hochhaus man arbeitet, desto niedriger ist auch der Rang in der Nahrungskette.«

»Hmm. Dann sind wir ja jetzt genau richtig«, erwiderte Julia und stieß am unteren Ende der Treppe die Tür zum Korridor auf.

Hubert Brack erwartete sie bereits, er trug einen blaugrauen Kittel und eine fleckige Bluejeans und machte noch immer einen übermüdeten Eindruck.

»Was gibt's denn noch?«, fragte er, ohne eine Begrüßungsfloskel abzuwarten.

»Wir wollten gestern schon zu Ihnen kommen, Sie waren aber leider nicht da«, begann Julia, »und auf Ihrem Handy konnten wir Sie auch nicht erreichen.«

»Ach, Sie waren das?« Brack kratzte sich an der stoppeligen Wange. »War gestern in der Kneipe, keinen Empfang, vermute ich, vielleicht lag's auch am Handy. Das spinnt manchmal. Na, und heute früh konnte ich nicht rangehen, da war ich gerade vor dem Haus, wir sollen uns da nicht zum Rauchen oder Telefonieren hinstellen. Das stört die feinen Herrschaften. Da habe ich es lautlos gestellt, und zurückrufen ging nicht. Guthaben, Sie wissen ja.«

»Schon okay. Aber es kann eben sein, dass sich noch Fragen ergeben, da wäre es gut, wenn Sie erreichbar sind«, erklärte Hellmer. »Haben Sie kein Festnetz?«

»Wozu?«, fragte Brack stirnrunzelnd zurück. »Kostet nur Geld, das vom Amt nicht bezahlt wird. Hat sich denn irgendwas Neues ergeben?«

»Nun ja, wir haben noch nicht viel, aber es wurde DNA am Tatort gefunden.« Julia entschied, nicht weiter ins Detail zu gehen.

»DNA? Sie meinen, weil ich ohne Handschuhe am Container war und so?«

»Möglich«, nickte Julia. »Jedenfalls würden wir gern eine Probe nehmen, ein Speichelröhrchen haben wir dabei. Es sei denn, Sie möchten das lieber auf dem Präsidium erledigen. Meistens laden wir dazu ein oder haben die Spurensicherung für so etwas dabei, aber Sie sind ja bisher der Einzige, den wir zu testen haben.«

»Weiß nicht«, brummte Brack, »meinetwegen können wir das gleich erledigen. Habe keine Lust, extra irgendwohin zu fahren.«

Julia nickte ihrem Partner zu, dieser streifte Einweghandschuhe über, öffnete die sterile Packung eines schmalen Plastikröhrchens und schraubte den Deckel auf, an dessen Innerem ein Wattestäbchen befestigt war.

»Jetzt mal bitte schön ah sagen, wie früher beim Doktor«, lächelte er auffordernd und fuhr dann mit der Watte vorsichtig durch Bracks linke Wangentasche. Hellmer drehte und bewegte das Stäbchen mehrmals, dann führte er es vorsichtig, ohne den Rand zu berühren, zurück in das Röhrchen und schraubte den Deckel zu.

»Das war's schon, besten Dank.«

Er entledigte sich der Handschuhe und beschriftete den Probenbehälter mit einem dünnen Edding.

»Was passiert als Nächstes?«, erkundigte der Hausmeister sich. »Eigentlich läuft das wie im Fernsehen«, erläuterte Durant knapp, »wir erstellen einen genetischen Fingerabdruck und vergleichen ihn mit dem Sample, also der Probe, die wir beim Opfer festgestellt haben. Und mit all jener DNA, die uns eben am Container begegnet, also etwa Hautpartikel am Griff und so.«

»Ach, gibt es auch noch andere DNA außer meiner?«, erkundigte sich Brack neugierig. Mist, dachte Julia. Sie wollte das mit dem Sperma nicht preisgeben, solange es sich vermeiden ließ. Sobald nach außen dringen würde, dass die Belegschaften der bekanntesten Firmen der Finanzbranche wegen Spermaspuren an einem toten Mädchen zur DNA-Reihenuntersuchung antreten mussten, würde die Presse über den Fall herfallen wie die Aasgeier. Und Berger würde ihr den Kopf abreißen, was er in den vergangenen Jahren zwar schon öfter mal angedroht hatte, und es war ihr meist herzlich egal gewesen, aber man musste es ja schließlich nicht ohne Not riskieren.

»Am Opfer selbst, ja«, wich Julia Durant aus, »aber das ist normal. Es gibt immer irgendwelche Spuren, sobald man mit anderen Menschen Kontakt hat. Deshalb ist es ja auch wichtig, sicherzustellen, dass Ihre DNA sich nur abseits befindet, dort, wo Ihre Aussage das erklären kann. Immerhin waren Sie derjenige, der die Leiche gefunden hat, da wird Ihnen natürlich niemand etwas vorwerfen.«

»Na, wenn Sie das sagen«, entgegnete Brack, klang jedoch nicht ganz überzeugt.

»Bei uns wäre das etwas anderes«, fügte Hellmer hinzu. »Wir würden von den Jungs der Spurensicherung gehörig gescholten werden, würden wir einen Container ohne Handschuhe öffnen. Am liebsten wäre es denen, wir würden den ganzen Tag im Schutzanzug herumlaufen.«

»Ja, das kenne ich«, lächelte Brack müde. »Uns sähen die Herrschaften auch am liebsten im Anzug. Selbst beim Kehren. Außenwirkung, Sie verstehen? So ein Blödsinn.« Er winkte verächtlich ab. »Okay, wenn es das dann war?«

»Ja, vielen Dank«, lächelte Durant. »Aber behalten Sie Ihr Handy bitte im Auge, okay?«

»Ja, mal sehen. Aber Sie finden mich meistens hier.«

Sie verabschiedeten sich, und die beiden Kommissare verließen das Gebäude über die Zufahrt des Hinterhofs, als Julias Handy zu klingeln begann. Es war Michael Schreck, der Fachmann für Computerforensik.

»Herr Schreck, sagen Sie bloß, Sie haben etwas für uns«, begrüßte sie ihn freundlich.

»Guten Morgen, Frau Durant. Den Namen der Toten hat bislang noch niemand ermittelt, stimmt's?«

»Da haben Sie leider recht.«

»Prima, dann fangen wir damit an. Es handelt sich um Lara Emmels, gemeldet hier in Frankfurt.«

»Wow, wie haben Sie das denn gemacht?«, fragte Julia, angenehm überrascht.

»Moment, ich erkläre es Ihnen gleich. Es gibt nämlich noch mehr.«

»Schießen Sie los, vergessen Sie aber nicht, die Infos auch an Kullmer und die Rechtsmedizin zu geben. Bisher hocken wir nämlich alle nur mit einem Foto und einem DNA-Profil herum.«

Schreck lachte kurz und gab dann die Adresse der Toten durch. »Okay«, fügte er hinzu, »jetzt kommt aber noch das Allerbeste: Der interne Speicher des Smartphones war fast problemlos auszulesen. Allerdings sind leider kaum Kontaktdaten drinnen, denn die meisten Menschen speichern ihre Kontakte noch immer auf der SIM-Karte, um bei einem Wechsel des Geräts keinen Datenexport vornehmen zu müssen. Auch wenn das Unsinn ist, weil sich die Datensätze in einem Telefon viel komfortabler verwalten lassen, und außerdem erschwert es Leuten wie mir die Arbeit. Aber zum Glück gibt es ja noch so etwas wie SMS, und diese werden in der Regel standardmäßig im Telefonspeicher abgelegt. Und *davon*«, kam er endlich zum Wesentlichen, »gibt es hier einige.«

»Machen Sie es nicht so spannend«, drängte Durant.

»Okay, dann der letzte Eintrag, eine SMS vom 31. Dezember, 22.09 Uhr. Sie lautet ganz knapp: ›Bin in zwanzig Minuten da.‹ Es gibt von derselben Nummer aber noch einen Eintrag in der Anrufliste um 11.34 Uhr am selben Tag. Das Gespräch dauerte keine zwei Minuten. Es gibt noch ein paar andere Nachrichten, aber alles sicher nicht so relevant wie diese.«

»Mag sein, danke, geben Sie die Liste zu Kullmer oder wer auch immer greifbar ist. Haben wir denn zu dieser speziellen Nummer schon einen Namen?«

»Na ja, es ist eine Prepaid-Nummer«, begann Schreck, und Julia seufzte. Prepaid bedeutete nichts Gutes. Doch der IT-Experte war noch nicht fertig. »In amerikanischen Serien nennt man das gerne ›Wegwerf-Handy‹, aber kein Grund zur Verzweiflung, denn das trifft die Sache hier in Deutschland nicht so ganz. Ich sage nur: Vorratsdaten«, ergänzte er amüsiert, dann fuhr er ernst fort: »Hierzulande bekommt man zwar mittlerweile fast überall diese Guthabenkarten, sogar an Tankstellen und in Discountern, und man muss dabei nicht einmal mehr seinen Ausweis zeigen. Zum Registrieren allerdings, und da wird es für uns spannend, ist in der Regel die ID-Nummer des Personalausweises fällig. Die gibt man online ein, und voilà, vorbei ist's mit Beate Mustermann und Fritzchen Müller.«

»Ja, gut, verstanden und kapiert«, erwiderte Julia, »aber das Ganze nützt mir trotzdem erst etwas, wenn Sie mir den Namen auch endlich sagen.«

»Ach, Sie gönnen mir auch gar nichts«, nörgelte Schreck. »Na gut, es ist Karl von Eisner, ich habe das gerade mal schnell gecheckt, er sitzt in einem dieser Büros direkt über dem Fundort der Leiche. Das klingt nicht nach Zufall, oder?«

»Allerdings nicht«, betonte Julia, »zumal wir uns gerade vor Ort befinden. Vielen Dank, Herr Schreck, ich gebe Berger Bescheid, dann machen wir uns gleich mal auf den Weg zu ihm.«

Julia wollte bereits auflegen, da kam ihr noch etwas in den Sinn.

»Ach, bevor ich es vergesse«, sagte sie schnell.

»Ja?«

»Wissen Sie etwas von Sabine? Ich meine …«

Michael Schreck und Sabine Kaufmann, das war auch Julia nicht entgangen, waren vor einigen Monaten gelegentlich miteinander ausgegangen. Die Abstände zwischen ihren Treffen waren aber entweder sehr groß, oder die beiden verhielten sich äußerst diskret. Jedenfalls war Julia sich nicht sicher, ob es sich um eine ernste Liaison handelte oder nicht, und sie hatte schon seit längerer Zeit vorgenommen, Sabine danach zu fragen. Aber irgendwie …

»Sie meinen, weil ... na ja, ist schon ein Weilchen her«, unterbrach Schreck ihre Gedanken zögerlich. »Aber um Ihre Frage zu beantworten: Nein, keine Ahnung, ich weiß nichts.«

Julia Durant war geneigt, ihm zu glauben.

MONTAG, 10.05 UHR

Nur äußerst widerwillig hatte Frau Schubert ihnen den Zutritt zum Fahrstuhl gewährt, sie tat so, als sei die Etage der Eisner Group ein heiliges Reich.

»Normalerweise lasse ich nicht so einfach jemanden unangekündigt nach oben«, hatte sie mit gerümpfter Nase kommentiert.

»Na ja, die Umstände sind heute ja auch nicht normal«, war Julia Durants spitze Reaktion darauf gewesen.

»Dreiundvierzigster Stock, ganz schön weit oben«, murmelte Hellmer, nachdem er die nummerierten Tasten auf dem Bedienfeld gemustert hatte. Julia Durant versuchte derweil, sich ins Gedächtnis zu rufen, ob sie den Namen Karl von Eisner schon einmal gehört hatte. Doch sosehr sie auch grübelte, sie kam nicht drauf.

Die Kabinentür glitt auf und gab den Blick preis auf einen nicht minder eleganten Empfangsbereich, offenbar eingerichtet nach Ideen des Feng-Shui. Es gab kaum scharfe Kanten oder Brüche, der Teppichboden, die Pflanzenkübel und sogar die Empfangstische waren aufeinander abgestimmt und so ausgerichtet, dass keine spitzen Winkel auf Besucher oder Mitarbeiter gerichtet waren. Sanfte, helle Naturtöne und eine natürlich wirkende Beleuchtung erweckten den Anschein, als durchflute Tageslicht die Etage, dabei gab es nur auf den beiden Seiten des breiten Raumes je ein schmales Fenster. Links und rechts saßen zwei Empfangsdamen, welche jeweils über eine Bürotür zu wachen schienen. Die beiden Frauen, so stellte Julia beim Näherkommen fest, hätten gegensätzlicher nicht sein können: Eine von ihnen proportioniert wie ein Model, blond, jung, drall und sich offenbar ihrer Reize durchaus bewusst. Die andere, linker Hand neben ihr – und es wirkte beinahe, als säße sie in der schlechter beleuchteten Hemisphäre des Raumes –, war groß, stattlich, früher hätte man sie wohl als Mannweib bezeichnet. Lockige, dunkle Haare, kein auffallendes Make-up und Hornbrille. Während Hellmer sich wahrscheinlich instinktiv an die Blondine gehalten hätte, entschied sich Julia für die andere und schritt zielstrebig auf sie zu.

»Guten Morgen, mein Name ist Julia Durant, Mordkommission, und das ist mein Kollege Frank Hellmer.«

Unbeeindruckt nickte die Frau und erwiderte den Gruß. Keine Gegenfrage, nur ein leichtes Stirnrunzeln.

»Wir möchten uns mit Herrn Eisner unterhalten, dienstlich«, erläuterte Julia knapp.

»Herr von Eisner«, und sie betonte das ›von‹ unmissverständlich, »empfängt keine Besucher ohne Termin. Haben Sie eine richterliche Anordnung oder so etwas?«

»Äh, nein, das sollte auch nicht nötig sein«, gab die Kommissarin etwas irritiert zurück. »Unten im Müllcontainer lag eine Tote, und wir untersuchen deren Verbindungen ...«

»... bevor die Bildzeitung das tut«, fiel Hellmer ihr ins Wort. Julia nickte lächelnd. »Ja, genau. Die werden sich früher oder später auch darauf stürzen, es sei denn«, sie kratzte sich am Kinn und ließ eine kurze Denkpause, »wir könnten Eisner gleich vorab ausklammern. Er ist doch da, oder?«

»Ist ja schon gut. Hinter mir, rechts«, deutete die Dunkelhaarige mit dem Daumen über ihre Schulter und verzog die Mundwinkel. »Aber lassen Sie mich wenigstens kurz anklingeln, um Sie anzukündigen. Sonst bekomme ich das wochenlang aufs Brot geschmiert.«

Sie drückte eine Taste der Telefonanlage und wartete. Vom Schreibtisch nebenan, etwa zehn Meter entfernt, beäugte die Blondine sie neugierig, und Julia fragte sich, wie viel sie von dem Dialog gehört hatte, denn nach einem Augenblick zog sie ein Handy aus der Schublade und tippte emsig darauf herum.

»Sie können hinein«, verkündete die Dunkelhaarige, und die beiden Kommissare betraten das Büro.

Karl von Eisner thronte in einem schwarzen Ledersessel, hinter ihm boten die Fenster einen atemberaubenden Blick auf die Gebäudefassaden des Bankenviertels, besonders der Maintower stach hervor. Der Schreibtisch, an dem ein halbes Dutzend Personen bequem hätten arbeiten können, lag vor ihm wie ein Bollwerk, überall im Raum fanden sich außerdem teure, extravagante Utensilien. In dem ebenfalls dunklen Bücherregal standen Unmengen an Aktenordnern, außerdem Gesetzbücher, Finanzreporte sowie eine in Leder gebundene Gesamtausgabe der Encyclopedia Britannica. Ein mannshoher Orangenbaum, der nicht wenige Früchte und zugleich zahlreiche weiße Blüten trug, verlieh dem Raum eine beinahe sommerliche Atmosphäre, ein Zimmerspringbrunnen plätscherte sanft.

»Mordkommission, wie?«, begrüßte Karl von Eisner seine beiden ungebetenen Besucher. Julia schätzte ihn auf Mitte fünfzig, wenngleich er sehr gut in Form wirkte, fast besser noch als Frank, wie ihr spontan in den Sinn kam.

»Durant und Hellmer«, nickte sie und wollte gerade ihren Ausweis hervorziehen, als von Eisner den Kopf schüttelte. »Lassen Sie mal stecken, und kommen wir gleich zur Sache. Ich habe mitbekommen, dass es unten im Hof eine Tote gab, sehr bedauerlich natürlich, aber die Welt ist nun mal schlecht. Erklären Sie mir also, an welcher Stelle ich ins Spiel komme, denn meine Zeit ist knapp bemessen.«

Unaufgefordert zog Julia sich einen der vier Stühle heran, die in der Nähe des Schreibtisches standen, und Hellmer tat es ihr gleich. Betont gemächlich nahm sie Platz, denn sie würde sich nicht von einem arroganten Schnösel vorschreiben lassen, welches Ermittlungstempo sie vorzulegen hatte.

»Nun, Herr von Eisner«, begann sie gedehnt und unterbrach sich selbst, »bestehen Sie eigentlich auf dem ›von‹? Ihre Empfangsdame schien das sehr ernst zu nehmen, aber das ist ja auch egal.« Ohne eine Antwort abzuwarten, denn der eisige Blick ihres Gegenübers sprach Bände, kehrte sie zum eigentlichen Thema zurück.

»Okay, sprechen wir über die Tote. Wir haben mittlerweile einen Namen, wir können Ihnen auch ein Foto zeigen, ganz wie Sie wollen.«

»Warum sollte mich das eine oder das andere denn interessieren?«, fragte von Eisner. »Hat sie etwa hier gearbeitet? Meine beiden Vorzimmerdamen jedenfalls sitzen ja unbescholten an ihrem Platz.«

Der lässt sich nicht so leicht aus der Reserve locken,

dachte Julia, na gut, dann eben auf die harte Tour. Sie nickte Hellmer zu, dieser zog das Foto hervor und schob es über die polierte Schreibtischplatte, und Julia bemerkte dazu: »Lara Emmels.« Dabei ließ sie ihr Gegenüber keine Sekunde aus den Augen.

Tatsächlich meinte sie ein kurzes Zucken wahrzunehmen, ein leichtes Weiten der Pupillen, doch dieser Mann war gnadenlos, eiskalt, er schob das Foto mit dem Zeigefinger zurück und schüttelte den Kopf.

»Sagt mir nichts.« Aber etwas in seiner Stimme war anders als zuvor.

»Wenn ich Ihnen nun von einer Handynummer erzähle«, begann Julia, »die eindeutig auf Sie zurückzuführen ist, würden Sie dann eventuell noch einmal über Ihre Aussage nachdenken, dass Sie das Mädchen auf dem Foto nicht kennen?«

»Was für ein Handy?«, fragte von Eisner knapp und spürbar verunsichert.

»Ein Handy, das auf Ihren Namen registriert ist und von dem am vergangenen Freitagabend eine SMS gesendet wurde mit den Worten ›Bin in zwanzig Minuten da‹.«

»Herr von Eisner«, übernahm nun Frank Hellmer in ruhigem, besänftigendem Ton. »Es geht uns hier zunächst um nichts weiter als eine Identifizierung. Wir verurteilen niemanden vorschnell, und gäbe es diese SMS nicht, wären wir vermutlich Klinken putzend jedes Büro abgegangen mit dem Foto des Mädchens in der Hand. Diesen Weg konnten wir nun etwas abkürzen, aber es wäre wirklich hilfreich, wenn Sie uns wahrheitsgemäß erklären, in welcher Verbindung Sie zu dem Opfer stehen.«

In diesem Moment flog die Tür auf, und ein drahtiger, schwarzhaariger Mittvierziger mit glänzend nach hinten gekämmtem Haar stürmte herein.

»Unterbrechen Sie sofort das Verhör meines Mandanten!«, rief er. »Herr von Eisner wird zum diesem Zeitpunkt keinerlei Fragen beantworten. Karl, alles in Ordnung, haben Sie dich unter Druck gesetzt?«, wandte er sich, noch ganz außer Atem, an von Eisner. Dieser schüttelte den Kopf. »Dazu braucht es schon etwas mehr.« Er grinste selbstsicher und lehnte sich wieder zurück.

»Dann darf ich die Herrschaften freundlichst bitten ...«, nickte der Anwalt. »Ihr Gespräch ist damit beendet. Wir werden uns gegebenenfalls wiedersehen, doch dies bitte ausschließlich nach ordnungsgemäßer Vorladung.«

»Herr ...«, setzte Julia Durant an und erhob sich.

»Manduschek. Hier, meine Karte.« Der Anwalt überreichte der Kommissarin eine geprägte Visitenkarte und deutete anschließend in Richtung Tür.

»Keine Verzögerungen, bitte«, mahnte er.

»Wir haben lediglich Fragen zur Identifizierung einer unbekannten Toten gehabt«, versuchte Hellmer zu erklären, doch Manduschek schüttelte nur energisch den Kopf.

»Das werde ich alles nachlesen können, bis dahin wünsche ich einen guten Tag.«

»Komm, Frank, hat keinen Zweck«, sagte Julia enttäuscht, und die beiden erhoben sich.

Beim Hinausgehen musterte die Kommissarin erneut die protzige Einrichtung des Raumes, dabei fiel ihr Blick angewidert auf das aufgerissene Gebiss eines Hais, das über der Tür angebracht war.

MONTAG, 10.35 UHR

Ich glaub's einfach nicht«, stöhnte Manduschek und rieb sich die Schläfen. »Was hast du dir bloß dabei gedacht? Offenbar gar nichts, das ist ja das Schlimme«, beantwortete er seine Frage selbst und verdrehte die Augen.

Lars Manduschek war einer der Anwälte von Lantz & Partner, einer Kanzlei, die sich auf Wirtschaftsrecht spezialisiert hatte und die Eisner Group seit vielen Jahren begleitete. Genau genommen war keine entscheidende Transaktion der Firma ohne Lantz & Partner abgewickelt worden, und die Eisner Group war mit ihrem Aufwand an abrechenbaren Stunden hauptverantwortlich für beinahe jede Personalaufstockung der Kanzlei. Lars Manduschek war ein Juniorpartner, er blickte bereits auf fünfzehn Jahre in der Kanzlei zurück und hatte vor knapp drei Jahren einen bedeutenden Karrieresprung geschafft. Mit vierzig, so hatte er schon vor geraumer Zeit scherzhaft auf diversen feuchtfröhlichen Geschäftsfeiern in Gegenwart Karl von Eisners fallenlassen, steht mein Name hinter dem von Lantz. Der Direktor hatte bereits damals geahnt, dass Manduschek selten etwas einfach so dahinsagte, schon gar nicht, wenn es um seine Karriere ging, deren Vorantreiben er unermüdlich verfolgte. Im Laufe der Jahre und nach unzähligen Geschäftsabschlüssen, meist zugunsten der Eisner Group, war zwischen dem Direktor und seinem Anwalt eine gewisse Freundschaft gewachsen. Eine Männerfreundschaft in einer Welt, deren Machthaber am besten mit einem Rudel Wölfe zu vergleichen war: Man wusste voneinander, respektierte sich, und es gab sogar ein gewisses Maß an Vertrauen. Aber über allem stand die Hackordnung, eine gnadenlose Hierarchie, der man sich unterzuordnen hatte. Solange jedem klar war, dass Karl von Eisner das Alphatier war, brauchte man sich nicht zu sorgen und konnte sich sogar freundschaftlich begegnen.

Im Gegenzug würde der Direktor dem Anwalt nie ins Geschäft pfuschen. Wenn es um rechtliche Feinheiten oder um Schlupflöcher ging, überließ er ihm bedingungslos das Ruder. Deshalb tolerierte Karl von Eisner die harschen Worte, die kaum sonst jemand in seinem Umfeld ihm gegenüber zu sagen gewagt hätte.

»Ich habe mir nichts vorzuwerfen«, wehrte der Direktor mit trotzigem Gesichtsausdruck ab. »Ich habe dieser Giftziege mit ihrem Papabär im Schlepptau nichts gesagt, die wollten, glaube ich, so eine Guter-Bulle-böser-Bulle-Nummer abziehen. Du kamst genau im richtigen Moment.«

»Ja, aber nur, weil dein Mäuschen mich gewarnt hat.«

»Welche denn, doch nicht etwa diese Amazone?«

»Nein, die andere«, lächelte Manduschek. »Aber mal im Ernst, wo wir gerade dabei sind: Ich vermute, deine holde Gattin hat die Bewerbungen damals vorsortiert, oder? Es deckt sich zeitlich ja immerhin mit dieser anderen Sache, du weißt schon ... Vermutlich hat sie sich gedacht, wenn schon eine Stelle neu zu besetzen ist, dann wenigstens eines der properen Mäuschen gegen eine solche Hulda auswechseln.«

Karl von Eisner verjagte die Erinnerungen, die ihm in den Kopf schossen, so gut es ging. »Lassen wir das«, brummte er übellaunig, »es reicht schon, wenn ich mir zu Hause ständig Vorhaltungen anhören muss.«

»Nicht ohne Grund, wie mir scheint«, erwiderte Manduschek hartnäckig. »Du bewegst dich auf dünnem Eis, mein Lieber, und das ist nicht wieder nur ein blödes Wortspiel mit deinem Nachnamen, sondern ich meine es todernst. Die Zusatzklauseln zum Ehevertrag sind da ganz unmissverständlich, immerhin haben wir sie damals ausgearbeitet. Zugegeben, wir konnten genügend Einfluss darauf nehmen, dass uns nicht irgendwelche Überraschungen erwarten, zum Glück haben wir ja ein paar gute Scheidungsexperten auf unserer Gehaltsliste. Aber der Rahmen ist nun einmal ganz klar und ohne Grauzonen definiert, das würde ich mir an deiner Stelle jeden Tag in Erinnerung rufen. Wenn dich also schon kein Priester dazu bewegen kann, dann sollte allein dieser spezielle Ehevertrag deine Treue zu Sophie zu einem heiligen Sakrament machen.«

Manduschek kratze sich am Ohr und kniff die Augen zusammen. Nachdem er seinen Worten genügend Zeit gegeben hatte, um bei von Eisner einzuwirken, fuhr er fort.

»Karl, ich unterhalte mich jetzt einmal für einige Minuten ausschließlich als Anwalt mit dir, also nicht als Kumpan und schon gar nicht als Freund. Bitte verrate mir also eines«, betonte er und hob den Daumen in die Luft, »hattest du etwas mit der Kleinen am Laufen, und, falls ja, wann warst du das letzte Mal mit ihr zusammen? Falls, und ich betone das bewusst, *falls* du mir darüber hinaus erzählen möchtest, dass ihr euch das letzte Mal in der Silvesternacht getroffen habt, kann ich dich nicht davon abhalten. Mir ist bei unserer Party nicht entgangen, dass du für eine Weile abgetaucht warst. Aber ich bete zu Gott, und zwar inständig, dass du dann wenigstens ein Kondom benutzt hast. So wie ich dich kenne«, schloss er seufzend, »wirst du mir gleich die erste Frage bejahen.«

Als Karl von Eisner sich räusperte und anschickte, zu den Punkten Stellung zu nehmen, rieb sich der Anwalt erneut die Schläfen und fügte hinzu: »Denk daran, nichts auszuschmücken, schon gar nicht irgendwelche Rechtfertigungen oder Erklärungen, beschränke dich unbedingt auf die von mir gefragten Details. Den Rest erfrage ich hinterher, aber auf meine Weise.«

Auffordernd blickte er den Direktor an.

Karl von Eisner nickte müde, plötzlich war von dem starken Alphatier nicht mehr viel übrig. Bislang hatte er seinem Anwalt nichts weiter berichtet, als dass eine Tote im Müll gefunden worden war und dass die Kommissare ihn mit einem Foto und einer SMS konfrontiert hatten.

»Um es kurz zu machen: Da war etwas zwischen uns«, gestand er zerknirscht, »und wir haben uns am Freitag während des Galadiners kurz getroffen. Du erinnerst dich vielleicht, ich war zwischen zehn und halb zwölf nicht präsent, da waren wir zusammen. Was genau wir miteinander hatten, kann ich dir gar nicht so klar beantworten, aber für alle Außenstehenden wird es wohl ganz klassisch auf ›Banker und Prostituierte‹ hinauslaufen, bestenfalls auf ›Ehemann und Geliebte‹.« Er überlegte kurz, dann fiel ihm noch etwas ein: »Ach so, das Kondom. Wir haben nie ohne Gummi, das weiß ich genau, denn das wollte sie nicht. Zufrieden so weit?«

Er faltete die Hände auf dem Tisch und blickte seinen Anwalt fragend an.

»Zufrieden wäre ich, wenn ich unten im Büro in Ruhe

über den Papieren von Wells Fargo brüten könnte, statt mich mit deinen sexuellen Eskapaden auseinandersetzen zu müssen«, gab Manduschek zurück, »aber gut, *that's life*, dann verdiene ich mein Geld eben bei dir. Ich fasse also zusammen: Du hast von der Kleinen regelmäßig sexuelle Dienstleistungen eingekauft, letztmalig am 31.12., und ihr hattet dabei einvernehmlichen, durch Präservativ geschützten Verkehr.« Er blickte kurz auf, bevor er fortfuhr. »Korrigiere mich, wenn ich etwas falsch sage.«

Der Direktor schwieg.

»Okay, dann zum nächsten Punkt. Wie lange habt ihr dieses Arrangement unterhalten, und wo habt ihr euch getroffen?«

»Schätzungsweise zwei Jahre«, antwortete von Eisner nach kurzem Überlegen, »darauf will ich mich jetzt nicht festlegen. Das könnte ich aber herausfinden.«

»Ja, später. Wo habt ihr euch getroffen?«

»In dem Appartement in Oberrad, du weißt schon, *das* Appartement«, erklärte der Direktor verstohlen.

»Auch das noch«, ächzte Manduschek. »Und die Verabredungen hat am besten noch deine Sekretärin vereinbart, wie?«

»Nein, ich habe dafür ein eigenes Handy. So ein Prepaid-Gerät, warte!« Er zog eine Schublade auf und fischte ein einfaches schwarzes Klapphandy heraus. »Hier.« Er legte das Gerät auf den Tisch, es war ausgeschaltet. »Ich habe mir das damals kurzerhand besorgt, um mir eine gewisse Privatsphäre zu schaffen. Das war damals, nur ein paar Wochen nach ... na, du weißt schon. Das Freischalten hat eine der beiden Damen erledigt, aber da habe ich mir nun wirklich nichts dabei gedacht. Ist doch auch schon ewig her.«

»Trotzdem eine üble Retourkutsche«, murmelte Manduschek.

»Für die Polizei ist so ein Indiz wie Ostern und Weihnachten gleichzeitig.«

Von Eisner schwieg, und der Anwalt setzte erneut an: »Womit wir bei der nächsten Frage wären, und diese, mein Lieber, würde ich dir liebend gerne als Freund stellen. Denn als Anwalt darf ich dir nicht raten, bei Bedarf zu lügen, und spätestens wenn unsere Strafverteidiger zu dem Fall stoßen werden, müsst ihr aus den Fakten eine wasserdichte Version zaubern. Andererseits«, fügte er argwöhnisch hinzu, »könnte es sein, dass die Wahrheit diesen Raum besser nicht verlassen sollte. Ich denke, du weißt, worauf ich hinauswill?«

»Endlich kommen wir mal zum Punkt!«, entfuhr es von Eisner. »Mir ist es scheißegal, ob als Anwalt, Freund oder sonst was, aber ich sage es dir hier und jetzt und nur ein einziges Mal: Ich habe Lara Emmels nicht ermordet.«

MONTAG, 10.30 UHR

Hellmer und Durant warteten vor dem Fahrstuhl, im Hintergrund hörten sie die Blonde telefonieren und die Dunkelhaarige mit Papier rascheln.

»Kannst du mir mal sagen, was das gerade war?«, fragte Julia, als die Tür sich hinter ihnen schloss.

»Das war ein erstklassiger Rausschmiss«, entgegnete Hellmer. »Ich vermute, als Nächstes geht eine Beschwerde im Präsidium ein, und Berger kriegt einen Einlauf. Hier oben weht ein anderer Wind, meine Liebe, an den Eisner kommen wir nicht mehr ran, das prophezeie ich dir.«

»Werden wir ja sehen«, knurrte Julia. »Übrigens heißt es *von* Eisner, hochwohlgeboren und über alles erhaben. Aber eine Speichelprobe werden wir ihm nicht ersparen, das garantiere ich dir, und wenn wir ihn dafür ruhigstellen müssen.«

»Er wird sie uns jedenfalls sicher nicht so bereitwillig geben wie Brack«, erwiderte Hellmer. »Es wundert mich ohnehin, dass der so ohne weiteres kooperiert hat. Schien doch eher ein argwöhnischer Zeitgenosse zu sein, oder?«

»Na ja, uns kannte er eben. Wir sollten die Probe gleich zu Andrea bringen, ich rufe nur noch rasch Berger an, dass er uns eine richterliche Anordnung organisiert. Je schneller wir diesen Typen abhaken können, desto weniger Zeit hat er, sich hinter seinem Anwalt zu verschanzen. Vermutlich wird da bald eine ganze Armada auflaufen, spätestens dann, wenn er denen das mit dem Handy und der SMS erklärt«, schloss sie bitter.

»Das mag sein, aber er wird auch mit hundert Rechtsverdrehern nicht um eine Aussage herumkommen.«

Eine Viertelstunde später erreichten die Kommissare die alte Jugendstilvilla in der Kennedyallee, in der das Institut für Rechtsmedizin untergebracht war. Andrea Sievers erwartete sie bereits, sie hatte Julia Durant während deren Telefonat mit Berger auf die Mailbox gesprochen und um Rückruf gebeten. Julia hatte per SMS geantwortet, dass sie ohnehin unterwegs zu ihr seien.

»Ah, da seid ihr ja«, begrüßte die attraktive Medizinerin mit ihrem charmanten Lächeln die beiden. Ihre Augen strahlten. Julia beneidete sie manchmal darum, wie wenig der Job ihr auszumachen schien. Den Galgenhumor, von dem es auch im Präsidium reichlich gab, einmal außen vor gelassen.

»Grüß dich, Andrea«, lächelte Hellmer und überreichte ihr den Behälter mit der Speichelprobe. »Hier, kleine Aufmerksamkeit des Hauses.«

»Wir haben eine freiwillige Probe bei Herrn Brack entnommen«, erläuterte Julia, »zum Abgleich mit dem Sperma beziehungsweise, so die offizielle Version, zum Abgleich mit allen relevanten Hautpartikeln, die sich an Opfer oder Container fanden. Aber das Sperma hat natürlich Priorität.«

»Klaro«, nickte Sievers, »Sperma hat immer Priorität. Kommt mit.«

Schon eilte sie voraus, und die beiden Kommissare folgten ihr. Der Leichnam von Lara Emmels war bis knapp über die Brustwarzen abgedeckt, die Schnittbahnen von beiden Schlüsselbeinen hinab zum Brustbein stachen unangenehm hervor. Julia Durant schluckte. Sie hatte schon vieles gesehen, aber an manche Dinge konnte und wollte sie sich nicht gewöhnen. Es war für sie meist weitaus weniger schlimm, eine Leiche am Tatort zu betrachten, als sie hier liegen zu sehen – nackt, bleich und so unwiederbringlich tot.

»Ich kenne ja eure Vorlieben, und anstatt hier meine permanent unterbewertete Arbeit hervorzuheben, fasse ich die Ergebnisse ganz exklusiv in wenige Sätze, okay?«

»Wir bitten darum«, nickte Julia.

»Junge Frau, Anfang zwanzig – wie mir mitgeteilt wurde, ist die Identität mittlerweile bekannt, und wir müssen keine

Datenbanksuche mehr machen. Den Zeitpunkt des Todes kann ich nur schätzen, denn ich hatte hier gestern einen Eisklumpen mit derselben Kerntemperatur wie draußen auf dem Tisch liegen. Folglich muss die Kleine schon eine ganze Weile im Container gelegen haben, mindestens vierundzwanzig Stunden, ich schätze sogar länger. Sie wurde dort abgelegt, als sie noch warm beziehungsweise beweglich war, es gibt keine Brüche oder Faserrisse, die auf ein Dehnen im Starrzustand hinweisen. Was es aber gibt, sind eine ganze Menge kleiner Frakturen, so an der rechten Wange, vermutlich durch einen harten Schlag, außerdem zeichnen sich Spuren von Würgemalen ab. Ganz schwach, das muss ich noch überprüfen. Die Hämatome an den Armen, am Unterbauch und den Rippen wiederum sind eindeutig. Diese Verletzungen könnten von einer Vergewaltigung herrühren, denn auch im Vaginalbereich sind entsprechende eindeutige Verletzungen vorhanden. Das Problem bei jungen Frauen, die mutmaßlich im Sektor der Prostitution tätig sind, ist leider, dass wir im Nachhinein nicht so genau feststellen können, ob gewisse Verletzungen nicht von Sadomaso-Praktiken herrühren«, seufzte Andrea. Dem konnte Julia nur zustimmen. Ihr fehlte jeder Sinn dafür, wie man sich beim Sex freiwillig verletzen oder gar demütigen lassen konnte. Ungute Erinnerungen drohten in ihr aufzusteigen, und schnell forderte sie die Rechtsmedizinerin mit einem vielsagenden Blick dazu auf, fortzufahren.

»Okay, so weit zu den sichtbaren Verletzungen«, resümierte diese sogleich. »Die Fotos kann ich euch nachher komplett zur Verfügung stellen, es ist alles dokumentiert. Das mit dem Sperma hatten wir ja bereits besprochen, etwas kniffliger wird es mit der Todesursache. Ich vermag tatsächlich nicht hundertprozentig zu sagen, ob das Mädchen an einem Schlag auf den Hinterkopf gestorben ist oder ob die Kälte auch einen Anteil hatte. Die dritte Möglichkeit ist das Ersticken oder zumindest eine Ohnmacht, die durch Sauerstoffmangel im Gehirn ausgelöst wurde. Eine toxikologische Untersuchung machen wir bereits, bisher sind wir noch auf keine Anzeichen für Drogenmissbrauch gestoßen. Letzten Endes könnte es also darauf hinauslaufen, dass sie unmittelbar nach der Tat leblos in dem Container abgelegt wurde. Mitbekommen hat sie davon gewiss nichts mehr, ob sie aber bereits tot war oder einfach nur bewusstlos, das steht noch in den Sternen. Die Kopfverletzung selbst war allerdings heftig genug, dass sie, falls der Frost das nicht erledigt hätte, höchstwahrscheinlich auch so daran gestorben wäre.«

»Danke, das ist schon sehr aufschlussreich«, sagte Julia, »denn eines zumindest ist damit klar: Es handelt sich um eine Tat mit Tötungsabsicht. Keiner legt eine Bewusstlose bei angekündigten minus zehn Grad außen ab.«

»Da stimme ich zu«, nickte Andrea Sievers. »Andererseits kann und darf ich die Möglichkeit nicht ausschließen, dass die Emmels zum Beispiel im Eifer einer heftigen Auseinandersetzung irgendwo dagegengekracht sein könnte. Dazu wäre es hilfreich, den Tatort zu kennen. Solange ich keine Tatwaffe zum Abgleich habe, muss ich auch die Möglichkeit in Betracht ziehen, dass die Verletzung von einem Standmöbel stammen kann. Das wird euch nicht gefallen, denn flugs könnten wir es dann mit fahrlässiger Tötung zu tun haben, stimmt's?«

»Könnte darauf hinauslaufen«, kam es mürrisch von Hellmer, »und nein, dieser Gedanke schmeckt mir ganz und gar nicht.«

»Fahrlässige Tötung, gepaart mit Vergewaltigung und schwerer Körperverletzung?«, hielt Durant zweifelnd dagegen. »Nein, davon lassen wir uns den Wind nicht aus den Segeln nehmen. Aber ich bitte dich um eines, Andrea«, betonte sie mit ernster Miene, und die Rechtsmedizinerin wandte sich ihr aufmerksam zu.

»Schieß los.«

»Wir werden uns wohl bald mit einem halben Dutzend Anwälte herumschlagen müssen, denn wir müssen ein großes Tier auf dem Finanzmarkt in die Mangel nehmen. Ich weiß, dass ich dir das gar nicht extra sagen müsste, und bei Professor Bock würde ich mich das auch nicht trauen«, sie lächelte kurz, »aber ich muss dich bitten, ganz eindeutige und hieb- und stichfeste Ergebnisse zu liefern, aus denen uns kein Winkeladvokat einen Strick drehen kann. Nicht auszudenken, dass der Tod der Kleinen nach einem Verreißen sämtlicher Gutachten als Unfall abgetan wird und mit einer Bewährungsstrafe endet. Dazu hat sie zu viel durchgemacht, das könnte ich nur ganz schlecht verkraften, glaube ich.«

»Verstehe«, nickte Andrea. »Ich tue mein Bestes.«

»Wissen wir doch«, lächelte Hellmer.

»Ich hatte übrigens erwartet, dich erst in der zweiten Januarwoche zu sehen«, wandte Andrea sich noch einmal an Julia.

»Dachte, du wärst noch auf Staatsbesuch in der bayerischen Landeshauptstadt. Wie darf ich mir den netten Herrn denn vorstellen? Mehr so wie in *München 7* ... oder eher wie einen Kaiser Franz?«

»Weder noch, Andrea«, wehrte Julia kopfschüttelnd ab, »und ich war in erster Linie zu Besuch bei meinem Vater. Bitte nimm's mir nicht krumm, aber in meinem Kopf tanzt momentan dieser Fall Tango, und ich kann mich schon jetzt kaum mehr an München erinnern, obwohl ich gerade erst zurückgekehrt bin. Irgendwie«, seufzte sie, »klappt das bei mir nie wirklich mit der Trennung von Beruf und Privatleben. Aber ich arbeite dran, das hinzubekommen, also frag mich vielleicht einfach ein andermal, okay?«

»Kein Problem.« Doch Julia entging nicht das Zwinkern, das die Rechtsmedizinerin und Hellmer austauschten.

»Eigentlich hast du ja auch recht«, gestand Andrea schließlich ein, »denn im Zweifelsfall wird immer das Private vom Beruflichen aufgefressen, nicht umgekehrt. Guter Vorsatz also, aber irgendwann frage ich dich trotzdem wieder, und dann wirst du dich nicht so einfach aus der Affäre ziehen können.«

»Fein. Dann machen wir uns wieder auf den Weg. Wir sind einer weiteren DNA-Probe auf der Spur, und sobald diese eintrifft, bitte ich dich, sie mit allerhöchster Priorität zu behandeln. Möglicherweise haben wir damit nämlich den ... hm, *Besitzer* des Spermas am Haken.«

»Ich stehe bereit und informiere auch Professor Bock«, sicherte die Rechtsmedizinerin den Kommissaren zu. »Und liefert mir nach Möglichkeit einen Tatort oder eine Tatwaffe. Das würde mir für den Bericht sehr weiterhelfen.«

MONTAG, 12.35 UHR

Sophie von Eisner betrachtete nachdenklich das braune Kuvert, das vor ihr auf dem Esstisch lag. Sie hatte den Klebeverschluss noch nicht aufgerissen, drehte bislang nur unschlüssig an den Ecken. Der Besucher, ein ihr bis dato nicht bekannter Mann, hatte vor einigen Minuten damit vor der Tür gestanden und um Einlass gebeten. Nur widerwillig hatte sie geöffnet, nicht, ohne zuvor den Wachdienst zu informieren und einen Zeitraum für den Kontrollanruf und eine Sicherheitsantwort festzulegen.

»Ist mir ja wirklich unangenehm«, hörte sie wie aus weiter Ferne eine Stimme. »Aber es ist nun mal eine ruhige Siedlung, und meistens nimmt man seine Nachbarn auch gar nicht wahr.«

»Wie bitte?«, entfuhr es ihr, als ihre Gedanken ins Jetzt zurückkehrten. Ihr gegenüber saß ein Mann mittleren Alters, ein dunkler, verwahrloster Bart verdeckte sein Gesicht, und die Augen verbargen sich hinter einer blau getönten Brille. Über einem biederen Pullunder trug der Mann ein abgewetztes Sacko – gänzlich anders als die eleganten Männer, mit denen Sophie es üblicherweise zu tun hatte; beim Golfspielen, auf Empfängen oder auf der Galopprennbahn. Dennoch kam ihr irgendetwas an dem Mann vertraut vor, doch sie konnte dieses vage Gefühl nirgends festmachen.

»Ich sagte, es ist mir prinzipiell egal, dass es sich offensichtlich um eine unregelmäßig genutzte Geschäftswohnung handelt, da könnte man es schließlich schlimmer treffen. Denken Sie nur an die ganzen Studenten oder, noch schlimmer, wenn es ein Sozialbau wäre. Zum Glück sind die Mieten hoch genug, dass uns das nicht so schnell betreffen wird. Worauf ich aber hinauswollte: Wir haben einfach Sicherheitsbedenken wegen dieser .... Dame – und dann eben die Sache mit dem Schlüssel.«

»Was für eine Dame, was für ein Schlüssel?«

»Der Schlüssel ist in dem Kuvert«, antwortete der Mann, dessen Name Sophie bereits wieder vergessen hatte, »und«, er rümpfte die Nase, »wir gehen jetzt einfach mal davon aus, dass es sich um eine Zugehfrau handelt. Wobei die Zeiten schon recht ... sonderbar sind.«

»Und wie sind Sie auf mich gekommen?«, fragte Sophie von Eisner, noch immer misstrauisch.

»Das war einfach«, log der Besucher lächelnd. »Ich kenne jemanden beim Meldeamt. Dort wurde mir gesagt, dass es sich um ein Firmenappartement handelt.«

Sie blieb argwöhnisch. »Sie sollten wissen, dass wir hier über einen hervorragenden Wachschutz verfügen und ich mich gegen einen Angreifer durchaus zu verteidigen in der Lage bin.«

»Frau von Eisner«, lächelte er beschwichtigend, »es läge mir völlig fern, Ihnen etwas anzutun. Im Gegenteil, ich wollte ja Ihren Mann aufsuchen, aber man hat mir keinen Termin gegeben. Außerdem, mal unter uns, hoffen meine Frau und ich, dass Sie vielleicht besser auf ihn einwirken können. Ich habe ihn am Freitagabend vermutlich verärgert, als ich ihn zugeparkt hatte, kann sein, dass er es gar nicht bemerkt hat, aber ...«

»Freitag?«, wiederholte Sophie von Eisner spitz. »Wann am Freitag?«

»Oh, das wissen Sie nicht?«, kam es überrascht.

»Doch, doch«, erwiderte sie schnell. »Ich meine die Uhrzeit. Karl hat gar nichts erzählt, dass er sich geärgert hat oder so.«

»Natürlich, oh, das kann ich leider nicht mehr beschwören. Abends eben, er war auch nicht lange da, vielleicht eine Stunde, aber darum geht es ja. Wir finden es nicht gut, dass ein Schlüssel unter dem Briefkasten klemmt. Das macht man heutzutage einfach nicht, ich meine, können Sie Ihrer Zugehfrau nicht einfach einen Ersatzschlüssel machen?«

»Ähm, ja, ich weiß nicht«, stotterte Sophie, »vielleicht bespreche ich das mit meinem Mann.«

»Der Schlüssel ist dort im Kuvert. Ich hätte ihn ansonsten eingeworfen mit einer Notiz, aber so ist es persönlicher. Außerdem haben wir uns dadurch endlich einmal kennengelernt«, lächelte er. »Immerhin sind wir ja quasi Nachbarn, wenn auch nur auf dem Papier.«

»Danke.« Sophie von Eisner hätte sich am liebsten in Luft aufgelöst, zugleich verspürte sie eine unbändige Wut in ihr aufsteigen.

»Übrigens«, fuhr er lächelnd fort, »Sie haben mir zwar noch keinen angeboten, aber wenn Sie mich nun danach fragen würden, ich glaube, ich würde jetzt gerne eine Tasse Tee annehmen. Ist ziemlich eisig draußen, finden Sie nicht?«

»Entschuldigen Sie bitte«, erwiderte Sophie frostig, »ein Termin, den ich vergaß, Sie verstehen? Wenn das alles ist …« Sie wollte allein sein, konnte die Anwesenheit dieses ungepflegten Mannes kaum mehr ertragen.

»Ja, klar, bitte verzeihen Sie die Störung. Ich breche dann mal wieder auf.«

Was er wollte, hatte er längst erreicht.

Zufrieden lächelnd zog Arthur Drechsler einen Zettel hervor, auf dem er eine Adresse notiert hatte. Er überlegte kurz, schlug sich den Kragen seines dunkelgrauen Fischgratmantels nach oben und verließ das Eisner-Anwesen mit raschen Schritten.

Zwanzig Minuten später schob Sophie von Eisner in Oberrad den Schlüssel in die Eingangstür des Appartements. Mit leichtem Knacken öffnete sich das Schloss, und sie trat ein. Es gab keinen richtigen Flur, nur einen kleinen, hell gefliesten Eingangsbereich mit einem Schirmständer und drei Wandhaken. Kleidung hing keine daran. Durch einen offenen Bogen betrat Sophie das Wohnzimmer, eine ordentlich gestellte Sitzkombination mit dunklen Bezügen und hellen Kissen befand sich darin, über dem Sofa hing eine verkleinerte Replik des Goethe-Porträts von Johann Heinrich Tischbein. Das Original hatte Karl Dutzende Male im Frankfurter Städel Museum bewundert, es inspirierte ihn, wie Sophie wusste. Umso schlimmer, dass es in dieser Bude hängt und nicht zu Hause oder im Büro, dachte sie verbittert.

Sie hatte nach dem Verschwinden des fremden Besuchers nur einige Momente unschlüssig zu Hause verharrt, war dann zur Garderobe geeilt, hatte sich einen Wintermantel gegriffen, aus dem metallenen Wandkästchen den Schlüssel des BMW gefischt und war über den mit reichlich Salz und Schotter gestreuten Weg um die Villa herum zur Garage gelaufen. Das elektrische Tor fuhr nach oben, der dunkle Wagen glänzte wie frisch poliert, und die Scheiben waren eisfrei und unbeschlagen. Selbst im Auto war es dank Standheizung nicht allzu ungemütlich, wobei Frau von Eisner eine gute Fahrerin war, die auch ein kalter Wagen, schlechte Witterung und ungünstige Fahrverhältnisse nicht davon hätten abhalten können, sich auf die Straße zu wagen. In dieser speziellen Situation schon gar nicht, Sophie war in Rage. Bis vor zehn Minuten, besonders, als ihr Besucher beinahe schon höhnisch von einer Zugehfrau gesprochen hatte, hatte sie sich gedemütigt gefühlt, vorgeführt, ein Angriff aus dem Hinterhalt, dem man schutzlos gegenüberstand, und war man auch noch so eine Kämpferin. Doch ihre Stärke war zurückgekehrt, Wut, verletzter Stolz.

Ihr erster Gedanke war gewesen, ins Büro zu fahren und Karl zur Rede zu stellen. Dieses schmierige Arschloch, hatte sie dann aber gedacht, nein, du wirst ihm keine Szene auf seinem Terrain machen, nicht mit den Tussis im Vorzimmer, die sich hinterher genüsslich das Maul zerreißen würden, nicht wie eine Bittstellerin vor den Altar des Meisters treten. Mit jeder Straßenkreuzung, die sie passierte, war sie dankbarer für den Besuch des unbekannten Nachbarn, nach dessen Namen sie nicht einmal gefragt hatte. Oder doch? Sie wusste es nicht mehr, aber wenn, dann musste sie ihn wohl vergessen haben. Das Wichtigste war, dass er genau im richtigen Moment gekommen war und sie allein zu Hause angetroffen hatte. Ein Zufall, den sie nun für sich nutzen würde. Ich werde mich vorbereiten, mein lieber Ehemann, werde genau prüfen, was du hier getrieben hast, und dann werde ich dich konfrontieren. Mit diesem Entschluss hatte Sophie von Eisner das Wohnviertel erreicht und ihren Wagen sogleich in die erste freie Parkbucht des Reihenhauses gestellt. Es war ihr in diesem Moment völlig gleichgültig, wessen Platz sie blockierte. Irgendwo hinter einer Gardine würde ohnehin der aufmerksame Nachbar lauern und beobachten, wie eine gehörnte Ehefrau verzweifelt das Liebesnest ihres Gatten aufsucht.

Zugehfrau, immer wieder kam ihr diese Bezeichnung in den Sinn. Das Schlimme daran war, dass an der Wortkombination etwas Wahres zu sein schien. Bald wird das wieder ein langweiliges, biederes Viertel sein, hatte Sophie beim Eilen über den Zugangsweg bittersüß gedacht, vorbei an einem grünen Damenfahrrad, dessen Rahmen und Sattel mit einer dünnen Schicht Neuschnee bedeckt war.

Nun durchquerte sie den Raum, die Tür zum Schlafzimmer stand sperrangelweit offen, auf dem Nachttisch sah sie eine fast leere Champagnerflasche und zwei Gläser. Ihr Blick wanderte über das zerwühlte Laken, außerdem hing der Schirm der Stehlampe schief. Es musste wohl schnell gehen, kam ihr hämisch in den Sinn, sonst hätte dich noch einer deiner ach so illustren Gäste vermisst. Doch gleichzeitig bildete sich ein Kloß in Sophies Kehle.

Ihre Ehe hatte romantisch begonnen, Karl hatte sie umgarnt, und das, bevor er wusste, wie wohlhabend Sophie einmal sein würde. Tatsächlich hatte er nicht damit gerechnet, dass sie einen großen Anteil am Geschäftsvermögen ihres Vaters erben würde, denn das Geschäft war seit jeher seinen Söhnen vorbestimmt gewesen. Erst nach der Hochzeit hatte Sophie es ihm offenbart, von daher konnte sie sich sicher sein, dass die Heirat zum maßgeblichen Teil aus Liebe erfolgte. Natürlich, man verlobte sich nur innerhalb der gesellschaftlichen Schicht, aber das war ja nicht verwerflich. Es waren gute fünf Jahre, der erste Einbruch kam, als sie trotz aller Anstrengungen keinen Nachwuchs zustande bekamen. Sosehr Sophie sich einmal Kinder gewünscht hatte, mittlerweile, und besonders am heutigen Tag, war sie froh, keine zu haben.

Es war also wieder geschehen, konstatierte sie, und offenbar nicht nur ein Mal. Karl von Eisner war berüchtigt für seine Kaltherzigkeit gegenüber Rivalen, für seine Macht, die er emotionslos jeden spüren ließ, bei dem er es für angebracht hielt. Ein starker Geist, so viel war sicher, aber es war wie so oft die Schwäche des Fleisches, die einen mächtigen Mann ins Wanken brachte.

Umso schmerzlicher wirst du den Todesstoß spüren, den ich dir nun versetze, das verspreche ich dir, nickte Sophie, während sie ihr Handy aus dem Mantel zog. Sie wählte im Kontaktverzeichnis die Nummer ihres Anwalts, einer jener Männer, die seinerzeit die Zusatzvereinbarungen zum Eisner-Ehevertrag aufgesetzt hatten.

MONTAG, 13.35 UHR

Bergers Büro.

Frank Hellmer schloss seinen Bericht über die Ereignisse des Vormittags gerade ab, als Sabine Kaufmann außer Atem in den Raum stürzte.

»Guten Morgen, frohes Neues und so weiter«, keuchte sie in die Runde.

»Morgen ist gut, haben Sie mal auf die Uhr gesehen?«, antwortete Berger ungehalten.

»Tut mir leid«, erwiderte Sabine mit einem gequälten Lächeln. »Es ist eine ganz blöde Geschichte, ich saß eine halbe Ewigkeit beim Arzt und hatte keinen Empfang. Und als ich endlich draußen war, hatte der Akku seinen Geist aufgegeben. Kann es sein, dass die bewusst den Handyempfang stören, so wie das manche Restaurants angeblich tun?«

»Unwichtig«, brummte Berger, »aber ich glaube es nicht. Außerdem gibt es bei Ärzten schließlich auch Festnetz, oder?«

»Tut mir leid, wie gesagt: Migräne ist eine Höllentortur, das kann ich euch sagen.«

»Na ja, das wiederum kann ich Ihnen wohl nachempfinden«, kommentierte der Chef, nun wieder etwas versöhnlich. »Es gibt nichts Schlimmeres als Schmerz, den man nicht abschalten kann. Selbst wenn das bedeutet, sich im Notfall Hammermedikamente einzuwerfen. Ich habe es am eigenen Leib erlebt«, seufzte er, »aber trotzdem, der Alltag muss nun mal weitergehen.«

»Wie, äh ja«, nickte Sabine hastig, und Julia beschlich das Gefühl, dass ihre Kollegin Berger kein bisschen zugehört hatte. Im Stillen versuchte sie zu ergründen, ob sich hinter Sabines Anspannung nicht noch etwas anderes verbarg. Sabine Kaufmann war ein quirliger Wirbelwind mit einer herzlichen, unbeschwerten Art, deren blonder Bubikopf schon so manchem Kollegen den Kopf verdreht hatte. In gewisser Weise hatte sie eine ähnliche Wirkung auf Männer wie Doris Seidel, die seit einigen Jahren die Lebensgefährtin von Peter Kullmer war und sich derzeit in Elternzeit befand. Beide Frauen verband außerdem, dass sie vor ihrer Tätigkeit beim K 11 für die Sitte gearbeitet hatten. Heute jedoch wirkte Sabine, der man ihre dreißig nicht ansah, verbraucht, müde und übernächtigt. Migräne allein, so war sich Julia Durant zunehmend sicher, konnte nicht hinter dieser Veränderung stecken. Sabine Kaufmann war einer jener Menschen, die kaum etwas Privates von sich preisgaben, ohne dabei unnahbar zu wirken. Eine beneidenswerte Fähigkeit, das musste der Neid ihr lassen. Auch ihr höchst diskreter Umgang mit der Beziehung zu Michael Schreck war Ausdruck dessen. Aber alles zu seiner Zeit, rief die Kommissarin sich zur Ordnung und konzentrierte sich wieder auf die Dienstbesprechung.

»Wir benötigen jedenfalls dringend diese richterliche Anordnung«, beharrte sie, »denn ich habe das ungute Gefühl, dass die Zeit in diesem Fall besonders unerbittlich gegen uns arbeitet.«

»Ich habe mich bereits darum gekümmert«, erklärte Berger, »aber herbeizaubern kann ich sie nicht.«

»Meine Befürchtung ist, dass es besonders lange dauert. Wer weiß, ob der Staatsanwalt und von Eisner nicht zufällig im selben Golfclub sind.«

»Frau Durant, ich habe Ihren Wink sehr wohl verstanden«, entgegnete Berger aufgebracht. »Aber den Anteil, den Sie den Behörden als Hinhaltetaktik unterstellen möchten, müssen Sie bei sich selbst im Gegenzug ausbremsen. Vorverurteilen bringt schließlich auch niemandem etwas, richtig?«

»Eine SMS und ein Anruf sind aber schon recht eindeutig«, fügte Hellmer unterstützend hinzu, »das müssen Sie uns zugestehen. Wäre das Bracks Handy gewesen, säße er längst in Untersuchungshaft, stimmt's?«

»Nicht unbedingt«, wehrte Berger ab, »aber es ist auch müßig, darüber zu diskutieren. Gehen Sie einfach davon aus, dass die Vergleichsprobe bis heute Abend vorliegen wird. Brauchen Sie es auf die Minute genau?«

»Schon gut«, brummte Julia. Insgeheim wusste sie allzu gut, dass sie nicht Berger die Schuld geben durfte. Aber er war es nun einmal, der die oft viel zu langsam mahlenden Mühlen verkörperte, während sie sich draußen die Hacken abrannten.

»Okay. Peter?« Sie wandte sich an Kullmer, neben dem Sabine Kaufmann Platz genommen hatte. »Du bringst Sabine auf den neusten Stand, und dann durchleuchtet ihr bitte die beiden Sekretärinnen und diesen Manduschek. Frank und ich müssen uns jetzt endlich in der Wohnung des toten Mädchens umsehen, wir wissen ja praktisch nichts über sie. Konntest du schon etwas über sie in Erfahrung bringen? Verwandte, Freunde, hat sie studiert oder so?«

»Nicht viel«, verneinte Kullmer. »Ihre Mutter ist in Frankfurt gemeldet, befindet sich aber wohl irgendwie im Entzug oder in der Geschlossenen, das ist noch nicht ganz klar. Ansonsten gibt es nichts, keine Geschwister, keine Verwandten, keine Einschreibung an einer Hochschule. Einen Job hat sie offenbar auch nicht, Sozialleistungen allerdings erhält sie keine. Polizeilich bekannt ist sie als Prostituierte, aber das nur auf Verdacht, denn sie war nie bei einer Agentur oder einem bekannten Zuhälter geführt und beteuerte, als sie einmal bei einer Razzia auffiel, dass sie ausschließlich einvernehmlichen unentgeltlichen Verkehr gehabt habe.«

»Hm, vielleicht findet sich ja etwas in der Wohnung«,

nickte Julia und erhob sich langsam. Beim Hinausgehen warf sie einen weiteren Blick auf Sabine; diese wirkte wieder entspannter und lauschte aufmerksam Kullmers Worten.

»Frau Durant?«, erklang es plötzlich, und Julia fuhr erschrocken zusammen. Bergers Stimme. Sie mochte es überhaupt nicht, wenn kurz vor Schließen der Bürotür seine typischen Last-Minute-Kommentare kamen. Schon gar nicht an einem Tag wie diesem, wenn Berger missmutig hinter seinem Tisch saß und seinen Frust offen zur Schau stellte. Doch was blieb ihr übrig? Julia atmete einmal tief durch. »Haben Sie gerufen?«

»Ja. Kommen Sie bitte noch mal herein und schließen Sie die Tür.«

»Sie machen's aber spannend«, erwiderte Julia mit einem Zwinkern, in der Hoffnung, das Eis ein wenig zu brechen. Sie schloss die Tür und nahm Berger gegenüber Platz.

»Ich wollte Ihnen etwas erklären«, murmelte Berger, während seine Finger mit einem Kugelschreiber spielten. Sein Blick wanderte umher, dann suchte er den Augenkontakt zu Julia und fuhr fort: »An den Kalten Krieg und das sprichwörtliche rote Telefon zwischen dem Weißen Haus und dem Kreml können Sie sich gewiss auch noch erinnern, oder?«

»Wie?«

»Egal, doofer Vergleich«, winkte Berger ab. »Hören Sie, ich hatte heute schon das Vergnügen, dem Büro des Oberbürgermeisters Rede und Antwort zu stehen ...«

»Sie? Das macht doch normalerweise eine andere Etage, oder?«

»Wenn ich's doch sage«, beharrte Berger. »Es war auch

nicht schlimm, absolut konstruktiv, das kann man nicht anders sagen. Aber es hatte auch etwas von Kontrolle. Normalerweise, da gebe ich Ihnen recht, muss ich mich ja nur intern mit den Häuptlingen herumärgern, aber momentan steht hier alles kopf wegen der Wahlen. Der nächste Anruf wird nicht lange auf sich warten lassen. Ich sage es Ihnen, Frau Durant, wir werden auf Schritt und Tritt überwacht. Und das kotzt mich gewaltig an, aber ich kann's nicht ändern. Sie haben doch selbst lange genug hier gesessen, um das zu verstehen.«

»Zu lange, wenn Sie mich fragen«, nickte Julia. »Aber wir müssen unsere Arbeit machen, und Sie haben auch keinen Grund zu der Annahme, dass irgendwer Cowboy und Indianer spielen wird.«

»Nein, das sicher nicht. Ich möchte auch nicht der Korinthenkacker oder Paragraphenreiter sein und in jeder Dienstbesprechung rummeckern. Aber wir ermitteln nun mal in einem hyperempfindlichen Umfeld, das ist wie mit Hornissen. Einmal aufgeschreckt, geht's richtig zur Sache.«

»Hornissen stehen aber unter Naturschutz. Ich hoffe, falls wir jemanden verhaften wollen, kämpfen wir nicht gegen zusätzliche Barrieren an, nur weil in ein paar Wochen Wahlen sind. Dafür gebe ich mich nicht her.«

»Brauchen Sie auch nicht, das garantiere ich Ihnen. Wenn ich mich darauf verlassen kann, dass Sie als leitende Ermittlerin meinen Standpunkt im Auge behalten, werde ich mich guten Gewissens vor Sie stellen, wenn's haarig wird.«

»Und dafür musste ich jetzt noch mal antanzen?« Julia lächelte versöhnlich.

»Ich wollte das nur noch mal klargestellt haben.« Auch Berger lächelte. »Und jetzt raus mit Ihnen, bevor das hier zum Kaffeekränzchen wird.«

Um zwanzig nach zwei – Hellmer hatte vorher noch bei einem Bäcker gehalten, wo sie sich belegte Brötchen gekauft hatten – erreichten die Kommissare die Wohnsiedlung an der Darmstädter Landstraße, auf deren gegenüberliegender Seite in einer großen Halle mit verglaster Front die Kessel der Brauerei zu sehen waren und dahinter der Henninger-Turm.

»Na, Heimatgefühle?«, neckte Hellmer seine Kollegin.

»Quatsch«, gab Julia zurück, »und außerdem hat's mich nie so weit südlich verschlagen. Sind wir hier überhaupt noch zuständig?«

»Keine Sorge, alles im grünen Bereich. Was mich nur wundert: Ohne Job lebt sich's hier sicher nicht billig, oder? Sind keine 08 / 15-Wohnungen, zumindest sieht es nicht danach aus.«

Der Hausverwalter, den die Kommissare zur Öffnung der Wohnungstür bestellt hatten, erwartete sie bereits.

»Wie viele von Ihnen kommen denn noch?«, erkundigte er sich, und seine düstere Miene verriet, dass er sich seinen Alltag als Rentner weitaus ruhiger vorgestellt haben musste. Er ging gebückt und murmelte im Gehen etwas davon, dass er heute schon zum zweiten Mal quer durch die Stadt fahren musste.

»Wenn es nach uns geht, war's das«, grinste Hellmer, und Julia vermutete, dass der Kommentar des Hausverwalters auf die Kollegen der Spurensicherung anspielte.

»Hinterher einfach zuziehen«, kommentierte dieser

knapp, nachdem die beiden eingetreten waren. Er lugte neugierig ins Innere. »Darf ich jetzt endlich mal rein und die Heizkörper runterdrehen? Schlimm genug, dass es hier drinnen so stickig ist, aber solange hier niemand wohnt, müssen wir nicht ins Leere heizen.«

»Wir erledigen das«, wehrte Hellmer ab und sah dem Mann noch einen Augenblick hinterher, bis er im Treppenhaus verschwunden war. Das Achtfamilienhaus hatte zwei Etagen, vier Wohnungen unten und im gleichen Schnitt noch welche darüber. Er schätzte sie auf achtzig Quadratmeter, von draußen klang kaum Verkehrslärm. Wahrscheinlich kriegt man dafür jedes Flugzeug mit, sinnierte er, dann folgte er Julia, die sich bereits einen ersten Eindruck verschaffte.

»Die Spurensicherung ist also mit allem durch?«, vergewisserte sie sich, bevor sie sich dem Schreibtisch näherte.

»Hat Kullmer zumindest gesagt, ja. Es gab keine Hinweise darauf, dass es sich bei der Wohnung um den Tatort handeln könnte, kein Blut, keine Laken, keine Meldungen wegen Ruhestörung. Wobei an Silvester die Toleranzgrenze sicher höher liegt als sonst. Aber wir klingeln uns ja sowieso nachher durchs Haus, auch wenn es leider nur zwei Haushalte sind. Der Rest ist auf der Arbeit oder im Urlaub.«

»Das übernehmen Sabine und Peter später«, nickte Julia, »ich möchte nur mal eben sehen, mit wem wir es bei unserem Opfer zu tun hatten.«

»Fotos, Tagebuch, Laptop? Oder soll ich ein psychologisches Profil anhand ihres Bücherregals machen?«

»Ihre Identität wurde ja hinlänglich bestätigt, oder?«

»Na, hier stehen doch Fotos, und in den sichergestellten

Dokumenten dürfte sich genügend Material befinden«, gab Hellmer zurück. »Das, zuzüglich der Handydaten und dieser Wohnung hier dürfte wohl genügen.«

»Nun, dann sollten wir nach Dingen Ausschau halten, die nicht ins Bild eines normalen jungen Mädchens passen«, sagte Julia nachdenklich. »Ich werde das Gefühl nicht los, dass bei Lara Emmels eine ganze Menge nicht ins Bild passt, oder was meinst du? Sieht das hier aus wie die Wohnung einer Hure?«

Hellmer überlegte kurz und zog die Mundwinkel nach unten. »Irgendwie ... nicht. Aber ich könnte dir auch nicht sagen, wieso.«

Küche, Wohnzimmer und Flur waren aufgeräumt, überall hingen Landschaftsfotografien, kitschige Glasskulpturen mit Ballerinas standen herum, die Sofakissen trugen Zebramuster, und drei Paar grellfarbige Plüschpantoffeln waren zu sehen. Die Wohnung hatte keinen klaren Stil, es gab weiße, moderne Hocker ebenso wie einen klobigen, alten Nussbaumschrank, eine Vitrine aus schwarzem Sperrholz mit Glastüren, einen lila Teppich und zwischen Wohnzimmer und Küche einen weißen Flokati. Von billig bis teuer war alles vertreten.

»Da hat jemand entweder zu viel oder zu wenig Geschmack«, kommentierte Hellmer trocken.

»Ja, als würde man losziehen und alles kaufen, was einem gefällt, ohne darüber nachzudenken, wie es hinterher zusammenpasst.«

»Oder, als bekäme man Geschenke von Personen, die einen überhaupt nicht kennen«, sinnierte Hellmer, und Julia schnippte mit den Fingern.

»Gute Idee, das merk dir mal!«, sagte sie anerkennend, dann begaben die beiden sich auf die Suche. Julias erster Blick galt dem Bücherregal, einer Art Wohnwand, über drei Meter breit, deren Mittelpunkt ein großer Fernsehmonitor bildete. Es gab weitaus mehr DVDs als Bücher, viele der Buchrücken waren abgegriffen, als stammten sie vom Flohmarkt oder aus einer Leihbücherei. Die Titel schienen wahllos gemischt, darunter Reiseführer und Ratgeber, das meiste waren Taschenbuchtitel. Leichte Kost, schloss Julia, nichts Ungewöhnliches. Das Gleiche galt für die Filmsammlung. Einige Cover waren kopiert, innen befanden sich zweifelsohne raubkopierte oder aus Filmzeitschriften herausgetrennte Scheiben. Liebesfilme und Komödien, außerdem ein paar klassische Actionfilme wie die Stirb-langsam-Reihe und einige neuere James-Bond-Titel. Erhellende Erkenntnisse konnte Julia hieraus nicht ableiten.

»Lassen wir es dabei bewenden«, entschied Julia nach einiger Zeit. »Der Laptop ist bei Schreck, Notizen gibt es keine brauchbaren mehr, denn ich schätze mal, das liegt alles bei der KTU. Ein Tagebuch wäre prima, aber davon hätten die Kollegen uns wohl erzählt.«

»Das gibt's leider nur im Film«, lächelte Hellmer. »Aber ich habe dafür einen netten Fang gemacht. Schau mal.«

Er wedelte mit einem Bündel Geld, vornehmlich grüne und lilafarbene Banknoten.

»Wow!«, entfuhr es Julia. »Wo hast du das denn her?«

»Aus dem Klo«, grinste Hellmer. »Nein, ehrlich. Ich war eben im Bad und dachte mir ganz spontan, schaust du mal unter den Porzellandeckel der Spülung.«

»Ich frage jetzt besser nicht, wie man auf so etwas kommt«, erwiderte Julia und musste unwillkürlich an Hellmers Kommentar denken, dass es manches nur im Film gäbe. »Fernsehen bildet anscheinend doch, wie?«

»Nein, es ist viel profaner.« Hellmer wirkte mit einem Mal sehr ernst. »Damals, du weißt schon, als ich dieses Problem mit dem Alkohol hatte …«

»Ja?«

»Nun, ich hatte die tollsten Verstecke für meine kleinen Helfer. Hier eine Flasche Chantré, da eine Pulle Wodka. Gelegenheiten gab es genügend. Logisch, die Idee stammt aus der Glotze.« Er zwinkerte. »Gut, aber was haben wir hier? Eine Tochter, die sich augenscheinlich prostituiert«, er hob erneut das Geldbündel, »um sich und ihrer Mutter ein gutes Leben zu ermöglichen. Wenn ich mir dann den Medizinschrank ansehe«, fuhr er fort und deutete in Richtung Badezimmer, »wird mir auch klar, warum sie einen solchen Batzen Geld nicht offen herumliegen lässt.«

»Was meinst du damit?« Julia runzelte die Stirn.

»Komm mit, schau mal in den Badezimmerschrank. Da stehen Unmengen von Blistern und Döschen, und nicht wenige davon fallen unters Betäubungsmittelgesetz.«

»Lass mal sehen.« Julia eilte ins Bad. Auf den Fliesen klebten blaue und türkisfarbene Delfine, der Toilettendeckel war geschlossen und mit blauem Stoff überzogen. Muscheln und Seesterne befanden sich in den dafür eingelassenen Plastiktaschen des Duschvorhangs, drei Halogenspots überfluteten den Raum mit grellem Licht. Tatsächlich fanden sich in dem kleinen Schrank neben Pflastern, ein paar Kondomen und einer Dreimonatspackung der Pille diverse

Schmerzmittel, aber auch angebrochene und leere Packungen von Methadon, starke Beruhigungsmittel und ein Neuroleptikum.

»Ziemlich harter Cocktail«, murmelte Julia. »Wie war das mit der Mutter? Entzugsklinik?«

»Drogen- oder Nervenklinik, irgendetwas in der Art«, bestätigte Hellmer.

Julia dachte kurz nach. »Nach Andreas ersten Ergebnissen sieht es ja nicht danach aus, als habe die Tochter Drogen konsumiert. Das Endergebnis steht natürlich noch aus, aber deine Vermutung klingt schlüssig. Sie hat das Geld also möglicherweise vor ihrer Mutter verborgen, damit diese es nicht für Stoff ausgeben kann. Wobei es auch einen gierigen Zuhälter geben könnte, der sie schröpft, und wir wissen noch nichts davon.«

»Glaub ich eher nicht«, sagte Hellmer, »aber wir werden es hoffentlich herausfinden. Komm, lass uns die Nachbarn befragen, vielleicht kann uns ja jemand etwas Brauchbares liefern.«

Kurz darauf saßen Julia Durant und Frank Hellmer im Esszimmer der Wohnung, die unter der von Lara Emmels lag. Hineingelassen hatte die beiden eine Elisabeth Weber, Ende sechzig, verwitwet, eine gemütliche, unscheinbare Frau, mit einigen Pfunden zu viel und grauen Haaren, die zu einem Dutt nach hinten gebunden waren. Bereits mit dem ersten Blick stieg in Julia ein gewisses Mitgefühl auf, denn vermutlich hatte der eintönige Alltag dieser Frau kaum mehr zu bieten als die Flucht in vergangene, bessere Zeiten. Der kleinlaute Ton und die stets etwas geduckt wirkende Körperhaltung schienen diese Einschätzung zu bestätigen.

»Sie ermitteln wegen Lara oder wegen ihrer Mutter?«, erkundigte sich Frau Weber, nachdem die Kommissare sich vorgestellt hatten.

»Wir möchten ganz offen sein«, begann Hellmer, »denn es wird ohnehin öffentlich werden. Lara Emmels wurde gestern tot aufgefunden.«

Ein tiefer Seufzer entfuhr Elisabeth Weber, und sie schüttelte den Kopf.

»Heilige Mutter Gottes«, kam es dann, und es klang aufrichtig verzweifelt. »Das arme Mädchen. Was ist passiert?«

»Wir möchten zu diesem Zeitpunkt keine Details nennen, ich hoffe, Sie verstehen das«, fuhr Hellmer fort und Frau Weber nickte. »Unsere Ermittlungen konzentrieren sich natürlich auf Lara, doch wenn Sie uns außerdem noch etwas über Mutter Emmels zu berichten wissen, könnte sich das als hilfreich erweisen. Denken Sie immer daran: Alle Fakten sind wichtig, Aussortieren können wir später immer noch.«

»Helene, also Laras Mutter, heißt nicht Emmels«, korrigierte Frau Weber. »Ihren richtigen Namen kenne ich nicht, sie hat sich aber beim Einziehen gleich dagegen gewehrt, mit diesem Nachnamen angesprochen zu werden. Das schien ihr ungemein wichtig gewesen sein, deshalb erinnere ich mich. Helene, sagte sie, würde ihr beim Ansprechen völlig genügen. Wegen Lara, nun, wie soll ich sagen ...« Sie stockte, und Julia glaubte zu wissen, warum.

»Sie möchten nicht schlecht über sie reden, nicht wahr?«, hakte sie ein. »Aber Sie beschädigen das Andenken an Lara nicht, wenn Sie aussprechen, was Sie denken. Letzten Endes sind das die möglichen Spuren, die zum Täter führen können.«

»Na ja«, Elisabeth Weber rutschte auf ihrem Stuhlkissen hin und her, »es gab eben dieses Gerede, dass sie mit wohlhabenden Männern verkehrt. Oh Gott«, brach es mit einem Schluchzen aus ihr heraus, und sie vergrub den Kopf zwischen den Händen, »hat sie etwa einer dieser … nein, nein …«

Julia reichte Frau Weber ein Taschentuch und wartete, bis diese sich etwas beruhigt hatte.

»Haben Sie von diesen besagten Personen jemanden gesehen?«, fragte sie dann.

»Nein. Lara ist nur immer weggefahren, mal mit dem Fahrrad, mal mit dem Taxi. Aber eben meistens nachmittags oder abends, also dann, wenn man normalerweise nicht zur Arbeit geht. Zuerst hieß es im Haus, sie arbeite Schicht im Krankenhaus, denn tagsüber war sie ja oft zu Hause. Die Leute machen sich eben Gedanken«, sie zuckte mit den Schultern, »und einen Freund oder so hat man nie bei ihr gesehen. Aber das mit dem Krankenhaus hielt sich nicht lange, ich meine, wer geht schon so zurechtgemacht zum Dienst in eine Klinik? Die Frisur, die kurzen Röckchen, ach … das arme Ding.«

Hellmer notierte etwas, dann wandte er sich wieder an Frau Weber. »Und wegen ihrer Mutter? Hat Lara für sie gesorgt, haben die beiden zusammengewohnt? Es gibt ja kein Klingelschild oder so, wie müssen wir uns das denn vorstellen?«

»Wenn man das so genau sagen könnte«, seufzte Frau Weber schulterzuckend. »Lara wohnt seit drei Jahren hier, was vorher war, weiß niemand. Ihre Mutter kam damals mit, zuerst dachten wir, es sei ihre Wohnung, aber die Wohnung gehört der Kleinen. Über Helene weiß ich auch nicht viel, außer, dass sie eine sehr kranke Frau ist, angeblich Depressionen, aber auch da gibt es unschöne Gerüchte. Alkoholikerin, Nervenzusammenbruch, Drogen, sie ist ja momentan wieder in irgendeiner Klinik, da sprechen die Leute eben drüber, und Lara hat sich stets sehr diskret verhalten. Für sie ist das sicher auch hart, ich meine, es war hart ... Ach je, wie schrecklich.«

Sie schluckte.

Ein plötzliches Vibrieren in ihrer Hosentasche ließ Julia erschreckt zusammenzucken. »Entschuldigen Sie«, murmelte sie und erhob sich, während Hellmer das Gespräch mit Frau Weber fortsetzte.

Berger! Hoffentlich der Beschluss, dachte sie und nahm das Gespräch an.

»Frau Durant, wo sind Sie gerade?«

»Sachsenhausen Süd, wir befragen die Nachbarn von Lara Emmels. Haben Sie die Anordnung?«

»Nein, darum geht es nicht«, wehrte Berger ab und klang dabei sehr angespannt. »Stellen Sie die Befragung bitte hintan, ich habe einen weiteren Tatort für Sie.«

»In *diesem* Zusammenhang etwa?«, wollte Julia wissen.

»Nein, nicht offensichtlich jedenfalls, aber das werden Sie hoffentlich genau ermitteln. Ich will Sie und Hellmer als erfahrenste Ermittler dort vor Ort haben. Über die gewisse Sensibilität brauche ich Ihnen ja nicht noch einmal etwas zu erzählen, denn es ist wieder in den gehobenen Kreisen.«

»Inwiefern?«

»Kronberg, Villenviertel.«

In Kronberg gibt es doch nur Villen, dachte Julia, doch dann präzisierte Berger seine Angabe, und sie notierte die Adresse. »Was ist geschehen?«

»Weibliche Tote, aufgefunden von der Putzfrau in der Badewanne, offenbar mit aufgeschlitzten Pulsadern. Ihr Name war Nathalie Löbler, wohnte dort mit ihrem Mann, keine Kinder. Die beiden sind nicht ganz unbedeutend auf dem Finanzmarkt.

Wenn ich mich recht entsinne, steht der Mann von Frau Löbler außerdem recht weit oben in seiner Partei und spekuliert auf einen großen Erfolg bei der Kommunalwahl.«

»Hier in Frankfurt?«

»Ja. Wenn es derselbe Löbler ist, aber ich glaube schon. Er stammt ursprünglich hier aus Frankfurt, sein Elternhaus steht irgendwo in Nieder-Eschbach. Ob politisches Kalkül oder nicht, er ist immer noch dort gemeldet, und sein Name wird in der Politik hoch gehandelt. Die bevorstehenden Wahlen könnten sein Ticket ins Stadtparlament sein. Ein Skandal wiederum ... Na, erst mal müssen wir wissen, worum genau es geht. Laut Leitstelle gab es in den vergangenen Tagen zwei Meldungen über lautstarke Streitigkeiten, daher auch der Verdacht, dass die Sache sich zu einer delikaten Angelegenheit ausweiten könnte. Vor Ort konnte zwar nie etwas festgestellt werden, aber ich möchte, dass Sie das genau prüfen.«

»Wo ist dieser Löbler jetzt?«

»Unterwegs, aber das Haus ist mittlerweile abgesperrt. Bitte beeilen Sie sich, Frau Durant.«

»Wir brechen sofort auf«, sicherte sie Berger zu.

»Ach, noch etwas«, ergänzte dieser. »Die Streife hat uns noch die Info gegeben, dass das Gesicht des Opfers deutliche Spuren von Schlägen aufweist.«

MONTAG, 15.25 UHR

Unglaubliche Kälte schon wieder«, murmelte Frank Hellmer, als die Kommissare den mit großen, dunklen Natursteinplatten ausgelegten Weg entlanggingen. Die Bezeichnung Villenviertel war nicht ganz zutreffend gewesen, sicher, es war eine Straße voller eleganter, geräumiger Häuser, doch die exklusiven Villen befanden sich in einem anderen Teil des Ortes.

»Bin mal gespannt, auf welche düsteren Geheimnisse wir hinter diesen Mauern stoßen werden«, gab Julia Durant zurück und verzog den Mund. Es war kein Geheimnis, dass sich die Kommissarin in der Welt der Reichen und Mächtigen alles andere als wohl fühlte, denn viel zu oft hatte sie in ihrem Berufsleben erfahren müssen, dass es irgendwo im Justizsystem eine Stelle zu geben schien, in der Geld und Einfluss eine unfaire Rolle spielten. Sie mochte sich irren, aber jenes ungute Gefühl beschlich Julia stets, wenn sie sich im Laufe einer Ermittlung in diese Welt begeben musste.

»Ich auch«, nickte Hellmer, der während der gesamten Fahrt kaum ein Wort gesprochen hatte. »Finden wir's raus.«

In dem geräumigen, hell eingerichteten Eingangsbereich begegneten Julia und Frank zwei Personen in Schutzkleidung, ein Mann und eine Frau.

»Treppe hoch, Sie können's nicht verfehlen«, sagte die Frauenstimme.

»Danke.«

Die breite, in einem Viertelbogen nach oben führende Treppe war aus glattem Marmor. Auf jeder Stufe war ein gummierter Streifen angebracht, um die Gefahr des Abrutschens zu mindern. Julia ließ ihren Blick umherwandern: ein geschmackvoll eingerichtetes Haus, wenn auch für zwei Personen definitiv zu groß. Sie fühlte sich ja bereits in ihrer geräumigen Stadtwohnung verloren, obgleich diese weder über zwei Etagen noch über eine Eingangshalle verfügte. Wozu brauchte man drei Schlafzimmer, wenn man nicht einmal Kinder hatte, sinnierte sie weiter, dann jedoch unterbrach Andrea Sievers' Stimme ihre Gedanken.

»So schnell sieht man sich wieder«, ertönte es hinter dem Mundschutz, und die Augen und die links und rechts freiliegenden Wangenpartien wiesen auf ein herzliches Lächeln hin. Andrea trat aus dem Badezimmer und streifte sich erst die Handschuhe, dann den Mundschutz ab, stieg über eine Plastikplane und entledigte sich ihrer hellblauen Gamaschen. »Wenn das in dem Tempo weitergeht, habe ich zu Ostern die hundertste Leiche auf dem Tisch«, keuchte sie, noch immer gebückt. »Na ja, umso besser zu wissen, dass *ihr* beide jetzt übernehmt.«

»Dürfen wir schon rein?«, erkundigte sich Julia, und die Rechtsmedizinerin nickte.

»Nur zu. Ihr müsst nicht mal mehr Schutzkleidung anziehen, eigentlich unfair, aber gut.« Sie folgte den beiden ins Badezimmer. Julia schätzte den Raum auf über zwanzig Quadratmeter. Die Einrichtung im römischen oder griechischen Stil – Säulen mit Blumen, Terrakottafliesen, hellen Creme- und Erdfarben – erinnerte sie ein wenig an den Stil ihres eigenen Bades. Nicht, dass Julia ein Bad derart einrichten würde, aber es hatte nun mal zur Wohnung dazugehört. Hier, in der Villa Löbler allerdings, war alles noch um einiges pompöser, und wahrscheinlich hatte allein das Waschbecken mehr gekostet als Julias Badewanne samt Armaturen.

Nathalie Löbler lag in der ovalen Wanne, das Wasser war eingelassen bis zum Überlauf, der etwa fünfzehn Zentimeter unterhalb des Randes lag. Kein Schaum und keine Luftblasen lagen auf der stillen Oberfläche des rosig eingefärbten Wassers. Der wohlproportionierte nackte, bleiche Körper ruhte bis zu den Brüsten unter Wasser. Die beiden Arme lagen ebenfalls ganz entspannt, einer leicht angewinkelt mit der Hand über der Scham, der andere mit der Handfläche nach oben zwischen Innenwand und Oberkörper. Der Kopf war nach vorne gebeugt und schien auf dem Kinn zu ruhen. Wäre das Badewasser nicht rot eingefärbt gewesen, so hätte man meinen können, die Frau sei beim Baden eingeschlafen und der müde Kopf wäre seitlich nach vorn gefallen. Julia überlegte kurz, wie viele Liter Blut wohl ausgetreten sein mussten, um das Wasser derart zu verfärben. Doch sie hielt sich nicht damit auf, denn spätestens morgen würde Andrea Sievers ihr diese Frage bis auf den Milliliter genau beantworten können. Was Julia erst bei genauerem Hinsehen bemerkte, war das dunkel unterlaufene Auge und die geschwollene Oberlippe, denn zum Teil war die abgewandte Gesichtshälfte der Toten von herabhängenden Haaren verborgen.

»Ich weiß von Pulsadern und Prügeln«, wiederholte die Kommissarin knapp die Informationen, die man ihr am Telefon gegeben hatte. Dabei wandte sie ihren Blick Andrea zu und hob die Augenbrauen.

»Stimmt so weit, aber beginnen wir von vorn. Ich werde

natürlich die ausgetretene Blutmenge schätzen«, bestätigte die Rechtsmedizinerin Julias vorhergehende Überlegung. »So wie das Badewasser aussieht, dürfte es mehr als genug sein, um eine tödliche Unterversorgung zu verursachen. Der Todeszeitpunkt liegt schätzungsweise drei Stunden zurück, also gegen Mittag, plus minus eine halbe Stunde.«

»Die Badewassertemperatur mit eingerechnet?«, erkundigte sich die Kommissarin.

»Kein schlechter Ansatz«, nickte die Rechtsmedizinerin anerkennend, »aber das darfst du nicht überbewerten. Die Lebertemperatur wird von der Badewassertemperatur nur langsam beeinflusst, solange es nicht gerade Eiswasser ist. Wie wichtig ist denn dieser Faktor? Ich meine, gibt es überhaupt ein ausreichendes Verdachtsmoment für eine Mordermittlung? Falls ja, müsste das Labor das eingelassene Wasser auf Schwermetalle und Keime testen lassen, und am Ende hast du mit ein wenig Glück Gewissheit darüber, welcher Wasserhahn geöffnet war.«

»Nein, nein, ich dachte nur ...«, wehrte Julia etwas überfordert von dieser Informationsflut ab. »Es war eine spontane Idee. Aber das mit dem heißen Wasser«, fügte sie nachdenklich hinzu, »erklärst du mir bitte bei Gelegenheit noch mal genauer.«

»Gerne«, lächelte Andrea, »eigentlich ist das auch in einem Satz gesagt: Je nach Warmwasserleitung sind dort bestimmte Metalle eingebunden, Zink, Stahl und so weiter. Warmwasser hat in der Regel einen höheren Anteil an gelösten Metallen, geringfügig, aber eben messbar. Das Gleiche gilt für eventuelle Keime. Der Rest ist simple Mathematik. Okay, das waren jetzt schon drei Sätze«, ergänzte sie schnell. »Gib einfach Bescheid, wenn mehr vonnöten ist.« Dann deutete sie auf das Gesicht der Toten. »Zuallererst schaue ich mir im Institut den Kopf genauer an, möglicherweise wird es noch weitere Verletzungen geben, auch am restlichen Körper, aber auf den ersten Blick habe ich nichts ausmachen können.«

»Röntgt sie unbedingt«, betonte Julia, »denn wer ins Gesicht schlägt, der schlägt auch woanders hin. Überall sonst kann man es nicht auf den ersten Blick sehen, und es gab ja immerhin kürzlich diese Meldungen, dass hier im Haus lautstarke Auseinandersetzungen stattgefunden hätten.«

»Habe ich gehört«, nickte Andrea mit düsterem Blick. »Die Ärmste. Dieses Veilchen am Auge sieht von der Färbung her so aus, als sei es wenige Stunden alt. Rot und angeschwollen, nur wenige bläuliche Einfärbungen; das kann nicht lange vor ihrem Ableben passiert sein.«

»Deshalb möchte ich das so genau wie möglich wissen, vor allem auch, wie lange eventuelle andere Verletzungen zurückliegen. Kriegst du das hin?«

»Ist es nachts dunkel?«, erwiderte Andrea und verdrehte die Augen. »Röntgen ist Standardprogramm bei so etwas, und bevor du fragst, wir untersuchen natürlich auch auf Alkohol, Betäubungsmittel und Co. Ohne dir in die Ermittlung reinreden zu wollen – auch wenn ich ja jetzt mal einen gut hätte«, grinste sie. »Aber eine Frau setzt sich wohl kaum in die Wanne und schaut sich seelenruhig beim Verbluten zu, oder? Nicht, ohne eine gehörige Portion Schlaftabletten eingeworfen zu haben oder eine Menge Alkohol. Wie verzweifelt man auch sein mag, das muss eine unglaubliche Überwindung kosten, vor allem, wenn es Alkohol und Schlaftabletten alleine auch getan hätten.«

»Stimmt wohl«, bestätigte Julia. »Wie sind denn die Schnitte geführt?«

»Längs entlang der Adern«, erklärte Andrea und fuhr sich mit dem Finger über das eigene Handgelenk. »Willst du es sehen?«

»Nein, es genügt mir zu wissen. Das bedeutet, sie hat sich entweder vorher informiert oder verfügte über ein gewisses medizinisches Wissen. Im Fernsehen schneidet sich jeder die Adern quer auf, sie muss es also von anderswo kennen. Die Badewanne ist ein weiteres Indiz, wobei das auch aus dem Fernsehen stammen könnte, denn die meisten wissen, dass in heißem Wasser der Blutdruck höher ist. Außerdem macht es keine Schweinerei, das ist bei Frauen ein durchaus signifikanter Faktor, auch wenn es oft als Ammenmärchen abgetan wird.«

Hellmer trat hinzu. »Die andere Möglichkeit ist, dass jemand auf Nummer sicher gegangen ist. Pulsadern, Badewanne und Tranquilizer passen zu einem klassischen Frauenselbstmord, das ist richtig, aber jeder männliche Mörder würde das wohl auch wissen. Ein leichtes Spiel, hier etwas nachzuhelfen, oder? Vor allem, wenn man längs schneidet und der Tod nur eine Frage von Minuten ist.«

»Schon«, nickte Julia, »aber würdest du als Mörder deine Frau im eigenen Haus um die Ecke bringen? Noch dazu mit so einem Veilchen, wo jeder gleich weiß, dass du sie verprügelt hast?«

»Nein, da hast du allerdings recht. Also müssten wir uns, wenn wir einen Mörder suchen, eher außerhalb des Haushalts umsehen. Oder aber, wenn wir schon beim Hypothesenverdrehen sind, der Mörder ist so gerissen, dass er genau diese Gedanken von uns kennt. Das spräche dann wieder für den Mann. Verdammt«, brummte er, »als hätten wir nicht schon genug Dinge zum Kopfzerbrechen.«

»Es ist ja auch weder die Zeit noch der Ort für vorschnelle Theorien«, gab Durant zurück, wenngleich sie ähnliche Gedanken hegte.

»Frau Durant?«, klang in diesem Moment eine Stimme auf, und Julia vermutete, dass sie der Kollegin der Spurensicherung gehörte, die ihnen in der Eingangshalle begegnet war. Sie fuhr herum und blickte in die dunklen Augen einer südländischen, vielleicht sogar arabischen Frau.

»Ja?«

»Herr Löbler ist eingetroffen. Er möchte nach oben kommen. Vielleicht ist es besser, Sie gehen schnell zu ihm. Er ist ziemlich«, sie fischte nach dem richtigen Wort, »aufgebracht.«

»Kümmern wir uns also erst um Löbler«, entschied Julia Durant, als sie gerade aus dem Badezimmer treten wollten. Von außen drangen erregte Stimmen, und wie aus dem Nichts stürzte ein gut gebauter Mann in den Raum, er war fast zwei Köpfe größer als die Kommissarin, doch bereits im nächsten Augenblick sackte er am Rand der Wanne in sich zusammen.

»Oh Gott, Nathalie, Nathalie«, schrie er, erst hysterisch, dann wiederholte er ihren Namen immer leiser werdend noch drei-, viermal. Um ein Haar wäre er seiner toten Frau um den Hals gefallen oder hätte sie mit beiden Armen umschlungen, doch Hellmer hinderte ihn reflexartig daran, indem er seine Arme von hinten über Löblers Schultern legte und sie vor dessen Brust verschränkte.

»Herr Löbler, es tut mir leid«, sagte er, während dieser sich zuerst freizukämpfen versuchte, dann aber nach und nach die Spannung aus dem Körper ließ. Bald war Löbler kaum mehr als ein schluchzendes Häufchen Elend, und während Hellmer seine Umklammerung stückweise lockerte, beobachtete Julia Durant die Szene argwöhnisch. Etwas passte nicht ins Bild, sie war sich nur noch nicht sicher, was.

»Bitte, lassen Sie uns nach unten gehen«, sagte sie, und tatsächlich erhob sich der Ehemann, warf noch einen traurigen Blick auf seine Frau und trottete aus dem Badezimmer. Seine Hand kramte ein Stofftaschentuch aus seinem Jackett, er schneuzte und rieb sich die Augenwinkel trocken. Er muss direkt aus dem Büro gekommen sein, dachte Julia, als sie ihm die Treppe hinab folgte. Teurer Maßanzug, zumindest sah er nicht nach Stange aus, dunkelbraun mit feinen Nadelstreifen, darunter ein cremeweißes Hemd mit aufgeknöpftem Kragen. Einzig die Krawatte fehlte.

»Wohin?«, fragte Löbler leise. Sie zuckte unentschlossen die Schultern: »Ins Wohnzimmer vielleicht? Oder haben Sie hier im Haus ein Büro? Entscheiden Sie, wo Sie sich am wohlsten fühlen.«

»*Wohl* fühle ich mich hier nirgendwo«, erwiderte Löbler zerknirscht und deutete dann in Richtung der weißen Couchgarnitur. Julia nickte und lächelte.

»Herr Löbler«, begann sie, nachdem dieser in einem Sessel Platz genommen hatte und sie und Hellmer sich nebeneinander auf das gegenüberliegende Sofa gesetzt hatten. »Sie können uns glauben, wir bedauern Ihren Verlust und werden Sie nicht länger behelligen als unbedingt notwendig.«

»Was möchten Sie überhaupt von mir?«

»Uns interessiert natürlich vor allem die Frage, ob Ihre Frau sich so etwas hätte antun können und, falls ja, warum sie das getan haben könnte.«

»Sie meinen ...«

»Ja«, nickte Julia. »Sie haben es ja selbst gesehen, es deutet im Moment auf Suizid hin.«

»Wieso *deutet?*« Löblers Gegenfrage kam leise, aber den Kommissaren entging nicht eine gewisse Anspannung.

»In diesem Stadium der Ermittlung schließen wir keine Möglichkeiten aus«, erklärte Hellmer, nachdem Julia diesem zugenickt hatte. »Wir prüfen in alle Richtungen, von daher ist es zum Beispiel auch wichtig zu erfahren, ob Ihre Frau Feinde hatte.«

»Nicht dass ich wüsste.«

»Es müssen ja keine offenen Feindschaften gewesen sein«, nahm Julia Hellmers Gedanken auf, »es kann ein schwelender Konflikt gewesen sein, eine Bedrohung, auch wenn diese schon älter ist, oder auch ein ganz simpler Streit.«

»Moment mal«, entfuhr es Löbler, und seine Miene verfinsterte sich. »Sie wollen mir hier doch nicht etwa diesen Schwachsinn mit den beiden Anzeigen anhängen?«

»Welche Anzeigen?«, fragte Hellmer und tat unwissend.

»Verkaufen Sie mich nicht für dumm! Wir hatten hier zweimal Besuch von Ihren uniformierten Kollegen, weil irgendein Schwachkopf sich einbildete, in diesem Haus Zeter und Mordio gehört zu haben. Verdammt!« Er sprang auf und gestikulierte aufgebracht mit den Händen. »Ich habe Nathalie geliebt. *Geliebt!* Verstehen Sie das? Niemals hätte ich ihr auch nur ein Haar krümmen können, verdammt ...« Er sank zurück auf den Sessel und vergrub das Gesicht zwischen den riesigen Händen.

Julia Durant schwieg eine Weile, vernahm ein leises Schluchzen, Löbler atmete hastig und beruhigte sich nur langsam.

»Wie gesagt«, begann sie beschwichtigend, »wir müssen diese Fragen stellen, so unangenehm und unangebracht manches auch klingen mag. Tatsache ist nun einmal, dass Ihre Frau eine schwere Schlagverletzung im Gesicht aufweist. Offenbar gab es diese gestern Abend noch nicht, als die Kollegen hier gewesen sind.«

»Ein Schlag?«, kam es von Löbler, und seine Stimme zitterte noch immer. »Wer hat das getan? Wann?«

»Das wissen wir leider nicht«, gab Julia leise zurück. »Wir hoffen dabei auf Ihre Mithilfe, möchten verstehen, was zwischen gestern Abend und heute Mittag vorgefallen ist. Haben Sie denn eine Idee dazu?«

»Ich bin um halb acht ins Büro gefahren, so wie immer. Nathalie hat noch gedöst, sie hatte einen Arzttermin, ich glaube um elf Uhr, kann aber auch später gewesen sein.«

»Was für ein Arzt?«, erkundigte sich Hellmer.

»Ärztin«, korrigierte Löbler. »Dr. Ivonescu in Bad Soden, Gynäkologin, ein Routinebesuch vermutlich. Und bevor Sie fragen: Heute Morgen, als ich das Haus verließ, war Nathalie noch völlig unversehrt.«

»Wir hätten nicht gefragt«, erwiderte Julia, »aber jetzt, da Sie es erwähnen, vielleicht war heute Morgen ja sonst etwas anders? Ist Ihnen bei Ihrer Frau etwas Ungewöhnliches aufgefallen?«

»Was denn?«, wehrte Löbler ab, und sein Blick verschleierte sich wieder.

»Was auch immer Ihnen einfällt«, erklärte Julia. »Sie können da auch in aller Ruhe drüber nachdenken. Manchmal sind es Kleinigkeiten. Ich verspreche Ihnen, dass wir in jede Richtung ermitteln werden. Wir müssen versuchen, die Zeit zwischen halb acht und zwölf Uhr mittags zu rekonstruieren. Alles, was Sie dazu beitragen können, kann hilfreich sein. Ich möchte Ihnen gerne noch einmal sagen, wie leid es mir tut, ich kann verstehen …«

»Einen Scheiß können Sie«, knurrte Löbler verächtlich. »Selten so etwas Blödes gehört. Oder haben Sie etwa Ihren Mann tot in der Badewanne gefunden, denn nur dann, und wirklich nur dann, könnten Sie mir gegenüber behaupten, Sie verstünden *irgend*etwas.«

»Niemand kann sich das genau vorstellen«, hakte Hellmer ein, »da gebe ich Ihnen recht. Aber glauben Sie uns, wir machen das – und ich kann nur sagen: leider Gottes – nicht zum ersten Mal. Es tut uns stets von neuem weh, hilflos dazusitzen und unsere Befragung runterzuleiern, aber ich kann Ihnen eines versichern: Vertrauen Sie uns, melden Sie sich, falls Ihnen etwas einfällt. Damit helfen Sie uns am meisten.« Mit diesen Worten erhob sich Hellmer und legte eine Visitenkarte auf den Tisch. »Haben Sie keine Hemmungen, jederzeit. Für heute lassen wir Sie in Ruhe. Haben Sie jemanden, an den Sie sich wenden können? Niemand sollte in so einer Situation alleine sein, schon gar nicht hier im Haus.«

»Ja, nein«, brummte Löbler unentschlossen, »ich habe keine Familie hier. Aber ich finde schon jemanden.«

»Wir sind noch eine Weile hier im Haus«, sagte Julia. »Tut mir leid, wenn das falsch rüberkam, ich wollte Sie nur wissen lassen, dass Sie mit diesen Gefühlen nicht alleine sind. Ich habe das, was Sie erlebt haben, noch nicht durchgemacht, aber dafür andere Dinge. Wenn Ihnen das über den Kopf zu wachsen droht, ist es keine Schande, dies zu teilen, loszuwerden, abzuladen, wie auch immer man es nennen mag.«

»Kann ich mir nicht vorstellen«, verneinte Löbler, der offenbar verstanden hatte, worauf Julia hinauswollte. »Mit diesem ganzen Psychogelaber kann ich nicht das Geringste anfangen, danke nein, kein Bedarf. Da lasse ich mir lieber helfen von Jim oder Johnny, dafür muss ich nicht mal einen Termin machen, und die gibt's auch in jedem guten Hotel.«

Julia Durant neigte den Kopf und blinzelte ihrem Gegenüber zu.

»Jeder auf seine Art, aber ich lasse Ihnen die Karte einfach mal hier. Machen Sie damit, was Sie möchten. Und teilen Sie uns bitte mit, wo Sie sich aufhalten werden, falls weitere Fragen auftauchen.«

Hellmer und Durant wechselten hinüber in die geräumige Küche, in deren Zentrum eine Art Bartisch mit vier hohen Stühlen stand. Auf einem davon saß die Putzfrau, die ihnen als Frau Brenner vorgestellt worden war, und schob gedankenverloren eine halbvolle Tasse Tee hin und her. Die Kommissare durchliefen das übliche Procedere, nannten ihre Namen, zeigten ihren Dienstausweis, nahmen am Tisch Platz, und Julia bedeutete ihrem Kollegen, dass er die Federführung übernehmen könne. Frank Hellmer nickte und forderte Frau

Brenner einfühlsam dazu auf, zu berichten, was ihr im Haus des Ehepaars Löbler heute widerfahren sei.

»Sie können alles erzählen, was Ihnen wichtig erscheint, und so ausführlich, wie es Ihnen möglich ist«, schloss Hellmer mit einem auffordernden Nicken.

»Ich komme montags immer gegen Mittag«, erklärte Frau Brenner zögerlich. »Herr Löbler hat das so bestimmt, mir würde es ja besser passen, wenn ich morgens loslegen könnte und etwas früher fertig würde, aber, na ja ...« Sie pausierte kurz. »Ich pflege nämlich noch meine kranke Mutter, sie ist bettlägerig, aber das ist eine andere Geschichte. Jedenfalls beginne ich meist unten – montags mache ich immer den Boden –, außerdem wären die Gardinen wieder dran gewesen, ich weiß gar nicht, wieso ich überhaupt so früh nach oben gegangen bin. Vermutlich, weil ich die Laken abziehen wollte, vergangene Woche hatte ich frei, da läuft dann alles etwas anders. Jedenfalls komme ich die Treppe hoch, frage mich noch, warum die Badezimmertür offen steht, und dann ...« Sie schluckte und blickte hinab auf ihre Hände. »Nun, Sie haben's ja gesehen«, ergänzte sie leise.

»Wissen Sie denn noch, wann genau das war?«, fragte Julia Durant sofort.

»Nein, bedaure. Vielleicht eine Viertelstunde nach meiner Ankunft, aber ich weiß auch nicht mehr genau, wann ich angekommen bin. Nein, halt«, sie hob den Zeigefinger, und ihre Augen wurden lebhafter, »im Radio liefen Nachrichten, bevor ich ausgestiegen bin, ich höre FFH, da laufen sie ja immer um fünf vor. Dürfte also relativ genau um zwölf gewesen sein, als ich im Haus eintraf.«

»Das ist doch mal eine präzise Zeit«, lächelte Hellmer ihr

bestätigend zu. »Danke. Wenn Sie jetzt noch in etwa abschätzen könnten, wie lange Sie gewartet haben, bis Sie den Notruf wählten, dann bekommen wir das Puzzle zusammen.«

»Oh, das ist nicht schwer. Mir lief es eiskalt den Rücken hinunter, ich schaue ja gerne den Tatort, aber so etwas in echt zu sehen, das ist wirklich schockierend. Ich stand bestimmt ein paar Sekunden kreidebleich in der Tür, habe Frau Löblers Namen gerufen und, das werde ich nie vergessen, nach ihrer Stirn gegriffen. Ich habe da aber nichts gespürt, alles so glitschig und«, sie schüttelte sich, »nein, ich will nicht darüber reden. Aber das war keine Minute da oben im Bad, dann bin ich gleich rüber ins Schlafzimmer geeilt, da steht das nächste Telefon.«

»Danke, das genügt uns fürs Erste«, nickte Hellmer, und auch Julia Durant hatte keine weiteren Fragen.

»Wir melden uns bei Ihnen, wenn sich noch etwas ergibt. Ich schlage vor, Sie besprechen sich mit Herrn Löbler, ob und wie es mit Ihren Diensten hier weitergehen soll. Er wird wohl für einige Tage nicht hier wohnen, und solange wir hier ermitteln, dürfen Sie ohnehin nichts verändern.«

»Das erleichtert mich«, lächelte Frau Brenner matt. »Ich hätte mich es jetzt vielleicht gar nicht getraut zu fragen, aber irgendjemand muss das Bad da oben ja wieder reinigen, oder?« Ihre Frage kam unsicher, und Hellmer griff sanft nach ihrer Hand.

»Nicht Sie, Frau Brenner, ganz gewiss nicht Sie.«

»Dann bin ich ja beruhigt«, gab sie leise zurück.

Danke für die Info. Wir sprechen uns später.«

Mit einem zufriedenen Lächeln ließ Julia Durant das Handy in ihrem Mantel verschwinden, und Frank Hellmer entging nicht das beinahe schon schadenfrohe Blitzen in ihren Augen.

»Na, spuck's schon aus«, forderte er seine Partnerin auf und nahm einen letzten tiefen Zug aus der beinahe aufgerauchten Zigarette.

»Du kannst ja mal raten«, erwiderte Julia, fuhr aber sogleich fort: »Ach nein, so toll ist es dann doch wieder nicht. Es geht um diesen Eisner.«

»*Von* Eisner, um genau zu sein«, korrigierte Hellmer und gab sich dabei pikiert. »Es geht um die richterliche Anordnung zum DNA-Test, stimmt's?«

»Exakt. Er und natürlich dieser Manduschek kamen ganz handzahm zur Abgabe einer Probe angetrabt.«

»Wie, der Anwalt auch?«, wollte Hellmer ungläubig wissen.

»Nein, sorry, der natürlich nur im Schlepptau mit seinem Mandanten«, stellte Julia klar. »Aber das war es auch schon an guten Neuigkeiten«, seufzte sie, »denn eigentlich bringt uns die Probe ja noch gar nichts, außer vielleicht den kleinen Triumph, dass auch ein edler Herr Direktor von Soundso sich den Ermittlungen nicht entziehen kann. Um ganz ehrlich zu sein, glaube ich nicht, dass wir sein Sperma in einem toten Mädchen finden, welches ausgerechnet in seinem Hinterhof entsorgt wurde.«

»Weiß nicht«, entgegnete Hellmer unschlüssig, »warten

wir es ab. Denn wenn wir einen Treffer haben, wird Berger sich gleich zu Beginn des neuen Jahres über einen Ermittlungserfolg freuen. Egal, ob es einen Skandal gibt oder nicht, denn Sperma lügt nun einmal nicht.«

»Was hältst du denn von unserem anderen Spezi?«, wechselte Julia das Thema und deutete mit dem Daumen hinter sich in Richtung Löbler-Haus.

»Tja, da habe ich noch keine echte Theorie«, musste Hellmer zugeben. »Aber so ein paar Dinge, die stören mich schon.«

»Zum Beispiel?«

»Na, wo arbeitet dieser Löbler noch mal? In der Innenstadt, er hat also ein ganzes Stück zu fahren bis hierher. Aber es ist nicht so weit wie für uns von Sachsenhausen aus. Er wurde doch bestimmt zeitgleich mit uns benachrichtigt, und unser Anruf kam gegen zehn vor drei, wenn ich mich recht entsinne. Das prüfen wir auf die Minute genau nach, wenn es sein muss. Löbler ist aber deutlich später eingetroffen als wir, das stört mich. Wenn mir jemand mitteilen würde, dass Nadine etwas derartig Schlimmes zugestoßen wäre, würde ich im Tiefflug angeprescht kommen und nicht erst noch 'ne Kaffeefahrt machen oder so. Oder aber, Löbler war überhaupt nicht in seinem Büro. Da stellt sich mir aber wiederum die Frage, wieso nicht. Selbst für einen feinen Pinkel wie ihn ist der erste Werktag doch ein Papierkrieg sondergleichen, gerade in der Finanzbranche. Da macht man keine Termine mit Klienten, da hockt man am Monitor und am Telefon und befasst sich mit den neuesten Notierungen auf dem Aktienmarkt. Frag jetzt bitte nicht nach, aber das weiß ich nun mal, denn unser Steuerberater jammerte voriges Jahr darüber. Das sollten wir uns genauer ansehen.«

»Hm, das sind schon sehr detaillierte Fragen«, antwortete Julia nachdenklich. »Wir müssen ihm in jedem Fall auf den Zahn fühlen, aber was mich noch viel mehr interessiert, ist die Frage, woher diese beiden Anrufe wegen möglicher häuslicher Gewalt kamen. Da geht uns womöglich ein wichtiger Zeuge flöten, wenn wir das nicht herausfinden können.«

»Na dann los, informieren wir die anderen und machen Feierabend«, schlug Hellmer vor, »wer weiß, wie es um unseren Schlaf bestellt sein wird, wenn morgen die DNA-Ergebnisse vorliegen.«

»Ja, Berger erwartet uns auch noch mal alle«, nickte Julia, »außerdem möchte ich wissen, was Peter und Sabine für uns haben. Brechen wir also auf, bevor wir hier festfrieren.«

MONTAG, 18.35 UHR

Arthur Drechsler sah sich ein letztes Mal um, ob ihm jemand folgte. Es war im Laufe der Zeit zu einer Angewohnheit geworden, doch Arthur war der Überzeugung, dass es schlimmere gab, als auf der Hut zu sein. Er hatte über die menschliche Evolution gelesen, sich mit den Überlebensinstinkten auseinandergesetzt, jenen Stärken, die den Homo sapiens sich als herrschende Rasse des Planeten hatten durchsetzen lassen. Was an körperlicher Kraft und Ausdauer mangelte, musste ein scharfer Geist ausgleichen, wenn man überleben wollte. Jäger oder Sammler zu sein, darüber hatte er während der vergangenen Tage einige Male nachgedacht, das musste sich nicht zwangsläufig gegenseitig ausschließen.

Er schlüpfte durch das Gittertor des Schrebergartens, und seine Sohlen knirschten auf dem gefrorenen Gras. Weit und breit war niemand zu sehen, lediglich vor ein paar Minuten war ihm eine Frau begegnet, die mit ihrem Hund Gassi ging, eingepackt in Wollmütze und Schal und so darauf fixiert, dass der Köter endlich sein Geschäft verrichtete, dass sie ihn nicht einmal gegrüßt hatte. Besser hätte es kaum laufen können. Niemand weiß, dass du hier bist, dachte Arthur.

Er betrat den Wohnwagen, in dessen Innerem es angenehm warm war, zog einen Sechserpack Eier aus der breiten Tasche seines Mantels und eine Packung Pumpernickel aus der anderen. Arthur setzte eine Pfanne aufs Kochfeld, entzündete die Flamme und schlug sich kurz darauf zwei der großen braunen Eier am Rand auf. Für einen Moment hielt er inne, dann nahm er noch ein drittes Ei aus der Packung. Rührei, keine Spiegeleier, entschied er spontan, und wenige Minuten später saß er mit zwei Scheiben Brot, einem Glas Milch und der duftenden Eiermasse am Tisch. Hochkonzentrierte Energie, analysierte er zufrieden, und anstatt sich seine Mahlzeit jagen zu müssen, hatte er sie einfach einsammeln können. Evolution, Sesshaftigkeit, Tauschhandel, Kapitalismus. Die Menschheit hatte sich konsequent weiterentwickelt, da konnten weder die Bibel noch Marx und Engels etwas daran rütteln. Und ich habe mir meine Kräfte aufsparen können, dachte Arthur Drechsler grimmig, denn seine Jagd stand noch bevor.

Er durchblätterte zwei Tageszeitungen, fand jedoch keine Meldung, die ihn interessierte. Kein Hinweis auf Lara

Emmels, keine Schlagzeile à la »Mord im Bankenviertel«, überhaupt nichts. Aber es war noch zu früh, wie er sich in Erinnerung rufen musste, um seine aufkeimende Ungeduld zu besänftigen. Lass den DNA-Test kommen, lass von Eisner seine Armee aufstellen, hinter der er sich feige zu verbergen sucht, lass die Ermittler alle Spuren auswerten.

Dasselbe galt für Stefan Löbler. Ob es überhaupt eine Meldung geben würde, war unsicher. Aber so etwas kann man ja auch forcieren, entschied Arthur für sich, das musst du heute nicht entscheiden. Viel wichtiger ist die persönliche Buße, und Buße tun, mein lieber Stefan, das wirst du. Dafür sorge ich, auch wenn du es noch nicht im Traum ahnst. Das wahrlich Schlimme, auch wenn du jetzt schon tief betroffen über den Tod deiner ach so lieben Frau sein magst, steht dir noch bevor. Es hatte etwas Biblisches, das war Arthur durchaus bewusst, denn er hatte die betreffenden Stellen gelesen. Auch im Koran gab es entsprechende Suren, ja, selbst der Buddhismus setzte sich mit Buße, Rache und Vergeltung auseinander.

Arthur Drechsler war bestens vorbereitet, alles lief nach Plan. Abgerechnet wird zum Schluss, dann, wenn es am meisten weh tut, schloss er mit einem hämischen Grinsen und verschlang genüsslich den letzten Bissen seines Rühreis.

MONTAG, 19.50 UHR

Müde und abgespannt erreichte Julia Durant ihre Wohnung in der Nähe des Holzhausenparks. Der Tag hatte sie geschafft, besonders weil sie das Gefühl hatte, unterm Strich so gut wie nichts erreicht zu haben. Die Identität des toten Mädchens im Müllcontainer allein brachte den Ermittlern nicht viel, und die bisher gesammelten Aussagen halfen ihnen bislang auch nicht weiter. Es war das übliche Geduldsspiel, abwarten, quer durch die Stadt fahren, Protokolle schreiben und wieder warten. In all den Jahren hatten diese zähen Phasen der Kommissarin mehr zu schaffen gemacht als alles andere. Andererseits, kam ihr in den Sinn, als sie die Wohnungstür ins Schloss drückte und sich aus ihrem Mantel pellte, sind gerade diese ersten Vernehmungen die interessantesten. Wenn ich einem potenziellen Tatverdächtigen zum ersten Mal begegne, zieht er, wenn er tatsächlich etwas zu verbergen hat, eine gute Show ab. Und diese Show bröckelt nach und nach, je enger sich die Indizien und Verdachtsmomente um ihn schließen. Diese Erfahrung anderen zu überlassen, so wusste Julia nur allzu gut, wäre noch viel schlimmer. Also schrubben wir auch morgen wieder einiges an Kilometern, resümierte sie seufzend, aber wenn es der Sache dienlich ist, dann sei es so. Doch sofort stieg ein bitterer Gedanke in ihr auf und erinnerte sie daran, dass in diesem Fall, vielleicht sogar in beiden Fällen, eine Menge kampfeslustiger Anwälte nur darauf warten würden, ihrem Team das Leben schwerzumachen. Grund genug, erschöpft zu sein, und höchste Zeit für die Wanne.

Julia trottete ins Bad, schaltete dabei in der Wohnung nur so viele Lampen ein wie nötig und ließ sich Wasser ein. Für einen Moment hielt sie inne, ein Gedankenfetzen jagte durch ihren Kopf, als sie in die Wanne blickte: Nathalie Löbler. Doch Julia verjagte diesen Gedanken, ging in die Küche und kramte aus dem hohen Besenschrank einen

Karton mit Duftkerzen hervor. Lavendel oder Vanille, sie entschied sich für Lavendel, ein Duft, der sie an ihre Auszeit in Südfrankreich erinnerte, die sie sich vor drei Jahren genommen hatte. Nachdem Julia während einer Ermittlung entführt und aufs schwerste misshandelt worden war, hatte sie ihre Siebensachen gepackt und sich ein Jahr freistellen lassen. Sie folgte der Einladung ihrer Freundin Susanne Tomlin, von der Julia mit Fug und Recht behaupten konnte, dass es sich um ihre mit Abstand beste Freundin handelte. Susanne hatte schon vor vielen Jahren Deutschland den Rücken gekehrt und sich an die Côte d'Azur zurückgezogen. Dort war Julia ein gern gesehener Gast, und die Kommissarin wusste diese Rückzugsmöglichkeit sehr zu schätzen, wenngleich sie sich immer ein wenig wie die sprichwörtliche Made im Speck fühlte, denn Susanne lehnte jegliche Beteiligung an Unterhaltskosten vehement ab. Wie lange liegt meine letzte Reise schon zurück?, grübelte Julia, als sie die Kerze entzündete und an das Fußende der Wanne stellte. Zu lange, wenn du darüber nachdenken musst, beschloss sie, aber es würde wohl auch noch ein Weilchen dauern.

»Mittelmeer oder München, es liegt ganz bei dir«, waren Susannes Worte gewesen, als sie das letzte Mal miteinander telefoniert hatten, das war kurz vor der Geburt der kleinen Elisa gewesen, vor Heiligabend, ungefähr zu der Zeit, in der Julia Durant ihre letzten Zigaretten geraucht hatte.

»Bitte lass uns München nicht überbewerten«, hatte sie zu Susanne gesagt. »Ich möchte das nicht zerreden, okay? Gib mir einfach diesen Urlaub, ein wenig Zeit, vor allem auch die Zeit mit meinem Vater. Die andere ... *Sache*, die möchte ich nicht überstürzen, du verstehst das hoffentlich.«

»Ich werde mich hüten, dich zu fragen«, hatte Susanne lachend erwidert. »Bis jetzt bist du stets von alleine gekommen, wenn dir etwas auf der Seele brannte. Manchmal lässt du dir zwar mächtig viel Zeit, aber was soll's, ich laufe ja nicht weg.«

Vielleicht war das einer der wichtigsten Faktoren, die diese Freundschaft für Julia so bedeutsam machten. Zwangloses Vertrauen, wie man es nur unter Freundinnen haben konnte. Zumindest kannte sie keinen Mann, dem sie dies nur ansatzweise zugetraut hätte. Paps einmal außen vor gelassen.

Als Julia sich ihres BHs und des Slips entledigt und diese in den Wäschekorb geworfen hatte, wanderte ihr Blick prüfend an sich hinab, danach zum Spiegel, dessen Glas mittlerweile vom heißen Wasserdampf beschlagen war.

Hast du zugenommen, oder bildest du dir das nur ein?, fragte sie sich. Sie zwickte mit Daumen und Zeigefingern an ihrer Hüfte entlang, für eine Siebenundvierzigjährige hatte sie nach wie vor eine gute Figur, jedoch waren nicht alle Stellen so straff wie erhofft. Pass bloß auf, mahnte sie sich, als sie in die Wanne stieg und den prasselnden Wasserstrahl etwas reduzierte. Joggen war bei diesen Temperaturen nicht unbedingt ihr bevorzugter Sport, und das Fitnessstudio hatte sie längst wieder aufgegeben. Ihr fehlte der verlässliche Rhythmus, um zwei- bis dreimal pro Woche konsequent hinzugehen. Außerdem fehlte ihr eine Begleitung, höchstens vielleicht Alina Cornelius, eine befreundete Psychologin, aber Julia wollte dieser Freundschaft nicht die Spontaneität nehmen. Und mit Sabine Kaufmann war momentan nichts anzufangen, auch so ein Punkt, sinnierte sie, den ich mal angehen müsste. So viele Sorgen in einem so jungen Jahr, seufzte sie, schloss die Augen und ließ sich bis zu den Ohren in das mit Schaum bedeckte Wasser gleiten.

Einer alten Gewohnheit zufolge lag ihr Telefon auch beim Baden in Reichweite. Nach einigen Minuten stillen Schwebens öffnete sie die Augen, trocknete sich die Hände ab, tupfte außerdem über das linke Ohr und nahm den schnurlosen Apparat zur Hand. Ob er wohl zu Hause ist, dachte Julia, dann aber fiel ihr ein, dass Claus noch Resturlaub zu verbummeln hatte und es langsam anging im neuen Jahr. Beneidenswert, dachte sie und suchte in der Wiederwahlliste die Nummer.

»Wenn das nicht meine Lieblingskollegin ist«, ertönte es nach nur dreimaligem Freizeichen in der angenehmen Stimme des Münchner Kommissars, in der ein leichter Dialekt klang.

»Lieblingskollegin«, wiederholte sie in zweifelndem Tonfall. »Wie nett.«

»Hey, ich dachte mir eben, sei nicht zu überschwenglich«, lachte Claus. »Ich habe in einer Fachzeitschrift gelesen, man solle sich lieber rar machen gegenüber attraktiven, geheimnisvollen Frauen.«

»Deine Fachzeitschriften kenne ich«, erwiderte Julia amüsiert und spielte dabei auf den beachtlichen Stapel *Mens Health* und *Readers Digest* an, den sie in seinem Badezimmerregal gefunden hatte.

»Gib's ruhig zu, in euren Frauenmagazinen steht das Gleiche.«

»Mag sein. Aber du weißt ja, dass ich mich nicht gerne in irgendeine Schublade einsortieren lasse.«

»Nein, sicher nicht.« Er schwieg einen Moment. »Ich freue mich sehr, dass du anrufst! Gerade bin ich zur Tür reingekommen und habe an dich gedacht. Das ist wohl Gedankenübertragung, na ja, oder Abendeinsamkeit.«

»Abendeinsamkeit?« Julia ließ gedankenverloren ihren Blick die Decke entlangwandern und folgte den Dampfschwaden, die gemächlich den Raum durchzogen.

»Ich war essen, denn ich hatte keine Lust, mir hier alleine etwas zu kochen. Und auf dem Heimweg habe ich mir dann überlegt, dass knapp vierhundert Kilometer manchmal schon ziemlich weit sind.« Claus seufzte. »Ach was, hör nicht auf mich, das ist schon wieder viel zu überschwenglich, also vergiss es lieber. Wie geht's dir denn da oben so? Schon wieder bis zum Hals in Arbeit?«

»Na ja, *eigentlich* hätte ich ja noch frei gehabt«, begann Julia langsam, »aber wir haben in der Silvesternacht eine tote Frau bekommen, nun, genau genommen wurde sie natürlich erst eine ganze Weile später gefunden. Aber ja, um es kurz zu machen, das sieht nach einer ganzen Ecke Arbeit aus.«

»Du Arme. Ich habe dir ja gesagt, häng noch ein paar Tage dran.«

»Du weißt doch, dass das nicht ging. Klar, rückblickend betrachtet, wenn ich das Wochenende noch geblieben wäre, hätte ich nicht gleich einen Tatort gehabt. Doch das ist nicht mein Ding, zumal wir hier ohnehin auf halber Kraft fahren. Ich habe es dir erzählt, Doris, die Kollegin, in Mutterschutz und so.«

»Ich erinnere mich, ja. Aber ein schöner Gedanke war es trotzdem.«

»Ja«, säuselte Julia zurück und lächelte.

Die beiden unterhielten sich noch ein paar Minuten, dann verabschiedeten sie sich, und Julia legte das Telefon neben der Badewanne auf dem Handtuch ab und schlug eine Ecke davon schützend über das Gerät. Sie ließ sich hinabsinken in den noch immer knisternden Schaum, schloss die Augen, und ihre Gedanken kreisten um München ... und um Claus. Er hatte es zwar nicht gesagt, und er würde es wohl auch nicht von sich aus sagen. Aber wann immer das Gespräch auf Frankfurt oder ihre Distanz kam, hatte Julia das Gefühl, er warte auf eine Einladung, auf eine Aufforderung oder auf ein sonst irgendwie geartetes Signal von ihr. Doch auch heute hatte Julia es vermieden, das Thema aufzugreifen, und sie grübelte, während sie bis zum Kinn ins Wasser hinabgesunken dalag, darüber nach, warum sie sich nicht zu diesem Schritt durchringen konnte.

Das Badewasser kühlte immer weiter ab, der Lavendelduft lag zunehmend schwer in der Luft, und Julias Gedanken waren zurückgekehrt zum Büro und der laufenden Ermittlung. Sie hatte sich dagegen zu wehren versucht, aber es war stärker als sie.

»Du musst umschalten«, klang der Rat von Alina Cornelius streng mahnend nach, obwohl es schon so lange her war, dass sie ihr diesen gegeben hatte. »Dein Zuhause ist ein Ort für dich, nicht für das Büro und nicht für dein Team. Du allein bestimmst, wer dich dorthin begleiten darf, in Gedanken oder auch real, vergiss das nicht. Ich lese selbst Fachbücher bei mir auf der Couch, nehme auch mal eine Akte mit, das gebe ich zu. Manche Kollegen halten auch ihre Sitzungen zu Hause, das ist jedem selbst überlassen.

Aber je klarer du die Grenze ziehst, das kann ich dir aus leidvoller Erfahrung sagen, desto weniger brennst du aus.«

Wieder so ein Vorsatz, dachte Julia, die es um jeden Preis verhindern wollte, dass sie sich nur wegen des neuen Jahres etwas Wichtiges vornahm, um dann damit zu scheitern, wie es den meisten Vorsätzen vorbestimmt war. Aber die Trennung von Beruflichem und Privatem beschäftigte sie ja schon länger, von daher war es legitim, sich ab und an daran zu erinnern.

In ihren weißen Frottee-Bademantel gehüllt tappte Julia wieder in die Küche und öffnete den Kühlschrank. Mist, stellte sie fest, als sie die gähnende Leere sah und unmittelbar darauf die verschrumpelte Paprika im Gemüsefach. Hättest heute unbedingt einkaufen müssen. Andererseits war es für ein üppiges Mahl ohnehin zu spät, höchstens einen Salat bestellen, überlegte sie, doch wer liefert schon unter zehn Euro, und eine Pizza dazu wäre blankes Gift für die Hüfte. Julia öffnete die angebrochene Colaflasche, es zischte kaum mehr, sie stellte sie seufzend wieder weg und zog die Vorratsschublade neben dem Kühlschrank auf. Ihr Blick wanderte über diverse Konservendosen, Gläser und Tüten, ein Lächeln kehrte auf ihr Gesicht zurück, und sie zog eine Packung Tomatensuppe mit Reis hervor. Schneller und kalorienbewusster würde sie ihren Magen kaum füllen können, und dabei musste sie nicht einmal mit alten Gewohnheiten brechen. Was wäre mein Leben bloß ohne Tomatensuppe?, fragte sie sich im Stillen. Zufrieden rührte sie den Packungsinhalt in einen Topf mit Wasser und verschwand dann wieder im Bad, um eine Gesichtsmaske aufzulegen.

Um neun Uhr saß Julia eingerollt auf dem Sofa, satt, durchwärmt, im Hintergrund lief der Fernseher, und sie blätterte sich durch die Post. Der Stapel, der sich während ihrer Abwesenheit angesammelt hatte, war erstaunlich klein, das meiste davon war Werbung, dann ein Brief der Autoversicherung, die Telefonrechnung, alles nichts Besonderes. Neu hinzugekommen war heute lediglich eine Abholbenachrichtigung für eine Kleiderlieferung, auf die Julia eigentlich schon vor ihrer Abreise gehofft hatte. Dann ein Elektronik-Katalog, wie üblich mit neuen Superangeboten für diejenigen, die ihres Weihnachtskonsums bereits überdrüssig waren, und zu guter Letzt eine Postwurfsendung der Pfarrgemeinde, ein Infoflyer einer kleinen Partei, die sich in diesem Jahr zum ersten Mal bei der Wahl aufstellte. Müde wollte Julia das ganze Bündel beiseiteschieben, um es bei Gelegenheit ins Altpapier zu befördern, da fiel ihr ein postkartengroßer Flyer auf, ganz schlicht in Weiß, mit schwarzer Druckschrift. Die Rückseite war unbedruckt, kein Hinweis auf eine Partei, einen Verein oder eine Glaubensgemeinschaft.

In drei Zeilen stand auf der glänzenden Vorderseite geschrieben:

DIE MÄCHTIGEN WERDEN FALLEN.
ALLE REICHTÜMER NÜTZEN NICHTS
AM TAGE DES GERICHTS

DIENSTAG, 4. JANUAR 2011, 6.55 UHR

Karl von Eisner verlangsamte seine Schritte, bis er fast auf der Stelle trat. Er atmete schnell, war wie jeden Dienstag um halb sieben zur morgendlichen Joggingrunde gestartet. Fünf Kilometer mindestens, zehn höchstens. Fitness jenseits eines gewissen Alters hatte eben ihren Preis und lieber dreimal pro Woche einen solchen Lauf, anstatt nur einmal auf ein opulentes Mahl zu verzichten, war seine Devise. Es war überall noch dunkel, die kalte Luft brannte beim Einatmen bis in die letzte Spitze seiner Lungenflügel. Irgendwann nach Mitternacht musste es Neuschnee gegeben haben, einhergehend mit einem Temperaturanstieg bis kurz unter den Gefrierpunkt. Die Luftfeuchte war dementsprechend hoch, er richtete sein Halstuch und zog es hoch bis über die Nase. Dann setzte von Eisner seinen Lauf fort.

Sollte er wirklich eine Runde über das gewisse Viertel in Oberrad drehen, nur um zu sehen, wie es um die Mietwohnung bestellt war? Was sollte dort schon sein, wahrscheinlich würde Laras Fahrrad noch vor dem Eingang stehen, obgleich er ihr hundertmal gesagt hatte, dass sie es auf der Rückseite abstellen sollte. Doch sie kettete es immer wieder an diesen unseligen Pfahl, so sicher, dass es nicht ohne weiteres wegzutragen war, schon gar nicht, wenn man kein Werkzeug und keine Zeit dafür hatte. Und erst recht nicht, ohne dabei den Nachbarn aufzufallen. Diskretion, das hatte von Eisner schmerzhaft erlernen müssen, war einer der am meisten unterschätzten Faktoren in der heutigen Zeit.

Er beschloss, seine Runde nicht zu verändern, was bedeutete, dass er auch heute über Oberrad laufen würde, wer sollte ihn schon erkennen, so früh, im Dunkeln, ganz in Schwarz gehüllt und mit halb vermummtem Gesicht? Ich muss ja nicht anhalten, war sein Entschluss, und tatsächlich war ein durch den Schnee rutschendes Auto mit heulendem Motor alles, was ihm begegnete. Der Fahrer war viel zu konzentriert darauf, den Bordstein nicht zu streifen, als auf einen Jogger zu achten. Tatsächlich sah Karl von Eisner kurz darauf das Fahrrad am Zugangsweg stehen, die Fenster waren dunkel, die Tür geschlossen. Alles so, wie es sich gehörte, und doch stand ein Chaos bevor.

Diese verdammten Bullen, dachte er, und dieser verdammte Manduschek. Er wusste nicht, wen er mehr dafür verachten sollte, dass ihn tatsächlich ein Richter dazu verdonnert hatte, eine Speichelprobe abzugeben. Unglaublich. Er beschleunigte seinen Lauf, um den Frust loszuwerden, ihn kraftvoll in den Schnee zu stampfen und hinter sich zu lassen. Wenn es doch nur so einfach wäre. An einer Fußgängerampel musste Karl von Eisner anhalten, er kümmerte sich üblicherweise nicht um Lichtsignale, da er ungern anhielt, um den Pulsschlag nicht zu verlangsamen. Doch die Stadt erwachte nun zum Leben, gegenüber strömten dick eingemummelte Menschen in einen Bäckerladen hinein und mit Kaffeebechern und Brötchentüten wieder aus ihm heraus. Auf vier Spuren warteten länger werdende Schlangen ungeduldiger Autofahrer. Die Autos, die nordwärts in

Richtung City wollten, waren überwiegend neuer und größer als jene, die in die Gegenrichtung fuhren. Eine interessante Beobachtung, die der Direktor heute nicht zum ersten Mal machte. Jeder so, wie er es verdient, dachte er mürrisch, wir werden schließlich alle mit denselben Voraussetzungen geboren. Der Stärkere kommt voran, der Schwächere arbeitet ihm zu. So war es, und so wird es immer sein. Daran konnte selbst sein rachsüchtiges Weib nichts ändern, und Karl hasste es, schon wieder daran denken zu müssen, was ihm in den kommenden Tagen bevorstand. Der Ehevertrag war lückenlos, kaum ein Hintertürchen würde ihn schützen können, wenn es einen ausgewachsenen Skandal um seine Affäre mit Lara geben würde.

Es ist noch nicht zu spät, dachte er grimmig. In einigen Stunden würde sein Anwalt, nein, besser ein ganzes Heer von Anwälten auflaufen und alle Eventualitäten durchspielen, um ein Worst-Case-Szenario auf das Minimum zu reduzieren. Wenn es eine schmutzige Trennung geben sollte, dann aber ohne den von Sophie prophezeiten Super-GAU. Villa oder Firma, Vermögen oder Aktien, irgendeine Möglichkeit würde es geben. Und wenn die Rechtsmittel nicht helfen, so hatte Karl von Eisner längst beschlossen, dann stopfe ich ihr anderweitig das gierige Schandmaul.

Don't mess …, dachte er grimmig, als er die Ampel gerade überquert hatte und, noch immer langsam trappelnd, auf einen schmalen Weg einbog. Da durchfuhr ihn ein markerschütternder Schreck, als sich ihm plötzlich von hinten ein Arm um den Brustkorb schlang und sofort darauf ein zweiter Arm einen Würgegriff anlegte. Kläglich hilflos hing er, mit nach hinten gedehntem Hals, vor seinem Angreifer, von dem er nichts weiter sah als eine schwarze Maske und dessen Armbeuge sich eisern über seine Luftröhre presste.

»Büßen wirst du«, zischte es, und die Stimme betonte die drei Worte, als kämen sie durch einen breitgezogenen Mund und kaum geöffnete Zähne. »Büßen wirst du für deine Sünden, du elendes Schwein.«

Karl bekam Panik, er konnte nicht atmen, ihm fehlte die Kraft, sich freizuwinden, und das, obwohl sein Angreifer weder größer noch stärker zu sein schien als er. Doch er konnte nicht klar denken, war überwältigt von dem Hinterhalt und geschwächt durch seinen Dauerlauf. Die Knie wurden ihm weich, dann ein durchdringender Schmerz, als ihn das Knie des Fremden hinterrücks in die Kniekehle traf und er sich vor Schmerz verkrümmte. Im selben Moment löste sich der Würgegriff, und bis er sich taumelnd in einen stabilen Stand bringen und umblicken konnte, war niemand mehr zu sehen. Von gegenüber glotzten zwei Passanten, ohne anzuhalten. Asoziales Pack, dachte er wütend und ließ sich auf eine Steinmauer sinken, und es war ihm völlig gleich, dass er sich in zwei Zentimeter hohen feuchten Schnee setzte.

Was war das eben?, rätselte er. *Wer* war das?

Er entwickelte das Halstuch und gierte nach frischer Luft, versuchte dann aber, seinen Atem zu beruhigen, und maß seinen Pulsschlag. Hundertfünfzig. Es fühlte sich schneller an, außerdem schien das Herz zu stolpern, doch Karl wusste, dass dies nur Einbildung war. Rational bleiben, mahnte er sich, denk nach, was eben geschehen ist.

Doch sosehr er sich auch das Hirn zermarterte, Karl von

Eisner kam zu dem Schluss, dass er nicht einmal sicher sein konnte, ob sein Angreifer ein Mann oder eine Frau gewesen war.

Zeit, die Dinge in die Hand zu nehmen.

Mit diesem wütenden Vorsatz erhob er sich, klopfte den Schnee von seinem durchnässten Gesäß und humpelte mit schmerzenden Sehnen im rechten Kniegelenk weiter, so lange, bis auch das letzte bisschen Schmerz sich in wütende Rage verwandelt hatte.

DIENSTAG, 8.20 UHR

Die Dienstbesprechung war sehr kurz ausgefallen. Hellmer hatte bei Berger angerufen und zerknirscht berichtet, dass er auf der A66 stünde, wo er sich seit bestimmt einer Viertelstunde keinen einzigen Meter mehr vorwärtsbewegt habe. Warum, das wusste er auch nicht genau, denn im Radio war nichts Präzises dazu gesagt worden, und keiner der vielen Pendler verließ freiwillig sein Auto, um in eisiger Kälte nach der Ursache zu sehen.

»Entweder irgendein Idiot mit Sommerreifen«, hatte er geknurrt, »oder ein quer stehender Lkw. Wobei Letztere eher auf der A 3 stehen. Wir werden's früher oder später erfahren, aber rechnet nicht so bald mit mir. Ich komme, so schnell ich kann.«

»Dann fahre ich mit Sabine zu Laras Mutter«, entschied Julia. »Womöglich ist es von Vorteil, wenn wir da als Frauen auflaufen. Nichts gegen dich, Peter.«

»Kein Problem«, lächelte Kullmer, »ich habe ohnehin

noch ein paar Telefonate zu führen, und Frank und mir wird schon nicht langweilig werden.«

»Ist gut, du Papa«, lachte die Kommissarin, »mach es dir nur schön bequem hier drinnen, aber wehe, ich höre von Doris, dass du sie jede Nacht alleine aufstehen lässt, wenn die Kleine schreit.«

»Pff«, gab Kullmer zurück und wedelte mit unschuldigem Blick mit den Händen über seinem Brustkorb hin und her. »Was Elisa nachts braucht, kann ich ihr leider nicht bieten. Da fehlt mir etwas ganz Entscheidendes für, ihr versteht?«

»Männer«, murmelte Sabine abwinkend, und die beiden Frauen grinsten sich an, während sie zum Aufzug gingen.

»War es eigentlich ein großer Akt, die Emmels ausfindig zu machen?«, erkundigte Julia sich, als sie auf ihren Dienstwagen zuliefen.

»Zuerst schon«, nickte Sabine, »denn sie heißt ja nicht Emmels. Im Mietvertrag ihrer Tochter steht sie nicht drin, und die Nachbarn wussten auch nichts Genaues, aber es gab in den Unterlagen verschiedene Schriftstücke. Briefe von der Rentenversicherung und so, alles in allem ein ziemliches Chaos, aber dann haben wir sie doch gefunden. Helene Markov, das ist ihr Mädchenname, sie stammt aus der Ukraine. Der Name Emmels ist das Erbe einer kurzen Ehe, damals, Anfang der Neunziger, zur Zeit von Laras Geburt. Peter und ich tippen auf eine Scheinehe wegen deutscher Staatsbürgerschaft, zumindest kenne ich aus der Sitte genügend solcher Fälle. Dass die Ehe zu einem Kind geführt hat, ist nicht unüblich. In manchen Fällen, wenn eine dieser Frauen es gut trifft, führen solche Zweckgemeinschaften eine halbwegs gute Ehe. Immerhin müssen sie es eine Weile miteinander aushalten, bevor das mit der Staatsbürgerschaft vom Tisch ist. Ob sogar Liebe im Spiel war? Keine Ahnung. Der Vater des Mädchens ist nirgendwo im Rhein-Main-Gebiet gemeldet, das verfolgen wir noch, aber sein Abtauchen liegt mehr als fünfzehn Jahre zurück, so viel ist schon mal sicher. Na ja, um auf den aktuellen Verbleib von Laras Mutter zurückzukommen: Anhand ihres richtigen Namens war es dann nicht mehr allzu schwierig, wir mussten unseren Suchradius allerdings auch hier um einiges ausweiten.«

»Ist es nicht seltsam, dass sie ausgerechnet in einer Klinik in Friedrichsdorf ist?«, hakte Julia nach. »In Frankfurt gibt es doch Suchttherapien noch und nöcher. Und wenn man eine richtige Maßnahme macht, wird man meist noch viel weiter weg von zu Hause geschickt, oder irre ich mich da?«

»Fragen wir sie einfach«, murmelte Sabine knapp und zuckte mit den Schultern.

»Ja, ich bin gespannt, wenngleich das sicher kein einfacher Besuch werden wird. Ich reiße mich nicht drum, das kannst du mir glauben. Wenn jemand schon labil ist und in Therapie, dann schlägt eine solche Nachricht doch bestimmt ein wie ein Meteorit. Erschütterung, ein tiefer Krater, nein, ich finde kein treffenderes Bild. Aber besser so, als wenn sie es irgendwann aus der Zeitung erfährt. Ihr habt ja mit einem der Ärzte gesprochen, oder?«

»Ja. Wir treffen einen Dr. Breyer, er wird uns begleiten.«

»Gut, dann bin ich vorbereitet und auch ein wenig entspannter. Ich war gestern Abend bei der Besprechung nur noch mit halbem Ohr dabei, tut mir leid, da war ich einfach total groggy. Das kennst du ja bestimmt.«

»Soll das jetzt eine diskrete Anspielung sein?«, erwiderte Sabine gereizt.

»Nein, um Gottes willen«, wehrte Julia ab, »ganz ehrlich nicht!« Sie meinte das aufrichtig und hätte Sabine gerne einen vertrauensvollen Blick zugeworfen, doch sie musste all ihre Aufmerksamkeit auf die Straße richten. Zum Glück fährt fünf Autos vor uns ein Streufahrzeug, stellte sie erleichtert fest, hielt das Lenkrad jedoch weiterhin mit beiden Händen fest umschlossen.

»Aber ich würde auf das Thema durchaus eingehen, wenn es dir recht ist«, nahm die Kommissarin den Faden wieder auf. »Die Gelegenheit ist günstig, wir haben ein Weilchen zu fahren, die Kerle sind im Präsidium, da kann man doch mal ein ungezwungenes Gespräch von Frau zu Frau führen, oder?«

»Hmm. Ein Gespräch von einer vorgesetzten zu einer untergebenen Frau, oder wie muss ich mir das vorstellen?«, erwiderte Sabine argwöhnisch.

»Ach komm«, gab Julia zurück, »wie lange gehörst du jetzt schon ins Team? Im Sommer werden es vier Jahre, okay, eines davon war ich in Auszeit, aber hast du bei uns jemals eine ausgeprägte Hierarchie gefühlt? Selbst Berger hält das meistens recht flach, wenn ihm nicht gerade die Vorgesetzten auf den Fußzehen stehen.«

»Ja, schon«, gab Sabine zu. »Aber ich habe eben auch eine Geschichte, ein Privatleben, ein Sammelsurium an weniger erfreulichen Erfahrungen. Das versuche ich, nicht mit zur Arbeit zu bringen, und wenn ich da manchmal eine zu deutliche Grenze zwischen Job und Privatem ziehe, will ich damit niemand zurückweisen.«

»Reden wir von Michael Schreck?«

»Auch. Aber ich weiß nicht, ob ich mit dir über Michael reden möchte. Nicht bei eurer Vorgeschichte.«

»Vorgeschichte?« Julia zuckte zusammen und hob die Augenbrauen. »Hat er was erzählt?«

»Michael erzählt gar nichts«, verneinte Sabine, »da sind wir uns in gewisser Weise ähnlich. Ich habe ihn allerdings auch nie gefragt. Aber damals, als du und ich einmal bei ihm im Labor waren, und dazu im Laufe der Zeit der eine oder andere Kommentar von dir ... Ihr habt doch gewiss etwas miteinander gehabt, zumindest ein paar Dates, oder etwa nicht? Ich meine, es wäre ja nicht schlimm, wir wissen doch alle, dass die meisten Beziehungen am Arbeitsplatz ...«

»Da war überhaupt nichts«, unterbrach Julia sie ein wenig harsch, wie sie sofort bemerkte. Versöhnlich ergänzte sie daher: »Einmal wollte er mit mir losziehen und mich in Sachen Computer beraten. Das ist gut und gerne fünf, sechs Jahre her, und daraus ist nie etwas geworden. Mag sein, dass er damals Ambitionen hatte, vielleicht auch nicht, und er hat es einfach nur gut gemeint. Aber ich hatte damals ganz andere Sachen im Kopf und auf dem Herzen. Selbst *wenn* da also etwas war, hätten meine Antennen das damals überhaupt nicht wahrgenommen, dafür war ich viel zu sehr mit mir selbst beschäftigt.«

Julia Durant erinnerte sich nur allzu gut an die Trennung von ihrem damaligen Partner und an den Selbstmord von Michael Schrecks Kollegen vor ihren Augen. Es waren düstere Bilder, die sie wohl niemals vergessen würde. Nein, damals war alles andere als eine gute Zeit für eine neue Beziehung gewesen, schon gar nicht zu einem Kollegen.

»Außerdem hatte ich mir schon lange vorher die eiserne Maxime gesetzt, mir meine Männerbekanntschaften niemals innerhalb des Präsidiums zu suchen«, schloss Julia.

»Da sagst du was«, lächelte Sabine matt.

»Auch ein gebranntes Kind, wie?«

»Allerdings. Ist eine halbe Ewigkeit her, ganz am Anfang, bei der Sitte. Das Problem ist, dass man hinterher entweder als Flittchen angesehen wird oder nicht mehr mit der betreffenden Person in einem Team arbeiten kann. Oder beides.«

»Aber mit Schreck läuft es?«, erkundigte sich Julia.

»Ja, wir lassen das ganz langsam angehen, und er ist so unglaublich genügsam. Manchmal sehen und hören wir uns zwei Wochen lang nicht, aber er beklagt sich nie, und irgendwie kommen wir damit gut zurecht.«

»Solange er das auch so sieht«, murmelte Julia, die gerade angestrengt über eine Kreuzung manövrierte. »Dann bin ich ja froh, dass es nicht aus dieser Richtung zu kommen scheint«, ergänzte sie.

»Was meinst du mit es?«, fragte Sabine, und der gereizte Unterton war zurückgekehrt.

»Die Migräne, kein Grund, dass wir streiten«, verteidigte sich Julia. »Ich wollte dir nichts weiter als mein Ohr anbieten, ich habe ja selbst schon das eine oder andere Päckchen zu tragen gehabt, manchmal hilft's.«

»Mag sein. Aber das möchte ich lieber selbst entscheiden«, brummte Sabine und zog demonstrativ eine zusammengerollte Tageszeitung aus ihrem Mantel, um darin zu blättern. Das Gespräch war für sie beendet.

Zehn Minuten später betraten Durant und Kaufmann das Klinikgebäude, sie durchschritten einen langen, breiten Gang. Die Kommissarin hatte sich gewundert, wie zielstrebig ihre junge Kollegin sie die gewundene Zufahrt inmitten des Waldes entlangdirigiert hatte, die Zufahrt war stellenweise gefroren gewesen, und an den Straßenrändern türmten sich die von Räumfahrzeugen angehäuften Schneeberge. Andererseits, zu diesem Schluss war Julia gekommen, war es auch nicht allzu schwer, einer Straße durch einen Wald zu folgen, wenn es der einzig geräumte und geteerte Weg weit und breit war.

»Puh, ganz schön altes Anwesen, oder?«, sagte sie leise, nachdem sie den abgetretenen Boden begutachtet hatte, die schlichten, bestimmt schon Dutzende Male übertünchten Wände und die Decke, an deren Stellen sich so mancher verspachtelte Riss abzeichnete.

»Keine Ahnung«, erwiderte Sabine knapp. »Hat schon irgendwie Stil.«

»Ist allemal besser als eine sterile, leblose Klinik«, stimmte Julia ihr zu. »Ich hatte eigentlich auf ein Empfangskomitee gehofft«, fügte sie nachdenklich hinzu. »Es ist sicher nicht erwünscht, dass hier jeder reinmarschieren kann, oder?« Sie warf einen prüfenden Blick auf ihre Uhr, sie waren knapp zehn Minuten zu spät, aber damit musste man bei diesen Witterungsbedingungen schließlich rechnen. Bevor sie sich weitere Gedanken machen musste, näherten sich rasche Schritte. Eine etwa gleichaltrige Frau, etwas größer vielleicht, dafür auch ein wenig runder um die Taille, kam ihnen entgegengeeilt. Sie trug einen weißen Kittel, der offen über ihre Hüfte hing und durch die Bewegung leicht flatterte. Ihr einst braunes, nun jedoch deutlich graumeliertes Haar war schulterlang und wurde nur von zwei unscheinbaren Spangen geschmückt. Plötzlich erhellte sich ihr Gesicht zu einem freundlichen Lächeln, und sie winkte den beiden Kommissarinnen zu. Sabine, die Julia einen Schritt voraus war, zuckte zusammen und verlangsamte ihren Gang.

»Sag mal, ist Dr. Breyer nicht ein Mann?«, raunte Julia ihr zu. Da erklang bereits die Stimme der Fremden.

»Frau Kaufmann, guten Tag«, nickte sie und schien sich dabei aufrichtig zu freuen, »das ist ...«

»Das ist meine Kollegin Julia Durant, Mordkommission Frankfurt«, unterbrach Sabine sie schnell und deutete neben sich auf die verblüffte Julia. »Wir haben einen Termin mit Dr. Breyer.«

»Äh, ach so, natürlich«, nickte die Dame und zögerte kurz. »Ich vertrete ihn kurzfristig, ein Termin, ähm, ich hoffe, Sie mussten nicht warten?«

»Wir sind eben erst eingetroffen«, klinkte sich Julia in das Gespräch ein, die noch immer ein wenig verdutzt war, denn sie war es gewohnt, zuerst sich selbst und dann ihren Partner vorzustellen, inklusive Dienstausweis und korrekter Dienstbezeichnung. Sie sammelte sich und fuhr fort: »Dr. Breyer sollte uns zu Frau Markov begleiten, wir müssen sie dringend sprechen, ich gehe davon aus, er hat Sie informiert?«

»Ja, natürlich«, nickte die Ärztin, auf deren Namensschild Julia nun den Namen Meurer lesen konnte.

»Dr. Elisabeth Meurer, entschuldigen Sie«, stellte sie sich vor, als sie Julias Blick bemerkte. »Natürlich wurde ich von dem Termin in Kenntnis gesetzt, ich habe Ihre Namen notiert, nur über weitere Details hat mir Dr. Breyer nichts gesagt. Es geht um eine Ermittlung?«

»Ja, das ist korrekt«, nickte Julia. »Wir müssen Frau Markov leider mitteilen, dass ihre Tochter nicht mehr am Leben ist. Dr. Breyer ist ihr behandelnder Arzt?«

»Ja und nein«, antwortete Dr. Meurer. »Es ist nie ein einziger Arzt für einen Patienten oder eine Patientin zuständig, wir haben schließlich Betreuung rund um die Uhr, das ist also eine Teamsache. Aber es stimmt natürlich, dass jeder von uns Ärzten eine gewisse Anzahl an Personen formell betreut, das wollen die Kassen so, und da ist mein Kollege tatsächlich der Hauptverantwortliche. Frau Markov und er haben einen guten Draht zueinander, möchte ich behaupten, aber mit mir kommt sie auch gut zurecht.«

»Können Sie uns denn etwas über Frau Markovs Krankheitsbild sagen«, erkundigte sich Julia. »Wir wissen genau genommen überhaupt nichts und hatten bereits Schwierigkeiten, sie überhaupt ausfindig zu machen.«

»Wer nicht gefunden werden möchte …«, begann Dr. Meurer nachdenklich, dann aber unterbrach sie ihren Satz und setzte neu an: »Fragen Sie sie am besten selbst. Sie wissen schon«, sie lächelte schmal, »die Schweigepflicht.«

Sie durchquerten einen weiteren Flur und kamen in einer Art Pavillon zum Stehen.

»Frau Markov weiß, dass zwei Kripobeamte mit ihr sprechen möchten«, erklärte Dr. Meurer. »Mehr aber nicht. Sie wollte Sie ausdrücklich nicht in ihrem Zimmer empfangen, sondern hier in unserer Cafeteria. Ich werde das Gespräch begleiten, aber nicht eingreifen, es sei denn, Frau Markov benötigt Unterstützung.«

»Sie meinen, wenn sie einen Nervenzusammenbruch erleidet?«

»Nun, dieses Terminus verwenden wir nicht«, entgegnete Dr. Meurer und klang dabei leicht unterkühlt. »Aber prinzipiell haben Sie recht. Sollte es erforderlich sein, zum Beispiel, wenn Frau Markov in eine Situation akuter Belastung gerät, aus der sie aus eigener Kraft nicht mehr hinausfindet, müssen wir das Gespräch abbrechen. Es kann dabei durchaus sein«, betonte sie, »dass nicht Frau Markov um den Abbruch bittet, sondern ich diesen initiiere. Dieser ärztlichen Anweisung müssen Sie sich dann bitte umgehend fügen, selbst wenn die Patientin dem vehement widersprechen wird.«

»Hmm«, brummte Julia Durant und war alles andere als begeistert von der Aussicht, sich von einer plötzlich recht hochnäsig auftretenden Ärztin ins Verhör reinreden lassen zu müssen. Zeugen und auch Opfer hielten nach Julias Dafürhalten weit mehr aus, als man ihnen zutraute, zumindest gab es viele Fälle, in denen erst ein hartnäckiges Verhör die wirklich interessanten Fakten zutage gefördert hatte.

»Wenn Sie mir nicht gleich beim ersten Konflikt dazwischenfunken, sei's drum«, nickte sie. »Ist Frau Markov denn suizidgefährdet?«

»Unserer Einschätzung nach nicht«, verneinte Dr. Meurer, kam jedoch nicht mehr dazu, Weiteres zu erläutern.

»Da, sie hat uns bemerkt«, sagte Sabine und deutete auf eine am anderen Ende des Raumes, halb verdeckt durch eine Topfpalme, sitzende Frau, die grüßend die Hand hob.

»Dann legen wir los«, nickte Julia Durant und schritt auf Laras Mutter zu, um ihren Magen zog sich ein gefühltes

Gummiband. Sie machte diesen Job nun schon so lange und konnte sich dennoch nicht daran gewöhnen, Menschen derart schreckliche Mitteilungen zu überbringen.

»Wenn du dich je daran gewöhnen solltest«, hatte ihre Freundin Alina Cornelius dazu gesagt, »ist es höchste Zeit für dich, das Handtuch zu schmeißen. Mitgefühl, sosehr es manchmal auch an einem nagt, ist das, was dich menschlich bleiben lässt.«

So weise diese Worte der erfahrenen Psychologin auch klangen und so tief sie in Julias Innerstem verankert waren: Helfen konnten sie ihr in den kommenden Minuten nur wenig. Im Gegenteil. Julia Durant war ganz auf sich allein gestellt.

»Frau Markov?«, begrüßte sie die Fremde freundlich und mit gedämpfter Stimme.

»Helene«, lächelte diese und erhob sich mit ausgestreckter Hand. Bei genauerem Betrachten kam Julia zu dem Schluss, dass diese Frau möglicherweise ein ganzes Stück jünger war als sie. Sie hatte dunkle, beinahe schwarze Haare, dazu ebenso dunkle Augen. Osteuropäische Züge erkannte Julia nicht, doch sie wusste durchaus, dass das Bild der kantigen, blonden Russin bei weitem nicht repräsentativ für alle Osteuropäerinnen war, auch wenn Hellmer oder Kullmer, wie sie bissig dachte, das wohl anders sehen würden. Vor ihr saß eine Frau, die einmal sehr, sehr hübsch gewesen sein musste, nun jedoch, sei es durch Drogen, Alkohol oder traumatische Erlebnisse, hager, in sich gekehrt und beängstigend verbraucht wirkte. Eine Stephen-King-Verfilmung kam der Kommissarin in den Sinn, *Thinner – Der Fluch*, sie handelte von einem Mann, der durch einen Fluch stetig an

Gewicht verlor, bis er nur noch ein Schatten seiner selbst war.

»Julia Durant, und das ist meine Kollegin Sabine Kaufmann«, nickte die Kommissarin und deutete kurz neben sich in Sabines Richtung. »Wir sind von der Kripo Frankfurt, das hat man Ihnen bereits gesagt, nehme ich an?«

»Ja, natürlich.« Frau Markov zuckte unentschlossen mit den Schultern. »Können wir uns setzen?«

Die drei Frauen nahmen nacheinander Platz, Julia und Sabine gegenüber von Helene Markov, Dr. Meurer neben ihr. Dabei hafteten Julias Blicke fest auf der Patientin, die ausgebremst wirkte, vielleicht sogar sediert. Es konnte aber auch sein, dass sie einfach nur fix und fertig war. Sie erinnerte sich an die Medikamente im Schrank …

»Ich möchte wissen, weshalb Sie hier sind«, forderte Helene Markov dann, und ihre Stimme klang alles andere als benebelt. Ihre Fingerspitzen kratzten nervös auf der Oberfläche des Tisches. »Ich habe mir nichts vorzuwerfen, bin freiwillig hier«, erklärte sie hastig und ungefragt. »Ich hing an der Nadel, an der Flasche und hab 'ne Menge hinter mir, so dass ich mittlerweile mehr Zeit in Behandlung verbringe als draußen. Meine Tochter kümmert sich gut um alles, viel besser, als ich mich je um sie … Aber sagen Sie endlich«, ihr Blick wurde plötzlich unsicher, beinahe ängstlich, »ist etwas mit Lara? Steckt mein Mädchen etwa in Schwierigkeiten?«

»Frau Markov«, entgegnete Julia mit ruhiger, fester Stimme, »Ihre Tochter wurde am Sonntag tot aufgefunden. Es tut mir leid, Ihnen keine andere Nachricht überbringen zu können.«

»M…meine Lara, t…tot?«, stammelte Frau Markov mit

versteinertem Gesicht. »Aber ... Wie kann das sein? Ich meine ...« Sie schluckte, hielt einen Moment inne, und zwei Tränen lösten sich aus ihren Augen und kullerten die Wangen hinab.

»Nein, nein, das kann nicht stimmen«, fuhr sie mit erregtem Zittern fort und hob den Zeigefinger, »Lara hat doch, also ... sie ist ...«

»Es besteht leider kein Zweifel«, bekräftigte die Kommissarin ihre Aussage. »Wir haben Lara eindeutig identifiziert, ich kann Ihnen nur mein tief empfundenes Beileid aussprechen.« Sie tastete mit den Händen nach denen von Frau Markov, doch diese schlug sie beiseite und wimmerte: »Fassen Sie mich nicht an! Was fällt Ihnen ein, mich hier zu überfallen und mir solche Dinge zu erzählen?« Ihr Atem ging schnell, und sie wollte aufspringen, doch Dr. Meurer legte ihr mit sanftem Druck den Arm um den Hals.

»Lassen Sie es zu«, raunte sie ihrer Patientin zu, »weinen Sie, schreien Sie, geben Sie Ihrer Trauer Ausdruck. Aber laufen Sie nicht weg. Ich bin für Sie da, bleibe bei Ihnen. Und wenn Sie allein sein möchten, unterbrechen wir dieses Treffen.«

»Ich will hier raus, eine rauchen, bloß weg«, erwiderte Frau Markov hastig, »sonst raste ich aus.« Ihr Gesicht war tränenüberströmt, sie musste schniefen, ihre tief liegenden Augen hatten einen glasigen Glanz.

»Gehen Sie nur einen Augenblick«, nickte Julia Durant nach einem fragenden Blick zu Sabine in Dr. Meurers Richtung. »Wir warten hier.«

»Nein, nein«, kam es dann mit einem entschiedenen Kopfschütteln von Laras Mutter, und mit sichtbarer Anstrengung, die Fassung zu wahren, sagte sie mit nachdrücklicher Stimme: »Zuerst möchte ich wissen, was mit meiner Kleinen geschehen ist.«

DIENSTAG, 8.35 UHR

Lars Manduschek legte seinen Mantel fein säuberlich über die Stuhllehne, faltete den Schal darüber und stellte seine dunkelbraune Ledertasche auf die Sitzfläche. Elegantes Leder, keine Frage, wenngleich sie an den Kanten bereits abgewetzt war und einige Dehnstellen aufwies. »Einen guten Anwalt erkennt man am Wert seiner Aktentasche«, hatte er einmal im Scherz gesagt, wie Sophie von Eisner sich erinnerte.

»Möchtest du einen Kaffee?«, fragte sie freundlich und stellte einen Korb frischer, duftender Brötchen auf den Tisch.

»Gerne, danke«, nickte Manduschek. »Wie aufmerksam von Ihnen, ähm, ich meine von dir.«

»Fällt es dir so schwer, mich in meinem eigenen Haus zu duzen?«, fragte sie.

»Nun«, kam es zögerlich zurück, »es ist ungewohnt, das muss ich zugeben. Wir haben uns eine Weile nicht gesehen, ich meine, ohne Karl. Ich bin es eben gewohnt, dass du für mich Frau von Eisner bist.«

»Das war nicht immer so«, lächelte sie und stellte Butter, Marmelade und Honig neben den Brotkorb.

»Lange her«, murmelte Manduschek verlegen und griff nach einem Brötchen mit Kürbiskernen. »Du warst eben schon immer die unantastbare Frau des Direktors, die man entsprechend distanziert zu behandeln hat. Das Eigentum des Löwen ...« Er lächelte verstohlen. »Wir haben unser kleines intimes Geheimnis doch bislang hervorragend gehütet, oder?«

»Das stimmt. Wir haben es vergraben, aber ich habe es nie vergessen. Wenn man wie ich in ein gewisses Alter kommt – und du weißt genau, dass Karl und ich nur nach außen hin eine perfekte Ehe führen und hier zu Hause bestenfalls zusammen fernsehen –, erinnert man sich gerne an die Zeiten zurück, in denen man dem Leben noch gewisse Reize abgewonnen hat. Wer weiß«, seufzte sie schwermütig, »vielleicht gibt es da draußen ja noch den einen oder anderen Verehrer, der mich trösten wird, wenn ich wieder alleine bin.« Sie zwinkerte dem Anwalt zu und schritt zur Kaffeemaschine. Ihr Blick wanderte vorbei an Karls Espressokännchen, ein bissiger Gedanke kam ihr in den Sinn, doch sie dachte ihn nicht zu Ende.

»Netter Service jedenfalls«, schmatzte Manduschek, bevor er erneut genussvoll ins Brötchen biss. Kerne und Krümel rieselten hinab, doch das störte Sophie nicht im Geringsten.

»Ich war beim Bäcker, ganz früh«, sagte sie wie beiläufig, »heute ist doch Karls Lauftag, da dreht er immer seine Runde. Die Gelegenheit musste ich einfach nutzen. Außerdem«, sie nahm ihrem Anwalt gegenüber Platz und hob die Augenbrauen, »plant man den Untergang seines Göttergatten besser nicht mit leerem Magen, oder?«

Sie spürte, wie unbehaglich Lars Manduschek sich ihr gegenüber fühlen musste, so wie sie ihn süß umgarnte und zugleich eiskalt provozierte. Winde dich nur, dachte sie, aber von dem in Aussicht stehenden Profit kannst du nicht loskommen, das weiß ich genau.

»Damit sprichst du etwas Wichtiges an.« Der Anwalt nutzte die Gelegenheit, zum Geschäftlichen überzugehen. »Ich vertrete deinen Mann in dieser, hm, Sache. Genau genommen sogar die ganze Kanzlei. Das könnte also schwierig werden.«

»Sprich es ruhig aus«, forderte Sophie gereizt. »Wir reden von dieser kleinen Gespielin, mit der er sich drüben in dem Appartement amüsiert hat, während ich seine Geschäftspartner bei Laune halten musste.«

»Ja, diese Sache meine ich«, nickte Manduschek. »Die zugleich Auslöser für unser Treffen ist. Ein Akt der Untreue, der, gemäß Zusatzvereinbarung zum Ehevertrag, ein gültiger Scheidungsgrund für die geschädigte Partei ...«

»Ja, ja, das haben wir doch schon längst durchgekaut«, unterbrach Sophie ihn ungeduldig. »Trennen wir uns deshalb, erfolgt die Gütertrennung nach dem Güterstand des Zeitpunkts vor unserer Hochzeit, also Mai 1984. Nichts anderes sollst du in die Wege leiten, immerhin haben wir damals, als wir vor zweieinhalb Jahren diesen Zusatz verfassten, klipp und klar festgelegt, dass deine Kanzlei zugunsten der geschädigten Partei eintreten wird. In persona bist du das, mein Lieber, also«, sie breitete unschuldig die Hände aus, »wo liegt das Problem?«

»Das Problem besteht darin, dass die Polizei bei Karl aufgekreuzt ist und mich eine seiner Vorzimmerdamen herbeizitiert hat.«

»Offiziell weiß ich von gar nichts«, erwiderte Sophie und

schüttelte energisch mit dem Kopf. »Meine Informationen bekomme ich mehr zufällig, ein weiteres Indiz dafür, dass bei Karl irgendwas hintenrum läuft. Aber es ist mir nicht entgangen, dass eine Tote im Hinterhof des Gebäudes gefunden wurde. Du weißt ja«, sie lächelte, »man muss nicht vor Ort sein, wenn man die richtigen Leute im Gebäude kennt.«

»Hm.« Manduschek überlegte kurz, dann fuhr er fort. »Jedenfalls lief die Polizei in Karls Büro auf, und es kann durchaus passieren, dass sie versuchen werden, ihm eine Mordanklage anzuhängen. Oder bestenfalls fahrlässige Tötung, Hauptsache, die können jemanden einbuchten. Ich habe mich als sein Anwalt vorgestellt und bereits mit der Vertretung seiner Interessen begonnen. Parallel dazu jetzt ein Scheidungsverfahren anzustreben, bringt mich da ziemlich in Bedrängnis.«

Sophie verfiel ins Grübeln. Noch bevor sie zu einem Ergebnis gelangte, zog Manduschek mit einem geheimnisvollen Grinsen eine Aktenmappe hervor, schob seinen Teller beiseite, wischte die Krümel vom Tisch und legte die Mappe bedächtig vor sich. Er warf Sophie einen vielsagenden Blick zu, schlug die Akte auf und faltete die Hände darüber.

»Nun«, begann er gedehnt, »wir sollten uns vielleicht einmal darüber unterhalten, wie die Chancen deines Mannes stehen. Eure Ehe, mit Verlaub, stellt ja nun auch für dich keinen Grund mehr dar, seine treue Gattin zu mimen. Rechnen wir also mal mit kühlem Kopf durch, was da auf uns zukommt. Ich habe ja noch nicht viel, aber Karl hat sich da wohl in etwas hineinmanövriert, aus dem er auch mit der besten Unterstützung nur schwer herauskommen dürfte. Nicht dass wir uns falsch verstehen«, warf er ein und hob den Zeigefinger, »ich mache hier weder etwas Illegales, noch lasse ich mir berufsethisch etwas zuschulden kommen.«

»Ja, gut, sprich endlich weiter«, forderte Sophie ungeduldig.

»Belastbare Fakten«, fuhr Manduschek fort, »gibt es derzeit nicht viele. Die Polizei hat ein Handy und DNA, von dem Appartement wissen sie wohl noch nichts. Das Handy fällt auf Karl zurück, die DNA ist noch nicht geprüft, und die Wohnung wird früher oder später untersucht werden. Möglicherweise werden aus den Hinweisen, die auf eine Verbindung der beiden deuten, Beweise konstruiert werden, spätestens dann, wenn weitere Spuren auftauchen. Ob daraus eine Mordanklage wird, steht noch in den Sternen, aber irgendjemand muss schließlich angeklagt werden, und ich schätze, die Polizei wird sich zunächst auf Karl einschießen. Sag, war eigentlich irgendjemand seit Silvester in der Wohnung?«

»Nicht dass ich wüsste«, log Sophie.

»Hmm, es wäre natürlich gut zu wissen, was dort vorgefallen ist«, warf Manduschek ein. »Aber das ist kein anwaltlicher Rat«, fügte er schnell hinzu, »nicht auszudenken, wenn jemand dorthin geht und just in diesem Augenblick die Spurensicherung auf der Matte steht.«

»Was können wir also tun?«

»Habt ihr vielleicht eine Putzfrau oder so, die dort regelmäßig vorbeikommt? Ich meine, letzten Endes könnte dir wohl niemand vorwerfen, wider besseres Wissen gehandelt zu haben, wenn du die nicht abbestellst.«

»Weiß ich nicht«, gab Sophie zurück. »Dafür ist die Firma zuständig, immerhin ist es eine Geschäftswohnung. Aber das ließe sich herausfinden. Was versprechen wir uns denn davon?«

»Nun, je nachdem, welche Spuren es dort geben wird, könnte die Beweisaufnahme sowohl zu Karls Gunsten als auch zu seinen Ungunsten beeinflusst werden. Aber viel mehr kann und darf ich dazu überhaupt nicht beitragen«, wehrte Manduschek schnell ab, »das war schon viel zu viel.«

»Wir wissen also genau genommen gar nichts«, fasste Sophie zusammen. »Was bedeutet das für die Scheidung?«

»Ich würde dir empfehlen, das nicht zu überstürzen. Die Klauseln sind rechtskräftig und eindeutig, da spielt der Faktor Zeit längst keine so wichtige Rolle wie bei einer eventuellen Mordanklage. Lass sich erst die eine Sache klären, dann gehen wir die andere an.«

Mit diesen Worten erhob er sich, schritt auf sie zu und gab ihr einen flüchtigen Kuss auf die Wange.

»Ich muss los, man erwartet mich im Büro«, flüsterte er und nickte Sophie zuversichtlich zu. »Ich bin auf deiner Seite, auch wenn ich mich für die andere Sache vor Karl stellen muss, das glaubst du mir doch hoffentlich?«

»Ja natürlich«, lächelte sie. »Trotzdem solltest du nicht vergessen, dass es sich auch für dich als sehr lohnenswert erweisen dürfte, auf der Seite des Gewinners mitzumischen. Gerade du, mit all deinen Ambitionen, na ja, was rede ich, das weißt du ja alles selbst.« Dann, mit aufgesetzter Entrüstung, rief sie: »Und jetzt raus mit dir, ich muss die Küche saugen, weil mir irgendjemand den ganzen Boden vollgekrümelt hat!«

Als Lars Manduschek die Haustür hinter sich schloss, goss Sophie von Eisner sich eine weitere Tasse Kaffee ein, wanderte hinüber ins Wohnzimmer und ließ sich entspannt in einen Sessel sinken. Der gute Karl, dachte sie im Stillen und lächelte sanft. Rennt seinem Schwanz hinterher wie ein Hund dem Stöckchen und denkt keine Sekunde darüber nach, was es ihn am Ende kosten wird. Aber am Ende, mein Lieber, schloss sie, wirst du deine Rechnung serviert bekommen und sie bis auf den letzten Cent begleichen.

Und so oder so: Lars Manduschek würde sein Scherflein dazu beitragen.

DIENSTAG, 9.25 UHR

Das Gespräch mit Helene Markov hatte kaum mehr als zehn Minuten gedauert, Julia Durant hatte die Umstände des Falles so behutsam wie möglich geschildert. Den Müllcontainer hatte sie nur widerwillig erwähnt, sie hätte es am liebsten auf Hinterhof reduziert, wusste aber, dass spätestens morgen die Klatschpresse mit entsprechenden Aufmachern aufwarten würde. WOHLSTANDSMÜLL? BENUTZT UND ENTSORGT!

So in etwa könnten die Schlagzeilen lauten, und in großen Lettern würden sie überall prangen. Frau Markov hatte keine Chance, dieser schonungslosen Berichterstattung zu entgehen, denn auch in der Klinik würden die Zeitungen ausliegen. Julia entschied daher, keine Fakten zu verschweigen, sich aber auch nicht in unnötige Details zu verlieren. Der verlassene Hinterhof, in dem die Leiche abgelegt worden war, und die Tatsache, dass Lara in der Silvesternacht vermutlich einen Freier getroffen hatte, machten ihrer Mutter sehr zu schaffen, und sie konnte den Kommissarinnen kaum brauchbare Informationen geben. Sie beendete das Gespräch ohne Zuhilfenahme von Dr. Meurer mit der ausdrücklichen Bitte, alleine sein zu dürfen, um zu trauern und für ihre Tochter zu beten.

»Frau Markov ist eine sehr gläubige Frau«, erklärte Dr. Meurer, als sie in einem Besprechungszimmer zu dritt zusammensaßen.

»Strenggläubig sogar, orthodox, und auch mit der Heiligen Schrift durchaus vertraut. Ich habe keine Ahnung davon, bin selbst Agnostikerin, also überbewerten Sie meine Einschätzung diesbezüglich bitte nicht. Doch ist es nicht so, dass Selbstmord für einen strenggläubigen Christen undenkbar ist? Sie fragten vorhin doch danach.«

Julia Durant erinnerte sich. »Ja, und wir wurden unterbrochen. Gut, dass Sie das Thema ansprechen. Sie sagten vorhin, dass Sie Frau Markov nicht als suizidal einschätzen. Spielt ihr Glaube dabei eine wesentliche Rolle?«

»Nun, meine Kollegen und ich waren uns stets einig, dass Frau Markov nicht suizidgefährdet ist. Sie hat eine lange Suchtkarriere hinter sich, zweifelsohne, aber Selbstzerstörung und Selbstmord sind zwei Paar Schuhe. Die aktuelle Krise ist zwar bedenklich, aber aufgrund ihres ausgeprägten Glaubens denke ich nicht, dass ihre Grundhaltung sich ändern wird.«

»Wie können Sie da so sicher sein?«, bohrte Julia nach. »Immerhin hat sie heute eine traumatisierende Nachricht erhalten.«

»Menschen bringen sich ja nicht jedes Mal um, wenn sie ein Trauma erfahren«, relativierte die Ärztin sogleich, »aber ich verstehe Ihre Bedenken. Wir werden uns natürlich ganz gezielt um Frau Markov kümmern, das ist selbstverständlich, denn letzten Endes kann jeder in einer emotional instabilen Situation sogenannte Kurzschlusshandlungen durchführen. Frau Markov nimmt an verschiedenen Gruppen- und Einzelangeboten teil. Ich hoffe, es wird ihr helfen, diesen Schmerz nicht alleine verarbeiten zu müssen. Es wäre jedoch gut, wenn Sie einen neuen Besuch wieder rechtzeitig ankündigen könnten und Ihre Befragungen auf das Nötigste reduzieren würden. In diesem Stadium der Trauer wiegt die Aufklärung der Umstände für Frau Markov weniger als die Verzweiflung über den Verlust. Bitte berücksichtigen Sie das.«

»In unserem Stadium der Ermittlung spielt der Faktor Zeit aber eine äußerst wichtige Rolle«, konterte Julia, die sich durch den Vortrag der Ärztin erneut bevormundet fühlte. »Irgendwann wird Frau Markov in ein Stadium kommen, in dem sie den Mord an ihrer Tochter aufgeklärt wissen möchte, und dann möchten wir nicht ohne Ergebnis dastehen. Wir kommen nicht aus Spaß an der Freude hierher, und wenn sich Fragen ergeben, dann stehen wir auf der Matte, das müssen Sie schon uns überlassen.«

»Wir rufen natürlich gerne vorher an«, vermittelte Sabine schnell, der das herausfordernde Blitzen in Julias Augen offenbar nicht entgangen war.

Als Julia Durant und Sabine Kaufmann kurze Zeit später die Klinik verließen, sprachen sie kein Wort. Sie durchquerten die Flure, den Parkplatz und erreichten schließlich den

Wagen. Erst als Julia den Motor startete und vorsichtig zurücksetzte, brach Sabine das Schweigen.

»Arme Frau, ganz auf sich alleine gestellt, ausgehalten von der Tochter, die sich prostituiert. Das war bestimmt nicht das Leben, das sie sich erhofft hatte, weder für sich noch für ihr Mädchen.«

»Dafür hat sie es aber ganz gut aufgenommen«, kommentierte Julia.

»Ich dachte, du machst dir Sorgen wegen einer eventuellen Selbstmordneigung?«

»Nein, ich wollte nur herausfinden, wie gut die Meurer ihre Patientin kennt. Na ja«, gab Julia schließlich zu, »und ich wollte sie schon ein wenig fordern, fachlich meine ich, denn so, wie die sich aufgespielt hat ...«

»... hat sie eigentlich nur einen guten Job gemacht. Ist doch gut für uns, dass Frau Markov hier unter wohlmeinender Beobachtung lebt, denn ich würde nur ungern eine weitere Tote auffinden.«

»Hmm, wie auch immer«, erwiderte Julia. »Dann reden wir doch mal über Dr. Meurer, okay?«, schlug sie mit einem herausfordernden Lächeln in Richtung ihrer Kollegin vor. Sie hatten den Wald verlassen, die Straßen waren weitgehend geräumt und gestreut, und das Fahren verlangte nicht mehr so viel Konzentration wie auf dem Hinweg.

»Ich dachte, du magst sie nicht«, kam es verwundert von Sabine zurück.

Eine gute Vorlage, dachte Julia, nahm diese sofort auf und entgegnete: »Aber sie dich umso mehr, wie mir scheint.«

»Wie kommst du denn darauf?«

»Na, wer mir freundlich winkend entgegenrennt, der muss mich doch zumindest kennen und auch ein wenig sympathisch finden, oder?«

»So ein Humbug«, wehrte Sabine sich stirnrunzelnd. »Sie hat uns erwartet.«

»*Uns*, das stimmt, aber nicht *dich*. Sie hat dich angeschaut, dich angesprochen und dich angelächelt.«

Sabine murmelte etwas, das nach ›eifersüchtig‹ klang, doch Julia ließ sich nicht beirren. »Außerdem hat uns ursprünglich ihr Kollege erwartet«, fuhr sie fort, »und ich bin mir ziemlich sicher, dass nicht du, sondern Kullmer das Telefonat mit ihm geführt hat. Du warst die ganze Fahrt über schon so angespannt, irgendetwas ist da im Busch, das ...«

»Ja, ist ja gut«, fuhr Sabine ihre Kollegin an, »hör mir bloß auf, okay?« Wut stand ihr ins Gesicht geschrieben, vielleicht auch noch etwas anderes, das die Kommissarin jedoch nicht zu deuten vermochte. Mit einem solchen Ausbruch hatte Julia nicht gerechnet. Doch andererseits schien ihr Gefühl sie nicht getäuscht zu haben.

»Hör zu«, fuhr Sabine nach einigen Augenblicken ruhiger fort und drehte nervös eine Haarsträhne. »Es ist etwas, hmm, Privates, okay? Das hatten wir auf der Herfahrt schon, du weißt doch, wie wichtig mir die Trennung von Beruf und Privatem ist.«

»Das Private überschneidet sich aber mit unseren Ermittlungen«, gab Julia zu bedenken. »Ich weiß, das klingt abgedroschen, aber in einem solchen Fall solltest du deine Strategie noch einmal überprüfen. Niemand möchte dir da reinpfuschen, glaub mir, ich schon gar nicht.«

»Dann vertrau mir und lass es dabei bewenden«, bat Sabine.

»Würde ich gerne«, sagte Julia und presste die Lippen aufeinander, dann fügte sie hinzu: »Aber ich leite diese Ermittlung nun mal. Irgendwann kommen wir an den Punkt, an dem deine Verbindung mit der Meurer klar sein muss, und ich kann dir nur anbieten, die Person zu sein, mit der du das klärst. Alle anderen Alternativen, das vermute ich zumindest, wären weitaus unangenehmer. Oder möchtest du lieber zu Berger gehen?«

»Um Gottes willen«, entfuhr es Sabine, »der ist ohnehin stinkig ohne Ende wegen meiner Krankheitsstunden.«

»Na siehst du.«

»Du sagtest eben, *irgendwann* wird der Punkt kommen«, setzte Sabine mit gesenkter Stimme an.

»Ich meinte damit nicht, dass wir ihn uns frei nach Schnauze aussuchen können«, sagte Julia mit der ihr nötig erscheinenden Bestimmtheit. »Wir sitzen noch mindestens eine Viertelstunde ungestört im warmen Auto, wenn das keine passende Gelegenheit ist ...«

Doch dann summte der Vibrationsalarm ihres Handys, das in der Mittelkonsole lag, und Sabine ergriff dankbar die Gelegenheit, um das Gerät nach oben zu reißen und auf das Display zu sehen.

»Andrea Sievers. Soll ich rangehen, oder wie funktioniert das hier mit der Freisprecheinrichtung?«

»Geh schon ran«, brummte Julia, »ich brauche beide Hände am Steuer, und mit diesem Bluetooth-Mist komme ich nicht zurecht.«

»Kaufmann hier«, ertönte es unmittelbar darauf, und Julia entging nicht die kaum verhohlene Erleichterung in Sabines Stimme. Rettung in letzter Sekunde, dachte sie grimmig, aber wir werden das noch klären. Aufgeschoben ist nicht aufgehoben.

Durch den Lautsprecher des Handys klang Andreas angenehme Stimme zwar verzerrt, ihre beinahe freudige Erregung entging Julia allerdings nicht.

»Wir haben einen Treffer bei der DNA«, kam sie ohne Umschweife auf den Punkt. »Volle Übereinstimmung mit der zweiten Speichelprobe.«

»Tausend Dank«, rief Julia, »dann würge ich dich gleich wieder ab und setze mich mit Berger in Verbindung. Zeit für Haftbefehle.«

»Undank ist der Welten Lohn«, seufzte Andrea, »aber gut, ich verstehe schon. Wir hören uns später.«

DIENSTAG, 11.15 UHR

Polizeipräsidium, Vernehmung von Karl von Eisner.

Julia Durant und Frank Hellmer saßen dem Direktor gegenüber, ein Gegner, dessen Kraft nur schwer einzuschätzen war, wie Julia fand. Sie hatte Hellmer gebeten, das Gespräch zu übernehmen, falls von Eisner sie wortgewaltig überrollen würde, man musste schließlich auf alles vorbereitet sein. Zudem hatte Berger sie nach ihrem Eintreffen beiseitegenommen und ihr stirnrunzelnd eine schriftliche Beschwerde mit der Unterschrift Lars Manduscheks gezeigt.

»Sie haben doch nicht etwa die grundlegenden Prinzipien der Strafprozessordnung missachtet?«, hatte er argwöhnisch gefragt, und in seiner Stimme lag dabei der drohende Tonfall eines erzürnten Vaters, dazu entschlossen, seinem Sprössling sogleich eine Standpauke zu halten, die sich gewaschen hat. Die Kommissarin wusste, worauf Berger hinauswollte, doch sie war sich keiner Schuld bewusst.

»Wir sind doch überhaupt nicht dazu gekommen, irgendetwas zu missachten«, hatte sie sich empört verteidigt. »Zugegeben«, fügte sie etwas leiser hinzu, »ich habe den Eisner nicht gerade freundlich angefasst, aber beschuldigt habe ich ihn nicht. Konfrontiert mit dem Handy und der SMS, das ja, aber sonst ... Dann kam ja schon dieser Lackaffe von Anwalt angerannt.«

»Ich zitiere nur mal auszugsweise, wenn Sie gestatten«, hatte Berger eisig erwidert und dann eine Textpassage vorgetragen. »Einer Rechtsbelehrung gemäß § 163 a Abs. 4 StPO sowie § 136 Abs. 1 Satz 2 StPO wurde nicht oder nicht in genügendem Maße nachgekommen.« Er hob seinen Blick und fuhr mit einem weiteren Satzfragment fort: »... wurde mein Mandant durch deutliche Drohgebärden von Kommissarin Durant massiv eingeschüchtert ...«

»So ein Arsch!«, war es aus Julia herausgeplatzt. »Wer hat sich denn in seinem Sessel geaalt, überheblich seine Macht demonstriert und mich dazu aufgefordert, gleich zur Sache zu kommen?«, empörte sie sich weiter und schlug wütend gegen die Wand. Den stechenden Schmerz im Handballen überspielend, war sie kopfschüttelnd davongeeilt. Soll Hellmer sich dieses Mal in die Nesseln setzen, wenn es nicht läuft, hatte sie in jenem Moment beschlossen. Aber beginnen werde ich.

Nun saßen sie in dem fensterlosen Raum, in dem die Kommissare schon so viele Befragungen durchgeführt hatten. Doch anders als in den meisten Fällen zeigte sich der

Befragte selbstsicher und wenig beeindruckt von der tristen, beklemmenden Atmosphäre.

»Herr von Eisner«, eröffnete Julia formell das Gespräch. »Wir wissen alle, worum es hier geht. Erlauben Sie, dass ich noch einmal zusammenfasse?«

»Tun Sie, was Sie nicht lassen können.«

»Gut. Es geht um die Umstände von Lara Emmels' Tod. Sie wurde augenscheinlich misshandelt und ohne Bewusstsein, vielleicht sogar längst tot, auf dem Grundstück Ihres Büros abgelegt. Sie belastende Fakten sind zum einen die Handykontakte, darüber hinaus haben wir Sperma im Vaginaltrakt der Toten gefunden. Es ist Ihre DNA, somit vernehmen wir Sie als Beschuldigten, der Tatvorwurf könnte bis hin zu Mord reichen. Wenn Sie Ihren Anwalt konsultieren möchten, bitte sehr, und Sie dürfen natürlich außerdem von Ihrem Aussageverweigerungsrecht Gebrauch machen. Andererseits«, lockte die Kommissarin dann, »läge es durchaus in Ihrem Interesse, wenn Sie mit uns kooperierten. Vielleicht war es ja kein Mord, vielleicht gibt es etwas, was Sie uns erklären möchten?«

»Betrachten wir das Ganze doch einmal ganz nüchtern«, setzte Karl von Eisner in geschäftigem Ton an, und Julia Durant meinte zu begreifen, wie sich ein Geschäftspartner der Eisner Group fühlen musste, der dem Direktor auf Gedeih und Verderb ausgeliefert war. Das Gefühl behagte ihr ganz und gar nicht, trotzdem ließ sie sich darauf ein.

»Gerne«, nickte sie mit einem aufgesetzten Lächeln.

»Sie haben meinen Anwalt ja bereits kennengelernt«, fuhr von Eisner fort, »ich korrigiere: *einen* davon. Im Bedarfsfall steht mir natürlich die gesamte Kanzlei zur Verfügung.«

»Natürlich«, nickte die Kommissarin. Großkotz, dachte sie sich dabei im Stillen, dann klinkte Hellmer sich ein.

»Klingt beinahe so, als würden Sie davon ausgehen, eine ganze Kanzlei zu Ihrer Verteidigung zu brauchen?«, provozierte er, tat dies aber wie beiläufig und in einem gelassenen Tonfall.

»Ach, wissen Sie«, von Eisner lehnte sich zurück, und die Stuhllehne dehnte sich knarrend nach hinten, »das liegt letzten Endes ganz bei Ihnen.« Er grinste selbstgefällig und knackte mit den Fingerknöcheln. »Aber wollten wir nicht sachlich bleiben? Mein Anwalt steht Gewehr bei Fuß, er ist zudem ein guter Freund und kennt mich schon seit vielen Jahren. Wir haben uns im Vorfeld natürlich beratschlagt, also all die Rechte wahrgenommen, über die ich auch ohne polizeiliche Aufklärung informiert bin.«

Julia Durant biss sich auf die Unterlippe und versuchte, sich nichts anmerken zu lassen.

»Wir müssen das hier nicht wie im Kindergarten handhaben«, fuhr von Eisner fort, »meine Beschwerde hatte auch nichts mit Trotz zu tun. Aber ich erwarte von Ihnen, dass Sie den Fall unvoreingenommen und ohne das übliche Taktieren untersuchen. Ich bin immerhin ein nicht unbedeutender Steuerzahler, springen Sie also bitte nicht mit mir um, als wäre ich einer Ihrer üblichen bösen Jungs, dessen Strafakte dicker ist als das Telefonbuch.«

»Wir haben da eigentlich ganz andere Bedenken gehabt«, entgegnete Hellmer.

»Ach?«

»Als so bedeutender Steuerzahler, wie Sie ja eben von sich selbst gesprochen haben, liegt da nicht eher der Gedanke nahe, dass uns aus allen möglichen Ecken und Winkeln unserer Stadtväter Steine in den Weg geworfen werden? Wissen Sie, Herr von Eisner, das ist die Kehrseite der Medaille. Ihre Sorge ist, dass wir übermäßig streng sind, unsere Sorge ist, dass man es uns übermäßig schwermachen wird.«

»Wie gut, dass wir unsere Befindlichkeiten nun ausgetauscht haben«, schaltete Julia Durant sich mit genervtem Unterton ein. »Wollen wir als Nächstes Händchen halten oder mal zum Kern der Sache kommen?«

»Wie Sie wünschen«, nickte von Eisner, beugte sich wieder nach vorn und verschränkte die Arme auf dem Tisch.

»Nur allzu gerne«, brummte Hellmer.

»Wir wissen also von Ihnen, dass Sie sich rechtlich haben beraten lassen, und Sie wissen nun von uns, dass es uns bei der Ermittlung nicht allein um *Sie* geht, sondern um Lara Emmels und die Umstände ihres Todes«, wiederholte Julia, und der Direktor nickte.

»Okay, dann wieder zu den Fakten: Sie haben ein Mobiltelefon auf Ihren Namen laufen, eine SMS und ein Anrufprotokoll weisen darauf hin, dass Sie mit Lara Emmels in der Nacht ihres Todes Kontakt hatten. Das sind alles Feststellungen anhand der Indizien, keine Anklagen, nur noch einmal zur Erinnerung«, betonte die Kommissarin. »Sie haben sich bislang überhaupt nicht zur Sache geäußert, das ist Ihr gutes Recht, aber möchten Sie dem heute etwas hinzufügen?«

»Nein, im Moment nicht.«

»Dann weiter. Lara Emmels wurde tot in einem Container unterhalb Ihres Büros gefunden ...«

»Das klingt jetzt aber mehr nach Klatschkolumme«, unterbrach von Eisner sie mit verärgertem Ton. »Sie wurde in einem Müllcontainer gefunden. Das ist der Fakt. Der Container stand im Wirtschaftshof eines Hochhauses, das ist der nächste Fakt.

Zwischen dem Hof und meinem Büro liegen unzählige weitere Etagen mit …«

»Ja, schon gut«, reagierte Julia gereizt, »ich habe es zu plakativ ausgedrückt. Aber das Mädchen lag nun mal in einem Müllcontainer im Wirtschaftshof Ihres Arbeitsplatzes. Wir sitzen hier nicht in irgendeiner Redaktion und erfinden Schlagzeilen, es gibt Hunderte von Hinterhöfen und Tausende von Containern, aber relevant für uns ist, dass die Kleine an einer Adresse liegt, zu der es eine Verbindung gibt.«

»Eine schwache Verbindung, wenn Sie alles nur auf das Handy reduzieren wollen«, warf von Eisner ein. »Man kann durchaus falsche Anwenderinformationen angeben, wenn man eine Karte freischaltet. Darüber wird sich Herr Manduschek gerne mit Ihnen austauschen.«

»Umso spannender wird es nach Auswertung der DNA«, lächelte Julia auffordernd. »Wie möchten Sie denn das begründen? Oder hat Ihr Herr Manduschek auch hierfür eine Erklärung?«

»Dazu werde ich mich nicht äußern«, blockte von Eisner ab und klang sehr entschlossen. Offenbar haben wir ihn damit am Wickel, dachte die Kommissarin zufrieden.

»Das sollten Sie sich aber gut überlegen«, bohrte sie weiter, »denn denken Sie nur einmal daran, was für ein Eindruck entsteht, wenn Sie das nicht tun. Ich setze Sie aber keinesfalls unter Druck, nur, um das noch einmal klarzustellen«, betonte sie gönnerhaft, »aber ist es tatsächlich das, was Ihr Anwalt Ihnen geraten hat?«

»Wir können jederzeit eine Pause machen, damit Sie ihn noch einmal fragen können«, fügte Hellmer hinzu und deutete in Richtung Tür.

Da aber war Karl von Eisners selbstgefälliger Gesichtsausdruck zurückgekehrt, und er antwortete: »Ganz abgesehen davon, dass ich bei meinem Entschluss bleibe, zu Ihrer DNA-Probe nichts auszusagen, möchte ich Sie an etwas erinnern, was Herr Manduschek mir riet. Vielleicht verstehen Sie mich ja dann etwas besser.«

»Nur zu«, forderte Julia Durant ihn auf, »wir können's kaum erwarten.«

»So gerne ich meine Zeit mit Ihnen hier in diesem angenehmen Ambiente verbringe«, begann der Direktor großspurig, und die Kommissarin verdrehte die Augen, »so sehr bin ich darauf bedacht, mich nicht selbst zu belasten. Sehen Sie es doch einmal so: Ganz gleich, was ich sage – sei es nun zum Handy, zu den Kontakten oder sogar zu der Sache mit der DNA –, ich kann mir damit nur schaden, aber nicht nutzen. Sie wollen Zugeständnisse? Bedaure, nicht von mir. Denn letzten Endes ist auch ein genetischer Fingerabdruck nichts weiter als ein Indiz ohne exklusive Beweiskraft. Das weiß leider nur kaum einer Ihrer sonstigen Klientel.«

Mit diesen Worten erhob sich Karl von Eisner und, von seiner leicht verkrampften Beinhaltung einmal abgesehen, bewunderte Julia insgeheim sein markantes, unverwundbar erscheinendes Auftreten.

»Ich möchte mich nun zur Rücksprache mit meinem Anwalt zurückziehen, sollten Sie weitere Fragen haben …«

Damit war die Vernehmung beendet.

Zwanzig Minuten später trafen sich alle Kommissare mit Berger im Konferenzsaal.

»Der absolute Reinfall«, kommentierte Peter Kullmer den Bericht über das Verhör, »der ist mit allen Wassern gewaschen.«

»Allerdings«, stimmte Sabine Kaufmann zu, »die Frage ist nur, was hinter dieser Fassade steckt.«

»Beziehungsweise wie wir diese Fassade knacken«, korrigierte Frank Hellmer. »Denn wie schon des Öfteren gesagt: Sperma lügt nicht. Sei es nur ein Indiz oder nicht, Eisner weiß jedenfalls, dass wir ihm von jetzt ab an den Fersen kleben werden wie Bluthunde.«

»Es ist trotzdem ein Skandal, dass wir ihn so einfach laufen lassen«, murrte Julia Durant und konnte es sich nicht verkneifen, einen vorwurfsvollen Blick in Bergers Richtung zu werfen. »Jeden Fixer oder Obdachlosen würden wir bei so einer Beweislage mindestens in U-Haft behalten, und hier bekommen wir rein gar nichts, wahrscheinlich, weil sich niemand der ehrenwerten Herren da oben die Finger verbrennen möchte. Das stinkt zum Himmel, wir rennen uns hier die Hacken ab für nichts und wieder nichts ... Aber ich sag's ja immer, wenn Scheiße, dann mit Schwung.«

»Beruhigen Sie sich doch«, erwiderte Berger. »Wir müssen uns vielleicht damit abfinden, dass wir es mit gewieften Gegenspielern zu tun haben, aber das ist doch wohl nichts Neues für uns oder?«

Hellmer murmelte etwas Unverständliches, aber Berger fuhr unbeirrt fort: »Was lässt sich denn anhand aller Fakten bezüglich des einunddreißigsten Dezember rekonstruieren?« Auffordernd blickte er zu Kullmer.

»Wir wissen von Karl von Eisner, dass seine Firma in ihren Räumen einen Empfang gegeben hat«, antwortete dieser. »Da war er als Gastgeber natürlich zugegen, ebenso seine Frau und, wie sollte es auch anders sein, dieser Anwalt. Dazu kommen eine Menge geladener Gäste, hauptsächlich Geschäftspartner, aber auch einige Vertreter der Stadtprominenz. Typisch großkotzig, wie man sich das eben so vorstellt. Problematisch dürfte es werden, einen exakten Ablauf des Abends zu ermitteln, also festzustellen, ob von Eisner durchgehend anwesend war. Da wirbeln wir eine Menge Staub auf, das wird sicher eine üble Schlammschlacht.«

»Bloß nicht«, stöhnte Berger. »Bei mir steht das Telefon jetzt schon nicht still, irgendjemand scheint der Presse etwas gesteckt zu haben. Zumindest gehe ich davon aus«, er sah prüfend in die Runde, »dass *Sie* mir diesbezüglich keine Schande gemacht haben, oder?«

Allgemeines Kopfschütteln.

»Jedenfalls ist unsere Pressestelle angewiesen, vorerst nichts verlauten zu lassen, aber auf Abruf zu sein. Trotzdem wird man spätestens morgen von der Toten und der Bank reden. Das wird ein Scheißtag werden«, seufzte Berger.

»Ist mir gar nicht so unrecht, wenn ein wenig Schlamm aufgewirbelt wird, solange wir eh nur im Trüben fischen«, kommentierte Julia lakonisch. »Aber eigentlich wollte Peter uns gerade noch ein paar Fakten vor Augen führen, oder?«

»Ja, danke«, lächelte dieser. »Vonseiten der Emmels betrachtet sieht der Abend auf den ersten Blick leider auch nicht viel klarer aus. Im Gegenteil, es ist sogar eine verdammt traurige Angelegenheit, wenn man darüber nachdenkt. Ein hübsches Mädchen in ihrem Alter, ohne Plan für den Silvesterabend, aber vermutlich war ihr ohnehin nicht nach Feiern zumute. Lebt zusammen mit ihrer Mutter, deren Probleme sie wahrscheinlich schon jahrelang in Beschlag nehmen. Verschwendete Jugend«, seufzte er. »Möglich, dass wir noch Personen aus Laras Umfeld ausfindig machen, aber zurzeit ist es ein trostloses Bild, finde ich. Irgendwann piept ihr Handy, gut möglich, dass sie auf die Nachricht gewartet hat und deshalb nicht losgezogen ist an dem Abend. Sie schlüpft in ihre aufreizende Kleidung und verlässt das Haus, irgendwann nach 22.09 Uhr, also zum Zeitpunkt der SMS.«

»Sie hat die SMS sicherlich erwartet«, murmelte Julia nachdenklich. »Der Anruf mittags hat sie doch bestimmt auf den Termin vorbereitet, denn in der SMS stand etwas von zwanzig Minuten.

In dieser Zeit zieht ein Mädchen ihres Alters sich nicht um, trägt Schminke auf und erreicht einen Treffpunkt. Das lass dir von einer Frau mal gesagt sein. Ich vermute eher, dass Lara ausgehfertig herumsaß und nur noch auf die SMS gewartet hat.« Sie überlegte kurz und fügte hinzu: »Zu Fuß kann man in zwanzig Minuten einen recht großen Radius gehen, mindestens drei Kilometer.«

»Sie war mit ihrem Fahrrad unterwegs«, warf Kullmer etwas ungehalten ein, »und wenn ich vielleicht mal einen Satz zu Ende sprechen dürfte, hätte ich euch gerne davon berichtet, dass es relativ konkrete Hinweise darauf gibt, wohin sie damit gefahren ist.«

»Wenn dem so ist«, erwiderte Julia spitz, »hättest du schon längst damit rausrücken können, anstatt uns zappeln zu lassen.«

»Lassen Sie mal, Frau Durant«, bremste Berger sie aus. »Wir brauchen es lückenlos, absolut lückenlos. Vertrauen Sie einfach darauf, dass auch Ihre Kollegen etwas zustande bringen.«

»Das hat mit Vertrauen wenig zu tun«, entgegnete Julia verärgert, weil sie sich über den Mund gefahren fühlte. »Aber wenn es endlich mal eine Spur gibt, möchte ich sie verfolgen, anstatt hier ins Leere zu starren.«

»Kurzform für Eilige, ich bin ja so gut wie durch«, schaltete Kullmer sich ein. »Die Eisner Group unterhält eine Art Firmenwohnung in Oberrad. Die Entfernung passt, und auch wenn es uns noch niemand bestätigt hat, könnte dort am Silvesterabend das Liebesnest der beiden gewesen sein. Dünnes Eis, zugegeben, aber wohl wahrscheinlicher als das Privatanwesen der von Eisners, oder?«

»Einen Versuch ist es wert«, nickte Julia und erhob sich. »Dann mal los, Spusi, KTU, alle Mann ans Werk!«

»Gemach, gemach, die sind schon längst unterwegs«, bremste Berger sie mit einem verständnisvollen Lächeln aus. »Sie dürfen da ohnehin erst in zwei, drei Stunden rein, die suchen alles Zentimeter für Zentimeter ab.«

»Und der Beschluss ging ohne weiteres durch?«, wunderte sich die Kommissarin. Bislang hatte Karl von Eisner dermaßen unantastbar gewirkt, dass wohl selbst Schrumpfköpfe auf seinem Gartenzaun dem Staatsanwalt nur ein gleichgültiges Lächeln hätten entlocken können.

»War kein Problem, nein«, antwortete Berger, »denn es steht ein Fahrrad vor der Wohnung, ordentlich angekettet und offensichtlich seit mehreren Tagen nicht mehr bewegt.«

»Laras Fahrrad?«, erkundigte sich Sabine, die während

der Besprechung auffallend teilnahmslos gewirkt hatte. Ausgerechnet jetzt, dachte Julia verstimmt, dabei bräuchte ich sie mit vollem Einsatz bei der Sache. Zumal wir auf Doris verzichten müssen.

»Es ist nicht auszuschließen«, nickte Berger, »und wir müssen für jeden Hinweis dankbar sein. Passt in der Wohnung etwas, weiten wir die Untersuchungen auf die Villa und die Büroräume aus. Vorher wird das leider nichts, da kämpfe ich gegen Windmühlen, so ungern ich das zugebe.«

»Na gut.« Julia Durant wollte zum Ende kommen. »Dann bringen wir jetzt den Besuch bei Eisners Frau hinter uns, und danach schauen wir in Oberrad vorbei. Frank, kommst du? Ihr beiden«, sie wandte sich an Kaufmann und Kullmer, »nehmt mir bitte die beiden Bürodamen in die Mangel. Ich möchte möglichst viel über den Menschen Karl von Eisner erfahren, Gerüchte, Small Talk, wie er zu seinen Angestellten ist, das Verhältnis zu seiner Frau und so weiter. Solange die sich in der Sicherheit wähnen, ihrem Chef nicht zu schaden, plaudern sie vielleicht etwas aus. Zumindest eine von beiden. Ich werde das Gefühl nicht los, dass es kein Zufall ist, dass da ein Model und eine Walküre nebeneinandersitzen. Na, ihr wisst schon«, lächelte sie, »alles ist wichtig.«

»Machen wir gerne«, nickte Kullmer, insgeheim froh darüber, nicht wieder stundenlang via Telefon und Computer recherchieren zu müssen.

»Dann gehen Sie mal hurtig ans Werk«, schloss Berger die Besprechung. »Solange wir in dem anderen Fall noch keine Ergebnisse aus der Rechtsmedizin und Forensik haben, gilt unsere gesamte Aufmerksamkeit dem Neujahrsmord.«

Kurze Zeit später saßen Durant und Hellmer im Auto, die Kommissarin hatte auf dem Beifahrersitz Platz genommen. Sie warf einen prüfenden Blick auf die Uhr, ihr Magen hatte schon während der Vernehmung mehrmals geknurrt, und der Versuch, ihn mit zwei Bechern Kaffee zu beruhigen, war wie nicht anders zu erwarten fehlgeschlagen.

»Lass uns vor der Eisner mal irgendwo anhalten und etwas einwerfen«, forderte sie. »Am liebsten 'ne Currywurst oder irgendwas in der Art.«

»Ich dachte, dir stünden Würstchen jetzt bis hier«, lachte Hellmer und zog mit dem Zeigefinger eine unsichtbare Linie unter seine Nase. »Hast doch bestimmt Dutzende von Weißwürsten verdrückt da unten, oder?«

»So ein Quatsch. Und wenn, würde es dich einen feuchten Kehricht angehen, nur damit du's weißt.«

»Ist nur gut gemeint«, grinste Hellmer und klopfte sich mit der offenen Handfläche dreimal kräftig auf den Bauch. »Ich jedenfalls verkneife mir das momentan, zumindest solange diese blöde Wette am Laufen ist.«

Julia dämmerte etwas. In den Wochen vor ihrer Abreise nach München war das Thema Winterspeck in aller Munde gewesen, bei Kullmer ging es darum, dass er ›mit schwange‹ war, und selbst die nahezu perfekt gebaute Sabine fand an ihrem Körper angebliche Fettpölsterchen. Irgendjemand hatte dann die blöde Idee gehabt, auf eine BMI-Quote zu wetten. Stichtag sollte Frühjahrsbeginn sein, dann wollte man sehen, wer seinem selbstgesetzten Ziel am nächsten gekommen war. Unsäglicher Quatsch, so in etwa war Julias Standpunkt dazu, auch wenn sie sich die wahren Gründe dafür nicht so recht eingestehen wollte. Ihr Gewicht mochte zwar durchaus im Rahmen sein, doch der bewegungsärmere Winter und ihr fester Entschluss, das Rauchen aufzugeben, harmonierten überhaupt nicht mit einem solchen Wettbewerb.

»Ist mir scheißegal, eure Wette, ich brauche jetzt was Herzhaftes, und zwar schnell«, erwiderte sie entschlossen.

DIENSTAG, 12.30 UHR

Karl von Eisner ging ohne Umweg auf den im Regal verborgenen Spirituosenschrank zu, zog den Kristallglasdeckel aus einer Karaffe, die etwa zur Hälfte mit goldbraunem Whiskey gefüllt war, und goss sich ein Glas ein. Halbvoll, nein, randvoll, entschied er rasch. Er würde einige Gläser brauchen, um das Blitzlichtgewitter zu verdauen, in das er völlig unerwartet geraten war.

»Wer hat die verdammte Presse aufgehetzt?«, hatte er empört gepoltert, als sie endlich den Fahrstuhl erreicht hatten.

»Das war doch abzusehen«, hatte Manduschek bloß erwidert. »Irgendwann kommen die von selbst drauf. Man kann einen solchen Fall nicht geheim halten, zumal nach der Kleinen ja zwecks Identifizierung öffentlich gefahndet wurde. Ich wundere mich eher, warum sie nicht schon gestern auf der Matte standen.«

Von Eisner winkte nur verächtlich ab. Kein Wort werde ich denen sagen, hatte er grimmig entschieden, und sollte einer dieser Schmierfinken es auch nur annähernd in Richtung seines Büros schaffen, würden bei der Security Köpfe rollen.

»Als wenn diese Zicke Durant nicht schon lästig genug wäre. Wahrscheinlich jagt sie uns die Reporter auf den Hals, weil sie selbst nicht zum Zug kommen kann.« Ein bissiges Lächeln umspielte seine Mundwinkel bei dem Gedanken, dass er nahezu unbehelligt aus dem Präsidium stolziert war.

»Lass die nur ihren Job machen«, sagte Lars Manduschek zum wiederholten Mal, doch damit wollte sich der Direktor nicht zufriedengeben.

»Du hast leicht reden«, fuhr Karl seinen Anwalt an. Mit einem Mal war es um seine Selbstbeherrschung geschehen. »Es geht hier immerhin um Mord! Was glaubst du, wie lange die mir noch die arrogante Selbstsicherheit abnehmen? Ich habe mich so dermaßen zusammenreißen müssen vorhin, das glaubt mir keiner! Lars«, er kippte einen so großen Schluck, dass das Glas plötzlich weniger als halbvoll war, »ich habe eine saumäßige Angst.« Schweißperlen hatten sich auf von Eisners Stirn gebildet, und er klammerte sich so fest an die Lehne seines Sessels, dass sich seine Fingerkuppen schmerzhaft in das Leder bohrten.

»Ich kann das gut verstehen. Aber wenn du es weder dir selbst noch mir erklären kannst oder willst, wie dein Saft in die kleine Schlampe kam, bleibt das eben offen. Ich kann damit leben, glaub mir.«

»Wenn darauf deine Verteidigung basiert, dann gute Nacht«, erwiderte Karl. »Dafür brauche ich keine Kanzlei zu engagieren.«

»Es geht ja nicht nur darum. Mit dem Handy hängt dir jemand was an. Das ist leicht darzustellen, und eine SMS tippen kann schließlich jeder, dazu braucht man nicht einmal das Absendehandy, ein Computer und ein paar Grundkenntnisse tun's auch. Der Ablageort der Leiche ist der nächste Punkt. Warum solltest du die Kleine ausgerechnet in deinem Hinterhof plazieren? Das ist völlig widersinnig und bringt uns eine Menge Punkte ein. Das wiegt viel mehr als der Fakt, dass du sie tatsächlich gevögelt hast.«

»Was ja niemand weiß«, beteuerte Karl.

»Noch nicht«, gab Manduschek zurück. »Oder hast du die Wohnung vergessen?«

»Verdammt, nein.« Die unscheinbare Wohnung in dem Reihenhaus lief über die Eisner Group, und es war nur eine Frage der Zeit, bis die Polizei sie mit Karl in Verbindung bringen würde. Dort würde man allerhand Spuren finden. Spuren aus zwei langen Jahren, in denen das Appartement neben seiner regulären Verwendung als Geschäftswohnung auch drei bis vier Dutzend höchst befriedigender Meetings mit Lara Emmels erlebt hatte.

»Wenn sie nicht längst da sind, wird es nicht mehr lange dauern«, fuhr Manduschek fort. »Und selbst wenn die Putzfrau schon durchgegangen ist, gibt es bestimmt noch genügend Spuren. Die klammern sich jetzt an dich, mein Freund, darauf müssen wir vorbereitet sein. Deine DNA, das kannst du mir glauben, ist dabei das geringste Problem.«

»Wieso?«

»Weil wir sie ihnen hinwerfen wie einem Hund einen Knochen«, erläuterte der Anwalt. »In dem Moment, wo sie weitere Spuren finden, knickst du ein und gestehst deine Affäre. Sonst nichts. Du redest dich damit raus, dass du keinen Skandal wolltest und deshalb nichts gesagt hast. Lügen kann man dir nicht vorwerfen, da du es den Beamten gegenüber nicht geleugnet hast.«

»Hm.« Karl war noch nicht überzeugt, er musste unwillkürlich an Sophie denken, an den Ehevertrag, wusste nur zu gut, dass er damit eine weitere Kriegsfront heraufbeschwören würde. Zum Glück hatte er den gewieften Manduschek an seiner Seite, doch konnte er ihn wirklich hier wieder herauspauken? Der Überfall kam ihm in den Sinn, und es fröstelte ihn. Er hatte Lars noch nichts davon erzählt, wie ihm einfiel, doch der Anwalt sprach bereits weiter.

»Vertrau mir, Karl, du wirst nicht einrücken, wenn du die Kleine nicht doch gekillt hast und es mir bis dato verschwiegen hast. Es gibt so viel zu entkräften und so viele plumpe Hinweise auf dich, die ich allesamt zu deinen Gunsten darstellen kann. Das wird mir jeder Richter abkaufen, glaub mir.«

»Na gut, ich vertraue dir«, antwortete Karl, obwohl er noch lange nicht überzeugt war.

DIENSTAG, 13.10 UHR

Mensch, schon wieder so 'ne protzige Bude«, ließ Julia Durant verlauten, als sie auf den Eingang des von Eisnerschen Anwesens zuschlenderten. »Wie fühlst du dich denn eigentlich so, hier, inmitten des Hochfinanzmilieus? Da passt du mit deinem Vermögen doch auch ganz gut rein, oder?«, neckte sie Hellmer. »Zwischen wohlhabend und stinkreich ist ja wohl ein gewaltiger Unterschied«, murrte Hellmer. Julia wusste, dass es ihm unangenehm war, zu seinem angeheirateten Reichtum zu stehen, vor allem gegenüber den Kollegen, die sich gelegentlich fragten, warum er überhaupt noch diesen zermürbenden Job machte. Doch Frank Hellmer liebte seine Arbeit, sosehr er auch manchmal auf seinen Sandsack einschlagen musste, um Rückschläge zu verdauen. Niemals hätte er sich zurückgezogen aus dem Team, sich den ganzen Tag in Kunstgalerien herumgedrückt oder Benefizveranstaltungen besucht. Glücklicherweise war seine Frau Nadine, mit der er bereits durch so manches Hoch und Tief gegangen war, ihm da ähnlich. Sie tolerierte seinen Beruf nicht nur, sie akzeptierte ihn sogar und gab ihm stets die Rückendeckung, die er brauchte. Julia versuchte sich zu erinnern, wann sie Nadine und die Kinder zuletzt gesehen hatte. Viel zu lange her, wenn du so lange darüber nachdenken musst, tadelte sie sich. Vielleicht doch ein guter Vorsatz, den sie fassen sollte, entschied sie: mehr Zeit mit den Menschen verbringen, die mir nahestehen. Dann fiel ihr ein, dass sie sich das schon längst vorgenommen hatte, und nicht nur einmal. An der Umsetzung allerdings scheiterte es noch.

»Ist okay, mein Lieber, ich wollte dich nur aufziehen«, fuhr sie schnell fort. »Aber ich frage mich, ob wir uns deine Erfahrungen mit Kapitalanlagen zunutze machen können, verstehst du, irgendwo andocken.«

»Falsches Thema«, wehrte Hellmer ab, noch immer brummelig. »Aber im Grundsatz hast du recht, wir sollten sehen, dass wir einen Draht zu ihr finden. Nach allem, was ich recherchiert habe, ist sie so eine typische Millionärsgattin, den ganzen Tag nichts zu tun, dafür aber Mitglied in etlichen wohltätigen Kreisen. Repräsentiert bei jeder Gelegenheit die Firma an der Seite ihres Mannes, besitzt wohl selbst einen nicht unbedeutenden Anteil daran. Ach ja, und sie hat keine Kinder, also Vorsicht. Das kann bei Frauen ihres Alters und ihres Schlages ja durchaus zu einer gewissen Stutenbissigkeit führen.«

»Trägst ja ganz schön dick auf«, kommentierte Julia patzig. »Ich habe auch keine Kinder, obwohl ich es mir weiß Gott gewünscht hätte. Aber das ist eben nicht jeder Frau vergönnt, schon gar nicht, wenn man mit dem Job verheiratet ist oder nur Kerle trifft, deren Gene sich besser nicht weiterverbreiten sollten. Deine Alltagspsychologie zieht bei mir nicht, mein Lieber.«

»Dann urteile meinetwegen selbst«, murmelte Hellmer und klang ein wenig beleidigt. »Ich sage dir nur: Sie wird alle Klischees erfüllen, dazu habe ich sie nicht lange studieren müssen. Drei Treffer in der Suchmaschine, und ich wusste, was uns da erwartet.«

»Abwarten«, gab die Kommissarin zurück und läutete die Türklingel.

»Ja, bitte?«

»Frau von Eisner? Mein Name ist Julia Durant, bei mir ist mein Kollege Frank Hellmer. Wir sind Kommissare bei der Kriminalpolizei und hätten ein paar Fragen«, sprach Julia in die Kamera, die rechts oberhalb der Tür hing und sie im Fokus hatte. Nachdem die beiden sich vorgestellt und abgelegt hatten, führte Frau von Eisner sie ins Wohnzimmer und wies auf die Sitzecke. Tatsächlich musste Julia Durant ihrem Kollegen teilweise recht geben, denn Sophie von Eisner hatte durchaus jenes herablassende, gönnerhafte Wesen, dazu eine entsprechende Art, sich zu bewegen und zu sprechen, das nur allzu gut in die Schublade einer dekadenten, unerfüllten und etwas weltfremden Dame jenseits der Wechseljahre passte.

»Ich vermute, es hat mit meinem Mann zu tun«, eröffnete Frau von Eisner kühl und ohne Umschweife. Etwas erstaunt bestätigte Julia sie mit einem zustimmenden Nicken.

»Ich hatte den ganzen Vormittag über das Radio laufen. Die Meldung war nicht zu überhören, eine Schande, wenn Sie mich fragen.«

»Wir haben keine Meldung rausgegeben«, erwiderte die Kommissarin, »im Gegenteil.«

»Wer, Sie beide?«, kam unmittelbar darauf die spitzzüngige Frage.

»Nein, ich spreche stellvertretend für das gesamte Präsidium«, gab Julia nicht minder spitz zurück.

»Frau von Eisner«, mischte Hellmer sich ein, um die Situation zu beruhigen, »wir sind sehr darauf bedacht, den Fall mit der notwendigen Diskretion zu behandeln, das dürfen Sie uns glauben. Schon allein aus eigenem Interesse. Jede Berichterstattung, ganz gleich ob Klatschpresse oder seriöser Journalismus, behindert eine laufende Ermittlung, vor allem, wenn die Spekulationen auf nicht bestätigten Mutmaßungen beruhen.«

»Das macht es nicht besser. Mein Mann ist trotz aller angeblich wertfreien Berichterstattung vorverurteilt. Haben Sie den Beitrag gehört?«

»Nein, bedaure.«

»Sie bezeichnen ihn als mutmaßlichen Verdächtigen, der von der Polizei vernommen wurde. Im Unterton klang nach, dass für eine Verhaftung nicht genügend Indizien vorlagen. Kommt das nicht einer Anprangerung gleich?«

Frau von Eisner klang aufgebracht, und Julia ärgerte sich, dass sie die Radiomeldung nicht selbst gehört hatte.

»Mutmaßlich verdächtig ist auch nicht ganz zutreffend«, erklärte sie, »wir haben Ihren Mann natürlich als möglichen Verdächtigen vernommen, über die Berechtigung dazu sollten wir uns dann auch unbedingt unterhalten. Mit dem Begriff ›mutmaßlich‹ wollte der Moderator das vermutlich ein wenig relativieren. Hätte er nur ›Tatverdächtiger‹ gesagt, denken Sie mal, wie das bei den Hörern angekommen wäre. Leider ist es bei den Konsumenten heutzutage so, dass ein Tatverdächtiger in Verbindung mit einer Handvoll Indizien sehr schnell vorverurteilt wird.«

»Das ist Ihre Meinung«, widersprach Sophie von Eisner energisch, »aber dann dürfen Sie auch nicht vergessen, dass quer durch alle Medien sämtliche Verbrecher mit dem Begriff ›mutmaßlich‹ betitelt werden. Bestes Beispiel sind diese RAF-Terroristen, alles mutmaßliche, und jeder weiß genau, welchen Dreck sie am Stecken haben.«

»Na, na«, schaltete Hellmer sich erneut ein, »das scheint jetzt etwas weit hergeholt, auch wenn ich Ihre Bedenken natürlich verstehe. Vielleicht gehen wir mal über zu den Hintergründen und versuchen, ein wenig Licht ins Dunkel zu bringen. Denn es sind eine Menge Fragen offen, die wir möglichst schnell klären sollten. Morgen früh berichten gewiss alle Zeitungen darüber, wir sollten also in unser aller Interesse brauchbare Erkenntnisse zutage fördern.«

Nicht zum ersten Mal verspürte Julia Dankbarkeit, einen Partner zu haben, der ihr im richtigen Moment die Bälle zuspielte. »Das klingt doch vernünftig, finden Sie nicht auch?«, nickte sie und lächelte Frau von Eisner aufmunternd zu. Diese schien sich zunächst darauf einlassen zu wollen, ging aber dann erneut in Abwehrstellung.

»Ich werde meinen Mann nicht belasten«, betonte sie mit erhobenen Augenbrauen.

»Das müssen Sie auch nicht«, entgegnete Hellmer. »Uns interessiert aber dennoch, wie der Silvestertag abgelaufen ist, speziell die Mittagszeit, und dann natürlich die zwei Stunden vor Mitternacht.«

»Wieso genau diese Zeiten?«

Julia Durant überlegte schnell und kam zu der Erkenntnis, dass Frau von Eisner wahrscheinlich noch nichts von dem Handy wusste.

»Oh, Verzeihung, wir sollten natürlich ganz von vorne beginnen«, hakte sie ein. »Würden Sie uns noch einmal sagen, was Sie wissen? Ganz gleich, ob über das Radio oder von Ihrem Mann selbst?«

»Phh, mein Mann«, kam es in einem verächtlichen Impuls, den die Dame sofort zu bereuen schien und rasch korrigierte: »Ich meine, was soll er denn sagen, etwa: Hör zu, die verhaften mich demnächst, weil ich eine Frau getötet haben soll? Wohl kaum.«

»Nein, aber Sie haben die Neujahrsnacht gemeinsam verbracht«, warf Hellmer ein.

»Zum größten Teil zumindest«, erwiderte sie. »Wir und einige Dutzend andere.«

»Und welchen Teil des Abends waren Sie nicht zusammen?«

»Das dürfte ein, zwei Stunden vor Mitternacht gewesen sein. Karl hatte Geschäftsunterlagen hier im Safe liegen lassen. Das kommt häufiger vor«, bekräftigte sie, »in Karls Position nimmt man sich auch gelegentlich Arbeit mit nach Hause.«

»Aha. Er hat diese Unterlagen also just an diesem Abend gebraucht?«

»Ja, ich denke schon. Wissen Sie, es gab einige Gäste aus Fernost, dann natürlich die amerikanischen Partner, was soll ich sagen? Man nutzt einen solchen Empfang eben zur Pflege von Kontakten, und wenn es etwas zu regeln gibt, dann macht man das eben. *Business as usual*, für mich ist das selbstverständlich, aber vielleicht kann man das als … Außenstehender nicht nachvollziehen.«

Da war sie wieder, diese Überheblichkeit, und Julia biss sich auf die Unterlippe, um nichts Schnippisches zu erwidern.

»Haben Sie die Unterlagen gesehen?«

»Nein, aber ich halte mich aus allem Geschäftlichen raus. Mir gehört ein nicht unbedeutender Anteil an der Firma, doch die Geschäftsführung obliegt meinem Mann und dem Vorstand. Aber, falls es das ist, was Sie wissen wollen, ich habe Karl vor dem Feuerwerk mit einigen seiner Geschäftsfreunde zurückkommen sehen. Sie öffneten eine Flasche Champagner, und wir begossen den Abschluss, dann war auch schon das Feuerwerk, und wir stießen auf das neue Jahr an.«

»Okay, Frau von Eisner, das klingt schlüssig«, nickte Frank Hellmer. »Nun muss ich Ihnen eine sehr persönliche Frage stellen: Liegt es im Bereich des Möglichen, dass Ihr Mann sich in der Zeit seiner Abwesenheit mit jemandem getroffen hat?«

»Sie meinen, ob er eine andere Frau traf?«

»Ja, ich bedaure, das meine ich«, nickte Hellmer. »Wir sprechen immerhin über ein Zeitfenster von bis zu anderthalb Stunden.« Schweigen. Ein unangenehmer Moment, Julia spürte die Spannung, die in der Luft lag, eine bedrückende Wahrheit, die die hübsche Fassade der ehrenwerten von Eisners bedrohte. Sophie starrte an den beiden Kommissaren vorbei, hinaus in eine unendliche Ferne, und insgeheim schien sie abzuwägen, welcher Wahrheit sie sich nun stellen wollte. Dann plötzlich, wie aus heiterem Himmel, schniefte sie kurz und rieb sich mit dem Handrücken eine Träne aus dem Augenwinkel.

»Hören Sie«, begann sie mit zittriger Stimme. »Das fällt mir jetzt nicht leicht, Sie müssen das verstehen, ich will meinem Mann nicht in den Rücken fallen. Bitte versprechen Sie mir, dass daraus keine Skandalgeschichte wird, wenn ich mich zu Ihrer Frage äußere. Das würde ich nicht verkraften.«

»Frau von Eisner, wir sind nicht die Presse. Uns interessiert nichts als die Wahrheit, und wir veröffentlichen auch keine persönlichen Hintergründe, wenn es die Ermittlung nicht erfordert. Das dürfte in Ihrem Fall wohl kaum notwendig sein«, versicherte Hellmer.

»Gut, aber ich bitte Sie, dann unverzüglich zu gehen, denn es nimmt mich sehr mit, was ich Ihnen nun sagen werde.« Sie schluckte. »Es ist wahr, unsere Ehe wirkt nach außen hin perfekt, und wir halten auch eine gewisse Harmonie aufrecht. Karl und ich haben uns seinerzeit tatsächlich aus Liebe geheiratet, es war keine dieser Fusionen, wie man sie aus Adelshäusern oder so kennt. Aber im Laufe der Jahre«, sie seufzte schwermütig, »nahm alles seinen gewohnten Lauf: Die Leidenschaft ließ nach, das Feuer erlosch allmählich, wie man so schön sagt. Ich wusste natürlich, dass in Karl noch dieselbe Manneskraft steckte, aber ich hätte nicht ertragen, dass er mich vor unseren Freunden brüskiert. Wir trafen also die stillschweigende Übereinkunft, dass ich ihn nicht kontrolliere und er im Gegenzug äußerst diskret vorgehen würde, wenn er tatsächlich das Bedürfnis nach einer anderen Frau verspüren sollte. Aber«, sie stockte kurz und schluckte, »dass er es ausgerechnet an Silvester getan hat …« Sie wischte sich eine Träne von der Wange. »Wissen Sie, wir haben uns einst auf einer Silvestergala im Hause meines Vaters kennengelernt.«

Julia Durant überlegte, ob sie nach Sophie von Eisners Hand greifen sollte, das erschien ihr jedoch nicht passend, also reichte sie ihr stattdessen ein Taschentuch und sagte ruhig: »Tut uns leid, Sie damit belasten zu müssen.«

»Schon gut«, seufzte Sophie leise. »Nur bitte gehen Sie jetzt.«

DIENSTAG, 14.05 UHR

So sieht also eine Geschäftswohnung aus«, hatte Julia Durant gemurmelt, als sie mit Frank Hellmer das Appartement im nahe gelegenen Stadtteil Oberrad erreichten. Außen verluden gerade zwei Kollegen ein altes Fahrrad ins Heck eines Kombis, innen begrüßte sie ein von Kopf bis Fuß eingehüllter Platzeck.

»Bitte nicht weiter als hier.« Er wies mit dem Finger auf eine mit grauem Klebeband fixierte Bodenmarkierung. Es war weit genug, dass Julia sich ins Wohnungsinnere strecken konnte, aber sie konnte nicht viel sehen, außer drei weiteren Personen, allesamt in Schutzkleidung.

»Wenn du eines dieser sexy Ganzkörperkondome anziehst, lässt er dich vielleicht auch ins Schlafzimmer«, raunte Hellmer, doch die Kommissarin winkte ab.

»Ich verzichte heute auf eine Besichtigungstour«, sagte sie zu Platzeck, »ist mir zu gefährlich, bei dem ganzen Matsch und Rollsplit hier draußen. Nicht auszudenken, wenn wir hier etwas kontaminieren würden.«

»Ich habe deine versteckte Botschaft verstanden«, nickte Platzeck, »aber keine Angst: Mein Team hat sich hier bestimmt nicht weniger steril hineinbewegt, als es Ärzte vor einer Herz-OP tun würden. Wir machen unseren Job nicht erst seit gestern.«

»Deshalb halte ich mich selbst ja zurück«, sagte Julia schnell, denn der Forensiker klang leicht eingeschnappt, und das konnte sie nicht gebrauchen. »Du weißt ja nur allzu gut, dass es in manchen Fällen die Stecknadel im Heuhaufen ist, die einen Fall entscheidend voranbringen kann. Vielleicht erinnerst du dich an die Sache mit den drei abgebrannten Streichhölzern ...

Mensch, das ist sicher schon zehn Jahre her. Das war eine tolle Leistung deiner Abteilung. Ich befürchte, so einen Durchbruch benötigen wir heute wieder.«

»Kann schon sein«, bestätigte Platzeck, und Julia entging nicht das kurze geschmeichelte Lächeln, das unter seinem Mundschutz über das Gesicht huschte. »Aber vergiss nicht, wir sind innen, das bedeutet: keine Umwelteinwirkungen, die eventuelle frühere Spuren zunichtegemacht haben. Dabei lasse ich Staubsauger, Putzlappen oder schlimmstenfalls eine Teppichreinigung einmal außer Acht. Frische Körpersekrete bereiten uns natürlich keine Schwierigkeiten, aber alles, was wir hier sonst noch finden dürften, können wir nur schwer chronologisch einordnen. Zwischen zweimonatigem und zweijährigem Spermafluid gibt es kaum einen Unterschied, das Gleiche gilt in der Regel auch für Haare.«

»Es sind nicht unbedingt die DNA-Spuren, die ich meine«, präzisierte Julia. »Das Opfer wurde gewürgt und geschlagen, unklar ist, womit. Flog sie vielleicht irgendwo dagegen, gibt es Splitter, stehen Möbel anders, solche Dinge. Hast du den Eindruck, dass hier seit Neujahr geputzt wurde?«

»Sieht nicht so aus. Auf der Kommode stehen eine Champagnerflasche und zwei Gläser, das Bett ist zerwühlt, Spuren von Geschlechtsverkehr und etwas Blut. Ich frage mich, weshalb man einen Ort derart wüst hinterlässt, aber dieser Frage müssen zum Glück nicht wir nachgehen.« Er zwinkerte und fuhr fort: »Nun, so kommen wir wenigstens bezüglich der Silvesternacht ein wenig voran. Die Blutstropfen: Es sind runde Flecke, also keine Spritzer. Demnach dürften sie nicht durch einen Schlag oder während des Geschlechtsaktes auf das Laken gelangt sein, dafür sind sie einfach zu gleichmäßig. Das ist aber nur eine erste Hypothese. Es gibt im Haus kein Überwachungssystem und auch keine Schließanlage. Es ist uns demnach nicht möglich zu sagen, ob nach der Neujahrsnacht jemand die Wohnung betreten hat oder nicht, bedaure.«

»Okay, danke, dann sucht mal weiter. Fordere nur jede Unterstützung an, die du gebrauchen kannst. Ich vertrete das gegenüber Berger. Ich will wissen, ob diese Wohnung der Tatort eines Verbrechens an Lara Emmels war, und falls ja, was man ihr genau angetan hat.«

»Und wer es getan hat«, ergänzte Hellmer, dann verließen sie die Wohnung über den Gehweg.

»Für mich ist das keine Frage mehr«, erwiderte Julia, als die beiden außer Hörweite ihrer Spusi-Kollegen waren. Hellmer nestelte eine plattgedrückte Zigarettenpackung hervor, aus der er nacheinander zwei Glimmstengel zog. Der erste war am Filter eingerissen, fluchend zerbröselte er den Tabak, die zweite Zigarette war etwas gequetscht, aber intakt. Er entzündete sie und inhalierte genussvoll, Julia schnupperte nach dem Rauch und fand, dass er sehr aromatisch roch. Anregend aromatisch, das musste sie zugeben, und sie fragte sich, ob sich das jemals ändern würde. Doch sie verspürte kein wirkliches Verlangen danach, dafür hatte sie schon wieder Hunger.

»Na, Appetit?«, feixte Hellmer.

»Ja, aber nicht aufs Rauchen«, gab Julia zu. »Und komm mir jetzt bloß nicht wieder mit diesem bescheuerten BMI. Ich besorge mir jetzt 'nen Pott schwarzen Kaffee und dann stehe ich das schon durch.«

»Ist in Ordnung. Wenn's dich stört«, Hellmer fuchtelte mit seiner Zigarette herum, »dann gib mir bitte Bescheid. Ein wenig reduzieren werde ich es auch können, dir zuliebe. Aber nur, falls unbedingt nötig«, ergänzte er lachend.

»Ja, mal sehen«, brummte Julia abwesend. Sie schwiegen eine Weile, musterten beide die Umgebung, die umliegenden Häuser und die unzähligen Fenster. Irgendwann schnippte Hellmer die Kippe in Richtung eines Kanalgitters und öffnete die Wagentür. »Die müssen alle befragt werden«, kommentierte er und brachte damit Julias Gedanken auf den Punkt.

»Setzen wir ein paar Kollegen darauf an«, entschied Julia. Sollte sich tatsächlich etwas Wichtiges ergeben, so würde sie die Befragungen natürlich wieder selbst übernehmen, doch die Kommissarin hatte kaum Hoffnung, dass jemand etwas Wichtiges gesehen hatte. Nicht in diesem Viertel, nicht an Silvester.

»Für dich steht Karl von Eisner als Täter fest, hm?«, sagte Hellmer und griff damit ihren Kommentar beim Verlassen der Wohnung auf. Julia überlegte kurz, doch dann nickte sie entschlossen.

»Er hat sie zu sich beordert, hatte Verkehr mit ihr, und sowohl das Zeitfenster als auch der mögliche Bewegungsradius von beiden passen. Das Gehabe, sich hinter seinem Anwalt zu verstecken und keine Aussage zu machen, passt ebenfalls. Nach außen hin nichts zugestehen und darauf hoffen, dass die Indizien sich relativieren lassen. Kennen wir doch alles.«

»Aber wieso hinterlässt er denn sein Sperma, ich meine, dagegen kann man sich doch wirklich simpel schützen. Außerdem stört mich der Fundort der Leiche, dich nicht auch?«

»Wieso? Weil der Neujahrsempfang im selben Gebäude stattgefunden hat?« Sie konnte Hellmers Bedenken nachvollziehen, hatte diesen Gedanken selbst bereits gehabt und ihn noch nicht zufriedenstellend auflösen können.

»Aber sieh mal«, ergänzte sie dann. »Er hatte kaum Zeit, hat sich zu seinem Tête-à-Tête begeben, irgendetwas Schlimmes fiel dort vor, das Mädchen war tot oder zumindest bewusstlos. Mitternacht rückte immer näher, in dieser Nacht ist eine Menge los überall, er musste zurück und hatte keine Zeit, sich darüber Gedanken zu machen, was er mit der Kleinen anfangen soll. In der Wohnung liegen lassen wollte er sie offenbar nicht. Das spricht im Übrigen dafür, dass er nicht davon ausging, dass sie wieder aufwachen und sich erholen würde. Also musste sie entsorgt werden – und warum dann nicht im eigenen Hinterhof? In dem Gebäude sind Dutzende Firmen ansässig, und direkt nebenan, nur einen Steinwurf entfernt, hängen die Fixer in der Taunusanlage herum, und die Sündenmeile ist auch nicht weit. Im Gegensatz zu allen anderen Höfen wusste er wenigstens, wo er ungesehen anhalten kann und welche Sicherheitsanlagen es gibt. Zugegeben, Letzteres ist ein wenig vage, aber für mich sind da nicht so viele Widersprüche drin, dass es nicht so abgelaufen sein könnte. Was meinst du?«

»Entwaffnende Logik«, nickte Hellmer. »Aber ich an seiner Stelle hätte mich auf den nächstbesten Friedhofsparkplatz gestellt und sie über die Mauer gehoben. Denn da drückt sich in einer eisigen Silvesternacht garantiert keiner herum, und ich müsste nicht noch quer durch die Stadt mit einer Leiche im Kofferraum.«

»Apropos Kofferraum. Wir reden hier so, als wüssten wir schon ganz genau, ob unser lieber Eisner mit dem eigenen Wagen unterwegs gewesen ist. Hab ich da etwas verpasst?«

»Nein, du hast recht«, gab Hellmer nach kurzem Überlegen zurück. »Aber wir waren so schön am Spekulieren eben ... Er hat sich dazu nicht ausgelassen, so wie zu allen Fragen, wenn man es genau nimmt.«

»Ein Grund mehr, das sofort zu prüfen«, brummte Julia

und suchte ihre Notizen nach der privaten Telefonnummer Sophie von Eisners ab, denn dort erhoffte sie sich die beste Chance auf eine Antwort. Kurz darauf sprach sie in den Hörer, lauschte kurz und nickte dann.

»So, das hätten wir amtlich. Kein Taxi, kein Chauffeur. Als Nächstes wird Berger angeklingelt. Es wird ihm nicht gefallen, aber ich will Eisners Wagen bei der KTU sehen. Er muss uns also einen Beschluss besorgen, ob es ihm passt oder nicht, und zwar subito!«

DIENSTAG, 14.50 UHR

Können wir uns sehen?«, fragte Sophie von Eisner und klang aufgeregt.

»Bedaure«, verneinte Lars Manduschek mit gedämpfter Stimme, denn seine Bürotür war halb geöffnet, und er konnte nicht sehen, ob sich jemand in unmittelbarer Nähe befand. »Ich habe gleich einen Termin mit Ihrem«, er flüsterte, »ich meine *Deinem* Mann. Du glaubst gar nicht, was da oben los ist.«

»Schätzungsweise säuft er sich einen an«, erwiderte Sophie kühl. Manduschek erwartete von ihr kein Mitleid mit ihrem Karl, immerhin hatte er aus ihr eine gehörnte Ehefrau gemacht – mal wieder, wie es dem Anwalt in den Sinn kam. Nein, für Mitleid war Sophie wirklich nicht die richtige Person. Ironischerweise war diese Fähigkeit zu völliger emotionaler Kälte eine der großen Gemeinsamkeiten des Ehepaars, und Manduschek hatte das mehr als nur einmal bewundert. Mitgefühl mit Fabrikarbeitern in

Südostasien, die sich in vierzehnstündigen Schichten abrackerten? Mitleid mit Kindern, die in Südamerika durch enge Grubenschächte krochen, um auch das letzte Gramm an Bodenschätzen zusammenzutragen?

»Unsere Industrialisierung war nicht anders«, waren die harschen Worte des Direktors, wenn er sich zu diesem Thema äußerte. »Von nichts kommt nichts, nur der Stärkste überlebt.« Und Sophie, immerhin eine mächtige, wenn auch stille Teilhaberin des Firmenvermögens, nickte die rüden Geschäftspraktiken der Eisner Group zustimmend ab. »Ich habe mein gesamtes Vermögen als Gründungskapital eingebracht«, begründete sie ihre Haltung. »Was immer der Firma Gewinn bringt, muss getan werden.«

Noch beeindruckender war allerdings das Außenbild, welches Karl und Sophie mit Hilfe einer Agentur pflegten. Sie taten nichts, aber rein gar nichts davon, was nahezu alle anderen Firmen machten. Keine Bildungsfonds, keine Kooperation mit Gewerkschaften, nichts. Daran änderten Sophies Kaffeekränzchen mit den Frauen vom Lions Club und ihre jährliche Spende aus Steuergründen auch nichts. Die Empfehlung der Agentur lautete: Wer etwas Soziales tut, bekommt sofort vorgeworfen, es nur aus schlechtem Gewissen zu tun. Und es ist immer zu wenig, ganz gleich, wie viel es ist. Stattdessen sorgte man dafür, dass die Verbindungen der Eisner Group ausreichend verschleiert waren. Ausbeutung, Raubbau und Kinderarbeit, das taten andere. Die Eisner Group hingegen war ein reines Finanzunternehmen, und das Image funktionierte recht gut. Zumindest oberflächlich.

»Hast du es mittlerweile im Radio gehört?«, erkundigte Sophie sich hartnäckig.

»Nein, aber das brauchte ich auch nicht«, seufzte Manduschek und klickte mit der Computermaus nacheinander auf zwei Reiter seines Browserfensters. »Ich habe es im Internet vor mir, es ist überall.«

Vom Besuch der Kommissare hatte Sophie bereits berichtet, die ganze Sache schien selbst ihr, die stets unverwundbar wirkte, erheblich zu schaffen zu machen. Mit gedämpfter Stimme fügte Manduschek rasch hinzu: »Hör zu, schließ dich ein, bleib im Haus, lass es nicht an dich ran. Mehr kann ich dir im Moment leider nicht raten.«

»Toller Rat, dafür brauche ich keinen Anwalt!«, bellte sie, und Manduschek musste unwillkürlich lächeln. Wie ähnlich die beiden einander waren. Keine Geduld und so unglaublich aufbrausend.

»Ich kann später versuchen, vorbeizukommen. Dann reden wir in Ruhe«, verabschiedete er sich und legte kurz darauf erleichtert den Hörer auf seine Telefonanlage zurück.

Das kann ja heiter werden, dachte er und sah auf die große silberne Wanduhr über der Tür. Gleich drei, stellte er fest, dann mal los. Mit wenigen Griffen schob er einige Dokumente in seine Tasche, holte den Mantel aus dem Garderobenschrank und meldete sich bei seiner Sekretärin für den Rest des Nachmittags ab.

Etwa zur gleichen Zeit erreichten Julia Durant und Frank Hellmer wieder das Präsidium. Für einen kurzen Moment hatte die Kommissarin beim Losfahren mit sich gehadert, ob ein erneuter Besuch in der Rechtsmedizin sinnvoll sei. Sie wollte endlich wissen, was es mit dem vermeintlichen Selbstmord von Nathalie Löbler auf sich hatte. Es war ihr nicht wohl dabei, ihre Aufmerksamkeit auf zwei Fälle verteilen zu müssen, zumal sich in keinem der beiden etwas zu bewegen schien. Doch stattdessen hatte sie sich für ein Telefonat mit Andrea Sievers entschieden, denn wenn es in der Rechtsmedizin etwas zu sehen gäbe, hätte diese sich längst gemeldet.

»Ich bin noch mitten in der Auswertung, gib mir bitte noch Zeit«, war die entsprechende Antwort.

»Warten, warten«, stöhnte sie, »auf alles und jeden muss ich warten.«

»Gut Ding, meine Liebe, will Weile haben. Ich habe vielleicht ein paar Sachen, die ich schon mal ausschließen kann, aber ein richtiger Durchbruch ist das nicht«, erwiderte Andrea, unbeeindruckt von Julias schlechter Laune.

»Na komm, dann raus damit.«

»Wie bereits vermutet, deutet alles auf Suizid hin, allerdings gibt es durchaus Anzeichen für Stoß- oder Hiebverletzungen, kleine Vernarbungen, leichte Frakturen, Haarrisse und solche Dinge. Vieles davon dürfte mit Blutergüssen einhergegangen sein, aber meistens an Körperstellen, die üblicherweise von Kleidung bedeckt werden. Außerdem dürften die Schäden an den Knochen so leicht gewesen sein, dass wohl nie ein Arzt darauf geschaut hat. Die eine oder andere Verknorpelung weist zumindest darauf hin. Ich muss mir das aber unbedingt genauer ansehen, bevor du dich auf langjährige Misshandlung berufst, okay?«

»Du kennst mich nur allzu gut«, seufzte die Kommissarin. »Bei Misshandlung hört bei mir eben jeder Spaß auf. Hältst du es denn für möglich, dass die Löbler den Schlag ins Gesicht als Auslöser dafür genommen hat, ein vielleicht jahrelanges Martyrium mit dem Tod zu beenden?«

»Das fragst du am besten deine Freundin Alina«, gab Andrea zurück. »Von mir bekommst du lediglich die physischen Analysen, mit Psychologie habe ich nichts am Hut. Aber mach das ruhig, ich sehe mir in der Zeit die Bluttests an. Gegessen hat die Löbler jedenfalls nichts an dem Morgen, das kann ich dir schon sagen. Der Rest kommt dann unaufgefordert, wenn's recht ist.«

»Okay, ich leg ja schon auf«, verabschiedete sich die Kommissarin und informierte Hellmer über das, was die Rechtsmedizinerin berichtet hatte.

»Wirst du Alina hinzuziehen?«, wollte dieser wissen.

Julia zuckte unentschlossen mit den Schultern. »Weiß nicht. Aber ich würde schon gerne einmal über den Selbstmord mit ihr sprechen, außerdem könnte ich ihr bei dieser Gelegenheit den Mordfall Emmels schildern. Einen Profiler werden wir wohl nicht brauchen, aber ich würde gerne durchspielen, inwieweit Karl von Eisners Persönlichkeit zu den Tatumständen passt.«

»Klingt doch gut, soll ich dich begleiten?«

»Lass mal. Ich mache das nachher kurz vor Dienstschluss und will hinterher gleich nach Hause. Je eher ich in die Kiste komme, desto besser. Dann denke ich wenigstens nicht die ganze Zeit daran, dass wir ohne echtes Vorankommen auf zwei verdammten Todesfällen sitzen. Das Schlimmste dabei ist: Wenn die Löbler sich die Pulsadern aus lauter Verzweiflung aufgeschnitten hat, so hockt der Verantwortliche unbehelligt herum, drückt ein wenig auf die Tränendrüse, aber ist am Ende trotzdem fein raus. Das kotzt mich an, aber mächtig, das sage ich dir.«

»Genau deshalb solltest du die Gelegenheit nutzen, dich

mit Alina zu treffen. Warum nicht gleich? Der Tag ist sowieso bald vorbei. Ich schnappe mir derweil Peter oder Sabine, und wir treten diesem Löbler noch mal sanft auf die Zehenspitzen. Dazu brauche ich keinen endgültigen Befund von Andrea, denn an den Fakten, dass seine Frau in der Badewanne an aufgeschnittenen Pulsadern starb und dass ihr Körper über einen längeren Zeitraum hin immer wieder Verletzungen ausgesetzt war, gibt es ja nichts zu rütteln. Das reicht doch, um mit Nachdruck zu bohren.«

Julia musste grinsen, als sie Hellmers theatralische Mimik beobachtete, er rieb sich die Hände, als freue er sich auf diese Vernehmung.

»Ach du«, erwiderte sie matt. »Weißt noch immer, mich aufzuheitern.«

»Na, wofür hat man denn einen Partner?«

Sie hatten den Fahrstuhl verlassen und schlenderten durch den tristen Gang in Richtung Büro, als Berger vor ihnen auftauchte. »Kommen Sie gleich zu mir«, rief er, machte auf dem Absatz kehrt und bedeutete ihnen, ihm zu folgen. »Sehen Sie hier!« Kaum hinter seinem Schreibtisch angekommen tippte Berger aufgebracht mit dem Zeigefinger auf einige kreuz und quer liegende Papiere. »Und hier!« Offenbar gefiel ihm überhaupt nicht, was dort geschrieben stand. Julia erkannte, dass es sich hauptsächlich um Ausdrucke von Internetmeldungen handelte.

»Sophie von Eisner hat uns schon berichtet, dass es einen Beitrag im Radio gab«, kommentierte Hellmer.

»Herrlich«, entgegnete Berger trocken. »Dann lesen Sie mal im Internet die Berichterstattung, eine echte Katastrophe, und das Allerschlimmste sind die Kommentare dazu.«

Julia nahm wahllos einige Blätter und las die Überschriften:

Tot ins neue Jahr – So feiern die Bosse

Für diese junge Frau begann das neue Jahr tödlich

Kapitalisten-Karl schlägt wieder zu

Die letzte Meldung ließ sie stutzen. Sie entstammte einer offenbar kapitalismuskritischen Website, einer Art Forum, in dem sich angemeldete User und Besucher in teils reißerischen Texten über die Themen Finanzkrise oder Globalisierung ausließen. In der Dritten Welt, so hieß es, habe er ja schon so manches Unheil angerichtet. Menschenwürde, so stand dort weiter, habe für ihn keinerlei Bedeutung, und die schonungslose Firmenpolitik der Eisner Group in den Entwicklungsländern sei unmittelbar verantwortlich für tödliche Fabrikunfälle und sogar ein Minenunglück. Doch dass er seine Untaten nun im eigenen Hinterhof beseitige ...

Julia ließ sich fassungslos auf einen der beiden Stühle sinken, die Berger gegenüberstanden.

Der Ausdruck zeigte eine Aufnahme von Lara Emmels' leblosem Körper im Müllcontainer, außerdem wurde Karl von Eisners Name erwähnt, das Appartement in Oberrad sowie ein grober Ablauf des Silvesterabends. Eine Menge Spekulation, zugegeben, aber auch eine Menge an Hintergründen, die niemand außerhalb des Präsidiums wissen konnte.

»Woher haben die das?«, fragte sie ungläubig.

»Das wüsste ich auch gerne«, erwiderte Berger, und Hellmer las das Papier ebenfalls.

»Da stehen ja sämtliche Fakten!«, entfuhr es ihm sogleich.

»Fakten ist gut«, schimpfte Berger. »Mal abgesehen davon, dass die Presseabteilung solche Meldungen niemals rausgeben würde, sind das doch Dinge, die ausschließlich intern besprochen wurden. Wenn überhaupt.«

»Allerdings«, nickte Julia. »Und wie in Herrgotts Namen kommen die an ein Foto vom Tatort?«

»Das finden Sie am besten schleunigst heraus«, antwortete Berger. »Ich habe schon veranlasst, dass dieser Schreiberling ausfindig gemacht wird. Das Problem: Die Online-Beiträge können von überall eingereicht werden, das ist mehr wie ein Forum, und einen richtigen Verlag wie bei einer vernünftigen Zeitung gibt es nicht.«

»Aber das greift ja massiv in die Persönlichkeitsrechte ein«, sagte Hellmer. »Die müssen sich vorsehen, dass sie nicht verklagt werden.«

»Der Bericht ist schon aus dem Netz genommen. Doch die Frage brennt, wer diese Informationen eingestellt hat.«

»Und woher er sie hatte«, bestätigte Julia.

»Von den renommierten Zeitungen scheint es keine zu geben, die besser informiert ist als die anderen«, stellte Hellmer fest, »da gibt es zumindest kaum inhaltliche Unterschiede.«

»Ist mir auch aufgefallen«, bestätigte Berger, der sich wieder etwas beruhigt hatte. »Dann aber habe ich die Meldung des Stadtmagazins gefunden.« Er schob eine einzelne Seite über den Tisch in Hellmers Richtung. Dieser betrachtete sie, dann zeigte er sie Julia.

»Die haben das Foto auch«, fuhr Berger fort. »Es ist meiner Einschätzung nach exakt dasselbe Bild. Irgendjemand streut da Informationen.«

Julia betrachtete die Abbildung. Laras Gesicht war mit groben Pixeln unkenntlich gemacht, und weder in der Bildunterschrift noch in den wenigen Zeilen war ein Name genannt. Allerdings wurde auch hier unverkennbar darauf verwiesen, dass die Spuren »hinauf in die Chefetage« führten, dorthin, wo die Eisner Group zur Zeit des Todes ein »rauschendes Fest« gefeiert habe. »Verdammt und zugenäht!«, entfuhr es der Kommissarin, und sie suchte den Namen des Verfassers.

»Den nehmen wir uns vor«, sagte sie zu Hellmer, »am besten gleich.«

»Das wollte ich hören«, sagte Berger, bevor Hellmer reagieren konnte. »Hier ist die Adresse. Es hieß, er arbeite meist von zu Hause aus.«

»Na gut«, nickte Julia notgedrungen und erhob sich. Sie teilte Hellmers Enthusiasmus nicht, wobei sie sich nicht erklären konnte, warum. Vielleicht hatte sie keine Lust, eine weitere Sackgasse zu betreten, keine Lust auf einen Schmierfinken, der sich auf die Pressefreiheit berief, das ach so heilige Gut, und sich wahrscheinlich schon in einer Riege mit Woodward und Bernstein sah, jenen Reportern, die an der Aufdeckung der Watergate-Affäre beteiligt gewesen waren. Doch Lara Emmels' Tod war verdammt noch mal kein Politikdrama, sondern der Mord an einem unschuldigen Mädchen.

»Eins noch«, rief Berger den beiden Kommissaren im Hinausgehen nach. »Bitte keine falsche Zurückhaltung wegen meiner Anweisung, der Presse gegenüber behutsam zu sein, okay? Dieser Zug ist hiermit«, er deutete auf das Papierchaos, »nämlich endgültig abgefahren.«

DIENSTAG, 15.45 UHR

Niels Schumann wohnte im dritten Stock eines schäbigen Mehrfamilienhauses im Frankfurter Stadtteil Niederrad.

»Nicht gerade ansehnlich, dafür ist es wenigstens einigermaßen ruhig«, kommentierte Hellmer, als sie vor der Tür standen. Julia Durant blickte in den Himmel und suchte nach Kondensstreifen von Flugzeugen. »Bin mir nicht so sicher, ob das hier rund um die Uhr so ruhig ist«, gab sie zu bedenken.

»Warten wir mal ab, was der Herbst bringt, wenn die neue Landebahn fertig ist.«

»Erinnere mich bloß nicht daran«, stöhnte Hellmer. Sein Haus lag in Okriftel, nicht unbedingt ungünstig, wie Julia wusste. Doch worauf konnte man sich schon verlassen ...

»Ja, bitte?«, erklang es aus der Gegensprechanlage.

»Kommissare Durant und Hellmer, Kriminalpolizei«, sprach Julia knapp in Richtung des Lautsprechers.

»Was wollen Sie?«

»Das würden wir gerne mit Ihnen persönlich besprechen und nicht durch die Sprechanlage.«

Einige Sekunden lang geschah überhaupt nichts, dann erklang schnarrend der Türsummer, und die beiden betraten das Treppenhaus, in dem es kaum weniger kalt war als draußen. Julia fröstelte und hielt nach einem Fahrstuhl Ausschau, doch Hellmer zog sie in Richtung Treppe.

»Komm schon, du wirst mir für jede Stufe dankbar sein«, spornte er sie an. »Ob wegen Abnehmen oder weil es dir danach schön warm sein wird.«

Oben angekommen erwartete sie bereits ein etwa vierzigjähriger Mann, unrasiert und ungekämmt, er erinnerte die

Kommissarin von seinem Auftreten her entfernt an Hubert Brack. Seine wachsamen, ruhelosen blauen Augen allerdings unterschieden ihn von dem Hausmeister, sie wurden betont durch eine dunkelbraune, sanft getönte Hornbrille mit breiten Bügeln. Unter dem abgetragenen Strickpullover trug Niels Schumann ein Hemd, das lose über der verwaschenen Bluejeans hing.

»Ich hatte keinen Besuch erwartet«, entschuldigte er sich und deutete mit dem Daumen über seine Schulter in die Wohnung hinein. »Wundern Sie sich also nicht über das Chaos. Wenn ich recherchiere, tapeziere ich durchaus mal zwei bis drei Räume mit Material.«

»Kein Problem, das machen wir auch gelegentlich«, erwiderte Hellmer und lächelte. »Dürfen wir trotzdem eintreten?«

»Ja, äh, klar. Aber dann sagen Sie mir endlich, was Sie von mir wollen.«

Schumann eilte durch den Raum, der offenbar sowohl als Wohnzimmer, Bibliothek und Arbeitsplatz diente. Einen Flur gab es nicht, lediglich drei weitere Türen, Küche, Bad und Schlafzimmer, vermutete Julia.

Sie schätzte die Wohnung auf sechzig Quadratmeter, den Mietspiegel von Niederrad kannte sie nicht, unter siebenhundert Euro lag sie mit Sicherheit nicht. Die Möblierung war schlicht, aber keine Billigeinrichtung. Schumann legte gerade zwei Sitzplätze auf einer üppigen Ledercouch frei und wies die beiden an, dort Platz zu nehmen. Er selbst zog sich einen Rollschemel vom Schreibtisch herüber, auf dem er mit gespreizten Beinen Platz nahm.

»Ein Segen für die Wirbelsäule«, kommentierte er Julias

skeptischen Blick, kam dann aber sofort zum Thema. »Also, ich höre. Worum geht es?«

»Können Sie sich das nicht denken?«, provozierte Julia ihn mit einer Gegenfrage.

»Ich will es von Ihnen hören. Es ist eine Sache, vom Verlagshaus angerufen zu werden und gesagt zu bekommen, dass die Polizei nach einem gefragt hat. Aber kurz darauf die Kripo in doppelter Ausführung auf der Matte stehen zu haben, das ist wohl etwas anderes«, grinste er überheblich.

»Gefällt Ihnen wohl«, erkundigte sich Julia gereizt. »Spekulieren Sie schon auf den Pulitzer?«

»Nein, Blödsinn«, winkte Schumann ab. »Aber wenn es etwas zu berichten gibt, lasse ich mir den Mund nicht verbieten. Ich habe schon ein paar grenzwertige Erfahrungen in Tschetschenien gemacht, und um ein Haar hätte man mich vor ein paar Jahren im Kosovo eingebuchtet und wahrscheinlich im Anschluss verschwinden lassen. Glauben Sie mir ...«

»Zum Glauben sind wir nicht hier«, unterbrach die Kommissarin ihn barsch. »Es geht um Ihre Berichterstattung über den Mörder im Bankenviertel, wie Sie es in Ihrem Artikel bezeichnet haben.«

»Da steckt eine Menge Glaube drin, wenn Sie mir diesen Widerspruch gestatten«, entgegnete Schumann spitzzüngig. »Das macht doch einen guten investigativen Journalismus aus, nicht wahr? Man sammelt Fakten und verknüpft diese mit einer Theorie, und zwar mit der, die man für die wahrscheinlichste hält. Entweder trifft man damit ins Schwarze, oder man wirbelt dabei zumindest so viel Staub auf, dass eine andere Wahrheit ans Licht kommt. Wenn Sie mich fragen, ist eines so gut wie das andere.«

»Und Ihre Theorie ist, dass der Direktor eines internationalen Unternehmens eine junge Frau ermordet und danach keinen besseren Ort findet als ausgerechnet den eigenen Hinterhof?«, warf Hellmer ein.

»Das kann man so und so sehen«, erwiderte Schumann. »Ist doch ein prächtiges Argument vor Gericht. Aber Herr Richter«, er verstellte seine Stimme, »ich hätte doch niemals mein Mordopfer vor der eigenen Tür abgelegt.«

»Dies zu beurteilen überlassen wir aber bitte auch dem Richter, wo wir schon beim Thema sind«, gab Hellmer zurück. »Was wir von Ihnen wissen müssen, ist zum einen, auf welche Quellen Sie sich berufen, und zum anderen, woher verdammt noch mal Sie dieses geschmacklose Foto haben?«

»Sie glauben doch nicht allen Ernstes, dass ich Ihnen meine Quellen preisgebe?«, sagte Schumann entgeistert. »Damit würde ich sämtliche Grundsätze meines Berufes verletzen.«

»Das kann man sehen, wie man will«, widersprach Julia. »Investigativ, um Ihre Wortwahl zu benutzen, arbeiten wir an diesem Fall auch. Nur möchten wir damit eine ordnungsgemäße Aufklärung des Verbrechens und darüber hinaus die Verurteilung des ermittelten Täters erreichen. Berichte wie der Ihrige, und davon werden uns morgen einige um die Ohren schwirren, machen dieses Unterfangen so gut wie unmöglich, weil nun jeder, der über den Fall liest, ein vorgefertigtes Urteil haben wird. Dann bilden sich die üblichen zwei Fronten, die eine für, die andere gegen den Verdächtigen, insbesondere weil es sich um einen prominenten Mitbürger handelt. Schuldig oder nicht, hinterher wird jedes Urteil für einen Großteil der Öffentlichkeit als Farce gesehen. Das alles haben Sie offenbar nicht bedacht, als Sie Ihre ethischen Grundsätze erwähnten, oder irre ich mich?«

»Netter Versuch«, lächelte Schumann, »aber ich kann Ihnen trotzdem nicht helfen.«

»Zu behaupten, nicht zu können, ist hier wohl gleichzusetzen mit nicht zu wollen«, gab Julia zurück. »Aber das ist Ihre Sache. Da Sie augenscheinlich Ihren Zugang zu internen Ermittlungsergebnissen nicht offenlegen wollen, werden mein Kollege und ich eine Ebene höher gehen müssen. Was meinst du, Frank«, wandte sie sich an Hellmer, »die eine oder andere Sanktion dürften wir schon durchbekommen bei dieser Sachlage, oder?«

»Strafrechtlich oder zivilrechtlich?«, gab dieser zurück und gab sich gleich selbst die Antwort. »Na, wahrscheinlich greift beides. Ich rufe gleich mal ein paar Leute an.« Mit diesen Worten erhob Hellmer sich und drehte sich um, gerade rechtzeitig, wie Julia sehen konnte, um ein amüsiertes Grinsen zu verbergen.

»Moment, Moment«, rief Schumann, dessen Gesichtsfarbe um einige Nuancen heller geworden war. »Ich kenne meine Rechte, Sie können da gar nichts machen.« Doch er klang lange nicht mehr so selbstsicher wie zuvor.

»Na ja, *nichts* würde ich nicht sagen«, widersprach Julia und tat gelangweilt.

»Es ist aber tatsächlich so, dass ich Ihnen nicht helfen kann.«

»Moment, Frank«, sagte Julia, dann wandte sie sich wieder zu Schumann. »Erklären Sie das bitte.«

»Ich habe eine E-Mail bekommen, vorgestern bereits, darin war eine Fotodatei und ein paar Zeilen Text.«

»Von wem und was stand drin?«, wollte Hellmer wissen, der sich wieder neben Julia gesetzt hatte.

»Weiß ich nicht, also den Absender meine ich«, erklärte Schumann, dem mittlerweile Schweißperlen auf der Stirn standen. »In der Mail stand sinngemäß, dass ich, falls ich Interesse an gutem Journalismus habe und den Printmedien eine Nase voraus sein wolle, weiteres Material bekommen könne.«

»Zu welchem Zweck? Und, das ist nicht persönlich gemeint, warum ausgerechnet Sie?«

»Das waren auch meine Fragen, als ich ihm antwortete. Ich meine, man veröffentlicht ja nicht wahllos irgendwas. Doch da kam nicht viel, nur, dass es eben um die Aufklärung eines Verbrechens gehe, bei dem von den Strafverfolgungsbehörden aller Wahrscheinlichkeit nach nicht ordentlich ermittelt werde. Und wenn ich nicht berichten würde, dann eben jemand anderes. Das war mir vorerst genug. Denn – und das ist nun ebenfalls nichts Persönliches – wenn Macht und Geld ins Spiel kommen, haben wir nun mal ein Zweiklassensystem. Und außerdem wollte ich die Story nicht an jemand anderen verlieren.«

»Hm. Und die andere Frage, warum Sie?«, wiederholte Julia, die insgeheim schon oft genug dasselbe gefühlt hatte, was Schumann gerade über das Rechtssystem gesagt hatte.

»Dafür gibt es eine einfache Erklärung«, grinste dieser. »Das Stadtmagazin ist bekannt für seine große Leserschaft, insbesondere online. Wir haben bei regionaler Berichterstattung oft mehr Klicks als die großen Medien, weil wir in der Regel einfach schneller im Netz sind mit den Infos. Und nicht immer politisch korrekt sein müssen, das kommt dazu. Warum es allerdings ausgerechnet mich getroffen hat, das kann ich Ihnen beim besten Willen nicht sagen. Aber man findet mich auch ohne weiteres, wenn man beim Stadtmagazin sucht, also kann das reine Willkür gewesen sein.« Er zuckte mit den Schultern.

»Wie auch immer«, brummte Julia. »Haben Sie diese E-Mails denn gespeichert?«

»Na klar, das Haus verliert nichts.«

»Wir würden unsere IT-Abteilung gerne darauf ansetzen. Haben Sie damit ein Problem?«

»Meinen Rechner herausrücken?« Schumanns Augen weiteten sich. »Im Leben nicht!«

»Machen Sie es doch nicht so kompliziert«, schaltete Hellmer sich ein, er war offenbar ebenso genervt wie Julia. »Wir ziehen auch los und beantragen einen Beschluss, das bekomme ich noch heute zum Laufen, wenn wir es drauf anlegen. Die andere Option, wenn Ihnen das angenehmer wäre, ist, dass unsere IT-Experten zu Ihnen kommen.«

»Ich mag es nicht, wenn in meinem Computer herumgeschnüffelt wird«, entgegnete Schumann trotzig. »Ich verdiene meinen Lebensunterhalt damit, verstehen Sie?«

»Unsere IT interessiert sich für nichts als diese Mails samt ihrer Anhänge. Ihre Entscheidung.« Hellmer sah Schumann fragend an. »Wen soll ich jetzt anrufen?«

»Sollen herkommen«, knurrte der Journalist. »Aber ich lasse sie keinen Moment aus den Augen, das garantiere ich Ihnen.«

Er erhob sich und verließ das Zimmer in Richtung Küche, wo er energisch mit Glas oder Porzellan zu klappern begann. Julia warf einen prüfenden Blick auf ihre Armbanduhr »Hör mal«, raunte sie in Hellmers Richtung, »Schreck hat heute regulären Dienst, er könnte also schnell rüberkommen. Wenn ich ihn jetzt herbestelle, würdest du dann hier auf ihn warten? Ich habe Bedenken, dass Schumann seine Dateien manipulieren könnte.«

»Schumann muss sich aber drauf einlassen«, gab Hellmer mit zweifelndem Blick zurück. »Ohne Beschluss sind wir seinem guten Willen ausgeliefert.«

»Finden wir es heraus«, nickte Julia, da kam der Journalist schon mit einer Tasse in der Hand zurück.

»Herr Schumann, ich rufe einen Kollegen von der Computerforensik an, danach verschwinde ich. Würde es Ihnen etwas ausmachen, wenn mein Kollege bei Ihnen bliebe? Zu Ihrer Sicherheit, versteht sich, außerdem wäre es für die Beweismittelkette von Vorteil, wenn wir belegen könnten, dass Sie sich nicht mehr an Ihrem Computer betätigt haben. Sie kennen das doch bestimmt«, ergänzte sie mit einem charmanten Lächeln. »Eine gute Recherche ist die halbe Miete, nicht wahr?«

»Weiß nicht«, brummte Schumann, dann aber erhellte sich seine Miene. »Bleiben Sie doch lieber da«, zwinkerte er die Kommissarin spitzbübisch an.

»Ich habe leider noch einen Termin, bedaure. Aber ich würde mich freuen, wenn Sie uns den Gefallen dennoch täten.«

»Meinetwegen. Aber ich bleibe dabei, dass ich Ihren Kollegen nicht aus den Augen lassen werde. Auf diesem Computer befinden sich auch meine privaten Mails, und die gehen niemanden etwas an.«

Julia verbarg ihre Erleichterung so gut es ging und streckte

Schumann die Hand entgegen. »Keine Sorge, wir konzentrieren uns nur auf die Dateien Ihres Informanten. Danke für Ihre Unterstützung und auf Wiedersehen.«

»Melden Sie sich mal, wenn Ihnen der Polizeidienst zum Hals raushängt«, lächelte Schumann. »Insiderwissen kommt bei unseren Lesern immer gut an.«

Hellmer begleitete Julia zur Tür, ohne den Reporter aus den Augen zu lassen. Dieser blätterte gelangweilt in einem Buch und schlürfte aus der Tasse.

»Rufst du Schreck an?«, wollte er wissen.

»Ja«, nickte Julia. »Ich will das nur draußen machen, weil ich ihn informieren möchte, dass er auch nach gelöschten Dateien Ausschau hält. Wenn das überhaupt geht.«

Julia Durants Computerkenntnisse beschränkten sich neben den üblichen Arbeitsvorgängen auf Internetrecherche und die Bedienung eines Mailprogramms, daher war sie froh, dass es jemanden wie Michael Schreck gab. Ihn konnte sie alles fragen, ohne Bedenken haben zu müssen, dass er sie für völlig hinter dem Mond lebend hielt. Außerdem konnte sie sich darauf verlassen, dass er nach Dingen suchte, von denen sie nicht einmal wusste, dass es sie gab.

»Du fährst zu Alina, nehme ich an?«, vergewisserte sich Hellmer, und Julia nickte.

»Ja. Kümmerst du dich mit Peter noch um den Löbler? Ist vielleicht besser, wenn das mal zwei Kerle machen. Kann sein, dass er sich dann etwas unbefangener fühlt, du verstehst schon, oder?«

»Klar«, lächelte Hellmer grimmig. »Mal ein wenig auf die Chauvi-Tour begeben und rauskitzeln, ob ihm nicht doch ab und zu mal die Hand locker sitzt. Das könnte funktionieren. Ich hoffe nur, dass unser frischgebackener Papa Kullmer sich noch daran erinnern kann, wie er früher mal aufgetreten ist. Sonst muss er eben den Softie spielen«, grinste er und kehrte in die Wohnung zurück.

DIENSTAG, 18.10 UHR

Mit einer Tüte Streusalz in seiner Rechten stand Hubert Brack in einem dunklen Winkel, der von den grellen Scheinwerfern, die das elegante Gebäude in den Abendstunden üppig illuminierten, nicht ausgeleuchtet wurde. Er beobachtete den Menschenfluss, der üblicherweise gegen siebzehn Uhr seine höchste Dichte erreichte und nun nach und nach abebbte, bis kaum jemand mehr außer der Putzkolonne durch die endlosen Gänge des Finanzpalasts strömte. Hier und da, so wusste Brack, gab es vereinzelte Büroangestellte, die Überstunden fristen mussten, um die Versäumnisse der Feiertage aufzuarbeiten. In Stockwerk neunzehn, so sagte man, wurden in jenen Stunden auch die berüchtigten Einstellungstests geführt. Das Schema war einfach zu durchschauen: Aus den zahlreichen Bewerbungen für Assistenzstellen wurden die hübschesten Mädchen ausgewählt; junge, äußerst attraktive und streng auf ihre Karriere bedachte Frauen. Mit dem nötigen Pragmatismus, wie es in den Kreisen der lüsternen Machthaber gerne hieß, stand ihnen die Tür zum Erfolg weit offen, und nicht wenige – sogar weitaus mehr, als man meinen mochte – waren pragmatisch genug, um diesen Weg über die Couch in der Relaxing Area zu beschreiten.

Bevor er sich weiter in Gedanken verlieren konnte, nahm Brack eine Gestalt wahr, die sich ebenfalls in einem schattigen Winkel herumzudrücken schien. Der Statur nach handelte es sich um eine Frau. Gesicht und Haare waren von einem Tuch umwickelt, Hubert Brack war sich jedoch nicht sicher, ob diese Vermummung der eisigen Kälte zuzuschreiben war oder ob die Dame sich nicht zu erkennen geben wollte.

Sie standen gut zehn Meter voneinander entfernt, traten beide auf der Stelle. Wartete sie auf jemanden? Warum sollte sie dann aber an einer derart ungünstigen Position stehen, wo sie niemandem auffiel? Alles in allem sehr verdächtig, wie Brack fand, und er entschied sich, seinen Zeitplan noch ein wenig nach hinten zu verschieben und die Person zu beobachten. Im Gegensatz zu der Fremden hatte er den eindeutigen Vorteil, in seiner Hausmeisterkluft garantiert keine argwöhnischen Blicke auf sich zu ziehen. Ein weiteres Mal trafen sich ihre Blicke, und plötzlich löste sich die Unbekannte aus ihrem Winkel und eilte zügig auf den Haupteingang zu.

Hoffentlich keine Reportertussi, dachte Brack und entschloss sich spontan, ihr zu folgen. Das Schauspiel würde er sich nicht entgehen lassen, denn er wusste, dass man am Empfang auf die Aasgeier von der Presse vorbereitet war. Die Meldung über die Verhaftung Karl von Eisners war kaum online gewesen, da hatte die Schubert zwei zusätzliche Gorillas des Wachschutzes zugeteilt bekommen. Den ganzen restlichen Tag über hatten sie einen Aasgeier nach dem nächsten aus dem Bankgebäude komplimentiert, mal freundlicher, mal energischer, mal unter Klageandrohung. Doch Journalisten, die eine Story witterten, waren wie Heuschrecken, wie Brack wusste. Sie konnten sich zu einer Plage biblischen Ausmaßes entwickeln, und gerade dann, wenn man sich abgeschottet und sicher fühlte, drangen von irgendwoher noch welche ein.

Doch da geschah etwas Unerwartetes.

»Gehen Sie durch«, vernahm Brack eine gleichgültige Stimme, die nicht zu Frau Schubert gehörte. Verdammt, es ist nach achtzehn Uhr, fiel ihm ein. Die Abendablösung war da, eine mürrische alte Ziege, unfreundlich und ohne jeglichen Elan, sich selbst beweisen zu müssen. Margot Bluhm war Ende fünfzig, eine verwelkte Blume: eine emotionslose Ehe, zwei Kinder und eine ebenso emotionslose Scheidung lagen hinter ihr, so viel hatte Brack in Erfahrung bringen können. Auf dieselbe Art und Weise verrichtete sie ihre Spätschichten am Empfang, bis um zweiundzwanzig Uhr schließlich der Wachdienst übernahm.

Er biss sich auf die Lippe, als er den Tresen ebenfalls erreichte, denn er hätte am liebsten gefragt, wer die geheimnisvolle Fremde war. Doch er konnte nicht, nicht heute, nicht bei der alten Bluhm, die wieder ganz besonders unzufrieden aussah. Weihnachten alleine, Silvester alleine, kombinierte Brack, da steckt eine Menge Frust drinnen.

»Ich mach dann Schluss für heute«, nickte er knapp. »Ich gehe unten raus, wenn's recht ist.«

Ohne auf eine Antwort zu warten, trabte er weiter in Richtung Treppenhaus.

DIENSTAG, 17.55 UHR

Julia betrat die modern, aber gemütlich eingerichtete Wohnung ihrer Freundin Alina Cornelius, die sich in einem mehrstöckigen Wohnhaus unweit des Präsidiums befand. Sie hatte ein paar Telefonate geführt, E-Mails abgerufen und war dann mit dem Auto dorthin gefahren, um hinterher keine Zeit zu verlieren. Julia fror, sie befürchtete, dass eine Erkältung anrollte, vielleicht lag es aber auch nur daran, dass sie nichts Vernünftiges gegessen hatte. Du brauchst dringend eine Badewanne und ein paar Vitamintabletten, sagte sie sich. Doch zuerst die Arbeit, dann das Vergnügen, wobei es weitaus unangenehmere Pflichten gab, als den Abend mit einer Freundin zu verbringen. Ganz gleich, ob dienstlich oder nicht.

Alina Cornelius, die eine florierende psychologische Praxis unterhielt, teilte einige Erinnerungen mit der Kommissarin, die beide Frauen nur allzu gerne verdrängten. Einige Jahre zuvor, im Frühsommer 2007, waren sie Opfer eines Entführers geworden, ein wahnsinniger, sadistischer Mensch, der zahlreiche Frauen gequält und ermordet hatte. Die Rettung war in letzter Sekunde gekommen, zu spät für viele seiner Opfer, aber rechtzeitig für Julia und Alina. Doch das entsetzliche Gefühl des Ausgeliefertseins und die Erfahrung massiver sexueller Gewalt waren unvergesslich in ihre Seelen gebrannt. Julia Durant hatte eine düstere Zeit mit langen Gesprächen bei verschiedenen Psychologen hinter sich. In einer dieser Phasen hatte sie sich die Schuld daran gegeben, dass der Täter Alina nur entführt hatte, um damit sie selbst zu treffen. Eine andere Phase folgte, in der Julia

Alina dafür hassen wollte, dass sie ohne eine vollzogene Vergewaltigung aus der Sache gekommen war. Doch diese Gefühle waren nur kurzlebige, verzweifelte und letztlich vergebliche Versuche gewesen, zu verstehen, warum ein Mensch zu solchen Taten überhaupt fähig war. Letzten Endes hatten beide Frauen einander über ihre traumatischen Bürden geholfen, beide in dem Bewusstsein, dass sie nie jemand besser verstehen konnte in dem, was sie durchlebt hatten. Von dieser Freundschaft zehrte Julia vor allem an Tagen, an denen es ihr schlechtging und die Erinnerung zurückkam.

Offenbar ging es der Psychologin ähnlich, denn sie hatte nicht einmal in ihren Kalender sehen müssen, als Julias Anruf gekommen war. »Ich bin um fünf spätestens daheim«, hatte sie freudig verkündet, »na ja, lass es halb sechs werden. Dann etwas aufhübschen, aber von mir aus kannst du einfach rüberkommen, wann es dir passt. Ich habe einen leckeren Glühwein da, selbst angesetzt, nicht das pappsüße Zeugs aus dem Laden. Ja, ich freu mich auf dich.«

Glühwein. Julia schmunzelte, als sie sich daran erinnerte. Vielleicht die bessere Alternative zu Badewanne und Vitaminpillen. Die beiden Freundinnen umarmten sich zur Begrüßung, Wangenkuss links, Wangenkuss rechts. Julia hatte sich nie so recht mit dieser intimen Form der Begrüßung anfreunden können, doch ihre einjährige Auszeit in Südfrankreich hatte sie in vielerlei Hinsicht entspannter werden lassen. Für einen voreingenommenen Fremden, so kam es ihr zumindest vor, mussten die Menschen dort wirken, als würden sie den ganzen Tag nichts anderes tun, als einander abzuschlabbern. Doch das war ein anderes Kapitel.

»Hey, schön dich zu sehen«, raunte Alina mit kehliger Stimme, »wenn auch sehr spontan.« Sie deutete mit dem Finger einmal von Kopf bis Fuß an sich hinab. »Ich hoffe, es stört dich nicht, mich ganz zwanglos zu sehen, aber mir war heute nach Jogginganzug und Couch.«

Julia schüttelte lächelnd den Kopf. »Kein Problem, du hast den Arbeitstag ja auch schon hinter dir.« Selbst in einer Jogginghose sah Alina atemberaubend aus, dachte sie bei sich, als sie ihrer Freundin ins Wohnzimmer folgte. Dort warteten auf einem dunklen Couchtisch bereits ein paar gläserne Knabberschälchen.

»Mach's dir bequem«, forderte Alina die Kommissarin auf und eilte weiter in Richtung Küche, aus der sie kurz darauf mit zwei dampfenden Porzellanbechern zurückkam.

»Der beste Glühwein Frankfurts«, betonte die Psychologin und ließ sich neben Julia auf die riesige cappuccinofarbene Couch sinken. »Und jetzt erzähl mal. Was bedrückt dich, meine Liebe?«

»Ich habe einen Mordfall, na ja, genau genommen könnten es sogar zwei Mordfälle sein, aber das steht noch in den Sternen«, begann Julia unentschlossen, dann aber entschied sie, zuerst den Eisner-Fall zu schildern, denn dieser bereitete ihr derzeit den meisten Kummer.

»Dann machen wir doch einen nach dem anderen«, schlug Alina vor, als hätte sie Julias Gedanken gelesen.

»Ich beginne mal mit den Eckdaten. Wir haben da ein junges Mädchen, augenscheinlich Prostituierte, sie verabredet sich mit einem hohen Tier aus dem Finanzwesen in dessen Firmenwohnung zu einem Stelldichein. Angesichts des Bargelds in Laras Wohnung halten wir es für recht unwahrscheinlich, dass die beiden eine rein romantische Beziehung hatten. Wie auch immer, er hat sie relativ kurzfristig zu ihrem Treffpunkt bestellt, einer Firmenwohnung in Oberrad. Es war Silvester, er feierte in seinem Glaspalast auf der anderen Seite des Mains, und zwei Tage später, am Sonntag, liegt das Mädchen tot im Abfall, ausgerechnet im Wirtschaftshof dieses Hochhauses. Ob erschlagen oder erwürgt ist noch nicht sicher. Ach ja«, ergänzte die Kommissarin schnell, »wir haben außerdem sein Sperma sichergestellt, wissen also definitiv, dass die beiden Verkehr hatten.«

»Hm«, kam es nach einer kurzen Pause von Alina, die sich die kurze Zusammenfassung mit konzentriertem Stirnrunzeln angehört hatte. »Was ist dein Verdacht?«

»Wenn ich das nur so genau wüsste«, seufzte Julia. »Er verweigert jegliche Kooperation, dabei haben wir sein Handy und seine DNA. Eine renommierte Kanzlei stellt sich vor ihn, der federführende Anwalt scheint ein Vertrauter von ihm zu sein, jedenfalls ist er stets sofort zur Stelle, wenn wir etwas wollen.«

»Zugegeben, ich bin nicht ganz unvoreingenommen«, erwiderte Alina, und Julia hob verwundert die Augenbrauen. »Die Onlinemeldungen waren ja kaum zu übersehen«, erklärte Alina weiter, »ich weiß also, um wen es geht.«

»Fluch des Internets«, brummte Julia zerknirscht.

»Macht ja nichts. Deine Fakten bleiben unverfälscht, den Rest muss ich versuchen auszublenden. Stört es dich, wenn wir die Personen beim Namen nennen?«

»Eigentlich nicht«, antwortete Julia. »Ich darf mit dir zwar nicht über die Ermittlung sprechen, aber da der Fall ja mittlerweile öffentlich ist, was soll's. Ich konsultiere eben eine Psychologin, das ist nicht verboten.«

»Ist völlig okay für mich. Was möchtest du denn wissen?«

»Ich komme mit der Entscheidung nicht klar, das Mädchen im eigenen Hof abzuladen.«

»Bedeutet der Wirtschaftshof der Bank denn dasselbe wie der eigene Hof?«

»Das würde ich gerne von dir wissen«, konterte Julia sofort. »Aber nein«, gab sie dann zu, »natürlich wäre zu Hause noch etwas ganz anderes. Andererseits liegt die Eisner-Villa viel näher an dem Appartement. Nur mal hypothetisch: Dort war in der Silvesternacht keine Menschenseele, denn auch die Ehefrau war ja bei diesem Empfang. Warum nicht irgendwo dort eine Leiche bunkern, die haben ein riesiges Grundstück, und bei diesen Temperaturen stinkt ein Körper auch nicht. Damit könnte man zumindest eine gewisse Zeit überbrücken, allenfalls sicherer, als sich dem Risiko auszusetzen, in der Neujahrsnacht im Verkehr stecken zu bleiben oder in eine Polizeikontrolle zu geraten.«

»Spricht denn etwas dagegen?«

»Ja, die Tote wurde nicht bewegt. Sie war mit Reif bedeckt und an dem Müll festgefroren, also wurde sie nicht auf Umwegen dorthin gebracht.«

»Dann hat jemand also alle Gefahren ganz bewusst in Kauf genommen«, dachte Alina laut. »Und der Todeszeitpunkt war wann?«

»Ist leider ein recht großes Zeitfenster.«

»Nach vorne hin können wir es relativ sicher eingrenzen, bis zum späteren Abend des Einunddreißigsten allemal.«

»Wie verhält sich von Eisner denn im Verhör?«

»Sagte ich doch, er schweigt«, wiederholte Julia gereizt. »Stumm wie ein Fisch oder zum Kotzen überheblich. Er hat sogar eine formelle Beschwerde gegen mich eingereicht!«

»Leugnet er denn?«

»Nein, das ist auch so ein Punkt. Keinen Mucks, nicht einmal, um sich rauszureden.«

»Das ist für mich nicht uninteressant«, sagte Alina. »Ihr habt DNA, die ist zwar, soweit ich weiß, nicht als alleiniges Indiz beweiskräftig, aber ihr habt ja auch noch andere Indizien. Wäre von Eisner unschuldig, wäre es doch in seinem Sinne, ein paar Zugeständnisse zu machen, aber dabei vehement auf seiner Unschuld am Mord zu bestehen. Dass er das nicht tut, spricht nicht gerade für ihn. Allerdings bin ich da nicht ganz unvoreingenommen. Die Berichte im Internet sind ja recht eindeutig, mancherorts wird da schon der nächste Justizskandal heraufbeschworen. Reiche dürfen ungestraft morden, so in diese Richtung dürfte das wohl gehen. Das Bild von Eisner ist da nur wenig freundlich gezeichnet. Kapitalisten-Karl nannte man ihn unter anderem, ein harter, rücksichtsloser Geschäftsmann. Entspricht das dem Eindruck, den du bislang gewinnen konntest?«

»Ja, absolut«, nickte Julia. Karl von Eisner war der Inbegriff eines kaltblütigen Leitwolfs, der ohne nachzudenken die Schwächeren im Rudel opfern würde.

»Verzwickte Sache«, konstatierte die Psychologin. »Unter einer so harten Persönlichkeit liegen oftmals Verletzungen, Ängste, sogar Gewissensbisse verborgen. Diese werden im Laufe der Zeit immer tiefer begraben, die Hülle wird immer härter, aber das Innere wird dadurch nicht geschwächt. Im

Gegenteil. Es entsteht ein gewaltiger Druck, das kann sich in plötzlichem Burn-out entladen, über schwere Depressionen oder auch Panikattacken bis hin zu Persönlichkeitsstörungen. Was wäre, wenn es ein Hilferuf war? Karl von Eisner wird durch den Tod des Mädchens aus der Bahn geworfen und legt sie daher in seiner Nähe ab. Sich selbst anzeigen, dazu ist der ichbezogen denkende Erfolgsmensch nicht fähig. Indirekt auf sich selbst zu deuten, es also in die Hände des Schicksals zu legen, ob man dafür bestraft wird, das könnte, wenngleich es eine sehr gewagte Theorie ist, durchaus im Rahmen des Möglichen liegen. Ist er denn gläubig? Oder gibt es in seiner Vita irgendwelche Anhaltspunkte, die euch da helfen könnten?«

»In diese Richtung habe ich noch überhaupt nicht gedacht«, gestand Julia ein. »Darüber muss ich erst einmal nachdenken. Aber mir Karl von Eisner als eine derart unsichere Persönlichkeit vorzustellen, fällt mir nach unseren bisherigen Kontakten sehr, sehr schwer.«

»Es war auch nur eine völlig aus der Luft gegriffene Theorie. Zu solch einer Spekulation würde ich mich sonst nicht hinreißen lassen, aber es gibt für mich keine schlüssige Erklärung, warum er, wenn er der Mörder ist, die Leiche dort abgelegt haben soll.«

»Dann hätte er sie ja auch in der Wohnung lassen können, oder?«

»Nicht unbedingt. Das wäre wiederum ein zu einfacher Zusammenhang, und seiner Verhaftung würde dann wohl nichts mehr entgegenstehen.«

»Stimmt«, schloss Julia, »und von daher halte ich es auch für unwahrscheinlich, dass jemand anderes es war. Um ihm etwas anzuhängen, hätte man sich nämlich weder der Mühe noch einem Risiko aussetzen müssen und hätte ganz bequem von einer Telefonzelle aus die Polizei nach Oberrad bestellen können.«

»Wenn man eine Telefonzelle findet«, lachte Alina auf ihre warme und herzliche Art. »Das ist ja mittlerweile ein echtes Kunststück hier in der Stadt.«

»Wo du recht hast ...«, schmunzelte auch Julia. Telefonzellen, und dann auch noch funktionierende, verschwanden seit dem Boom der Mobiltelefone aus dem Stadtbild und wurden nur noch an stark frequentierten Standorten betrieben. Julias Gedanken kehrten zum Fall Eisner zurück, und ihre Gesichtszüge verfinsterten sich. »Da siehst du mal die Misere, in der ich stecke. Mein Hirn ist völlig verknotet, und ich krieg das nicht gelöst.«

»Kann ich gut verstehen. Aber checkt das mal mit seinem Hintergrund, vielleicht lohnt es sich.«

»Machen wir doch sowieso. Zumindest so weit, wie uns die Anwälte lassen. Aber ich denke mal, dass uns seine Frau noch ein wenig mehr verraten wird. Sie wirkte ziemlich verletzt durch diese Affäre, andererseits hat sie uns erzählt, dass sie eine Art offene Ehe führen würden. Jedenfalls kamen wir da bislang noch nicht weit.«

»Nun, das ist in den meisten Fällen eine sehr einseitige Vereinbarung«, warf Alina ein. »Das Thema habe ich in meinen Sitzungen immer wieder, und du glaubst gar nicht, auf was für Ideen manche Menschen kommen! Nicht dass ich prüde wäre, dafür kennst du mich gut genug, aber so manchmal ... na, wie auch immer. Der Punkt ist, dass in der Regel Männer fremdgehen wollen und sich das irgendwie schönreden möchten, um keine Gewissensbisse zu haben. Offene Ehe klingt da doch passabel, oder auch die klassische Vereinbarung, dass man alles tun darf, solange der Partner davon nichts mitbekommt. Der Haken dabei ist, dass spätestens, wenn eine Frau sich ebenfalls einen Lover sucht, dem Mann vor Eifersucht der Kragen platzt. Über Rollenmodelle brauche ich mich ja nun wahrscheinlich nicht auszulassen, aber ein Mann hat eben meist eine etwas andere Vorstellung von Treue, Besitz und Partnerschaft als eine Frau. Vielleicht«, fügte sie nachdenklich hinzu, »sollte ich mal einen Ratgeber schreiben.« Dann lachte sie spitz und ergänzte: »Die gibt es wie Sand am Meer, es kommen immer wieder neue, und drinnen steht stets dasselbe. Aber geändert hat sich in all den Jahrhunderten kaum etwas.«

»Wir haben noch eine lange Durststrecke vor uns, ich seh's schon«, winkte Julia müde ab. »Und als wäre das nicht genug, muss sich dann auch noch jemand umbringen.«

»Der zweite Fall?«, hakte Alina nach.

»Ja. Tote Frau in Badewanne, Pulsaderschnitt. Hinweise auf körperliche Misshandlung im Vorfeld und zwei anonyme Meldungen über häusliche Gewalt. Diese konnten jedoch nicht bestätigt werden. Auch so eine vertrackte Angelegenheit.«

»Verstehe. Augenscheinlich ein Suizid aus Verzweiflung, in diesem Fall die schlimmste Form des Selbstmords, weil der Verursacher ungestraft davonkommt. Sehe ich das richtig?«

»Ich fürchte«, bestätigte die Kommissarin düster.

»Möchtest du darüber reden?«

»Eigentlich nicht. Irgendwie habe ich keine Kraft mehr, uns fehlen auch noch die Untersuchungsergebnisse, vielleicht kommen Hellmer und Kullmer ja morgen mit einem Erfolg zurück. Die befragen heute noch mal den Ehemann, auch so ein hohes Tier in Politik und Wirtschaft.«

»Armer Berger«, grinste Alina, die Julias Kollegen im Zuge eines früheren Falles allesamt schon einmal kennengelernt hatte. »Das bereitet ihm sicher Magengeschwüre.«

»Darauf kann ich keine Rücksicht nehmen«, erwiderte Julia trocken.

»Dann erzähl mal was von dir«, forderte Alina und prüfte mit einem raschen Blick den Pegelstand des Glühweins in ihren Gefäßen. »Aber warte, ich hole uns erst noch Nachschub«, lächelte sie und verschwand.

DIENSTAG, 18.25 UHR

Arthur Drechsler vernahm gedämpfte Stimmen durch die geschlossene Tür und hielt für eine Sekunde inne. Er runzelte die Stirn, denn er hatte nicht damit gerechnet, zu dieser Zeit noch jemanden anzutreffen. Doch er war auch auf diese Situation vorbereitet. Er fuhr sich über die unrasierte Wange und zog sich seinen Schal hinauf bis unter die Nase. Innen vernahm er das Keifen einer Frauenstimme, er atmete tief ein und langsam wieder aus und öffnete dann die Tür.

»... gottverdammtes Schwein!«, rief die mit einem Tuch verhüllte Frau, Arthur ließ seinen Blick durch den Raum rasen, versuchte in Windeseile die Situation zu überblicken. Auf dem Boden kniend, mit dem Blick hinaus auf die nächtliche Stadt, kauerte Karl von Eisner, angespannt, be-

bend, aber mucksmäuschenstill. Sein Nacken zuckte, als wolle er sich umdrehen, um die nahende Rettung zu Gesicht zu bekommen, doch er schien sich nicht zu trauen. In den zitternden Händen der Frau lag ein Revolver, silbergrau. Arthur vermutete eine Trommel mit sechs Patronen. Die Fremde fuhr erschrocken zu ihm herum, umklammerte die Waffe mit verkrampften Fingern. Ihre Augen waren alles, was Arthur sehen konnte, der Rest lag unter dem Stofftuch verborgen. Das Make-up war tränennass, der Lidschatten verschmiert. Er erschrak, denn die Mündung zeigte genau auf seine Brust, wankte dabei um einige Zentimeter nach oben und nach unten, doch wo immer ihn ein Schuss treffen würde, die Verletzung wäre verheerend, wenn nicht tödlich.

»Hey, ganz ruhig.« Er hob die Hände und bemühte sich um einen gelassenen Tonfall.

»Wer sind Sie?«, schrie sie hysterisch, und er spürte die Verzweiflung in ihrer Stimme.

»Ich bin Ihr Freund, so wie es aussieht«, nickte Arthur. »Der Feind meines Feindes ist mein Freund, so sagt man doch, oder?«

»Wie meinen Sie das?«

»Sie sind offenbar wegen dieses Mistkerls hier«, erklärte Arthur. »Nun, ich auch.«

Am Fenster regte sich Karl von Einser.

»Keine Bewegung dahinten!«, herrschte Arthur ihn an, und erschrocken wandte die Frau sich um. Ihre Arme flogen mit ihr, und plötzlich zeigte der Lauf der Waffe in Arthurs Richtung. Er wollte instinktiv nach vorn treten und ihr den Revolver aus den Händen schlagen, doch zwischen ihnen lagen etwa drei Meter, und er schätzte seine Chancen äußerst ungünstig ein. Unterschätze nie eine hysterische Frau, schloss er und entschied sich zu verharren. Lieber auf eine bessere Chance hoffen als mit einer Kugel in der Brust enden.

Karl von Eisner ließ den Kopf wieder sinken und verharrte. Seine Bewegungen wirkten müde, langsam, dann bemerkte Arthur die leere Whiskeyflasche auf dem Schreibtisch, und ihm ging ein Licht auf.

»Ihn sollten Sie bedrohen«, wandte er sich leise an die Fremde, »nicht mich. Er hat wohl eine Menge intus, aber glauben Sie mir, der kann saufen wie ein Loch.«

»Was wollen Sie von ihm?«, erwiderte die Frau.

»Ich habe ein Hühnchen mit ihm zu rupfen, sicher ein größeres als Sie.«

»Das glaube ich nicht.«

»Ich weiß es sogar«, erwiderte Arthur. »Warum auch immer Sie hier sind, möchten Sie tatsächlich Ihr Leben wegwerfen nur für einen Sekundenbruchteil der Genugtuung? Sie wandern in den Bau, da können Sie Gift drauf nehmen.« Er überlegte kurz, dann fiel ihm etwas ein, und er ergänzte mit einem verstohlenen Blick: »Das ganze Haus hängt voller Kameras, haben Sie das nicht bemerkt? Und Handschuhe tragen Sie auch keine. Es wird ein Kinderspiel, Sie zu identifizieren, glauben Sie mir. Die Polizei wird bei Ihnen weitaus weniger Skrupel haben als bei einem feinen Pinkel, wie er es ist. Lassen Sie lieber mich die Sache in die Hand nehmen, hören Sie, ich meine es nur gut mit Ihnen. Ich garantiere Ihnen, er wird für alles büßen. Wäre doch eine Schande, wenn Sie dafür in den Knast wandern müssten.« Er meinte den inneren Kampf förmlich zu spüren, den die Frau mit sich ausfocht. Sie zielte erneut auf seine Stirn, unter dem Tuch rannen Schweißperlen hervor und tropften von den Augenbrauen hinab. Dann endlich sanken ihre Arme schlaff herunter, sie ließ sich auf einen Stuhl sinken, legte sich die Waffe in den Schoß und vergrub den Kopf wimmernd zwischen den Händen.

»Mein Mädchen, mein armes Mädchen«, hörte Arthur sie klagen. Langsam trat er neben sie und griff nach dem Revolver, sie wehrte sich nicht, er fuhr ihr mit der Hand langsam über den Kopf.

»Ich übernehme das jetzt«, sagte er leise. »Glauben Sie mir, dieses Schwein wird für alle seine Sünden Buße tun, das verspreche ich Ihnen.«

Arthur umrundete den Schreibtisch, trat hinter Karl von Eisner und tippte mit dem Lauf des Revolvers an dessen Nacken. Der Direktor erschrak, verkrampfte sich, jedoch geschah dies deutlich verlangsamt.

»Du bist ja völlig dicht«, kommentierte Arthur verächtlich. »Los, steh auf, wir gehen an die frische Luft«, befahl er.

Auf dem Stuhl hinter ihm verharrte noch immer ein Häufchen Elend, katatonisch in sich zusammengesunken und offenbar zu keiner Reaktion fähig. Arthur entschied, dass es keinen Sinn haben würde, sie anzusprechen oder gar zum Aufstehen aufzufordern. Er musste sich später darum kümmern, es gab im Moment Wichtigeres für ihn zu erledigen, und die Zeit war dabei ein entscheidender Faktor.

Er drängte den torkelnden Direktor langsam durch die Bürotür, ihm entging nicht dessen leichtes Humpeln, dann durch den leeren Vorraum hinüber zum Fahrstuhl. Der Zugang zum Treppenhaus war alarmgesichert, die Benutzung war nur im Brandfall gestattet, und das Öffnen der Tür gab ein Signal an den Empfang weiter. Zumindest stand es so auf dem Warnschild und war in Gebäuden wie diesen üblich, aber von Eisner hätte ohnehin kaum einen Schritt alleine tun können. Mit einem leise schabenden Geräusch glitten die Türen zur Seite, und Arthur wählte das oberste Stockwerk. Die Kabine schloss sich.

»W...wer s...sind Sie?«, lallte Karl von Eisner, und die S-Laute kamen dabei nur dumpf unter der schweren Zunge hervor. »Das erfährst du noch früh genug. Bis dahin: Klappe halten!«, befahl Arthur Drechsler.

»Wollen S...Sie Geld?«, kam es sogleich, und Arthur hätte seinem Gefangenen am liebsten den Schaft der Waffe über den Kopf gezogen.

»Ich will, dass du schweigst, sonst stopfe ich dir das Maul!«

»Schon gut, schon gut«, nickte von Eisner ausladend.

Schweigend verließen sie den Aufzug wieder und durchquerten kurz darauf einen kühlen Flur, dessen nackte Betonwände nicht zum eleganten Design der anderen Etagen passten. Hierher, so wusste Arthur, verirrt sich kein Schwein, außer ab und an mal ein Techniker. Im Gegensatz zu anderen Hochhäusern stand das Dach dieses illustren Gebäudes nicht für den öffentlichen Pöbel zur Verfügung, man blieb hier unter sich, nur ganz selten kamen Kamerateams oder Künstler, aber das hielt sich in Grenzen. Genau der richtige Ort, um ungestört einen klaren Kopf zu bekommen, wie Arthur mit einem hämischen Grinsen fand. »Los, raus da!« Er stieß Karl von Eisner grob ins Freie, pfeifend fuhr der

Wind durch die geöffnete Tür und stach in den Augen, und beim ersten Atemzug strömte die eisige Luft schneidend in die Lungenflügel.

Keuchend taumelte der Direktor ins Freie, musste sich abstützen, wankte kurz und lehnte sich dann an die mannshohe Verkleidung der Aggregate der Gebäudelüftung. Es summte im Inneren, ansonsten war außer dem Wind kaum etwas zu hören, der Puls der Stadt lag viel zu weit unter ihnen. Karl von Eisner fröstelte, im Gegensatz zu Arthur Drechsler trug er nur ein dünnes Oberhemd, dessen Ärmel hochgekrempelt waren. Er nestelte daran herum, rieb sich dann die Schläfen. Arthur ließ ihn nicht aus den Augen. Eine erbärmliche Gestalt, dachte er bei sich, man sollte gar nicht meinen ...

»Reden Sie endlich«, platzte es dann aus von Eisner heraus, und erstaunlicherweise klang seine Stimme deutlich fester und nüchterner als noch Minuten zuvor.

»Ich habe nicht viel zu sagen«, erwiderte Arthur und trat neben ihn. Er hakte seinen rechten Arm um von Eisners linken und zog ihn langsam mit sich. »Aber ich möchte dir etwas zeigen. Keine Angst, ich schieße dich schon nicht über den Haufen. Aber mach mir nur keine Sperenzchen!«

Wie ein trotziges Kind schlurfte der Direktor die wenigen Schritte bis zur Brüstung, an dessen hüfthoher, mit Eiskristallen überzogener Mauer sie stehen blieben.

»Deine Stadt«, sagte Arthur und ließ den Finger über das bunte Lichtermeer wandern, das unter ihnen lag. Seine Augen folgten dem Main, er durchschnitt die Stadt wie ein schwarzer Gürtel, und in seinem Wasser spiegelten sich die Fassaden der Häuser. »So hast du sie immer genannt, *deine*

Stadt, erinnerst du dich?« Eisner glotzte ihn nur mit glasigen Augen an, schien nicht zu begreifen. Arthur zog seinen Schal hinunter, er war feucht von seinem kondensierten Atem, und bleckte herausfordernd die Zähne.

»Du bist der King, der Obermacker, und alles andere bleibt auf der Strecke«, sprach er weiter. Langsam, wie in Zeitlupe, schien der benebelte Gesichtsausdruck sich zu erhellen.

»Das ist doch ...«, stammelte er schließlich mit vor Entsetzen geweiteten Augen. »Aber wie ...«

»Manche Dinge ändern sich nie, ganz einfach«, erwiderte Arthur trocken. »Und nun schau sie dir an, deine Stadt, du großer Zampano.« Er drückte von Eisners Oberkörper abrupt nach vorn, so dass dieser beinahe die Balance verlor und sich verzweifelt an die Brüstung klammerte.

»Du blickst hinab in einen tiefen Abgrund, einen sehr tiefen, das kann ich dir versichern«, keuchte Arthur. »Weitaus tiefer als paarundfünfzig Etagen, doch höher konnte ich dich leider nicht bringen. Siehst du es, mein Lieber? Siehst du den Abgrund, der dich nun umgibt?«

Doch Karl von Eisner ging nicht darauf ein, sondern versuchte mit aller Kraft, sich freizuwinden.

»Lass mich«, keuchte er.

»Vergiss es. Zuerst schaust du hinab in den Abgrund, und dann denkst du daran, was Nietzsche gesagt hat. Der steht doch bei dir im Büro, wenn ich mich nicht irre. Was sieht der Abgrund, wenn er zurückblickt? Na, was sieht er wohl?«, wiederholte er verächtlich. Karl von Eisner schwieg, kämpfte noch immer gegen Arthurs Umklammerung.

»Verdammt, lass mich los!«, heulte von Eisner. »Hilfe!«

Der gleichgültige Alkoholrausch war dem verzweifelten Überlebensinstinkt gewichen.

»Du hast genügend Sünden begangen für ein ganzes Dutzend Menschen, so viel ist sicher«, murmelte Arthur angestrengt, »und es ist mir egal, an welche du denkst. Noch einmal zu Nietzsche. Wenn du lange genug in einen Abgrund blickst, blickt der Abgrund auch in dich, das behauptete er zumindest. Du hast zehn bis zwölf Sekunden Zeit, schätze ich, um herauszufinden, ob das lange genug ist.«

»Nein!«, schrie Karl verzweifelt. »Lass mich verdammt noch mal gehen! Du weißt genau, ich revanchiere mich großzügig, alles, was du willst!«

»Nichts lieber als das, ich bekomme genau das, was ich will«, erwiderte Arthur trocken, ging sanft in die Knie, schnellte im nächsten Augenblick wieder nach oben und stieß Karl von Eisner mit einem kräftigen Schwung hinab in die Tiefe.

MITTWOCH, 5. JANUAR 2011, 0.40 UHR

Julia Durant schleppte sich todmüde die letzten Schritte zu ihrer Wohnungstür. Ihre Laune war im Keller, tiefer konnte sie kaum noch sinken, außerdem brummte ihr der Schädel. Es war gegen acht Uhr abends gewesen, da hatte sich plötzlich ihr Handy gemeldet. Lustlos hatte Julia sich aufgerafft, und bis sie ihren Mantel erreichte, war der Klingelton längst verstummt. Frank Hellmer, hatte das Display verraten, und anstatt auf die Benachrichtigung der Mailbox zu warten, hatte sie sofort die Rückruffunktion gedrückt. Von da an war alles ganz schnell gegangen, und die Erinnerungen der letzten vier Stunden rasten in Julias Kopf hin und her. Sie hatte sich daher längst von dem Gedanken verabschiedet, in dieser Nacht auch nur ein Auge zuzutun. Seufzend schloss sie die Wohnungstür auf, es war unangenehm kalt, sie erinnerte sich, das Küchenfenster und das Schlafzimmerfenster gekippt zu haben, und ärgerte sich darüber, dass sie vergessen hatte, diese zu schließen. Für ein heißes Bad war es zu spät, außerdem diese Kopfschmerzen.

Passanten hatten Karl von Eisners grässlich entstellten Körper gefunden, und sofort hatte sich eine Menschentraube gebildet, denn trotz Dunkelheit und einsetzendem Schnee war das Viertel in den frühen Abendstunden sehr belebt gewesen.

»Ich hab da was runtersegeln sehen ... Dass es ein Mensch ist, hab ich erst gar nicht gecheckt.«

Zeugenaussagen dieser Art gab es zuhauf, und irgendwie war Julia Durant nicht unglücklich darüber, erst verspätet am Unglücksort eingetroffen zu sein. Hellmer, Kullmer und sogar Sabine Kaufmann waren vor Ort gewesen, dann natürlich die Rechtsmedizin, doch diesmal hatte sich Andrea Sievers von einem Julia bis dato unbekannten Kollegen vertreten lassen. Richtig so, war Julias erster Gedanke, man kann nicht vierundzwanzig Stunden im Dienst sein. Die vorläufige Analyse lautete auf mutmaßlichen Suizid, zumindest gab es keine Hinweise darauf, dass Karl von Eisner nicht selbst gesprungen war. Auf dem nackten, trostlosen Dach, über das eisige Windböen peitschten, die die Schneekristalle schmerzend in die dünne Wangenhaut trieben, fanden sich keine Spuren eines Kampfes, keine Anhaltspunkte für mehr als eine Person, und auch am Körper des Direktors gab es wohl keine Hinweise darauf, dass er gefesselt oder bewusstlos geschlagen worden war. Eine gewagte Diagnose, wie Julia fand, denn der Körper war Matsch, zerdrückt von einer Aufprallgeschwindigkeit, die sie aus dem Kopf nicht einzuschätzen wusste, und hier herauszufinden, welche Verletzungen eventuell ante mortem gewesen sein könnten, stellte sie sich unmöglich vor.

Gegen dreiundzwanzig Uhr löste sich der Trubel nach und nach auf, die Beamten hatten alle Hände voll zu tun gehabt, die herbeigeeilte Presse fernzuhalten, doch Julia war sich sicher, dass die Druckerpressen gnadenlos stampfen würden und morgen früh alle Welt von einem spektakulären »Selbstmord aus Reue« sprechen würde.

Nur allzu gerne hätte die Kommissarin sich nun mit einer Schachtel Gauloises und einigen Dosen Bier ins Badezimmer begeben, doch nein. Der hämmernde Schädel, aber vor allem die Tatsache, dass es im Haus momentan weder Material für das eine noch für das andere ihrer Laster gab, ließen sie zielstrebig in Richtung Schlafzimmer wandern. Vorher schloss Julia noch die Fenster und holte eine Wolldecke aus dem Schrank, die sie, noch immer fröstelnd, auf ihrer Matratze ausbreitete. Sie huschte ins Badezimmer, der einzig warme Raum der Wohnung, entstieg ihrer Kleidung und schlüpfte in einen unförmigen Hausanzug, der sämtliche femininen Rundungen sofort relativierte. Sei's drum, dachte sie, es ist ja sonst niemand da, der mich warm hält. So wie die meiste Zeit meines Lebens, grübelte sie noch düster, als sie längst zusammengerollt unter ihrer Decke lag.

MITTWOCH, 8.35 UHR

Berger hatte zu einer kurzen Lagebesprechung in sein Büro gebeten. Als Julia Durant mit fünf Minuten Verspätung herbeieilte, saßen Peter Kullmer und Sabine Kaufmann bereits, Hellmer stand vor dem Wandkalender und schlürfte Kaffee, und Berger saß mit trübsinniger Miene über der Tagespresse. Nur dass es diesmal keine Ausdrucke aus dem Internet waren, sondern die großen Frankfurter Zeitungen, in deren Aufmachern der Tod Karl von Eisners zwar bei weitem nicht so reißerisch ausgeschlachtet wurde wie in den Revolverblättern, aber er war omnipräsent, und der Kommissarin kam in den Sinn, wie schwer die kommenden

Tage nun wohl für die Witwe werden würden. Julia hatte wie erwartet schlecht geschlafen, unter ihren Augen zeichneten sich dunkle Schatten ab, die sie nur mit Mühe hatte unter ihrem Make-up verbergen können. Um fünf Uhr war sie plötzlich aufgeschreckt, mit Herzrasen und Schnappatmung, offenbar ein Alptraum oder, wie ihr später in den Sinn gekommen war, eine Panikattacke. Danach hatte es eine Weile gedauert, bis sie wieder zur Ruhe fand, doch wenigstens dachte sie daran, ihren Wecker zu stellen, was sie am späten Abend völlig vergessen hatte. Sie hatte sich dazu entschieden, eine halbe Stunde Kulanz auf die übliche Weckzeit zu geben, das Frühstück und die Morgentoilette hatten dann eben etwas kürzer ausfallen müssen.

»Frau Durant, wie schön, dass Sie uns auch beehren«, flachste Berger, doch er tat dies in einem weniger zynischen Ton, wie Julia es erwartet hätte. »Na, sei's drum, Sie alle hatten ja auch einen langen Abend, ich weiß, ich weiß«, seufzte er. »Und auch unsere lieben Kollegen von der Presse haben sich offensichtlich die Nacht um die Ohren geschlagen, bedienen Sie sich ruhig«, forderte er in die Runde blickend auf. Doch keiner der Kommissare schien besonders begierig auf die Berichterstattung zu sein, und niemand nahm sich eine Zeitung.

»Kein Bedarf? Gut, dann tragen wir mal kurz zusammen«, nickte Berger. »In einer halben Stunde habe ich eine Audienz mit den Häuptlingen, bin mal gespannt, wann sich das Bürgermeisterbüro meldet. Die Wellen könnten nicht höher schlagen, es ist kein Geheimnis, dass von Eisner eine Menge Freunde in der Politik hatte. Das wird nun natürlich entsprechend ausgeschlachtet werden. Und darüber, dass Löbler ein Spitzenkandidat ist, brauchen wir ja nicht mehr zu reden, das wissen Sie ja mittlerweile alle, nehme ich an?«

Zustimmendes Brummen und Kopfnicken.

»Dann beschränken wir uns aufs Wesentliche, bitte. Wer möchte beginnen?«

»Bei uns geht's wohl am schnellsten«, ergriff Kullmer das Wort, der einen schnellen Blick mit Kaufmann gewechselt hatte. »Wir haben uns unter anderem die beiden Sekretärinnen vorgeknöpft. Sabine hat sich natürlich das Model vorgenommen, während ich die Walküre bekam«, warf er schnell dazwischen. »Nun, ich habe erfahren, dass sie es wohl gewesen ist, die das Mobiltelefon für ihren Chef besorgt und auch freigeschaltet hat, die Sache mit der Personalausweisnummer war von Eisner also vielleicht überhaupt nicht bewusst.«

»Tut nichts zur Sache«, kommentierte Julia Durant trocken, »denn das Sperma wird sie wohl nicht für ihn im Opfer plaziert haben, oder?«

»Frau Durant, bitte«, mahnte Berger, und Hellmer konnte sich ein kurzes Grinsen nicht verkneifen.

»Das eine hat auch nicht zwingend mit dem anderen zu tun«, fuhr Sabine fort. »Das Handy gab von Eisner aber offenbar die nötige Anonymität, sowohl seiner Frau als auch seiner Firma gegenüber. Nun, da er tot ist, spricht nichts mehr dagegen, den Provider zu kontaktieren. Dann haben wir ja Gewissheit, für welche Zwecke er es benutzt hat. Das mit dem Sperma ist eine ganz andere Sache. Wäre es nicht denkbar, dass er ein Kondom benutzt hat, welches schadhaft war?«

»Ach, das gibt's doch nur im Fernsehen«, erwiderte Julia kopfschüttelnd. »Ein handelsübliches Gummi ist so dermaßen reißfest, dass man es ohne Beschädigungen aufs Fünffache seiner Größe aufpusten kann. Irgendwo gab es mal eine Reportage, da war die Rede von dreißig Litern Luft – dreißig Liter, stellt euch das nur mal in Tetrapaks vor! Von der Theorie des geplatzten Kondoms halte ich also überhaupt nichts.«

»Und wenn sie es angestochen hat?«, warf Hellmer aus dem Hintergrund ein.

»Weshalb, weil ihr Kunde so ein toller Papa wäre? Das glaubst du doch wohl selbst nicht.«

»Hat die Spusi denn irgendwelche Hinweise auf ein Gummi gefunden?«, erkundigte sich Berger. »Die haben doch sicher den Müll untersucht und natürlich auch den Toilettenabfluss.«

»Nein, alles negativ bisher«, sagte Kullmer. »Wir wissen nur, dass Karl von Eisner und Lara Emmels dort waren, das bestätigen eine Menge Fingerabdrücke, und auch die DNA dürfte dem nicht widersprechen.«

»Es fehlt uns also immer noch die Information, was in der Zeit zwischen von Eisners Besuch im Präsidium und seinem Sturz vom Dach geschehen ist«, dachte Berger laut.

»Als wir da waren, war er gerade mit dem Anwalt zugange«, erinnerte sich Sabine.

»Der stand für später am Tag aber noch mal im Terminplan«, warf Peter ein.

»Ich möchte unbedingt mit ihm reden«, entschied Julia. »Aber dafür müssen wir uns erst die Witwe ins Boot holen.

Wenn wir ihr verkaufen können, dass es für alle Beteiligten besser ist, die Spekulationen der Presse mit Fakten zu ersticken, sollte Manduschek nichts mehr daran hindern, über seinen Klienten auszupacken. Ich kann mir nicht vorstellen, dass dieser Eisner ihn nicht ins Vertrauen gezogen hat. Egal, ob schuldig oder unschuldig, bei so vielen Anwaltsterminen hat man doch bestimmt irgendeine gute Geschichte auf Lager, oder?«

»Möglich ist vieles«, entgegnete Berger. »Nur bitte tun Sie mir einen Gefallen und verwenden Sie trotz aller Antipathie die richtige Anredeform. Es heißt *von* Eisner, Sie wissen, wie sensibel man da draußen auf solche Dinge reagiert.«

»Adelstitel sind keine Rechtsform«, konterte Julia prompt, »denn der Adel wurde bei uns schon vor fast hundert Jahren abgeschafft, und das ist auch gut so. Ich werde einen Scheißdreck tun, Eisner hier als Sonderfall zu behandeln, das heißt aber noch lange nicht, dass ich seine Frau nicht entsprechend anzusprechen weiß.«

»Ohne dir zu nahe treten zu wollen, Julia«, schaltet sich Kullmer ins Gespräch ein, »aber Karl von Eisner ist vom Dach gefallen. Ohne ersichtlichen Grund, zumindest können wir ihm bislang nichts außer einer, hm ... Affäre nachweisen. Wir haben ihm ganz schön zugesetzt, die Medien auch ...« Er stockte.

Julia konnte sich nicht beherrschen: »Und was willst du damit sagen? Von uns jedenfalls hat keiner das Mädchen misshandelt und in den Müll geworfen, oder?«

»Beruhigen Sie sich doch«, ging Berger dazwischen. »Sie haben beide recht. Von Eisner wird nun in der Öffentlichkeit primär als schuldig dargestellt werden, die Leute werden seinen Selbstmord wohl als gerechte Sühne wahrnehmen. Für uns war und ist er verdächtig an einem Tötungsdelikt. Das entbindet uns aber nicht von der Pflicht, auch die Umstände seines Todes zu untersuchen. Gerade jetzt, wenn ich das einmal betonen darf. Frau Durant, Sie fahren später bitte mit Herrn Hellmer zu seiner Witwe. Ich zähle auf Sie, in Ordnung?«

»Meinetwegen«, brummte Julia. »Benachrichtigt wurde sie ja schon, und ich bin, um ehrlich zu sein, auch heilfroh, dass ich das nicht machen muss. Wir möchten aber vorher noch zu Löbler. Das hat ja gestern leider nicht mehr geklappt.«

»Sollten das nicht wir zwei Männer machen?«, fragte Kullmer verwundert.

»Das war gestern«, erwiderte Julia knapp.

»Ich sehe schon, du spielst jetzt die beleidigte Leberwurst«, frotzelte dieser und zwinkerte ihr zu.

Julia rollte mit den Augen. »Nein, es passt mir nur heute so besser in den Kram. Bevor ich zu der Witwe fahre, möchte ich diesem Löbler persönlich noch mal auf den Zahn fühlen. Hier geschehen mir zu viele Dinge aus heiterem Himmel … Ich kann es nicht besser erklären, aber ich möchte das momentan selbst machen, damit mir nichts entgeht.«

»Haben Sie denn noch Infos bezüglich dieses Reporters?«, wollte Berger an Hellmer gewandt wissen.

»Keine bahnbrechenden Erkenntnisse, viel Lärm um nichts«, erklärte der Kommissar und trat an den Schreibtisch. »Wir können Schreck anklingeln und es ihn selbst erklären lassen, aber ich glaube, ich bekomme es auch hin.«

»Machen Sie mal, die Zeit rennt«, forderte Berger ihn mit einem Blick auf die Wanduhr auf.

»Das Bild wurde professionell retuschiert, das heißt, das Gesicht der Toten wurde mit einem Unschärfefilter belegt und außerdem abgedunkelt. Gesendet wurde es über einen Free-Mail-Account, nicht nachzuvollziehen, auf wen dieser registriert ist. Da muss man zwar Namen angeben, kann das aber bei vielen Anbietern frei nach Phantasie tun. Die IP-Adresse und diesen ganzen Kram analysiert er noch.«

»Das möchte ich möglichst genau wissen«, warf Julia in die Runde. »Wenn er also hier im Büro anklingelt oder eine Mail schickt, informiert mich bitte.«

»Bevor Sie zu Löbler fahren, sollten Sie vielleicht noch Ihre E-Mails checken«, rief Berger ihr zu, als sie bereits im Hinausgehen war, und Julia drehte sich zu ihm um.

»Die Rechtsmedizin hat die Blutanalyse seiner Frau abgeschlossen, vielleicht bringt es Sie voran.«

»Prima, danke, die nehmen wir gleich mit. Etwas Auffälliges?«

»Einnahme von Beruhigungsmitteln«, antwortete Berger knapp, »inwieweit das ungewöhnlich ist, müssen Sie mir sagen.«

Zehn Minuten später, als sie Julias Schreibtisch verließen, lamentierte sie in Hellmers Richtung: »Boah, ich brauche jetzt mindestens einen ganzen Eimer voll Kaffee!«

»Normalerweise hast du morgens um diese Zeit doch schon einen halben Eimer intus«, gab dieser lachend zurück, »was ist los?«

»Frag nicht«, winkte sie ab. »Erst arschkalt in der Bude,

außerdem 'nen Brummschädel ohne Ende, und dann habe ich halt viel zu großzügig den Wecker nach hinten gestellt. Das konnte nur schiefgehen.«

»Du Arme, dann lass uns mal schön den Automaten plündern, bevor wir uns über Löbler hermachen«, grinste er.

MITTWOCH, 9.30 UHR

Mit tiefen Falten auf der hohen Stirn und nervös zerrauften Haaren saß Stefan Löbler vornübergebeugt an einem kleinen Holztisch in der Küche seines Elternhauses unweit des alten Ortskerns von Nieder-Eschbach. Vor ihm stand ein dampfender Humpen schwarzer Kaffee, es war bereits seine zweite Portion, Appetit auf etwas Festes hatte er nicht. Erneut suchte er die Zeitungsmeldungen durch, doch er fand den Tod seiner Frau nirgendwo erwähnt. Du alter Teufel, dachte er erleichtert, als er zurück auf die Titelseite blätterte und das Archivbild Karl von Eisners sah. Selbst im Ableben stiehlst du uns allen noch die Show. Er schlürfte an dem heißen Kaffee, lehnte sich zurück, schloss die Augen und massierte sich die Schläfen. Stefan Löbler hatte kaum geschlafen, was nicht etwa an dem ungewohnten Bett lag, denn er übernachtete öfter in dem alten Haus. Hier war er aufgewachsen, hier war ihm jeder Winkel vertraut, doch Nathalie hatte das schiefwinklige, enge Fachwerkhaus mit seinen niedrigen Decken und steilen Treppen nie gemocht. Niemals hätte sie ihre Villa in Kronberg aufgegeben, doch nun waren die Karten neu gemischt, und schon allein für seine Kandidatur in der Frankfurter Stadtpolitik würde Stefan sein traditionelles Standbein niemals aufgeben. Fragt sich nur, ob die Partei sich mit meinem Konterfei auch weiterhin schmücken wird, dachte Löbler bitter. Im Wahlkampf hört die Freundschaft auf, wie man sagte, doch möglicherweise konnte man auch mit Mitleid punkten, wenn ein wenig Gras über die Sache gewachsen war. Zumindest so lange, wie sein ganz besonderer Freund Karl die Titelseiten dominierte, schloss Löbler, konnte die Zeit eigentlich nur für ihn spielen. Seine wild umhereilenden Gedanken wurden durch das Läuten an der Tür jäh unterbrochen.

Julia Durant schaute prüfend aus dem Seitenfenster, als Frank Hellmer den Wagen in eine enge Parklücke manövrierte.

»Millimeterarbeit, Respekt«, lächelte sie anerkennend, als der Motor verstummte.

»Ja, sobald man aufs Kaff kommt, werden die Parklücken flugs eine Ecke kleiner, aber das kenne ich zum Glück von zu Hause.«

»Lass das bloß niemanden hier hören. Kaff ist nicht gerade eine nette Bezeichnung …«

»Mag sein, aber ich geb dir Brief und Siegel drauf, dass hier jedermann froh darüber ist, eben nicht wie so viele andere in Hochhäuser eingepfercht leben zu müssen. Kaff-Feeling ist nämlich überhaupt nichts Schlechtes. Frag mich mal, ich habe damit kein Problem, denn ich lebe lieber in meiner Märchensiedlung als im Gallusviertel, das kannst du mir glauben.«

»Ist ja schon gut, erinnere dich mal, ich bin doch selbst

ein Kind vom Lande. Brauchst mir also nicht zu erklären, was ich schon lange selbst weiß. Nur habe ich es für die Großstadt ganz gut getroffen, denke ich.«

Vor einiger Zeit hatte die Kommissarin ihren Wohnsitz von Sachsenhausen ins Nordend verlegt, in Laufweite des Präsidiums und trotz der zentralen Lage angenehm ruhig gelegen, abseits der Durchgangsstraßen.

Die beiden schlenderten an drei Häusern vorbei, keines glich dem anderen, eines war verputzt, eines verklinkert, das nächste undefinierbar gemischt, bis sie schließlich ein Fachwerkhaus erreichten, dessen Türschild und Hausnummer ihnen verriet, dass sie richtig waren.

»Mal sehen, was wir herausfinden werden«, murmelte Julia und presste den Klingelknopf tief in die kupferne Mulde.

»Sie schon wieder«, begrüßte Stefan Löbler die Kommissare mit einem schmalen, freudlosen Lächeln. »Na, ich hatte ehrlich gesagt mit Ihrem Besuch gerechnet«, fügte er freundlicher hinzu. »Bitte, kommen Sie herein, passen Sie etwas auf, das Haus ist uralt, und man kann sich leicht den Kopf stoßen oder auf Bodenstufen treffen.«

»Danke«, nickte Julia und folgte ihm in Richtung Küche.

Julia und Frank nahmen am Küchentisch Platz, wo Löbler offenbar bereits länger gesessen hatte. Es gab mehrere runde Ränder, die darauf hindeuteten, dass seine Kaffeetasse häufig bewegt worden war, außerdem wirkte die Zeitung zerlesen, also mindestens einmal durchgeblättert.

»Kann ich Ihnen etwas anbieten? Kaffee? Tee? Wasser?«, erkundigte Löbler sich.

»Kaffee, gerne«, antwortete Julia, und auch Hellmer

nickte zustimmend. Löbler holte zwei weitere Porzellanbecher aus einem Hängeschrank, sie waren kleiner als seiner, und füllte sie an einem kräftig brummenden Vollautomaten aus glänzendem Edelstahl.

»Die Zeiten der Filtermaschine sind wohl bald vorbei«, stellte Julia beiläufig fest.

»Gut so«, kommentierte Löbler, der sich mit den gefüllten Bechern zum Tisch umdrehte. »Kaffeebohnen müssen frisch gemahlen werden und dürfen anschließend nur kurz mit dem Wasser in Kontakt kommen. Alles andere ist Geschmacksverirrung, das ist zumindest meine Überzeugung. Aber Sie sind sicher nicht wegen meines Kaffees zu mir gekommen, oder?«

»Nein, sicher nicht«, erwiderte Hellmer. »Ihr Büro teilte uns gestern mit, dass Sie sich freigenommen haben und wo Sie sind, wir wollten schon früher mit Ihnen sprechen, aber dann kam etwas dazwischen.«

»Das hier nehme ich an.« Löbler deutete mit dem Finger auf jene Zeitungsseite, die von Eisners Konterfei zierte, und die Kommissare nickten.

»Schlimme Geschichte«, fuhr Löbler fort.

»Kannten Sie Herrn von Eisner denn?«, wollte Hellmer wissen. »Ja, recht gut sogar. Wir waren Geschäftspartner, Sie wissen ja, wir sind beide Finanzdienstleister, ich bin allerdings nicht mehr im selben Gebäude. Unsere Kontakte waren aber nach wie vor eng.«

»Hm. Haben Sie auch Silvester zusammen gefeiert?«

Julia Durant hatte vollkommen andere Fragen im Kopf gehabt, sie interessierte vor allem der mutmaßliche Suizid von Löblers Frau, doch sie ließ sich zunächst auf die Gesprächsrichtung ein, die Hellmer eingeschlagen hatte und der Löbler offenbar bereitwillig folgte.

»Ja, natürlich, wie jedes Mal in den letzten sieben, acht Jahren«, bestätigte Löbler. Dann, nach kurzem Nachdenken, fügte er hinzu: »Warten Sie, da waren der zweite Irak-Krieg und dann die NEMAX50-Krise. Also 2003, ja, da waren wir zum ersten Mal am Feiern.«

»*Daran* denken Sie, wenn Ihnen ein Jahr nicht auf Anhieb einfällt?«, fragte Julia erstaunt. »Mir fallen da ganz andere Dinge ein. Für uns war es das erste Jahr nach unserem Umzug ins neue Präsidium, zugegeben, sonst müsste ich auch erst mal überlegen. Ach ja, ich bin auch vierzig geworden in diesem Jahr, aber das tut nichts zur Sache. Genau!«, erinnerte sie sich plötzlich. »Ein paar Tage nach meinem Geburtstag ist Arnold Schwarzenegger nämlich Gouverneur geworden. Sehen Sie? Ich denke nicht in Krisen oder Kriegen, nicht ausschließlich jedenfalls.«

»Wobei ich mich nicht erinnern kann, dass dich auch nur einer der drei genannten Umstände vor Freude hätte jubilieren lassen«, fiel Hellmer ihr in den Rücken. Dann aber nahm er den Faden auf und wandte sich an Löbler: »Ich muss meiner Kollegin aber grundsätzlich zustimmen. Denken Sie in Ihrer Branche tatsächlich in solchen Dimensionen?«

»Einer muss es ja schließlich tun, oder?«, gab Löbler trocken zurück. »Jammern hilft niemandem, weder über Krieg noch über Kurseinbrüche. Unsere Anleger und Klienten vertrauen darauf, dass ihre Investitionen krisenfest sind. Wir sind nicht verantwortlich dafür, dass die USA mit lockerem Finger am Abzug durch die Dritte Welt marschierten, und auch nicht für die anderen Krisen, die entstehen, wenn ein Warlord den anderen um die Ecke bringt. Aber hier zu Hause«, er hämmerte mit Nachdruck die Kuppe seines manikürten Zeigefingers auf die Tischplatte, »haben die Renditen stabil zu bleiben, und dafür werden wir bezahlt.«

»Und offenbar nicht schlecht«, warf Julia Durant nach einem demonstrativen Blick durch den Raum ein. »Manch einer wäre heutzutage froh, wenn er ein Haus unterhalten könnte, bei Ihnen sind es gleich zwei. Oder haben Sie gar noch weitere?«

»Nein, diese beiden. Aber vergessen Sie dabei nicht, dass wir für diesen Luxus auch nicht gerade untätig herumsitzen. Im Gegenteil, wir stehen unseren Großanlegern rund um die Uhr für all ihre Belange zur Verfügung, nötigenfalls sieben Tage pro Woche. Wir ...«, er geriet ins Stocken, »... also ich, ich meine ...«

Stefan Löbler sprang auf und eilte um die Ecke in eine Nische, womöglich eine Art Speisekammer, wie Julia schloss. Es raschelte, dann schneuzte er sich und kehrte schließlich mit einer Schale Gebäck zurück.

»Hier, bitte«, sagte er, als er wieder Platz genommen hatte. Seine Augenwinkel waren leicht gerötet, durch starke Reibung mit den Handrücken, Julia kannte diese Art der Rötung von unzähligen Befragungen trauernder Angehöriger. Trauernd oder verdammt gut im Schauspielern.

»Herr Löbler, ich verstehe schon, Sie sprachen nicht vom verstorbenen Herrn Eisner – Herrn von Eisner meine ich natürlich –, sondern das *wir* bezog sich auf Ihre Frau, hm?«

Er nickte.

»Eigentlich galt unser Besuch auch ihr, um genau zu sein den Umständen ihres Todes. Ihre Frau war zugleich Ihre Geschäftspartnerin?«

»Ja, allerdings«, bestätigte Löbler. »Wir haben zusammen angefangen und uns schon vorher übers Studium kennengelernt. Als es daran ging, den Sprung ins Haifischbecken zu wagen, dachten wir uns, wir machen es als Team.«

»Hätte ich nicht gedacht«, erwiderte die Kommissarin anerkennend. »Frauen in gleichberechtigter Position, vor allem in Ihrem Sektor, sind doch eine eher seltene Spezies, oder irre ich mich da?«

»Nein, das stimmt. Und bevor Sie es sagen: Man hat es ihr nicht angesehen. Nur wer Nathalie gut kannte, wusste, was für eine starke und widerstandsfähige Frau sie sein konnte. Da haben einige vom starken Geschlecht den Schwanz eingezogen, wenn Sie verstehen.«

Löbler verstummte und presste die Lippen aufeinander.

»Sie müssen uns gegenüber keine Stärke zeigen, das habe ich Ihnen schon bei unserem ersten Treffen gesagt«, sagte Julia mit ruhiger Stimme, doch Löbler hatte sich bereits wieder gefasst.

»Nun, es ist, wie's ist, ich muss mich ab jetzt alleine durchbeißen«, entgegnete er mit fester Stimme.

»In der Firma oder in der Politik?«, fragte Hellmer prompt.

»Wieso ist das wichtig?«, wollte Löbler wissen. »Alles meine ich, das ganze Leben. Wir sind schon so lange zusammen, da kann ich Ihnen überhaupt nicht sagen, was nun werden wird. Fakt ist, dass ich nun wieder auf mich gestellt bin.«

»Wenn Sie so lange zusammen waren«, begann Julia behutsam, »und dann auch noch beruflich und privat, war das nicht manchmal anstrengend?«

»Inwiefern?«

»Ich kann Ihnen nur von mir sagen, dass ich gerne nach Hause komme und den Job vor der Tür lasse. Frank, wie ist das bei dir?«

»Genauso. Meine Frau würde mir was erzählen, wenn ich den Job mit heimbrächte«, schwindelte dieser, dabei wusste Julia natürlich, dass Nadine Hellmer die gütigste und geduldigste Ehefrau war, die man sich als Polizeibeamter nur wünschen konnte.

»Wir haben oft von zu Hause aus gearbeitet, ich weiß gar nicht, warum das für Sie überhaupt eine Rolle spielt«, kam es von Löbler.

»Wir fragen uns nur, ob es bei so wenig Trennung von Beruf und Eheleben nicht auch manchmal belastend war für das Miteinander«, erklärte Julia.

»Verdammt«, entfuhr es Löbler, und er hätte sich beinahe dazu hinreißen lassen, mit der Hand auf den Tisch zu schlagen, »reiten Sie jetzt schon wieder auf diesen bescheuerten Anzeigen herum? Ich habe Nathalie nicht geschlagen, wie oft soll ich das noch s…«

»So oft, bis ich es glauben möchte«, erwiderte die Kommissarin ruhig, aber bestimmt. »Mir ist nicht entgangen, dass Sie eben gerade am liebsten sehr heftig reagiert hätten. Wenn ich mich nun nach Ihnen erkundige, was glauben Sie, werden mir Ihre Kollegen, Angestellten oder Geschäftspartner sagen? Ist Stefan Löbler ein entspannter, ausgeglichener Mann, oder ist er mehr der knallharte Geschäftsmann mit cholerischen Neigungen?«

»Auf dieser Ebene werde ich mich mit Ihnen keinesfalls weiter unterhalten!«

»Okay, dann etwas anderes. Was, glauben Sie denn, hat Ihre Frau dazu veranlasst, sich in der Badewanne die Klinge anzusetzen?«

»Wenn ich das wüsste, würde ich es nicht hinterm Berg halten, aber ich weiß es leider nicht.«

»Wissen Sie, was Benzodiazepine sind?«

»Noch mal, bitte.«

»Benzodiazepine. Das scheint Ihnen nichts zu sagen, ich formuliere es anders. Im Blut Ihrer Frau wurden sogenannte Tranquilizer gefunden, die genaue Dosis können wir nur schätzen, da wir den Einnahmezeitpunkt nicht kennen. Was wissen Sie darüber?«

»Gar nichts«, wehrte Löbler heftig ab, »wieso sollte ...«

Dann aber besann er sich. »Tranquilizer sind doch Beruhigungsmittel und so ein Kram, nicht wahr?«

»Korrekt. Nur haben sich nirgendwo in der Nähe des Bades oder im Nachttisch Ihrer Frau welche gefunden.«

»Nun, das wundert mich nicht«, gab Löbler zerknirscht zurück. »Ich habe doch diesen Arzt erwähnt, Sie erinnern sich?«

»Ja, eine Gynäkologin in Bad Soden.« Julia nickte.

»Das stimmt nur zum Teil. Ich sollte es wahrscheinlich überhaupt nicht wissen, aber es ist ein ganzes Ärztehaus dort, und neben einem HNO und der Frauenarztpraxis gibt es auch noch einen Seelenklempner. Vor ein paar Wochen fand ich per Zufall ein Rezept, als ich Geschäftsunterlagen suchte, es ist ein Privatrezept gewesen, und da stand irgend so ein Mittel drauf, es endete mit -opan oder -olan, irgendwie so.«

»Vermutlich -olam oder -epam«, berichtigte Durant. »Das ist genau die Stoffgruppe, die ich vorhin meinte. Haben Sie Ihre Frau darauf angesprochen?«

»Ja, sie hat aber nicht viel dazu gesagt. Irgendetwas mit Schlafstörungen, das kam mir zwar spanisch vor, aber ich habe es dabei belassen. Und jetzt«, seufzte Löbler, »ist es dafür zu spät.« Er schluckte. »Meinen Sie denn, das Medikament ist schuld an allem?«

»Medikamente tragen selten Schuld«, verneinte Julia. »Sie behandeln Symptome, aber der Keim eines Leidens ist anderswo zu suchen. Was zum Beispiel ist mit der Schlagverletzung an ihrem Auge? Ich meine das nicht als Vorwurf«, fügte sie schnell hinzu, denn sie sah Löblers Faust schon wieder zusammenkrampfen.

»Ich kann es Ihnen noch hundertmal sagen, ich habe nicht die geringste Ahnung, keinen Plan, niente, nada, verstehen Sie?«

»Und die anderen Verletzungen?«, hakte Hellmer ein.

»Welche Verletzungen meinen Sie?«, fragte Löbler, und Julia ließ ihn keine Sekunde aus den Augen. Doch seine Mimik verriet nichts, sie gab nicht das Geringste preis, was nicht hundertprozentig zu seinen Worten passte.

»Unsere rechtsmedizinische Abteilung hat Anzeichen dafür gefunden, dass es an verschiedenen Stellen des Oberkörpers Ihrer Frau über einen längeren Zeitraum hinweg immer wieder leichte bis mittlere Verletzungen gab. Eine Quetschung hier, eine Prellung da, wir finden dafür kaum eine bessere Erklärung als regelmäßige Gewalteinwirkung.«

Plötzlich lachte Stefan Löbler bitter, und Julia Durant

fröstelte, obwohl es in der Küche gut und gerne zwanzig Grad warm war.

»Gewalteinwirkung ist gut«, wiederholte er Hellmers Wortwahl zynisch. »Meine Frau hat bis vor zwei Jahren Squash gespielt, Sie wissen schon, dieses verrückte Hallentennis, ich konnte diesem Unfug nie etwas abgewinnen. Die Bälle haben Geschwindigkeiten über hundertfünfzig Stundenkilometer, da ist es nicht weiter verwunderlich, dass Nathalie hin und wieder mit schmerzenden Rippen heimkam. Sie können im Club nachfragen, die haben sie bestimmt noch in der Kartei.«

»Ja, wir notieren uns das«, nickte Julia, für deren Geschmack Löblers Erklärung etwas zu schnell gekommen war. Überhaupt brachte er sie mit seiner schlagfertigen und undurchschaubaren Art zunehmend aus dem Konzept.

»Hören Sie, wir sind an einer sauberen Aufklärung dieses Falls ebenso interessiert wie Sie, das nehme ich zumindest an«, schloss sie und erhob sich. »Aber wir müssen Fragen nachgehen, die sich auftun, und Indizien prüfen, wohin auch immer sie führen. Die unkomplizierteste Verbindung zwischen zwei Punkten ist eine Linie, das haben Sie bestimmt schon einmal gehört, und in der Kriminalistik ist es oftmals ähnlich. Das blaue Auge und die Notrufmeldungen über häusliche Gewalt sind eine solche Linie, und wir haben derweil keine bessere Idee dazu. In Ihrem eigenen Interesse sollten Sie darauf hinwirken, dass wir hier zufriedenstellende Antworten finden, denn der Staatsanwalt wird diese Fragen auch stellen, und er nimmt sich in der Regel nicht so viel Zeit wie wir.«

»Das steht Ihnen frei«, erwiderte Löbler kühl, »doch

künftig sollten wir uns dann auch bitte ausschließlich im Beisein meines Rechtsbeistands unterhalten. Wie Sie wissen, stehe ich auch ohne diese schreckliche Sache bereits im Rampenlicht, und ich möchte eine solche Berichterstattung tunlichst vermeiden. Warten Sie, ich gebe Ihnen am besten gleich seine Karte«, lächelte er kühl und eilte zum Telefontisch, wo sein Kalender unter einem Smartphone lag. Nach kurzem Suchen zog er einen strahlend weißen Elfenbeinkarton mit eingeprägtem Logo der Kanzlei hervor. Unter der allgemeinen Angabe des Firmensitzes prangte unübersehbar der Name des zuständigen Partners: Lars Manduschek.

MITTWOCH, 10.25 UHR

Hellmer hatte den BMW gestartet und zurück auf die Straße manövriert, Julia kauerte auf dem Beifahrersitz und rieb sich die kalten Hände.

»Jetzt sag doch mal selbst«, begann sie schließlich, »so richtig aus der Spur geworfen hat ihn die Geschichte mit seiner Frau ja offenbar nicht, oder?«

»Was soll er denn machen? Sich zusammengebrochen auf dem Boden wälzen?«, widersprach Hellmer mit gerunzelten Augenbrauen.

»Nein, aber es lief alles so ... glatt irgendwie, selbst seine Emotionen waren so gut im Timing. Ach, ich weiß einfach nicht, was ich von ihm halten soll«, winkte Julia ab.

»Weißt du, er ist ja nicht nur Geschäftsmann, sondern auch Politiker, also kann er sich nach außen hin entsprechend verkaufen. Du hast schon recht, das lässt ihn undurchsichtig erscheinen, mag aber auch nur ein falscher Eindruck sein. Das Problem ist, entweder sind seine Argumente wahr, oder sie sind nahtlos konstruiert und einstudiert, wie man es zum Beispiel als Politiker von PR-Agenturen eingebleut bekommt. Die Sache mit dem Psychoklempner, dann das Squashspielen, irgendwie passen diese Erklärungen viel zu gut auf unsere Fragen.«

»Na ja, aber dann müsste es doch zumindest für das blaue Auge eine noch bessere Erklärung geben, oder?«, fragte Julia zweifelnd. »Dafür und für die Anrufe bei der Polizei. Gibt es hier denn nicht irgendwelche Daten, aus denen man auf die Identität oder den Standort des Anrufers schließen könnte?«

»Nein, nichts, was uns weiterbringt, außer der Tatsache, dass es zweimal derselbe Anrufer war.«

»Was mich stört – wobei stören vielleicht nicht ganz das passende Wort ist –, ist die Tatsache, dass wir schon wieder auf diesen Manduschek treffen. Warum?«

»Wieso nicht?«, gab Hellmer mit Unschuldsmiene zurück. »Die Löblers und Karl von Eisner sind Geschäftspartner, befreundete Partner sogar, wie ich rauszuhören glaubte. Die Kanzlei ist im selben Haus wie die Eisner Group, man kennt sich, hat vielleicht den einen oder anderen Deal abgeschlossen. Warum also nicht zuerst an diese Anwälte denken, immerhin eine nicht unbedeutende Kanzlei? Wenn einem der Staatsanwalt droht, dann rasselt man lieber gleich mal mit einem großen Säbel, oder?«

»Du denkst ganz schön großkotzig«, erwiderte Julia mit einem spöttischen Lächeln, weil sie ihren Kollegen nur allzu gerne mit seinem angeheirateten Reichtum aufzog. »Ihr Geldsäcke seid eben doch alle gleich.«

»Jetzt geht diese Schallplatte wieder los«, stöhnte Hellmer und schaltete einen Gang zurück, um seinen BMW dann kräftig zu beschleunigen. Endlich waren die Straßen wieder gefahrlos zu befahren, und er nutzte die Gelegenheit dankbar.

»War doch nur ein Scherz, kennst mich doch. Aber ich sehe schon, deine Nobelkarosse macht dir noch immer Spaß«, piesackte Julia ihn noch ein wenig. Dann zog sie ihr Handy aus der Tasche und tippte Löblers Nummer in Nieder-Eschbach ein, die sie sich vorhin notiert hatte.

»Wen rufst du an?«

»Wart's ab«, sagte sie noch, dann nahm Löbler auch schon ab. »Guten Tag, hier noch einmal Durant von der Kripo. Mir sind noch zwei Dinge eingefallen, können wir die gerade telefonisch klären?«

Löbler bejahte etwas zögernd.

»Zum einen würde ich gerne wissen, ob Sie seit Silvester noch einmal Kontakt zu Herrn von Eisner hatten. Nein? Auch nicht telefonisch? Okay, danke. Außerdem würde mich interessieren, ob Sie sich mit diesem Psychiater Ihrer Frau in Verbindung gesetzt haben beziehungsweise ob Sie generell etwas über die Erkrankung Ihrer Frau in Erfahrung bringen konnten?«

Auch diese Fragen verneinte Löbler, und Julia verabschiedete sich dankend.

»Alle Fragen klar verneint«, berichtete sie Hellmer knapp.

»Wobei das nicht ausschließt, dass er nicht wenigstens das Medikament oder den Psychiater wegen seiner Fachgebiete im Internet recherchiert hat«, warf dieser ein.

»Das stimmt. Diesen Psychiater möchte ich unbedingt mal sprechen, aber ich glaube, wir müssen jetzt wirklich erst einmal zu dieser Eisner.«

»*Von* Eisner?«

»Halt die Klappe und drück auf die Tube«, frotzelte Julia.

Bevor sie das Eisnersche Anwesen erreichten, wollte die Kommissarin noch einmal in Ruhe mit Andrea Sievers telefonieren. Sie bat Hellmer, den BMW nicht direkt vor dem Haus abzustellen und den Motor noch einen Augenblick laufen zu lassen.

»Ich will bis mindestens August nicht mehr frieren«, brummte Julia, während Hellmer die Freisprecheinrichtung aktivierte. Es knackte kurz, und schon meldete sich Andrea.

»Das nenne ich aber einen Zufall«, kam sie gleich auf den Punkt, »ich wollte mich auch gerade melden. Habt ihr schon mit Löbler gesprochen?«

»Ja, schon längst«, antwortete Hellmer und streckte den Hals in Richtung Mikrofon, obwohl das überhaupt nicht nötig gewesen wäre.

»Wir stehen schon vor der Eisner-Villa, warum fragst du?«, erkundigte sich Julia.

»Ich war mir lange Zeit nicht sicher, aber Nathalie Löbler hatte Geschlechtsverkehr, kurz bevor sie starb.«

»Sie hatten Sex?«, entfuhr es den Kommissaren gleichzeitig entgeistert, Andreas Lachen erklang unmittelbar darauf etwas blechern aus den Lautsprechern.

»Darf man das als Ehepaar denn nicht?«, fragte sie spöttisch.

»Kommt drauf an«, murmelte Julia, dann: »Sag, Andrea, könnte es sein, dass diese Prellungen vom Squashspielen herrühren? Löbler hat uns da so eine Geschichte aufgetischt ...«

»Hm, ich könnte es jetzt nicht beschwören, aber möglich wäre das schon. Du weißt ja: Sport ist Mord, da ist schon was Wahres dran.«

»Irgendwie fällt es mir aber schwer, Nathalie Löbler als Sportskanone lachend und unbeschwert über den Squashcourt springen zu sehen, während sie gleichzeitig starke Psychopharmaka geschluckt hat. Wir haben die Info bekommen, dass sie das Zeug auf Rezept nahm. Kannst du feststellen, ob sie es über einen längeren Zeitraum eingenommen hat?«

»Mit gewissen Grenzen«, antwortete Andrea. »An anagenem Kopfhaar mangelt es uns ja zum Glück nicht, dazu kommt eine ordentliche Haarlänge. Doch das bedeutet nicht zwingend, dass ich eine jahrelange Karriere lückenlos rekonstruieren kann.«

»Uns genügt schon die Info, ob es einmalig war. Nach dem Rest fragen wir erst im zweiten Schritt«, gab Julia zurück. »Und was bedeutet dieses *anagen* noch mal?«

»In erster Linie Rechtsmediziner-Blabla«, kicherte Andrea, »Verzeihung. Kurz gesagt, bei einem durchschnittlichen Erwachsenen befinden sich achtzig bis neunzig Prozent der Kopfhaare im Wachstum. Diese Haare brauche ich für eine ordentliche Analyse, denn bei den anderen weiß ich ja nicht, wann sie mit dem Wachsen aufgehört haben. Bei einer so üppigen Haarpracht wie in diesem Fall habe ich hier leichtes Spiel, und das Ergebnis dürfte entsprechend aussagekräftig sein.«

»Prima, dann kommen wir jetzt noch zu Karl von Eisner«, sagte Hellmer.

»Ja, da habe ich nicht viel Neues, tut mir leid. Wir sind gleich an den Mageninhalt gegangen, eine ganze Menge Whiskey, das spielt vielleicht eine Rolle für euch. Die Hemmschwelle für einen Sprung dürfte jedenfalls um einiges niedriger gewesen sein als in nüchternem Zustand. Der Blutalkoholspiegel bestätigt das, er muss den ganzen Nachmittag gesoffen haben.«

»Du sprichst von einem Sprung?«, hakte Julia nach. »Ist das schon eine offizielle Einschätzung?«

»Viel offizieller wird es wohl nicht mehr werden«, seufzte Andrea, »nicht bei seinem Zustand. Wenn die Spusi keine eindeutigen Hinweise auf einen unfreiwilligen Sturz findet, wird sich das nur schwerlich beweisen lassen. Dazu ist einfach zu viel kaputt. Irgendwelche verdächtigen Hämatome oder Druckstellen gibt es keine, jedenfalls nirgendwo da, wo wir suchen konnten. Der einzig nachweisbare Kampf, den dieser Mann geführt hat, war der Todeskampf während seines Sturzes. Puh«, Andrea klang, als erschauderte sie, »ich möchte mir nicht vorstellen, sekundenlang in einen Abgrund zu rasen. Nicht ohne Fallschirm auf dem Rücken jedenfalls.«

Sie beendeten das Telefonat und stiegen aus dem BMW, draußen erkämpfte sich gerade die frühe Mittagssonne ihren Platz zwischen den auflockernden Wolkenmassen.

Sophie von Eisner empfing die beiden Kommissare in einem seidenen Hausanzug, um ihre Hüfte war eine breite, rosafarbene Schärpe gewickelt, die großen Augen hatten einen glasigen Glanz und waren gerötet. Doch sie schniefte nicht, und ihr Make-up saß perfekt, die letzten Tränen waren offenbar schon lange getrocknet.

»Guten Morgen, Frau von Eisner, unser aufrichtiges Beileid«, begrüßte Julia sie und trat ein. Frank brummte ebenfalls eine Beileidsbekundung.

»Gehen Sie durch, Sie kennen ja den Weg«, sagte Frau von Eisner. »Etwas zu trinken?«

»Nein danke.«

»Für mich auch nicht.« Frank Hellmer schüttelte den Kopf.

»Gut, womit kann ich Ihnen weiterhelfen?« Die Frage kam sehr direkt, und Karl von Eisners Witwe sprach sie mit fester Stimme. Julia fragte sich, wie schwer es ihr fiel, die Fassung zu bewahren, doch bislang hielt sie sich gut: keine zitternden Finger, kein nervöses Nesteln an der Kleidung, kein ausweichender Blick.

»Frau von Eisner«, setzte Julia an, »bei unserem letzten Gespräch hatte ich den Eindruck, als könnten Sie Ihren Mann recht gut einschätzen. Liege ich damit richtig?«

Die Frage schien Sophie zu verwundern. Sie dachte eine Zeitlang nach, bevor sie antwortete. »Ähm, na ja, so gut, wie man sich eben kennt. Was spielt das denn für eine Rolle?«

»Wir möchten verstehen, warum es gestern Abend zu diesem Vorfall kam«, erklärte Julia und vermied es bewusst, von Suizid, Unfall oder gar Mord zu sprechen.

»Und mit dem Vorfall meinen Sie Karls Sprung von seinem Hochhaus?«, fragte die Witwe etwas pikiert nach.

»Wir meinen damit seinen Tod, das ist korrekt«, nickte Hellmer. »Was fällt Ihnen dazu ein? Fangen wir doch einfach damit an, wann Sie Ihren Mann zum letzten Mal gesehen haben.«

»Oh, das ist einfach, das war morgens, als er das Haus verlassen hat.«

»Haben Sie im Verlauf des Tages telefoniert?«, erkundigte sich Julia.

»Nein.«

»Keine Anrufe, SMS, Mails oder sonstige Lebenszeichen?«

»Nein, nichts. Ist das denn so schwer zu verstehen?«

»Ich weiß nicht.« Julia wandte ihren Blick zu Hellmer. »Frank, wie machst du das mit Nadine? Telefoniert ihr tagsüber manchmal?«

»Wir versuchen es zumindest«, bejahte Frank. »Und wenn es nur wegen dem Einkaufszettel ist ...«

»Es wäre also nicht ungewöhnlich«, konstatierte Julia, »daher meine Frage. Wir versuchen, den Nachmittag zu rekonstruieren.«

»Schauen Sie in seinen Kalender.«

»Der gibt leider außer einem Termin mit Herrn Manduschek nicht viel her«, erwiderte Julia. »Und die Bürodamen sind pünktlich um siebzehn Uhr gegangen, Ihr Mann war demnach den späten Nachmittag über alleine im Büro. Hätte ja sein können, dass er seinen Frust loswerden möchte.«

»Frust? Welchen Frust?«, wiederholte Sophie von Eisner unwirsch. »Das Einzige, was ihn gefrustet hat, war diese Pseudoverhaftung durch Sie und natürlich unsere ...« Abrupt brach sie ab, doch zu spät für Julia, die sofort darauf ansprang.

»Ihre *was?*«

»Tut nichts mehr zur Sache«, entgegnete Frau von Eisner kühl.

»Das würden wir gerne selbst entscheiden«, gab Julia zurück.

»Alles, was Ihren Mann oder auch Sie beide momentan belastet hat, kann durchaus relevant sein. Möchten Sie es nicht doch erzählen?«

»Ich weiß nicht«, sagte Sophie mit leiser Stimme, und eine einsame Träne rann über ihre Wange.

»Nichts von alldem muss nach außen gelangen«, warf Hellmer ein. »Im Gegenteil, alles, was Sie uns persönlich erzählen, ist tausendmal besser als die wüsten Theorien, die die Presse fortan spinnen wird. So lange zumindest, bis wir dem mit unserem Abschlussbericht ein Ende bereiten können, nur habe ich leider noch keine Idee, wie der Bericht aussehen soll.«

»Es ging um diese Sache, das Mädchen, Sie wissen schon«, begann Sophie zögernd.

»Ja?«

»Nun, ich habe doch diese Übereinkunft erwähnt, die wir beide hatten, Sie erinnern sich?«

»Bezüglich außerehelicher Affären«, stellte Julia fest und hatte sich nur mit großer Mühe den Begriff *Fremdgehen* verkneifen können.

»Das meine ich.« Es war zu spüren, dass dieses Thema Frau von Eisner noch immer nicht leichtfiel. »Jedenfalls ist das so nicht ganz korrekt gewesen, was ich Ihnen erzählt hatte, aber ich war so aufgebracht wegen dieses Radiobeitrags, verstehen Sie? Ich möchte nun keine Schwierigkeiten bekommen, wenn ich das korrigiere, denn diese Vereinbarung existierte zwar früher einmal zwischen uns, mittlerweile wurde sie jedoch wieder aufgelöst.«

»Aufgelöst?«, wunderte sich Julia.

»Beachten Sie im Zuge Ihrer Fälle auch das wirtschaftliche oder gesellschaftliche Geschehen im Rhein-Main-Gebiet? Etwa zweieinhalb Jahre dürfte es nun her sein, nein, es war schon fast Advent«, präzisierte Sophie von Eisner ihre Aussage. »Winteranfang 2008, eine trübe Zeit, die Eisner Group hatte wegen der Krise einiges zu verdauen.«

»Keine Ahnung, so genau jedenfalls behalten wir nichts in Erinnerung, zumindest, wenn es nicht in direkter Verbindung zu einer Ermittlung steht«, antwortete Hellmer. »Okay, die Börsenkurse behalte ich natürlich teilweise im Auge, meine Frau ist sehr wohlhabend«, erklärte er schnell, »aber was ist denn damals genau vorgefallen?«

»Wir waren fast permanent in den Schlagzeilen, das war eine harte Zeit für Karl und die Partner, die Löblers gehörten übrigens auch dazu. Eines Abends, ich werde es wohl nie vergessen, war Karl verschwunden, ich musste ihn dringend erreichen, er war unauffindbar, niemand wusste, wo er war.«

»Ja?«

»Nun, irgendwann habe ich mich ins Auto gesetzt und bin rüber in die Wohnung gefahren. Wenn Sie mich heute fragen, weiß ich nicht, wie ich auf diese Idee verfallen bin. Vielleicht entsteht zwischen zwei Menschen doch über die Jahre hinweg eine Art Verbindung, ein unsichtbares Band, was sie zusammenführt.« Sie schluckte schwer und fuhr leise fort. »Nun, wenn dem so sein sollte, an diesem Abend zerriss es. Ich schloss auf, dachte mir nichts Böses, und im nächsten Moment sehe ich meinen eigenen Ehemann auf dem Rücken liegen, dieses blonde Dummchen aus dem

Vorzimmer splitterfasernackt obenauf ... Selten habe ich mich so gedemütigt gefühlt wie in diesem Augenblick.« Die Kommissare schwiegen, und für einen Moment hätte man eine Stecknadel fallen hören können. Dann brach Julia endlich das Schweigen, denn Sophie sah sie auffordernd an. »Ich weiß nicht, was ich dazu sagen soll. Keiner Frau sollte so etwas geschehen, welche Absprachen auch immer es geben mag. Ich kann Ihnen versichern, meine Lebensgeschichte kennt den einen oder anderen niederträchtigen Kerl, aber ich weiß nicht, wie ich in Ihrer Situation reagiert hätte. Wie haben Sie denn, wenn ich fragen darf?«

»So, wie man es von einer Dame aus gutem Hause wohl erwartet«, lächelte Sophie schmal. »Ich bin, ohne eine Szene zu machen, aus dem Raum gegangen, keinen Mucks habe ich gesagt und auch keine Miene verzogen, denke ich. Karl hat mich noch gerufen, aber ich habe ihn ignoriert. Dann bin ich ins Auto gestiegen, habe unseren Anwalt angerufen und dafür gesorgt, dass dieses Luder eine rechtsgültige Kündigung bekommt. Aber die hatte sich auch so schon genug erschreckt, die wäre auch ohne Kündigung wahrscheinlich nie mehr im Gebäude aufgekreuzt. Hat sich krank gemeldet, und wir haben sie nie wiedergesehen. Selbst Karl nicht, zumindest bin ich davon überzeugt, denn er war die folgenden Wochen lammfromm. Das hat ihm allerdings nur wenig genutzt, denn ich habe umgehend einen Termin bei unserem Anwalt gemacht und mit ihm ein weiteres Dokument entworfen.« Beinahe spitzbübisch schürzte sie die Lippen, bevor ihr Blick wieder melancholisch würde.

»Und das wäre?«, fragte Hellmer ungeduldig.

»Wir haben eine Zusatzvereinbarung zum Ehevertrag aufgesetzt. Sollte es erneut zu einem Akt der ehelichen Untreue kommen, so würden unsere Kapitalwerte auseinanderdividiert auf den Stand vor unserer Hochzeit.«

»Und das begünstigt *Sie?*«, hakte Julia nach.

»Allerdings«, nickte Sophie von Eisner. »Karl entstammt einer Familie, die man heute wohl als verarmten Adel bezeichnen würde. Das ist jetzt sehr simpel ausgedrückt, natürlich war er nicht arm, und es reichte immerhin für ein Elitestudium. Zudem hatte die Familie zahlreiche gute Kontakte. Doch das Grundkapital für die Eisner Group, so, wie sie heute besteht, stammt von mir. Ich bin die Hauptaktionärin, auch wenn ich mich geschäftlich im Hintergrund halte. Bei einer normalen Scheidung wären wir wohl fifty-fifty herausgegangen, wir waren sehr verliebt, müssen Sie wissen, da dachte ich überhaupt nicht an so etwas Unromantisches wie einen Ehevertrag. Darf ich Sie etwas fragen?«, wandte sie sich an Hellmer. »Sie erwähnten eben beiläufig, dass Ihre Frau ebenfalls vermögend sei.«

»Ja, aber nicht so«, erwiderte Hellmer mit einer raschen Handbewegung, als wolle er das Thema schnell vom Tisch wischen. »Die Menge ist unerheblich«, fuhr Sophie beharrlich fort. »Aber haben *Sie* denn einen entsprechenden Vertrag?«

Hellmer rutschte auf seinem Polster herum und druckste verlegen, bis Julia beschloss, ihm zu Hilfe zu kommen.

»Tja, offenbar haben Sie meinen Kollegen mit Ihrer Frage auf dem falschen Fuß erwischt«, lächelte sie Sophie von Eisner an. »So ist das wohl mit der Liebe, man sagt ihr nach, sie mache blind. Zugegeben, ich hätte mir anstelle meines Partners wohl auch keine Gedanken um solche rechtliche Vereinbarungen gemacht, das tun die wenigsten. Aber Sie haben das offenbar angemessen nachkorrigiert.«

»Das mag schon sein«, erwiderte Sophie von Eisner geknickt. »Doch womöglich habe ich meinen Mann damit in den Tod getrieben.«

Erneut betretenes Schweigen. Diesmal brach Hellmer es. »Wenn Ihr Mann gesprungen ist, dann war es seine Entscheidung.«

»Aber der Grund!«, schluchzte Sophie und zog ein besticktes Stofftaschentuch hervor, mit dem sie sich die Wange und die Nase abtupfte.

Hellmer schüttelte den Kopf. »Das Motiv ist nur ein Aspekt. Die Entscheidung, sein Leben zu beenden, trifft der Betroffene für sich allein. Und der Weg, wie er zu dieser Entscheidung gelangt, ist ganz individuell. Es gibt Personen, die durchlaufen eine Art Gerichtsverfahren, tragen in ihrem Kopf alle Faktoren zusammen und fällen dann ein Urteil. Der Unterschied zu einem echten Verfahren ist, dass sie Richter, Anwalt und Ankläger in einer Person sind und niemanden außer sich selbst in den Gerichtssaal lassen. Andere Menschen handeln aus dem Affekt, einer Kurzschlussreaktion heraus. Oder sie wägen ab und entscheiden, dass der Freitod für sie der einzige Ausweg ist. Fühlen Sie sich dazu in der Lage, uns zu helfen, zu verstehen, welchen Weg der Entscheidung Ihr Mann am wahrscheinlichsten gegangen ist? Eine wichtige Hintergrundinfo haben wir ja nun bereits, doch es gibt bestimmt noch mehr.«

»Ich mache mir momentan nur riesige Vorwürfe.«

»Wessen fühlen Sie sich denn schuldig?«, wollte Julia Durant wissen.

»Ach, wegen der Vorhaltungen, die ich Karl gemacht habe, wegen Silvester, Sie wissen schon«, seufzte Sophie und vergrub das Gesicht in den Händen. »Wenn ich ihn nicht so hart angegangen wäre ...«, erklang es gedämpft.

»Offenbar hat er sich nicht so viele Gedanken gemacht«, erwiderte Julia mit fester Stimme. »Die Entscheidung, sich mit Lara Emmels zu treffen, traf er unabhängig von Ihnen. Da brauchen Sie sich keinen Vorwurf zu machen.«

»Ich habe ihn nicht mit dieser Lara konfrontiert«, gab Sophie zurück und ließ die Hände sinken. »Es war zu diesem Zeitpunkt, einen Tag nach Neujahr, doch nur ein Verdacht. Er hat sich von dem Empfang abgesetzt, klar, und allein deshalb habe ich ihm eine Szene gemacht und ihm gedroht, ihn an diese verdammte Zusatzklausel erinnert, all das, bevor ich mir überhaupt sicher war, was genau er an Silvester getrieben hat. Kein Wunder, dass er sich völlig von mir verabschiedet hat, mit meiner Unterstützung konnte er ja nicht mehr rechnen, zumindest muss dies sein Eindruck gewesen sein.«

»Hätten Sie ihn denn unterstützt?«, erkundigte sich Hellmer.

»Kein Ahnung«, erwiderte Sophie schulterzuckend. »Wahrscheinlich nicht. Nicht, seit bewiesen war, dass er tatsächlich mit einer Hure in dem Appartement war. Tatsächlich haben wir mit der Scheidungsklage nur gewartet, weil es für die Kanzlei wohl einen Interessenskonflikt bedeutet hätte, mich gegen Karl zu vertreten.«

»Warum das?«, fragte Julia.

»Weil es dieselbe Kanzlei ist, die Karl in einer möglichen Mordanklage vertreten hätte. Genau genommen sogar derselbe Anwalt.«

»Manduschek!«, entfuhr es der Kommissarin.

»Ja, genau. Sie haben ihn also bereits kennengelernt.«

»Besser, als mir lieb ist«, knurrte Julia. »Aber nein«, ergänzte sie rasch, »eigentlich kenne ich ihn überhaupt nicht, er ist nur eben sofort auf den Plan getreten, als wir das Büro Ihres Mannes betraten. Da fällt mir gerade etwas ein.« Sie lächelte. »Uns ist nicht entgangen, dass sich die beiden Bürodamen Ihres Mannes doch sehr stark voneinander ... unterscheiden. Gehe ich recht in der Annahme, dass die große Dunkelhaarige von Ihnen eingestellt wurde?«

»Ja, da liegen Sie richtig. Eine meiner wenigen administrativen Tätigkeiten innerhalb der Eisner Group.«

»Wie wird es nun mit der Firma weitergehen?«, wollte Hellmer wissen.

»Entschuldigen Sie bitte, aber darüber möchte ich mir im Moment weiß Gott keine Gedanken machen«, wehrte Sophie ab. »Erst einmal ... die Beerdigung ...« Erneut geriet sie ins Stocken, und die Kommissarin entschied, die Befragung fürs Erste zu beenden.

»Frau von Eisner, wir bedanken uns für Ihre Zeit. Sie haben ja meine Karte. Bitte melden Sie sich, wenn Ihnen irgendetwas einfällt, das uns weiterhelfen könnte.« Julia und Frank erhoben sich, dann fiel ihr noch etwas ein. »Ich sage das wahrscheinlich viel zu oft, aber ich möchte es trotzdem noch mal betonen: Auch unwichtig erscheinende Dinge können sich als wertvolle Puzzleteile erweisen. Lieber einmal zu viel angerufen als einmal zu wenig, unter der Handynummer erreichen Sie mich rund um die Uhr.«

Sie verabschiedeten sich und verließen zwei Minuten später das Grundstück. Die Sonne hatte sich mittlerweile einen ansehnlichen Platz am Firmament erkämpft, und bis auf wenige Ausnahmen hatten die Wolken einen strahlend blauen Winterhimmel freigegeben.

»Die Sache scheint sie ziemlich mitgenommen zu haben«, kommentierte Hellmer die Vernehmung, während er den Motor startete und einmal kurz aufs Gas trat. Eine alte Angewohnheit, die man, wenn man Jahrzehnte mit schlecht anspringenden Kleinwagen verbracht hatte, nur schwerlich ablegen konnte, wie Julia Durant wusste. In Gedanken versunken nickte sie nur beiläufig, während sie aus dem Fenster starrte. »Immer wieder dieser Manduschek«, murmelte sie.

»Was?«

»Nichts, ich denke nur laut.«

»Bezieh mich gefälligst mal mit ein!«, beschwerte sich Hellmer mit aufgesetzt beleidigter Miene.

»Nerv mich nicht, ich habe nichts Konkretes im Sinn«, fuhr Julia ihn an, bekam sofort ein schlechtes Gewissen und setzte ein entwaffnendes Lächeln auf. »Hör zu, sorry, ich bin nur etwas durch den Wind, du nicht auch? Nach jedem Gespräch fühle ich mich noch konfuser als vorher. Können wir das mal einen Augenblick sacken lassen, vielleicht bei ein, zwei Rosinenbrötchen oder, noch besser, einer Dönerbude? Immerhin ist fast Mittag.«

»Ja, ja, ich verstehe. Das nennt man übrigens Unterzuckerung, die setzt werdenden Nichtrauchern besonders hart zu.«

»Dann tu mal was, schließlich bist du ein Mann und musst die Frauen um dich herum ernähren«, forderte Julia lachend und versuchte, für einen Moment abzuschalten. Doch in ihrem Kopf drehten sich die verwirrenden Gedanken immer schneller, und es gelang ihr nicht, diese zum Schweigen zu bringen.

Hellmer hielt bei einer Bäckerei, wo es eine heiße Theke gab, und sie kauften sich jeweils Pizzaecken, Croissants und für Julia noch eine Nussecke.

»Wenn du das Wort Joggen auch nur denkst, hast du das Pizzastück im Gesicht kleben«, drohte sie ihrem Kollegen, und sie wählten einen Stehtisch in der Ecke des Ladens, wo sie sich ungestört unterhalten konnten.

»Okay, noch mal zum Mitschreiben«, begann Julia, nachdem sie zweimal abgebissen, eilig gekaut und sich beinahe verschluckt hatte. »Die Löblers und die von Eisners sind so etwas wie Freunde, ja?«

Hellmer nickte, und Julia fuhr fort: »Alle stehen außerdem in Verbindung mit diesem Manduschek.«

»Alle bis auf Frau Löbler, von ihr wissen wir es nicht.«

»Na ja, aber sie wird ihn zumindest gekannt haben, da sie mit ihrem Mann ja auch geschäftlich liiert war. Sie dürften die Kanzlei über einen Firmenvorgang kennengelernt haben und dann erst den Manduschek persönlich. Andersherum klingt unwahrscheinlich.«

»Da hast du recht, das sollten wir ihn aber einfach fragen. Mal sehen, was er uns dazu erzählen wird«, schlug Hellmer vor.

»Ja, lass uns nach dem Essen in die Taunusanlage fahren«, lächelte Julia grimmig. »Ich möchte mir ohnehin noch einmal das Gebäude ansehen, Eisners Büro und auch das Dach, solange die Sonne scheint. Bei dieser Gelegenheit laufen wir einfach mal bei Manduschek auf, oder?«

»Vergiss aber bitte nicht, dass er nur ein Anwalt ist, der seinen Job macht«, mahnte Hellmer mit einem vielsagenden Blick. »Das kannst du ihm nicht vorwerfen, und das macht ihn auch nicht zu einem schlechten Menschen.«

»Wir haben schon des Öfteren mit unsauberen Anwälten zu tun gehabt. Da kannst du von mir keine falsche Zurückhaltung erwarten.«

»Zum Glück lässt man dich nicht alleine auf die Welt der bösen Jungs los«, murmelte Hellmer. »Manchmal bist du echt wie ein Pitbull auf dem Kinderspielplatz.«

Blödmann, dachte Julia, und ein saublöder Vergleich. Dennoch musste sie ihrem Kollegen insgeheim recht geben: Wenn sie sich einmal verbissen hatte, konnte man sie nur sehr schwer abschütteln. Doch bei diesem Fall – nein, bei diesen *Fällen* – wusste sie beim besten Willen nicht, an wessen Schlafittchen sie sich hängen sollte.

Verdammt, dachte sie wütend, verdammt!

MITTWOCH, 15.40 UHR

Julia Durant und Frank Hellmer kehrten vom Dach zurück ins Innere des Gebäudes, und der Hausmeister schloss die metallene Tür wieder.

»Danke«, keuchte Hellmer und blies sich warmen Atem in die gewölbten Hände. »Seien Sie froh, dass Sie drinnen geblieben sind.«

»Ist das der einzige Zugang?«, wollte Julia wissen.

»Der einzig offizielle zumindest«, erwiderte der Mann schulterzuckend.

Sie wurde hellhörig. »Was meinen Sie damit?«

»Wartungsschächte, elektrischer Betriebsraum, Lüftungskanäle und Fensterputzanlage«, ratterte der Hausmeister herunter. »Aber das hier ist der einzige Zugang, den man unkompliziert von den Büroebenen aus erreichen kann.«

Wie schön wäre es jetzt, wenn Hubert Brack bei uns wäre, dachte Julia. Ausgerechnet heute, so hatte man den Kommissaren am Empfang erzählt, hatte er einen freien Tag.

»Feiert Überstunden ab«, war der spitze Kommentar von Frau Schubert gewesen, der es unvorstellbar schien, dass es in einem niederen Job so etwas wie Überstunden überhaupt gab. Bracks Vertretung jedenfalls, ein etwa dreißigjähriger, strohblonder Hüne mit riesigen Pranken und grauen Augen ging dem Job mit spürbar weniger Hingabe nach. Ob er zweimal am Tag zum Streuen käme, sonn- und feiertags, im Hellen wie im Dunklen? Julia bezweifelte es. Aber zum Stemmen von Klimageräten und dem Aushängen von Türen war er sicher der beste Mann. Seine Körperhaltung und zahlreiche kleine Narben auf den Händen deuteten zumindest darauf hin, dass er sein bisheriges Leben mit harter Arbeit verbracht hatte.

»Braucht man nicht einen Schlüssel, um nach draußen zu gelangen?«, erkundigte sich Hellmer und deutete auf das klappernde Schlüsselbund an der Arbeitshose des Hausmeisters.

»Klar, ohne geht's nicht«, murmelte dieser. »Schon allein aus Versicherungsgründen.«

»Und wer hat alles einen Schlüssel für diese Tür?«

»Der Hausmeisterservice und die Gebäudetechnik, ach ja, und für Notfälle gibt's natürlich noch einen am Empfang«, berichtete der Mann.

»Was für Notfälle?«

»Seit es im ganzen Gebäude Rauchmelder gibt, verziehen sich einige der Herrschaften gerne mal aufs Dach, um eine zu quarzen. Fragen Sie den Brack, der kann Ihnen Geschichten erzählen, sage ich Ihnen.«

»Aber ein bisschen was werden Sie uns doch auch erzählen können«, sagte Julia herausfordernd. »Die lassen doch mit Sicherheit nicht einen von Ihnen antraben, um sie aufs Dach zu lassen, oder?«

»Nein, obwohl ich das so manch einem zutrauen würde«, grinste der Hausmeister. »Doch die sind findig, wenn es um ihre Sucht geht. Zum Beispiel haben wir schon etliche Türkeile eingesammelt, immer so verklemmt, dass der Spalt nur Millimeter weit offen stand. Und einmal – aber wie gesagt, fragen Sie den Brack noch mal danach – hat jemand mit Klebeband den Schließer fixiert. Die Tür war also geschlossen, aber nicht eingerastet, nur hat man es nicht gemerkt, es sei denn, man hat an ihr gerüttelt. Bekloppt, wenn Sie mich fragen. Bei uns unten hängen diese Melder im Übrigen auch, und es ist weniger Aufwand, einfach die Batterie rauszunehmen oder ein Kabel abzupetzen. Aber so viel technisches Verständnis könnt ihr von diesen Lackaffen nicht erwarten.« Mit dem Daumen deutete er abfällig hinter sich, als stünden dort Dutzende der von ihm offenkundig verachteten Geschäftsleute.

»Abgesehen davon, dass die meisten Melder auf Zigarettenrauch überhaupt nicht reagieren«, kommentierte Julia und warf dem Hausmeister einen vielsagenden Blick zu.

»Ja, oder so«, grinste dieser. »Und wenn sie verplombt sind, nimmt man einen Einweghandschuh ... Kommen Sie mal unten bei uns vorbei, da können Sie noch was lernen.«

»Danke, ich habe gerade aufgehört«, lehnte Julia Durant ab.

Vor ihrer Visite des Gebäudedachs, welche ihnen keine neuen Erkenntnisse gebracht hatte, waren sie am Empfang, in von Eisners Büro und in dessen Vorzimmer gewesen. Doch weder von Frau Schubert noch von den Sekretärinnen hatten sie etwas Neues erfahren können. Karl von Eisners Personal hatte bis auf weiteres freibekommen, die Damen hielten sich zu Hause auf Abruf verfügbar, und die eingehenden Gespräche wurden über eine Telefonzentrale abgefangen und entsprechend abgefertigt. Auf Anweisung seiner Witwe hin ruhte das Tagesgeschäft. Mittlerweile waren auch die Räume der Firma forensisch untersucht worden, auch wenn sich niemand davon bahnbrechende Erkenntnisse versprach.

»Es ist dasselbe wie in seiner Wohnung«, kommentierte Hellmer resigniert, als sie auf dem Weg nach unten noch einmal auf der Eisner-Etage haltmachten. »Angenommen, wir finden ein Haar oder einen Abdruck. Das mag von gestern sein – oder schon drei Monate alt. Alles, worüber uns das etwas verraten könnte, ist die Qualität der Putzfrau.«

»Bin ich eigentlich die Einzige, der es nicht am Arsch vorbeigeht, dass wir hier seit Tagen wie die Vollidioten herumeiern?«, fuhr Julia ihn an. »Da hätte ich es mir auch gemütlich machen können, zu Hause, mit Rentierpulli und Feuer im Kamin. Scheiße.«

»Hey, mal langsam«, versuchte Hellmer sie zu beschwichtigen. »Mir stinkt es auch, und zwar gewaltig, aber wir können uns die Lösung des Falls wohl kaum aus dem Ärmel schütteln, ebenso wenig wie einen brauchbaren Tatverdächtigen.«

»Täter hin oder her«, wetterte Julia weiter, »wir haben ja nicht mal mehr ein richtiges Verbrechen, das gesühnt werden muss! Na, genau genommen bleibt das Verbrechen natürlich da, aber der mutmaßliche Täter entzieht sich durch einen Sturz vom Dach. Prima. Der Steuerzahler wird sich freuen. Keine jahrelange Haft, die der Fiskus bezahlen muss.« Sie hob in gespielter Gleichgültigkeit die Hände und fuhr in ihrem Sarkasmus fort: »Und weiter geht's, es ist ja nicht so, dass das schon alles wäre. Ein Mann misshandelt seine Ehefrau, diese bringt sich daraufhin um, aber der Mann ist fein raus, weil er so ein Scheiß-Sympathieträger der Lokalpolitik ist. Berger wird uns was erzählen, wenn wir ihn belangen wollen, für die häusliche Gewalt gibt es dank diesem bescheuerten Squash ja keine Beweise.«

»Vergisst du nicht das Veilchen?«

»Nein, ich vergesse *gar* nichts«, schimpfte die Kommissarin weiter. »Aber wenn er uns morgen auftischt, dass sie mit ihrem Auge gegen den Briefkasten gelaufen ist, werden wir ihm auch das glauben müssen. So ist das nun mal mit der Unschuldsvermutung hierzulande, und die gilt für die High Society ja gleich doppelt und dreifach.«

»Dann lass uns mal endlich bei Manduschek auflaufen, der dürfte jetzt Zeit für uns haben«, erwiderte Hellmer. »Vielleicht kann der dich auf andere Gedanken bringen.«

»Sicher keine guten«, murmelte Julia grantig.

Lantz & Partner, die Kanzlei, für die Lars Manduschek arbeitete, befand sich einige Stockwerke unterhalb der Eisner Group. Die gesamte Etage schien der Kanzlei vorbehalten, von einem zentralen Empfangsbereich gelangte man in die einzelnen Abteilungen. Die Büros waren teilweise mit gläsernen Wandelementen ausgestattet, gerade so, dass man von außen hineinsehen konnte, aber nicht zu viel des Geschehens im Inneren mitbekam. Das warme Licht der Nachmittagssonne flutete durch diese Scheiben und erhellte damit den Besucherbereich zu jeder Tageszeit auf natürliche Art und Weise. Ganz anders als die dunklen, mit schwerem Holz und dicken Teppichen ausgestatteten Kanzleien in Altbauhäusern, von denen die Kommissarin bereits so viele gesehen hatte.

»Guten Tag, Sie wünschen?«, säuselte die piepsige Stimme der kaum fünfundzwanzigjährigen Empfangsdame, die in einem teuren Hosenanzug mit üppigem Ausschnitt hinter dem Pult stand. »Durant und Hellmer, Kriminalpolizei, für Herrn Manduschek«, entgegnete Julia knapp.

»Ach, Sie haben heute Mittag angerufen, nicht wahr?«, lächelte das Mädchen gezwungen. Offenbar war sie es gewohnt, dass Frau Schubert die Besucher selektierte und jeder, der die Ebene der Kanzlei erreichte, ihrer Höflichkeit würdig war. Finanzkräftige Kunden, schillernde Personen der Businesswelt, aber keine gewöhnlichen Polizeibeamten in abgetragenen Wintermänteln.

»Ja, mehrfach«, brummte Julia missmutig.

»Tut mir leid, aber im Normalfall hat Herr Manduschek eine Vorlaufzeit von mehreren Wochen.« Die junge Frau rümpfte die Nase. »Sie können von Glück reden, dass er bereit war, Sie so spontan dazwischenzuschie …«

»Dann klingeln Sie Ihren Herrn Manduschek mal an, meine Liebe«, unterbrach Julia sie forsch, »wir haben unsere Zeit nämlich ebenso wenig zu verschenken. Sagen Sie ihm ruhig, dass wir ihn das nächste Mal auch einfach abholen lassen können. Ach, wissen Sie was? Vergessen Sie's einfach.« Sie winkte ab und versuchte vergeblich, mit zusammengekniffenen Augen auf den Türschildern etwas zu erkennen.

»Wo müssen wir lang?«, erkundigte sich Hellmer mit einem entwaffnenden Lächeln und sympathischer Stimme. Offenbar hatte er bemerkt, dass Julia keine weitere Lust verspürte, sich mit der Angestellten zu unterhalten. Diese murmelte ihm etwas zu, dann überquerten die Kommissare den glänzend gefliesten Raum und erreichten nach einigen Metern Lars Manduscheks Büro.

»Nett eingerichtet haben Sie es hier, ich hätte wohl doch lieber Jura studiert«, kommentierte Hellmer die elegante und zweifelsohne immens teure Einrichtung. Glas und matt gebürsteter Edelstahl dominierten das Bild, ein moderner Apple-Computer stand auf dem Tisch, die Akten waren in einem offenen Hängeregal untergebracht, und an der Wand hing ein großer, gerahmter Kunstdruck, an dem Julias Blick einen Moment lang haftenblieb.

»Roy Lichtenstein, handsigniert«, erklang es sofort aus dem Hintergrund. »Eines von nur zweihundert Exemplaren, fünfunddreißig Jahre alt, aber strahlt noch wie neu.«

»Für mich sieht es aus wie eine Comiczeichnung«, erwiderte Julia trocken.

»Das wäre allerdings ein sehr teurer Comic«, lachte Manduschek überheblich. »Allein diese Lithographie kostet fünfzehntausend, das Exemplar hier hat noch dazu eine niedrige Seriennummer, ist also für Liebhaber praktisch unbezahlbar.«

»Na ja, mein Stil ist es nicht«, fachsimpelte Hellmer. »Meine Frau hatte sich mal in einen Vasarely verguckt, ich kann aber mit diesen ganzen modernen Dingen nichts anfangen. Van Gogh, das ist was Reelles ... Aber lassen wir das.«

»Klingt, als wüssten Sie, worin man sein Geld anlegen kann«, gab Manduschek anerkennend zurück. »Aber um auf Ihren ersten Kommentar zurückzukommen, denn der passt sehr gut zum Thema Geldanlage: Ich habe nicht nur Jura studiert, oh nein. Dann säße ich nicht hier oben.«

Noch mehr Selbstverliebtheit und ich platze, dachte Julia. Soll Hellmer nur machen. Gleich und Gleich gesellt sich gern ... Sie begutachtete weiterhin die Einrichtung des Büros, während im Hintergrund Manduschek mit seinem BWL-Studium prahlte, welches er nebenher zu seinem Jura belegt hatte. Wie viele zusätzliche Semester er dafür benötigt hatte, verschwieg er. Julias Blick fiel auf eine seltsame Lampe in einem Regal. Der dunkle Porzellanfuß schien nicht zur restlichen Einrichtung zu passen. Der zylinderförmige Schirm war aus glänzendem, halbtransparentem Material und hatte eine Maserung wie Krokodilleder. Igitt, Schlangenhaut, kam es der Kommissarin in den Sinn, und sie erinnerte sich an einen Besuch in der Asservatenkammer des Frankfurter Flughafens vor ein paar Jahren. Was sie und ihre Kollegen dort an beschlagnahmten Scheußlichkeiten zu sehen bekommen hatten, war schier unvorstellbar. In dem Lager stapelte sich Kunst aus Schlangenhaut, außerdem Spirituosen, in denen Echsenembryos schwammen,

Schildkrötenpanzer und unzählige Schnitzereien aus Tierhörnern und -knochen.

»Alles ordnungsgemäß mit dem Zoll abgeklärt«, kam Manduschek ihr erneut zuvor. »Außerdem, sage ich immer, wenn das Tier sowieso bereits verarbeitet ist ... Aber Sie sind sicher nicht hier, um mein Büro zu bestaunen, wie? Ich habe noch einen Anschlusstermin, also bitte, kommen wir nun zur Sache.«

»Sehr gerne, auch wir sind nicht zum Vergnügen hier«, konterte Julia und nahm neben Hellmer auf einem bequemen Lederstuhl gegenüber Manduscheks Schreibtisch Platz. Der Anwalt schob einige Laufmappen beiseite und legte die gefalteten Hände auf den Tisch. »Was kann ich für Sie tun?«

»Sie scheinen vom Tod eines Ihrer wichtigsten Klienten nicht sonderlich gebeutelt«, begann Julia mit provozierendem Unterton.

»Die Sache mit Karl? Nun, schlimm, vor allem für seine Witwe, aber wie kommen Sie darauf, er sei mein bester Klient?«

»Einer Ihrer wichtigsten sagte ich«, korrigierte Julia und verzog den Mund.

»Das mag stimmen, tut jedoch nichts zur Sache. Über meine Klienten dürfen Sie gerne spekulieren, aber ich werde Ihnen nichts darüber verraten. Berufsethos, das kennen Sie ja selbst, nehme ich an. Möchten Sie denn über Karl reden?«

»Ja, unter anderem«, erwiderte die Kommissarin. »Wir waren heute Morgen bei seiner Witwe. Ein aufschlussreicher Besuch, wenn ich das einmal sagen darf, weitaus spannender jedenfalls als alles, was Sie oder Herr von Eisner uns bereit waren zu erzählen.«

»Wie schön für Sie«, lächelte Manduschek und neigte den Kopf zur Seite. Dann stand er auf, schritt in Richtung Fenster und ließ seinen Blick hinunterwandern. »Wissen Sie«, begann er nachdenklich, »ich nehme meinen Job sehr ernst, vielleicht zu ernst, aber ich habe den Eindruck, da bin ich nicht der Einzige hier im Raum. Karl war ein langjähriger Freund, wir haben unzählige Geschäfte besiegelt, und ich stehe damit irgendwie in seiner Schuld. Ich hätte Ihnen selbst ohne die anwaltliche Schweigepflicht keine Details ausgeplaudert, dazu standen wir uns viel zu nahe, das sollten Sie wissen, denn diese Haltung ändert auch sein Tod nicht. Die Presse wird sich wahrscheinlich über ihn hermachen. Mag auch sein, dass sie Karls Fassade ordentlich ankratzen werden. Ohne ins Detail zu gehen, rate ich Ihnen, sehr genau zu prüfen, was dort aufgewirbelt wird. Vieles ist nicht so, wie es scheint ... Ich nehme nicht an, dass Sie mir die Frage beantworten werden, was Sophie Ihnen berichtet hat?« Mit diesen Worten kehrte er wieder an seinen Platz zurück und setzte sich.

»Nein, auch wir behandeln Dinge vertraulich«, antwortete Hellmer. »Aber wir können uns durchaus einmal darüber unterhalten, in welcher Beziehung Sie zu der Witwe stehen. Sie nannten sie eben Sophie, das klingt mir nicht danach, als dass Sie sie nur als Gattin Ihres Klienten kannten.«

Manduscheks Augenbrauen zuckten, doch sein Lächeln verschwand nicht. »Sie wissen vielleicht, dass Frau von Eisner einen nicht unbedeutenden Anteil an der Firma besitzt ...«

»Aber inaktiv«, nickte Julia. »Die Geschäfte leitete nur ihr Mann.«

»Schon. Aber sie hat sich nicht mit der stillen Teilhabe begnügt«, widersprach der Anwalt. »Sie haben sich doch mit ihr unterhalten, was hat sie denn darüber erzählt?«

»Wir wissen zumindest von ihrer Kapitaleinlage«, antwortete Hellmer, »und was damit im Falle einer Scheidung passiert wäre.«

»Nun gut«, murmelte Manduschek. »Dann hat es wohl wenig Sinn, wenn wir länger um den heißen Brei herumreden. Ja, ich kenne Sophie auch in meiner Eigenschaft als Anwalt. Je nachdem, wie es nun weitergegangen wäre, hätte ich sie in einer Scheidungsklage gegen ihren Mann vertreten müssen.«

»Was im Umkehrschluss bedeutet, dass sein Verhältnis zu Lara Emmels unstrittig ist«, warf Julia ein. »Das sollten Sie doch nun, da er tot ist, bestätigen können.«

»Ich kann Ihnen nichts bestätigen, was ich nicht weiß«, widersprach Manduschek energisch. »Auch mir gegenüber hat Karl sich in absolutes Schweigen gehüllt.«

»Er hat Ihnen *nichts* gesagt?«, wiederholte Hellmer ungläubig. »Nichts, was Sie nicht selbst wissen.«

»Das wundert mich sehr.« Julia drehte sich nachdenklich mit dem Finger eine Strähne hinters Ohr. »Wenn Sie beide so vertraut waren und er sich des Weiteren sicher sein konnte, dass Sie ihn als Anwalt nicht verraten dürfen, warum hat er sich nicht wenigstens zu verteidigen versucht?«

»Darüber könnte ich höchstens spekulieren«, gab Manduschek zurück, »und diese Spekulationen würde ich sofort widerrufen, tauchten sie in irgendeinem Ihrer Protokolle oder Berichte auf.«

»Lassen Sie uns spekulieren«, lächelte die Kommissarin.

»Nun, ich bin kein Psychologe, aber meine Vermutung war, es könnte etwas mit Schuld zu tun haben. Oder besser: Scham. Er könnte sich mir gegenüber geschämt haben, weil wir uns ja seit geraumer Zeit kennen. Oder aber es ist dieses Schuldgefühl seiner Frau gegenüber, das er mit ihr nicht teilen konnte, weil ihn ein Geständnis die Firma gekostet hätte. Sehen Sie diesen Spagat? Das ist ja ein ganzes Labyrinth an Verstrickungen, aus dem er nicht ausbrechen konnte, finden Sie nicht auch?«

»Vorausgesetzt, er ist mindestens des Fremdgehens oder sogar des Tötens schuldig«, nickte Julia zustimmend. »Passt es denn zu ihm, sich durch Freitod zu entziehen? Sie dürften ihn um einiges besser kennen als wir, sind aber emotional nicht so involviert wie seine Witwe.«

»Wie gesagt, ich bin kein Psychologe. Ich versuche nur zu verstehen, was passiert ist. Daher lasse ich mich hier nicht auf Spekulationen ein. Aber die ganze Sache ist ein schönes Chaos, rein juristisch übrigens auch, das können Sie mir glauben.«

»Wegen der Scheidung?«, wollte Hellmer wissen.

»Auch«, nickte Manduschek. »Die ist ja nun hinfällig, und ich muss prüfen, was zu tun ist.«

»Wegen des Vermögens? Nach welchen Kriterien wird da nun verfahren?«

»Sophie, also Frau von Eisner, hat mich noch nicht mit der Einleitung eines Scheidungsverfahrens beauftragt. Und bis es so weit kommt, ist erst eine Menge Papierkrieg zu erledigen. Sie könnte natürlich auf Durchsetzung der Zusatzvereinbarung klagen, bislang hatte ich ihr ja dazu geraten, ein eventuelles Strafverfahren abzuwarten. Das Thema ist ja nun vom Tisch, und der Logik nach dürfte das Firmenvermögen gemäß dem regulären Testament verteilt werden. Da die von Eisners keine Kinder haben und auch sonst keine anderen Erbberechtigen vorgesehen sind, wird das ganze Paket also uneingeschränkt an Karls Witwe übergehen. Hm«, ergänzte Manduschek nach einem kurzen Augenblick mit geneigtem Kopf. »Vielleicht doch nicht ganz so chaotisch wie angenommen.«

»Wenigstens eine Sache, die in diesem Fall relativ eindeutig ist«, murmelte Julia. Sie blickte auf und fuhr fort: »Gut, so viel dazu, das sollte genügen. Bitte denken Sie noch einmal über den Wortlaut nach, mit dem Ihr Klient sich Ihnen gegenüber ausgedrückt hat. Laut Terminkalender waren Sie stundenlang zusammen, vielleicht gibt es irgendeine Äußerung, die uns bezüglich des toten Mädchens weiterhelfen könnte. Es macht für ihn doch keinen Unterschied mehr, rein juristisch betrachtet, oder?«

»Ansichtssache«, erwiderte Manduschek, lenkte dann aber ein. »Ich werde darüber nachdenken.« Er zog den Ärmel seines Hemdes zurück und präsentierte eine silberne Rolex, deren Ziffernblatt er eingehend studierte. »So, ich hätte dann noch einen Außentermin, wenn Sie keine weiteren Fragen mehr haben ...«

»Wir haben noch nicht über Familie Löbler gesprochen«, unterbrach Julia ihn hastig und konnte förmlich zusehen, wie alle Muskeln seiner Miene sich für einen Sekundenbruchteil versteinerten und wieder lösten.

»Wie ich sehe, kein unbekannter Name für Sie«, bohrte sie rasch weiter.

»Nein, warum auch nicht?«

»Uns wundert ein wenig, dass uns Ihr Name bei Herrn Löbler schon wieder begegnete«, sagte Julia spitz. »Man bekommt ja fast den Eindruck, es gäbe in der ganzen Stadt keine anderen Anwälte. Oder liegt es daran, dass es sich auch hier um einen Fall von Selbstmord zu handeln scheint? Fühlt sich der Witwer etwa schuldig, oder warum lag Ihre Karte gleich neben dem Telefon bereit?«

»Das sind Fragen, die Sie gerne im Zuge einer offiziellen Vernehmung stellen dürfen. Ich jedenfalls werde mich jetzt verabschieden, es sei denn, Sie haben außer vagen Theorien und Anschuldigungen noch etwas anderes vorzubringen.«

Mit diesen Worten eilte Manduschek zur Garderobe, griff sich dort einen schwarzen Kaschmirmantel, seinen Koffer und ein Schlüsselbund und wies dann in einer stummen Geste in Richtung Tür.

»Wenn's am spannendsten wird, soll man ja aufhören, aber wir setzen das bei Gelegenheit fort«, feixte Julia ihm im Hinausgehen zu.

MITTWOCH, 19.30 UHR

Stefan Löbler ließ das Wasser aus dem Abfluss des Waschbeckens und nahm ein frisches Geschirrtuch vom Haken. Er beobachtete einige Sekunden lang den Schaum, der knisternd in Richtung des verchromten Siebs kroch, welches über dem Ablaufstutzen lag. Natürlich hätte er die drei Kaffeebecher und das wenige Geschirr, das er seit seiner Ankunft in seinem Elternhaus benutzt hatte, einfach in die Spülmaschine räumen können, doch er suchte die Ablenkung, die in einfachen Haushaltstätigkeiten zu finden war. Er blickte auf die Uhr. Die Tiefkühlpizza im Backofen benötigte eine Viertelstunde, schlechtes Timing, wie Löbler feststellte, denn er wollte nicht während der Tagesschau essen, sondern erst danach. Hungernde Kinder, Minenopfer oder was auch immer Tagesthema werden würde: Nachrichtensendungen waren unappetitlich, selbst wenn es nur ein Fertiggericht gab. Er überlegte kurz, ob er den Ofen noch einmal ausschalten sollte, entschied sich aber dagegen, da er einen Bärenhunger hatte, und vergewisserte sich, dass die Umluftfunktion ausgeschaltet war. Die blödeste Erfindung seit der des Filterautomaten, dachte er und fuhr mit dem Abtrocknen fort.

Stefan Löblers Eltern lebten nicht mehr, sein Vater war schon früh einem Herzinfarkt erlegen, und seine Mutter hatte einige Jahre danach der Krebs geholt. All das war zu einer Zeit geschehen, in der Stefan und Nathalie gerade beruflich durchstarteten, auch sie hatte keine nahen Verwandten mehr, seit ihre Eltern bei einem Autounfall ums Leben gekommen waren. Sie hatten ihr die Kronberger Villa und eine Menge Geld hinterlassen. Der Schmerz war kurz, wenn auch heftig, dann entschieden die beiden, sich von der Vergangenheit frei zu machen und nach vorn zu schauen.

Den Sex mit Nathalie hatte er von Beginn an genossen. Sie war anders als alle Mädchen, mit denen Stephan bislang zu tun gehabt hatte. Sie legte sich nicht einfach hin und ließ es über sich ergehen wie die meisten, sondern sie forderte die Fähigkeiten eines Mannes erbarmungslos heraus.

»Keine Freude ohne Gegenleistung«, hatte sie ihm bei ihrem ersten Mal zugeflüstert, gerade als er kurz vor dem Höhepunkt gestanden hatte, und war dann mit einem verzückten Jauchzen von ihm gesprungen.

So wie im Bett, so war sie auch hinterm Schreibtisch, ungemein erotisch, man konnte ihr kaum einen Wunsch abschlagen, im Gegenteil, sie war eine Frau gewesen, die stets genau wusste, was sie wollte. Wehe dem, der versuchte, ihr einen Vorteil ohne Gegenleistung abzuringen. Gemeinsam hatten sie sich in Anlageberatung versucht, doch das war ihnen bald nicht mehr genug, sie wollten ganz oben mitmischen. Irgendwann hatte Karl von Eisner mit am Tisch gesessen, und von da an waren sie nicht mehr zu stoppen gewesen.

Als er einen hellen, lauten Glockenschlag vernahm, fuhr Stefan Löbler zuerst in Richtung der Eieruhr um, wobei er sich nicht daran erinnern konnte, sie auf die Backzeit eingestellt zu haben. Dann realisierte er, dass der unerwartete Schall von der Türglocke kam, ein altmodisches Klingeln, das zu dem alten Haus passte. Er hatte lange suchen müssen, bis er einen elektronischen Gong gefunden hatte, der das Klingelgeräusch aus seiner Kindheit originalgetreu wiedergab.

Löbler legte rasch die Schürze ab und eilte in Richtung Tür. Er trug nur Jogginghose und T-Shirt. Mit Besuch hätte er niemals gerechnet. Wer wusste denn schon, dass er sich momentan hier in Nieder-Eschbach befand?

»Ja, bitte?«, fragte er und öffnete die Tür einen Spaltbreit. Ein Guckloch oder eine Kamera gab es nicht.

»Lass mich rein, oder ich schieße dir durch den Briefkastenschlitz in den Bauch«, knurrte es, und im selben Moment drückte es kräftig am Türblatt der schweren Holztür.

Es verging eine Schrecksekunde, in der Stefan Löbler nicht fähig war, darüber zu befinden, ob er wegrennen, zum Briefschlitz sehen oder mit aller Kraft dagegenhalten sollte. Eine Sekunde, die ihm ewig erschien und die dem Eindringling die Gelegenheit verschaffte, sich Zutritt zu verschaffen. Er drückte den erstarrten Löbler in den Hausflur hinein, rammte ihm den Lauf seiner Pistole in die Magengrube und warf ihm einen vielsagenden Blick zu, der Löbler nicht einen Moment daran zweifeln ließ, dass sein Gegenüber zu allem entschlossen war.

MITTWOCH, 19.20 UHR

Julia Durant hatte schon um halb fünf Feierabend gemacht, sie fühlte sich abgespannt und hatte entschieden, dass sie die Internetberichte und Zeitungsartikel über Karl von Eisners Selbstmord auch zu Hause auf dem Sofa durchgehen konnte. Vorher hatte sie sich noch mit Sabine Kaufmann kurzgeschlossen, die ihr von einer Aussage Frau Schuberts berichtete. Da diese den Empfangsbereich geraume Zeit vor Eisners Sturz vom Gebäudedach verlassen hatte, brachte sie das nicht weiter.

»Margot Bluhm heißt die diensthabende Dame aus der Spätschicht«, las Sabine von einem Notizzettel ab, »wenn wir mit der sprechen wollen, dann am besten zu ihrer Dienstzeit. Angeblich geht sie nicht ans Handy oder hat gar keines. Ich hatte das Gefühl, sie ist nicht die beliebteste Mitarbeiterin. Die Schubert hat zwar versucht, kollegial zu klingen, man hörte es aber durch.«

»Na, wen wird die schon mögen«, war Julias Kommentar gewesen, »wahrscheinlich hat sie selbst nicht viel mehr Freunde dort. In meinen Augen ist die Schubert eine rücksichtslose Person, egozentrisch und nur darauf bedacht, voranzukommen. Teamgeist erkenne ich da jedenfalls keinen, und sie biedert sich unter Garantie jedem an, der sie ein paar Etagen weiter nach oben befördern könnte.«

»Harte Worte«, lächelte Sabine, »aber schlussendlich auch nicht unser Bier, oder? Ich kann nachher rüberfahren, wenn's dir recht ist. Habe sonst nichts vor.«

»Kein Treffen mit Michael?«, war Julias Gegenfrage.

»Nein, jedenfalls nicht direkt«, kam es geheimnisvoll zurück.

»Meinst du nicht, es wäre eine gute Gelegenheit, dass wir uns vorher noch ein Viertelstündchen abzwacken und über diese komische Situation in Friedrichsdorf reden?«, schlug Julia dann vor, was Sabine sogleich erstarren ließ.

»Ich weiß nicht, ob ich das möchte.«

»Aber ich, denn als leitende Ermittlerin muss ich jeder sensiblen Situation nachgehen, ich muss mich auf die Fakten konzentrieren, dabei aber mein Bauchgefühl nicht außer Acht lassen. Dann muss ich aus all diesen Puzzleteilen ein Bild zusammensetzen, dessen Motiv ich nicht einmal kenne. Da stört es ungemein, wenn es Spannungen gibt, die ich nicht verstehe, und wenn ich mir nicht absolut sicher sein kann, dass mein gesamtes Team ebenso scharfsinnig auf die Ermittlung fokussiert ist wie ich. Tut mir leid, Sabine, aber ich kann da leider nicht lockerlassen.«

»Scheiße«, murmelte Sabine zerknirscht, dann sah sie auf ihre Uhr und ergänzte: »Aber nicht hier im Büro bitte.«

»Komm doch einfach mit zu mir, ich sammle mir gerade ein paar Unterlagen zusammen, die ich zu Hause durchgehen möchte. Von da aus kannst du dann in Richtung Taunusanlage durchstarten. Wäre das ein Vorschlag?«

»Na ja, ist wohl das kleinste Übel.«

Zwanzig Minuten später hatten die beiden Frauen in Julias Wohnzimmer gesessen, es war angenehm warm, und nur das nötigste Licht war eingeschaltet. Sabine hatte sämtliche Angebote abgelehnt, wollte weder Tee noch etwas zu knabbern. Es war nicht zu übersehen, dass das, was ihr bevorstand, für sie einen schweren Schritt bedeutete.

»Sabine, ich habe dir eine Menge zu verdanken«, eröffnete Julia das Gespräch.

»Ich dir aber auch«, erwiderte Sabine.

»Moment, lass mich bitte erst ausreden. Damals, als es darum ging, eine Verstärkung in unser Team zu holen, ist mir die Entscheidung nicht schwergefallen. Du kennst ja die Kollegen«, schmunzelte Julia, »da hieß es gleich ›die mit dem fotografischen Gedächtnis‹ und ›was fürs Auge ist sie auch‹, na, das kennen wir als Frauen ja, damit müssen wir eben klarkommen. Für mich hat aber in erster Linie gezählt, dass du deine Partner nicht hängenlässt, dass man sich auf dich verlassen kann, du dich aber auch nicht blindlings unterordnest, sondern Rückgrat gegenüber Vorgesetzten beweist, wenn es sein muss.« Sie lachte kurz. »Hellmer hat mir die Story erzählt, wie ihr beide damals ohne amtliche Verfügung in diese Praxis gegangen seid, du weißt schon, als ich entführt war und jede Sekunde zählte. Das war für dich gleich die Feuertaufe und, bei Gott, ihr beide wart meine Rettung. Ohne euch ... Na, lassen wir das. Ich habe das noch nicht überwunden, aber wie gesagt, deinen Anteil an meiner Rettung werde ich niemals vergessen.«

»Du machst mich ganz verlegen.« Sabine sah verlegen zu Boden. »Aber im Grunde genommen bin ich von Anfang an nur mitgelaufen. Hellmer, Kullmer, Seidel und du, ihr seid ein solches Team, das hat mir schon im Vorhinein manch schlaflose Nacht bereitet, glaub mir. Ich hatte vorher noch nie die Situation, in der ich mich als fünftes Rad am Wagen fühlen musste, und euch eilte ein so einschüchternder Ruf voraus ... Als ich darüber nachdachte, zum K II zu wechseln, bereitete mir das gehörige Bauchschmerzen, und ich stand enorm unter Druck, gut zu sein und mich dennoch behaupten zu können.«

»Hat man dir aber nicht angemerkt.«

»Mag sein. Ich kremple mein Inneres nicht nach außen, das weißt du ja. Sonst würden wir hier heute nicht sitzen«, seufzte Sabine. »Aber ihr habt es mir leichtgemacht. Okay, deine Auszeit hat mich natürlich vorangebracht, denn wir mussten uns ja zu viert durchbeißen. Aber auch vorher und hinterher, ich fühle mich bei euch sauwohl, das musst du mir glauben, und ich weiß es sehr zu schätzen, dass ihr mich so herzlich aufgenommen habt.«

Die beiden Frauen musterten einander schweigend, dann überkam Julia der Impuls, aufzustehen und Sabine in den Arm zu nehmen. Offenbar ging es Sabine ähnlich, sie erhoben sich beinahe gleichzeitig, traten aufeinander zu und hielten sich einen Moment lang fest in den Armen, Sabine presste den Kopf fest an Julias Schulter.

»Sag mir, was los ist«, hauchte die Kommissarin und vernahm im selben Augenblick ein leises Schluchzen. Sabines Oberkörper bebte, dann hielt sie es nicht länger zurück, und ein heftiger Weinkrampf schüttelte sie.

»Na komm.« Julia zog sie langsam in Richtung Sofa, und sie ließen sich in die Polster sinken.

»Ich kann nicht mehr, ich halte das nicht aus«, wimmerte Sabine nach einer gefühlten Ewigkeit, obwohl keine halbe Minute vergangen war.

»Was ist denn los? Du warst nicht zum ersten Mal in der Klinik, oder? Das war offenkundig, so wie du und diese Ärztin aufeinander reagiert haben. Hast du irgendein Leiden, von dem keiner etwas wissen darf?«

»Wie?«

»Na komm, jetzt rück schon damit raus, und ich garantiere dir, es geht dir hinterher besser«, bohrte Julia beharrlich weiter.

»So ein Quatsch!« Sabine kicherte kurz, doch es war kein freudiges Lachen, eher ein hysterisches. »Du glaubst, ich hätte 'nen psychischen Knacks? Da weiß ich jetzt aber nicht, ob ich das als Kompliment verstehen soll.«

»Erklär's mir einfach«, lächelte Julia ruhig.

»Es ist meine Mutter, okay? Ja, jetzt ist es draußen.« Sabine atmete einmal tief durch, bevor sie fortfuhr. »Meine Mutter schluckt so ziemlich jeden Scheiß, nur nicht ihre Psychopharmaka, ihr Lover ist auch so ein komischer Kauz, ich bezeichne ihn immer als Soda-Freund, weil er einfach so da ist, aber sich einen Dreck um sie schert. Liebe ist das nicht, er schneit nur unregelmäßig vorbei, wahrscheinlich, wenn ihm die Kippen ausgehen oder der Alkohol oder er mal ... na ja, so genau will ich das gar nicht wissen. Zusammenziehen wollen sie angeblich deshalb nicht, weil sie dann eine Bedarfsgemeinschaft wären und weniger von ihrem Hartz IV hätten. Das bedeutet für mich, dass niemand bei meiner Mutter lebt, der regelmäßig nach ihr sehen kann. Und hier fängt der Schlamassel an, meine Mom ist schizophren, genauer gesagt, sie hat psychotische Schübe oder Episoden. Das bedeutet, manchmal schließt sie sich tagelang in der dunklen Bude ein, wäscht sich nicht, das Essen vergammelt in der Küche, und es stinkt fürchterlich. Wenn ich ihr Tablettendosett anschaue, sehe ich, dass sie nichts genommen hat, und jeden Tag muss ich mir die Frage stellen, was sie gerade anstellt und ob sie nicht irgendwann nackt auf dem Kreisel am Heilsberg steht.«

»Ach du großer Gott«, murmelte Julia.

»Ja, das kannst du laut sagen. Wenn ich ihr die Medikamente gebe, dauert es eine halbe Ewigkeit, denn bei Psychopharmaka ist die Wirkung abhängig von einem gewissen Spiegel der Wirkstoffe im Kreislauf. So wie bei Stimmungsaufhellern, da braucht es auch zwei Wochen. Jedenfalls muss ich ihr die Tabletten dann täglich verabreichen, sonst ist ja keiner da, der sich da verlässlich drum kümmern würde. Irgendwann geht es ihr besser, dann geschieht das Übliche, und sie lehnt die Medikamente wieder ab. Es gehe ihr ja gut. Das Paradoxe dabei ist: Nur wenn man in guten Zeiten die Medizin weiternimmt, kann man dem Absturz vernünftig vorbeugen. Aber erkläre das mal einem Psychotiker«, seufzte sie, »da kommst du sehr schnell an deine Grenzen.«

»Und die Klinik unterstützt dich nicht?«, erkundigte sich Julia, die es noch immer kaum fassen konnte, dass Sabine einen solchen Kummer so lange vor ihr hatte verbergen können. Quälend drängte sich ihr der Gedanke auf, ob sie sich in all der Zeit zu wenig für Sabine interessiert hatte. Denn an Hellmers Leben und auch an den aktuellen Ereignissen im Hause Kullmer / Seidel nahm sie weitaus intensiver teil.

»Die Klinik unterstützt uns sogar sehr gut«, unterbrach Sabines bittere Stimme Julias Grübeln, »aber eben nur, wenn meine Mutter mitarbeitet und regelmäßig an den offenen Angeboten teilnimmt. Von Zwangseinweisen kann noch lange keine Rede sein, solange sie nicht nachweisbar sich selbst oder jemand anderen gefährdet, na, das weißt du ja selbst. Ich versuche sie so oft wie möglich dazu zu bewegen, aber es ist ein zäher, nervenaufreibender Prozess, und es wäre mir weitaus lieber, wenn wir das Ganze in Bad Vilbel oder meinetwegen auch in Frankfurt abhandeln könnten. Dann könnte ich viel schneller reagieren, die Wege wären kürzer, aber das wäre ja zu einfach.«

»Und wieso geht das nicht?«

»Weil wir schon zig Angebote durchhaben«, seufzte Sabine.

»Mom ist da sehr wählerisch. Manchmal habe ich sogar das Gefühl, sie spielt das auch ein wenig gegen mich aus. Dr. Meurer war vorher stundenweise in Bad Vilbel, das war eine wirklich gute Phase, wenn ich es mal so betrachte. Seit sie nach Friedrichsdorf gewechselt ist, lehnte meine Mutter alles, was danach kam, ab. Letzten Endes haben wir so etwas wie eine Vereinbarung getroffen: Sie macht etwas, aber es muss in Friedrichsdorf sein, und ich muss mit. Ein sehr instabiles Kartenhaus, das kannst du mir glauben, aber was soll ich tun?«

»Mensch, ich weiß gar nicht, was ich sagen soll«, antwortete Julia nach einiger Zeit, sie hatte den Arm wieder um Sabine gelegt.

»Brauchst du auch nicht«, lächelte Sabine matt. »Nur häng es nicht an die große Glocke, ich habe dafür einfach keinen Platz in meinem Job, okay? Die Arbeit ist der einzige Bereich in meinem Leben, bei dem ich mich darauf verlassen kann, dass alles geregelt abläuft und mir nichts dazwischenspukt.«

»Ich gebe dir mein Wort darauf«, versicherte Julia ihr. »Aber nimm dir bitte einfach frei oder meinetwegen unbezahlten Urlaub, wenn du es brauchst. Das geht ohne Begründung, da biete ich Berger auch die Stirn, wenn's sein muss. Nur tageweise krankschreiben lassen kannst du dich nicht mehr, das sorgt für miese Stimmung, du weißt ja, wie argwöhnisch er sein kann.«

»Ja, ich wusste mir zwischen den Jahren nur nicht anders zu helfen«, nickte Sabine bedröppelt. »Und ich will Michael da nicht so tief reinziehen, er weiß zwar mittlerweile Bescheid, aber das genügt auch. Er soll mich nicht der Dienststelle gegenüber decken, nicht in einen Loyalitätskonflikt geraten, und schon gar nicht möchte ich, dass er sich verpflichtet fühlt, mit mir hier rauszukommen. Das ist eine zu große Packung, und ich möchte nicht, dass unsere Sache daran kaputtgeht. So einen unkomplizierten Kerl findet man nicht alle Tage«, grinste sie, »und das, obwohl er an jedem Finger eine haben könnte, wenn er es darauf anlegen würde.«

»Ja, er ist ein netter Kerl«, nickte Julia nachdenklich.

Die beiden hatten noch eine Weile beisammen gesessen,

dann war Sabine aufgebrochen in Richtung Taunusanlage, und Julia schlurfte in die Küche, wo sie sich einen Kaffee kochte. Es war ihr gleich, dass es schon so spät war, sie konnte auf Kaffee genauso gut schlafen wie andere auf Tee, und wenn sie keinen Schlaf fände, dann läge das gewiss nicht am Koffein. Sie bestellte sich eine Pizza und einen Salat bei einer Pizzeria mit Lieferservice und betonte nachdrücklich, dass sie keine Flasche Wein dazu haben wolle.

»Bestellungen über fünfzehn Euro innerhalb des Viertels bekommen immer eine Flasche Wein«, war die beharrliche Aussage der unterkühlt klingenden Frau am anderen Ende der Leitung.

»Ist mir egal, deshalb sage ich ja explizit, dass ich keine will«, gab Julia zurück. »Hier stehen mittlerweile ein halbes Dutzend davon rum, so viel kann ich gar nicht kochen, um das zu verwerten.«

»Trinken Sie ihn zum Essen, es ist ein guter Wein!«

Nein, ich stehe nicht auf Zuckerschock und Frostschutzmittel, hätte Julia am liebsten geantwortet, doch sie besann sich eines Besseren. »Soll ich den Salat stornieren, dann können wir uns die Diskussion sparen?«, erwiderte sie gereizt.

»Nein, schon gut, Sie müssen den Wein ja nicht nehmen«, brummte die Frau, deren Gesicht Julia nicht kannte, da sie die Pizzeria noch kein einziges Mal von innen gesehen hatte. Sie sprach beinahe akzentfrei, vielleicht die Frau des Besitzers, mutmaßte die Kommissarin, irgendwann solltest du dich ihr wohl mal vorstellen.

Mit angewinkelten Beinen, dem dampfenden Pizzakarton und einem halb aufgegessenen Salat kauerte Julia eine halbe Stunde später auf dem Sofa und las die Berichte der seriösen Tagespresse, dann die Regenbogenmagazine und zum Schluss die Revolverblätter. Überall schien man sich einig zu sein, dass Karl von Eisner vom Dach gesprungen war, aber die Berichte unterschieden sich deutlich in der Beurteilung des Motivs. Es war von einem schlechten Geschäftsjahr die Rede, von einer sich anbahnenden Ehekrise und, natürlich äußerst dezent, von einer Verzweiflungstat aus Schuldgefühlen wegen des toten Mädchens.

Rettete dieser Sprung einen Mörder vor der Strafe?

Es dürfte nicht lange dauern, bis der verantwortliche Reporter eine saftige Klage am Hals hat, dachte Julia. Mittlerweile war sie bei den Internetmeldungen angelangt und wusste nur zu gut, dass die virtuelle Welt noch viel hemmungsloser war, als es Papiermeldungen jemals sein konnten. Dann wanderte ihr Blick auf die neueste Meldung des Stadtmagazins:

Der Mächtige ist gefallen.
Alle Reichtümer nützten ihm nichts
am Tage seines Gerichts

Ihr Blick erstarrte, dann sprang sie auf, der Pizzakarton segelte zu Boden, und sie hörte ein weiches Klatschen, als Salami und Käse auf den Boden trafen. Doch das war Julia vollkommen gleichgültig, fieberhaft durchwühlte sie das Altpapier im Abfallschrank in der Küche, rümpfte angeekelt die Nase, weil ein Joghurtdeckel dazwischengeraten war und ihr nun auf der Handfläche klebte. Irgendwo musste doch ...

Endlich fand die Kommissarin das Objekt ihrer Begierde, einen postkartengroßen Flyer, die Vorderseite Hochglanzpapier, die Rückseite leer. Sie eilte zurück zur Couch, griff im Vorbeigehen einen feuchten Lappen und reinigte sich hastig die Finger, dann legte sie den Ausdruck und den Flyer nebeneinander und verglich mit pochendem Herz die Zeilen, die bis auf wenige Worte identisch waren.

Die Mächtigen werden fallen.

Alle Reichtümer nützen nichts

am Tage des Gerichts

Schumann!, dachte die Kommissarin erbost. Woher zum Geier kannte er den Wortlaut? Es konnte doch kein Zufall sein ... sollte dieser Schmierfink sie dermaßen dreist getäuscht haben? Oder hatte sie nur nicht mitbekommen, dass diese Worte von hiesigen politischen Aktivisten lauthals zitiert wurden? Das würde die Übereinstimmung erklären, schloss sie. Oder aber es handelte sich doch um ein allgemein bekanntes Zitat, vielleicht etwas Biblisches. Trotzdem ... Julias Gehirn arbeitete fieberhaft, sie griff zu ihrem Handy und wählte Hellmers Nummer. Dieser meldete sich nur wenig begeistert, Julia warf einen Blick auf die Uhr, womöglich störte sie gerade beim Essen.

»Und deshalb machst du die Pferde scheu?«, brummelte er missmutig, nachdem sie ihm den Sachverhalt geschildert hatte. »Im Präsidium stapeln sich kistenweise Anti-Kapitalismus-Flyer, das ist seit der Krise nichts Neues. Wart's ab, wenn erst einmal der Frost vorbei ist, wird die Taunusanlage flugs wieder besiedelt sein von allen möglichen Globalisierungsgegnern. Da wird es erst eine Schwemme an Flugzetteln geben ...«

»Aber dieser lag in meinem Briefkasten«, widersprach Julia energisch.

»Und in Hunderten anderen auch, wetten? Wenn du es genau wissen willst, klingele dich doch bei deinen Nachbarn durch.«

»Da kannst du Gift drauf nehmen. Und morgen ist dieser Schumann noch mal fällig, das kann einfach kein Zufall sein, dass er fast eins zu eins das gleiche Zitat verwendet.«

»Hast du mal geprüft, ob es nicht eine verbreitete Weisheit ist? Vielleicht ein Klassiker in gewissen Kreisen, das wäre der erste Schritt.«

»Habe ich noch vor«, murmelte die Kommissarin. »In meinen Ohren klingt es ja biblisch. Als Nächstes rufe ich meinen Paps an. Eine große Hilfe warst du ja nicht, mein Lieber.«

»Schau auf unseren Esstisch, und du verstehst, warum«, lachte Hellmer. »Aber im Ernst, der Schumann läuft uns nicht weg. Wir stehen gleich morgen früh bei ihm auf der Matte, wenn's dich ruhiger schlafen lässt, aber alles andere wäre übertrieben.«

Mit einem unzufriedenen Brummen verabschiedete Julia sich, obwohl sie insgeheim wusste, dass Hellmer recht hatte. Danach rief sie mit dem Festnetztelefon ihren Vater an.

»Wer stört mich so spät?«, tönte es nach langem Tuten unwirsch aus dem Lautsprecher, aber Julia wusste es besser. »Komm schon, Paps, du siehst auf dem Display ganz genau, dass ich es bin.«

»Lass mir doch den Spaß«, erwiderte der alte Mann, »wenn ich schon dieses moderne Teil hier rumstehen habe, möchte ich auch was davon haben.«

»Du hast einiges davon«, gab Julia schmunzelnd zurück

und erinnerte sich daran, wie viel Überzeugungskraft es sie gekostet hatte, das alte Wählscheibentelefon einzumotten und ihrem Vater einen neuen Apparat anzuschaffen. Der pensionierte Pastor war mit seinen bald achtzig Jahren nicht mehr der Jüngste, da war ein Telefon mit gut lesbaren Tasten, einem großen Display und einer Kurzwahltaste für den Notruf ihrer Meinung nach das mindeste, was er sich gönnen sollte.

»Wenn ich schon Hunderte von Kilometern weit weg wohne«, hatte Julia immer wieder betont, »kann ich wenigstens etwas ruhiger schlafen, wenn ich weiß, dass du ein funktionierendes Telefon hast, mit einem Mobilteil, das du mit dir im Haus herumtragen kannst.«

Gespräche wie diese hatten an Weihnachten endlich Früchte getragen, und es war das erste Telefonat, was sie über den neuen Apparat führten.

»Wo drückt denn der Schuh?«, erkundigte sich ihr alter Herr, als hätte er ihre Gedanken gelesen.

»Ach, ich wollte die ganze Zeit schon anrufen, aber manchmal braucht es einen zusätzlichen Grund. Wie so oft ist es eine Frage in Glaubenssachen. Ich habe hier einen Spruch, den würde ich dir gerne mal vorlesen.«

»Nur zu, ich bin ganz Ohr.«

Julia las den Spruch langsam und deutlich. Es folgte ein Moment des Schweigens.

»Oje«, hörte sie ihn schließlich sagen. »Da muss ich nachschlagen, warte kurz.« Es raschelte am anderen Ende, dann fuhr er fort: »Die erste Zeile stört mich irgendwie, sie passt nicht zum Rest des Spruches. Jesaja hat über die Mächtigen gesprochen, das Thema taucht ja nicht selten auf in der Bibel, könnte auch aus Psalm 22 stammen. Aber ich suche eigentlich nach den anderen beiden Zeilen, warte ... Ah, hier, wusste ich's doch. Es ist aus dem Buch der Sprüche Salomons, 11.4, um genau zu sein. Er ist leicht abgewandelt, Gericht müsste Zorn heißen, ansonsten passt es. Allerdings gibt es noch eine zweite Hälfte.«

»Die da lautet?«

»Der gesamte Spruch heißt:

REICHTUM HILFT NICHT AM TAGE DES ZORNS;
ABER GERECHTIGKEIT ERRETTET VOM TOD.«

»Hm, eine nicht ganz unwichtige Ergänzung, oder?«, dachte Julia laut.

»Kommt drauf an, was man damit zum Ausdruck bringen möchte, vor allem, weil es ja noch diesen zusätzlichen ersten Satz gibt«, erwiderte Herr Durant. »In welchem Zusammenhang ist dir diese Bibelstelle denn begegnet?«

»Wir haben einen Mord, vielleicht sogar zwei, das ist noch nicht ganz klar, denn bei einem davon stehen die Zeichen auf Selbstmord«, erklärte Julia. »Ein hohes Tier im Finanzsektor, es scheint also einen direkten Bezug zum Thema Macht und Geld zu geben.«

»Gut, es ist natürlich immer Auslegungssache«, gab Herr Durant zu bedenken, »denn Turbokapitalismus und Globalisierung gab es damals, als die Schriften der Bibel zusammengestellt wurden, noch nicht. Na gut, Globalisierung, da wird mir mancher Historiker widersprechen, wenn man das Römische Imperium betrachtet, aber König Salomon lebte ja bereits tausend Jahre vor Christus. Du verstehst, was ich meine.«

»Ja, klar, nur weiter.«

»Der Spruch dient in der Sprüchesammlung als Ermahnung jener, denen irdische Güter und Macht mehr bedeuten als Gemeinsinn und ethische Prinzipien. Er richtet sich an Egoisten, die sich selbst für wichtiger nehmen als die Gesellschaft, ja, sich über sie stellen. Das ist natürlich ein passender Vergleich, wenn man an die Führungsetagen der großen Finanzinstitute denkt, an Menschen, deren Jahreseinkommen so hoch ist, dass man ein ganzes afrikanisches Land damit vom Hunger befreien könnte. Auch Jesus hat sich in den Evangelien zu diesen Themen geäußert, die Bibel wird heutzutage sehr häufig zitiert, sogar von Personen, die sich sonst eher an Karl Marx orientieren.«

»Noch mal zu dem Spruch selbst ...«, hakte Julia nach.

»Ach ja, der Spruch. Letztlich bedeutet er, dass am Tage des Jüngsten Gerichts oder, auf den Einzelnen bezogen, am Tage seines Ablebens alles Geld und alle Macht nichtig sind. Der Tod erreicht jeden von uns unabhängig von irdischen Gütern, und wir nehmen nichts mit, wenn wir ins Himmelreich wechseln. Doch das Andenken an uns und den inneren Frieden prägen wir durch unsere Taten, und an denen werden wir gemessen. Nicht anhand des Sparbuchs. Aber das führt nun wirklich weit weg von Salomons Weisheiten.«

»Passt die andere Zeile denn überhaupt ins Bild?«, wollte Julia wissen.

»Thematisch schon. Die Mächtigen werden fallen«, wiederholte er. »Wenn es biblisch gemeint ist, hat es vielleicht etwas mit dem Bild zu tun, dass ein armer Mann glücklicher ist als ein reicher, oder eben, dass gute Menschen Jesus näher sind als mächtige Menschen. Aber mir fällt keine exakte Stelle dazu ein. Vielleicht ist es doch eher ein politischer Aufruf?«

»Ja, da ist was dran«, lachte Julia. »Das könnte auch als Graffiti an eine Wand gesprüht stehen, so à la FRIEDE DEN HÜTTEN, KRIEG DEN PALÄSTEN. Morgen früh treffen wir uns mit einem Journalisten, der uns ziemlich Kopfzerbrechen bereitet, vielleicht hat der etwas dazu zu sagen.«

»Das interessiert mich dann aber auch«, sagte Herr Durant, »vor allem, ob ich mit Salomon und meinen Ideen richtig liege. Kann ja auch sein, dass sich jemand einer Sure aus dem Koran bedient hat, aber dafür bin ich nicht der richtige Ansprechpartner.«

»Man kann ja nicht alles wissen. Ich bin dankbar, dass du dich in deinem Bereich so hervorragend auskennst. Das war sehr aufschlussreich. Meinst du denn, man müsste relativ bibelfest sein, um so ein Zitat zu finden, oder kann das jeder nach ein paar Minuten Googlen?«

»Bedaure, das kann ich nicht beurteilen. Das Zitat ist relativ bekannt, würde ich zumindest sagen, aber ich beschäftige mich auch schon mein Leben lang mit der Bibel. Doch du sprachst vorhin davon, dass es sich auch um Selbstmord handeln könnte. Das scheint mir im Zusammenhang mit dem Spruch von Bedeutung zu sein. Immerhin geht es um Fallen und um Zorn oder Abrechnung.«

»Du redest von Schuld und Sühne, richtig?«, fiel Julia dazu ein. »Beruft sich da jemand vielleicht auf die biblische Gesetzmäßigkeit, die ihm befiehlt, Gleiches mit Gleichem zu vergelten?«

»Wo denkst du hin? Etwa wegen dieses unseligen Zitats AUGE UM AUGE, ZAHN UM ZAHN? Es gibt wohl kaum einen

Spruch, der öfter missbraucht und missverstanden wurde«, seufzte er. »Aber das hatten wir in der Vergangenheit schon öfter, wenn ich mich erinnere. Sühne ist wichtig, das steht außer Frage, hiervon wird tatsächlich viel gesprochen in allen möglichen Schriften, aber jemanden zu töten, weil er vorher jemanden getötet hat, das ist kein biblisches Gesetz.«

»Die Frage ist, ob das jeder weiß beziehungsweise ob das jeder genauso sieht wie du«, murmelte Julia. »Was wäre denn, wenn sich jemand selbst töten würde, um Buße für ein Verbrechen an jemand anderem zu tun?«

»Nein, auch das nicht. Ich meine, es ist in den verschiedensten Kulturen weit verbreitet, aber die christliche Überzeugung ist, dass nur Gott die Entscheidung darüber treffen sollte, wann er einen Menschen zu sich ruft. Selbstmord ist kein leichtes Thema, das fängt schon bei dieser Bezeichnung an. Der Begriff Mord hat etwas von niederen Beweggründen, gemordet wird, um sich selbst einen Vorteil oder eine Befriedigung zu verschaffen. Trifft das auf einen Menschen zu, der seinem Leben verzweifelt ein Ende setzt? Ich glaube nein. Aber lassen wir das. Wir Protestanten stehen diesem Thema zwar etwas offener gegenüber als die Katholiken, sind aber ebenfalls davon überzeugt, dass sich kein Mensch selbst töten sollte. Andererseits hat Gott den Menschen eine große Eigenverantwortung übergeben, und wenn sich jemand dazu entschließt, sein Leben beenden zu wollen, wird ihn die eigene religiöse Überzeugung nur schwer daran hindern können. Die Entscheidung, sich selbst zu töten, ist eine sehr irdische, und Gott und die Gemeinde kommen meist erst für die Hinterbliebenen ins Spiel, nicht aber für den Menschen, der seinem Leben ein Ende setzt. Zumindest ist das meine bescheidene Erfahrung. Ich habe einige Hinterbliebene im Pfarrhaus sitzen gehabt und nicht wenige, auch junge Menschen zu Grabe getragen, die sich auf die verschiedensten Weisen das Leben genommen haben.«

»Ja, ich erinnere mich«, erwiderte Julia. Sie selbst hatte einer dieser Trauerfeiern beigewohnt, es war ein Mitschüler aus ihrer Parallelklasse gewesen, gerade achtzehn Jahre alt ... Sie verdrängte diesen Gedanken schnell wieder.

»Okay, Paps, ich glaube, das bringt mich ein bisschen weiter. Ich muss versuchen, die Motive unseres Opfers nachzuvollziehen, und das führt wohl zwangsläufig über die Frage, inwieweit er sich vorher eines Verbrechens schuldig gemacht hat. Da liegt noch eine Menge Arbeit vor uns.«

»Ruf mich an, wann immer ich dich auf andere Gedanken bringen kann«, entgegnete Herr Durant warm.

»Na klar, danke, Paps. Schlaf gut.«

MITTWOCH, 19.58 UHR

Arthur Drechsler saß mit über dem Bauch gefalteten Händen in dem alten Schaukelstuhl, der schon seit Großvater Adalbert Löblers Zeiten das Wohnzimmer zierte. Er wiegte sich sanft vor und zurück und betrachtete lächelnd dessen Enkel Stefan, der ihm gegenüber in einem ebenso alten Ohrensessel saß. Seine Mundwinkel waren durchzogen von einem Baumwolltuch, das um seinen Kopf gewickelt und auf der Rückseite verknotet war. Seine Ohren waren schmerzhaft daruntergequetscht, doch viel unangenehmer war der Gummiball im Inneren seines Mundes, auf den er verzweifelt biss und dessen Druck auf Zunge und Gaumen jede Sekunde einen Würgereiz auszulösen drohte.

Die Unterarme waren ebenso wie die Unterschenkel mit silbergrauem Klebeband an Beinen und Lehnen des Sessels fixiert, darüber hinaus hatte Arthur den Oberkörper, die Hand- und Fußgelenke sowie den Hals mit Mullbinden festgezurrt. Diese Binden verursachten kaum Druckstellen, so wusste Arthur, ganz im Gegensatz zu dem Bühnentape, welches zwar beinahe überall haftete, aber Rückstände hinterließ, die man gewissenhaft entfernen musste. Doch es hatte schnell gehen müssen, vorhin, an der Haustür. Das Überraschungsmoment war schnell vorbeigegangen, war einem erstaunten und unschlüssigen Taumel gewichen, aber Stefan Löbler war ein ebenbürtiger Gegner, so viel war sicher. Arthur hatte einmal an einem Marathon teilgenommen, bei dem Stefan ihm um Längen voraus gewesen war. Doch das war dunkle Vergangenheit, Stefan hatte damals schon alleine durch sein regelmäßiges Training einen klaren Vorteil gehabt. Heute liegt der Vorteil bei mir, dachte Arthur grimmig, und sein Blick wanderte langsam und prüfend über den bis zur Bewegungsunfähigkeit verschnürten Löbler, bis sich die Blicke der beiden Männer endlich trafen.

»Damit hättest du nicht gerechnet, wie?«, lachte Arthur hämisch, und aus den schreckgeweiteten Pupillen Löblers sprachen Panik und Fassungslosigkeit. »Ich sehe es in deinen Augen. Sie verraten mir alles, was ich wissen möchte. Du brauchst dich also nicht anzustrengen und mir durch den Knebel einen vorzunuscheln. Ich möchte auch nicht, dass du jetzt sprichst, denn um ehrlich zu sein haben mich deine Ergüsse schon immer angekotzt. Irre ich mich, oder ist das sogar noch schlimmer geworden, seit du dich für das Stadtparlament hast aufstellen lassen?«

Unter dem Knebel kamen einige undefinierbare Laute hervor. Löbler hatte noch nicht aufgegeben und versuchte verzweifelt, sich gegen seine Fesseln zu stemmen.

»Lass doch endlich gut sein, es bringt dir nichts, das kannst du mir glauben«, sagte Arthur in gelangweiltem Tonfall. »Hast du schon einmal eine Fliege gesehen, die sich im Netz einer Spinne verfängt?« Er lachte hämisch. »Sie fliegt arglos umher, plötzlich packt es sie, und dann macht sie den tödlichen Fehler. Anstatt nachzudenken, mit welcher Strategie sie sich eventuell aus ihrer misslichen Lage befreien könnte, zappelt sie mit all ihren sechs Beinen munter drauflos, und es ist nur eine Frage der Zeit, bis sich die klebrigen Fäden über den ganzen Körper spannen. Bis dahin hat die Spinne noch keinen Deut dazu beigetragen, außer natürlich, dass sie das Netz gespannt hat. Erst jetzt setzt sie sich langsam in Bewegung, nun, da von ihrem Opfer keine Gefahr eines Gegenangriffs mehr ausgeht. Je nachdem, ob sie ausgehungert ist oder einen Vorrat anlegen möchte, wickelt sie das noch immer lebende, verzweifelte Tier langsam ein, immer fester, damit es schließlich dem schleichenden Tod ins Auge sehen kann. Oh, ich liebe Spinnen, sie sind wunderbare Jäger, lautlos und höchst effizient. Ich sitze seit einer gefühlten Ewigkeit in meinem kleinen Wohnwagen, drüben am Wasserpark, aber so eine Gegend kennst du ohnehin nicht. Jedenfalls sitze ich da und warte, warte wie eine Spinne, nur dass ich bei dir genau wusste, worauf ich warten muss. Das unterscheidet mich von einem Spinnentier, ich sitze nicht nur da und warte, ich bereite mich vor, lege mein Netz aus und entscheide selbst, wann es sich um jemanden schließen soll. Und heute, lieber Stefan, bist du es, so wie es vorgestern deine liebe Frau war.«

Noch immer waren Löblers Augen weit aufgerissen, und er atmete hektisch durch die Nase. Seine Finger krampften sich tief ins Polster des Sessels, und Tränen der Wut hingen an seinen Lidern.

»Was hast du ihr getan, was hast du ihr getan?«, äffte Arthur in einer Art Singsang das nach, was Stefan nun denken musste. »Soll ich dir's erklären? Ich habe sie gefickt, bevor ich ihr den Aderlass verpasst habe, oh ja, das habe ich. Und es hat ihr gut gefallen, das kann ich dir sagen.«

Er ließ keinen Blick von Stefan Löblers Augen, die ihn aller Wahrscheinlichkeit wie Laser zerschnitten hätten, wenn dies nur möglich gewesen wäre.

»Ja, sie staunte nicht schlecht, als ich plötzlich vor eurer Tür stand, aber sie ließ mich rein. Ha! Wie doppeldeutig man das verstehen kann, nicht wahr? Sie ließ mich rein, ganz tief rein. Wir haben dich immer beneidet um diese Frau, eine eiskalte Hexe, das muss der Neid ihr lassen, aber ihre Möse ist weich wie alle anderen. Ein bisschen Lorazepam, und schon war sie ganz entspannt. Ich musste auch gar nicht lange danach suchen, das hat ihr ein zweites Veilchen erspart«, lachte er abfällig. »Nicht dass ich sie nicht auch verdroschen hätte – darauf sind die Bullen ja ohnehin voll angesprungen. Hast ihr nie ein Haar gekrümmt, aber das dürfte dir wohl niemand abgenommen haben, wie sehr du auch darauf beharrt hast. Das muss man sich ja auch mal vorstellen, ausgerechnet du, der politische Saubermann, den du derzeit mimst, und zu Hause, hinter verschlossener

Tür, wird die Gemahlin verdroschen. Und danach zum Sex gezwungen. Mir stand nach der Nummer mit Karls Nutte der Sinn mal wieder nach Blümchensex, vor allem mit so einer Granate von Weib. Schade nur, dass ich ein Gummi nehmen musste, aber so läuft es eben. Haben die Bullen dich schon gefragt, ob ihr Versöhnungssex hattet? Ob der Sex vor oder nach den letzten Prügeln stattgefunden hat, die du ihr verabreicht hast?« Er klopfte sich schadenfroh auf die Oberschenkel und überlegte für einen Moment, ob er Löbler nicht den Knebel abnehmen sollte. Wie gerne hätte er die Worte gehört, die dieser passend zu seinen vernichtenden Blicken ausspeien würde, doch Arthur mahnte sich zur Geduld.

»Schade nur, dass ich es dir nicht vorher sagen konnte, ich hätte dein Gesicht gerne gesehen, wenn du dir vorstellst, wie unsere verschwitzten Körper sich durch die Laken eures Ehebetts wühlen.« Er bleckte lüstern die Zähne. »Was ich mich dabei die ganze Zeit über gefragt habe: Hast du ihr ein Paar neue Titten spendiert, oder sind die von Natur aus so? Schwer vorstellbar, aber ich habe keine Narben gefunden ... Kann das tatsächlich sein, dass Gott einer Frau derart perfekte Früchte schenkt? Würde ich an den ganzen Schöpfungsscheiß glauben, wäre dieses Exemplar ihm wirklich perfekt gelungen. Süß wie die Sündenfrucht und giftig wie eine Schlange, ja, es hat beinahe etwas Biblisches«, murmelte er nachdenklich.

»Doch anders als im Buch Genesis trägt nicht deine Frau allein die Schuld an der Vertreibung aus dem Paradies, aber das weißt du ja selbst. Ihr beide wart eine tödliche Mischung, mein lieber Scholli, und ich werde es auch nicht allzu lange verantworten, dass ihr getrennt sein müsst. Die Liebe deines Lebens«, schauspielerte er dramatisch mit traurigem Blick, »nun werdet ihr euch wohl im Fegefeuer wiederfinden, wenn man diesen ganzen Mist für bare Münze nimmt. Ich tu's jedenfalls nicht, aber du kannst dich ja schon einmal darauf vorbereiten. Denn ganz gleich, zu welchem Gott du nun jammern magst: Du wirst brennen im Fegefeuer oder meinetwegen, wenn es nach diesen Buddha-Heinis geht, auch als Küchenschabe wiedergeboren werden. Und auf eines kannst du dich verlassen: Ich werde da sein und dich zertreten!«

Mit diesen Worten erhob er sich und ging zu seinem Rucksack, den er auf dem Sofa abgelegt hatte. Er entnahm ihm ein etwa zehn Meter langes, dunkelblaues Kletterseil, das aus unzähligen miteinander verwobenen Einzelfasern bestand. Es hatte einen Durchmesser von einem Zentimeter, die Oberfläche war glatt und fühlte sich weich an. Kritisch wanderte Arthurs Blick durch den Raum, dann hinaus in Richtung Diele. Er warf einen raschen Blick auf sein gefesseltes Opfer. Löbler schien resigniert zu haben und unternahm keine weiteren Anstrengungen, sich zu befreien. Doch ihm entging keine von Arthurs Handbewegungen.

Arthur verließ das Wohnzimmer und fand, was er suchte. Etwa fünf Meter über ihm, quer oberhalb des Treppenaufgangs, verlief ein nicht verkleideter tragender Balken der Fachwerkkonstruktion. Er eilte die Stufen hinauf, wobei er den Kopf einziehen musste, so eng und verwinkelt war es, erreichte das obere Geländer und warf mit einem geschickten Schwung das Seil über den Balken. Er ließ ein wenig Seil nach, und schon baumelte die am anderen Ende befindliche Schlinge über dem Holzboden des Erdgeschosses. Arthur wand das Seil zwischen zwei kräftigen parallelen Hölzern hindurch und knotete mit schnellen Handgriffen einen Seilspanner, ähnlich einem Flaschenzug. Er fixierte das Seilende, zog vorher probehalber daran, um die Funktion des Spannknotens zu testen, und stieg dann hastig wieder hinab.

»Dass du auch ausgerechnet klettern gehen musstest«, seufzte er in Löblers Richtung, ohne ihn anzusehen. »Damit machst du es mir so unglaublich leicht. Stell dir mal vor, ich hätte ein eigenes Seil für diesen Zweck kaufen müssen. Wer hortet denn schon ein neues Seil in so einer uralten Bude? Außerdem«, und bei diesen Worten trat er direkt vor Löbler und sah ihm herausfordernd in die Augen, »habe ich mir geschworen, dass *du* mich keinen einzigen Cent mehr kosten wirst.« Grinsend zog er ein kleines Klappmesser hervor und öffnete es klackend mit einer Hand. Löblers Blick wanderte zu der scharfen Klinge, ließ nicht von ihr ab, als sie sich seinen Waden näherte. Doch das schabende Geräusch aufplatzenden Gewebes kam nur von den Binden und dem Klebeband. Nachdem seine Beine befreit waren, löste Arthur die Hände, fixierte diese jedoch sofort wieder am Oberkörper seines Opfers.

»Aufstehen!«, befahl er und zerrte Stefan Löbler in die Senkrechte. Dann trotteten sie hinaus in den Flur, wo Löbler kurz zusammenzuckte, als die Schlinge in sein Blickfeld gelangte. Sie hängt zu niedrig, stellte Arthur fest, als sie vor ihr haltmachten. Löbler wollte noch einen Schritt weitergehen, doch er riss ihn abrupt zurück.

»Stopp! Bis hierhin und nicht weiter. Und jetzt runter

mit dem Kopf«, befahl er, doch Löbler machte sich steif, erhob den Kopf demonstrativ und blitzte seinen Peiniger widerspenstig an.

»Dann eben auf die harte Tour«, knurrte Drechsler wütend und warf die Schlinge um Löblers Hals. Er zog den Knoten hinter den Kopf und straffte ihn gerade so weit, dass er nicht mehr verrutschen konnte. Löbler röchelte, und Arthur stellte zufrieden fest, dass der Knoten genau richtig saß.

»Deine Alte hat nicht so rumgezickt. Soll ich dir noch ein wenig davon erzählen?« Er lachte hämisch, während er die Treppe hinaufeilte. Oben angekommen straffte er das Seil erneut, ein, zwei kräftige Rucke, und ein heiseres Keuchen drang von unten in sein Ohr. Er warf einen Blick hinab auf Löbler, dieser tänzelte verzweifelt auf den Zehenspitzen.

»Sie war so geil auf mich, oh ja, so geil und nass«, sprach Arthur in einer Art Singsang vor sich hin, »und sie hat alles über sich ergehen lassen, ja, ja, was sollte sie auch dagegen tun, du hast sie ja nicht beschützt. Vielleicht kannst du sie danach fragen, wenn ihr euch im Jenseits wiederseht.«

Er kam wieder herunter, zog einen hölzernen Stuhl, der neben dem Telefontisch stand, herbei und stellte ihn zwei Meter entfernt vor Löbler auf.

»Ersticken ist ein trauriger Tod«, erklärte er ruhig, »viel langwieriger als zum Beispiel ein Schnitt in die Pulsadern. Da kann man wenigstens noch was machen, zumindest in den ersten Minuten. Abbinden, Pflaster drauf, Notarzt rufen; wenn man nicht gerade komplett sediert ist, geht da noch einiges. Aber so hilflos am Strick zu baumeln ist echt übel. Genau das Richtige für dich, wenn du mich fragst.«

In Löblers Augen spiegelte sich Panik, seine Pupillen waren geschwollen, er rang mit seinen Kräften, denn das Seil erlaubte ihm nur ausreichend zu atmen, wenn er sich maximal streckte. Verzweifelt sog er die Luft durch die Nasenlöcher ein, stets in der panischen Angst, dass die Menge nicht genügen würde.

»Eine paradoxe Situation«, fuhr Arthur fort. »Um genügend Sauerstoff zu bekommen, musst du dich anstrengen, und diese Anstrengung fordert sogleich einiges davon wieder zurück. Du kannst es dir leichtmachen, einfach in die Knie gehen, ein wenig abhängen sozusagen, das entlastet die Knie und die Fußgelenke. Mit ein wenig Glück mag es dir gelingen, wieder rechtzeitig aufzustehen, oder aber du wirst nach zwanzig Sekunden ohnmächtig, während du verzweifelt zappelst und ich mir die Seele aus dem Leib lache. Aber irgendwann, mein werter Freund, irgendwann wirst du so müde, dass dir der Körper den Dienst versagt, und dann baumelst du von ganz alleine. Heute Nacht werde ich voll und ganz auf meine Kosten kommen, das garantiere ich dir, und du bist der Hauptdarsteller. Warte kurz.« Er zog das Messer hervor und trat auf Stefan Löbler zu, von dessen Stirn der Angstschweiß in Sturzbächen rann und dessen Adern weit nach außen getreten waren. Mit wenigen Schnitten löste er die Bandagen, die sich um Löblers Körper wanden.

Er spürte den fragenden Blick seines Opfers. »Warum ich dir die Fesseln löse, willst du wissen? Ich verrat's dir gerne, denn ich bin hier nicht der Böse, auch wenn du wahrscheinlich momentan davon überzeugt bist. Du sitzt in der Falle, mein Lieber, und zwar so richtig bis zum Hals in der Scheiße, kannst du es spüren?« Er deutete auf sein Kinn, um seiner Aussage Kraft zu verleihen. »Warum soll ich dich also gefesselt lassen? Den Knoten bekommst du nicht auf, der ist dreifach gesichert, und unter Spannung geht da gar nichts. Meinetwegen darfst du den Knebel herauspfriemeln, wenn du möchtest. Ich rede mir ja den Mund fusselig, wenn ich hier die ganze Zeit den Alleinunterhalter mimen soll. Es sei denn, du entscheidest dich für ein schnelles Ableben.«

Stefan Löblers Hände flogen förmlich nach oben, als die letzte Bandage getrennt war, und versuchten krampfhaft und mit zitternden Fingern, die Binde zu lösen. Endlich gelang es, und angewidert spuckte er den schwarzen Gummiball aus, der plump auf dem Boden aufkam und in eine Ecke rollte. Der Speichel zog eine feuchte Spur.

»Warum tust du das, du Schwein?«, röchelte Löbler, noch immer auf den Fußspitzen tänzelnd.

»Weil du es verdient hast«, entgegnete Arthur trocken. »Und weil ich sehen möchte, wie verzweifelt du gegen das Unvermeidliche ankämpfst. Weißt du, was geschieht, wenn diese zwanzig Sekunden um sind? Kann natürlich sein, dass es bei dir auch dreißig sind, du bist gut in Form, aber danach wirst du ohnmächtig, deine Systeme fahren langsam runter, doch es dauert mindestens eine Viertelstunde, bis du es endgültig hinter dir hast. Oder war es sogar eine halbe? Na ja, wir werden er herausfinden.«

»Mach mich los, du kannst ...«, röchelte Löbler verzweifelt.

Arthur winkte ab. »Spar dir das Betteln. Und bitte entschuldige mich einen Augenblick. Das Wichtigste hätte ich ja beinahe vergessen.«

Er eilte hinaus und kehrte kurz darauf mit einem Teller zurück, auf dem drei Pizzastücke lagen. Lächelnd nahm er auf dem Stuhl Platz, schlug die Beine übereinander und biss genussvoll in das oberste Stück. Es war kaum mehr warm, aber das machte nichts. Sein Appetit hätte kaum größer sein können.

»Alles ist so, wie du es verdient hast«, schmatzte er zufrieden, »nicht mehr und nicht weniger.«

DONNERSTAG, 6. JANUAR 2011, 9.15 UHR

Es war eine kurze Dienstbesprechung, was zweifelsohne daran lag, dass es kaum etwas Neues zu berichten gab. Sabine Kaufmann hatte sich am Vorabend mit Margot Bluhm unterhalten, was wenig ertragreich gewesen war. In erster Linie hatte sich die Empfangsdame übertrieben genervt von der Belagerung durch die Presse gezeigt und nur am Rande erwähnt, dass eine der Putzfrauen zu spät zum Dienst erschienen war.

»Das hat sie sich auch nur deshalb gemerkt, weil die Frau keine halbe Stunde später wieder davongeeilt ist«, fügte Sabine hinzu.

»Wenn das alles auch Externe sind, wundert's mich nicht«, brummte Hellmer. »Ihr könnt mich jetzt steinigen, wenn ihr wollt, aber mit der Arbeitsmoral von Eurojobbern ist es nicht allzu weit her, vermute ich.«

»Ist das wieder so eine Bonzenweisheit?«, erwiderte Julia und blitzte ihn giftig an.

»Nein, eine Tatsache. Und wenn du dich abregst und es mich erklären lässt, wirst du es vielleicht nachvollziehen können.«

»Na, da bin ich aber gespannt.« Julias Halsschlagader pochte, sie konnte nichts dafür, aber mit Überheblichkeit wusste sie einfach nicht umzugehen. Sie gönnte Hellmer, dass er eine reiche Frau geheiratet hatte und glücklich mit ihr war. Sie selbst hatte es mit ihrer teuren Eigentumswohnung schließlich auch nicht schlecht getroffen. Aber sie kannte auch Frank Hellmer und wusste, dass er es genoss, im Sommer mit seinem 911er durch die Stadt zu cruisen und diesen auch dienstlich zu nutzen.

»Geld stinkt nicht«, sagte er des Öfteren.

»Mag sein«, war hierzu stets Julias knapper Kommentar. »Es kommt halt drauf an, was es aus einem macht.«

Und wenn ein wohlhabender, nein, sogar reicher Mensch wie Hellmer einen Kommentar über die Unterschicht abgab, verhieß das kaum etwas Gutes.

»Da jobben Leute, die vorher zum Teil gute Jobs gehabt haben«, begann dieser mit seiner Erklärung. »Denk doch zum Beispiel an Brack! Der könnte für einiges mehr an Kohle irgendwo fest angestellt sein, aber er hat es ja treffend gesagt: Warum Fachkräfte bezahlen, wenn man Hilfskräfte haben kann? Ich geb dir Brief und Siegel darauf, dass mindestens ein, zwei Leute der Reinigungsfirma einen guten Realschulabschluss und eine ebenso gute Ausbildung, ja, vielleicht sogar Berufserfahrung haben. Böden saugen und Papierkörbe leeren im Auftrag der Arbeitsagentur oder für einen Zeitarbeitsvertrag, von dem sie nicht wissen, ob er im nächsten Monat noch besteht, das motiviert nicht gerade zur Höchstleistung«, schloss er. »Ich zumindest würde mir da kein Bein ausreißen, wie geht es euch?«

»Hm, so betrachtet hast du natürlich recht«, grummelte Julia, der es nun doch ein wenig unangenehm war, dass sie Hellmer so angefahren hatte. »Aber man darf es trotzdem niemandem unterstellen.«

»Lohnt es sich denn, der Sache nachzugehen?«, erkundigte sich Sabine, die dem Zwiegespräch geduldig gelauscht hatte.

»Wahrscheinlich nicht«, antwortete Julia, »es sei denn, jemand hat sich just zu der Zeit, als von Eisner vom Dach fiel, in dessen Etage aufgehalten oder ist ihm auf dem Weg nach oben begegnet. Ja«, entschied sie dann, »vielleicht klemmst du dich doch mal dahinter und siehst, ob du etwas in Erfahrung bringen kannst. Gerade weil wir so wenige Spuren haben, müssen wir jede noch so kleine Möglichkeit ausnutzen.«

»Wird erledigt«, nickte Sabine.

»Hellmer und ich machen uns gleich auf den Weg zu diesem Schumann, ich sehe vorher noch kurz bei Schreck rein, und du, Frank, rufst bitte mal diesen Psychiater an, der die Löbler behandelt hat«, sagte Julia Durant. Sie schob den Stuhl zurück in Richtung Tisch und verließ den Raum.

»Sag bloß nicht, du hast dir die ganze Nacht wegen diesem Schumann um die Ohren geschlagen«, wandte sich Hellmer an seine Kollegin, als sie vom Hof des Präsidiums fuhren. Die Straßen waren trocken, es war kein Neuschnee gemeldet, und die Sonne lachte vom klaren Winterhimmel. Doch in Julia sah es düster aus, ihre Laune war im Keller, und sie hatte keine Lust auf Konversation.

»Hm«, brummte sie und blickte hinaus auf den vorbeifahrenden Verkehr. Die meisten Autos waren unterhalb der Fenster von einem matten Film überzogen, der von spritzendem Schneewasser und Salz herrührte. Andere trugen auf dem Dach eine vereiste Schneeschicht, die sich wohl im

Laufe des Tages lösen dürfte, wenn die Sonne das Blech lange genug aufheizte.

»Hallo, sprich mit mir«, vernahm die Kommissarin Hellmers ungehaltene Stimme.

»Was?« Erschrocken fuhr sie herum.

»Ich möchte wissen, was mit dir los ist. Du wirkst, gelinde gesagt, ein wenig übermüdet und überreizt. Dein Glück, dass wir so dicke miteinander sind, sonst hätte ich mir das nicht gefallen lassen, wie du mich vorhin angegangen bist.«

»Ach das.« Julia winkte ab. »Ich konnte ja nicht wissen, ob da irgendein versnobter Spruch kommt, dir traue ich in dieser Hinsicht ja einiges zu.« Ein leichtes Lächeln umspielte ihre Mundwinkel.

»Du weißt ganz genau, dass mein Lebensstandard nicht selbstverständlich ist«, erwiderte Hellmer mit ernster Miene, »und ich weiß das auch. Nadine hätte mir seinerzeit auch die kalte Schulter zeigen können, und weiß Gott, wie ich dann heute so drauf wäre.« Er lächelte und winkte ab. »Jetzt mal raus mit der Sprache, was hat dich heute Nacht wach gehalten?«

»Gar nichts, ich habe geschlafen wie ein Stein«, schwindelte Julia. In Wirklichkeit hatte sie bis zwei Uhr wach gelegen, im Dämmerzustand zwischen den Fernsehsendern hin- und herzappend, bis sie endlich vor laufender Mattscheibe eingeschlafen war. »Ich hatte ein langes Telefonat mit meinem Paps, außerdem war Sabine noch da.«

»Erzähl mal, was dein alter Herr zu den Sprüchen gesagt hat«, forderte Hellmer, und Julia fasste das Gespräch kurz zusammen. Sie schloss mit den Worten: »Zwei der drei Zeilen sind also allem Anschein nach salomonische Weisheiten, die erste passt zwar thematisch, stammt aber woanders her. Vielleicht ist sie auch nur dazugedichtet, keine Ahnung. Ach ja, ich habe übrigens heute früh mal rasch an zwei Türen geklingelt und mich erkundigt. Möglicherweise bin ich die Einzige, die diesen ominösen Flyer in der Post hatte.«

»Ist doch wenigstens ein Anfang«, murmelte Hellmer. »Dann laufen wir nicht mit leeren Händen auf – oder leeren Köpfen.«

»Ich möchte vor allem wissen, woher Schumann seine Infos bezieht. Wie hat er sich denn verhalten, als Schreck sich den Laptop vorgenommen hat?«

»Es war recht zäh, denn Schumann ist mit Argusaugen danebengestanden und hat jeden seiner Klicks genauestens verfolgt«, berichtete Hellmer.

»Hätte ich auch nicht anders erwartet«, nickte Julia. »Ein Grund mehr dafür, dass Berger einen Beschluss für seinen Computer erwirken kann, oder? Ich habe ihm gesagt, am besten wäre es, wenn wir den ganzen Laptop gleich einsacken könnten. Ob es Berger passt oder nicht, das hat nichts mit Pressefreiheit zu tun. Hier geht es um die Frage, wer da im Hintergrund agiert.«

»Beziehungsweise, *ob* jemand agiert«, warf Hellmer ein. »Oder hast du aus Schrecks Computerkeller neue Infos, die du mir vorenthältst?« Er zwinkerte. »Gestern zumindest hieß es noch, man könne nicht feststellen, ob das Foto nun von Schumann selbst stammt oder ob es ihm tatsächlich von einer dritten Person zugespielt wurde, wie er behauptet. Wer weiß schon, welche Aufmerksamkeit Schumann sich durch seine, hm ... *progressive* Berichterstattung erhofft.«

»Daran hat sich prinzipiell nicht viel geändert«, murmelte Julia verbissen und überlegte kurz, wie sie ihren Besuch in der IT-Abteilung am geschicktesten zusammenfassen konnte.

»Ich bin ganz Ohr«, lächelte Hellmer in die Stille hinein, die nur durch das gedämpfte Brummen des Motors unterbrochen wurde.

»Genau genommen ist es nichts, was wir nicht in groben Zügen bereits wussten«, begann Julia langsam. »So eine Bilddatei verfälschen kann im Endeffekt jeder, sogar ich jetzt, denn er hat's mir am Bildschirm gezeigt. Foto öffnen, mit dem Wischpinsel oder der Spraydose über die betreffende Stelle fahren, und schon hat man den gewünschten Effekt. Das Gleiche gilt für den Free-Mail-Account, wie erwartet angelegt auf einen falschen Namen, nämlich Petra Mustermann, Hamburg, geboren am 1. Januar 1970. Das ist so altbacken, dass es schon fast wieder originell ist.«

»Allerdings«, pflichtete Hellmer lachend bei.

»Aber etwas ist interessant. In der Fotodatei sind noch sämtliche Informationen enthalten, die eine moderne Digitalkamera dort hinterlässt. Schreck hat mir da so Begriffe um die Ohren geworfen, Metadaten, Exif, GPS-Tag, so etwas in der Art. Kurz gesagt: In der Datei finden sich Aufnahmezeit und Aufnahmeort wieder. Und jetzt halt dich fest, das Foto ist am 31. Dezember um 23.29 Uhr entstanden!«

»Wow«, entfuhr es Hellmer, »vor Mitternacht. Hat Andrea nicht gesagt, dass die Kleine da noch gelebt haben könnte?«

»Es ist zumindest möglich. Fakt ist, dass das Bild unmittelbar nach dem Ablegen in den Container entstanden sein muss, vorausgesetzt, das Datum der Kamera ist korrekt gestellt. Dann könnte es tatsächlich von Laras Mörder gemacht worden sein. Die GPS-Informationen stimmen auch so weit, und laut Schreck gibt es keine Anzeichen dafür, dass die Bildinformationen nachträglich verändert wurden.«

»Die Frage ist, ob der Urheber des Fotos das nicht bedacht hat oder die Infos absichtlich in der Datei gelassen hat«, überlegte Hellmer laut.

»Womit wir wieder bei der Frage wären, ob Computerprofi oder nicht. Ein Grund mehr, uns Schumanns Laptop zu widmen, denn Schreck konnte in dessen Beisein kaum etwas anderes untersuchen als die E-Mail mit dem Foto.«

»Ich rufe Berger noch mal an«, entschied die Kommissarin, »und mache ihm Dampf. Meinetwegen soll er Schumann als potenziell tatverdächtig ausgeben, Hauptsache, wir bekommen den Beschluss, bevor er zu lange vorgewarnt ist.« Die beiden schwiegen für einen Moment.

»Was mir gerade in den Sinn kommt«, wandte Julia sich schließlich an ihren Partner, »hast du eigentlich bei diesem Psychiater etwas Brauchbares in Erfahrung bringen können?«

»Ob's brauchbar ist, darüber kann man wohl streiten«, seufzte Hellmer. »Ich habe nur mit seinem Kollegen gesprochen, einem Herrn Rix. Unser Mann ist heute erst nachmittags wieder im Haus. Aber ich habe trotzdem etwas erfahren. Mal sehen, ob es von Bedeutung ist.« Er schürzte geheimnisvoll die Lippen.

»Und das wäre?«

»Dreimal darfst du raten, wo sich unser abgängiger Psychiater neben seiner Praxis in Bad Soden noch betätigt.«

»Das kannst du knicken, denn du verrätst es mir jetzt ohne weiteres Tamtam.«

»Och, nichts gönnst du einem«, gab Hellmer mit einem aufgesetzten Schmollen zurück. »Nun denn: Er arbeitet in Friedrichsdorf, und zwar in derselben Abteilung wie Breyer und Meurer.«

»Ist nicht wahr!«, entfuhr es Julia. »Was wollen wir wetten, Zufall oder keiner?«

»Fragen wir ihn einfach nachher, ich habe uns bereits angekündigt. Es hieß zwar, wir bräuchten einen Termin, und über seine Patienten dürften wir ohnehin nicht sprechen, aber ich habe darauf bestanden. Ab zwölf Uhr dürften wir ihn in der Bad Sodener Praxis antreffen, es sei denn, wir fahren vorher zu ihm in die Klinik.«

»Überlege ich mir noch«, murmelte Julia unentschlossen.

Zehn Minuten später standen sie an Schumanns Wohnungstür. »Durant noch einmal und Hellmer, Sie erinnern sich«, lächelte Julia kühl.

»Was wollen Sie schon wieder?«, fragte der Reporter mürrisch. Er trug einen schlabbrigen Frottee-Pullover, dazu eine abgewetzte schwarze Cordhose. Julia fragte sich, ob er mit seinem Kleidungsstil etwas zum Ausdruck bringen wollte oder ob es nur eine junggesellentypische Nachlässigkeit war. Nur allzu gerne hätte sie einen Blick in seinen Kleiderschrank geworfen, doch natürlich würde ein Durchsuchungsbeschluss das Schlafzimmer nicht umfassen. Also konzentrierte sie sich rasch wieder auf das Wesentliche und antwortete mit einer Gegenfrage: »Können Sie sich das nicht denken?«

Dabei zog sie den ausgedruckten Artikel des Vortags hervor und hielt ihn Schumann vor die Nase. »Wir interessieren uns nach wie vor für die Umstände, wie Sie an gewisse Informationen gelangt sind.«

»Ach, das sind doch olle Kamellen«, winkte Schumann verächtlich ab. »Es gibt aber mittlerweile einen neuen Artikel, den ich Ihnen zeigen kann. Wollen Sie ihn lesen? Habe eine nette Portion Marx und Engels eingebaut, nicht diesen abgegriffenen Mist, den Occupy mittlerweile für sich beansprucht. Ich bin kein Kommunist oder so, Gott bewahre, aber mein Großvater hat schon immer gesagt: Hochmut kommt vor dem Fall. Er war Kommunist, doch das ist eine andere Geschichte. Da fällt mir ein ...«, er lächelte, »... das könnte ich glatt eins zu eins verwenden. Setzen Sie sich doch, ich bin gleich wieder da!«

Hastig durchquerte er das Wohnzimmer und hämmerte kurz darauf klackernd auf seine Tastatur.

»Uns interessieren weder Ihre politische Einstellung noch der Artikel von heute, zumindest interessiert der Artikel nur sekundär«, sagte Julia gereizt. »Aber ich habe in meinem Briefkasten einen Flyer gefunden, der beinahe wortgetreu den Text enthält, den Sie in Ihrem gestrigen Artikel verwendet haben.«

»Ach, das ist nur so ein Flyer, den habe ich auch bekommen«, erwiderte Schumann, während er zu den beiden Kommissaren zurückkehrte.

»Ach? Haben Sie?«, fragte Julia ungläubig. »Das ist interessant, denn dann sind wir bisher die Einzigen. Zumindest in meinem Haus hat ihn niemand sonst in der Post gehabt.«

Schumann runzelte die Stirn und schürzte die Lippen.

»Was bedeutet das?« Er rieb sich am Kinn, seine Augen glotzten etwas dümmlich in den Raum, und es wirkte beinahe, als wüsste er tatsächlich nicht mehr darüber als die beiden Kommissare.

»Das würde ich gerne von Ihnen wissen«, bohrte Julia weiter. »Sie verwenden die Textpassage doch. Ich kann das nicht einfach als Zufall abtun, denn es gibt so viele Zitate, warum also ausgerechnet zweimal dasselbe an zwei scheinbar unabhängigen Orten? Woher, sagten Sie, stammt das Zitat? Occupy? Ich dachte eher an König Salomon, aber mein Vater ist Pastor, vielleicht bin ich da ein bisschen vorbelastet. Sie wissen es aber offenbar besser, Occupy, das bedeutet, Sie haben sich mit dem Text auseinandergesetzt. Haben Sie ihn gar verfasst?«

»Hey, Moment, ich lasse mir hier nichts unterstellen!«, erwiderte Schumann patzig. »Ich fand diesen Wisch in der Post, zusammen mit anderer Werbung. Dann erhielt ich gestern eine Mail, in der darauf Bezug genommen wurde. Sie können meinetwegen wieder in meinem Computer herumstöbern, sie ist noch im Posteingang. Sinngemäß stand dort, dass der mächtige Karl von Eisner nun endlich gefallen sei, so wie es das Schicksal vorgesehen habe, und alles Geld habe ihm in der Stunde seines Gerichts nichts genutzt. Da habe ich mich natürlich an diesen Spruch erinnert und das Zitat verwendet, denn wo kein Copyright draufsteht, da bediene ich mich, wenn's mir in den Kram passt. Natürlich habe ich selbst recherchiert, es gibt schöne Sprüche ...«

»Und Ihnen kam es nicht eigenartig vor, dass jemand Sie mit Mails versorgt, der offenbar über ein beträchtliches Insiderwissen verfügt?«, unterbrach Hellmer ihn.

»Und Sie sind auch nicht auf die Idee gekommen, uns eventuell zu benachrichtigen?«, fügte Julia hinzu. »Das ist ein verdammt schmaler Grat. Sie wissen schon, dass wir Ihnen wegen Strafvereitelung ans Leder gehen könnten?«

»Nein und nein«, entgegnete Schumann und wedelte energisch mit dem Zeigefinger. »Ich habe Ihnen bereits gesagt, dass ich in meinem Leben als Journalist schon ganz anderen Gefahren ausgesetzt war. Wenn mich also jemand als Sprachrohr benutzen möchte, dann ist das zuallererst eine persönliche Ehre, und außerdem gehe ich da strikt meinem Berufsethos nach. Ungefilterte Berichterstattung, Sie verstehen? Vom Schutz der Quelle einmal ganz abgesehen. Mal unter uns: Wenn ich zu Ihnen gekommen wäre, Sie hätten mir doch sofort einen Maulkorb verpassen wollen, richtig?«

»Mag sein«, erwiderte Julia. »Aber das ist eben unser Ethos. Wir stellen keine kruden Theorien in den Raum, werfen nicht mit Anschuldigungen um uns und sind auch einigermaßen diskret – den Hinterbliebenen zuliebe. Was glauben Sie denn, wen die Witwe von Eisner eher verklagen würde? Uns, weil wir ein paar Tage länger zur Aufklärung benötigen, da wir erst unsere Hausaufgaben machen, oder Sie, weil Sie in jeder Zeile an den Persönlichkeitsrechten kratzen?«

»Vielleicht wird sie sich ja mit einer Flasche Schampus bei mir bedanken, weil ohne mich die Polizei auch in drei Wochen noch mit leeren Händen dastehen würde«, gab Schumann selbstbewusst zurück.

»Haben Sie auch heute wieder Informationen erhalten?«, fragte Hellmer dazwischen. In diesem Moment vibrierte Julias Handy, und sie verließ für einen Augenblick den Raum.

»Informationen?«, fragte Schumann nach. »Sie meinen eine neue E-Mail?«

»Ja, was auch immer.«

»Nein, bedaure. Aber der Tag ist ja noch jung«, fügte der Journalist geheimnisvoll lächelnd hinzu. »Ich warte einfach mal ab, vielleicht zwitschert mir mein Vögelchen ja noch etwas.«

»Jetzt zwitschere *ich* Ihnen mal etwas«, meldete sich Julia zurück, die soeben wieder den Raum betrat. Mit einem zufriedenen Gesichtsausdruck näherte sie sich dem Mann, der einen halben Kopf größer war als sie, und baute sich vor ihm auf. »In ein paar Minuten kommen die Kollegen von der KTU und sacken Ihren Laptop ein. Dann ist es vorbei mit Ihren Infos, es sei denn, die E-Mails stammen von Ihnen selbst. Na, wie finden Sie das?«

»Absurd!«, erwiderte Schumann trotzig, doch von einem Moment auf den anderen wirkte er bei weitem nicht mehr so selbstgefällig und überheblich wie bisher. Julia war nicht entgangen, dass er zusammengezuckt war, als sie die KTU erwähnt hatte. »So ein ausgemachter Blödsinn, wie können Sie denn annehmen ...«

»Wir gehen jeder Theorie nach, und sei sie noch so abwegig«, unterbrach Julia ihn harsch, dann setzte sie nach: »Unverfälschte Polizeiarbeit, verstehen Sie? Das ist unser Ethos, das dürften Sie doch am besten verstehen. Investigativ nennt man das bei Ihnen, nicht wahr? Das können wir auch.«

»Ach, rutschen Sie mir doch den Buckel runter«, fauchte Schumann und wandte sich von ihr ab. Er ging zwei Schritte in Richtung Schreibtisch, dann stoppte Hellmer ihn mit den Worten: »Halt, Finger weg. Bis die KTU eintrifft, ist Anfassen verboten. Wenn Sie nichts zu verbergen haben …«

»Ich muss meine Arbeit sichern, verdammt«, zischte Schumann wütend.

»No Chance.« Hellmer schüttelte den Kopf und presste die Lippen aufeinander. »Jetzt sind zuerst die Kollegen dran.«

DONNERSTAG, 11.48 UHR

Das liebe ich ja«, stöhnte Julia, als sie sich im Wartezimmer niederließen. »Ein ganzes Haus voller Ärzte, aber keiner ist da, wenn man ihn braucht. Ich dachte, wenn man schon ein ganzes Zentrum unterhält, müsste wenigstens immer jemand da sein.«

»Hättest du wohl gerne.« Gähnend griff Hellmer nach einer Zeitung. »Die Vormittagsbesetzung ist schon zu Tisch, und unser Dr. Schultheiß wird kaum eine Minute vor zwölf hier auflaufen.«

»Die Löbler hatte laut Aussage ihres Mannes einen Termin gegen elf, oder?«, erinnerte sich Julia. »Wenn diese Halbtagesregelung dauerhaft ist, haben wir da einen Widerspruch, stimmt das?«

»Elf Uhr oder später hat Löbler ausgesagt«, korrigierte Hellmer. »Aber sie hat ihm gegenüber auch behauptet, sie ginge zum Frauenarzt. Fragen wir also am besten den, der es wissen muss, nämlich den lieben Herrn Doktor. Ich bin gespannt, was der dazu zu sagen hat.«

Das Wartezimmer der psychologisch-psychiatrischen

Praxis war ein separat gelegener Raum, der sich noch vor der Zugangstür zu den Sprechzimmern befand. Die Tür schloss sich durch einen Federmechanismus automatisch, womöglich, um die Kontakte zwischen kommenden und gehenden Patienten zu minimieren. Diskretion, so schloss Julia im Stillen, wird hier anscheinend großgeschrieben. Ein Schild an der Tür, auf dem die Namen der Therapeuten vermerkt waren, wies darauf hin, dass Termine nur nach telefonischer Vereinbarung möglich waren. Eine Anmeldung gab es nicht, die Praxis befand sich in der obersten Etage des dreistöckigen Gebäudes, einer renovierten Villa aus der vorletzten Jahrhundertwende. Die Fensterrahmen waren frisch gestrichen, ebenso die Wände, alles in einem cremefarbenen Weiß. Die dunklen Holztüren waren abgeschliffen und die alten Beschläge poliert, einzig der graue Teppichboden störte etwas, denn er verlieh dem stilvollen Gebäude eine kühle Monotonie. Dennoch wirkte diese Etage von allen am elegantesten, weiter unten, bei Zahnarzt und Gynäkologin, hatten sie im Vorbeigehen die typischen Elemente der 1990er Jahre gesehen: türkisblaue Teppiche, Kunststofftürgriffe und hochglanzlackierte Möbel.

»Was mache ich denn, wenn ich eine psychische Krise bekomme?«, murmelte Julia. »Dann erreiche ich hier nicht einmal eine Sprechstundenhilfe.«

»Du rufst einfach Alina an«, gab Hellmer zurück. »Die steht doch sofort Gewehr bei Fuß, oder bin ich da nicht auf dem Laufenden?«

»Blödmann, ich meine es ernst. Was auch immer die Löbler hatte, weiß man ja nicht, aber sie war doch wohl Patientin hier. Angenommen, ihr geht es extrem schlecht, sie weiß nicht, was sie tun soll, denkt dann an ihren Psychiater und erreicht nur eine Bandansage. Was dann?«

»Hmm, vielleicht die Seelsorge? Oder er gibt seinen Akutpatienten eine vertrauliche Nummer für den Krisenfall. Mensch, Julia, ich hab doch keine Ahnung, aber wenn sie sich nur deshalb die Pulsadern aufgeschnitten haben soll, dann war das hier sicher nicht die richtige Therapie für sie.«

Draußen auf der Treppe war ein dumpfes Stapfen zu hören und das Knarren uralter Holzstufen. Julia und Frank verstummten und blickten erwartungsvoll durch die offen stehende Tür, bis sich dort ein stämmiger, schwer atmender Mann zeigte. Dr. Schultheiß mochte um die fünfundsechzig sein, etwas korpulent, aber mit einem schmalen Gesicht, seine Haare waren dicht und überwiegend grau, unter der großen Nase trug er einen breiten Schnauzbart.

»Guten Tag, Sie müssen die Kriminalbeamten sein«, keuchte er und wischte sich mit einem Stofftaschentuch die Schweißperlen von der Stirn.

»Stimmt«, erwiderte Julia verwundert. »Durant und Hellmer, Mordkommission.«

»Mein Kollege hat mich angerufen«, erklärte Schultheiß. »Sie haben Glück, ich lege meine Mittagstermine meist erst ab ein Uhr, man weiß nie, was auf der Straße los ist, und Sie sehen ja, ich muss mich erst ein wenig akklimatisieren.«

Er entledigte sich seiner Handschuhe, knöpfte den beigen Kamelhaarmantel auf und klapperte kurz darauf mit einem Schlüsselbund, von dem er einen großen, dunkel angelaufenen Bartschlüssel auswählte. Klackend entriegelte er die Tür, im Inneren entflammten einige Halogenspots.

»Bitte folgen Sie mir.«

Das Sprechzimmer – Julia war sich nicht sicher, ob der Begriff Behandlungszimmer angemessen war – fügte sich ohne Stilbruch in das elegante Ambiente ein, das einzig Moderne waren ein Flachbildschirm und die Telefonanlage, außerdem auch hier die Halogenstrahler, die den Raum gleichmäßig erhellten. Der Schreibtisch, das dahinter liegende Bücherregal sowie eine kleine Sitzgruppe von drei in dunkelrotem Leder bezogenen Lehnstühlen um einen runden Tisch waren in dunklen Holztönen gehalten. An der Wand hing das Porträt eines Pfeife rauchenden Mannes in der Kleidung des achtzehnten Jahrhunderts. Ziemlich antiquiert, dachte Julia, wenn man hier einen Film über Sigmund Freud drehen will, braucht man kaum etwas zu verändern.

»Sie sind der Psychiater von Nathalie Löbler?«, kam sie nach einer kurzen Erläuterung der Ermittlungshintergründe zur Sache.

»Zunächst einmal«, erwiderte Dr. Schultheiß, »gestatten Sie mir die Frage, inwieweit Sie darüber informiert sind, worin der Unterschied zwischen einem Psychologen und einem Psychiater besteht.«

»Ein Psychiater ist ein Arzt und darf Medikamente verschreiben«, überlegte Hellmer laut. »Und ein Psychologe konzentriert sich auf nichtmedikamentöse Behandlungen. Gesprächs- oder Verhaltenstherapie, so etwas, richtig?«

»Grob gesagt, ja«, lächelte Schultheiß. »Mein Kollege und ich arbeiten Hand in Hand, er ist Psychotherapeut, und ich bin Psychiater. Wie Sie ja bereits wissen, bin ich vormittags in einer Klinik tätig, daher beantworte ich Ihre

Eingangsfrage einmal mit Ja und Nein. Frau Löbler war nämlich genau genommen unser beider Patientin.«

»Hm.« Julia runzelte die Stirn. »Und bei wem von Ihnen beiden war sie aktuell in Behandlung?«

»Mit dieser Frage untergraben wir im Grunde genommen schon meine Schweigepflicht«, mahnte Schultheiß mit erhobenem Finger, und Julia fiel der protzige silberne Siegelring ins Auge, den er am Ringfinger trug. Bevor sie oder Hellmer aber einen Einwand erheben konnten, sprach der Psychiater bereits weiter. »Die Tatsache, dass die arme Frau Löbler nicht mehr unter uns weilt, lässt mich das zugunsten Ihrer Ermittlung jedoch nicht ganz so verbissen sehen. Sie war zunächst bei meinem Kollegen in Therapie, diese jedoch liegt schon einige Monate zurück. Der jüngste Kontakt war vor einigen Wochen zu mir, es ging um ein Rezept. Daraufhin übernahm ich die therapeutische Begleitung, denn wie Sie vielleicht wissen, gibt es gewisse Medikamente nur unter bestimmten Umständen und Auflagen, dazu gehört es auch, regelmäßig vorzusprechen. Telefonisch bestellen ist bei uns nicht drin, wenn Sie verstehen.«

»Dürfte ohne Sprechstundenhilfe auch schwierig sein«, erwiderte Julia lakonisch.

»Wir kommen gut ohne aus«, lächelte Schultheiß mechanisch. »Und das ist keineswegs unüblich. Je weniger Personen, desto mehr Diskretion. Volle Wartezimmer und ständig klingelnde Telefone gibt es bei uns nicht, dafür begegnen sich die wenigsten unserer Patienten untereinander, und es ist beileibe nicht so, dass wir hier primär von Privatpatienten reden.«

»Ist schon gut, das sollte nicht abwertend klingen«, sagte Julia.

»Sie klingen besorgt«, antwortete Schultheiß. »Nicht dass ich Sie jetzt analysieren möchte, aber gibt es an dem Tod von Frau Löbler irgendetwas, was Ihnen besonderen Kummer bereitet?«

»Das herauszufinden sind wir hierhergekommen«, gab Julia nickend zu. »Frau Löbler ist tot, und wir haben keine Erklärung dafür, warum eine erfolgreiche Geschäftsfrau, gutaussehend, mit einem ebenso erfolgreichen Mann, der zudem eine vielversprechende politische Karriere vor sich zu haben scheint, sich so mir nichts, dir nichts das Leben nehmen sollte. Für einen endgültigen Bericht fehlen uns da noch eine Menge Antworten, und auch für ihren Mann ist die Ungewissheit sicher nicht leicht zu ertragen.«

»Viele gute Gründe, weshalb meine Schweigepflicht nicht über den Tod hinaus gelten sollte, wie?«

»Wenn es keinem schadet ...«

»Das zu beurteilen ist ohne ein weiteres Ausplaudern von internen Belangen unserer Patienten leider nicht möglich«, erwiderte Dr. Schultheiß. »Das müssen Sie verstehen, aber wenn herauskäme, dass wir nur eines vagen Ermittlungsauftrags wegen die intimen Geheimnisse von Patienten preisgeben, können wir die Praxis bald dichtmachen. Es gibt genügend Alternativen hier in der Gegend, von meinem Ruf in der Klinik einmal ganz zu schweigen.«

»Die Klinik ist übrigens ein interessanter Punkt«, warf Hellmer ein. »Dort waren wir erst kürzlich in einer anderen Sache. Sie können sich denken, wie erstaunt wir waren ...«

»Ein ulkiger Zufall«, nickte der Psychiater, offenbar völlig unbeeindruckt. »Um noch einmal auf Frau Löbler zurückzukommen. Es ist ja nicht so, dass ich Ihnen nicht helfen möchte. Besteht denn die Möglichkeit, dass Sie ein entsprechendes Dokument erhalten, das mich von der Schweigepflicht entbindet?«

»Eine richterliche Anordnung?«, fragte Julia laut und überlegte dann rasch, mit welcher Begründung sie diese erwirken könnte. Sie kratzte sich nachdenklich am Kinn, dann schüttelte sie den Kopf. »Ich bin mir nicht sicher, ob wir das hinbekommen.«

»Dann fragen Sie doch den Ehemann«, schlug Dr. Schultheiß vor.

»Hat der denn in diesem Fall ein Einsichtsrecht?«, fragte Hellmer irritiert.

»Nein, nicht wegen des Suizids«, lächelte Schultheiß anerkennend. »Aber Respekt. Sie scheinen sich auszukennen.«

»Sie würden sich wundern, wie oft wir über diese Schweigepflicht stolpern«, seufzte Hellmer. »Nichts gegen Sie, prinzipiell steht da eine ehrenvolle Absicht dahinter, aber ...«

»... aber im Alltag ist sie oft hinderlich, ich weiß«, lächelte Schultheiß. »Aber wo wir schon einmal beim Spekulieren sind, stellen Sie sich nur einmal vor, es gäbe keine Schweigepflicht. Das wäre das Ende jeder Vertrauensbasis, besonders in unserem Kontext. Wer würde sich denn schon auf die Couch legen wollen, wenn er sich nicht zu hundert Prozent sicher sein könnte, dass seine tiefsten Geheimnisse absolut sicher wären? Wir werden ständig angefragt, von Krankenkassen, Arbeitgebern und Angehörigen, das ist ein Kreuz, das wohl jeder Arzt zu tragen hat. Aber ich kann mich stets auf die unmissverständlich im Gesetz verankerte Schweigepflicht berufen.«

»Sich darauf berufen oder dahinter verstecken?«, erwiderte Julia aus einem Impuls heraus und hätte sich am liebsten auf die Lippe gebissen. Doch Schultheiß reagierte völlig gelassen.

»Beides vermutlich. Es ist natürlich immer einfacher, sich auf Regeln zu berufen, die von einer übergeordneten Instanz stammen. Das erleichtert einem aufgebrachten Anrufer die Akzeptanz. Somit ist es für beide Seiten einfacher.«

»Tut mir leid, das war nicht als Angriff gemeint«, nickte Julia.

»Aber so wie ich Sie verstanden habe, sehen Sie trotzdem eine Möglichkeit, wie Sie uns helfen könnten, oder irre ich mich da?«

»Nein, Sie irren nicht. Es gibt eine Schweigepflichtsentbindung gegenüber Herrn Löbler«, erklärte Schultheiß. »Holen Sie sich bei ihm eine Einverständniserklärung, und wir können uns ungehindert unterhalten.«

»Prima!«, rief Julia und erhob sich. »Das ist doch endlich mal eine gute Nachricht. Los, Frank, worauf warten wir noch?«

»Moment«, vernahm sie dann den angenehmen Bariton des Psychiaters.

»Ja?«

»Es kann gut sein, dass Herr Löbler nichts davon weiß, dass es diese Vereinbarung gibt. Sie sollten also sehr behutsam fragen. Für uns ist dieses Formular mehr oder weniger eine Formsache, die wir gleich bei der Neuaufnahme erledigen. Die meisten Patienten unterschreiben es selbstverständlich, das bedeutet aber im Umkehrschluss nicht, dass sie im Anschluss ihrem Partner oder ihrer Familie auch davon berichten. Es gibt zudem in unserem speziellen Fall noch eine weitere Einschränkung, die Sie bedenken müssen.«

»Und die wäre?«

»Wir sprechen ausschließlich über Frau Löblers eventuelle Diagnostik, Medikation und Therapie. Wenn dort aber persönliche Inhalte auftauchen, die sie und ihren Ehemann gemeinsam betreffen, greift die Entbindung nicht. Nicht ohne explizite Zustimmung ihres Mannes auch in diesem Punkt.«

Als sie wenige Minuten später in Hellmers BMW saßen und Julia bereits zum zweiten Mal Löblers Nummer anwählte, knurrte sie während des Freizeichens vor sich hin: »Mist aber auch, wie gewonnen, so zerronnen. Löbler kann sich sicher nicht leisten, uns die Kooperation zu verweigern, denn er muss ja auf seine reine Weste achten. Aber er wird den Teufel tun, dass Schultheiß irgendwelche Ehegeheimnisse ausplaudert.«

»Und genau da liegt wohl der Hund begraben«, nickte Hellmer. »Wenn sie sich tatsächlich aufgrund ehelicher Gewalt das Leben genommen hat, werden wir das von Schultheiß nicht bestätigt bekommen.«

»Scheiße, wieder nur der Anrufbeantworter«, schimpfte Julia und atmete tief durch. Sie wartete den Piepton ab und fuhr dann mit ruhiger Stimme fort: »Ja, guten Tag, hier ist Durant von der Kripo. Bitte rufen Sie mich so schnell wie möglich zurück, es gibt bezüglich Ihrer Frau noch etwas zu klären.« Danach diktierte sie ihre Handynummer, obwohl Löbler diese wohl auf dem Display sehen konnte, und ihre Karte hatte er schließlich auch.

DONNERSTAG, 15.40 UHR

Polizeipräsidium, Konferenzraum.

Der Boden schien frisch gewachst zu sein, Julia fühlte sich in ihrer Gruppe von gerade einmal sechs Personen richtiggehend verloren zwischen den unzähligen leeren Tischen und Stühlen des geräumigen Saales. Sie hatten sich versammelt, um die neuesten Erkenntnisse auszutauschen: Berger, Kullmer und Kaufmann saßen nebeneinander an einer Seite der kleinen Tischgruppe, Durant und Hellmer auf der anderen, neben ihnen der Computerexperte Schreck. Dieser erläuterte gerade mit einer Menge technischer Fachbegriffe, dass das Notebook von Schumann lupenrein sei.

»Unterm Strich«, fasste er abschließend zusammen, »können wir also sagen, keine illegalen Downloads, ein paar Musikdateien mal außen vor gelassen, keine verdächtigen E-Mails, wobei eine Auswertung des gesamten Ordners wahrscheinlich Wochen dauern würde. Hauptsächlich Fotodateien aus seiner bisherigen Berufskarriere, eine Menge angefangener Artikel und Beiträge, dann ein paar Dokumente, die auf eine geplante Buchveröffentlichung hindeuten. Aber in puncto der besagten Internet-Artikel gibt es rein gar nichts Verdächtiges, auch keinen Hinweis, dass er das Foto selbst aufgenommen hat.«

»Also ist Schumann draußen?«, wollte Berger wissen.

»Na ja.« Schreck räusperte sich. »Ein Profi könnte Dateien ganz tief auf seiner Festplatte verstecken oder sie irgendwo hochgeladen haben, wo wir nicht rankommen. Und die Spuren auf dem eigenen Computer verwischt man mit ein paar grundlegenden Kenntnissen recht schnell. Ich brauche für eine wirklich tiefgehende Analyse einfach mehr Zeit.«

»Ich lasse Schumann nicht einfach aus dem Raster fallen«, sagte Julia harsch. »Er verhält sich dermaßen großkotzig, das kann und will ich nicht einfach ignorieren. Mag sein, dass er sich nur wichtig macht …«

»… was bei einem Typen wie ihm doch auch naheliegend ist, oder?«, warf Kullmer ein. »Er reitet auf der Welle mit und möchte sich darüber profilieren und seine fünfzehn Minuten Ruhm abschöpfen.«

»Herr Schreck sucht in dieser Richtung weiter – und zwar mit Priorität«, kürzte Berger eine eventuelle Diskussion mit einem Federstrich ab. »Was gibt es sonst noch?«

»Wir haben die Putzkolonne auseinandergepflückt«, sagte Sabine Kaufmann. Sie lächelte vielversprechend und schlug die vor ihr liegende Laufmappe auf. Julia nippte an ihrem Kaffee und versuchte auf dem oben aufliegenden grobkörnigen Ausdruck etwas zu erkennen. Doch er war zu dunkel, unscharf und auf dem Kopf, also zwang sie sich zur Geduld.

»Da hier niemand lange Reden mag«, fuhr Sabine fort, »fasse ich mich kurz. Genau genommen verdient Peter die Lorbeeren, denn er hat die meisten nervenaufreibenden Gespräche geführt, aber zum Schluss war es dann diese Frau Schubert, die die ganze Sache auf den Punkt gebracht hat.«

Hurra, die ach so tolle Frau Schubert, ging es Julia durch den Kopf. Netter Augenaufschlag und ein wenig mit dem Arsch wackeln, und das Leben ist schön.

»Und *was* hat sie auf den Punkt gebracht?«, fragte sie, angespannt mit den Fingern trommelnd.

»Wir haben einerseits die Info, dass der Reinigungstrupp gestern vollzählig war«, erläuterte Kullmer, »und andererseits wissen wir, dass sie sich zur besagten Zeit allesamt weit abseits der Etage der Eisner Group aufhielten. Den genauen Plan haben wir vorliegen, aber den brauchen wir wohl gar nicht.«

»Nein, denn Frau Schubert war so nett, uns nach präzisem Nachfragen von Videoaufzeichnungen zu berichten«, übernahm Sabine wieder.

»Videoaufzeichnungen?«, fragte Julia erregt und versuchte sich zu erinnern, ob in dem Gebäude Kameras angebracht waren.

»Na ja, Videoaufzeichnung ist vielleicht übertrieben«, winkte Kullmer ab, »aber es gibt zwei versteckte Kameras in der Lobby, noch relativ neu und damit auf dem entsprechenden Stand der Technik. Die Sicherheitsfirma arbeitet testweise damit, wobei sie offiziell noch nicht freigegeben sind. Wahrscheinlich wissen nur eine Handvoll Leute von ihnen. Nun, eine der Kameras, sie ist hinter dem Empfangstresen angebracht, hat jedenfalls eine interessante Aufnahme gemacht. Für mich ist es kaum mehr als grobkörniges Rauschen, aber Sabine meint, ihr käme die Person bekannt vor.«

»Ja, und ich musste mir schon wieder einen Vortrag darüber anhören, dass es so etwas wie ein fotografisches Gedächtnis ja überhaupt nicht gibt«, kommentierte Sabine und verdrehte die Augen. »Michael war so nett, den Ausschnitt maximal zu vergrößern. Und jetzt schau doch mal selbst!« Sie schob das Papier mit kurzem Zwinkern in Schrecks Richtung hinüber zu Julia.

»Ist ja wirklich kaum etwas zu sehen«, frotzelte Julia, nahm das Blatt dann aber hoch und betrachtete die abgebildete Person mit zusammengekniffenen Augen. Der Bildausschnitt zeigte den Oberkörper einer Frau, durchschnittliche Statur, sie trug einen Mantel und hatte ein Stofftuch um den Kopf geschlagen. Die Aufnahme war schwarz-weiß, etwas überbelichtet, womöglich hatte Schreck sie aufgehellt, damit man überhaupt etwas erkannte. Die Frau schien im Begriff, etwas zu sagen, sie hatte den Kopf in Richtung Kamera gedreht, blickte aber darunter durch. Vermutlich meldet sie sich gerade bei Frau Bluhm an, schloss Julia. Daher auch diese seltsame Geste, ihr rechter Finger hakte neben ihrer Nase unter dem Tuch und zog es gerade so weit hinunter, dass ihre Konturen ausreichend freigegeben waren. Julias Herz begann zu pochen, als sie die Gesichtszüge der Frau zu erkennen begann.

»Verdammt noch einmal!« Julias flache Hand segelte hinab und landete so hart auf der Tischplatte, dass die braunen Kaffeebecher tanzten.

»Ha! Ich wusste, dass ich mich nicht irre«, sagte Sabine triumphierend in die Runde. »Sag schon, Julia, du erkennst sie auch, oder?«

»Ja, ich bin mir relativ sicher«, nickte die Kommissarin. »Es ist Helene Markov, Laras Mutter.«

»Was?«, entfuhr es Hellmer ungläubig, und Julia fiel ein, dass außer ihr und Sabine bislang niemand der Anwesenden Frau Markov zu Gesicht bekommen hatte.

»Es ist Laras Mutter, da bin ich mir sicher, auch wenn das Foto noch so grobkörnig ist. Dieser Blick, diese Konturen ...«

»Mensch, das kann doch alles kein Zufall mehr sein!«, fiel Hellmer ihr ins Wort. »Eben gerade kommen wir von einem Psychiater, der in derselben Klinik tätig ist, wo diese Markov untergebracht ist. Was zum Teufel hat das alles zu bedeuten?« Er lehnte sich seufzend zurück, die Lehne des Stuhls knarrte dabei, und raufte sich die Haare am Hinterkopf.

»Sabine, wir fahren da sofort hin, bist du dabei?«, fragte Julia. »Ja, auf jeden Fall. Uns kennt sie bereits, das könnte hilfreich sein. Soll ich rasch anrufen?«

»Das machen wir von unterwegs. Ob diese Meurer nun allergische Pickel davon bekommt oder nicht, wir knöpfen uns die Markov ohne weitere Verzögerung vor.« Julia erhob sich und warf einen Blick in Richtung Hellmer und Kullmer. »Peter, du kümmerst dich bitte um Löbler. Den will ich heute noch sprechen, egal wann und wie. Frag notfalls noch mal im Büro nach, irgendwo muss er ja sein. Frank, du durchleuchtest diesen Schultheiß, besonders interessiert mich seine Tätigkeit in der Klinik. Kennt er die Markov, welche Kollegen hat er, solchen Kram eben. Alles kann relevant sein.«

»Ja, ich hab's schon kapiert«, murmelte Hellmer, »macht euch jetzt endlich vom Acker.«

DONNERSTAG, 16.25 UHR

Wider Erwarten hatte Elisabeth Meurer keine Einwände gegen ein weiteres Gespräch der Kommissarinnen mit Helene Markov erhoben.

»Ich muss aber um halb fünf zu einem Seminar«, war ihre einzige Einschränkung gewesen.

»Wir sind schon unterwegs«, hatte Sabine gesagt, »aber wir wissen nicht, wie rasch wir durchkommen.«

»Dann bereite ich alles so weit vor, Sie kennen sich ja aus, nicht wahr? Bitte, Frau Kaufmann, behandeln Sie meine Patientin ebenso mit Glacéhandschuhen wie Ihre Mutter, wenn sie eines ihrer Tiefs hat.«

»Natürlich.« Sabine hatte ihr geflissentlich verschwiegen, dass die Möglichkeit einer Verhaftung nicht auszuschließen war. Mit einem resignierten Seufzer war das Handy wieder in ihrer Tasche verschwunden.

Julia Durant parkte auf demselben Parkplatz wie bei ihrem ersten Besuch, die beiden überquerten den schmalen Fußweg, vorbei am Wachhäuschen und der rot-weißen Schranke, bis sie das Gebäude erreichten. Helene Markov würde in der Cafeteria warten, so die Information von Dr. Meurer, und Julia entdeckte die beiden an einem Vierertisch vor der großen Panoramascheibe in Richtung des Innenhofes. Die Ärztin erhob sich und eilte auf sie zu.

»Gott sei Dank«, schnaufte sie, »ich dachte schon, wir würden uns nicht mehr begegnen. Frau Markov ist bereit, mit Ihnen zu sprechen, sie hat heute einen guten Tag, wie es scheint. Trotzdem bitte ich Sie um Fingerspitzengefühl.«

»Wir werden sehen«, nickte Julia und schaute an Dr. Meurer vorbei in Richtung ihrer Patientin. Helene Markov blickte gedankenverloren aus dem Fenster und spielte mit einem silberfarbenen Teelöffel. Vor ihr stand eine Porzellantasse, über deren Rand die Schnur eines Filterbeutels lag.

»Hören Sie«, kam es mit energischem Unterton von Dr. Meurer, und Julia blickte sie fragend an. Die Ärztin fuhr fort: »Wenn ich mich nicht darauf verlassen kann, dass Sie Frau Markov äußerst rücksichtsvoll behandeln, rühre ich mich hier nicht von der Stelle.«

Bevor Julia etwas erwidern konnte, ergriff Sabine bereits das Wort. »Ich garantiere Ihnen, dass wir uns angemessen verhalten werden. Sie können sich darauf verlassen.«

»Nun gut, ich nehme Sie beim Wort. Adieu.« Mit einem kühlen Lächeln nickte Dr. Meurer Julia zu, drehte sich um und tippelte eilig davon. Die beiden Kommissarinnen tauschten einen schweigenden Blick, dann wandten sie sich Helene Markov zu, die sich nicht für die beiden zu interessieren schien. Erst als Julia und Sabine sich ihr gegenüber an den Tisch setzten, reagierte sie.

»Guten Tag.« Sie lächelte matt, doch ihre Augen schienen hellwach.

»Hallo«, nickte Julia knapp, während Sabine ihr lächelnd die Hand entgegenstreckte. Frau Markov erwiderte die Geste.

»Wie geht es Ihnen?«, erkundigte Sabine sich. »Ich habe den Eindruck, Sie sähen etwas besser aus als vorgestern.«

»Danke, aber das täuscht. Ich fühle mich zumindest nicht besser.«

»Aber Sie lesen doch die Tageszeitung«, setzte Julia an und deutete schräg hinter sich, wo ein Drahtaufsteller mit der aktuellen Tagespresse unübersehbar neben der Ausgabe des Kiosks stand. »Sind Sie nicht erleichtert darüber, dass Karl von Eisner nun tot ist?«

»Wie meinen Sie das?«, gab Frau Markov kühl zurück.

»Immerhin stempelt die öffentliche Meinung ihn als Mörder Ihrer Tochter ab.«

»Ach, deshalb. Nein, ich bin nicht erleichtert. Sie haben sich doch mit Frau Meurer über mich unterhalten, hat sie Ihnen denn so wenig über mich erzählt? Ich bin sehr gläubig, genau genommen ist es im Augenblick Gott allein, der mich noch an meinem Leben festhalten lässt. Viel mehr«, fügte sie tonlos hinzu, »ist mir ja nicht geblieben.«

»Ich glaube auch an Gott«, nickte Julia mit einem kühlen Lächeln, »aber er bestimmt nicht mein Gefühlsleben. Manchmal wünsche ich es mir zwar, denn Emotionen lassen uns Menschen viel zu oft gegen unsere Vernunft handeln, aber ich habe gelernt, dass Gott uns einen recht großen Handlungsspielraum anvertraut hat. Würde ich das nicht akzeptieren, könnte ich wohl kaum in diesem Beruf bestehen«, seufzte sie. »Das bringt mich zurück zu Ihnen. In den Medien taucht Karl von Eisner auf, dazu dieses Foto – ich kann Ihnen nur versichern, dass es nicht aus dem Präsidium an die Öffentlichkeit gelangt ist. Es wird berichtet, dass wir ihn verhört, aber nicht in Gewahrsam genommen haben.«

»Was ja auch stimmt«, kommentierte Frau Markov kühl. »Männer wie er landen nicht im Knast, richtig?«

»Nicht, wenn es keine handfesten Beweise gibt«, sagte Julia knapp.

»Und was hat das nun alles mit mir zu tun?«

»Nun, wie wär's damit: Sie haben das nicht ertragen können und sind in die Taunusanlage gefahren, wutentbrannt, enttäuscht, verletzt – was auch immer Sie geleitet hat.«

»Nein, das stimmt nicht«, wehrte Helene Markov energisch ab.

»Doch, es stimmt. Wir haben ein Videoband von Ihnen.«

Ihr Gegenüber wurde kreidebleich, und der Atem stockte.

»Vi...Video?«, hauchte sie ungläubig, und der Teelöffel fiel klappernd auf die Tischplatte.

»Ja, möchten Sie es sehen?«

»Äh, nein.« Helene Markov schwieg und starrte in ihre Tasse. Nach einigen Sekunden, für Julia und Sabine war es eine halbe Ewigkeit, begann sie zu flüstern. »Ich habe es gewusst, ich habe es gleich gewusst, oh Gott ...« Sie vergrub den Kopf in den Händen und schluchzte.

Julia setzte zu sprechen an, doch Sabine legte ihr sanft die Hand auf den Unterarm und bedeutete ihr, noch einen Moment zu warten.

»Ich wollte doch gar nicht ... ich bin doch nur«, kam es wimmernd zwischen den Handflächen hervor, dann hob Helene Markov wieder den Kopf.

»Was wollten Sie nicht?«, fragte Sabine leise. »Erklären Sie es uns, Frau Markov, wir haben leider keine andere Wahl, als Ihnen diese Fragen zu stellen, aber wir möchten Sie gerne verstehen.«

»Was gibt es da groß zu erklären?«, fragte Laras Mutter schulterzuckend. »Ich wollte wissen, warum er meinem Mädchen das angetan hat, wollte diesem Schwein ins Gesicht sehen, vielleicht wollte ich ihn sogar erschießen, ja, bei Gott, für einen Moment lang hatte ich sogar daran gedacht, ihm eine Kugel in den Kopf zu jagen.« Ihre Stimme zitterte bei diesen harschen Worten, doch sie wurde zunehmend selbstsicherer.

»Erzählen Sie weiter«, nickte Sabine auffordernd.

»Ich fuhr in die Stadt, in unsere Wohnung, dort bewahrt Lara eine Waffe auf.«

Das kann doch nicht wahr sein, warum haben wir die nicht gefunden?, fragte Julia sich im Stillen, während Frau Markov weitersprach. »Sie hat sie in ihrer Matratze verborgen, zur Sicherheit, wie sie immer betonte, denn ich hasse diese Dinger. Doch ohne sie hätte ich mich wahrscheinlich nicht getraut, in das Gebäude zu gehen. Dieser Eisner, haben Sie diesen kalten, hartherzigen Blick gesehen? Der ist selbst auf einem kleinen Foto furchteinflößend.« Helene Markov erschauderte. »Es war dunkel draußen, ich habe den Eingangsbereich eine Weile beobachtet, und mir kam dann die Idee, mich als Putzfrau auszugeben, die sich verspätet hat. Mein Kopf war größtenteils verhüllt, und am Empfang hat das auch niemanden gestört. Das war wie im Film, ich hatte nicht einmal einen Plan B, wenn das nicht funktioniert hätte. Ich weiß auch nicht«, seufzte sie, »aber mit gezogener Waffe hätte ich mich sicher nicht in die Lobby gestellt.«

»Sie haben es geschafft«, nickte Sabine.

»Ja.«

»Und dann?«

»Ich fuhr nach oben, die Wegweiser zur Eisner Group kann man ja kaum übersehen. Im Fahrstuhl war ich alleine, einmal hielt er zwischendrin an, und ich wäre beinahe falsch ausgestiegen, dann war ich da. Keine Vorzimmerdamen, aber im Büro brannte Licht. Das lief ab wie automatisch, als stünde ich neben mir ... Plötzlich fand ich mich mit der Waffe vor ihm stehend wieder, und ich weiß nicht, was ich getan hätte, wenn dieser Typ nicht hereingeplatzt wäre.«

Julia schreckte auf. »Typ? Welcher Typ?«

»Ich weiß es nicht«, erwiderte die Markov nachdenklich.

»Er war plötzlich da, hat mich total überrumpelt, ich bekam dann so etwas wie einen Blackout, vermutlich war ich sogar erleichtert, dass er hereingeplatzt ist. Ich muss was weiß ich wie lange versteinert dagestanden haben, aber ob ich jemals abgedrückt hätte?« Sie seufzte langgezogen.

»Was ist dann passiert?«, bohrte Julia ungeduldig.

»Ich weiß nur noch, dass die beiden verschwunden sind. Der Mann hatte wohl selbst etwas mit Karl von Eisner zu klären, er überzeugte mich, die Waffe runterzunehmen, und dann bekam ich weiche Knie und saß eine halbe Ewigkeit wie benommen auf dem Stuhl. Irgendwann bin ich aufgestanden und gegangen, wollte nur raus da, schnell weg, verstehen Sie?«

»Das verstehen wir«, nickte Sabine. »Aber den Rest leider noch nicht so ganz. Sie sagen, der Fremde kam hinzu, überzeugte Sie davon, die Waffe herunterzunehmen, und verließ mit von Eisner das Büro. Haben Sie eine Ahnung wieso und wohin?«

»Mehr weiß ich nicht.«

»Können Sie ihn beschreiben?«

»Groß, dunkelhaarig, was soll ich schon sagen?«, seufzte Helene Markov. »Ich stand völlig neben mir, weiß der Geier, was mich da geritten hat.« Sie räusperte sich kurz und rieb sich mit dem Handrücken die Augenwinkel trocken.

»Versuchen Sie bitte trotzdem, sich zu erinnern«, forderte Julia sie ruhig auf.

»Es war ein Durchschnittstyp, mittleres Alter, dunkle Augen, nichts Auffälliges.«

»Hatte er einen Akzent oder sprach er Dialekt?«

»Nein, ich glaube nicht.«

»War er eher sportlich oder vielleicht etwas kräftiger?«

»Weder noch, wenn Sie so fragen. Er war ja auch dick angezogen.«

»Und seine Gesichtshaut, vielleicht ein Teint?«

»Normal. Kein Solarium, falls es darum geht. Aber egal, was Sie mich noch fragen, es ist ein Ratespiel«, beharrte Frau Markov.

»Wir müssen das aber nun mal so genau wie möglich wissen«, entgegnete Julia. »Bei allem Verständnis für Ihren Groll gegenüber Karl von Eisner, aber wenn er von diesem Unbekannten ermordet wurde, möchten wir uns mit diesem Mann unterhalten und ihn der Justiz zuführen.«

»Und von Eisner?«, heulte die Markov auf. »Wo war die Justiz denn, als er mein Mädchen umbrachte?«

»Bitte, Frau Markov«, versuchte es Sabine mit leisen Worten und griff nach ihren Händen, die ineinander verkrampft auf der Tischplatte ruhten. »Wir waren nur haarscharf von einer Verhaftung entfernt, als sich dieser Vorfall ereignete. Das Netz zog sich immer weiter zu.«

»Ja, wunderbar«, kam es trotzig. »Luxuriöse Unterbringung, Essen à la carte und nach ein paar Jahren offener Vollzug. Ein tolles System, unsere Justiz, vor allem für Leute wie ihn, *falls* es überhaupt so weit gekommen wäre. Lara hat ab und zu von ihren Kunden erzählt, auch wenn ich es nicht hören wollte. Wenn ich mich nicht irre, steht diesem Schwein ständig eine startbereite Cessna zur Verfügung. Seine Kohle liegt in irgendeiner Oase, der hätte sich einfach aus dem Staub gemacht, wäre ja nicht der Erste.«

»Das wird nun nicht mehr geschehen«, ergriff Julia wieder das Wort. »Ich kann und darf es nicht gutheißen, aber jemand hat das für Sie in die Hand genommen, und Karl von Eisner ist tot. Genau betrachtet sind aber auch Sie mit vorsätzlicher Tötungsabsicht in das Gebäude gegangen – inwiefern das vor Gericht als Affekthandlung gewertet würde, darüber möchte ich nicht spekulieren.«

»Prima, hier, mein Leben ist ohnehin nichts mehr wert«, erwiderte Helene Markov zynisch und streckte die Handgelenke in Richtung der Kommissarin. »Nehmen Sie mich gleich mit?«

»Darauf wollte ich nicht hinaus«, widersprach Julia. »Helfen Sie uns, den Unbekannten zu identifizieren, und ich sehe zu, dass Ihnen eine Anklage erspart bleibt. Allerdings unter der Bedingung, dass Sie darüber mit einem Ihrer Therapeuten sprechen. Niemand sollte mit einer solchen Bürde alleine dastehen, und Sie haben immerhin die Chance, hier jederzeit auf ein entsprechendes Angebot zugreifen zu können.«

»Ein Kuhhandel also?«, kam es mit leicht zynischem Unterton von Helene Markov.

»Wenn Sie das so nennen möchten«, lächelte Sabine, »aber für uns alle wäre es eine Win-win-Situation. Nirgendwo ist Ihnen im Moment besser geholfen als hier, und niemand kann uns derzeit mehr helfen als Sie. Überlegen Sie es sich, wir schicken Ihnen einen Zeichner vorbei, der ein Phantombild erstellt, wie vage es auch sein mag. Die Erfahrung zeigt, dass hierdurch manche verschüttete Erinnerung freigelegt werden kann. Probieren Sie es aus, und vielleicht erinnern Sie sich auch noch, ob der Fremde etwas in von Eisners Büro angefasst hat. Das wäre ein Volltreffer. Fingerabdrücke und Phantombild, wow.«

Sabine strahlte Helene Markov förmlich an, und Julia beobachtete sie beeindruckt. War es die Erfahrung mit ihrer psychisch kranken Mutter, die ihre Kollegin so einfühlsam, aber zugleich auch so unbeirrt mit Laras Mutter sprechen ließ? Tatsächlich schien die Markov klein beizugeben.

»Müssen wir das hier machen?«, fragte sie leise.

»Nein, natürlich nicht«, sagte Sabine. »Sie können auch gerne aufs Präsidium kommen. Wenn Sie möchten, nehmen wir Sie auch gleich mit, oder, Julia, was meinst du?«

»Äh, klar«, erwiderte diese überrascht. »Das ist kein Problem. Am Transport soll es nicht scheitern. Dürfen Sie die Klinik denn ohne weiteres verlassen?«

»Natürlich, ich bin schließlich freiwillig hier«, erwiderte Helene Markov trocken. Sie seufzte und ließ den Kopf sinken. »Lassen Sie mir aber wenigstens Zeit bis morgen früh, in Ordnung? Ich bin völlig erschlagen, Sie können sich ja denken, warum. Ohne eine Nacht, in der ich wenigstens mal ein bisschen schlafen kann, schaffe ich das nicht.«

Die Kommissarin nickte widerwillig. »Klar, wenn's sein muss ... Aber Sie verstehen, dass es sehr wichtig für uns ist.«

»Ich bin um spätestens halb zehn bei Ihnen, Ehrenwort«, lächelte die Markov matt.

»Eine Sache ist mir gerade noch eingefallen«, sagte Julia. »Wir haben Dr. Meurer kennengelernt, und meine Kollegin sprach außerdem mit einem ... Sabine, wie hieß der andere Arzt noch gleich?«

»Breyer.«

»Ja, danke. Und dann müsste es hier noch einen Dr. Schultheiß geben, richtig?«

Doch Frau Markov sah sie nur fragend an. »Mag sein«, antwortete sie dann. »Hier gibt es eine Menge Ärzte und Therapeuten.«

Während der gesamten Rückfahrt grübelte Julia Durant darüber nach, ob Helene Markov tatsächlich das naive Wrack war, das sie vorgab zu sein. Sie hatte während des heutigen Gesprächs deutlich selbstbewusster gewirkt als bei ihrem ersten Treffen, aber diese Tatsache durfte man nicht überbewerten. Konnte es sein, dass sich hinter ihrer Fassade eine kaltblütige Mörderin verbarg? Es gehörte viel Kraft und Ausdauer dazu, sich derart zu verstellen, und Julia bezweifelte, dass Helene Markov eine Person mit genügend Kraftreserven für eine solche Verwandlung war. Andererseits hatte sie in ihren vielen Jahren beim K 11 durchaus schon Fälle erlebt, in denen so etwas vorgekommen war. Man hat schon Pferde kotzen sehen, kam es Julia bitter in den Sinn. Hellmer liebte diesen Spruch, aber es war auch etwas Wahres dran. Am Ende kriegen wir sie doch zu fassen, schloss die Kommissarin. Nur Geduld.

DONNERSTAG, 17.55 UHR

Julia Durant setzte Sabine Kaufmann am Präsidium ab.

»Kommst du nicht mehr mit nach oben?«, erkundigte sich diese. »Nein, ich möchte noch einmal zur Eisner-Villa fahren und dann nach Hause. Vielleicht kann Frau von Eisner etwas mit der vagen Personenbeschreibung anfangen, zumindest soll sie sich mal den Kopf darüber zerbrechen, wer ihrem Mann so feindlich gesinnt war.«

»Tja, vielleicht fällt ihr ein durchschnittlicher dunkelhaariger Mann dazu ein«, erwiderte Sabine wenig überzeugt. »Ich werde noch mal sehen, ob ich im Büro was zum Fall beitragen kann. In einer halben Stunde bin ich mit Michael verabredet.« Sie lächelte.

»Viel Spaß!«, lächelte Julia verschwörerisch zurück. Bevor sie losfuhr, überprüfte sie ihr Handy, doch niemand hatte versucht, sie zu erreichen. Für eine Sekunde überlegte die Kommissarin, ob sie lieber nach Nieder-Eschbach fahren sollte, um bei Löbler vorbeizuschauen. Nein, sagte sie sich mit Nachdruck, Frank und Peter sind beide erwachsen und brauchen mich nicht dazu. Sie würden sich melden, sobald sie etwas herausgefunden hatten. Darauf konnte sie sich verlassen. Dann aber wählte sie doch Hellmers Nummer, um ihm die Neuigkeiten zu berichten. Frank meldete sich erst nach langem Freizeichen.

»Hab ich dich geweckt?«, neckte Julia.

»Was willst du denn schon wieder?«, kam es etwas ruppig zurück.

»Ich wollte dir nur rasch mitteilen, dass die Markov uns von einem geheimnisvollen Fremden berichtet hat, der ihr in Eisners Büro begegnet ist, während sie ihn mit ihrer Waffe in Schach hielt. Sie muss ziemlich verwirrt dagestanden haben, jedenfalls bekam der Fremde die Situation in den Griff und verschwand mit Eisner aus dem Raum. Die Markov hatte derweil längst weiche Knie und war zu nichts mehr zu gebrauchen, angeblich hatte sie eine Art Blackout. Aber sie kommt morgen früh, um ein Phantombild erstellen zu lassen.«

»Hm«, kam es recht teilnahmslos zurück.

»Hey, hast du nicht gehört?«, rief Julia in den Hörer. »Wir haben endlich mal einen neuen Hinweis, und von dir kommt nichts als ein müdes Brummen?«

»Ich denke nach«, erwiderte Hellmer. »Wenn es tatsächlich eine weitere Person gab, reden wir möglicherweise von Mord.«

»Sag ich ja«, triumphierte Julia. »Nichts Genaues weiß man nicht, aber wenigstens geht es einen Schritt voran. Was machst du eigentlich gerade?«

»Ich habe mich durch eine Million Websites geklickt, dieser Schultheiß hat ein enormes Renommee, hat eine Menge Artikel und so veröffentlicht. Ich glaube mittlerweile nicht mehr, dass er Dreck am Stecken hat, andererseits, je sauberer sich einer gibt ... Na ja, wem sage ich das.«

»Die Markov hat übrigens nichts mit ihm zu tun, zumindest hat sie das behauptet. Ich werde allerdings nicht schlau aus ihr, denn sie hat diesen irren Blick, möchte ich mal sagen.«

»Irren Blick?«, wiederholte Hellmer amüsiert.

»Na, so einen beseelten, müden Gesichtsausdruck eben«, versuchte Julia zu erklären, »und zwischendurch dieses wachsame Aufflammen in den Augen. Dann rasen sie zweimal hin und her und verfallen wieder in Apathie. Irrer Blick eben.«

»Oh Mann, dich sollte mal einer hören«, lachte Hellmer.

»Apropos«, Julia konnte es sich nicht verkneifen, doch nachzuhaken. »Was ist denn mit unserem Saubermann Löbler. Kriegen wir von dem heute noch etwas zu hören?«

»Kullmer wollte vorbeifahren«, antwortete Hellmer. »Keiner weiß Bescheid, weder im Büro noch sonst wo. Sämtliche

Nummern, die wir haben, landen bei einer Mailbox. Aber laut seinem Terminkalender hat er heute Abend eine Sitzung mit der Partei, da müsste er ja eigentlich auftauchen. Zumindest, wenn er sich noch wählen lassen will.«

»Das lässt der sich doch nicht entgehen«, murmelte Julia.

»Wahrscheinlich denkt der nicht mal mehr an seine Frau, vielleicht vögelt er ja in diesem Moment irgendwo ein junges Ding. Außerhalb des Wahlkreises, versteht sich.«

»Du wieder«, lachte Hellmer. »Übrigens, Sabine kommt gerade rein. Wo treibst du dich eigentlich herum?«

»Wenn ich gewusst hätte, dass wir uns per Handy das Ohr abkauen, wäre ich mitgekommen. Ich stehe hier unten mit dem Auto, aber ich wollte längst unterwegs zur Witwe Eisner sein. Haltet mich bitte auf dem Laufenden, ich bin sicher noch ein Stündchen zugange. Aber auch, wenn es später wird, klar?«

»Indianerehrenwort.«

»Gut, dann kann Sabine dir die Story von der Markov ja auch noch mal etwas ausführlicher erzählen. Morgen, sobald wir das Phantombild haben, müssen wir dann die gesamten Aufnahmen durchgehen, denn irgendwie muss der ja ins Gebäude gekommen sein. Kümmerst du dich drum?«

»Klar, ich hab Nadine schon vorgewarnt, dass sie heute nicht mit mir zu rechnen braucht«, seufzte Hellmer.

»Bist ein Schatz. Du hast eben zwei Ehefrauen, die du liebst, das betonst du ja immer. Eine davon heißt Arbeit, und die andere ist zuständig für den Rest.«

»Haha.«

»Sabine kann dir helfen, sie hat noch 'ne halbe Stunde Luft. Aber dann lass sie bitte gehen.«

»Okay, okay. Tschüs jetzt endlich«, rief Hellmer mit einem genervten Lachen.

Julia schaltete das Tonprofil des Handys auf laut, um auch ja keinen Anruf zu verpassen, und legte es in die Mittelkonsole. Sie rollte langsam durch die Straße hinter dem Präsidium und schaltete das Radio ein. Im CD-Player lag das neueste Album von Guns N' Roses, die Wiedergabe startete mitten in einem Song. Obwohl sie mit Text und Melodie noch nicht so vertraut war wie bei den alten Hits, versuchte sie mitzusummen.

Gegen achtzehn Uhr erreichte Julia die Villa in Oberrad und parkte an derselben Stelle, wo sie mit Franks BMW gestanden hatten. Eisiger Wind pfiff ihr um die Ohren, und sie schlug den Mantelkragen hoch, als sie geduckt in Richtung Tor eilte.

»Guten Abend, Frau Durant«, begrüßte Sophie von Eisner die Kommissarin und blickte suchend an ihr vorbei.

»Ich bin alleine heute«, erklärte Julia schnell, »wollte mich noch einmal kurz mit Ihnen unterhalten.«

»Oh ja, kommen Sie«, erwiderte Frau von Eisner, und Julia meinte eine gewisse Anspannung zu vernehmen. Sie hatte angeschwollene Tränensäcke, leicht gerötet, und die Wimpern waren verklebt. Offensichtlich hatte sie vor nicht allzu langer Zeit geweint. Doch da war noch etwas anderes.

»Ich komme gleich zu Ihnen, ich habe gerade Besuch, wenn es Sie nicht stört«, erklärte Sophie und wies in Richtung Wohnzimmer. Dort saß mit selbstgefälligem Lächeln Lars Manduschek. Julia zuckte überrascht zusammen, dann setzte sie ein kühles Lächeln auf und schritt auf ihn zu.

»Herr Manduschek, immer helfend zur Stelle, wie mir scheint«, begrüßte sie ihn frostig.

»Frau Durant, bitte.« Der Anwalt erhob sich, streckte ihr die Hand entgegen, und Julia versuchte, seinem malmenden Händedruck zu widerstehen, ohne eine Miene zu verziehen. Bevor er weitersprechen konnte, kam Sophie von Eisner dazu und fragte: »Sie kennen sich bereits?«

Ja, leider, dachte Julia.

»Ja, wir hatten bereits das Vergnügen«, zwinkerte Manduschek der Kommissarin zu und hatte dabei unter Garantie ihre Gedanken erraten. »Ich gehe dann mal, wir haben es ja so weit, oder?«, wandte er sich an die Witwe.

»Äh, ja, wir können morgen telefonieren, falls sich noch etwas ergibt«, nickte sie hastig. »Ich komme mit zur Tür.« Sie blickte zu Julia. »Frau Durant, setzen Sie sich doch bitte.«

Die Kommissarin versuchte, das sich entfernende Tuscheln zu verstehen, gab jedoch auf. Es hatte ganz den Anschein, als habe sie die beiden bei etwas Wichtigem unterbrochen.

»Verzeihen Sie bitte, aber ich war auf Ihr Kommen nicht vorbereitet«, setzte Frau von Eisner an, als sie Julia gegenüber Platz nahm.

»Ich hoffe, ich habe Sie nicht gestört. Herr Manduschek hätte meinetwegen nicht fluchtartig das Feld räumen müssen.«

»Fluchtartig? Wie meinen Sie das?«

»Ich weiß nicht. Kam es Ihnen nicht so vor?«

»Nein, wieso sollte es?«, erwiderte Sophie etwas gereizt.

»Nur so ein Gedanke. Ich hatte jedenfalls den Eindruck,

er fühlte sich ganz behaglich, bis ich das Wohnzimmer betrat.«

»Lars …«, begann Sophie und stockte. »Ich meine Herr Manduschek«, korrigierte sie hastig, »ist ein Freund der Familie. Mein Mann und ich kennen ihn schon seit Jahren, und, na ja, diese Sache mit dem Ehevertrag …«

Bloß nicht die Nummer mit der Tränendrüse, dachte Julia.

»Regelt er auch den Nachlass?«, fragte sie sachlich, und Sophie von Eisner nickte stumm.

»Gut, aber ich bin nicht zu Ihnen gekommen, um über Herrn Manduschek zu sprechen, wobei ich glaube, dass er viel mehr weiß, als er uns mitteilt. Heute erst wieder hatte ich ein Gespräch mit einem Arzt, und wir müssen eben damit leben, dass gewisse Berufsstände eine Schweigepflicht haben. Sie wiederum, Frau von Eisner, haben ein Schweigerecht, das bedeutet, Sie müssen mir gegenüber nichts erwähnen, was Ihnen oder Ihrem Mann schaden würde.«

»Karl kann ja wohl nichts mehr schaden«, entgegnete Sophie leise.

»Das war unglücklich ausgedrückt, tut mir leid. Worauf ich hinausmöchte, ist Folgendes: Wir sind auf Ihre Mithilfe angewiesen, um zu klären, was sich am Abend seines Todes ereignet hat. Unsere rechtsmedizinische Abteilung kann keine Fremdeinwirkung feststellen, der Spurensicherung geht es ähnlich. Solange wir keine Indizien haben, die uns diese Einschätzung glaubhaft anzweifeln lassen, werden wir wohl von Suizid ausgehen müssen. Für wie wahrscheinlich halten Sie diese Annahme?«

»Ich weiß es nicht, ich weiß doch nicht«, hauchte Sophie

von Eisner und griff sich ein Taschentuch aus der auf dem Tisch bereitliegenden Packung, die auf einem Bilderrahmen lag. Julia vermochte nicht zu erkennen, was das Foto zeigte.

»Karl und Selbstmord«, schluchzte die Witwe, »wir hatten dieses Thema gerade, bevor Sie kamen.«

»Mit welchem Ergebnis, wenn ich fragen darf?«

»Ich kann es nicht ausschließen, um ehrlich zu sein, aber ich möchte es auch nicht einfach als Selbstmord abtun. Lars meint, er halte es für unwahrscheinlich. Karls Chancen wegen dieses ... anderen Falles hätten nicht allzu schlecht gestanden. Stimmt das denn?«

»Wir hätten nicht lockergelassen, wenn ich das so offen sagen soll«, erwiderte die Kommissarin. »Möglicherweise wäre es zu einem Indizienprozess gekommen, je nachdem, was wir noch herausgefunden hätten. Möglich ist, dass es nicht für eine Verurteilung gereicht hätte, aber ohne Anklage hätte sich die Staatsanwaltschaft bei einem so vielbeachteten Fall nicht zufriedengegeben.«

»Danke für Ihre Offenheit«, nickte Sophie von Eisner und schneuzte sich mit abgewandtem Kopf die Nase. Dann faltete sie die Hände vor dem Bauch, legte den Kopf zur Seite und blickte die Kommissarin mit ruhigem Gesichtsausdruck an. »Ich werde Ihnen behilflich sein, so gut ich kann.«

»Danke.« Julia zog den Notizzettel hervor, auf dem sie sich alle Eigenschaften notiert hatte, die Helene Markov über den Fremden im Büro der Eisner Group ihr mitgeteilt hatte. »Frau von Eisner, wir haben eine Zeugenaussage über einen Mann, der sich zum Todeszeitpunkt Ihres Gatten in seiner Nähe aufgehalten haben soll.«

»Ein Mann? Was für ein Mann?«

»Bisher ist die Beschreibung recht vage, mittlere Größe, mittlere Statur, dunkle Haare, mitteleuropäischer Teint; das ist nicht viel, das weiß ich selbst, aber bitte denken Sie noch einmal genau darüber nach, welche Feinde Ihr Mann sich in den letzten Wochen oder Monaten gemacht haben könnte.«

»Da fällt mir so ad hoc nichts zu ein. Haben Sie eine Vorstellung davon, wie viele Geschäfte parallel liefen? Und dabei kenne ich nur die Namen von Unternehmen und Großanlegern, die kleinen Leute, die von Betriebsschließungen oder Übernahmen betroffen waren, kenne ich doch nicht persönlich. Karl übrigens auch nicht. Ich möchte nicht gefühllos klingen, aber das sind keine Namen, das sind zunächst nur Positionen in der Bilanz. Ein Unternehmen wie unseres lebt nun einmal von Expansion auf der einen und Effizienzsteigerung auf der anderen Seite.«

»Sehr bedauerlich«, erwiderte Julia knapp und meinte damit nicht nur die Tatsache, dass Frau von Eisner ihr nicht mit einem konkreten Namen weiterhelfen konnte. Beide schwiegen eine Zeitlang, bis Sophie das Wort ergriff.

»Karl hat sich um seine Feinde nicht viel gekümmert, wissen Sie?«, sagte sie leise. »Er war ein liberaler Mensch, davon überzeugt, dass jeder mit denselben Chancen geboren wird. Natürlich hat er Glück gehabt – das Vermögen, welches ich eingebracht habe. Aber er hat auch unermüdlich gearbeitet, um dieses Vermögen richtig einzusetzen. Sie kennen ja das Sprichwort: wie gewonnen, so zerronnen. Wenig Kapital erfordert wenig Pflege, viel Kapital hingegen bedeutet nicht nur Wohlstand, sondern in erster Linie harte

Arbeit, damit es bestehen bleibt. Auf den Staat darf man sich da nicht verlassen, der hat genug damit zu tun, sich um die Bedürftigen zu kümmern. Viel wichtiger für Karl waren seine Freunde, die wenigen Menschen, auf die er zählen konnte. Hier, schauen Sie!« Sie nahm den hölzernen Bilderrahmen auf, fuhr mit dem Ärmel über das Glas und hielt ihn der Kommissarin auffordernd entgegen. Julia betrachtete die Aufnahme, sie zeigte Karl von Eisner und seine Frau, beide in hellen Tropenhemden und mit Tropenhüten, vor einem in Zebramuster lackierten Range Rover. Neben ihnen, in derselben sandfarbenen Montur, lachte das Ehepaar Löbler in die Kamera. Die beiden Männer stützten sich auf schwarze Jagdgewehre.

»Eine Safari, wie?«, fragte Julia und versuchte zu schätzen, wie alt die Aufnahme sein mochte. Alle Beteiligten wirkten etwa zehn Jahre jünger, das mochte aber auch der sonnigen Atmosphäre und dem ausgelassenen Lachen geschuldet sein.

»Ja, unten in Namibia«, erklärte Sophie von Eisner. »Das Foto ist auf dem Khomas-Hochland entstanden, wir kamen gerade von einem Besuch des Wildreservats, und die Männer brachen dann zur Leopardenjagd auf.« Wie abartig, dachte Julia angeekelt.

»Tja, und nun sind von den Big Five nicht mehr viele übrig«, seufzte Sophie und nahm das Bild wieder an sich. *»Big Five?«* Julia meinte sich zu erinnern, dass es sich dabei um einen Sammelbegriff für die fünf größten Säugetiere Afrikas handelte.

»Ach so, das können Sie ja nicht wissen«, lächelte Frau von Eisner. »Wenn ich von den Big Five spreche, meine ich nicht Elefanten, Nashörner oder Löwen. Seit diesem Trip haben unsere Männer den Begriff für sich beansprucht. Fünf mächtige Vertraute, denen nichts und niemand etwas anhaben kann.« Sie schluckte und fuhr leise fort: »Wie man sich doch irren kann.«

»Verstehe«, nickte Julia. »Aber auf dem Foto sind nur vier Personen abgebildet, steht der Fünfte hinter der Kamera?«

»Nein, so einfach ist das nicht«, wehrte Sophie ab. »Ich gehöre nicht dazu, meine Teilhabe am Geschäft besteht ja hauptsächlich auf dem Papier. Es sind nur Karl, Stefan und Nathalie, der Vierte, der hinter der Kamera stand, lebt leider heute nicht mehr, und dann noch Lars, aber der konnte wegen eines Schlangenbisses nicht mit. Nichts Ernstes, diese Biester lauern dort unten ja praktisch unter jedem Stein, aber ...«

»Lars?«, wiederholte Julia argwöhnisch.

»Ja, Lars Manduschek«, nickte Sophie von Eisner bedächtig.

»Er ist der Fünfte.«

DONNERSTAG, 19.10 UHR

Bei einem Shot alle zehn Sekunden spreche ich nicht unbedingt von einem Video«, seufzte Michael Schreck, der eng an Sabine Kaufmann gekauert vor dem großen Flachbildschirm im Labor der Computerforensik saß. »Das sind bestenfalls Momentaufnahmen, und auf dem allerneuesten Stand der Technik sind sie auch nicht.«

»Sie sind auch sicher nicht dafür gedacht, an einem Fotowettbewerb teilzunehmen«, erwiderte Sabine grinsend. Es waren Momente wie diese, in denen sie sich wohl fühlte, in denen ihr das Leben wirklich lebendig vorkam. Michael Schreck, mit dem sie seit einem halben Jahr liiert war, schien der perfekte Partner zu sein. Geduldig, verständnisvoll und vor allem ohne gleich beleidigt zu sein, wenn man sich einmal ein, zwei Wochen lang nicht treffen konnte. Welcher Mann spielt da schon mit?, hatte Sabine sich oft gefragt. Die Erkrankung ihrer Mutter hielt sie aus dieser Beziehung so gut wie nur möglich draußen; Mom kannte Michael noch nicht einmal. Heiligabend wäre eine Gelegenheit dazu gewesen, erinnerte Sabine sich, aber pünktlich zu Weihnachten hatte sich wieder ein psychotischer Schub der Sonderklasse eingestellt, und damit waren die Feiertage gelaufen gewesen.

Hier in Schrecks Labor, bei ihm zu Hause oder auch, wenn sie in Sabines kleiner Wohnung in Heddernheim mit Pizza und Salat vor dem Fernseher herumlungerten, fühlte die Kommissarin sich frei. Umso leichter war ihr die Entscheidung gefallen, Hellmer und Kullmer vorzuschlagen, noch ein Weilchen im Präsidium zu bleiben.

»Ich muss ohnehin noch ein paar Punkte bei Berger machen«, hatte sie augenzwinkernd gelächelt. Nun klickten sie sich durch das Bildmaterial der Überwachungskameras, es waren Hunderte von Einzelbildern, sortiert und abgelegt nach Zeitindex.

»Dann suchen wir mal den *unsichtbaren Dritten*.« Michael war ein Filmfan, wie er im Buche stand. Zweifelsohne spielte er dabei auf den Hitchcock-Klassiker an. »Ein Abend zu zweit vor der Flimmerkiste ist zwar nicht dasselbe wie ein netter Abend im Kino, aber besser als gar nichts. Hoffen wir mal, dass wir deinen Cary Grant auch finden, oder wie sieht der Typ noch mal aus?«

»Die Beschreibung war sehr vage«, erklärte Sabine und wiederholte die wenigen Anhaltspunkte. »Aber wir sollten zumindest eine Vorauswahl treffen, morgen bekommen wir mit etwas Glück ein brauchbares Phantombild.«

»Okay, dann geteilter Bildschirm, jeder von uns geht die Bilder einer der beiden Kameras durch. Wir arbeiten mit Kopien, können also alles, was nichts zeigt, sofort löschen. Wollen wir uns auf einen zeitlichen Bereich beschränken?«

»Ja, zuerst halb sechs bis sieben Uhr«, war Sabines Vorschlag.

»Anschließend können wir es immer noch ausweiten. Der Typ muss das Gebäude betreten und verlassen haben, allerdings werden die Aufnahmen eine echte Herausforderung. Das ist alles Hauptverkehrszeit in der Lobby«, seufzte sie.

»Da freut man sich ja direkt, dass es pro Kamera nur jeweils sechs Bilder pro Minute sind«, hatte Schreck erwidert und einige Male mit der Maus geklickt. »Dann mal ans Werk, wir haben um die fünfhundert Aufnahmen pro Nase, wer zuerst fertig ist oder einen Treffer landet, bekommt nachher die Cocktails bezahlt.«

Seither war eine Stunde vergangen, und mit wachsender Müdigkeit betrachtete Sabine ein Bild nach dem anderen. Von allen Aufnahmen in dem ursprünglich ausgewählten Zeitrahmen waren es gerade einmal sieben, auf denen ein Mann zu sehen war, dessen Statur und Erscheinungsbild halbwegs zur Beschreibung passten. Sie hatten den Zeitrahmen nach vorne erweitert, es kamen einige Treffer hinzu, jedoch schienen die betreffenden Personen allesamt das Gebäude zu verlassen. Michael bearbeitete derweil die Kamera jenseits des Tresens, er hatte neunundzwanzig Treffer zu verbuchen, allerdings produzierte die wesentlich höher hängende Kamera Fotografien aus der Vogelperspektive. Gesichter, insbesondere die Partien unterhalb der Nasenspitze, waren darauf nicht zu erkennen

»Sollte man dem Sicherheitsdienst vielleicht mal sagen«, brummte Schreck. »Ein anderer Winkel oder ein anderes Objektiv wären da wohl angebracht.«

Um zwanzig Uhr beendeten die beiden ihre Bildanalyse, in dem Dateiordner mit der Vorauswahl befanden sich nunmehr siebenundachtzig Bilder, zu viele, um Margot Bluhm damit noch an diesem Abend zu konfrontieren.

Eine halbe Stunde zuvor hatte Julia Durant genau dort haltgemacht und sich mit der mürrischen Empfangsdame unterhalten. »Diese Frau, die einige Minuten nach achtzehn Uhr bei Ihnen vorsprach, erinnern Sie sich an sie?«, erkundigte die Kommissarin sich und schob den etwas knittrigen Ausdruck über die polierte Platte. »War das diese Person?«

»Gott, hier kommen so viele Leute durch«, erwiderte die Bluhm augenrollend.

»Aber nicht jeden Tag fällt einer vom Dach«, gab Julia schlagfertig zurück. »Kommen Sie schon, wir sind auf jede Hilfe angewiesen, ganz besonders auf Ihre.«

Margot Bluhm nahm das Papier raschelnd auf und rückte ihre Brille zurecht. Ihre Gesichtshaut war großporig, das Make-up nachlässig aufgetragen. Keine Erscheinung, die man in einem renommierten Gebäude erwartet, dachte Julia. Andererseits war es ja auch nur in der Randzeit, und wer weiß, wie ich aussehen würde, wenn ich mich alleine mit Kindern durchs Leben schlagen müsste. Kinder, dieser Gedanke traf Julia stets ein wenig schmerzhaft und immer dann, wenn sie ihn überhaupt nicht gebrauchen konnte. Tja, dieser Zug ist für dich nun mal abgefahren.

»Ist ja kaum was zu erkennen«, holte die tiefe Stimme der Empfangsdame die Kommissarin aus ihrem unerfreulichen Gedankengang zurück. »Aber ja, das ist diese komische Putzfrau. Das habe ich Ihren Kollegen doch schon alles lang und breit erzählt.«

»Das wissen wir auch sehr zu schätzen, uns geht es aber wie gesagt um die Personen, die unmittelbar vor oder nach dieser Frau hereingekommen sind«, erklärte Julia ungeduldig. »Sind das zu dieser Tageszeit denn wirklich so viele?«

»Buch führe ich jedenfalls keines drüber, denn entweder haben sie eine Zugangskarte, die sie als Mitarbeiter ausweist, oder sie haben einen Termin. Einen Termin bei der Eisner Group allerdings gab es nicht, auch das habe ich bereits zu Protokoll gegeben.«

»Dennoch muss irgendwann ein dunkelhaariger, durchschnittlich gebauter und in einen Mantel gekleideter Mann in diese Etage gefahren sein«, beharrte Julia. »Und der Weg dorthin führt an Ihnen vorbei, oder übersehe ich da etwas?«

»Nein, aber ich sage Ihnen, da war niemand. Ich erinnere mich höchstens an Gert Hagen, der arbeitet als Broker und hatte angeblich etwas im Büro liegenlassen. Wenn Sie mich fragen, trifft sich der allerdings mit einer aus der Buchhaltung, aber das ist nicht mein Bier. Na, und dann Herr Gurt aus der EDV, aber der ist relativ groß. Netzwerkprobleme ...« Frau Bluhm setzte das Wort mit den Fingern in Anführungszeichen. »Wenn Sie mich fragen, verdient sich da einer mit Überstunden eine goldene Nase und schiebt in Wirklichkeit eine ruhige Kugel. Ach ja, da fällt mir noch einer ein, Hubert Brack, das ist einer der Hausmeister.«

»Den kennen wir bereits«, nickte Julia und wunderte sich für einen Moment, dass die Bluhm nicht auch für ihn einen abfälligen Kommentar parat hatte so wie für die anderen beiden. »Sie kennen sich ja ganz gut aus in der Dynamik dieses Gebäudes, wie mir scheint.« Sie lächelte anerkennend. »Wegen dieser Geschichten?« Frau Bluhm lachte kehlig auf. »Na, was soll man auch sonst machen, wenn man sich tagein, tagaus die Beine krummsteht. Ich könnte Ihnen eine Menge Geschichten erzählen über das Wer-mit-wem. Die meisten denken, wir bekommen hier unten nichts mit, und in dem Glauben sollen die mal schön bleiben.«

»Über Hubert Brack haben Sie aber nichts erzählt«, hakte Julia nach.

»Nein, da gibt's nicht viel, denke ich. Ein armer Kerl, angeblich hing er mal an der Flasche und war obdachlos, aber das weiß keiner so genau. Dabei hat er einen ordentlichen Job gelernt und ist sehr pflichtbewusst, obwohl er hier nur für einen Hungerlohn arbeitet und dafür selbst an Feiertagen antanzen muss. Aber da geht es ihm nicht viel besser als mir«, seufzte die Bluhm. »Wir müssen eben mit dem durchkommen, was wir kriegen, was hilft alles Jammern?«

»Verstehe«, murmelte Julia.

»Um noch einmal auf Ihren Unbekannten zurückzukommen«, begann ihr Gegenüber, und Julia horchte auf. »Wir haben hier leider keine Stechuhr oder einen Meldecomputer, der uns verrät, wer sich innerhalb des Gebäudes befindet. Danach haben Ihre Kollegen nämlich auch schon gefragt. Es besteht daher auch die Möglichkeit, dass der Gesuchte sich schon den ganzen Tag über im Gebäude befand und einfach einige Etagen hoch oder runter in das Stockwerk der Eisner Group gefahren ist. Solche Bewegungen bekommt hier unten ja niemand mit. Aber viel Spaß dabei«, seufzte Margot Bluhm dann, »hier springen tagtäglich um die zweitausend Menschen herum.«

Enttäuscht verabschiedete sich die Kommissarin und verließ das Gebäude, nicht ohne noch einen suchenden Blick in Richtung der beiden Kameras zu werfen. Die Empfangsdame hatte ihr die Position der einen gezeigt, die zweite konnte Julia nicht entdecken. Sie überlegte kurz, ob sie sich im Präsidium nach dem Stand der Dinge erkundigen sollte, entschied sich aber zuerst für einen späten Imbiss.

»Du musst regelmäßig essen, nicht so sehr darauf achten, was du ist, aber stets im Auge haben, wie du es zu dir nimmst.« Diese weisen Worte ihrer besten Freundin Susanne Tomlin beherzigte Julia viel zu selten. Susanne lebte seit vielen Jahren in Südfrankreich, also dort, wo man sich auf genussvolles Essen verstand. Ein profanes Salamibrot mit Gurken, wie die Kommissarin es sich zu manchen Zeiten am liebsten dreimal täglich wünschte, hieß an der Côte d'Azur Baguette, die Portionen waren etwas größer, die Aufmachung etwas liebevoller, aber unterm Strich eben nur ein Salamibrot. »Ein Glas Rotwein, ein paar Oliven oder ein bisschen Käse dazu und zwanzig Minuten Zeit, mehr brauchst du nicht«, klangen Susannes weitere Worte nach.

»Du wirst sehen, danach bist du nicht nur satt, sondern auch glücklich.«

Glücklich, dachte Julia bitter, als sie den grünbraunen Rasen überquerte, der noch zu weiten Teilen mit weißgrauem Harsch überzogen war. Glücklich war sie in München gewesen, zumindest war sie davon überzeugt gewesen, dass Glück sich so anfühlte. Seit Jahren war es ihr nicht bessergegangen. Ja, die neue, noch ganz junge Freundschaft zu Claus Hochgräbe vom Münchener K 11 fühlte sich ungemein gut an. Doch München war nicht Frankfurt, und momentan definierte Julia ihre Glückseligkeit mit einer Currywurst oder einem Döner, was auch immer ihr zuerst über den Weg laufen würde.

Mit einem heißen, runden Fladenbrot in der Hand stapfte sie eine Viertelstunde später zurück zu ihrem Auto, der duftende Dampf ließ ihr das Wasser im Mund zusammenlaufen, und sie biss genussvoll zu. Zwiebeln, Knoblauch, Pul Biber – in diesem Moment war es vielleicht von Vorteil, dass sie heute Nacht alleine einschlafen würde.

DONNERSTAG, 18.45 UHR

Meinst du, der Löbler hat sich abgesetzt?«, fragte Peter Kullmer seinen Kollegen, nachdem sie einige Minuten lang schweigend durch den sich lichtenden Abendverkehr gefahren waren. »Das hab ich mich auch schon gefragt«, brummte Hellmer, der den BMW steuerte. Er kratzte sich am Kinn, die Bartstoppeln verursachten dabei ein schabendes Geräusch. »Aber warum sollte er, denk ich mir dann. Oder glaubst du etwa, er hat seine Frau gekillt? Und das ausgerechnet jetzt, wo er eine solche Karriere vor sich hat?«

»Julia scheint zu glauben, dass er sie in den Tod getrieben hat«, wich Kullmer aus. »Das war nicht meine Frage.«

»Ja, ich weiß, aber ich tu mich verdammt schwer mit einer brauchbaren Theorie«, gestand Kullmer ein.

»Wem sagst du das ...«

»Löbler hat ein Alibi, zumindest geben seine Büromädels das so an. Und eheliche Gewalt gibt es in jeder dritten Familie, wenn diese Zahlen noch aktuell sind. Aber es enden nicht dreißig Prozent aller Frauen tot in der Badewanne. Selbst wenn er sie also verdroschen oder anderweitig tyrannisiert hat, dafür alleine wird ihm kein Staatsanwalt ans Bein pinkeln.«

»Die Presse könnte das allerdings anders sehen«, warf Hellmer ein.

»Bleibt also abzuwarten, wo er sich herumtreibt.« Peter warf einen umständlichen Blick auf seine Armbanduhr, obwohl das Display des BMW deutlich zu sehen war.

»Hauptsache, die ganze Sache führt zu etwas«, sagte er dann, und Hellmer glaubte zu verstehen, worauf sein Kollege hinauswollte. »Ich will Doris nicht den ganzen Abend alleine lassen, wenigstens ein Stündchen mit meiner Tochter sollte mir am Tag doch vergönnt sein.«

»Die wird davon kaum was mitbekommen, nehme ich an. Schläft und trinkt wahrscheinlich den ganzen Tag, die kleine Kröte«, lächelte Hellmer wissend. »Als Papa spielt man da noch keine große Rolle, außer, wenn's ans Wickeln geht.« Auch wenn es bereits Jahre zurücklag, erinnerte er sich an die Tage, als seine Kinder Neugeborene gewesen waren, überdeutlich.

»Auch das will erledigt werden«, lachte Kullmer, »und wenn ich dafür nachts durchschlafen darf, weil wir ja nicht beide aufstehen müssen, wenn Stillen angesagt ist, kann ich mich tagsüber gerne aufs Saubermachen und Rumtragen beschränken. Kinderwagen haben wir uns bei diesen Temperaturen noch nicht getraut, die Hebamme sagte zu Doris, das könne ruhig noch ein Weilchen warten.«

»Stelle ich mir auch zum Piepen vor, der alte Schwerenöter Kullmer mit einem rosa Buggy«, frotzelte Hellmer. »Nein, nein, nein, wenn mir das einer vor zehn Jahren erzählt hätte, dann hätte ich ihn stante pede in die Klapsmühle geschickt.«

»Blödmann«, brummte Kullmer, konnte sich ein Grinsen aber nicht verkneifen.

Als sie Nieder-Eschbach erreichten, manövrierte Hellmer seinen Wagen gekonnt durch die enger werdenden, verwinkelten Straßen und kam schließlich vor Löblers Haus zum Stehen.

»Das Tor ist zu. Siehst du drinnen einen Wagen stehen?«, erkundigte Hellmer sich und reckte den Hals. Doch es war zu dunkel, und die braunen Holzlatten des Hoftors saßen zu dicht beieinander, um etwas erkennen zu können.

»Licht brennt schon mal keines«, stellte Kullmer fest und stieg aus. »Ob er vielleicht wieder in Kronberg ist? Aber gemeldet hat sich da ja auch keiner.«

Hellmer rüttelte am Tor, doch es war verschlossen. Er klappte einen schmalen, verrosteten Metalldeckel hoch, der einen ins Holz gefrästen Briefschlitz verschloss. Es quietschte, und einige Metallkrümel rieselten hinab. Offensichtlich war diese Klappe schon lange nicht mehr betätigt worden. Er bückte sich ein wenig, der Schlitz lag in Brusthöhe, und lugte hindurch.

»Bingo, da steht ein Porsche drinnen. Scheiße, ich fass es nicht, der hat einen GT3!«

»Na, neidisch?«, flachste Kullmer. »Dieses Jahr kommt doch der neue Elfer raus, wenn du lieb fragst zu Hause ...«

»Halt bloß die Klappe!«, zischte Hellmer und funkelte seinen Kollegen angriffslustig an.

»Schon gut, entspann dich. Wer austeilt, muss auch einstecken können.«

»Dann läute endlich an der Tür und lass uns den Löbler mal rausklingeln«, knurrte Hellmer.

Weder das erste noch das zweite oder dritte Betätigen der Klingel führte zum Erfolg. Hellmer hielt das Ohr lauschend an die Haustür, doch im Inneren des Hauses regte sich nichts.

»Verdammt, nicht das geringste Lebenszeichen«, flüsterte Hellmer, noch immer an das kühle Holz gelehnt.

»Durch so ein massives Teil hörst du eh nichts«, kommentierte Kullmer. »Ich rufe mal die Jungs an und hake nach, ob er bei seinen Parteifreunden eingetroffen ist. Vielleicht ist er ja per Taxi unterwegs, so einen Wahlkampfabend stelle ich mir durchaus als feuchtfröhliche Angelegenheit vor.«

»Ja, mach das mal«, nickte Hellmer, obgleich er wenig Hoffnung hatte.

Kullmer wechselte einige Sätze mit den Streifenbeamten, dann schüttelte er den Kopf. »Keine Spur von ihm. Was jetzt?«

»Jetzt rufe ich ihn noch mal an«, entschied Hellmer,

»wenn wir dann nichts erreichen, müssen wir wieder abziehen.«

Er wählte zuerst die Festnetznummer, innen klingelte es einige Male, dann meldete sich die elektronische Stimme des Anrufbeantworters.

»Jetzt das Handy«, murmelte er. »Wenn er es angeschaltet hat, könnten wir es orten lassen. Das können wir heute noch durchboxen, einen Beschluss für das Haus bekommen wir unter Garantie nicht.«

Doch dann zuckten die beiden Männer zusammen. Ganz leise, aber doch in unmittelbarer Nähe, ertönte ein Klingelton, der zweifelsohne von einem Mobiltelefon stammte.

»Das kommt von innen«, stellte Hellmer verwundert fest.

»Warst du das mit deinem Anruf?«

»Wir probieren es einfach noch mal.« Hellmer wählte die Nummer erneut an, und wieder ertönte das Klingeln.

»Wer verlässt denn heute seine Wohnung noch ohne das heilige Handy?«, wunderte sich Kullmer. Die beiden Kommissare sahen einander an, Hellmer erkannte in den Augen seines Kollegen, dass dieser dasselbe dachte wie er.

»Wir gehen rein«, entschied er. »Streng nach Vorschrift?«

»Scheiß auf die Vorschrift«, erwiderte Kullmer und musterte die Haustür. Dann sah er sich um und entdeckte in unmittelbarer Nähe ein gekipptes Fenster.

»Wenn der da drinnen zum Beispiel zuckend rumliegen würde, zählt jede Minute«, sagte er und zog den Mantel aus. »Kreativ gedacht, zugegeben ... Aber hier, halt das mal. Die Tür ist massiv, echt antike Qualität, da brech ich mir die Schulter. Aber das Fenster bekomme ich hundert Pro auf, ohne es zu beschädigen.«

»Wäre in deinem Interesse«, kommentierte Hellmer. »Ginge hier was zu Bruch, müssten wir das Haus die ganze Nacht über bewachen lassen, wenn Löbler doch ausgeflogen ist. Berger würde dich eigenhändig kastrieren, also sei bloß vorsichtig.«

Kullmer lächelte nur und stieg auf das Geländer. Er balancierte sich aus, es ächzte, doch zum Glück war es einigermaßen stabil und breit genug für sein Vorhaben. Er beugte sich in Richtung des schmalen, zweigeteilten Fensters, und wenige Augenblicke später vernahm Hellmer ein Knacken, dann knarrte ein Scharnier, und seinem Partner entfuhr ein triumphierendes »Yes!«.

Peter Kullmer zwängte sich durch die schmale Fensterhälfte, landete mit einem dumpfen Poltern auf dem glatten Boden und rieb sich das schmerzende Handgelenk, das er beim Hineinfassen in das gekippte Fenster einmal zu oft verdreht hatte. Für manche Dinge fehlt uns einfach ein Gelenk, dachte er grinsend, wobei es wahrscheinlich besser so war, sonst müsste das Raubdezernat wohl kräftig aufstocken. Er kniff die Augen zusammen und bahnte sich einen Weg durch den Raum in Richtung Tür. Der Boden war gefliest, es roch leicht nach Chlor, dann bestätigte sich Kullmers Verdacht, sich in einem kleinen Badezimmer zu befinden, als er den aufgeklappten WC-Deckel sah. Leise drückte er die Türklinke hinunter und betrat den stockdunklen Flur. Es roch eigenartig, er vermochte es jedoch nicht zu definieren und konzentrierte sich stattdessen darauf, mit der Hand nach einem Lichtschalter zu tasten. Dann flammten grelle Lichter auf und beleuchteten das Treppenhaus, in dessen Mitte ein umgekippter Holzstuhl auf dem Boden lag. Etwa vierzig Zentimeter über dem Boden baumelte der tote Körper von Stefan Löbler. Kullmer war zwar an und für sich hart im Nehmen, musste aber dennoch würgen. Benommen taumelte er die drei Schritte in Richtung Eingangstür und öffnete sie.

»Um Gottes willen, hast du einen Geist gesehen?«, war Hellmers Reaktion, bevor er in seinen Augenwinkeln den Toten im Hausflur registrierte. »Scheiße, verdammt«, fluchte er mit weit aufgerissenen Augen. Er sah sich zu Kullmer um: »Geht's wieder?«

»Ja, ich hatte nur überhaupt nicht damit gerechnet«, murmelte dieser.

»Ich würde sagen, wir haben Löbler gefunden. Jetzt heißt es, das volle Programm abspulen. Ich rufe Julia an, dann die Spurensicherung und so weiter. Du kümmerst dich um die Rechtsmedizin und einen Arzt, auch wenn der offensichtlich keinen mehr braucht. Er stinkt ja schon.«

DONNERSTAG, 20.20 UHR

Frank Hellmer fingerte nervös eine Zigarette aus der Packung, das Feuerzeug klickte, dann inhalierte er einen tiefen ersten Zug und stieß Sekunden später eine riesige Wolke aus Rauch und kondensierendem Atem in den Nachthimmel. Die Glut im Tabak knisterte, als er gleich darauf einen zweiten Zug nahm.

»Ich glaub's kaum«, brach Julia Durant das Schweigen. Platzeck, sichtlich ungehalten über den unerwarteten Einsatz am Abend, hatte Löblers Haus abgesperrt, und nur

Andrea Sievers war es gestattet, den Leichnam zu untersuchen. Was die Kommissarin vor Ort gesehen hatte, genügte ihr jedoch, um den Kebab bei jedem Atemzug sauer aufstoßen zu lassen. Sie hatte Kullmer angeboten, Feierabend zu machen, denn für den nächsten Vormittag hatte sie eine Besprechung anberaumt. Bis dahin brauchte es keine drei Ermittler an ein und demselben Einsatzort, auch Sabine durfte somit ihren freien Abend behalten.

»Ich weiß, was du meinst«, seufzte Hellmer. Die beiden lehnten innerhalb der Polizeiabsperrung an einer Mauer und versuchten, die wenigen Schaulustigen zu ignorieren. Es würde nicht lange dauern, bis die Presse von Löblers augenscheinlichem Selbstmord Wind bekommen würde, bis dahin war Julia für jede Atempause dankbar.

»Da suchen wir den ganzen Tag verzweifelt nach ihm, und er baumelt was weiß ich wie lang in seiner Diele«, fuhr die Kommissarin fort. »Aber das Schlimmste dabei ist, dass wir nun die vierte Leiche haben und nicht den geringsten Plan. Ich höre schon Berger – und ich kann ihn sogar verstehen. Wenn wir bis zum Wochenende nichts zustande bringen, haben wir einen Mordsärger am Hals, das sag ich dir.«

»Das Wochenende beginnt für die meisten schon morgen Mittag«, entgegnete Hellmer müde. »Nimm dir da mal bloß nicht zu viel vor.«

»Aussitzen werde ich es jedenfalls nicht!«, gab Julia energisch zurück und stand auf. »Ich gehe jetzt rein zu Andrea, und wenn ich mich komplett in Schutzkleidung wickeln muss. Heute heißt es also Nachtschicht, morgen früh will ich alle Infos aufs Tapet bringen, denn ich bin mittlerweile davon überzeugt, dass es hier einen Zusammenhang gibt, den wir nicht erkennen. Noch nicht, aber ich grübele notfalls die ganze Nacht drüber, wenn's sein muss.«

Kurz darauf betrat die Kommissarin den Hausflur, auf dessen Boden eine etwa ein Meter breite Kunststoffbahn ausgelegt und mit Klebeband fixiert war.

»Du kennst ja das Spiel«, vernahm sie Platzecks Stimme und nickte stumm. Dann trat sie neben Andrea, die gerade ihre Utensilien in den klobigen Lederkoffer verstaute, nicht ohne sie vorher entweder zu reinigen oder in sterile Behälter zu stecken. Einmal mehr wanderte Julias Blick Löblers Körper entlang, angefangen von den Fußspitzen bis zum Kopf. In seinem Gesicht meinte sie noch die geschwollenen Adern zu erkennen, die vom Todeskampf verzerrten Muskeln und die bleichblauen, blutarmen Lippen. Doch natürlich war das meiste davon Einbildung, tatsächlich hing dort ein schlaffer Leichnam, dessen Fußspitzen sanft, beinahe schon friedvoll, hin- und herschwankten.

»Mit dem Todeszeitpunkt haben wir ein Problem«, begann Andrea und machte aus ihrer Verärgerung keinen Hehl. »Hier drinnen sind es etwa zwanzig Grad, zumindest war das so, bevor die Tür geöffnet wurde. Momentan ist es wahrscheinlich kaum halb so warm in diesem Taubenschlag, aber ich denke, achtzehn bis zwanzig ist eine gute Schätzung.«

»Und wie lange schätzt du nun, egal, wie vage es ist?«

»Gestern Abend«, kam es knapp.

»Jetzt komm schon, lass dir nicht alles aus der Nase ziehen.«

»Okay, okay«, seufzte Andrea, »aber ich lasse mich nicht auf eine Uhrzeit festnageln. Das versichert ihr mir nämlich jedes Mal, und hinterher heißt es dann doch wieder, ich müsse meine Angaben präzisieren.«

»Es geht mir nur um ein Zeitfenster, damit wir gegebenenfalls Alibis gegenchecken können«, erklärte Julia.

»Weiß ich doch«, lenkte Andrea ein. »Also gut, hier die bisherigen Fakten: Die Kerntemperatur des Körpers ist identisch mit der Raumtemperatur. Über den Daumen gepeilt, wenn wir mit nur einem Grad pro Stunde rechnen, ergeben sich bei einem Unterschied von 36,5 zu 20 Grad schon einmal mindestens sechzehn Stunden. Die Totenstarre ist noch relativ ausgeprägt, sie tritt etwa zwei Stunden post mortem ein und hält mindestens vierundzwanzig Stunden an. Ich werde also genau prüfen, zu welchem Zeitpunkt sie sich löst, aber auch das grenzt den Zeitpunkt leider nur in eine Richtung ein. Und nach Eiern oder Larven brauche ich bei diesem Winter kaum zu suchen.«

»Wohl eher nicht«, pflichtete Julia bei.

»Was ist bloß los mit den Reichen und Schönen dieser Stadt«, wechselte Andrea plötzlich das Thema. »Ich dachte, die Welt geht erst am 21. Dezember 2012 unter, warum bringen sich denn plötzlich alle um?«

»Wenn du mir darauf bis morgen früh eine allein selig machende Antwort geben könntest, würde ich dich auf einen zweiwöchigen Trip auf die Malediven einladen«, lächelte Julia freudlos.

Es war beinahe halb elf, als die Kommissarin zu Hause eintraf. Sie haderte kurz mit sich selbst, entschied sich dann aber dafür, ein Vollbad zu nehmen. Sie warf Mantel, Handschuhe und Schal über den Sessel im Wohnzimmer, schritt in die Küche und schwenkte die Flasche Rotwein, die seit einiger Zeit angebrochen im Vorratsregal stand. Es war ein Mitbringsel aus Südfrankreich, den Korken hatte Julia mit dem Finger zurück in die Flasche gedrückt, und durch das dunkelgrüne Glas der Flasche erkannte sie, dass sie durchaus noch zwei gut gefüllte Gläser hergeben würde. Perfekt, dachte sie, im Badezimmer strömte bereits das Wasser ein, nur noch ein hübsches Weinglas aus dem Wohnzimmerschrank greifen und dann im wahrsten Sinne des Wortes abtauchen. Julia tappte ins Badezimmer, überlegte dabei, ob sie sich noch eine CD anschalten solle, zog dann das beruhigende Plätschern des Wassers und das Knistern des mittlerweile hoch aufgetürmten Badeschaums vor. Sie stellte Flasche und Glas ans Kopfende der Wanne, entzündete die Kerze und zog sich aus. Ein flüchtiger Blick in den Spiegel erinnerte Julia daran, dass sie sich besser noch abschminken sollte, und widerwillig schlug sie einen Bogen ans Waschbecken, wo sie sich das Make-up rasch mit einem Feuchttuch entfernte. Wie schon in Küche und Wohnzimmer versuchte sie bei jedem Handgriff verzweifelt, den immer wieder aufbegehrenden Gedanken zu entfliehen, die in ihrem Kopf umherschwirrten. Doch auch nach dem zweiten Glas Wein gelang es Julia nicht, erfolgreich dagegen anzukämpfen. Immer wieder kehrte das selbstgefällige Grinsen Karl von Eisners vor ihr geistiges Auge zurück, dann die verprügelte Nathalie Löbler, natürlich ihr erhängter Mann und dann die tote Lara im

Container. Das waren die Toten auf der einen Seite, und immer wieder tauchten auch die Gesichter der Witwe von Eisner und von Laras Mutter auf. Doch am meisten von allen beschäftigte die Kommissarin eine ganz andere Person. Lars Manduschek.

FREITAG, 7. JANUAR 2011, 8.10 UHR

Polizeipräsidium, Dienstbesprechung im Konferenzzimmer. Anwesend war das gesamte Team: Kullmer, Kaufmann, Hellmer und natürlich Berger. Trotzdem, ohne Doris und die beiden Vertretungskommissare war es eine recht überschaubare Gruppe, wie Julia fand. Michael Schreck war nicht dabei, es gab keine weiteren Informationen, und die Bilddateien konnte Sabine Kaufmann auch erläutern. Die Kollegen hatten ihre Stühle so gerückt, dass sie die breite Betonwand im Fokus hatten, dort entrollte die Kommissarin gerade zwei Papierbahnen, denn sie war sich sicher, dass die zahlreichen Namen den Platz des Whiteboards sprengen würden.

Auf der linken Seite schrieb Julia die Namen der vier Toten untereinander, in der Reihenfolge, wie sie gestorben waren.

Lara Emmels
Nathalie Löbler
Karl von Eisner
Stefan Löbler

Zwischen den Zeilen ließ sie ausreichend Platz, um mit Klebezetteln wichtige Zusatzinformationen zu vermerken.

»So weit die Opfer, beten wir zu Gott, dass nicht noch weitere dazukommen«, seufzte sie. »Jetzt aber zu den Mitspielern, denen gilt heute unsere besondere Aufmerksamkeit. Ladys first, ich beginne mal ganz willkürlich«, kündigte sie an und notierte dann auf der rechten Papierbahn den ersten Namen sowie einige Informationen.

HELENE MARKOV

MUTTER VON LARA EMMELS

DERZEIT IN TAGESKLINIK WEGEN VERSCHIEDENER

PROBLEME TRAUERT UM TOCHTER UND VERURTEILT

KARL VON EISNER NACHWEISLICH ZUM ZEITPUNKT

DESSEN TODES VOR ORT KEINE VERBINDUNG ZU FAM.

LÖBLER ODER FR. V. EISNER MOTIV?

ALIBI?

»Die Markov kommt heute hierher, um ein Phantombild zu erstellen«, sagte Sabine in die Runde.

»Hat sie Freigang?«, erkundigte sich Berger irritiert.

»Nein, es handelt sich ja nicht um eine geschlossene Unterbringung«, erläuterte Sabine. »Wegsperren kann man ohnehin niemanden, es sei denn, es besteht Selbst- oder Fremdgefährdung oder man sitzt auf kaltem Entzug. Das ist aber nicht das Problem der Markov, aktuell macht sie lediglich ein offenes Therapieprogramm mit.«

»Ah, das war mir entfallen«, nickte Berger, »und danke auch für die Belehrung. Die Rechtslage ist mir durchaus bekannt.«

»Wie? Ach so, Verzeihung«, murmelte Sabine verlegen, und Julia zwinkerte ihr aufmunternd zu. Dann ergriff sie das Wort: »Um auf das Phantombild zurückzukommen: Die Markov hat gestern zugestimmt, in eigener Regie hierherzukommen. Die Klinik ist zwar abgelegen, und einen Pkw hat sie nicht, aber man kommt mit den öffentlichen

Verkehrsmitteln problemlos in die Stadt. Ein Taxi wird sie sich wohl eher nicht leisten.«

»Täusch dich da mal nicht«, warf Hellmer ein. »Wenn ihre Tochter noch weitere Freier der Kategorie Eisner hatte, war es sicher nicht allzu schlecht bestellt um sie. Irgendwo könnte da noch eine Menge Schwarzgeld gebunkert sein, das Bündel aus dem Spülkasten muss ja nicht die einzige Spareinlage gewesen sein.«

»Ich gönn's ihr«, murmelte Sabine, »zumindest, solange sie nichts mit den Morden zu tun hat. Die sitzt doch nun völlig alleine da, was ist ihr schon geblieben vom Leben? Mann weg, Kind tot ...«

»Andererseits könnte sie uns auch eine nette Show vorspielen, denn sie stand immerhin mit der Knarre in der Hand in Eisners Büro«, gab Julia zu bedenken.

»Behauptet sie«, sagte Kullmer.

»Sagt sie, aber selbst wenn nicht: Im Gebäude war sie definitiv, und das kurz vor von Eisners tödlichem Sturz. Das wiederum sagen die Kameras, wenngleich das wohl leider alles ist, was sie sagen«, seufzte Sabine.

»Kann man einschätzen, inwieweit Frau Markov dazu fähig wäre, ihre psychische Verfassung überzeugend vorzuspielen?«, fragte Julia in Sabines Richtung. »Wäre das eventuell ein Punkt, über den wir mit Dr. Meurer oder Dr. Breyer sprechen sollten?«

»Ein Versuch kann sicher nicht schaden«, antwortete Sabine, doch sie klang wenig überzeugt. »Andererseits ist Frau Markov ja schon sehr lange dort in Behandlung, nach einem künstlichen Alibi sieht das für mich nicht aus. Außerdem, schau sie dir doch einmal an. Sie hatte gestern wohl einen vergleichsweise guten Tag, zumindest, wenn ich an unsere erste Begegnung denke, aber trotzdem. Ihr ganzes Wesen, diese zerbrechliche, gezeichnete Persönlichkeit, nein«, seufzte sie, »ich halte das für unwahrscheinlich.«

Julia neigte dazu, Sabines Einschätzung zu teilen. Ohne ihre Kollegin vor den anderen in Verlegenheit zu bringen, hatte sie von Sabine eine fachliche Einschätzung eingeholt. Denn sie wusste ja als Einzige, dass es wohl niemanden im Raum gab, der sich besser mit psychisch labilen Menschen auskannte.

»Okay, irgendeine weitere Hypothese neben der, dass die Markov Eisner aus Rache getötet haben könnte?«, fragte Julia in die Runde.

»Nicht für die anderen Opfer jedenfalls«, murmelte Kullmer. »Oder glaubt hier jemand, dass die kleine Emmels auch den Löbler bedient hat?«

»Guter Ansatz, wird notiert«, nickte Julia. »Käme ein Mord an seiner Frau denn als Vergeltungstat in Frage? Immerhin lag Lara in einem Müllcontainer und die Löbler gemütlich in der Badewanne.«

»Na ja, gemütlich ...«, warf Berger ein. »Dann hätte Löbler aber die Kleine töten müssen, von ihm gibt es aber doch weder Spuren noch Hinweise. Außerdem meine ich mich zu erinnern, dass er und seine Frau ein wasserdichtes Alibi haben.«

»Ja, das ist zugegebenermaßen alles sehr komplex«, nickte Julia. »Und es stimmt, ich erinnere mich, im Gegensatz zu Eisner hat man die Löblers durchgehend auf der Party gesehen. Vor allem stört mich an dieser Theorie, dass Herr Löbler sich dann vor lauter Gram selbst erhängt haben soll.

Andererseits, momentan ist anscheinend alles irgendwie denkbar, aber dazu kommen wir später. Erst einmal muss Andrea ein Zeitfenster für sein Ableben bestimmen. Doch wo wir gerade bei Eisner waren«, sagte sie, wandte sich um und notierte den nächsten Namen.

SOPHIE VON EISNER

EHEFRAU VON KARL VON EISNER

BETROGEN VON IHREM MANN MIT LARA EMMELS

MOTIVE: WUT, VERGELTUNG?

ALIBI: BESTÄTIGT DURCH ZAHLREICHE ZEUGEN

»Über Frau von Eisner brauchen wir in Bezug auf Lara ja wohl auch nicht zu reden«, fuhr sie fort. »Die wurde von so vielen gesehen, da hat sie für den Mord an Lara ein Alibi. Bei ihrem Mann jedoch bin ich mir nicht so sicher ... Nun, aber ich schätze sie einfach nicht als Mörderin ein.«

»Ich könnte es mir schon vorstellen«, murmelte Hellmer, »aber ich habe sie auch nur ein Mal gesehen. Der Logik nach könnte eine Tat aus verletzten Gefühlen heraus schon passen. Andererseits wiederum ...«

»Genau«, unterbrach Julia ihn, *»andererseits* nämlich stellt sich mir die Frage, warum sie sich mit dem Mord an ihrem Mann die Hände schmutzig machen sollte. Klar, sie erbt jetzt den ganzen Jackpot, aber den hätte sie ohnehin bekommen. Ich sage nur: Ehevertrag.«

»Haben wir diesen Vertrag denn schon einmal zu Gesicht bekommen?«, erkundigte sich Berger.

»Ohne Zwang wird Manduschek ihn wohl kaum rausrücken«, grummelte Hellmer.

»Da bin ich mir nach unserem letzten Treffen nicht so sicher«, widersprach Julia und fuhr sich durch die Haare. War es der Kaffee, den sie vor der Besprechung hastig hinuntergekippt hatte, oder lag es an der Raumtemperatur? Sie schwitzte plötzlich und wedelte sich mit der Hand etwas Luft zu.

»Wie meinst du das?«, hakte Hellmer nach.

»Als ich gestern bei Frau von Eisner ankam, hatte ich das Gefühl, als platzte ich in einen sehr vertrauten Moment. Ich möchte jetzt nicht von *intim* sprechen, aber da aalte sich dieser Manduschek auf der Couch, und sobald ich hereinkam, wurde er stocksteif und suchte das Weite. Die Eisner hat sich später damit rausgeredet, dass er ein enger Freund der Familie sei. Sie weiß also ganz genau, dass wir uns sowohl mit Manduschek beschäftigen wie auch jede ihrer Informationen überprüfen. Warum sollte sie also eine Lügengeschichte wegen ihres Ehevertrags erzählen? Ich meine, anschauen würde ich mir den natürlich trotzdem gerne, obgleich wir wahrscheinlich die Hälfte von diesem Anwaltslatein ohnehin nicht verstehen würden.«

»Also ist Sophie draußen?«

»Ich denke schon, zumindest hätte sie keinen Grund, auch die Löblers umzubringen, oder?«

»Eine Eigenschaft, die beinahe auf jeden zutrifft, der mir einfällt«, warf Berger ein. »Wen haben Sie noch?«

»Ich möchte meinen Lieblingsanwalt gerne bis zum Schluss aufheben«, lächelte Julia und drehte sich wieder zur Papiertapete, »also machen wir hiermit weiter.«

<u>Dr. Schultheiss</u>

arbeitet u. a. in Klinik, wo H. Markov betreut wird

betreute Nathalie Löbler

verschrieb dieser Lorazepam (wird u.a. verschrieben bei Epilepsie, aber auch Angststörungen. Epilepsie bei N. L. nicht bekannt)

beruft sich auf Schweigepflicht

»Eine Menge Fragezeichen, wenn du mich fragst, aber kein Mörder«, sagte Hellmer.

Julia nickte zustimmend. »Das Einzige, was mich an ihm stört, ist sein Halbtagsjob in dieser Klinik, ansonsten gibt er sich kooperativ. Er hat uns signalisiert, dass er die Schweigepflicht mit der Zustimmung des Ehemanns übergehen könne, das hätte er uns ja nicht anbieten müssen.«

»Es gibt natürlich auch Menschen, die mit übertriebener Kooperation von etwas ablenken wollen«, warf Kullmer ein. »Wer weiß, vielleicht war er in seiner Therapie ja nachlässig und möchte den Suizid von Frau Löbler vertuschen.«

»Alles Spekulation, ich möchte zuallererst wissen, was in den Akten steht.«

»Vielleicht rückt er sie ja nun, nach Löblers Ableben, einfach raus«, grinste Kullmer, gähnte und verschränkte die Arme hinter dem Kopf.

»Darauf lässt er sich nie ein, der kennt sich viel zu gut aus mit allem«, widersprach Hellmer.

»Aber der aktuelle Sachstand wird es uns ermöglichen, eine entsprechende Anordnung zu erwirken«, mischte Berger sich ein und notierte etwas auf seinem Notizblock. »Ich erledige das gleich nach der Besprechung.«

»Gut, ansonsten ist Schultheiß ja ein renommierter Psychiater, und wir führen ihn nicht als Verdächtigen«, konstatierte Julia, »ganz im Gegenteil zu einem meiner besonderen Lieblinge, diesem Reporterheini.«

Sie kritzelte Niels Schumanns Namen aufs Papier und vermerkte darunter außerdem:

Online-Schreiberling beim Stadtmagazin

gibt vor, Infos per Mails erhalten zu haben

Nachweis über deren Herkunft nicht endgültig geklärt

erhielt denselben Flyer wie J. Durant

»Bei dem kannst du gleich noch Alibi und Motiv ergänzen«, warf Hellmer ein. »Für mich gehört der ganz klar zu den Verdächtigen, mehr noch als die Markov.«

»Möglich ist vieles«, nickte Julia und ergänzte die beiden Zeilen. »Wie war noch mal sein Alibi?«

»Für Silvester recht schwammig«, erinnerte sich Hellmer nach einem kurzen Blick in seine Notizen. »Er sei auf irgendeiner Party des HR gewesen, erinnert sich jedoch an keine Gäste, die uns das bestätigen könnten. Das ist natürlich dürftig, aber wir haben nichts anderes.«

»Wir haben immerhin ein Foto auf seinem PC, das am Tatort und in der Tatnacht aufgenommen wurde.«

»Aber keinen Hinweis darauf, dass er es selbst geschossen hat.«

»Okay, solange Schreck uns da kein endgültiges Ergebnis liefert, müssen wir das offenlassen«, seufzte die Kommissarin. »Was fällt euch zum Motiv ein? Sensationsgier? Wichtigtuerei?«

Karrieregeil ist er«, kam es sofort von Hellmer.

»Selbstverliebt auch«, nickte Julia. »Aber reicht das? Und was ist mit den Löblers?«

Es gab tatsächlich einiges, das Julia Durant an Schumann störte, aber auch hier verliefen sich die möglichen Hinweise in Sackgassen.

»Schaut mal, selbst wenn er diesen Flyer selbst erstellt hat und die Morde an Lara und Karl von Eisner inszeniert hat, hätte er zwar eine heiße Story, aber die Löblers blieben außen vor.«

»Es bleibt immer jemand außen vor, merkt ihr das?«, entfuhr es Hellmer, er sprang auf und lief erregt einige Schritte auf und ab. »Verdammt und zugenäht!«, ereiferte er sich und schlug klatschend die Faust auf seine Handfläche. »Wir rennen seit Tagen wie die aufgescheuchten Hühner von einer Leiche zur nächsten, und letzten Endes passt immer irgendetwas nicht ins Gesamtbild.«

Julia durchlief ein kurzer Schauer. Sie dachte über Hellmers Worte nach.

»Daraus ergibt sich eine weitere Hypothese«, reagierte sie dann, langsam mit dem Zeigefinger an die Oberlippe klopfend. »Was wäre denn, wenn jemand *genau das* erreichen möchte?«

Kullmer und Kaufmann begannen zu tuscheln, Berger legte den Kopf schief, und Hellmer blieb wie angewurzelt stehen.

»Ja, genau, so etwas ging mir schon einmal durch den Kopf«, sagte er hastig. »Viel besser als eine Zwei-Täter-Theorie und die einzige, bei der keine Leiche offenbleibt, oder?«

»Nun mal langsam«, ging Berger dazwischen, »und setzen Sie sich vor allem mal wieder hin, Sie machen mich total nervös mit Ihrem Herumtrappeln. Wir können nicht einfach einen Serienkiller hineininterpretieren, nur weil wir es nicht hinbekommen, vier Todesfälle aufzuklären«, fuhr er fort. »Einmal abgesehen von Lara Emmels könnte es sich noch immer um eine Selbstmordserie handeln, oder nicht?« Er kratzte sich am Kinn. »Die drei arbeiteten in derselben Branche, vielleicht gibt es dort ja irgendeinen Hintergrund, den wir übersehen. Jedenfalls sollten wir das bei aller Sorge um einen möglichen Serientäter nicht außer Acht lassen.«

Hellmer kehrte zu seinem Stuhl zurück und griff ein wenig eingeschnappt zu seinem Kaffeebecher, der jedoch bereits leer war. »Natürlich geht es uns nicht in erster Linie darum, alles ganz schnell einem Serienmörder zuzuschieben«, schaltete sich Julia vermittelnd ein. »Doch es scheint bei jedem Fall ein Hintergrundgeschehen zu geben, zum Beispiel die Plazierung von Laras Leiche, dann den unbekannten Mann in Eisners Büro oder diese Anrufe bei der Polizei wegen der Löblers. Versteht ihr? Da mischt möglicherweise jemand mit, jemand, den wir vielleicht noch überhaupt nicht kennen und dem wir partout nicht auf die Spur kommen. Ob's jemand der hier bereits Genannten ist, wage ich zu bezweifeln, aber ich habe da noch einen Kandidaten in petto, dem ich so einiges an Kaltblütigkeit zutrauen würde.«

Hinter ihrem Rücken murmelte es noch immer unentschlossen, als sie den Stift erneut ansetzte.

LARS MANDUSCHEK

ANWALT DES EHEPAARS VON EISNER (STRAFSACHE, EHEVERTRAG)

ANWALT VON STEFAN LÖBLER

EINER DER »BIG FIVE« (SO WIE K. V. E. UND BEIDE LÖBLERS)

LETZTER TERMIN K. V. E.S AN DESSEN TODESTAG

Möglicher Verdachtsmoment: ist immer sofort zur Stelle
Alibis: schwammig
Motiv: Welchen Nutzen könnte er aus dem Tod seiner Partner ziehen?

Als Julia die beiden letzten Zeilen notiert und den Blick auf das Geschriebene freigegeben hatte, verwandelte sich das Tuscheln in ein erregtes Raunen.

»Ehrlich, Manduschek?«, fragte Hellmer mit zweifelnder Miene. »Auf den schießt du dich ein?«

»Ja, bei ihm laufen die meisten Fäden zusammen«, nickte Julia überzeugt. »Er hatte zu allen Beteiligten eine persönliche Verbindung, und mindestens drei von ihnen waren auch beruflich eng mit ihm verknüpft. Vermutlich auch Nummer vier, Frau Löbler, immerhin waren sie und ihr Mann ja zusammen tätig. Aber er lässt sich nicht in die Karten schauen«, seufzte sie.

»Was ist mit Lara Emmels?«, wollte Berger wissen.

»Das wurmt mich bei dieser ganzen Sache«, gestand Julia ein. »Ich habe den halben Abend darüber nachgedacht und mir den Kopf zerbrochen. Was, wenn Eisner die Kleine tatsächlich auf dem Gewissen hat? Das würde doch seinem Todessturz in keinerlei Weise widersprechen. Suizid aus Reue, zumindest wäre das eine wunderbare Möglichkeit, seinen Tod als Selbstmord aussehen zu lassen. Denn dass er nicht freiwillig gesprungen ist, daran habe ich kaum einen Zweifel.«

»Nur wegen Frau Markovs Aussage?«

»Na ja, mit ein wenig Phantasie trifft ihre Beschreibung auch auf Lars Manduschek zu, oder?«, hielt Julia dagegen.

»Das würde sogar erklären, wieso er am Empfang keinem aufgefallen ist. Er war ja schon stundenlang im Gebäude und könnte sogar in seinem Büro übernachten, wenn er's drauf anlegen würde.«

»Dann haben wir uns den Abend wohl umsonst um die Ohren geschlagen«, stöhnte Sabine auf. »Mensch, ich hab jetzt noch viereckige Augen.«

»Abwarten. Ich bin noch nicht überzeugt davon.« Hellmer wandte sich an Julia: »Kannst du uns das bitte noch mal mit diesen Big Five erklären? Da steige ich nicht so ganz durch. Du hast gesagt, es handele sich um fünf enge Geschäftspartner oder meinetwegen Freunde, doch die von Eisner selbst gehört nicht dazu?«

»Das möchte ich auch gerne genauer wissen«, nickte Berger.

»Nichts leichter als das«, lächelte Julia. »Sie haben diesen Begriff quasi aus Afrika importiert, gewöhnlich steht er ja für einheimische Wildarten, die ein Tourist unbedingt sehen sollte. Oder abknallen«, ergänzte sie trocken, »unsere fünf Kandidaten jedenfalls waren auf einem Jagdtrip, zumindest die Männer. Wie auch immer, die Löblers, Manduschek und von Eisner nannten sich seither selbst die Big Five. Frau von Eisner ist im Geschäft nicht aktiv, deshalb gilt es nicht für sie, aber es gab noch einen fünften Mann, der bereits tot ist.«

»Fünfter Mann?«, hakte Berger nach. »Gibt es etwas, was wir über diese Person wissen sollten?«

Julia runzelte nachdenklich die Stirn. »Frau von Eisner hat ihn beiläufig erwähnt, aber er ist schon vor Jahren gestorben. Sie tat das recht schnell ab, und ich habe in diesem Moment auch keinen Sinn darin gesehen nachzubohren. Das sollten wir nachholen, wenn sich diese ominöse Gemeinschaft als einziger roter Faden herauskristallisiert.«

»Hm. Dann tötet jemand also die Big Five? Ist es das, worauf du hinauswillst?«, fragte Hellmer stirnrunzelnd.

»Zumindest der einzige gemeinsame Nenner, der mir einfällt, einmal abgesehen davon, dass es alles Superreiche sind«, erwiderte Julia schulterzuckend. »Nur Lara passt da überhaupt nicht ins Bild.«

»Warten wir einmal ab, was die Rechtsmedizin uns über die Todesursachen berichten wird«, gab Berger zu bedenken. »Bei den Löblers gehen wir bisher nicht von Mord aus, und genau genommen ist auch von Eisners Todessturz noch lange nicht als fremdverursacht bewiesen.«

Julia Durant deutete hinter sich auf die Liste. »Wir haben noch genügend Puzzleteile zu suchen, begonnen bei den Alibis. Da klemmt ihr euch alle zusammen dahinter und prüft dabei genau, wie viel die jeweiligen Informationen taugen. Technische Alibis besorgen kann sich jeder, und auf die Aussage einer loyalen Sekretärin verlasse ich mich nur, wenn sie klipp und klar darüber informiert wurde, dass eine Falschaussage erhebliche strafrechtliche Konsequenzen nach sich ziehen würde. Ich mache mich jetzt auf den Weg zu Manduschek und lasse nicht locker, bis ich etwas aus ihm herauskitzeln kann. Wir können es uns jedenfalls nicht leisten, hier herumzulungern und auf zweideutige Diagnosen von Andrea zu warten.«

Oje, dachte sie sofort, jetzt tue ich aber jemandem gehörig unrecht. Doch zum Glück hörte die Rechtsmedizinerin Julias Worte ja nicht. Auf dem Weg nach draußen legte die

Kommissarin einen kurzen Stopp beim Kaffeeautomaten ein, entschied sich dann jedoch gegen eine weitere Portion. Genug Koffein, entschied sie, denn sie wollte keinen weiteren Schweißausbruch riskieren, wenn sie in Manduscheks Büro saß.

FREITAG, 10.07 UHR

Mit einem ungeduldigen Seufzer schob Julia den Ärmel ihres Mantels zurück und warf einen Blick auf die Armbanduhr. Ein Geschenk ihres Vaters zum dreißigsten Geburtstag, schlicht, in matt poliertem Silber mit dunklem Lederband. In den siebzehn Jahren hatte die Uhr gerade zwei Mal eine neue Batterie verpasst bekommen, und außerdem hatte die Kommissarin sich eine Ultraschallreinigung aufschwatzen lassen. Julia hielt dieses Geschenk ihres Vaters in Ehren, obwohl sie nur allzu gut wusste, dass er dabei einen Hintergedanken gehabt hatte.

»Du musst auf Pünktlichkeit achten«, hatte der Pastor sie ermahnt. »In Frankfurt ticken die Uhren eine Ecke schneller als bei uns, da handelst du dir rasch den Unmut deiner neuen Kollegen ein.«

»Aber pünktliche Menschen vergeuden Unmengen an Zeit mit dem Warten auf die Unpünktlichen«, war Julias Gegenposition gewesen. »Das ist in der Stadt nicht anders als bei dir im Gottesdienst.«

Obwohl Julia diesen Standpunkt damals hauptsächlich vertreten hatte, um ihren Vater zu necken, hatte es einen wahren Kern. Zum Beispiel gerade eben, der Zeiger kroch unaufhaltsam weiter, acht, neun Minuten nach zehn Uhr. Von Manduschek nichts zu sehen, seine Vorzimmerdame hatte die Nase in Unterlagen vergraben und vermied geflissentlich jeden Blickkontakt mit der Kommissarin. Die beiden Frauen hatten ihr Gift bereits zehn Minuten vorher versprüht, als Julia forsch und nach knapper Begrüßungsfloskel ein Gespräch mit dem Anwalt gefordert hatte.

»Morgen. Melden Sie mich bitte bei Manduschek an.«

»Sie schon wieder«, war die Reaktion der Sekretärin gewesen. »Haben Sie ...«

»Einen triftigen Grund, hier zu sein«, hatte Julia sie sofort unterbrochen, »und kein Interesse, mit Ihnen herumzudiskutieren. Also, wenn ich bitten darf?«

Unverständliches murmelnd hatte ihr Gegenüber einen Knopf betätigt und sprach nach kurzem Warten in den Hörer: »Herr Manduschek, hier steht diese Kommissarin schon wieder ... Wie? Ach so, das wusste ich nicht. Ja, ist in Ordnung.«

Mit zerknirschter Miene wanderte der Hörer wieder hinab, und ihre Hand deutete auf eine kleine Sitzgruppe in einigen Metern Entfernung.

»Herr Manduschek beendet noch ein Gespräch, dann ruft er Sie rein«, waren ihre frostigen Worte. Es war nicht zu übersehen, dass es ihr überhaupt nicht gefiel, wenn man Termine hinter ihrem Rücken vereinbarte. Genau das allerdings hatte Berger getan, um einen erneuten Ausweichversuch des Anwalts gleich im Keim zu ersticken.

Weitere fünf Minuten verstrichen, und die Kommissarin durchblätterte einen flachen Stapel juristischer Magazine und Wirtschaftsjournale. Nicht dass sie sich übermäßig für

Modemagazine oder Boulevardblätter interessierte, aber der vorliegende Lesestoff war ihr dann doch eine Nummer zu trocken. Sie schloss für einen Moment die Augen und massierte sich die Schläfen, wohl darauf bedacht, ihrer neuen Feindin, die in fünf Metern Entfernung lauerte, keine Schwäche zu zeigen. Doch es lag ein unangenehmer Druck auf ihren Nebenhöhlen, dazu dieses seltsame Temperaturempfinden, und langsam wurde Julia klar, dass sie allem Anschein nach auf eine handfeste Grippe zusteuerte.

»Frau Durant?«

Manduscheks klare, laute Stimme durchbrach die monotone Geräuschkulisse, das klackernde Tippen, die entfernten Schritte und die gedämpften Dialoge, welche hinter den zahlreichen Türen geführt wurden. Die Kommissarin erschrak und schlug die Augen auf.

»Na, das wird aber auch Zeit«, antwortete sie schnell und richtete sich mit einem energischen Ruck auf.

»Klienten«, seufzte Manduschek und hob verteidigend die Hände. »Sie wissen ja, wie das ist. Eine kleine Unregelmäßigkeit, und schon sehen Sie die Welt aus den Fugen geraten.«

»Ich weiß nur, dass solche Dinge eben geschehen, wenn man versucht, die Welt zu kontrollieren«, erwiderte Julia spitz.

»Stimmt auch wieder«, lächelte der Anwalt und deutete in Richtung seiner Bürotür. »Bitte, nach Ihnen, Sie kennen ja bereits den Weg. Kaffee?«

»Nein danke.«

Sie nahmen einander gegenüber Platz, und der Kommissarin entfuhr ein leises Stöhnen, als der bequeme Stuhl nach hinten federte. Rasch räusperte sie sich und spannte den Körper wieder an, doch Manduschek hatte sie bereits durchschaut.

»Saubequem, das Teil, nicht wahr?«

»Habe schon schlechter gesessen.«

»Ich verrate Ihnen mal ein Geheimnis. Manchmal setze ich mich beim Telefonieren auf einen der beiden Stühle. Ist etwas ganz anderes als der klobige Sessel, wobei ich diesen orthopädisch meiner Wirbelsäule habe anpassen lassen.«

»Das klingt mir mehr nach Angeberei als nach einem Geheimnis«, nutzte Julia die Vorlage, die der Anwalt ihr unbeabsichtigt gegeben hatte. »Aber gut, dass Sie gerade auf Geheimnisse zu sprechen kommen, vielleicht möchten Sie mir ja noch ein paar andere Dinge verraten.« Sie zwinkerte ihm schelmisch zu, setzte aber sofort wieder ein ernstes, geschäftiges Gesicht auf. Manduschek war heute offenbar gut aufgelegt, doch möglicherweise gehörte die aufgesetzte Freundlichkeit auch nur zu seiner Strategie, Julia in falscher Sicherheit zu wiegen.

»Ach, kommen Sie, Frau Durant«, reagierte er prompt, »gönnen Sie uns doch ein wenig Small Talk. Wir hatten weiß Gott keinen guten Start, aber das kann sich ändern, oder? Nichts ist für ewig, finden Sie nicht auch?«

»Wie meinen Sie das?«

»Ach so, nein, ich meine natürlich nicht das plötzliche Ableben von Karl oder Stefan«, kam es hastig. »Schlimme Sache übrigens, ich habe es aus den Nachrichten. Haben Sie gewusst, dass er gute Chancen auf eine steile politische Karriere hatte?«

»Ist uns nicht entgangen.«

»Wer weiß, vielleicht hätte er sogar eines Tages das Zeug zum Oberbürgermeister gehabt. Möglich ist alles.«

Für euch Superreiche sicher, dachte Julia, verkniff sich aber einen Kommentar.

»Die Firma hätte Nathalie wohl auch ohne ihn am Laufen gehalten, na ja«, seufzte Manduschek, »aber nun bricht alles irgendwie zusammen.«

»Womit wir beim Thema wären«, übernahm Julia die Gesprächsführung. »Herr Manduschek, lassen wir das Geplänkel und kommen auf den Punkt: Sophie von Eisner hat mir gestern das Foto gezeigt, ihr blieb kaum etwas anderes übrig, denn es lag direkt vor meiner Nase. Sie haben es sich gemeinsam betrachtet, vermute ich, also wissen wir beide, dass es um die Big Five geht. Vier von Ihnen sind nun tot, Sie sind übrig. Da stellt sich mir doch die Frage, welche Rolle Sie dabei spielen.«

Die Kommissarin musterte Manduschek mit festem Blick.

»War das jetzt schon eine Frage?«, brach der Anwalt das unangenehme Schweigen.

»Wenn Ihnen dazu etwas einfällt, betrachten Sie es ruhig als solche«, nickte Julia langsam und schürzte nachdenklich die Lippen.

»Welche Rolle spiele ich denn Ihrer Meinung nach?«

»Das ist eine Gegenfrage«, wehrte die Kommissarin ab, »das gilt nicht.«

»Dann fragen Sie konkreter.«

»Gut, wie muss ich mir einen Tag als Mitglied der Big Five vorstellen?«, lächelte sie kühl.

»Ach kommen Sie, das können Sie besser.« Er winkte ab,

fuhr dann aber fort. »Okay, Sie kennen ja sicher die Geschichte, wie wir zu dem Namen gekommen sind. Dann konzentriere ich mich mal auf die Fakten. Korrigieren Sie mich, wenn ich falschliege, aber für Sie leben wir hier in Elfenbeintürmen, thronen in Palästen und unterdrücken den Rest der Welt. Zutreffend in etwa?«

»Der Eindruck drängte sich auf«, bestätigte Julia knapp und ließ den Blick in Richtung des Lampenschirms aus Schlangenhaut wandern.

»Okay, *das* ist tatsächlich ein unglückliches Beispiel, das gebe ich zu«, kommentierte der Anwalt, dem ihr Blick nicht entgangen war. »Aber es ist ein totes Tier, das Fleisch wurde gegrillt, warum also die Haut wegwerfen? Es ist ja nicht so wie bei den Nazis, die perverserweise Haut von lebenden Menschen genommen und sie wie Leder gegerbt haben. Aber das ist ein anderes Thema.«

»Ja, ich bitte darum, bleiben wir bei Ihrer Rolle.«

»Die Wirklichkeit für Leute wie uns sieht gänzlich anders aus, als Sie annehmen«, setzte Manduschek wieder ein. »Big Five oder nicht, wir haben tagtäglich die Wahl, ob wir Jäger oder Beute sein wollen, eine andere Option gibt es nicht. Sämtliche Wasserlöcher, um bei dieser Metapher zu bleiben, sind hart umkämpft oder bereits besetzt, Macht erhält sich nicht von selbst, und wer nicht kämpft, der hat automatisch verloren. Haben Sie sich je mit Darwin befasst? Der hat das sehr treffend formuliert: Der Stärkere überlebt, sonst keiner. Der Rest ist dem Untergang geweiht, und wenn man sich diesem Kampf stellt, sucht man sich besser die richtigen Verbündeten. Karl war einer davon, ein Leitwolf oder meinetwegen auch ein Löwe. Er hat das Rudel zusammengehalten und, das muss man ihm lassen, er hat die Rangfolge im Auge behalten. Demokratie gibt es in einem Rudel nicht, man ist zusammen zwar mehr als die Summe der Einzelnen, aber ohne einen, der die Richtung vorgibt, geht es nicht.«

»Klingt ziemlich melodramatisch. Demnach lebt es sich arm wie eine Kirchenmaus wohl deutlich angenehmer, wenn man das so hört«, gab Julia mit ironischem Unterton zurück.

»Nein, nicht unbedingt. Aber je mehr man hat, desto mehr muss man verteidigen. Und man zieht Neider und Konkurrenten an wie das Licht die Motten.«

»Sie haben mein aufrichtiges Mitgefühl«, lächelte Julia. »Aber kommen wir auf diese Rangordnung zurück. Karl war die Nummer eins, welche Stelle hatten Sie inne?«

»Oh, da haben wir uns wohl falsch verstanden.« Manduschek schüttelte den Kopf mit geschlossenen Augenlidern. »Karl war ein Alphatier, zugegeben, aber wir hatten kein Siegertreppchen mit fünf Stufen, wenn Sie das meinen.«

»Gehört es nicht zu einem echten Rudel, dass man um den ersten Platz kämpft?«

»Für uns war die Verteidigung nach außen von größerer Bedeutung«, wich Manduschek aus. »Wenn man einander bekämpft, bietet man nur Angriffsfläche. Dann hätten wir uns überhaupt nicht erst zu formieren brauchen, oder?«

»Also gab es auch kein schwächstes Glied, ein sogenanntes Omegahuhn oder dergleichen?«

»Ähm, nein.«

»Das klingt nicht sehr entschlossen. Es ist mir unbegreiflich, dass sich in einem Rudel, welches so darauf bedacht ist, einander den Rücken zu stärken, plötzlich alle Selbstmord begehen. Passt das Rudel denn nicht auf seine Mitglieder auf?«

»Sie wissen das mit dem Selbstmord?«, fragte der Anwalt, und Julia begriff im ersten Moment nicht, worauf er hinauswollte.

»Wir müssen bislang in allen drei Fällen davon ausgehen, es bestehen aber durchaus Zweifel. Zum Beispiel bei Karl …«

»Nein, das meine ich doch überhaupt nicht«, winkte Manduschek ungeduldig ab und stand auf. Er durchquerte den Raum, öffnete einen der metallbeschlagenen Schränke und kehrte an den Schreibtisch zurück. In der Hand hielt er einen Aluminiumrahmen, dreizehn mal achtzehn Zentimeter, mit schwarz samtener Rückseite. Er beugte sich ein wenig vor und legte das Bild auf die Tischplatte, sein Blick fiel darauf, und er hielt für einen Augenblick inne. Dann drehte er es und schob es zu Julia hinüber.

»Seit dem Winter 2008 sind wir nur noch zu viert«, murmelte er leise. »Was auch immer Karl, Stefan und Nathalie nun widerfahren ist, damals, das *war* jedenfalls ein echter Selbstmord. Seitdem lief es zwischen uns allen nicht mehr so, wie es einmal gewesen ist.«

Julias Blick wanderte über die etwas unscharfe Fotografie. Vier Männer saßen in dem zebragemusterten Range Rover, den die Kommissarin bereits auf der Aufnahme bei Frau von Eisner gesehen hatte. Am Steuer saß Karl von Eisner, neben ihm, einen gewaltigen Feldstecher vor der Brust, Stefan Löbler, dahinter Lars Manduschek und, mit einer riesigen Sonnenbrille, ein vierter Mann, dessen Kopf im

Schatten des Überrollbügels lag. Vor dem Wagen posierte Nathalie Löbler, um ihren Hals, ihre Schultern und einen ihrer Arme wand sich eine mindestens zwei Meter lange, braungefleckte Schlange.

»Das war, zwei Tage bevor mich so ein verdammtes Biest gebissen hat«, sagte Manduschek.

»Frau von Eisner sagte so etwas«, nickte Julia nachdenklich und kniff die Augen leicht zusammen. »Ein Unfall, richtig?«

»Nun, diese kleinen Bastarde warten an den unmöglichsten Stellen auf einen. Ich hätte eine lange Hose tragen sollen, nun, es war ja letzten Endes nur ein vorübergehender Knockout. Wie auch immer, hier sind wir noch alle komplett, neben mir auf der Rückbank, das ist Arthur, er nahm sich damals, als die Krise ihn besonders fest am Schlafittchen hatte, das Leben.«

»Arthur«, wiederholte die Kommissarin nachdenklich.

»Ja, Arthur Drechsler. Wenn ich es heute betrachte, kam er der Rolle eines Omegahuhns wohl am nächsten«, seufzte der Anwalt. »Wobei er mich natürlich gesteinigt hätte, wenn ich das jemals so zu ihm gesagt hätte«, fügte er hastig hinzu.

»Verstehe«, erwiderte die Kommissarin gedehnt. Irgendetwas störte sie, sie hätte jedoch nicht zu sagen vermocht, was das war. Lag es daran, dass Manduschek sich so kooperativ gab? Großkotzig war er zwar noch immer, aber er hatte zum ersten Mal, seit sie sich begegnet waren, etwas von sich preisgegeben. Oder war auch das nur Schauspiel?

Finden wir's raus, dachte Julia und entschied sich für eine direkte Konfrontation. Sie suchte Blickkontakt zu ihrem Gegenüber und begann dann mit fester Stimme: »Herr

Manduschek, es gibt eine Zeugin, die uns glaubhaft zu Protokoll gab, dass Herr von Eisner einen Besucher im Büro hatte, kurz bevor er starb.«

Keine Reaktion in den Pupillen, lediglich ein leichtes Zucken in den Schläfen.

»Die letzte Person in Eisners Terminbuch waren ja Sie, wenn ich mich recht entsinne. Sie sind jedoch niemandem begegnet?«

»Nein, natürlich nicht.« Er rutschte in seinem Stuhl hin und her. »Außerdem war das lange vor dieser ... Sache.«

»Wie auch immer«, lächelte die Kommissarin. »Die Dame sitzt gerade in diesem Moment bei uns im Präsidium, und wir fertigen ein Phantombild an. Das könnte eine heiße Spur sein, wie wir das nennen. Sie sehen, aufs Jagen verstehen wir uns auch. Stimmt etwas nicht mit Ihrem Stuhl?«

»Was? Wieso?«

»Ich habe den Eindruck, Sie werden nervös.«

»Quatsch, wieso denn?«

»Vielleicht, weil Sie mir etwas verschweigen? Das ist kein Vorwurf – ich möchte ja nicht riskieren, wieder eine Beschwerde auf den Tisch zu bekommen –, aber vielleicht fühlen Sie sich wohler, wenn Sie drüber sprechen?«

Vergeblich suchte Julia Schweißperlen oder nervöse Zuckungen in Manduscheks Gesicht. Allerdings war er auch ein gewiefter Anwalt und wusste über die verräterische Körpersprache der Menschen bestens Bescheid. Es gab Seminare und Kurse, diese kontrollieren zu lernen, und Manduschek hatte garantiert etwas in dieser Richtung absolviert.

»Da gibt es nichts, ich bekomme nur langsam meine

Zweifel, ob es mich weiterbringt, hier mit Ihnen zu sitzen.«

»*Sie* vielleicht nicht, aber *uns*«, erwiderte Julia knapp.

»Sie verstehen nicht, ich beginne mir Sorgen zu machen.«

»Sorgen worüber? Dass wir so lange im Trüben fischen, bis wir etwas am Haken haben? Jemanden wie Sie zum Beispiel?«

»Ach, hören Sie doch auf mit dem Quatsch!«, fuhr Manduschek sie wütend an. »Wenn Karl tatsächlich umgebracht wurde, dann läuft da draußen ein Killer herum, der es womöglich auch auf mich abgesehen hat. Wie sicher sind denn die Selbstmordtheorien bei Stefan und Nathalie?« Er begann, sich in Rage zu reden, eine Reaktion, die Julia nicht erwartet hatte. »Sie haben vorhin selbst gesagt, dass das noch nicht eindeutig ist. Da stellt sich mir doch die Frage, was mit mir ist!«

»Diese Frage zu klären war der Grund meines Besuchs«, entgegnete Julia trocken.

»Aber Ihnen kam es offenbar darauf an, mich als Mörder abzustempeln, wie?«, rief Manduschek aufgebracht. »Prima, Fall gelöst, einfacher könnte man es sich kaum machen! Aber ich für meinen Teil weiß es besser. Ich habe nichts Verwerfliches getan, außer vielleicht, meine Honorare etwas zu großzügig zu bemessen. Aber das war es auch schon – ich schließe keine Betriebe, ich entlasse keine Leute, ja, ich schäme mich sogar manchmal, wenn wir einen dieser Knebelverträge aufsetzen, der einer unwissenden Firma früher oder später das Genick brechen wird. Und jetzt sage ich Ihnen noch etwas, da wir gerade dabei sind: Ich war nicht eine Sekunde lang enttäuscht, dass mich damals dieses Mistvieh gebissen hat! Im Grunde genommen war ich erleichtert, dass ich nicht mit der Karre durch die Savanne preschen musste, nur um auf alles zu ballern, was sich in den Büschen bewegt!«

Die letzten Worte spie er verächtlich aus, und Julia zwang sich dazu, möglichst wenig Regung zu zeigen. Sie beobachtete Manduscheks Miene, seine mittlerweile sehr deutlich sprechenden Augenbewegungen und seine Gestik. Alles in ihr war geneigt, diesem Mann Glauben zu schenken, denn just in diesem Augenblick schien in seinem Inneren ein Schalter umgelegt worden zu sein. Nur womit, das konnte Julia beim besten Willen nicht sagen.

»Sie gestatten mir, etwas verwundert zu sein«, antwortete sie nach einigen Sekunden des Schweigens. »Doch ich erlebe heute bereits zum zweiten Mal einen völlig veränderten Lars Manduschek. Das ist für mich schwer zu begreifen, bitte nehmen Sie das nicht als persönlichen Vorwurf.«

»Es ist mir gelinde gesagt ziemlich wurscht, was Sie von mir denken«, gab der Anwalt zurück. »Doch eines sage ich Ihnen: Ich werde nicht untätig herumsitzen und darauf warten, was als Nächstes passiert. Nicht ohne Schutzmaßnahmen, solange ich nicht weiß, ob ich nicht doch das nächste Ziel sein könnte.«

»Beruhigen Sie sich und hören Sie zu. Wir haben die Serienmördertheorie heute Morgen erst besprochen, und abgesehen davon, dass es sich bei Herrn und Frau Löbler nach wie vor um Suizid handeln könnte, stört uns außerdem das tote Mädchen, Lara Emmels. Ich finde, es ist an der Zeit, dass wir beide ganz im Vertrauen über deren Rolle in diesem Spiel sprechen.«

»Falls Sie damit meinen, dass ich Karls ...«

»Ja, ich rede von Karl, primär«, unterbrach Julia ihn. »Aber falls da noch mehr ist, interessiert mich das auch.«

»Ich kann nicht über meinen Mandanten sprechen.«

»Können oder wollen Sie nicht? Bei den meisten Menschen ist das nämlich kein großer Unterschied«, bohrte Julia. »Außerdem ist Ihr Mandant mittlerweile tot.«

»Manche Dinge betreffen aber auch Sophie.«

»Um Sophie müssen Sie sich keine Gedanken machen. Sie hat die Geschichte brühwarm erfahren, mehr schockieren können Sie sie wohl kaum. Und wenn das, was Sie mir erzählen, mit Mord endet, werde ich es bei unseren Ermittlungen mit höchstmöglicher Diskretion behandeln. Falls nicht, können Sie mich ja verklagen, das wollten Sie doch ohnehin gleich bei unserem ersten Treffen tun.«

»Sie haben mir ja kaum eine Wahl gelassen«, murmelte Manduschek, konnte sich ein Schmunzeln jedoch nicht verkneifen. »Okay, Folgendes, ich erzähle Ihnen zwei, nein drei Fakten, die Karl mir berichtet hat, und ich halte jeden dieser Punkte für absolut glaubwürdig. Karl hat mir gegenüber nie gelogen, das war so etwas wie ein Codex unter uns fünfen, auch wenn das nicht immer ganz lupenrein ablief. Aber das ist eine andere Geschichte.«

»Ich höre.«

»Punkt eins: Karl hat mit Lara geschlafen. Punkt zwei: Er hat sie weder misshandelt, noch hat er sie getötet. Punkt drei, und bitte merken Sie sich das genau: Karl hat ausnahmslos ein Kondom benutzt. Er konnte sich nicht erklären, wie sein Sperma dorthin gelangen konnte, also in Lara hinein, wenn Sie verstehen.«

»Okay, danke«, nickte Julia und dachte einen Moment lang nach. »Und Sie gehen davon aus, dass dieser Wahrheitscodex noch immer galt? Mord ist etwas anderes als irgendeine Finanztransaktion.«

»Karl hätte keinen Grund gehabt, zu lügen«, erwiderte Manduschek und klang völlig überzeugt. »Das mit Lara wussten wir, zumindest wir Männer. Das mit dem Kondom auch, wobei ich da jetzt nicht näher drauf eingehen werde. Aber in gewissen Kreisen, auf Konferenzen, besonders im Ausland ... nun, wie auch immer. Kondome sind Pflicht, und sei es nur, um zu verhüten. Sie wissen ja, diese Klausel zum Ehevertrag. Karl hatte eine Scheißangst, dass ihm die Kleine ein Baby anhängen würde. Mehr als vor Aids. Obwohl ihn letzten Endes beides Kopf und Kragen gekostet hätte.«

»Dann stecken wir mit unserer Ermittlung wohl noch immer in der Sackgasse«, kommentierte Julia. »Aber Sie könnten mich einen Blick auf diese Zusatzvereinbarung werfen lassen, von der haben wir zwar schon gehört, aber gesehen haben wir noch nichts davon.«

»Das Original liegt bei Sophie im Tresor«, entgegnete Manduschek, »und ich weiß nicht, ob es ihr recht wäre, wenn ich einfach ...«

»Rufen Sie sie doch an. Es ist ganz in ihrem Interesse, immerhin ist diese Vereinbarung ein entlastendes Dokument für eine brüskierte Frau. Ohne diese Vereinbarung hätte sie nämlich durchaus ein plausibles Motiv und käme für uns als Verdächtige in Frage. Das wollen Sie doch beide nicht, oder?«

»Ich sehe schon, Sie sind heute auf Krawall gebürstet«, brummte Manduschek.

»Nein, ich möchte so effizient wie möglich die offenen Fragen abklären. Das, was übrig bleibt, führt uns vielleicht zu dem großen Unbekannten.«

»Ich denke, Sie dürfen da auch so reinsehen«, entschied der Anwalt und zog eine große Schublade mit Hängemappen heraus. Nach kurzem Suchen griff er eine der Akten heraus, blätterte den blassblauen Pappdeckel auf und entnahm ein zweiseitiges Dokument, welches er Julia reichte. Während sie die Zeilen überflog, wunderte sie sich insgeheim, dass das erwartete Paragraphengewirr sich in Grenzen hielt. Das Dokument war ordnungsgemäß beglaubigt und datiert, es gab auf den ersten Blick keinen Grund für Julia anzunehmen, dass es eine zurückdatierte Fälschung war. Sollen die Experten prüfen, entschied sie für sich.

»Okay, danke erst einmal, wir werden da gegebenenfalls noch einmal drauf zurückkommen«, nickte sie und schob die Papiere zurück in Manduscheks Richtung. »Aber nun würde mich wirklich interessieren, in welchem Verhältnis Sie nun eigentlich zu Frau von Eisner stehen.«

»Wie meinen Sie das?«, erwiderte der Anwalt und versuchte, sein irritiertes Stirnrunzeln mit einer unbeschwerten Stimme zu überspielen. Dies gelang ihm jedoch nicht, und Julia neigte neugierig den Kopf.

»Na, so wie ich es sage.«

»Ich bin ein Freund der Familie, Karl und ich gehören zu den Big Five, wir arbeiten seit Jahren zusammen«, begann Manduschek aufzuzählen, »was denn noch?«

»Das sind alles geschäftliche Beziehungen zu *Herrn* von Eisner«, erwiderte Julia und lächelte, »danach habe ich Sie nicht gefragt.«

»Herr, Frau, das ist doch einerlei«, brummte Manduschek und winkte ab.

»Frau von Eisner ist eine gute Partie, besonders jetzt, da sie die Eisner Group erbt, oder?«

»Daher also weht der Wind. Dazu äußere ich mich nicht, aber Sie können Gift darauf nehmen, dass diese Erbschaft eine endlose Angelegenheit wird, und ich glaube nicht, dass Sophie sich am Ende hier in eines der Büros hocken wird. Wenn Sie mich fragen, endet die ganze Sache in irgendeinem Konsortium, einem Aufsichtsrat, vielleicht übernehmen auch die amerikanischen Schwesterfirmen.«

»Unterm Strich also eine Menge Geld, es bleibt dabei, sie wird eine gute Partie sein.«

»Und ich verdiene einen horrenden Stundensatz für meine Beratung, ja«, nickte Manduschek und rollte mit den Augen. »Wenn es das ist, ja, schuldig im Sinne der Anklage. Ich stehe morgens auf und verdiene mein Geld mit der Beratung von reichen Menschen. Kommen wir also wieder auf diese Grundsatzdebatte zurück?«

»Nein, ist schon gut«, erwiderte die Kommissarin kopfschüttelnd. Entweder gab es nichts weiter über die Beziehung zwischen Lars Manduschek und Sophie von Eisner zu sagen, oder er hatte es soeben ganz gezielt geschafft, das Gespräch in eine andere Richtung zu lenken. Heute werde ich da nichts mehr rauskitzeln, dachte Julia und erhob sich.

»Für heute soll es das gewesen sein, aber ich behalte mir vor, wiederzukommen.«

Auch Manduschek stand auf und streckte ihr über die Tischplatte hinweg die Hand entgegen, an deren Gelenk eine protzige Panzerkette glänzte, mindestens Silber, wenn nicht sogar Platin, die der Kommissarin bis dato nicht aufgefallen war. Eben doch ein Großkotz, auch wenn er heute ja ganz umgänglich war, dachte sie, als sie das Büro verließ.

FREITAG, 11.45 UHR

Institut für Rechtsmedizin, Kennedyallee.

Frank Hellmer hatte kein Interesse geäußert, er hing noch am Telefon oder Bildschirm, genau hatte er das nicht gesagt. Julia war das insgeheim sogar ganz recht gewesen, sie hatte die zehnminütige Autofahrt zum Abschalten genutzt, das Radio laut aufgedreht und genussvoll zwei Rosinenschnecken vertilgt. Die Kommissarin vertraute ihrer kleinen Truppe, die mehr als ein Mal ihre Schlagkraft unter Beweis gestellt hatte. Ihr kam das Gespräch über Alpha- und Omegatiere in den Sinn, aber die Hierarchie innerhalb des K 11 war relativ flach. Sie beschloss, das Gespräch mit Lars Manduschek erst eine Weile sacken zu lassen, bevor sie es beurteilte. Der Anwalt schien sich entweder völlig gedreht zu haben, und das irritierte sie, oder aber er spielte eine perfekte Show, und diese Vorstellung irritierte sie noch viel mehr. Doch in dem Moment, als Julia das beschauliche Gebäude betrat, in dem sich die Rechtsmedizin befand, schob sie alle diesbezüglichen Bedenken weit nach hinten.

Andrea Sievers wusch sich die Hände und schlüpfte aus ihrer Schutzkleidung. »Wollen wir was essen gehen?«, fragte sie mit einem breiten Lächeln, doch Julia schüttelte den Kopf.

»Ein anderes Mal, okay? Und bitte nicht, wenn wir vorher in deinem Untersuchungsraum herumlaufen.«

»Ach, das ist alles halb so schlimm, da gewöhnt man sich dran«, lachte Andrea und winkte ab. »Das meiste ist Naturdarm, den essen wir bei Würsten ja auch, der Rest sieht auch nicht viel anders aus als an der Fleischtheke.«

»Sparen wir uns das, bitte! Erzähl mir lieber was über Löbler und die anderen. So langsam bräuchten wir mal ein paar belastbare Fakten.«

»Kein Problem, dann lass uns ein Käffchen holen, und ich berichte unterwegs. Ich hatte vor zehn Minuten erst Frank am Apparat, der Arme klang reichlich gestresst. Er sagte, du seist unterwegs, und wollte meine Erkenntnisse nicht hören.« Dann machte sie einen Schmollmund und fügte hinzu: »Erkenntnisse, die mich eine halbe Nacht gekostet haben.«

»Willkommen im Club«, erwiderte Julia nur.

In der Cafeteria suchten sie sich einen ruhigen Platz an einem kleinen Tisch, der mit vier Stühlen bestückt war, aber bestenfalls Fläche für zwei Personen bot. Andrea legte ihre Unterlagen ab und blickte Julia fragend an. »Wer zuerst?«

»Löbler.«

»Okay, also zunächst die Totenstarre«, begann Andrea, ohne auch nur einen Blick in ihre Unterlagen zu werfen. »Diese löste sich gegen Mitternacht, bei sechsundzwanzig Stunden Minimum bedeutet das, dass der gute Mann seit zweiundzwanzig Uhr vorgestern tot ist. Kann natürlich auch etwas länger sein, das ist eben die Crux mit dieser Starre.«

»Wenigstens erklärt das, warum wir ihn nicht erreichen konnten«, murmelte die Kommissarin und ärgerte sich maßlos darüber, dass sie ihn nicht früher aufgesucht hatten.

»Ich habe außerdem Simonsche Blutungen im Übergangsbereich zwischen Brust- und Lendenwirbeln«, fuhr Andrea emsig fort, stockte kurz und ergänzte kichernd, »also natürlich habe nicht *ich* diese Einblutungen, sondern der nette Herr auf meinem Tisch. Sorry, du weißt ja, Rechtsmedizinerhumor. Mit dem Begriff kannst du etwas anfangen, nehme ich an?«

»Vitalzeichen, die darauf hindeuten, dass der Mann erhängt und nicht erwürgt wurde, richtig?«

»Grob gesagt, ja«, nickte Andrea. »Eine Einblutung an dieser Stelle weist darauf hin, dass der Körper in lebendem Zustand einer Zugspannung ausgesetzt wurde, wie sie etwa beim Erhängen an einem Seil entsteht. Wird ein Mensch erwürgt und dann erst zur Tarnung aufgehängt, gibt es diese Blutungen nicht.«

»Wie ist es beim Springen von einem Stuhl?«, wollte Julia wissen. »Ähnlich, es kommt auf die Fallhöhe an und darauf, wie schnell die Blutzirkulation unterbrochen wird. Generell dürfen wir aber nicht vergessen, dass es auch schon Fälle gab, in denen Simonsche Blutungen post mortem auftraten. Aber für mich sind sie nach wie vor ein guter Grund, um weiterzuforschen. Die Frage nach dem Stuhl allerdings klären wir dann einige Wirbel weiter oben«, lächelte die Rechtsmedizinerin.

»Genick und Zungenbein«, nickte Julia.

»Bingo, der Kandidat hat hundert Punkte. Die Halsweichteile zeigen Spuren gleichmäßiger Kompression, sprechen also für das Seil und nicht etwa ein Würgen mit den

Händen. Außerdem lag das Seil gleichmäßig straff. Das Einzige, was mich dabei stört, ist die Tatsache, dass viele Menschen während des Todeskampfes aus dem Überlebensreflex heraus versuchen, mit den Fingern unter ihren Strick zu gelangen. Solche Kratzspuren fehlen hier völlig.«

»Spräche das also für einen Sprung vom Stuhl?«, erkundigte sich Julia.

»Nein, eben nicht. Es spräche zwar in Prinzip für einen raschen Tod, etwa durch Genickbruch, aber genau diese Brüche gibt es nicht. Weder am Zungenbein noch sonst wo. Dort gibt es die übliche Blutschwemmung, aber das ist auch schon alles«, seufzte Andrea schulterzuckend.

»Also passt an der Szene etwas nicht ins Bild, wenn ich dich richtig verstehe.«

»Das Problem ist dieses Kletterseil«, fuhr Andrea fort. »Diese Dinger haben einen gewissen Dehnungsgrad, und jeder Knoten gibt bei der ersten Belastung durch einen starken Zug ein wenig nach. Bei der vor Ort angebrachten Konstruktion könnten das durchaus dreißig, vierzig Zentimeter gewesen sein. Dann die Schlinge, die über den Kopf gelegt und anschließend erst zugezogen wird – noch mal zwanzig Zentimeter. Der Stuhl ist wie hoch, sechzig Zentimeter bis zur Sitzfläche?«

»Äh, ja, so in etwa«, antwortete Julia, der die eben vernommenen Zahlen durch den Kopf schwirrten. Sie erinnerte sich, Löblers Füße hatten schätzungsweise vierzig Zentimeter über dem Boden gebaumelt.

»Ist ja nicht direkt mein Job, aber frag mal Platzecks Jungs«, setzte Andrea wieder ein. »Einer, der sich aufhängen möchte, der baut nicht oben so eine komplizierte Seilkonstruktion und hängt sich dann testweise dran, um die Dehnung auszugleichen, oder? Ich bin ja keine Psychologin, aber selbst wenn er all das gemacht hätte, dürfte er trotzdem nicht so weit überm Boden hängen, und außerdem müsste ihm der Ruck mindestens das Zungenbein zerdrückt haben.«

»Und du bist dir da ganz sicher?«, hakte Julia aufgeregt nach.

»Mit an Sicherheit grenzender Wahrscheinlichkeit«, grinste Andrea. »Du weißt doch, hundert Prozent gibt's bei uns nur in Ausnahmefällen. Hier gebe ich dir ... sagen wir neunzig Prozent. Immerhin *könnte* der Gute natürlich in die Hocke gegangen und dann sanft ins Jenseits entglitten sein. Den Stuhl könnte er dann durch Muskelkontraktionen umgeworfen haben, aber ganz ehrlich, wozu dann vorher dieser Aufwand? Die wenigsten wissen das, und das ist auch gut so, aber wenn man's drauf anlegt, braucht man keinen hohen Balken und Bodenfreiheit, um vorschnell aus dem Leben zu scheiden. Ein Seil um den Hals genügt, dann runter in die Hocke, dass sich die Schlinge strafft, und schon nach Sekunden ist man nicht mehr in der Lage, sich aufzurichten. Selbst wenn einem dann der Gedanke kommt, dass man es vielleicht doch nicht möchte. Das ist fast so endgültig wie Springen.«

»Ja, gut, ich hab's kapiert«, murrte Julia.

»Vermutlich reden wir als Nächstes über den Springer?«, wollte Andrea wissen und fuhr, ohne eine Antwort abzuwarten, fort: »Nichts Neues bei Karl von Eisner, von unserer Seite aus betrachtet ist die Todesursache multiple Defekte an den inneren Organen, dazu kommen diverse Frakturen an Schädel und Wirbelsäule, na ja, du hast ihn ja selbst gesehen.«

»Ja, danke«, seufzte die Kommissarin. »Diesen Fall werde ich in der Tat nicht alleine durch die Rechtsmedizin lösen können. Leider hat die Spusi auch nichts, aber das soll nicht deine Sorge sein. Was ist mit Frau Löbler?«

»Nun, die Dosis der Tranquilizer war ziemlich hoch«, antwortete Andrea nach einem raschen Blick in ihre Unterlagen. »Man könnte annehmen, dass es halb so viel auch getan hätte, um sie in einen Zustand zu versetzen, in dem ihr so ziemlich alles egal ist. Das Problem ist der Todeszeitpunkt und die Verstoffwechselung der Medikamente. Zwischen Einnahme und dem Pulsaderschnitt liegt über eine Stunde, das stört mich bei dieser Sache. In den üblichen Fällen solcher Suizide, meist sind es ja Frauen, finde ich reichlich Alkohol und Schlaftabletten im Magen. Das meiste davon ist noch nicht vom Körper aufgenommen, sie nehmen es unmittelbar vorher, warten dann aber nicht auf eine durchschlagende Wirkung. Bei Nathalie Löblers Pegel hingegen könnte man fast meinen, dass sie kaum mehr die Klinge hätte führen können. Aber auf die Bibel schwören würde ich das nicht, nur um das gleich klarzustellen.«

»Warum habe ich diesen letzten Satz bloß erwartet?«, kommentierte die Kommissarin trocken.

»Weil du eben weißt, wie der Hase läuft. Meine Arbeit ist nur ein Puzzlestück in deiner Ermittlung. Hundertprozentige Sicherheit bekommst du nicht von einem einzelnen Stück, bedaure. Aber wenn ich trotzdem meinen Senf dazu abgeben darf:

Selbst dafür, dass wir gerade erst Weihnachten und Silvester hatten, sind mir das entschieden zu viele Selbstmorde.«

»Wem sagst du das. Wenn ich es richtig zusammenfasse, dann haben wir zwei Tote, bei denen der genauere Blick deutliche Zweifel an der Suizidtheorie aufwirft, und einen, der unmittelbar vor seinem Sturz geheimnisvollen Besuch hatte.« Sie erhob sich und schob mit einem unangenehmen Schaben ihren Stuhl unter den Tisch zurück. »Ich danke dir sehr. Damit hast du mir ein ganzes Stück weitergeholfen.«

»You're welcome«, lächelte Andrea und spielte gedankenverloren mit ihrem Kaffeebecher.

FREITAG, 13.10 UHR

Zurück im Präsidium fand Julia Durant ihre Kollegen Peter Kullmer und Sabine Kaufmann an ihren Schreibtischen vor, Frank Hellmer hatte sich verabschiedet, um ein Alibi zu überprüfen und bei dieser Gelegenheit Niels Schumann aufzusuchen und ihm seinen Computer zurückzubringen. Sabine zufolge hatte Michael Schreck sich die Festplatte gespiegelt, was auch immer das bedeuten mochte. Seine Hoffnung, tatsächlich noch etwas Verdächtiges zu finden, war jedoch stark gesunken. »Es gibt keinerlei Daten, die darauf hindeuten, dass Schumann das Foto selbst aufgenommen hat oder die E-Mails oder diesen Flyer selbst produziert hat«, erläuterte Sabine. »Er hat vor zwei Stunden ganz aufgebracht hier angerufen und gewettert, dass wir ihn seiner Arbeitsgrundlage berauben würden und er seinen Rechner wiederhaben möchte. Frank hat das ganz geschickt gemacht«, grinste sie, »frei nach dem Motto: Eine Hand wäscht die andere. Er hat sich noch einmal akribisch erläutern lassen, wie Schumann zu diesen Mails gekommen ist, und ihm dafür versprochen, sich persönlich um die Laptop-Angelegenheit zu kümmern. Die Notizen dazu liegen auf seinem Tisch, ich kann's dir aber auch kurz wiedergeben, wenn du willst.«

»Ja, mach mal bitte.«

»Schumann hat vor Silvester einen Anruf erhalten, in dem er gefragt wurde, ob er an einer exklusiven Enthüllung interessiert sei. Ausgewählt habe man ihn, weil er für seinen angriffslustigen Schreibstil bekannt sei und außerdem bei Frankfurts größtem Online-Magazin veröffentlichen würde. Natürlich nahm Schumann begeistert an, er sagte, zu so etwas könne ein Journalist unmöglich nein sagen. Na, und dann kam diese Mail mit dem Foto und diesen pathetischen Zeilen, der Rest ist Geschichte. Wenn Frank nun noch das Alibi überprüft bekommt, dürfte Schumann aus dem Schneider sein«, schloss Sabine ihre Zusammenfassung.

»Ja, wie alle anderen auch«, brummte Julia unwirsch. »Was ist denn mit der Markov, war die da?«

»Phantombild ist so weit fertig, ein erster Entwurf liegt auf deinem Schreibtisch«, antwortete Sabine. »Es ist nicht wirklich der Hit, nur, damit du vorgewarnt bist, aber ich habe eine Kopie bereits in die Taunusanlage gemailt, und wir prüfen auch noch einmal die Fotos gegen.«

»Na, ich schau's mir mal an.«

Julia schlurfte an ihren Platz, warf Mantel und Tasche lieblos über den benachbarten Stuhl und hob dann stirnrunzelnd das dünne Papier von ihrer Schreibtischunterlage.

Der Ausdruck war in blassen Farben, die Gesichtsfarbe wirkte dabei etwas zu gelblich, ansonsten aber war die Kommissarin stets aufs Neue überrascht, wie sehr sich die heutigen Phantombilder doch von denjenigen unterschieden, die sie zu Beginn ihrer Laufbahn kennengelernt hatte. Mit zusammengekniffenen Augen wirkte das etwa zwanzig Zentimeter hohe Porträt beinahe wie eine Fotografie; es zeigte einen Mann mittleren Alters mit feinen, weichgezeichneten Gesichtszügen, einer geraden, markanten Nase, dunklen Augen und kräftigen Augenbrauen. Die Haare waren mattschwarz, auf seine Backen und über das Kinn war ein dunkler Schatten gelegt, der den Bartwuchs simulieren sollte.

»So könnte der Brack auch aussehen, wenn er sich ein Vollbad und einen Friseur gönnen würde«, dachte Julia laut.

»Was meinst du?«

Julia fuhr erschrocken herum. Peter Kullmer hatte sich ihr genähert, ohne dass sie ihn bemerkt hatte. »Wie? Ach, du bist es.« Sie keuchte, und ihr Herz hämmerte. »Sachte, sachte, ich wollte dich nicht erschrecken«, lächelte er und legte die Hand an ihre Stuhllehne. »Ist das der Unbekannte, den Frau Markov gesehen haben will?«

»Ja, wobei das alles sehr vage ist«, nickte Julia. »Gestern konnte sie sich kaum an etwas erinnern, heute kommt so ein Bild dabei raus. Wir sollten uns also nicht darauf verlassen. Der Mann kann auch ganz anders aussehen; bei allen Gesichtsattributen, die ein Augenzeuge nicht nennen kann, rechnet der Computer doch nur wahrscheinliche Konturen aus.«

»Ja, aber es ist, wie du gesagt hast: wahrscheinliche. Das ist doch besser als unwahrscheinlich und deutlich besser als gar nichts, oder?«

»Ach, ich habe meinen Optimismus irgendwo zwischen den Todesfällen verloren«, erwiderte die Kommissarin patzig. »Wir gehen ins Wochenende, und draußen läuft ein Mörder herum, ob er nun so aussieht oder rot mit weißen Punkten, ist dann im Endeffekt auch scheißegal.«

»Ach stimmt, du warst ja bei Andrea«, erinnerte sich Kullmer. »Du redest von Morden, hast du das amtlich?«

»So gut wie, ja«, nickte Julia. »Es gibt bei beiden Löblers Anzeichen, die eindeutig gegen Suizid sprechen. Komm, wir ergänzen das gleich mal an der Tapete, derweil erzähl ich's dir und schaue mir eure Erfolge bei den Alibis an.«

»Die werden dir nicht gefallen«, murmelte Kullmer im Hinausgehen. »Wir haben für Manduschek jeweils wasserfeste Alibis in den Fällen Eisner und Löbler. Beide Löblers, wohlgemerkt. Dabei handelt es sich nicht nur um seinen Terminplan, sondern um bestätigte Treffen. Frau von Eisner war bei allen Todesfällen zu Hause, einmal gemeinsam mit Manduschek, und einmal hatte sie einen Essenslieferanten da. Irgend so ein Feinschmeckerkram, das war nicht schwer zu prüfen. Und die Markov hatte zum Zeitpunkt von Nathalie Löblers Tod eine Gruppensitzung. Besser könnte ein Alibi kaum sein, oder?«

»Ja toll, Scheiße!«, entfuhr es Julia. »Damit sind wohl sämtliche unserer Kandidaten draußen. Habt ihr dafür wenigstens irgendeine Idee, wie man diesen Mister Unbekannt in die Gleichung bringen könnte?« Sie wedelte raschelnd mit dem Phantombild, welches sie noch immer in der Hand hielt. »Berger wird sich unter Garantie nicht damit zufriedengeben, wenn wir kommende Woche immer noch ohne konkrete Spur herumdümpeln.«

Eine Stunde später saß Julia Durant an ihrem Computer, beantwortete lustlos einige E-Mails und verschob eine Menge davon in den Papierkorb, darunter auch eine Einladung zu irgendeinem Neujahrsempfang, auf dem sich zweifelsohne jede Menge Kommissare tummeln würden, aber mit Sicherheit nicht sie.

»Warum schickt man *mir* keine Insider-Infos?«, murmelte sie zerknirscht. Es wäre nicht das erste Mal, dass so etwas geschieht, erinnerte sie sich. »Zeig dich, du Bastard, wenn du auch nur ein klein wenig Rückgrat hast.«

Sie stand auf, holte sich einen Kaffee und trottete dann zu Sabine hinüber. Diese klickte sich noch immer durch die digitalen Aufnahmen, das Phantombild hing mit Tesafilm links an den Monitor geklebt. Viele Bilder waren nicht mehr übrig, wie Julia mit einem kurzen Blick auf den Desktop feststellte.

»Im Fernsehen gibt's für so etwas Gesichtserkennung«, brummelte Sabine mit einem aufgesetzten Schmollmund, »ja, sogar bei Facebook, auch wenn da manchmal ganz schöner Blödsinn rauskommt.«

»Bei so einer Vorlage würdest du damit halb Frankfurt identifizieren«, gab Julia zurück. Obwohl das Bild zweifellos sehr real wirkte, wies es leider kein besonderes, markantes Gesicht aus. Ein Durchschnittstyp mit etwas markanterer Nase, Größe und Statur unbekannt. Allein in dem einen Hochhaus arbeiteten mit Sicherheit fünfzig Männer, die diesem Foto mit etwas Phantasie durchaus ähnlich sehen konnten. Neunundvierzig Banker ... und ein Hausmeister.

Irritiert, weil Hubert Brack ihr schon wieder in den Sinn

kam, räusperte sich Julia. »Sag mal«, setzte sie unsicher an, »welche Fotos sind unmittelbar vor und nach Helene Markovs Ankunft?«

»Die meisten liegen in einem anderen Ordner. Da war kaum was dabei, zumindest niemand, der ins Profil passt.«

»Hat nicht Hubert Brack, dieser Hausmeister, das Gebäude zur gleichen Zeit betreten?«

»Ähm, ja, fast unmittelbar nach ihr. Aber wieso?«, wunderte sich Sabine und legte die Stirn in Falten. »Der sieht im Vergleich zu unserem hübschen Phantom doch mehr aus wie ein Yeti, wenn ich mich recht entsinne.«

Julia entschloss sich, diesen Kommentar zu ignorieren, obwohl Sabines Vergleich nicht völlig aus der Luft gegriffen war. Eine makellose Erscheinung war Hubert Brack nun wahrlich nicht. »Ist dein Michael noch unten im IT-Labor, oder hat er schon Feierabend?«

»Es ist nicht *mein* Michael, er ist durchaus noch sein eigener Herr«, erwiderte Sabine spitzzüngig, lächelte dann aber und zuckte mit den Schultern. »Zu deiner Frage: Ich weiß es nicht genau, wir haben für heute keine Verabredung, ich muss nachher noch in Bad Vilbel bei meiner Mom vorbei, na, du weißt ja.«

»Schon kapiert.« Julia lächelte. »Ich ruf ihn an, meinetwegen kannst du auch bald Schluss machen, wenn du die restlichen Fotos durchhast. Bei Bedarf …«

»… einfach anklingeln«, beendete Sabine den Satz nickend. Julia ging zurück an ihren Platz, stellte den Kaffeebecher vor sich und suchte mit angestrengtem Blick die Kurzwahltaste zur Abteilung für Computerforensik.

»Ja, Schreck?«, erklang es durch den Lautsprecher.

»Hier Durant. Würden Sie mir einen Gefallen tun und könnten ein Bild retuschieren?«

»Klar. Verraten Sie mir nur bitte ein paar Details, ich nehme nicht an, dass ich einen Strommast aus einer Landschaftsaufnahme tilgen soll, richtig?«

»Nein, ich möchte die Person eines Phantombilds verändern, aber ich möchte das möglichst mitverfolgen können, und mir wäre es lieb, wenn wir dazu echte Haare und so nehmen könnten. Keine Computeranimationen, verstehen Sie?«

»Ähm, ja, ich glaube schon. Künstliches Altern, Vollbart, buschige Augenbrauen. Das kann der Erkennungsdienst aber wirklich hervorragend, dazu brauchen Sie mich eigentlich nicht.«

»Ja, aber ich *will* es so. Sie haben nämlich möglicherweise jemanden gesehen, der dem veränderten Bild ähnlich sieht. Das möchte ich heute noch geklärt wissen.«

»Sofort, nehme ich an?«

»Prontissimo.«

Julia fuhr mit dem Fahrstuhl hinab in den Keller, wo sie zielstrebig den tristen Gang entlangeilte, der zu Schrecks Abteilung führte. Sie durchquerte einen großen Raum, der in mehrere kleinere Bereiche unterteilt war. Das technische Equipment glich der Ausstattung populärer Fernsehserien, doch Julia wusste, dass sich zwischen realer und fiktiver Realität Welten befanden. Beinahe wäre sie mit Michael Schreck zusammengerempelt, der um die Ecke eilte und ihr fast in die Arme lief.

»Huch!«, stieß er erschrocken aus. »Das ging aber schnell,

ich wollte mir eigentlich noch ein Käffchen gönnen. Sie auch eines?«

»Ja, warum nicht. Oben wird gerade eines kalt, an dem ich kein einziges Mal genippt habe.«

»Nehmen Sie Platz – aber nur gucken, nicht anfassen!«, gebot Schreck lachend, kehrte ihr den Rücken und entfernte sich mit schnellen Schritten. Es vergingen zwei Minuten, in denen Julia fasziniert die unzähligen Kabel, Laufwerke und Stecker betrachtete, die überall vor und neben dem Koloss eines Flachbildschirms verstreut lagen, der an der Wand über der Tischplatte angebracht war.

»Das Neueste vom Neuen, man gönnt sich ja sonst nichts«, vernahm sie Schrecks gemütliche Stimme, danach zog ein angenehmer Duft von Milchkaffee in ihre Nase. »Okay, ich musste ein Dreivierteljahr betteln«, fügte er hinzu, »aber ich habe denen klipp und klar gesagt, dass ich so nicht arbeiten kann und auf Dauer rammdösig werde, wenn ich hier unten ohne Tageslicht Stunde um Stunde vor meiner selbstgebastelten Bilderwand herumvegetiere.«

Die Kommissarin erinnerte sich dunkel daran, dass bei ihrem letzten Besuch in der Abteilung mehrere Monitore miteinander gekoppelt gewesen waren. Das Chaos drum herum hatte sich aber nicht verändert.

»Mmh, danke«, murmelte sie und nahm mit einem schmalen Lächeln die Kaffeetasse an sich.

»Ich verstehe schon, Ihnen pressiert's, na, dann schießen Sie mal los.« Mit wenigen Klicks öffnete Schreck einige Programme.

»In Ihrem Posteingang befindet sich eine Mail mit dem Phantombild«, sagte Julia, und Schreck öffnete es.

»Ah ja, der *dritte Mann.*«

»Wohl eher der zweite«, korrigierte Julia. »Das Opfer hatte Besuch von einer Frau und einem Mann, aber Sabine hat Sie sicherlich informiert.«

»Ich bezog das auf diesen Filmklassiker, sorry, hatte mir sonst nichts weiter dabei gedacht. Was soll ich denn nun mit dem Bild anstellen?«

»Einen Bart, etwa so wie ...« Julia überlegte kurz, doch ihr fiel spontan nichts Passendes ein. »Reinhold Messner, aber nicht so buschig«, platzte sie dann heraus. »Nein, noch besser, so wie dieser Dr. House, kennen Sie den? Sie als Fernsehfan ...«

»Filmfan«, korrigierte nun Michael Schreck. »Aber ja, ich kenne Dr. House. Dann einmal Hugh Laurie bitte.«

Auf dem Monitor erschienen in der Suchmaschine ein Dutzend Fotos des Schauspielers, und mit wenigen Klicks legte Schreck dessen Drei- oder eher Fünftagebart, der struppig und an einigen Stellen graumeliert war, über das Phantombild.

»Sehr gut, und am besten auch die Augenbrauen und gleich die ganze Frisur«, sagte Julia energisch. »Obwohl, die Haare müssten länger sein. Und vor allem dunkler, nicht so grau.«

»Probieren wir einfach ein Bild aus einer der ersten Staffeln«, murmelte Schreck und klickte mit der Maus. »Hier, was halten Sie davon?«

»Sehr gut, etwas zu braun vielleicht, aber schön strubbelig«, nickte Julia.

»Den Farbton passen wir noch an, keine Angst. Hui, das ist plötzlich ein ganz anderer Mensch. Schon unheimlich, wie ein paar Haare an den richtigen Stellen eine Persönlichkeit verändern können. Eben noch geschniegelt und solariumsbraun ...«

»... und jetzt?«, konnte Julia sich nicht verkneifen, dazwischenzufragen.

»Weiß nicht. Nicht unsympathisch jedenfalls, aber irgendwie anders. In einem eleganten Dreiteiler sähe er immer noch schick aus, aber er könnte auch ein ganz normaler Kerl sein.«

»Kommt er Ihnen nicht bekannt vor?«, versuchte Julia es beharrlich.

»Nein, überhaupt nicht, tut mir leid. An wen soll mich das denn erinnern?«

»Haben Sie auch einen Ordner mit diesen Überwachungsfotos?«

»Ja klar.«

»Rufen Sie bitte mal die Aufnahmen unmittelbar nach Helene Markov auf.«

Schreck klickte mit einem Schulterzucken in den Ordner und ließ die Fotos wie in einer Diashow ablaufen. Als die unscharfe Seitenaufnahme von Hubert Brack auf dem Bildschirm erschien, zuckte die Kommissarin zusammen. Ihre Erinnerung hatte sie nicht getrogen, die Ähnlichkeit war nicht zu leugnen, wenngleich sie nicht so deutlich war wie angenommen.

»Stopp«, sagte sie. »Und?«

»Was?«

»Dieser Typ«, Julia deutete ungeduldig auf den Monitor, »hat den Empfangsbereich unmittelbar nach Helene Markov passiert. Fällt Ihnen was auf?«

»Der soll jetzt aber nicht aussehen wie unser Dr. House, oder?«, fragte Schreck mit zweifelndem Blick.

»Nicht original, das gebe ich ja zu«, lenkte Julia ein, »aber kommen Sie, es könnte auch schlechter sein.«

»Hm, wenn man's so nimmt«, sagte Schreck langsam. »Ja, doch, mit ein wenig Phantasie könnte es passen.«

»Sehen Sie, und deshalb kam ich zu Ihnen, auch wenn ich mir ursprünglich ein echtes Aha-Erlebnis erhofft hatte. Aber solange Sie mich nicht für komplett verrückt erklären, habe ich nun wenigstens einen kleinen Strohhalm, an den ich mich klammern kann«, lächelte Julia mit einem vielsagenden Augenaufschlag. »Danke für Ihre Zeit, jetzt überlasse ich Sie wieder Ihrem Kabelsalat.«

»Danke, wie liebenswürdig«, gab Schreck grinsend zurück. »Ich maile Ihnen die neue Gesichtsdatei noch zu, tut mir leid, dass ich nicht so enthusiastisch darauf reagiert habe, wie Sie es sich offenbar erhofft haben.«

»Schon okay, mir genügt es.«

Julia eilte in Richtung Fahrstuhl. Für einen kurzen Augenblick kam ihr in den Sinn, die Treppe zu nehmen. Doch sie fühlte sich viel zu matt, außerdem fuhr die Kabinentür bereits klackend auseinander, kaum dass sie den Taster betätigte. Sobald es draußen über null geht, beginnst du wieder mit dem Joggen, mahnte die Kommissarin sich, und damit war ihre Bequemlichkeit fürs Erste gerechtfertigt.

An ihrem Computer erwartete sie bereits die E-Mail von Michael Schreck, sie druckte sich die Bilddatei zweimal aus und betrachtete sie erneut. Was wohl Hellmer dazu sagen würde, er war dem Hausmeister bei ihrer ersten Vernehmung immerhin ebenso nahe gewesen wie sie. Sabine, Peter und Schreck konnten das ja überhaupt nicht aus dieser Perspektive beurteilen, andererseits drängte sich die Frage auf, was ausgerechnet Hubert Brack von Karl von Eisner gewollt haben könnte. Genau genommen, ob er überhaupt etwas von ihm gewollt haben könnte, denn die beiden spielten auch nicht ansatzweise in derselben Liga. Verdammt! Und wo zum Geier steckte Frank? Julia blickte verdrossen auf die Uhr, es war bereits nach drei. Sie wählte Hellmers Handy an, ließ es einige Male klingeln, doch dann meldete sich nur die Mailbox.

»Frank, melde dich mal bitte, ich möchte noch einmal zu diesem Brack«, sprach Julia mit fester und deutlicher Stimme in den Hörer. »Ich kann auch mit Peter fahren, aber du wärst mir lieber, weil du Brack bereits kennst. Ich warte noch eine halbe Stunde, also melde dich bitte. Ciao.«

Danach suchte Julia die wenigen Aufzeichnungen, die es bisher über den Hausmeister gab, und überflog diese. Sie notierte auf einen gelben Klebezettel »viermal Alibis prüfen«. Wenngleich die Kommissarin nicht die geringste Ahnung hatte, was Hubert Brack in die vier Fälle verwickeln konnte, wollte sie auch hier absolute Gewissheit haben. Ein tiefer Seufzer entfuhr ihr. Das Wochenende rückte näher, Berger war längst gegangen, alle an den Ermittlungen beteiligte Abteilungen hatten bereits beachtliche Überstunden angehäuft, und ohne triftige Gründe würde sie die Mannschaft nicht für ein weiteres Dienstwochenende verplanen können. Gesetzt den Fall, dass es keine weiteren Leichen gäbe. Doch die ominösen Big Five waren ja nun passé. Apropos, kam es der Kommissarin plötzlich in den Sinn, was war eigentlich genau mit diesem Drechsler geschehen?

Sie fuhr mit der Maus hin und her, der Bildschirmschoner löste sich auf und gab den Monitor frei, auf dem noch immer die E-Mail mit dem Phantombild angezeigt wurde. Julia schloss alle Fenster und rief die Datenbank auf.

Artur Drechsler

Keine Übereinstimmung. Aber es wurde auf einen phonetischen Treffer verwiesen: Arthur Drechsler, dasselbe in Grün, nur mit H im Vornamen.

»Auch gut«, murmelte Julia genervt und klickte mit der Maus auf den Namensvorschlag. Ein neues Fenster öffnete sich, und sie überflog die dort vermerkten Informationen.

Arthur Drechsler

geboren 6. September 1959, Frankfurt am Main

gestorben Dezember 2008, ebenda

vermisst seit 49. KW, Todeszeitpunkt geschätzt auf 5. bis 8. Dezember

Leiche wurde am 13.12. am nördlichen Mainufer gefunden

angenommene Todesursache: Ertrinken nach Kreislaufversagen durch Unterkühlung

Suizid wird vermutet

Zustand der Leiche aufgrund mehrtägiger Wasserlage schlecht, massive Gesichtshautabschürfungen vorhanden

Identifizierung zunächst durch Ausweisdokumente; im Folgenden bestätigt durch Vergleichs-DNA

So weit also die Kurzform, dachte die Kommissarin. Hinter den einzelnen Stichpunkten waren Aktennummern und Referenzen vermerkt, es gab demnach, wie in jedem anderen Fall auch, einen ganzen Stapel von Standardformularen, Protokollen und Berichten. Julia kratzte sich am Kopf und wählte die Nummer der Rechtsmedizin.

»Hallo, Andrea?«, fragte sie, als es in der Leitung knackte.

»Nein, Frau Sievers ist gerade nicht hier«, teilte ihr eine fremde Männerstimme mit. »Wer spricht denn da?«

»Durant, K 11. Ist sie noch im Dienst?«

»Ja, bis halb fünf.«

»Ich versuche es auf dem Handy.«

Die Rechtsmedizinerin meldete sich sofort. »Du schon wieder«, klang es in ihrer unbeschwerten Art. »Grüß dich. Ich hätte da noch einen Fall für dich.«

»Schon wieder 'ne Leiche?«, rief es am anderen Ende der Leitung fassungslos.

»Nein, nicht so ganz. Jedenfalls keine, die zu dir auf den Tisch kommt.«

»Na, da bin ich aber gespannt.«

»Es geht um einen Toten aus der Adventszeit 2008, ist also schon ein Weilchen her. Vermutlich von einer der Mainbrücken gesprungen, er wurde tot am Westhafen gefunden, trug einen schicken Anzug, ein paar Accessoires, und seine Papiere hatte er bei sich. Ich zermartere mir das Hirn, aber das muss wohl in der Woche gewesen sein, als ich Urlaub hatte.«

»Puh, ich bin gerade nicht in Reichweite der Akten, aber Wasserleichen gibt's hier ja nicht jeden Tag«, antwortete Andrea. »Deine Beschreibung lässt nichts bei mir klingeln, mit dem Datum bist du dir sicher?«

»Klar, ich habe doch die Akte vor mir.«

»Ist ja gut, ich prüfe das mal. Dezember null acht, Wasserleiche. Schätze mal, die hatte Professor Bock auf dem Tisch. Der gute alte Bock«, seufzte sie. »Nun, was genau interessiert dich denn an dem Fall?«

»Wenn ich das wüsste. Alles, was es an Ungereimtheiten gibt, Auffälliges, Bemerkenswertes, zur Not müssen wir es eben gemeinsam durchgehen.«

»Verstehe. Wie dringend ist es denn?«

»Vorgestern?«, schlug Julia vor.

»Alles klar, das war eindeutig«, lachte Andrea. »Du hörst von mir.«

Kaum hatte die Kommissarin den Hörer aufgelegt, zirpte das Handy, und ein freudiges Lächeln zog sich über ihren Mund. Viel besser, dachte sie. Im Gegenteil zu dem Tonprofil, das Hellmer ihr einmal angelegt hatte – man konnte damit beinahe schon Tote erwecken –, fuhr ihr das neue dezente Piepen nicht jedes Mal durch Mark und Bein. Tatsächlich war es niemand anderer als Frank, der ihr schrieb. »Bin gleich oben«, verkündete der Text.

»Zuerst die gute oder die schlechte Nachricht? Kannst du dir aussuchen«, verkündete Hellmer drei Minuten später, als er in Julias Blickfeld kam. Seine Stirn glänzte vom Schweiß, und er roch nach frischem Rauch, aber alles in allem wirkte er nach dieser Woche noch immer verhältnismäßig frisch.

»Mir steht der Sinn zwar nicht nach Ratespielen, aber mal was Gutes zwischendurch wäre schon ganz nett«, antwortete Julia, neigte den Kopf und nickt auffordernd. »Raus damit.«

»Du hast heute Abend ein Date«, grinste Hellmer spitzbübisch.

»Ach komm ...«

»Nein, ehrlich«, versicherte er ihr unbeirrt. »Sogar fast ein Doppeldate, na ja, eben ein Treffen mit zwei Personen gleichzeitig. Ist ja auch egal, also pass auf. Ich habe vorhin mit Nadine telefoniert, wir haben ein kinderfreies Wochenende, und sie hat mich sinngemäß gefragt, ob du überhaupt noch in Frankfurt lebst, verstehst du?«

»Ja, ist schon ziemlich lange her«, sagte Julia nachdenklich.

»Eben. Und weil Freitag ist und wir beide den guten Vorsatz gefasst haben, dass wir uns in diesem Jahr endlich mal wieder etwas öfter sehen, fangen wir heute damit an. Egal, ob nun künftig zu dritt oder zu viert, aber du bist hiermit zum Essen eingeladen«, strahlte Hellmer. »Widerrede ausgeschlossen, du weißt ja, dass Nadine kein Nein akzeptiert.«

Julia musste lachen. Nadine Hellmer war eine der geduldigsten und tolerantesten Personen, die sie kannte. Sie war nicht naiv, keineswegs, aber so gutherzig, dass Julia sich manchmal fragte, ob Hellmer es überhaupt zu schätzen wusste, mit so einer Person verheiratet zu sein. Andererseits, bei dem, was die beiden schon miteinander durchgemacht hatten ... Ja, Hellmer wusste es allzu gut.

»Da spricht ja mal einer für sich selbst«, lächelte die Kommissarin ihren Kollegen an. »Aber ich bin ehrlich gesagt noch nicht in der Stimmung für ein faules Wochenende. Lass uns doch erst mal die schlechten Nachrichten abarbeiten, und dann sehen wir weiter.«

»Ja, ja, das dachte ich mir schon«, brummte Hellmer schmunzelnd. »Okay, zurück zum Geschäftlichen. Was hast du da mit diesem Brack am Laufen?«

»Du zuerst!«

»Einverstanden. Hier nun die schlechte Nachricht: Schumann ist sauber. Ich habe ihm seinen Laptop wieder abgedrückt, ihn noch ein wenig damit geärgert, dass wir in seinem eigenen Interesse ja den Mailverkehr überwachen könnten. Nur zu seinem eigenen Schutz, versteht sich.«

»Was natürlich Blödsinn ist, oder?«

»Klar. Aber wir *könnten*, sagt zumindest Schreck, und das Schlimme dabei: Schumann hat gleichgültig mit den Schultern gezuckt und irgendwas gemurmelt, es wäre ihm egal, Hauptsache, er könne endlich wieder ungestört arbeiten.«

»Und sein Alibi?«

»Passt zumindest für die Silvesternacht. Es gibt Bilder der Party, und ich habe den Namen des Fotografen. Der Zeitindex ist eindeutig, die genauen Daten sind allesamt hier drin.« Er zog einen offenen Umschlag mit Papieren hervor und ließ ihn auf den Tisch segeln. »Eine Verbindung zu den Löblers gibt es nach wie vor nicht, und neue E-Mails sind auch nicht bei ihm eingegangen. In das Postfach sind wir eingeschaltet. Falls sich etwas tut, erfahren wir es also als Erste. So, und jetzt gestattest du mir bitte, erst mal hier anzukommen«, brummte er und räkelte sich keuchend aus seinem Mantel. Er warf die Kleidungsstücke über Julias, danach zog er sich einen der Bürostühle um den Schreibtisch herum und setzte sich neben seine Kollegin.

»Nun?«

»Okay«, begann Julia zögernd, dann legte sie das Phantombild und daneben die von Schreck modifizierte Version mit der Kopf- und Gesichtsbehaarung des britischen Schauspielers vor Frank auf die Tischplatte.

»Rasiertes und unrasiertes Phantom«, kommentierte Hellmer trocken.

»Ist das alles, was du dazu beizutragen hast?«, fragte Julia spitz. »Was soll ich denn schon groß sagen? Ein Phantombild mit verändertem Haarbewuchs, das ist doch normal, sobald über einen längeren Zeitraum gefahndet wird.«

»Aber schau ihn dir doch mal bitte an«, flehte Julia verzweifelt. »Bin ich denn die Einzige, die darin eine gewisse Ähnlichkeit mit Brack erkennt?«

Hellmer runzelte die Stirn und nahm den Ausdruck in die Hand. Er betrachtete ihn mit zusammengekniffenen Augenbrauen und verzog unschlüssig den Mund. »Ja, okay«, sagte er gedehnt. »Aber dazu braucht es schon eine gehörige Portion Phantasie. Mensch, das ist ein Allerweltsgesicht, Julia! Stelle eine x-beliebige Person mit diesen beiden Blättern an den Empfang, und am Ende des Tages hast du drei Dutzend Treffer, wetten?«

»Das Thema hatten Sabine und ich vorhin auch schon«, musste Julia zerknirscht eingestehen.

»Schau mal, ist ja nicht abwertend gemeint, aber warum sollte ausgerechnet Brack ein Interesse am Tod von Eisner haben?«

»Na, aber wenn wir allein danach gingen, hätten wir eine Menge Fälle wohl niemals gelöst«, widersprach Julia. »Motive liegen eben oftmals verborgen, das weißt du genau. Neben Sophie von Eisner ist dieser Back genau genommen der einzige gemeinsame Nenner zu Lara Emmels. Er hat ihre Leiche gefunden und war kurz vor Eisners Tod im Gebäude.«

»Gut, das akzeptiere ich ja auch so weit«, nickte Hellmer. »Befragen wir ihn also noch mal, das können wir ja quasi auf dem Weg zu mir erledigen. Ich zähl auf dich, meine Liebe, und Nadine auch.«

»Hast du Nadine gesagt, dass ich höchstwahrscheinlich eine furchtbare Gesellschaft sein werde?«

»Sie kennt dich doch«, frotzelte Hellmer.

»Jetzt mal ganz im Ernst, ich stecke viel zu tief in diesem Fall, wir müssen uns noch über einiges unterhalten und ...«

»... und es spricht nichts dagegen, dass wir das mit vollem Magen in unserem Wohnzimmer tun«, unterbrach Hellmer sie. »Wir sind seit Sonntag durchgehend im Dienst, Berger wird sich freuen, wenn wir uns die Denkarbeit mit nach Hause nehmen, anstatt in der ersten Woche des neuen Jahres massenhaft Überstunden zu produzieren.«

»Bei so vielen prominenten Toten wird er uns bald mit etwas ganz anderem auf den Keks gehen«, seufzte Julia, obgleich Hellmer sie längst überzeugt hatte. »Sobald ihm die Chefetage und die Presse ordentlich einheizen, wird er uns Tag und Nacht in Bewegung halten.«

»Gerne. Ein Grund mehr, sich ein paar Stunden Auszeit zu nehmen, solange es geht. Frag mal Alina, die wird dir dasselbe sagen.«

»Ist doch gut, du brauchst mir jetzt überhaupt nicht psychologisch zu kommen«, lachte Julia. »Ich bin ja schon dabei.«

In diesem Moment ertönte die Telefonanlage. Das Display verriet, dass es sich um Andrea Sievers handelte. Julia nahm den Hörer ab und schaltete den Lautsprecher ein. »Ja, Durant?«

»Und hier ist mal wieder die Fleischabteilung.«

Die Kommissarin stöhnte und rollte die Augen, Hellmer grinste. »Julia, ich habe hier ein bisschen Material für dich. Ich jage es mal per E-Mail zu dir, wenn's recht ist.«

»Klar, das ging ja echt schnell«, antwortete Julia anerkennend.

»Wir sind eben gut sortiert. Ich möchte langsam zum Ende kommen hier, können wir noch kurz drüber sprechen?«

»Das wäre meine nächste Frage gewesen. Für den ganzen Lateinkram bräuchte ich wieder stundenlang, nehme ich an.«

»Es hält sich in Grenzen. Wie viel weißt du denn bereits?«

»Nur die Rahmendaten«, antwortete die Kommissarin, »Sterbezeitraum, angenommene Todesursache, DNA. Keine Details.« Neben ihr räusperte Hellmer sich, und sie flüsterte ihm rasch zu: »Arthur Drechsler, der Erste der Big Five.« Dabei hob Julia die rechte Hand und spreizte alle fünf Finger. Hellmer nickte.

»Ich habe hier natürlich auch nur den medizinischen Kram«, setzte Andrea an, »aber der sieht ganz ordentlich aus. Professor Bock eben, da ist alles akribisch, aber selbst der beste Rechtsmediziner der Welt kann nicht mehr aus einem Körper holen, als dieser uns verraten möchte. Wenn du in nächster Zeit noch etwas zu dir nehmen möchtest, erspare dir lieber die Fotos, dieser Drechsler hat mindestens vier Tage im Wasser verbracht und muss dabei mit seinem Gesicht an jedem Pfeiler zwischen Osthafen und Holbeinsteg geschabt haben. Keine Gesichtskonturen mehr vorhanden, an den Händen sah es nicht besser aus. Bock hat daraufhin nach Zahnbefunden gesucht und DNA entnommen. Beim Gebiss kam er nicht weiter, aber anhand einer Vergleichsprobe aus der Wohnung konnte schließlich die DNA bestätigt werden. Fall abgeschlossen, Identität geklärt, da könnt ihr euch bei Platzecks Team bedanken. Die haben eine Zahnbürste und einen Kamm oder so etwas eingesackt. Aber das wird in deren Bericht sicher genauer stehen.«

»Hm. Und die Todesursache?«

»Da gibt es kaum mehr zu berichten als die Kurzfassung«, erwiderte Andrea. »Bock ist davon ausgegangen, dass es sich um einen Springer handelt, und ich teile diese Theorie. Wo genau er ins Wasser gegangen ist, können wir nicht feststellen, aber in der Regel wählt ein Selbstmörder eine der bekannten Brücken. Andererseits, im Winter«, warf sie ein, »würde es auch genügen, vom Ufer aus zu gehen. Das kalte Wasser raubt dir binnen Minuten die Sinne, und die Strömung erledigt den Rest. So wie der Main beschaffen ist, würde ich den Osthafen als frühestmöglichen Punkt annehmen. Bei den vielen Krümmungen und der niedrigen Strömungsgeschwindigkeit wäre es unwahrscheinlich, dass ein Körper in der Flussmitte kilometerweit treibt.«

»Das ist ja doch einiges mehr, als in der Kurzfassung steht«, sagte Julia nachdenklich. »Aber die eigentliche Todesursache ist die Kombination von Ertrinken und Erfrieren?«

»Wird wohl so sein, wenn Bock das so vermerkt hat. In Lunge und Magen war Flusswasser zu finden, aber nicht viel. Das spricht dafür, dass er während der Ohnmacht ein, zwei Atemzüge und Schluckreflexe hatte, bei denen das Wasser eindrang. Der Kopf dürfte zu dieser Zeit unter Wasser gewesen sein, er war also schon bewusstlos.«

»Kann man sagen, ob er versucht hat, dagegen anzukämpfen oder ob er in Panik war?«, erkundigte sich die Kommissarin.

»Schwimmzüge macht jeder, falls du darauf hinausmöchtest«, antwortete Andrea. »Auch Selbstmörder haben einen Schutzreflex, zum Beispiel halten Springer sich schützend die Hände vors Gesicht. Karl von Eisner hat das auch getan, obwohl er wusste, dass es ihm nichts nützt. Mit ein wenig Glück war er vor dem Aufprall bereits bewusstlos, aber das ist eine andere Geschichte. Ob unser Wassermann sich nun aber einfach über Wasser hielt oder versucht hat, zurück ans Ufer zu schwimmen, das kann ich dir beim besten Willen nicht sagen.«

»Und ob er gestoßen oder sogar unter Wasser gedrückt wurde?«, fragte Julia in hoffnungsvollem Ton.

»Bedaure. Runtergedrückt wurde er sicher nicht, dann hätte Bock irgendeine Spur finden müssen. Subkutane Gewaltmale sind bei Wasserleichen zwar eine echte Herausforderung, aber die Lungen beispielsweise hätten deutlich voller mit Flusswasser sein müssen. Ob bei seinem Sprung nachgeholfen wurde, kann ich rückwirkend natürlich nicht sagen«, seufzte Andrea. »Schubsen macht keine blauen Flecke, und mehr hätte es wohl nicht bedurft bei *dem* Alkoholpegel.«

»Oh, das höre ich zum ersten Mal«, sagte Julia aufhorchend. »Er war alkoholisiert?«

»Allerdings, und das nicht zu knapp«, beteuerte die Rechtsmedizinerin. »Kein festes Essen im Magen, aber voll wie eine Strandhaubitze.«

»Wie kannst du da nach mehreren Tagen im Wasser so sicher sein?«, hakte Julia zweifelnd nach. »Zersetzt sich das nicht alles?«

»Im Sommer wäre es problematischer, da hast du recht«,

gestand Andrea ein, »aber wie viel Grad hat der Main im Winter? Höchstens fünf, eher weniger.«

»Das können wir genau nachprüfen.«

»Brauchen wir nicht. Bock hat Blut aus der Oberschenkelvene genommen, unsere heißgeliebte Vena femoralis, an die kommt man immer gut ran, selbst wenn du eine Leiche wie ein Hefeteig auf dem Tisch hast. Und trotzdem ist sie absolut zuverlässig. Bei Kühlschranktemperatur ist die Zersetzung im Körperinneren so ausgebremst, da kannst du mir getrost vertrauen. Drechsler war ziemlich betrunken, als er ins Wasser ging.«

»Klingt mir fast schon wieder, als gäbe es auch bei diesem Suizid Zweifel«, brummte Julia. »Zumindest, wenn man ihn in Kontext mit den aktuellen Todesfällen setzt.«

»Das kannst du aber nicht uns vorwerfen«, konterte Andrea energisch.

»So ein Quatsch, das mache ich doch überhaupt nicht.«

»Mut antrinken ist außerdem völlig normal«, sprach es aus dem Lautsprecher weiter. »Die meisten Selbstmörder haben Alkohol oder irgendwelche Betäubungsmittel im Blut; Impulstäter einmal ausgenommen. Aber wem erzähle ich das.«

»Danke dir sehr. Wir werden uns die alte Akte einmal vorknöpfen und die ganzen Begleitumstände checken«, antwortete die Kommissarin. »Und mach du jetzt mal Wochenende, wer weiß, wann wir dich wieder brauchen. Du siehst ja: Ohne dich geht's einfach nicht.«

»Bekomm ich das schriftlich?«, lachte Andrea versöhnlich, und die beiden verabschiedeten sich.

»Na, alles mitbekommen?«, fragte Julia in Hellmers Richtung. Dieser knetete sich die Unterlippe und schien völlig gedankenverloren zu sein.

»Hallo? Erde an Frank!«

»Ja, Moment, ich verarbeite das noch. Was soll ich denn schon groß dazu sagen? Hurra, noch ein mysteriöser Toter?«

»Zum Beispiel«, nickte die Kommissarin. »Ich für meinen Teil werde mir jedenfalls die Akte ganz genau ansehen. *Wenn* es einen Zusammenhang gibt, werde ich ihn finden. Kann ich auf dich zählen?«

»Klar, Julia, das weißt du doch«, lächelte Hellmer. »Ich teile deinen Enthusiasmus zwar nicht so ganz, aber wir haben ja sonst nichts Konkretes. Vor allem wäre interessant, warum zwischen dem Dahinscheiden des Ersten und des Letzten dieser Big Five über zwei Jahre liegen.«

»Des Vorletzten, meinst du«, korrigierte Julia.

»Ja, natürlich. Ich meinte den letzten Toten.«

»Der übrigens allem Anschein nach keinen Selbstmord verübt hat.«

»Wie?«, reagierte Hellmer ungläubig. »Der Löbler hat sich nicht selbst erhängt?«

»Andrea hat zumindest Zweifel«, bestätigte Julia und verzog den Mund. »Aber wie so oft ist das nur eine Möglichkeit von vielen.«

»Hm, wie sollte es auch anders sein. Aber erzähl mir bitte noch mal was zu diesem Drechsler. Haben wir ein Bild von ihm oder etwas anderes Brauchbares? Oder ist das nur eine weitere kalte Spur?«

»Wenn ich das bloß wüsste«, seufzte Julia. »Ich kenne nur das Foto aus Manduscheks Büro, und da ist die eine

Hälfte des Kopfes im Schatten, und der Rest verschwindet hinter einer dieser riesigen Pilotenbrillen aus den Neunzigern.«

»Ah, Pornobrillen«, lächelte Hellmer. »So eine wollte ich mir zum Porschefahren auch schon zulegen. Die sind jetzt wieder in.«

»Wage es, und ich habe zum letzten Mal neben dir gesessen«, drohte Julia lachend. »Ruf doch mal die Mails auf, und wir schauen in Andreas Unterlagen.«

»Ach nee, auf Wasserleiche habe ich jetzt keine Lust, aber nicht so viel«, meuterte Hellmer und hielt den Zeigefinger auf den Daumen gepresst nach oben. »Warst du nicht in der Datenbank?«

»Doch, aber nur auf der Kurzzusammenfassung.«

»Warte mal.« Hellmer klackerte auf der Tastatur und rief ein Fenster auf, in dem sich neben einigen Textzeilen eine Bilddatei aufbaute. Es war der Scan von Arthur Drechslers Personalausweis, den man bei der Leiche gefunden hatte. Julia stockte der Atem, als sie sich nach vorn beugte und das kleine, etwas unscharfe Schwarzweißporträt betrachtete.

»Vergiss diesen Brack«, kommentierte Hellmer triumphierend, »und guck dir mal lieber *den* hier an!«

Fassungslos nickte Julia. Sie blickte in dieselben dunklen Augen und auf dieselbe markante Nase, die sie bereits von dem unveränderten Phantombild her kannte.

»Drechsler«, stieß sie hervor.

»Gemach, gemach«, entgegnete Hellmer abwinkend. »Drechsler ist seit zwei Jahren tot, vergiss das mal nicht. Wir haben immerhin Vergleichs-DNA und das ganze Drumherum.«

»Aber wer ist dann *das* da?«, gab Julia energisch zurück und tippte mit dem Finger auf das Phantombild.

»Das werden wir auch noch herausfinden, aber nicht mehr heute«, erwiderte Hellmer und erhob sich mit einem leisen Ächzen. Seine Rückenwirbel knackten, und er reckte sich ausgiebig.

»Moment mal, wir können das doch nicht einfach so stehen lassen«, gab Julia irritiert zurück.

»Meine liebe und langjährige Partnerin«, begann Hellmer und baute sich vor ihr auf, die Fäuste in die Hüfte gestemmt. »Ich bin für jeden Mist zu haben, das weißt du, und wir können die Akte Drechsler meinetwegen aus dem Archiv kommen lassen und Blatt für Blatt durchackern. Aber erstens bleibt es dabei, dass wir auch hier, nüchtern betrachtet, nur von einem vagen Phantombild und einer zufälligen Übereinstimmung ausgehen müssen. Mal ehrlich, was ist wohl wahrscheinlicher? Ein lebender Toter oder die Ähnlichkeit mit einem Allerweltsgesicht?«

Julia wollte dem etwas entgegensetzen, doch Hellmer redete unbeirrt weiter: »Zweitens, und dieser Punkt ist für mich von nicht unwesentlicher Bedeutung, haben wir noch die Vernehmung eines sehr lebendigen Mannes vor uns, der, wenn ich mich richtig erinnere, bis vor einer Viertelstunde vom Hausmeister zum Tatverdächtigen avanciert war, weil auch er diesem Wisch da ähnlich sehen soll. Wollen wir unterwegs mal auf der Zeil anhalten und uns alle dunkelhaarigen Männer zwischen fünfundzwanzig und fünfundvierzig Jahren ansehen? Wie viele Treffer werden wir wohl landen, wenn wir zehn Minuten im Eingangsbereich von der Zeilgalerie stehen?«

»Jetzt ist aber mal gut!«, fuhr Julia ihren Kollegen an und hieb mit der flachen Hand auf den Tisch. »Du redest ja ohne Punkt und Komma, und ich komme mir dabei vor wie ein Schulmädchen. Mir ist selber klar, wie schwammig das alles ist, aber ich habe aus deinem Mund noch nicht *eine* Alternative gehört.«

»Würdest du mich mal ausreden lassen ...«, lächelte Hellmer auf seine entwaffnend charmante Art und Weise, und Julia verschränkte miesepetrig die Arme voreinander und legte die Stirn in Falten.

»Mein Vorschlag«, fuhr er fort, »ist ganz einfach. Wir legen die Big Five in unserem Hinterkopf ab und lassen sich diese Sache ein wenig setzen. Es bringt in meinen Augen überhaupt nichts, wenn wir uns hier verzweifelt einen Zusammenhang konstruieren, wo es eventuell gar keinen gibt. Dann, und bitte lass mich jetzt ausreden, packst du deinen Hintern zu mir ins Auto, und wir fahren auf dem Weg nach Okriftel noch schnell bei Hubert Brack vorbei. Bis dahin hat Nadine ein leckeres Essen fertig, und wir schalten alle zusammen ein paar Gänge runter. Du übernachtest bei uns, dann lohnt es sich wenigstens, einen teuren Wein zu köpfen, und morgen fahren wir wieder hierher und nehmen uns mit klarem Kopf die Akte Drechsler vor. Deal?«

»Ich weiß nicht ...«, murmelte Julia unentschlossen.

»Das war nicht als Frage gemeint«, stichelte Hellmer. »Komm schon, ich werde hier nicht betteln. Und auch Nadines Geduld hat irgendwann einmal ein Ende.«

»Du ziehst auch alle Register, wenn es dir gerade passt, oder?«, erwiderte Julia, doch sie war längst überzeugt und freute sich sogar insgeheim auf den unverhofften Tapetenwechsel.

Zwanzig Minuten später verließen sie das Präsidium.

FREITAG, 16.50 UHR

Arthur Drechsler reckte den Hals und sah sich mit scharfem Blick in der schlecht ausgeleuchteten Umgebung um. Kein Mensch zu sehen, nichts zu hören. Vor einigen Minuten war eine einsame Joggerin mit ihrem Hund vorbeigetappt, angestrengt keuchend und völlig auf ihren Laufrhythmus konzentriert. Ansonsten war die heruntergekommene Gartenanlage in den Wintermonaten wie ausgestorben; nicht zuletzt aus diesem Grund hatte er sich dieses Domizil auserkoren.

Er verbarrikadierte den Wohnwagen, vergewisserte sich, dass nirgendwo warme Luft austrat und verräterisches Kondensat verursachte. Doch seine Handgriffe waren längst Routine: Die Gasheizung war ausgeschaltet, die Luken dicht, und Licht brannte auch keines mehr. Alles bereit für die Jagd.

Mit eiligen Schritten stapfte er über den geschotterten Weg, an dessen Seiten vereiste Schneereste lagen. Er fröstelte, die Temperatur war längst wieder unter null und die Luft diesig. Es roch nach Neuschnee. Aus seinem Mantel zog Arthur einen einzelnen abgegriffenen Schlüssel. Erneut um sich blickend trat er aus der Wegmündung hinaus auf den Gehsteig und überquerte die Straße. Zwei Autos näherten sich, doch keiner der Fahrer beachtete ihn. Er erreichte einen dunkelblauen 3er Golf, dessen linker Kotflügel durch einen schwarzen ersetzt war und über dessen Fahrertür sich auf Kniehöhe eine lange Delle zog. Kein Lackschaden, daher hatte er die Tür behalten. Es gab in Frankfurt unzählige Autos in diesem Zustand, und genau das machte den Golf für Arthur so wichtig. Er zog einen Pappkarton, der hinter den Scheibenwischern klemmte, zur Seite, faltete ihn und klopfte den Reif hinunter. Er steckte den Schlüssel in den Schließzylinder der Fahrertür, beim Drehen musste er etwas hin und her rütteln, dann sprang der Türknopf nach oben. Arthur stieg ein, der Motor startete beim ersten Versuch und lief für seine zweihundertzwanzigtausend Kilometer und die extreme Außentemperatur erstaunlich rund. Arthur steuerte den Wagen durch den Nachmittagsverkehr, der bereits spürbar nachgelassen hatte. Freitags, so wusste er nur allzu gut, war man am besten beraten, vor zwölf Uhr mittags den Absprung zu schaffen, oder man blieb bis nach sechzehn Uhr im Büro, um den Pendlerströmen auszuweichen. Es dauerte eine Viertelstunde, dann erreichte er die Taunusanlage und hielt in angemessener Entfernung vor dem Glaspalast, in dem sich der Letzte der Big Five verbarg. Der gute alte Lars, dachte Arthur hämisch, ob er die Hosen bereits voll hat? Doch warum sollte er? Die Polizei ermittelte noch immer in die völlig falsche Richtung, diese Durant und ihr Lakai hatten keinen blassen Schimmer. Drechsler lehnte sich in seinem Sitz zurück und beobachtete die Anzeige seiner Uhr. Wenn sich in den zwei Jahren nichts geändert hatte, fuhr Manduschek um Punkt siebzehn Uhr seinen PC herunter. Der Empfang war freitags um diese Zeit längst nicht mehr besetzt, und in den wenigsten Büros befanden sich noch Anwälte. In der *heiligen Viertel-*

stunde, so hatte Manduschek sein Ritual einst selbst bezeichnet, dimmte der Anwalt seine Bürobeleuchtung und lehnte sich mit einem Glas Rotwein in seinen Ledersessel, die Füße auf einen niedrigen Beistelltisch gelegt. Er blickte hinab auf die Lichter der Stadt oder im Sommer auf den Sonnenuntergang. Dabei hörte er meist klassische Musik, am liebsten opulente Stücke von Richard Wagner, wie etwa den Fliegenden Holländer. Diese Auszeit dauerte nie weniger als fünfzehn Minuten, aber nur selten mehr als zwanzig, wie Arthur wusste. Anschließend prüfte Manduschek, dass alles ausgeschaltet war, schloss sein Büro ab und begab sich zum Fahrstuhl. Bis zum Verlassen des Gebäudes vergingen so weitere fünf bis zehn Minuten. Arthur knackte mit den Knöcheln seiner Finger und gähnte. Die von der Heizung aufgewärmte Luft schmeckte nach Abgasen und roch muffig; wer konnte schon wissen, wie viel Schmutz und Verunreinigungen die fünf Vorbesitzer und deren Kinder und Haustiere in diesen Wagen geschleppt hatten.

Da sah Arthur ihn und zuckte erregt zusammen. Pünktlich wie die Maurer, dachte er zufrieden, und ein hämisches Grinsen legte sich über seine Mundwinkel; 17.28 Uhr, Lars Manduschek betritt die Bühne.

Ein eisiger Windzug fuhr Manduschek durchs Haar, als er die Wärme der Lobby verließ und nach außen trat. Er fröstelte, zog den Knoten seines Wollschals enger und schlug den Mantelkragen hoch. Danach verschwanden seine Hände in den Manteltaschen, er hatte weder Handschuhe noch Mütze dabei. Zum Glück musste er keine Tasche mit sich schleppen, Manduschek vermied es so oft wie möglich,

Arbeit mit nach Hause zu nehmen. Die wichtigen Akten hatte er dort ohnehin als Kopien, wenigstens das Tagesgeschäft aber konnte durchaus für zwei Tage ruhen. Manduschek wandte sich nach links, eilte mit klackenden Absätzen seiner teuren Lederschuhe über die Platten des Gehwegs – Schuhe, die mehr gekostet hatten als sein Anzug, aber nichts taugten, wenn es um Banalitäten wie warme Füße ging. Zielstrebig bewegte er sich auf die Zufahrt der Tiefgarage zu, die im Nachbargebäude untergebracht war. Ein dunkler, schon etwas in die Jahre gekommener Golf hielt unweit der Ausfahrt im Parkverbot, wie Manduschek aus den Augenwinkeln registrierte. Gleichgültig bog er um die Kurve und erreichte bald darauf seinen Wagen, einen silbernen R8 Spyder – den Ferrari unter den Audis, wie er gerne betonte, nur eben in deutscher Qualität. Warum er dieses Sportcabrio auch im Winter fuhr, hatte Sophie von Eisner unlängst wissen wollen, erinnerte der Anwalt sich. Sie schwor auf ihren Geländewagen, doch Manduschek hatte nur gelächelt und gesagt: »Wenn du mit so einem kommst, macht dir jede Hasenkiste Platz. Vor allem im Winter.«

Wenn also nicht gerade zehn Zentimeter Neuschnee lagen, ließ er sich das gute Gefühl nicht nehmen, in einem brandneuen Auto durch die Innenstadt zu fahren, von dem es in Frankfurt kaum eine Handvoll gab. Zumindest hatte der Autohändler ihm das versichert.

Der Motor röhrte laut, als Manduschek startete und kräftig aufs Gas tippte. Er verließ das Parkhaus nach rechts, wartete auf eine Lücke und fädelte sich in den mäßigen Verkehr ein. Hinter ihm setzte sich nun auch der Golf in Bewegung.

Arthur Drechsler räkelte sich auf dem Massageüberzug aus großen Holzperlen, der über Lehne und Sitzfläche des Fahrersitzes gespannt war. Ob Manduschek auch so angenehm sitzt?, dachte er. Wobei ab einem gewissen Alter ja eher das Ein- und Aussteigen zum Problem wurde, jedenfalls bei solchen Karossen, in denen man sich mit dem Gesäß nur wenige Zentimeter über dem Boden befand.

»Aber ein Bandscheibenvorfall wird bald deine kleinste Sorge sein«, murmelte Arthur grimmig und wartete darauf, dass der Anwalt sich nach links einordnete, um eine der Mainbrücken zu erreichen. Doch Manduschek fuhr geradeaus.

»Aha, heute also über die Mainzer Landstraße«, folgerte Arthur, »nun gut, wie du willst.«

Die beiden folgten dem Straßenverlauf, überall wiesen Schilder in Richtung Messegelände und Autobahn, doch anscheinend hatte Manduschek heute ein ganz anderes Ziel als seine Wohnung. Drechsler bemühte sich angespannt, nicht zu dicht aufzufahren und zugleich nicht mehr als einen Wagen zwischen seinen Golf und den Audi kommen zu lassen. Doch als sie den mehrspurigen Kreisel an der Festhalle durchfuhren, verlor er den Anwalt für einige Sekunden aus den Augen. Verzweifelt reckte er den Hals, doch zu spät, Manduschek verließ den Kreisel eine Ausfahrt früher als angenommen, und Drechsler blieb keine andere Möglichkeit, als eine Ehrenrunde zu drehen. Der Schreck ließ ihn für einen Moment unachtsam werden, der Wagen schlingerte über die Spurlinie, und hupend und mit verständnislosem Fuchteln zog ein Taxi an ihm vorbei. Drechsler fing sich wieder, umklammerte sein Lenkrad und trat das Gaspedal durch. Langsam dämmerte es ihm, wohin Manduschek wollte.

Lars Manduschek schaltete hinunter in den zweiten Gang, kuppelte ein und ließ den Motor ein weiteres Mal hochdrehen. Sollten sie nur alle aus ihren Löchern kriechen, die Witterung von schnellem Geld aufnehmen und sich ihm anbieten. Er hätte ebenso gut zu Fuß in eines der Stundenhotels im Bahnhofsviertel gehen können, doch Manduschek ekelte sich vor den fleckigen Laken, den vergilbten Tapeten, schmutzigen Teppichböden und dem gedimmten Licht. Perfektion, darum ging es in seinem Job, und so wollte er es auch in seiner Freizeit. Er wusste, dass die Frauen, die sich nahe der Frankfurter Messe die Beine in den Bauch standen, mitunter blutjung waren. Osteuropäische Frauen, deren unschuldiges Hoffen auf ein sorgenfreies Leben tagtäglich durch Dutzende Freier beschmutzt wurde, so lange, bis sie sich ihrem Schicksal fügten und fortan versuchten, ihre Konkurrentinnen auszustechen. Wenn kein Kongress, keine Messe, keine Veranstaltungen waren, verteilten ihre Zuhälter sie in anderen Bezirken, aber eine gewisse Menge war stets präsent. Meistens, so wusste Manduschek, hielten sie sich im Schatten verborgen, denn die neue Stadtpolitik verlangte ein sauberes Messeviertel, schon allein der Außenwirkung wegen. Die Hälfte der männlichen Politiker, auch das war Manduschek wohl bekannt, waren hier bereits selbst einmal zum Schuss gekommen.

Schon tauchte im Lichtkegel des grellen Xenon-Strahlers eine etwas klapprige Gestalt auf, offensichtlich alkoholisiert und außerdem eine Zigarette in den Fingern. Bleib mir bloß vom Leib, dachte Manduschek angewidert und fuhr weiter. Hinter ihm bog ein Wagen in die Straße ein, doch er scherte sich nicht weiter darum, denn es gab genügend Platz zum Überholen. Ein junges Mädchen, maximal sechzehn Jahre alt, wie er schätzte, trat vom Bordstein hinab und beugte sich auffordernd nach vorne. »Ich bin doch kein Kinderficker«, knurrte Manduschek kopfschüttelnd und beschleunigte ruckartig für einige Meter, so dass die Kleine erschrocken zurücksprang.

Dann endlich sah er sie: groß gewachsen, langes, dunkelblondes Haar, dezentes Make-up; ein angenehmer Kontrast zu der üblichen billigen Kriegsbemalung. Du hast noch Stolz in dir, dachte Manduschek erregt, dich will ich haben. Er verlangsamte den Wagen, bis er neben ihr zum Stehen kam, und ließ surrend das Beifahrerfenster hinabgleiten.

»Steig ein«, forderte er. Die Hure bibberte und hielt sich mit einer Hand die gesteppte Jacke zu. Unter ihrem Minirock trug sie schwarze Leggins, dazu kniehohe, ebenfalls schwarze Stiefel.

»Dreißig Euro für eine schnelle Nummer«, sagte sie, hinabgebeugt, und wartete auf eine Reaktion. Ihre Stimme war nahezu akzentfrei, lediglich das rollende R und das kehlige U ließen darauf schließen, dass sie Osteuropäerin war.

Gott, für dreißig Euro öffne ich nicht mal einen Briefumschlag, schoss es Manduschek durch den Kopf.

»Ich hab doch gesagt, steig ein«, wiederholte er ungeduldig. »Mach schon, es zieht! Wir fahren runter ins Motel an der A5, und ich zahl dir die ganze Nacht. Sind zweihundert okay?«

»Okay«, lächelte sie matt und stieg ein, Sekunden später brauste der Audi davon.

Grimmig schaltete Arthur Drechsler die Scheinwerfer wieder ein und setzte den Golf in Bewegung. Zweimal hatte er kopfschüttelnd ablehnen müssen, als frierende Huren an sein Beifahrerfenster traten, in der verzweifelten Hoffnung auf eine halbe Stunde im geheizten Wageninneren. Schert euch zum Teufel, dachte er voller Abscheu, schlimm genug, dass mir eine eurer Kolleginnen in meine Abendpläne hineinpfuscht. Wäre es ein normaler Freitagabend, so würde Lars Manduschek es sich in der Sauna bequem machen, drei Durchgänge, danach auf die Couch mit einer Flasche teurem Rotwein und irgendwelchem Fingerfood. Oft genug hatte er seine Freunde dazu eingeladen, auch Drechsler hatte an diesem Ritual gerne teilgenommen, vor allem, wenn zum letzten Saunagang ein paar Edelhuren dazustießen. Doch heute fuhr Manduschek nicht nach Hause, zumindest nicht in den nächsten Stunden. Der Audi ordnete sich ein in Richtung A5, zum Frankfurter Kreuz, und beschleunigte unmittelbar nach Verlassen der Auffahrt so schnell, dass Arthur Drechsler bald nur noch die Rücklichter sah.

FREITAG, 17.12 UHR

Gib's auf«, murrte Frank Hellmer, als Julia zum dritten Mal auf die vergilbte Plastikoberfläche der Türklingel drückte und den Finger einige Sekunden darauf ruhen ließ. Die beiden Kommissare standen vor der ausgeblichenen hölzernen Wohnungstür von Hubert Brack. Im Inneren schnarrte das unangenehme metallische Geräusch zweier Metallplatten, zwischen denen ein Klöppel vibrierte, doch zwischen den Klingeltönen herrschte Totenstille.

»Lassen wir den Schlüsseldienst kommen?«, fragte Julia unentschieden, es war eher ein lautes Denken als eine ernst gemeinte Frage.

»Spinnst du?« Hellmer tippte sich an die Stirn. »Aufgrund welcher Annahme willst du das denn gegenüber Berger rechtfertigen?«

»Ist mir scheißegal«, knurrte die Kommissarin. »Viel weniger steht mir der Sinn danach, in ein paar Tagen eine weitere Leiche in ihrer Wohnung zu finden. Reicht dir die Löbler-Geschichte nicht aus?«

»Ja, das war ätzend«, gestand Hellmer ein, »aber nicht unsere Schuld. Außerdem war Löbler doch eine ganz andere Nummer als dieser Brack. Mensch, Julia, wir reden hier von einem Haus-Meis-Ter«. Während er die letzten Silben aussprach, gestikulierte er mit der Hand, um ihnen Bedeutung zu verleihen. »Der ist vielleicht gerade mit Streusalz unterwegs, das scheint doch seine Hauptbeschäftigung zu sein, und wir wissen bereits, dass er kein Guthaben auf dem Handy hat oder mit leerem Akku herumläuft. Meinetwegen fahren wir noch mal zur Taunusanlage, aber ehrlich gesagt reißt mich dieser Gedanke nicht so vom Hocker.«

Fünf Meter weiter öffnete sich knarrend eine Tür, und ein unrasierter, in einen schwarzen Jogginganzug gekleideter Mann trat heraus.

»Was 'n hier los?«, fragte er mürrisch. Hellmer trat zwei Schritte auf ihn zu und holte seinen Dienstausweis hervor. »Wir sind von der Kripo, möchten zu Herrn Brack«, erläuterte er knapp. »Ist wohl nicht da, und wenn Sie die ganze

Nacht vor der Tür hocken«, brummte der Nachbar und neigte den Kopf zur Seite, wohl um an Hellmer vorbei einen Blick auf Julia zu erhaschen. Er mochte Mitte dreißig sein, die trüben Augen, die gereizte Gesichtshaut und die lückenhaften, dunklen Zähne deuteten darauf hin, dass er Alkoholiker war. Hellmer musste unwillkürlich schlucken, er konnte sich der Erinnerung an eine Lebensphase nicht erwehren, in der es nicht viel besser um ihn bestellt gewesen war. Schnell verjagte er diese Gedanken wieder und erwiderte kühl: »Wir hocken uns sicherlich nicht vor seine Tür. Wir rufen ein paar Kollegen, verschaffen uns Zugang und machen es uns hier im ganzen Stockwerk gemütlich, na, wie klingt das?«

»Mir egal, solange Sie mich in Frieden lassen«, entgegnete sein Gegenüber schulterzuckend und wandte sich ab. »Aber hören Sie bloß auf, die Klingel zu malträtieren. Hubi hängt am Wochenende meist woanders ab.«

»Warten Sie«, sagte Hellmer schnell. »Wie meinen Sie das? Hat er Dienst?«

»Dienst? So 'n Quatsch!«, lachte der Mann verächtlich und winkte ab. »'nen Laufburschenjob hat er, tut nur immer so, als würde ohne ihn das ganze Haus zusammenfallen. Stattdessen läuft er die meiste Zeit mit'm Salzeimer rum, das war's auch schon. Aber nicht momentan, soweit ich weiß.«

»Aha?«

»Na, der Hubi hat irgendwo ein Örtchen, wohin er sich zurückzieht, wenn er freihat. Keine Ahnung, ob er sich's da mit ein paar Gramm Shit bequem macht, weil saufen tut er nicht mehr, hat er mal gesagt. Na ja, oder er liest sich eine vom Straßenstrich auf, oder einen, das würde zumindest erklären, warum er nie jemanden mit hierherbringt. Fakt ist, dass er an seinen freien Wochenenden gerne ein, zwei Tage strunzen geht, und das war's auch schon. Also können Sie genauso gut abziehen, ich hab da drinnen nämlich auch was am Laufen, wenn Sie verstehn ...« Er zwinkerte Hellmer zu und verschwand wieder in seiner Wohnung. Das Klingelschild trug keinen Namen, nur Reste eines abgepulten Klebeetiketts. Hellmer überlegte kurz, dann trottete er zu Julia zurück.

»Mitbekommen?«, fragte er mit erhobenen Augenbrauen.

»Jedes Wort«, nickte Julia und konnte sich nicht gegen den Ekel erwehren, der in ihr aufstieg, wenn sie sich vorstellte, wie dieser ungepflegte Typ seine Joggingjacke auszog und seine verschwitzte, garantiert stark behaarte Haut an einem nackten Frauenkörper rieb.

»Dann lass uns um Gottes willen hier verschwinden«, drängte Hellmer. »Wir können ja eine Streife drauf ansetzen, falls sich wider Erwarten etwas tut, oder morgen auf dem Weg ins Präsidium noch mal vorbeischauen.«

»Meinetwegen«, seufzte Julia und rang sich ein müdes Lächeln ab. »Vielleicht hast du recht, zumindest machst du keinen Hehl draus, dass du nichts zwischen Nadines Essen und uns zwei Hübsche kommen lassen wirst.«

»Gut erkannt«, lächelte Hellmer anerkennend, und sie verließen das Wohnhaus.

Kaum eine halbe Stunde später saßen Julia und Frank im gemütlich warmen Wohnzimmer der Hellmers. Aus der Küche drang ein köstlicher Duft nach gedünstetem Gemüse und frischen Kräutern, außerdem unverkennbar der Geruch nach gebratenem Fisch.

»Ich hoffe, die Pastorentochter weiß es zu schätzen, dass ich heute anstelle eines Sauerbratens lieber ein paar Doraden auf den Grill lege«, hatte Nadine gescherzt, nachdem sie und Julia sich herzlich umarmt hatten.

»Wegen mir hättest du auch Steak braten können«, hatte die Kommissarin gelacht. »Selbst Paps ist da nicht so streng. Die Zeiten, in denen es freitags nur Fischstäbchen oder Calamares gab, sind lange vorbei.«

»Siehst du!« Prompt bedachte Hellmer Nadine mit einem aufgesetzt tadelnden Blick. »Das haben wir jetzt davon, teuren Fisch gekauft zu haben. Julia weiß es nicht zu schätzen, und ich werde um mein Steak gebracht.«

»Stopp, ich habe nicht gesagt, dass ich es nicht mag«, wehrte Julia lachend ab. »Ich will nicht für die erste Ehekrise des neuen Jahres verantwortlich sein.« Dann, zu Nadine gewandt, ergänzte sie: »Immerhin habe ich deinen Göttergatten das halbe Wochenende um mich, so wie es aussieht. Der ist ja im Normalzustand schon kaum erträglich.«

»Prima, kaum daheim und schon habt ihr euch gegen mich verschworen«, kommentierte Hellmer augenzwinkernd. Dann ließ er seinen Blick suchend durch den Raum wandern. »Sag mal, hatten wir etwas Interessantes in der Post?«

»Liegt in deinem Büro«, antwortete Nadine. »Aber lass doch gut sein, das hat Zeit. Heute ist Julia dran.«

Nadine Hellmer war eine unendlich liebenswerte Frau, geduldig, wunderschön, ein ganzes Stück jünger als Frank und alles in allem ungefähr das, was man sich unter einer perfekten Ehefrau vorstellen konnte. Diesen Eindruck zumindest gewann jeder, der sie kennenlernte, doch Julia wusste, dass Nadine viel mehr als das war. Für Schönheit konnte niemand etwas, auch Julia war attraktiv und feminin. Doch gerade dann, so schien es, musste man alle anderen persönlichen Qualitäten besonders unter Beweis stellen, denn die Männerwelt unterschied offenbar nur zwischen hübschen, vollbusigen Dummchen und furchteinflößenden, unbefriedigten Erfolgsfrauen. Hinter Nadine Hellmers Fassade ruhte ein ganzer Fundus an Lebenserfahrung, sie hatte einen trinkenden, dem Absturz geweihten Partner überlebt, an den sie bis zuletzt geglaubt hatte und dem sie nach seiner Rettung großmütig zu verzeihen bereit gewesen war. Dann die Geburt und Pflege einer mehrfach behinderten Tochter, die zeit ihres Lebens auf fremde Hilfe angewiesen sein würde. Es gab kaum eine Frau, deren Lebenskraft Julia Durant mehr beeindruckte, und sie hoffte, nein, sie wusste mittlerweile, dass ihr Partner Frank dieses Geschenk nie wieder so verletzen würde, wie er es vor ein paar Jahren getan hatte.

Als Nadine wieder in der Küche verschwunden war, fragte Julia ein wenig besorgt: »Ich hoffe, wir haben Nadine nicht doch überrumpelt mit unserem Besuch? Immerhin ist das euer zweisames Wochenende.«

»Ach Quatsch«, murmelte Frank kopfschüttelnd. »Ich habe ihr schon Anfang der Woche gesagt, dass der Fall uns bis zur endgültigen Aufklärung noch einiges an Überstunden abverlangen wird. Und ob nun für zwei oder drei zu decken, das macht doch keinen Unterschied. Außerdem hat sie ja ausdrücklich nach deiner Gesellschaft verlangt.«

»Dann geh ihr wenigstens mal helfen, ich komme auch ein paar Minuten alleine klar.«

»Wenn du sehen willst, wie ich mit dem Rührlöffel aus der Küche vertrieben werde, dann bitte«, lachte Frank. »Aber im Ernst, Nadine hat sich so sehr gefreut, mal für uns drei zu kochen, das lässt sie sich nicht aus der Hand nehmen, glaub mir. Nachher beim Abwasch, da übernehme ich dann«, er lachte kurz, »und natürlich erwarte ich dabei deine Unterstützung.«

»Du alter Macho, das überlege ich mir erst noch. Aber sag, wann wollen wir morgen früh im Präsidium loslegen?«

»Hm. Später Vormittag?«, schlug Hellmer unschlüssig vor. »Kommt darauf an, wie viele Flaschen Wein ihr killen wollt. Ich bin da ganz offen ...«

»Wenn ich's nicht besser wüsste, würde ich dir böse Hintergedanken unterstellen«, flachste Julia. »Aber wir sollten anpeilen, um zehn im Präsidium zu sein. Das Material ist nicht gerade wenig, und wenn man bedenkt, wie wenig wir in der Hand haben ...«

»... dann solltet ihr unbedingt ausgeruht und entspannt an die Sache gehen«, vollendete die leise hinzugetretene Nadine den Satz. »Wenn ihr schon das halbe Wochenende im Büro vertrödelt, lasst uns wenigstens diesen schönen Abend gemeinsam verbringen und an andere Dinge denken, okay?«

»Abgemacht«, nickte Hellmer und erhob sich. »Los, Julia, zu Tisch!«

»So weit bin ich nun auch wieder nicht«, bremste Nadine ihn aus, »aber wir können uns einen Aperitif gönnen. Wie sieht's aus, Julia?«

»Gerne«, lächelte die Kommissarin, und Frank sagte:

»Das ist eine prima Gelegenheit, mich kurz zurückzuziehen und mal einen Blick auf die Post zu werfen.«

»Ach, lass das doch«, widersprach Nadine. »Auf einen Tag mehr oder weniger ...«

Doch Frank stand schon im Türrahmen. »Dauert nur fünf Minuten, Ehrenwort«, bekräftigte er und war um die Ecke verschwunden.

Der Fisch schmeckte hervorragend, und das Ratatouille geizte nicht an Knoblauch und Provencekräutern. Als Beilage gab es Langkornreis, etwas ungewohnt, denn Julia konnte sich kaum daran erinnern, wann sie das letzte Mal Reis gegessen hatte – von zerkochten Zusätzen in Tomatensuppenbeuteln einmal abgesehen. Das Klappern der Gabeln auf dem Porzellangeschirr erfüllte den Raum, Nadine erzählte die neuesten Geschichten von den Mädchen, und doch empfand Julia eine eigenartig bedrückte Stimmung, die sie vorhin im Wohnzimmer nicht wahrgenommen hatte. Irgendwann zwischen dem zweiten Nachschlag und dem Nachtisch druckste Hellmer plötzlich herum, Julia bemerkte es sofort, denn Nadine hatte ihm kurz zuvor ein aufforderndes Nicken zugeworfen. Unauffällig, aber es war der Kommissarin nicht entgangen. Es verstrichen einige unangenehme Sekunden, und Julia fragte sich ein wenig bang, was wohl kommen würde. Sie hatte Frank und Nadine beobachtet, die beiden hatten weiß Gott keine ruhige Ehe hinter sich, aber sie gingen wieder völlig zwanglos und unbeschwert miteinander um, beinahe wie frisch verliebt. Und das ohne Therapie, resümierte Julia insgeheim, denn obwohl sie mit Frank darüber gesprochen hatte, war es nie zu einem Termin bei Alina oder jemand anderem gekommen. Zumindest wusste Julia von nichts dergleichen.

»Na rück schon raus, Frank«, sagte sie schließlich, um dem leidenden Hellmer auf die Sprünge zu helfen. »Wusste ich's doch, dass ich nicht ohne Hintergedanken eingeladen werde«, fügte sie hinzu, um die Stimmung zu lockern.

»Nein, so ist es nicht«, erwiderte Frank schnell.

»Aber irgendetwas ist doch«, bohrte Julia weiter, »seit du nach dem Durchsehen deiner Post zurückgekommen bist, haben Nadine und ich alleine die Unterhaltung bestritten, während du krampfhaft versucht hast, eine gute Miene zu machen.«

»Verdammt, das passiert, wenn man sich eine Ermittlerin einlädt, siehst du?«, lächelte Frank ein wenig gequält in Richtung seiner Frau.

Dann blickte er zu Julia. »Hör zu, das fällt mir jetzt nicht leicht«, fuhr er leise fort, »aber es bringt uns ja nichts, wenn ich den ganzen Abend über so tue, als wäre nichts. Wie so oft hat meine Liebste recht gehabt, ich hätte die dämliche Post links liegen lassen sollen, aber jetzt ist es nun mal geschehen. Das Thema beschäftigt mich durch den Eisner-Fall ohnehin tagein, tagaus, jetzt ist das Fass wohl endgültig übergelaufen.«

Julia schluckte. Das klang nicht gut. »Na, dann raus damit«, erwiderte sie, weil ihr nichts Besseres einfiel.

»So einfach ist das nicht«, warf Nadine ein, »zumindest nicht für Frank, obwohl es ihn genau genommen nur indirekt betrifft.«

»Wieso indirekt?«, murrte dieser. »Sind wir nun verheiratet oder nicht?«

»Ja, aber du hast nichts damit zu tun. Zumindest hast du nichts verursacht, musst dich also für nichts rechtfertigen.«

»Na klasse«, murmelte Frank.

»Weiht mich doch bitte einfach ein in euer Geheimnis«, forderte Julia mit energischem Unterton. »Bislang verstehe ich nur Bahnhof.«

»Okay, pass auf«, begann Nadine, »ich nehme das Frank am besten mal ab.«

»Nein, verdammt!« Frank hieb auf den Tisch, es schepperte, und die beiden Frauen zuckten zusammen. Sein Gesicht rötete sich, zweifelsohne war er sehr aufgebracht. »Das wäre ja noch schöner, wenn ich hier jetzt vorgeführt werde! Armer Bulle Hellmer heiratet reiches Mädchen, reiches Mädchen hält ihn aus, reiches Mädchen kauft ihm schickes Auto, reiches Mädchen gerät in Not, und armer Bulle Hellmer ist nichts weiter als ein unnützer Hampelmann.«

»Liebling, du bist doch kein Hampelmann ...«, wollte Nadine ihn beschwichtigen, doch Frank schob ihren Arm von sich und fuhr unbeirrt fort: »Tagein, tagaus muss ich mir im Präsidium dumme Kommentare anhören wegen meines Neunelfers, jeden beschissenen Tag reitet da irgendein Depp darauf rum. Ich weiß, was du jetzt sagen wirst, Julia, es ist meine eigene Schuld, so etwas geschieht nun mal, wenn man so eine Protzkutsche fährt. Aber lass mich bitte ausreden. Es ist kein Geheimnis, dass ich meinen Job mache, weil ich ihn liebe, denn jedermann weiß, dass ich reich geheiratet habe und es noch immer bin, obwohl ich es bei Gott nicht verdient habe. Aber wenn jetzt jemand spitzkriegen würde, dass ich über Nacht einen ganzen Arsch voll Geld pulverisiert habe«, er raufte sich die Haare. »Shit, ich weiß nicht, ob ich das ertragen könnte.«

»Pulverisiert?«, hakte Julia stirnrunzelnd nach.

»In den Wind geblasen, verzockt, auf den falschen Gaul gesetzt; nenn es, wie du willst«, antwortete Hellmer. »Ich wollte etwas anlegen für die Kinder, vor ein paar Jahren wurde einiges an Festgeld frei, und ich habe mir einen Anlageberater gesucht. Ein windiger Typ, irgendwie ziemlich genauso wie dieser Löbler, aber so sind sie wohl alle.«

»Und weiter?«

»Wir haben uns belatschern lassen, das Geld in diversen Anlagepapieren unterzubringen, und bis zuletzt hieß es entweder, dass die Anlagen sicher seien oder dass wir gewisse Fristen wahren müssten, um rauszukommen. Letzten Endes gingen wir mit kaum mehr in den Händen raus, als es den Anlegern bei Lehman Brothers ging, und von der edlen Idee, ein wenig Kohle für die Kids anzulegen, blieb kaum mehr als heiße Luft. Unsere letzte Hoffnung auf eine Sammelklage geschädigter Anleger ist heute mit einem kurzen Brief zunichtegemacht worden. Wo nichts ist – nein, schlimmer: wo nie etwas war –, da kann man auch nichts herholen. Verdammt.« Hellmer entfuhr ein tiefer Seufzer. Er ließ den Kopf hinabsinken und flüsterte erneut: »Verdammt!«

Julia biss sich auf die Unterlippe und wusste nicht so recht, was sie erwidern sollte. Ein lapidares »ich verstehe dich« war wohl kaum eine angemessene Reaktion, vor allem, da sie einen riesigen Kapitalverlust selbst noch nie erlebt hatte und diese Erfahrung wahrscheinlich auch nie teilen würde.

»Mensch, Frank, Nadine«, sagte sie lapidar. »Ich hatte ja keine Ahnung. Das tut mir leid, ehrlich.«

»Schon gut, ist ja nicht deine Schuld«, lächelte Nadine. »Genau genommen ist es überhaupt niemandes Schuld, man kann nicht einmal diesen Finanzheini belangen. Aber Frank macht sich Vorwürfe ohne Ende …«

»Ich kann ja wohl für mich selbst sprechen, oder?«, unterbrach dieser sie harsch. »Natürlich mache ich mir Vorwürfe, immerhin hätte ich mich auch weiterhin schön brav aus allem raushalten können und den reichen Ehemann mimen. Aber so bin ich nun mal nicht erzogen, bei uns in der Familie bringt ein Mann sich ein für die Familie, so war meine Erziehung, und ich wäre kein guter Vater, wenn ich nur ans Porschefahren denken würde. Also habe ich diesen Typen engagiert, um wenigstens so zu tun, als würde ich Verantwortung übernehmen für die Zukunft meiner Familie. Und bumm, zack, weg ist die Kohle.«

»Jetzt hör aber mal auf mit deinem Selbstmitleid!«, erwiderte Julia unwirsch. Sie wusste, dass Hellmer, wenn sie ihn nicht davon abhielt, auch noch die nächste halbe Stunde das beleidigte Opfer spielen würde. »Du hast etwas Gutes tun wollen, und dabei funkte dir höhere Gewalt dazwischen, das ging einer Menge Leute so, da sind wenn überhaupt solche Typen wie Eisner und Co. dran schuld, denen es am Arsch vorbeigeht, was mit den kleinen Anlegern passiert.«

»Klein ist gut«, murmelte Hellmer.

»Na, dann sag schon, wie viel war es denn?«

»Sechsstellig«, kam es leise zurück, und Julia schluckte. »Oh. Das ist tatsächlich nicht klein«, gestand sie ein, »andererseits sind das in Eisners Kreisen immer noch Peanuts. Ist denn alles weg?«

»Das meiste.«

Nadine schaltete sich wieder ein: »Die letzte Klageabweisung kam heute«, erklärte sie, »keine angenehme Überraschung, wie du dir denken kannst. Aber nun haben wir wenigstens Gewissheit, dass wir nichts mehr zu erwarten haben.«

»Hm. Ihr nagt jetzt nicht am Existenzminimum, oder?«, fragte Julia vorsichtig.

»Nein, sicher nicht«, lächelte Nadine matt. »Aber man bekommt doch sehr deutlich vor Augen geführt, wie kurz der Weg nach unten sein kann. Hätten wir bloß diese Immobilie gekauft ...«

»Hätten, hätten, hätten«, kommentierte Hellmer missmutig.

»Wieso, das war doch auch deine Idee«, gab Nadine zurück. »Tut immer so, als hätte er nichts auf dem Kasten, dabei ist er so ein umsichtiger Mann.«

»Ja, ein echtes Genie«, pflichtete Julia bei und lächelte. »Im wahrsten Sinne des Wortes.«

»Ach, hört auf«, brummte Hellmer. »Machen wir bloß nicht auch noch dieses Fass auf.«

»Ich weiß überhaupt nicht, was du meinst«, widersprach Julia mit einem unschuldigen Lächeln. »Aber sieh's doch mal positiv: Der DAX schwankt, die Renten sind auch unsicher, aber dein IQ, der bleibt immer stabil auf hohem Niveau.«

Nadine kicherte, und Frank verdrehte die Augen. »Ihr seid echte Gickelweiber, das kann man gar nicht anders sagen«, murmelte er, und zweifelsohne bereute er es gerade zutiefst, dass er einmal erwähnt hatte, als Schüler einen IQ-Test mit deutlich überdurchschnittlichem Ergebnis absolviert zu haben. Es war im Rahmen des Falles mit Julias Entführung gewesen, eine Zeit, über die man besser nicht sprach, wenn es keinen Grund dazu gab. Julia entschied sich, ihren Partner nicht weiter zu quälen, der große, muskulöse Mann machte in diesem Moment eine recht klägliche Figur und schien noch nicht dazu bereit, zum ausgelassenen Small Talk überzugehen. Außerdem: Das Thema Hochbegabung schien Hellmer nicht im Geringsten zu beschäftigen, es gab also keinen Grund, ausgerechnet heute Abend damit anzufangen. Aber irgendwann knack ich dich, entschied Julia im Stillen.

»Gibt's hier eigentlich auch mal Nachtisch?«, fragte sie mit Unschuldsmiene, und Nadine bedachte sie mit einem erleichterten Grinsen.

»Ich dachte schon, wir müssten hier jetzt 'ne Runde Kleenex ausgeben«, sagte sie und stand auf. »Bleibt sitzen, ihr zwei, ich hole schnell die Schale. Es gibt ganz banalen Obstsalat, aber mit lauter exotischen Sachen, ich war extra in der Markthalle. Man kann überhaupt nicht genug Vitamin C zu sich nehmen zurzeit, stimmt's?«

»Allerdings«, nickte Julia und stellte dabei erleichtert fest, dass ihre jüngsten Erkältungssignale sie momentan nicht weiter quälten. Als Nadine in der Küche verschwunden war, sah sie Hellmer mit ernstem Blick an: »Du hättest mir das schon längst erzählen können, das weißt du auch. Meinetwegen braucht das niemand mitzubekommen, das geht keinen etwas an, aber du wirst es auch in Zukunft nicht vermeiden können, dir dumme Sprüche wegen deines Porsches anzuhören. Das ist dir hoffentlich klar. Wenn du damit nicht klarkommst, schaff dir 'nen Corsa an, so wie ich einen hatte. Die sind momentan auch froh über jedes verkaufte Auto.«

»So weit kommt's noch«, murmelte Hellmer patzig, konnte sich aber ein amüsiertes Lächeln nicht verkneifen.

Nadine kehrte mit einer Glasschüssel zurück und schichtete jedem eine große Portion Obst in die bereitstehenden Schälchen.

»Sahne habe ich keine geschlagen«, erklärte sie, »aber wir haben Pistazieneis im Gefrierfach, wenn du möchtest.«

»Danke, dafür jogge ich im Moment zu wenig«, lächelte Julia kopfschüttelnd und sah an sich hinab.

»Dir bekommen die Jahre doch blendend«, winkte Nadine ab. »Und jetzt erzähl mal endlich von deinem Münchner Kommissar, Frank hat mich zwar vorgewarnt, dich drauf anzusprechen, aber du kannst es mir nicht verdenken. Wenn's dir deshalb unangenehm ist«, sie nickte in Richtung ihres Mannes und grinste, »schicken wir ihn einfach schon mal in Richtung Abwasch.«

Frank zog eine Grimasse.

»Ich hatte es schon befürchtet«, seufzte Julia und füllte sich einen Löffel mit Melone und Kiwi.

»Du kannst es dir ja überlegen, während ich mich um den Kaffee kümmere«, murmelte Hellmer und erhob sich. Im Hinausgehen säuselte er: »Entweder wilde Gerüchte von uns oder ein Häppchen Wahrheit von dir, ganz wie du möchtest.«

»Tolle Auswahl«, frotzelte Julia. »Wenn ich das gewusst hätte, hätte ich mir daheim auch ein paar blöde Serien reinziehen können, anstatt hier vorgeführt zu werden.«

»Jetzt mal im Ernst, so sensibel?«, fragte Nadine, als Frank verschwunden war.

»Du kennst meine Vergangenheit, und damit meine ich nicht irgendwelchen posttraumatischen Murks«, sagte Julia mit erhobenem Finger. »Aber unterm Strich, wie lange kennen wir uns? Da gab es keine einzige Beziehung, die sauber funktioniert hat, und das war auch, bevor wir uns kannten, nicht anders.«

»Und jetzt?«, fragte Nadine leise.

»Was ist jetzt?«

»Sag du es mir. Ich erinnere mich jedenfalls nicht, dass du auf das Thema Männer früher so sensibel reagiert hast.«

Julia rieb sich die Schläfen und atmete tief ein und aus. »Was hat Frank dir denn erzählt?«

»Nicht viel«, antwortete Nadine ehrlich. »Er hat sich gefreut, dass es dir offenbar gutgeht, zumindest war das sein Eindruck am letzten Wochenende. Er sagte wörtlich«, sie kicherte, »dass du strahlst wie ein Honigkuchenpferd, aber verschlossen bist wie eine Auster.«

»Prima Vergleich«, erwiderte Julia trocken.

»Aber er trifft zu, oder?«

»Irgendwie schon. Was ich mit Claus habe, passt in keine Schublade, verstehst du? Das möchte ich nicht zerreden, da gibt es noch so viele offene Fragen, angefangen damit, was sein soll, wenn wir plötzlich merken, dass wir uns, hmm, *brauchen*. Mehr als ein Mal im Monat, meine ich. Kann ich von einem Mann verlangen, dass er meinetwegen sein Präsidium verlässt und sich versetzen lässt? Ich würde es nicht tun, das ist für mich sonnenklar, aber darf ich ihm das jetzt schon sagen? Er ist Witwer, schon einige Jahre allein, aber er drängt nicht auf eine enge Bindung. Vielleicht würde ihn das ja überfordern. Ach, Nadine«, Julia stieß einen tiefen Seufzer aus, »da spielen sich viel zu viele Dinge in meinem Kopf ab, mit denen ich mich gar nicht auseinandersetzen will. Jede Antwort wirft ein Dutzend neuer Fragen auf, dabei ist es, wenn ich in München bin, so ungezwungen, so frei, ganz anders, als wenn ich hier alleine unter meine Decke krieche.«

»Genügt es dir denn?«

»Ich glaube schon. Zu viel Nähe jedenfalls könnte ich nicht ertragen«, gestand Julia ein. »Das dürfte mir von meiner Entführung wohl doch noch eine Weile nachhängen. Andererseits bin ich für ein Klosterleben nicht gemacht, mal ganz im Vertrauen«, zwinkerte sie. »Aber *das* diskutiere ich sicher nicht auf dem Präsidium, und schon gar nicht mit deinem Mann.«

»Brauchst du auch nicht«, lächelte Nadine. »Aber wenn du im Vertrauen reden möchtest, dann melde dich. Und wenn es für deinen Claus in Ordnung ist, so wie es derzeit läuft, behaltet es einfach bei. Die Fragen kommen von ganz alleine, aber man muss nicht jede von ihnen sofort abhaken. Genießt eure Zeit und, wenn ich das mal so offen fragen darf, wie alt ist Claus? Älter als du?«

Julia nickte, und Nadine fuhr fort: »Na bitte. Es ist ja nicht mehr so, dass er noch dreißig Dienstjahre und zig Beförderungen vor sich hat. Die Zeit ist nicht unbedingt euer Gegner, ich drücke dir jedenfalls fest die Daumen. Weiß Gott, du hast dir jemanden verdient, mehr als manch anderer.«

»Danke«, erwiderte Julia und stocherte verlegen in ihrem Obstsalat herum. Hellmer kehrte mit einem dampfenden

Kännchen zurück und brachte einen angenehmen Kaffeeduft mit in den Raum. Nadine und Julia tauschten einen vielsagenden Blick, und sie entschieden sich, den Fall und alle Sorgen nun möglichst weit von sich zu schieben, denn der Abend war noch jung. Bis tief in die Nacht redeten sie über Gott und die Welt, dazu tranken die beiden Frauen zwei Flaschen Wein, und es flackerten ein halbes Dutzend Kerzen. Als Julia Durant lange nach Mitternacht ins Gästebett kroch, fühlte sie sich warm, behaglich, und sie wusste, dass sie nicht alleine war, auch wenn ihr die unaufdringliche Nähe von Claus Hochgräbe in diesem Augenblick schmerzlich fehlte. Sie gestand sich das nur ungern ein, aber es hatte keinen Zweck, denn der Alkohol förderte die Wahrheit zutage.

SAMSTAG, 8. JANUAR 2011, 9.10 UHR

Es dauerte einige Sekunden, bis Julia Durant das hämmernde Pochen zuordnen konnte. Sie blinzelte, doch um sie herum war es stockdunkel, bis auf einen schmalen Lichtstrahl, den sie jenseits des Fußendes erkennen konnte. Sie schüttelte den Kopf, was keine gute Idee war, denn sofort spürte sie einen dumpfen Schmerz. Nur langsam dämmerte, dass sie sich nicht in ihrem eigenen Zimmer befand, sondern in einem bequemen, aber ungewohnten Gästebett in Hattersheim-Okriftel.

»Jaaa?«, fragte sie gedehnt, und kaum dass sie gesprochen hatte, öffnete sich auch schon die Tür einen Spaltbreit.

»Kommst du frühstücken oder willst du den lieben langen Tag pennen?«, vernahm sie Hellmers Stimme, der den Kopf nicht hereinsteckte und zum Glück auch kein Licht anschaltete. »Falls ja, dann fahre ich mit meiner besseren Hälfte ins Main-Taunus-Zentrum, und wir pfeifen aufs Präsidium. Also such's dir aus. Aber egal, wie du dich entscheidest, in fünf Minuten sind Rührei und Bacon fertig.«

»Igitt, ich krieg keinen Bissen runter«, erwiderte Julia, deren Zunge pelzig war; dazu kam ein unangenehmer Geschmack im Mund. »Aber einen Pott Kaffee kannst du mir schon bereitstellen«, rief sie dann, »und zwei Aspirin. Ich bin gleich unten.«

Hellmer lachte leise, dann entfernten sich seine Schritte. Wenigstens einer, der fit ist, dachte Julia und versuchte sich zu erinnern, was außer dem schweren Wein ihr so zu schaffen machte. Ein Sekt zur Begrüßung, ein Schnaps nach dem Essen, nun, sie hatte sich nicht gerade zurückgehalten. Du wirst alt, Liebes, klare Sache, stellte sie wenig später fest, als sie im Bad vor dem Spiegel stand und ihre Haare bürstete. Sie putzte sich die Zähne, was sie nur ungern vor dem Frühstück tat, weil der Milchkaffee dadurch einen ekligen Geschmack bekam. Aber mit einer Zunge wie eine Schuhsohle wollte sie nicht bei Nadine und Frank aufkreuzen, die wahrscheinlich beide taufrisch am Frühstückstisch saßen. Julia trottete zurück ins Zimmer, öffnete den Rollladen, kippte das Fenster und sah nach draußen. Ein klarer Morgen, über Nacht hatte es etwas geschneit, auf den Dächern lag weißer Puderzucker, und aus den Schornsteinen stieg weißgrauer Dunst auf. Sie schlüpfte in frische Unterwäsche, schlug die Bettdecke auf und zog sich an. Danach ging sie langsam hinab in Richtung Küche.

»Guten Morgen, Julia«, rief Nadine fröhlich, und tatsächlich war ihr nicht anzumerken, dass sie kaum weniger getrunken hatte als Julia. »Komm, setz dich, Frank hat mich schon vorgewarnt. Es ist dieser Calvados, von dem sollte man tatsächlich nicht zu viel trinken, den werde ich demnächst nicht mehr so großzügig verteilen«, lachte sie. »Hier, nimm die beiden Aspirin, ich habe auch schon welche intus.«

»Danke.« Julia setzte sich, trank zwei Tassen schwarzen Kaffee und aß ein aufgebackenes Brötchen. Sie unterhielten sich über einige Belanglosigkeiten, außerdem verabredeten sie, das nächste Treffen in Julias Wohnung abzuhalten, eventuell noch mit Alina Cornelius zusammen. Und obwohl Frank es noch ein weiteres Mal versuchte, beharrte Julia darauf, den Samstag wie geplant im Präsidium zu verbringen, anstatt den Tag mit Bummeln zu vertun.

»Ist ja schon gut«, brummte er schließlich, »wir klemmen uns dahinter, und wenn es nur dazu dient, eine weitere Spur ins Nirwana zu befördern.«

»Aber selbst dann seid ihr doch ein Stück weiter, oder?«, fragte Nadine in aufmunterndem Tonfall.

»Nicht so weit, wie ich gerne wäre«, schloss Julia.

Um kurz vor zehn verabschiedeten die beiden sich mit einer herzlichen Umarmung und brachen auf in Richtung Innenstadt.

Die Akte Drechsler war wie erwartet recht umfangreich. Julia notierte sich die wichtigsten Daten und übertrug diese dann auf das Whiteboard, welches sie aus dem Konferenzzimmer geholt hatte. Hellmer saß ihr gegenüber – sie hatten das Büro gewählt, weil es dort zu zweit deutlich gemütlicher war als in dem tristen, unpersönlichen Saal. Er grübelte gerade über einem Protokoll, und Julia las erneut den Bericht der Obduktion. Trotz einer leichten Übelkeit konnten ihr die unappetitlichen Begriffe nichts anhaben, dafür hatte sie wohl einfach schon zu viel erlebt.

»Wie sieht's bei dir aus?«, hörte sie Hellmer fragen.

»Weiß noch nicht«, murmelte sie. »Wir können das aber gerne noch mal durchgehen, wenn du mit der Vita fertig bist.«

»Fang du an. Dann kommen wir gleich richtig rein in die Materie.«

»Okay, dann noch mal in Kürze«, nickte Julia. »Irgendwann um den ersten Advent 2008 verschwindet Arthur Drechsler, zehn Tage später findet man eine Leiche im Main, die seine Kleidung trägt. Die freiliegenden Hautstellen, also Gesicht und Hände, sind durch Wassertrieb stark abgeschürft, eine Identifizierung erfolgt vorläufig aufgrund der Ausweispapiere. In der Wohnung werden aus einer Haarbürste und einer Zahnbürste Vergleichsproben genommen und mit der DNA verglichen, sie stimmt zweifelsfrei überein.«

»Darf ich hier kurz einhaken?«

»Klar.«

»Eine Identifizierung in der Rechtsmedizin wurde nicht angestrebt, da die Leiche sich in einem zu schlechten Zustand befand«, berichtete Hellmer. »Außerdem hätte es nur das Büropersonal gegeben und eine senile Mutter, die bereits an fortgeschrittener Demenz erkrankt war. Drechslers Sekretärin hat jedoch die Armbanduhr und die Kleidung wiedererkannt.«

»Hm, er hat eine Mutter? Hier in Frankfurt?«

»Ja, eine *demente* Mutter«, betonte Hellmer, und Julia notierte sich etwas auf einen gelben Klebezettel.

»Trotzdem, das checken wir mal.«

»Ich habe noch etwas.«

»Ich höre.«

»Drechslers Wohnung wurde auf einen Abschiedsbrief untersucht, eben dieses Procedere, wenn ein unerklärbarer Suizid im Raum steht«, fuhr Hellmer fort. »Zumal seine Mutter damals Stein und Bein geschworen hat, dass ihr Sohn sich niemals im Leben etwas Derartiges hätte antun können.«

»Hm. Das dachten eine Menge Ehefrauen vor dem großen Börsencrash in den goldenen Zwanzigern auch«, brummte Julia. »Das war damals die erste große Selbstmordwelle, die durch eine Finanzkrise verursacht wurde«, fügte sie hinzu, »und übrig blieben eine Menge Witwen, die die Welt nicht mehr verstanden.«

»Du bringst es mal wieder wunderbar auf den Punkt«, triumphierte Hellmer, »denn tatsächlich gibt es da eine interessante Parallele.«

»Und die wäre?«

»Drechsler war arm wie eine Kirchenmaus.«

»Ach komm. Hier steht doch irgendwo, dass er so ein begnadeter Broker war oder so was in der Art. Immerhin«, Julias Stimme wurde abfällig, »gehörte er ja zum glorreichen Kreis der Big Five.«

»Wenn ich's dir doch sage«, beharrte Hellmer. »Es gibt hier eine Notiz, in der es heißt, er sei in unlautere Vorgänge verwickelt gewesen. Keine Details, nur, dass einige Vermögenswerte eingefroren wurden, aber es war wohl das meiste bereits den Bach hinuntergegangen. Das wurde nicht en détail aufgearbeitet, zumindest steht davon nichts hier in der Akte, denn es änderte seinerzeit ja nichts daran, dass Drechsler tot war. Und ein plausibler Grund für den Suizid schien es außerdem zu sein. Stell dir das doch mal vor: einen Maserati in der Garage, eine Penthousewohnung im teuersten Viertel der Stadt, ein opulentes Büro und dann plötzlich keinen Cent mehr auf dem Konto. Mensch, der muss Fixkosten von zwei- bis dreitausend Euro im Monat gehabt haben, das bricht dir schneller das Genick, als dir lieb ist.«

»Du musst es ja wissen«, erwiderte Julia gedankenverloren, schrak aber sofort auf. »Verdammt, Frank, entschuldige bitte«, sagte sie hastig, »das war jetzt nicht so gemeint, okay?«

»Ja, ja, Schwamm drüber«, winkte Hellmer ab. »Nicht hier und jetzt, wir müssen das Thema nicht ständig aufwärmen. Aber du hast insofern recht, dass auch Nadine und ich uns sehr intensiv damit auseinandergesetzt haben, wie viel das reine Leben ohne alle Extraausgaben monatlich kostet. Ist sicher auch in deiner Wohnung nicht gerade ein Klacks, oder?«

»Nein, ganz und gar nicht«, betätigte Julia. »Eigentum ist um einiges schlechter zu kalkulieren als Miete. Das war eine ganz schöne Umstellung in den ersten Monaten, als ich aus meiner Sachsenhausener Wohnung ins Nordend gezogen war. Die monatlichen Verpflichtungen sind plötzlich weg, aber gnade dir Gott, wenn der Heizöllaster vor der Tür steht.«

»Siehst du. Apropos Miete!« Hellmer raschelte mit einem Papier.

»Was denn?«, fragte Julia mit geringem Interesse, denn sie versuchte gerade zum dritten Mal, einen Schachtelsatz zu entschlüsseln, der mehr Latein als Deutsch enthielt.

»Drechslers Mutter ist tot, wie ich gerade sehe.«

Julia blickte auf. »Seit wann?«

»Ein paar Monate nach seinem Ableben, warte, ich fasse es gleich mal zusammen, muss nur noch rasch zu Ende lesen.«

Hellmer murmelte einige Sekunden, während seine Augen über das Papier flogen. Dann legte er es zurück auf den

Schreibtisch und seufzte: »Arme Frau. Sie ist eines natürlichen Todes gestorben, 10. Februar 2009. Das wurde hier in der Akte dokumentiert, weil der Fall Drechsler erst verhältnismäßig kurz zurücklag und man wohl wegen Erbschaft recherchierte. Es gibt keine weitere Familie, das Haus war verkauft, die Kosten für das Pflegeheim inklusive ein paar Extras somit abgesichert. Sieht mir ganz so aus, als habe Drechsler sich um seine Mutter gekümmert, bevor er sich das Leben nahm.«

»Hm, lass mal sehen bitte«, murmelte Julia, und Hellmer reichte ihr das Papier.

»Du sagtest doch etwas wegen Miete«, hakte sie nach.

»Ja, damit meinte ich primär das Heim, wobei unten in der Zusammenfassung auch noch ein Schrebergarten und eine Mietgarage erwähnt sind. Aber beides spielte für sie keine Rolle mehr, denn es gab weder ein Auto, noch dürfte sie sich in ihrem senilen Zustand mit Gemüsezucht befasst haben.«

»Was ist mit dem Erbe denn geschehen?«, erkundigte sich Julia.

»Keine Ahnung«, brummte Hellmer. »Schätze mal, das Nachlassgericht hat entweder einen Erben aufgespürt oder Gevatter Staat durfte sich die restlichen Kröten unter den Nagel reißen. Und dieser Schrebergarten geht nach Ablauf der Pacht automatisch zurück an die Stadt, zumindest kenne ich das so. Wusstest du das eigentlich? Die alte Familie Hellmer«, seufzte er, »da sind einige passionierte Kleingärtner dabei ...«

»Mich wundert nur, dass die Garage im September 2008 gekündigt wurde«, überlegte Julia laut, »aber dieser Kleingarten auf weitere fünf Jahre gepachtet blieb. Hier, schau!« Sie drehte das Papier in Hellmers Richtung.

»Bezahlt im Dezember 2008, komplett im Voraus, gerade rechtzeitig vor Ablauf der Frist«, schloss Hellmer.

»Richtig, und ich glaube nicht, dass seine senile Mutter dieses Geschäft getätigt hat, auch wenn es von ihrem Konto abging«, folgerte Julia.

»Arme Sau«, überlegte Hellmer. »Meinst du, er wollte dort hausen, nachdem sein gesamtes Kapital eingefroren war?«

»Das werden wir wohl nie erfahren.«

»Jedenfalls«, schloss Hellmer, »können wir nun davon ausgehen, dass sein Sprung von der Brücke eine eher spontane Handlung war. Was auch immer an jenen Tagen passiert ist, irgendwann muss es ihn überwältigt haben. Ein Mensch kann eben nur ein gewisses Maß an Tiefschlägen ertragen. Vielleicht sollten wir die Tatsache nutzen, dass es wenigstens einen der Big Five noch gibt, und diesen Manduschek einmal genau befragen, was damals passiert ist.«

»Der wird kaum etwas ausspucken«, bezweifelte Julia. »Da würde ich eher auf Sophie von Eisner setzen.«

»Auch gut, dann führst du mit ihr eines dieser Frauengespräche, und ich versuche mein Glück bei Manduschek. Vielleicht bringt es uns weiter, wenn wir die Vergangenheit besser verstehen.«

»Wir sollten diese Befragungen zeitgleich machen«, warf Julia ein, »denn die beiden sind recht vertraut miteinander, und ich möchte vermeiden, dass sie sich absprechen. Außerdem will ich wissen, wer endgültig geerbt hat. Schau dir mal diese Fotos an.« Sie schob ein Dutzend Aufnahmen von

Drechslers Wohnung und seinem Büro über die Tischplatte, und Hellmer betrachtete sie nachdenklich.

»Da brat mir doch einer 'nen Storch«, rief er und tippte aufgeregt mit der Fingerkuppe auf eines der Fotos.

»Was denn?«

»Schau dir mal dieses Bild genau an, erkennst du was wieder?« Julia nahm das Foto an sich, hielt es ins Licht und kniff das linke Auge zusammen. »Gib mir mal einen Tipp!«

»Über der Tür«, antwortete Hellmer knapp, und Julia versuchte zu erkennen, was sich dort befand. Es war weiß und oval ...

»Das Haifischgebiss!«, entfuhr es ihr, und sie riss Hellmer die anderen Aufnahmen aus der Hand.

»Hier!«, rief sie kurz darauf triumphierend. »Diese grottenhässliche Schlangenhautlampe. Und wenn wir weitersuchen, finden wir bestimmt noch mehr!«

»Die haben ihn schneller geschröpft, als er Piep sagen konnte«, kommentierte Hellmer sogleich. »Jede Wette, und das Gebiss in Eisners Büro gehörte Drechsler ...«

»... ebenso wie diese Lampe bei Manduschek«, vollendete Julia seinen Satz. »Das garantiere ich dir ohne jeden Zweifel. Tolle Freunde sind das. Nehmen dich bei erstbester Gelegenheit aus wie eine Weihnachtsgans.«

»Passend zur Jahreszeit«, erwiderte Hellmer trocken. »Aber inwiefern bringt uns das weiter?«

»Na ja, wir können Manduschek gegenüber zumindest ein wenig bohren und ihm erzählen, er müsste sich auf rechtliche Schritte gefasst machen. Bei dem hilft nur die Trickkiste«, lächelte Julia grimmig, »wobei er ja auch bei unserem letzten Treffen bereits den Anschein erweckte, bedingt kooperieren zu wollen. Das nutzen wir dann mal aus, denn ich werde das Gefühl nicht los, dass die Antwort auf unsere Fragen in der Vergangenheit liegt.«

»Hm, ja«, brummte Hellmer unentschlossen, »und denkst du dabei an etwas Bestimmtes? Vergiss nicht, Drechsler ist tot, Stichwort DNA, und Manduschek haben wir als Mörder bereits abgehakt.«

»Das weiß ich, auch ohne dass du mich dran erinnerst«, knurrte Julia übellaunig, denn ein Blick auf die Uhr verriet ihr, dass sie schon geschlagene zweieinhalb Stunden im Präsidium brüteten und sich beim besten Willen keine Antworten einstellen wollten. »Ich glaube, ich versuche mein Glück noch mal bei der Eisner«, überlegte die Kommissarin laut, während sie in der Hand mit dem leeren Kaffeebecher knackte, bis dessen wulstiger Plastikrand zerbrach und sie ihn daraufhin in den Papierkorb beförderte.

»Toll, damit zwingst du mich ja förmlich, dass ich auch noch diesem Manduschek einen Besuch abstatte«, murrte Hellmer mit düsterer Miene.

»Nein, das darfst du eigenverantwortlich entscheiden«, entgegnete Julia prompt. »Aber natürlich käme ein wenig Arbeitseinsatz sicher auch bei Berger gut an«, fügte sie wie beiläufig hinzu und tat so, als musterte sie konzentriert ihre Notizen.

»Ja, ja, ja, da werden die Chefallüren mal wieder rausgehängt«, erwiderte Hellmer. »Aber weißt du was? Ich setze sogar noch einen drauf und drehe einen Schlenker bei Brack vorbei. Oder willst du mit?«

»Klar, liegt im Prinzip auf unser beider Weg, oder?«

»Dann lass uns einen Haken an die Drechsler-Akte machen, unterwegs zu Brack eine Kleinigkeit schnabulieren, und anschließend trennen wir uns«, machte Hellmer Nägel mit Köpfen.

»Endlich mal ein vernünftiger Vorschlag«, stichelte Julia. »Ich hatte ja schon fast meine Zweifel, ob dein IQ nicht mittlerweile in den Durchschnittsbereich zurückgefallen ist.«

»Du riskierst eine ganz schön kesse Lippe. Lass deinen Frust nicht an mir aus, ich hätte dieses Chaos auch gerne vom Tisch und aus dem Kopf. Morgen habe ich den ganzen Tag mit den Kids eingeplant und hätte mich sehr gefreut, wenn ich nicht die ganze Zeit an die Arbeit denken müsste.«

»Sorry, aber das geht mir genauso, nur ohne Kids«, sagte die Kommissarin, und die beiden wandten sich wieder ihren Unterlagen zu. Eine Stunde später verließen sie das Präsidium, fuhren mit beiden Autos in Richtung Innenstadt, wo sie sich eine Currywurst gönnten, anschließend ging es weiter nach Sachsenhausen zur Wohnung Hubert Bracks.

»Was machen wir, wenn er wieder nicht da ist?«, erkundigte sich Hellmer, der Julia keuchend folgte. Dunstschwaden stoben aus ihren Mündern, es hatte aufgeklart und war schneidend kalt.

»Entscheiden wir dann«, erwiderte die Kommissarin kurz angebunden, denn obwohl sie es niemals zugegeben hätte, setzte ihr das rasche Lauftempo unerwartet stark zu. Du hast dir eben doch etwas eingefangen, dachte sie im Stillen.

Vor dem Eingang begegnete ihnen der unangenehme Nachbar, der in einer abgetragenen Bomberjacke über demselben Trainingsanzug und mit Badelatschen an den Füßen einen gelben Müllsack nach draußen schleppte. Scheppernd stellte er ihn auf den vereisten Boden, Julia erkannte Konservendosen und leere Packungen billiger Fertiggerichte. Insgeheim war sie entsetzt, wie viele Sorten davon sie aus ihrer eigenen Küche wiedererkannte. Julia, das tut nichts zur Sache, wehrte sie diesen Gedanken ab. Erst bekommst du das mit dem Rauchen mal in den Griff, dann, *vielleicht*, kümmern wir uns irgendwann mal um deine Ernährung.

»Sie schon wieder.« Der Mann zeigte Julia in einem anzüglichen Lächeln seine gelben Zähne, in deren unterer Reihe eine breite Lücke klaffte.

»Stört Sie das?«, erwiderte sie spitz.

»Wie? Ach nein. Sie dürfen gerne jeden Tag bei mir klingeln.« Wieder ein breites Grinsen. »Aber den Weg nach oben können Sie sich heute sparen.«

»Wieso?«

»Na, das habe ich doch schon gestern gesagt. Hubi ist immer noch ausgeflogen. Der kommt so schnell nicht wieder, wahrscheinlich ist er noch nicht mal aufgestanden. Sie wissen schon.« Er zwinkerte vielsagend und zuckte mit den Augenbrauen.

»Hm, wir überzeugen uns lieber selbst«, mischte Hellmer sich ins Gespräch.

»Bitte, Ihre Sache. Ich wollte nur nett sein, wer weiß, wann man's mal brauchen kann.«

Mit diesen Worten hob der Mann den gelben Sack auf und schlurfte davon.

Nur um ihr Gewissen zu beruhigen, nahm Julia den Weg nach oben auf sich, und erneut standen die beiden Kommissare erfolglos läutend vor Bracks Wohnungstür.

»Dürfen wir uns heute schon Zutritt verschaffen?«, dachte Julia laut.

»Nicht wirklich«, verneinte Hellmer. »Oder denkst du, er ist tot?«

»Wenn ich das denken muss, um da reinzukommen«, Julia deutete mit dem Daumen in Richtung Tür, »dann soll's mir recht sein.«

»Na gut«, brummte Hellmer, »wir hatten immerhin schon einen abgängigen potenziellen Verdächtigen, der dann tot in seiner Bude hing. Löbler. Versuchen wir meinetwegen unser Glück bei der Hausverwaltung oder zur Not auch beim Schlüsseldienst.«

Julia zwinkerte ihrem Kollegen zu: »Genau das wollte ich hören. Wir müssen ja nichts anfassen, ich möchte nur wissen, ob er da ist.«

»Dann schlage ich vor, du fährst rüber zu Frau von Eisner. Wir müssen ja nicht beide hier herumstehen. Mit Manduschek wird das heute ohnehin nichts mehr.«

»Ich habe da überhaupt kein gutes Gefühl«, murmelte Julia. »Schließlich ist nicht auszuschließen, dass er als Letzter der Big Five in Gefahr ist. Das schmeckt mir nicht.«

»Ich habe ihm zwei Nachrichten hinterlassen, aber wer weiß, wo der sich an seinen Wochenenden rumtreibt.«

»So wie's aussieht, sind wir hier die einzigen Deppen, die was tun«, kommentierte Julia. »Wo wohnt Manduschek noch mal, in Schwanheim oder so, stimmt's?«

»Ja, Schwanheim. Wieso?«

»Soll vielleicht mal eine Streife vorbeifahren. Oder meinst du, das ist übertrieben?«

»Vorbeifahren geht immer, ich kümmere mich darum«,

nickte Hellmer. »Vielleicht übernehme ich das auch selbst, je nachdem, wie lange das hier dauert.«

»Prima, dann komme ich auch gerne auf dein Angebot zurück, dass du das hier übernimmst«, lächelte Julia. »Denn ich kann mir lebhaft vorstellen, wie dieser Typ von nebenan mich die ganze Zeit über angaffen wird.« Sie schüttelte sich kurz. »Brr, ekelhaft, der hat sicherlich nicht nur den Anzug, sondern auch die Unterwäsche von gestern an.«

»Oder vorgestern«, setzte Hellmer lachend noch einen drauf. »Dann verschwinde endlich, husch!« Er machte eine entsprechende Handbewegung. »Ich hab das hier alles unter Kontrolle.«

»Okay, aber melde dich sofort bei mir!«, mahnte Julia ihn im Gehen.

Sekunden später schob sie sich mit abwehrender Haltung an dem unangenehmen Nachbarn vorbei, der sich ausgerechnet in der engen Tür zum Hausgang an ihr vorbeidrängen musste, schritt in Richtung ihres kleinen Peugeots und atmete tief durch, bevor sie den Motor startete.

Musik, kam es ihr in den Sinn – aber *richtige* Musik, alte Musik. Sie schaltete das Radio ein, erkannte nach nur wenigen Takten den harten, rockigen Sound des *Immigrant Song* von Led Zeppelin. Für ein, zwei Sekunden verharrte Julia wie gebannt, dann öffnete sie mit flinken Fingern den Reißverschluss der CD-Tasche und tauschte die neue Scheibe von Guns 'n' Roses gegen ein altes Album von Bruce Springsteen. Bloß keinen Song, bei dem ich nicht mitsingen kann, hatte die Kommissarin für sich entschieden ... und bloß kein Led Zeppelin.

SAMSTAG, 15.05 UHR

Geduld!, mahnte Arthur Drechsler sich, während er unruhig in seinem Wohnwagen auf und ab schritt. Es ist noch taghell, die Stadt ist voller Menschen, du kannst nichts machen. Du wartest schon zwei Jahre, sagte er sich immer wieder, da wirst du wohl auch noch zwei Stunden aushalten. Oder drei. Für einen Moment hielt er in seiner Bewegung inne und sinnierte darüber, ob ein Spaziergang hinüber zu McDonald's eine gute Abwechslung sei. Er musste sich ja nicht rund um die Uhr verstecken und hatte ohnehin vor, etwas aus dem Golf zu holen. »Die Bullen hängen wohl noch an ihrer Selbstmordtheorie«, sagte er sich leise und lachte spöttisch. Sicher sein konnte er sich zwar nicht, aber selbst wenn sie bereits ein Gespenst jagten, konnten sie ihm nicht das Wasser reichen. »Dabei habe ich ihnen genug Material zum Zweifeln gegeben, und diese Durant macht mir eigentlich einen recht aufgeweckten Eindruck. Na ja, wie auch immer.« Er schnappte sich Mantel, Schal und Pelzmütze, dann überprüfte er, wie viele Münzen er noch hatte. Dabei fiel sein Blick auf den abgewetzten Hausmeisterkittel, der unter dem Mantel gehangen hatte. Er lächelte verbittert, und eine Redensart kam ihm in den Sinn. Kleider machen Leute, eine uralte Weisheit, doch sie war unglaublich aktuell, wie Arthur fand. Eine kleine Portion Handcreme in die Haare, im Gesicht mindestens einen Zweitagebart, den man ohne weiteres um einige Nuancen abdunkeln kann, und ein zerknittertes Hemd unter dem blauen Kittel. Mehr braucht es nicht, und schon kann man sich unbeachtet zu jeder x-beliebigen Tageszeit im Gebäude bewegen. Es war wie in alten englischen Krimis, in denen der Mörder, als Hausangestellter verkleidet, gänzlich ungehindert seinem Handwerk nachgehen kann, während die Polizei sich verzweifelt an die feinen Herrschaften hält, die vor ihren Augen hinwegsterben. Karl, Nathalie, Stefan ... wunderbar.

Arthur verließ den Wohnwagen, verriegelte die Tür, prüfte zweimal, ob auch alles ordnungsgemäß abgedichtet und verschlossen war, und stapfte dann über das verharschte Gras in Richtung Gartentür. Dabei versuchte er, möglichst exakt in die Fußstapfen zu treten, die er am Vorabend bei seiner Rückkehr im Schnee hinterlassen hatte. Er folgte seiner Schrittspur entlang den Außenkanten des Grundstücks – niemals wäre er, solange es eine Schneedecke gab, den direkten Weg über die Wiese gegangen. Sicherheit geht vor, war seine Devise, auch wenn die Olle mit dem Köter sich wohl niemals über den Zaun recken würde. Und spielende Kinder gab es zum Glück keine, erst im Frühling wieder, aber dann wäre er längst weg von hier. Er schloss die Beifahrertür seines Wagens auf, die Türdichtung war vereist und löste sich nur langsam mit einem reißenden Geräusch. Aus dem Handschuhfach entnahm Arthur das Kuvert, das er gestern Abend dort hatte liegenlassen. Eine Nachlässigkeit, die er sich eigentlich nicht erlauben durfte, denn so unwahrscheinlich es auch war: Hätte jemand just in dieser Nacht sein Auto aufgebrochen, wäre der Umschlag nun weg. Sanft, als wäre es ein zerbrechlicher Schatz, ließ er das gestärkte Papier in seine Innentasche gleiten und pochte mit der Handfläche von außen dagegen. Dann sperrte er das Auto wieder ab und schlenderte gemächlich die Straße entlang in Richtung Wasserpark.

Zwanzig Minuten später saß er in einer abgelegenen Ecke des Schnellrestaurants vor einer dampfenden Porzellantasse und zwei Waffelröllchen, und beobachtete seine Umgebung. Lärmende Kinder und müde wirkende Eltern bestimmten das Geschehen, die Mütter hektisch über den Tischen hantierend und die Väter, wenn es überhaupt welche gab, meist teilnahmslos an ihrer Cola saugend oder Pommes frites in sich hineinstopfend. Keiner der Anwesenden war auch nur annähernd untergewichtig, ein gutes Anzeichen dafür, dass es in diesem reichen Land ja offenbar doch keine großflächige Armut zu geben schien. Oder einfach nur ein Zeichen dafür, dass ein Salat dreimal so viel kostete wie ein fettiger Cheeseburger?

Arthur wischte sich die Hände an der Hose ab, obwohl sie überhaupt nicht schmutzig waren. Vorsichtig entnahm er seinem Mantel das Kuvert und öffnete es. In ihm befand sich ein Fotoabzug, etwas verblasst und leicht gelbstichig, aber die Personen waren allesamt gut zu erkennen: Karl von Eisner, Lars Manduschek, Stefan Löbler und seine Frau Nathalie, aufgereiht wie die Orgelpfeifen, und in ihrer Mitte er selbst, Arthur Drechsler; die legendären Big Five am Flughafen von Windhoek. Sophie von Eisner hatte das Foto mit Drechslers alter Leica gemacht, und er hatte es nie reproduzieren lassen. Das Negativ war längst verschwunden, natürlich gab es in dem alten Schuhkarton noch weitere Aufnahmen, aber so deutlich wie hier erkannte man die fünf Freunde nirgendwo. Wie ausgelassen ich dort lache, stellte Drechsler fest, mit einer Spur von Überheblichkeit, aber so waren wir eben damals. Die Gesichtsausdrücke der anderen vier waren nicht viel anders gewesen, er würde sie noch lange im Gedächtnis vor sich sehen. Nur hier auf dem Bild war mit Ausnahme seines eigenen und dessen von Manduschek kein Lachen mehr zu erkennen. Mit einem Skalpell hatte Arthur ihre Gesichter nach und nach zerkratzt, eines nach dem anderen, langsam schabend, bis die Fotobeschichtung sich löste und sich die makellosen Köpfe erst zu verzerrten Fratzen und dann zu weißen, leeren Kreisen verwandelten. »Ausgelöscht«, hauchte Drechsler tonlos und ließ das Foto wieder im Umschlag verschwinden. Heute Abend noch würde auch das Gesicht des Anwalts von der Aufnahme verschwinden, dessen war er sich gewiss. Denn am Ende lacht nur einer.

Etwa zur gleichen Zeit ließ Julia Durant sich müde und enttäuscht in den noch warmen Sitz ihres Wagens sinken und knallte die Fahrertür übertrieben schwunghaft zu. Sophie von Eisner war kurz angebunden gewesen, sie habe keine Zeit, eine Freundin erwarte sie, zu Hause fiele ihr ja doch nur die Decke auf den Kopf. Über die aktuellen Presseberichte hatte sie nicht sprechen wollen, und auch ihr Kommentar zu den neuesten Erkenntnissen bezüglich der Todesursachen war ernüchternd knapp ausgefallen.

»Wer weiß, was sich morgen ergibt oder nächste Woche«, waren ihre Worte gewesen, und Julia empfand diese Reaktion als schnippisch, ja, geradezu snobistisch.

»Es ist ja nicht so, dass wir uns jeden Tag eine neue Theorie ausdenken, weil wir so kreative Menschen sind«, hatte sie patzig reagiert. Auf dieser Grundlage war es schließlich nicht mehr möglich gewesen, ein besonnenes Gespräch zu entwickeln, zumal Frau von Eisner sich bereits in ihren Pelzmantel kleidete und der Kommissarin unmissverständlich bedeutete, dass sie sich in ihrem bevorstehenden Aufbruch nicht aufhalten ließe.

Beinahe gleichgültig fuhr Julia an, rollte aus dem Wohnviertel hinaus und sehnte sich plötzlich nach nichts mehr als einem heißen Bad, einem netten Telefonat und einem Glas Wein, nein, verbesserte sie sich schnell, als sie sich an den Kater vom Vormittag erinnerte, den Wein lassen wir heute mal lieber weg.

An der nächsten großen Straßenkreuzung traf Julia eine folgenschwere Entscheidung, nur dass sie das in jenem Augenblick noch nicht wusste. »Einmal quer durch die City oder schnell auf die 661?«, überlegte sie laut, während sie auf das grüne Lichtzeichen der Ampel wartete. Natürlich wusste sie, dass der Weg über die Stadtautobahn etwa doppelt so lang war, aber dafür auch einige Minuten schneller und ohne den Samstagabendverkehr in der Innenstadt. Mochte es das Umtauschgeschäft oder bereits neue Konsumsucht sein; wer in Frankfurt lebte, der wusste, dass man sich an solchen Nachmittagen besser nicht mit dem Pkw auf die Hauptverkehrsadern der Metropole begab. Nutzt eigentlich überhaupt ein Mensch Bus und Bahn?, dachte die Kommissarin grimmig, wobei sie selbst auch nicht gerade ein schillerndes Vorbild in jener Hinsicht war. Sie setzte den Blinker, sah sich um und lenkte den Wagen in Richtung Kaiserlei.

Kollege Brandt, ich durchquere dein Revier, kam ihr in den Sinn, als sie den großen Kreisel umrundete und unmittelbar darauf in Richtung Mainbrücke abbog. Gut möglich, dass es ihm just in diesem Augenblick in den Ohren klingelt, dachte sie weiter und schürzte amüsiert die Lippen. Oder aber es läuft ihm eiskalt den Rücken herunter, weil eine Frankfurterin ihm gerade ihre Gedanken schickt. Dann, melancholisch werdend, kam ihr die Staatsanwältin Elvira Klein in den Sinn, die seit geraumer Zeit mit dem Offenbacher Kollegen liiert war. Im Gegensatz zu dir machen die beiden sich gewiss einen schönen Abend, schloss Julia, aber was willst du, du hast dir's ja so ausgesucht. Seufzend tippte sie mit dem Finger auf das Autoradio und stimmte alsbald aus voller Kehle in *Born in the USA* ein.

Der Verkehr auf der Autobahn war dünner als erwartet, was Julia erleichterte, denn bei ihren Überlegungen hatte sie außer Acht gelassen, dass die A 661 derzeit mehr einer Dauerbaustelle denn einer Autobahn glich. Dasselbe galt für die Zufahrt in die Innenstadt, welche sie wenige Minuten später ansteuerte, aber auch hier bildete sich kaum Rückstau.

»Wenigstens ein Mal ist das Schicksal auf meiner Seite«, seufzte sie kehlig, als sie die Friedberger Warte umrundete, jenen Wachturm, der im Mittelalter Frankfurts Nordgrenze markiert hatte. An zahlreichen Häusern befanden sich Gerüste, die Straße war in Teilabschnitten gesperrt, und Julia musste höllisch aufpassen, dass sie die richtigen Fahrspuren wählte.

Warum meldet Hellmer sich eigentlich nicht?, dachte sie unvermittelt und tastete nach ihrem Handy, griff dann aber sofort wieder ans Lenkrad, weil von rechts ein silberner Mercedes an ihr vorbeischoss und sich dann scharf vor ihr einfädelte. »Idiot!«, rief sie erschrocken und schlug mit dem

Handballen auf die Hupe. Der Wagen wechselte weiter nach links und bog ab in Richtung Bornheim, Julia zuckte zusammen, denn das Heck geriet auf dem eisigen Asphalt bedrohlich ins Schlingern. »Bornheim«, murmelte Julia nachdenklich, »Hauptfriedhof.« Befand sich dort nicht irgendwo ...

Einem Impuls folgend zwängte auch sie ihren kleinen Peugeot in letzter Sekunde nach links. Sie beschleunigte kräftig und rollte die Straße entlang, bis sie nach einer Weile eine Parkbucht ansteuerte. Erneut fischte sie in ihrem Mantel nach dem Handy, zog es aus der Innentasche und stellte verärgert fest, dass es ausgegangen war. Ungeduldig wartete sie, bis das Gerät neu startete, doch sofort kam eine Vibration und das Piepen der Akkuwarnung. »Mist«, murrte sie. Anstatt das Gerät mit niedrigem Akku alle paar Minuten vibrieren zu lassen, hätte der Hersteller lieber die restliche Kapazität für einen letzten Anruf aufsparen können. Das Autoladekabel hatte die Kommissarin nicht dabei, vermutlich lag es wie so oft im Büro oder in Hellmers Wagen. Verdammt. Doch das Display verriet weder einen verpassten Anruf noch eine Nachricht. Enttäuscht ließ Julia das Handy wieder in ihrem Mantel verschwinden und beschloss, auf dem Nachhauseweg ein weiteres Mal im Präsidium haltzumachen. Ihr Spaziergang würde nicht allzu lange dauern.

Fünf Minuten später näherte die Kommissarin sich über den schmalen Pfad der Kleingartenparzelle Arthur Drechslers.

Seltsam, dachte sie, als sie versuchte, sich über den verwucherten Zaun zu recken. Bekommen Kleingärtner nicht Ärger mit dem Verein, wenn sie ihr Grundstück nicht ausreichend pflegen? Hellmer hatte etwas in der Art gesagt, erinnerte sie sich. Raschelnd und mit eisigen Fingern schob sie einige Ranken beiseite und lugte hindurch. Das dämmerige Licht erschwerte ihr die Sicht. Stand dort ein Bauwagen? Oder nein, es war ein alter Wohnwagen, aber völlig verwachsen und kaum mehr als solcher zu erkennen. Kein Rauch, kein Kondensat, kein Licht – alles wirkte wie ausgestorben. Der Rest der Gartenfläche bestand zum Großteil aus Gras, nicht verwildert, sondern verhältnismäßig kurz, es hatte sich also jemand um das Grundstück gekümmert. Ausreichend zumindest, um einer Zwangsmaßnahme zu entgehen, wie es schien. Doch wie konnte das sein? Gerade als sie sich eine andere Stelle zum Spähen suchen wollte, fiel Julias Blick auf eine Reihe von Abdrücken, die am Grundstücksrand entlangliefen.

Verflixt und zugenäht!, dachte sie und schritt hastig zu der Gartentür. Verschlossen, aber recht stabil, urteilte die Kommissarin nach einem prüfenden Blick. Die Scharniere wirkten frisch gefettet; ein weiteres Indiz dafür, dass sich hier jemand kürzlich betätigt hatte. Julia überlegte fieberhaft, wann der letzte Neuschnee gefallen war. Heute Nacht, erinnerte sie sich, wenn auch nicht viel. Also mussten die Spuren frisch sein, denn unter einigen von ihnen befand sich nichts als dunkler Boden. Eine innere Stimme mahnte die Kommissarin zur Besonnenheit, doch der unbändige Drang, endlich einen Ermittlungserfolg zu verbuchen, trieb Julia dazu, mit einem behenden Schwung über das Tor zu klettern. Dumpf kam sie auf dem gefrorenen Gras auf, es knirschte leise, dann stahl sie sich entlang der Spur in Richtung Wohnwagen, bis sie ihn umrundet hatte und an den Stufen vor der Zugangstür stand.

Sämtliche Fenster und Öffnungen schienen verbarrikadiert worden zu sein, die Tür war mit einem Metallbeschlag verstärkt, in dessen Mitte sich ein rundes Schloss befand, darüber ein Türknauf. Behutsam näherte sich die Kommissarin, nachdem sie sich noch einmal umgesehen hatte, legte die Hand auf den Knauf und versuchte, ihn zu drehen. Er bewegte sich nicht, also zog Julia daran, erst vorsichtig, dann etwas kräftiger. Nichts. Ihre Augen suchten nach einem Spalt, einer Fuge, einem Loch, doch da war nichts, was ihr Hoffnung auf einen Blick ins Wageninnere machte. Wenn ich bloß Hellmer und seinen Schlüsselheini erreichen könnte, dachte Julia grimmig und beschloss, sich eine Gelegenheit zum Telefonieren zu suchen. Gerade als sie sich von der Tür abwandte, vernahm sie ein leises Klicken und fuhr erschrocken herum. Helles Licht, metallene Stuhlbeine, Teppich – es waren Momentaufnahmen, die wie das Facettenbild eines Insektenauges in ihren Kopf drangen, doch Julias Gehirn vermochte diese nicht mehr zu einem Gesamtbild zu formen, denn schon im nächsten Augenblick wurde ihr schwarz vor den Augen.

SAMSTAG, 16.50 UHR

Ein dumpfes Rauschen weckte sie, es glich dem Klang einer Muschel, die man sich ans Ohr hält, um dort das Meer zu hören. Doch es war lauter, dumpfer, beinahe dröhnend. Benommen öffnete Julia Durant die Augen, und sie hatte das Gefühl, als steche ihr jeder Lichtstrahl einzeln ins Gehirn. Ihr Nacken fühlte sich an, als läge ein zentnerschwerer

Holzbalken darauf und drücke ihren Kopf nach unten. Nur langsam gelang es ihr, den schier unerträglichen Schmerz von ihrem restlichen Körpergefühl zu trennen, doch schließlich vermochte sie es, ihren Oberkörper und ihre Extremitäten zu spüren. Julia registrierte, dass sie aufrecht saß, das Kinn auf der Brust; sie blinzelte noch einmal, blickte hinab auf die Füße und versuchte aufzustehen. Doch die Beine versagten ihr den Dienst, vielleicht waren sie eingeschlafen? Sie entschied sich, die Oberschenkel zu massieren, doch auch die Arme ließen sich nicht bewegen. Verdammt, ich bin gefesselt!, realisierte sie erst jetzt und richtete sich ruckartig auf. Eine Bewegung, die ihr Kopf mit einem durchdringenden Schmerz beantwortete. Julia ächzte, und Panik stieg in ihr auf.

»Ah, Sie sind wach«, erklang hinter ihr eine tiefe Stimme, die ihr seltsam vertraut schien, und erneut zuckte Julia nach oben. Sie wollte den Kopf wenden, doch es gelang ihr nicht. Das Gehirn der Kommissarin schien wie gelähmt, trotzdem zwang sie sich, so viele Impressionen wie möglich aufzunehmen. Drechsler, Wohnwagen, Schrebergartensiedlung, rasten die Erinnerungsfetzen durch ihren Kopf. Sie befand sich offensichtlich noch immer dort, der Geruch, die etwas klobig wirkende Einrichtung, der braune, abgetretene Teppichboden – und sie mittendrin, gefesselt an den metallenen Küchenstuhl mit dem türkisfarbenen Polster. Ihre Waden waren mit breitem Klebeband an den vorderen Stuhlbeinen fixiert, die Ellbogengelenke an den Streben der Lehne. Schwere Schritte umrundeten sie, und aus den Augenwinkeln trat ein Mann in den dämmerigen Schein der Beleuchtung.

Als er vor die Kommissarin trat und den Kopf zu ihr hinabsenkte, so nah, dass sie seinen schalen Atem riechen konnte, weiteten sich ihre Pupillen.

»B...Brack?«, stammelte sie ungläubig. »*Sie?* Also doch! Was zum Teufel ...«

»Brack, Drechsler, ganz wie Sie wünschen«, lächelte dieser grimmig und richtete sich wieder auf. »Für eine Pfarrerstochter fluchen Sie übrigens nicht schlecht.«

»Was wollen Sie von mir?«, stieß Julia wütend hervor, doch Brack – oder Drechsler – wandte sich wieder ab und ging zum Tisch.

»He, Arschloch, ich rede mit dir!«

Drechsler kicherte leise, es war ein unheimliches, bösartiges Gackern, dann wandte er den Kopf. »Wie kommen Sie darauf, dass ich etwas von Ihnen will?«

»Sie haben mir eins übergezogen und mich gefesselt, was soll das? Wissen Sie überhaupt, was das bedeutet? Die kommenden Jahre können Sie knicken, Sie fahren ein, das garantiere ich Ihnen.«

»Ha, Sie sollten sich mal hören«, erwiderte Drechsler höhnisch. »Die Kommissarin sitzt mit ihrem kleinen Hintern, der übrigens gar nicht unappetitlich aussieht, an einen Stuhl fixiert und faselt davon, mich einzubuchten. Das nennt man wohl Galgenhumor, oder?«

»Wollen Sie mich umbringen? Dann bringen Sie's hinter sich, denn ich werde hier kein Spielchen spielen.«

»Habe ich auch nicht vor«, entgegnete Drechsler ruhig und verteilte gemächlich eine Handvoll Rasierschaum auf dem Gesicht. »Übrigens, bevor Sie anfangen wie wild rumzuschreien: Ich habe die Kiste hier perfekt abgedichtet, da dringt nichts nach außen. Ha, und selbst wenn«, er wies mit dem Kopf in Richtung Tür, »was glauben Sie, wie oft da draußen jemand vorbeilatscht? Vergebene Liebesmüh, das können wir uns also beide ersparen.«

Verzweifelt schielte Julia in Richtung Tür, sie verdrehte die Handgelenke, spreizte die Finger und versuchte, die Unterarme zu bewegen. Doch der Radius war zu gering, ihre Finger gelangten kaum weiter als bis zu ihren Jeanstaschen.

»Suchen Sie etwas? Vielleicht *das* hier?«, höhnte Drechsler. Er winkte mit der linken Hand, zwischen den Fingerspitzen hing Julias Handy. »Für wie dumm halten Sie mich? Ich sollte nun wohl beleidigt sein«, murmelte er und griff mit der Rechten ein altmodisches Rasiermesser.

»Ich wäre eine schlechte Polizistin, wenn ich nicht alles versuchen würde«, keuchte Julia, noch immer alle Muskeln angespannt, um die Festigkeit ihrer Fesselung zu testen.

»So schlecht können Sie nicht sein, sonst wären Sie wohl kaum hier. Ich erkenne das an, deshalb habe ich Ihnen vorhin nicht einfach die Kehle durchgeschnitten. Zugegeben, ich war ganz schön perplex, Sie hier vorzufinden, aber wie gesagt, ich habe noch ein paar Sachen zu erledigen, bevor ich meinen Freund Manduschek besuche. So lange können wir uns also gerne ein wenig unterhalten.« Dann lachte er abfällig und schloss mit den Worten: »Es soll ja niemand dumm sterben.«

»Dumm sterben? So wie Eisner und die Löblers?«

»Oh nein«, lachte Drechsler selbstgefällig, »ich habe mich jedem von ihnen zu erkennen gegeben. Am meisten Spaß hatte ich bei Karl, dem alten Haudegen, er hat gewimmert wie ein geprügelter Hund. Schade, dass ich sein Gesicht nicht sehen konnte, nachdem er auf den Asphalt geflatscht ist, aber ich konnte mich ja schlecht mit der Kamera zwischen die Leute drängeln. Dafür bin ich bei jeder Gelegenheit über den Fleck gelaufen«, fügte er grinsend hinzu und fuhr mit der Rasierklinge einmal vom Hals nach oben bis kurz unter das linke Auge. Die Bartstoppeln kratzten dabei, danach tauchte er die Klinge ins Spülbecken und wusch sie ab. »Ihre Kollegen haben zwar gut sauber gemacht«, ergänzte er, »aber ich werde die Stelle niemals vergessen.«

»Das wird dann auch alles sein, woran Sie denken, wenn Sie auf vier Quadratmetern vor sich hin vegetieren«, knurrte die Kommissarin. »Hoffentlich war es das wert.«

»Oh, das war es, keine Sorge. Aber Sie haben trotzdem recht, denn wenn ich demnächst in Paraguay am Pool liege, denke ich wohl eher an den netten Ritt, den ich mit Nathalie hatte, bevor ich ihr das Licht ausblies. Oh ja!« Seine Augen weiteten sich lüstern. »Ich habe jede Sekunde davon ausgekostet und werde jetzt noch ganz geil davon, wenn ich nur daran denke.«

Mit einem Ruck wandte er sich um und schritt ein Stück auf Julia zu, es durchfuhr sie heiß und kalt. Oh Gott, wenn du mich hörst ..., dachte sie verzweifelt, doch dann blitzte sie auch schon der kalte, lüsterne Blick Arthur Drechslers an. Mit einer weißen, nach Seife riechenden Gesichtshälfte voller Schaum und der anderen, glattrasierten Wange wirkte er wie die Karikatur eines Comic-Bösewichts und auch ebenso abstoßend. Seine Finger wanderten über den obersten Knopf von Julias Bluse, dann den Hals hinauf bis unters Kinn. Angewidert schloss sie die Augen und drehte sich zur

Seite, den Schmerz in ihrem Nacken so gut es ging ignorierend.

»Du bist gut in Schuss für eine Frau deines Alters«, hörte sie Drechsler sagen, »nicht mehr ganz frisch, aber du hast ein antörnendes Dekolleté, und dein Pfläumchen ist garantiert noch nicht vertrocknet. Jammerschade, dass ich so wenig Zeit habe, sonst hätte ich mal von dir gekostet.«

Hoffnung stieg in Julia auf, und sie blinzelte. Tatsächlich ließ Drechsler von ihr ab, blieb aber vor ihr stehen. »Selbst am Tage des Jüngsten Gerichts ist die Welt ungerecht«, seufzte er. »Karl von Eisner jedenfalls hat vor seinem Abgang noch eine nette Nummer geschoben. Und die hatte er offenbar auch bitter nötig, wenn ich mir überlege, wie voll er das Gummi gemacht hat. Mehr als genug, um es hinterher fein säuberlich in die kleine Möse zu schmieren. Ha! Selbst der gute Manduschek durfte gestern Abend noch mal ran. Ich bin wirklich ein Menschenfreund, denn genau genommen hat er diese Nummer mir zu verdanken. Wäre er gestern nach Hause gefahren, wäre er dort fällig gewesen, aber ich wollte nicht noch ein Mädchen abmurksen.«

»So wie Lara Emmels?«, fragte Julia kühl. »Ihr haben Sie keine Wahl gelassen.«

»Nein, und das bedaure ich zutiefst«, gestand Drechsler ein und setzte eine mitleidige Miene auf. »Ich musste sie opfern, sozusagen als Mittel zum Zweck, es ging nicht anders. Nun, sie hat immerhin eine ganze Weile gut gelebt von Karls Geld, und es wird nun ihrer Mutter zugutekommen. Nichts ist umsonst, wie Sie sehen, selbst der Tod nicht.« Er wandte sich ab und murmelte: »Der schon gar nicht.«

Er schritt zurück zum Becken und setzte seine Rasur fort.

»Wie rührend«, erwiderte Julia trocken. »Ich gebe Ihnen Brief und Siegel, dass Laras Mutter keinen Cent von all dem Geld behalten würde, wenn sie dafür ihre Tochter zurückhaben könnte.«

»Überschätzen Sie mal nicht die Huren und Süchtigen«, winkte Drechsler abfällig ab. »Aber es birgt schon eine gewisse Ironie, wenn ich darüber nachdenke. Ich habe Manduschek einen Tag geschenkt, weil ich ihn nicht in einem Stundenhotel mitsamt einer Nutte erledigen wollte. Er wird heute sterben, die Nutte bleibt am Leben und wird niemals erfahren, dass ich allein ihr dieses Recht zugesprochen habe. Hätte ich meine Arbeit gestern aber beendet, säßen Sie nun nicht hier bei mir an einen Stuhl geklebt. Ein echtes Drama, finden Sie nicht? Das hat schon etwas Philosophisches.«

»Quatsch«, erwiderte Julia. »Es ist einfach nur krank und pervers. Sie erwarten doch nicht im Ernst, dass ich Ihnen großmütige Motive zugestehe?«

»Nein, Frau Durant«, lächelte Drechsler matt, der sich soeben den letzten Schaum aus dem Gesicht entfernt hatte. »Ich erwarte von Ihnen, dass Sie sterben.« Dann lachte er glucksend, ein irritierendes Geräusch, und drehte den Oberkörper in Julias Richtung. Er tauchte den Rasierer in das Becken und schwang ihn plätschernd hin und her.

»Haben Sie das gehört?«, fragte er. »Eines der größten Zitate der Filmgeschichte, wenn Sie mich fragen, und das völlig spontan.«

»Hä?«

»James Bond, Goldfinger, den Streifen kennen Sie doch. Gert Fröbe zu Sean Connery, als dieser unter dem riesigen

Laser liegt und fragt, ob nun von ihm erwartet würde, dass er rede. Fröbe antwortet knochentrocken: ›Nein, Mister Bond, ich erwarte von Ihnen, dass Sie sterben.‹ So wie ich eben zu Ihnen.«

»Nur dass Bond seinerzeit überlebt hat, oder?«, gab Julia schnippisch zurück. »So wie bei jedem seiner Gegner, deren Egos ja üblicherweise vor lauter Selbstüberschätzung nur so strotzten. Wer sich selbst permanent überschätzt, der unterschätzt seine Gegenspieler, ein altes Problem, an dem schon so mancher gescheitert ist. Wollen Sie es drauf ankommen lassen?«

»Damit können Sie mich nicht provozieren. Ich habe meinen Rachefeldzug monatelang vorbereitet, akribisch, doch es war letzten Endes das Schicksal, das den Stein ins Rollen gebracht hat. Das ist der einzige Zufall gewesen, eine Fügung, wie ich es nenne, aber seither überlasse ich kein Detail dem Zufall. Ich *kenne* meine Gegner, ich habe lange genug mit ihnen ...«

»Von welcher Fügung reden Sie?«, fiel Julia ihm ins Wort.

»Wie?«, fragte Drechsler verwirrt, »ach so.« Er nickte und holte tief Luft. »Ich rede von meinem Abgang, damals, an Nikolaus. Es waren harte Wochen gewesen, die Krise, Sie wissen schon. Meine kleine Firma, auf Gedeih und Verderb an Löblers und Eisner gebunden, war ab Sommer den Bach runtergegangen, jeden Tag ein Stück tiefer in den Strudel geraten, und dennoch kämpfte ich darum. Ich habe sehr prominente Anleger betreut, Sie würden staunen, national wie international, da waren vom Sportler bis zum Künstler einige dabei. Kleinvieh, das gab es nicht, dafür haben meine Freunde schon gesorgt.« Er spie verächtlich aus. »Nur als es dann eng wurde, da zogen sie mir die Klienten ab. *Schadensbegrenzung*, so tönte der schmierige Manduschek stets, und Sie haben ihn ja erlebt, er kann sehr überzeugend sein. Selbst als bei mir dann im Herbst plötzlich die Börsenaufsicht auf der Matte stand, wandte ich mich an ihn, und erst nach und nach bekam ich über drei Ecken mit, dass meine Firma als Bauernopfer herhalten sollte. Untergehen und die unlauteren Geschäfte mit in die Versenkung nehmen, damit die großen Saubermänner sich aus der Affäre ziehen können. Eisner war der Schlimmste. Wissen Sie, was er mir angeboten hat? Ich könne ja bei ihm einsteigen, als bedeutungsloser Handlanger. Aber natürlich erst nach ein paar Jahren, wenn Gras über alles gewachsen sei und mein Name wieder einigermaßen unbelastet. Das wäre doch eine zweite Chance. Lachhaft!«

»Wieso, immerhin schien er sich doch um Sie zu bemühen?«, dachte Julia laut.

»Es ist noch nicht zu Ende«, fuhr Drechsler fort, dessen Stimme sich zunehmend bis ins Hysterische gesteigert hatte. »Ich verlor mein Büro, meine Konten wurden eingefroren, und ich musste bei meinen Freunden betteln gehen, um meine Unkosten zu bezahlen. Wie die Aasgeier haben die sich über meine Sachen hergemacht. Manduschek die Lampe, Eisner die Haifischzähne et cetera. Und dann flatterte eine Klageschrift rein, in der Manduscheks Kanzlei mir mitteilte, dass die Eisner Group mich auf mehreren Ebenen verklagt und mir persönlich die Hauptverantwortung für alle schmutzigen Deals zuschiebt, die im Zuge der Krise Gefahr liefen, zu einem Bumerang zu werden. Tataa«, er klatschte in die Hände, »und damit war die Messe gesungen. Finito, Exitus, ich konnte mir nicht mal mehr sicher sein, dass ich nicht in den Knast wandere.«

»Und da haben Sie Ihren Tod vorgetäuscht?«

»Ich hatte es nicht geplant, wenn Sie das meinen.«

»Sondern?«

»Am liebsten wäre ich mit einer Maschinenpistole durch die Büros gerannt und hätte alles niedergemäht«, erzählte Drechsler leise weiter, »aber das wäre so unpräzise gewesen und, ganz ehrlich, ich hatte auch keine Ahnung, woher ich so ein Teil hätte nehmen sollen. Ich stand ja völlig mittellos da, zumindest in diesem Moment. Meine Reputation war zerstört, und ich hatte keine Aussicht, wieder einen Fuß ins Geschäft zu bekommen. Ich war am Ende, gesellschaftlich ruiniert sozusagen, und oben, hinter der schicken Fassade die vier Menschen, die mich über die Klinge springen ließen, ohne mit der Wimper zu zucken. Ja, ich wollte springen, für einen kurzen Moment war ich fest entschlossen. Aber mittlerweile«, er lachte hämisch, »habe ich meine Schäfchen im Trockenen. Fast ein ganzes Jahr lang musste ich als Hubert Brack herumkrebsen, bis ich mich endlich traute, in die Schweiz zu reisen. Ein Segen auf die Unantastbarkeit ihrer Banken, denn wie es in unserer Branche eben so üblich ist, hatte auch ich vor dem ganzen Chaos etwas beiseitegeschafft! Aber das ist eine andere Geschichte.«

»Warum habe Sie sich nicht einfach abgesetzt?«

»Absetzen und in der Tropensonne fett werden? Pah!«, rief Drechsler. »Ohne Fleiß kein Preis. Nicht, bevor meine Rache vollendet ist, denn meine Reise nach Südamerika trete ich mit einem Oneway-Ticket an. Ich könnte mich niemals faul unter irgendwelchen Palmen aalen, ein, zwei Schönheiten in der Nähe meiner Lenden, wenn ich wüsste, dass diese vier Aasgeier weiter ungestraft ihre Kreise ziehen. Wissen Sie, was ich in Karls Augen sah, als er mich erkannt hat? Es war keine Reue, es war die pure Überraschung! Der hat sich nicht jeden Tag dafür geschämt, was er mir angetan hat, nein, der hat mich längst vergessen. Verdrängt, ausgelöscht, ad acta gelegt!«

Wütend gestikulierend war Drechsler ins Schwitzen geraten. Er wandte sich ab und wischte sich mit dem Ärmel hastig über Stirn und Schläfen. Dann trat er an einen Schrank, öffnete knarrend die Tür und kramte darin herum. Julia sah, wie seine Hand einen Rucksack herbeizog, konnte jedoch nicht erkennen, was er darin verpackte.

»Wer ist denn nun die Wasserleiche, die damals tot im Main lag?«, fragte sie mit fester Stimme.

»Irgendein Penner«, murmelte es aus dem Schrankinneren. »Ich stand schon auf der Brücke, hatte tatsächlich vor, dem ganzen Elend ein Ende zu bereiten, da sah ich unten am Ufer jemanden liegen. Regungslos. Ich war so erschrocken, beinahe wäre ich tatsächlich runtergesegelt, doch dann war da dieser Impuls, eine göttliche Eingebung sozusagen, zumindest für diejenigen unter uns, die an diesen Hokuspokus glauben.«

»Mit Gott hatte das gewiss nichts zu tun«, entgegnete Julia. »Was geschah dann?«

Drechsler schloss den Schrank und drehte sich herum, den Rucksack stellte er vor sich auf den Tisch.

»Ich ging hinunter ans Ufer, da lag dieser Penner, er stank, als hätte er einen ganzen Eimer Fusel intus. Größe und Statur waren einigermaßen passend, ich war damals ein paar Kilos schwerer als heute und nicht sonderlich trainiert. Seine Zähne machten mir anfangs etwas Sorgen, doch sie sahen nicht so schlimm aus wie befürchtet.«

»Und die DNA-Proben?«

»Ich habe mit ihm die Kleidung getauscht und anschließend Speichel, Haare und ein paar Schuppen eingesackt. Dann hieß es Leinen los für ihn, na ja, und den Rest kennen Sie ja. Ich habe die DNA heimlich in der Wohnung plaziert und dann adieu.«

»Ziemlich viele Zufälle«, brummte die Kommissarin.

»Ich sage ja, es war eine göttliche Fügung. Wer weiß, ob ich nicht doch gesprungen wäre, aber dann würden meine tollen Freunde sich weiterhin ihre Konten vollscheffeln, und an mich würde kein Schwein mehr denken. Nein«, er schüttelte den Kopf, »so rum ist es eindeutig besser. Soziale Gerechtigkeit nennt man das.«

»Nicht für den Obdachlosen und nicht für Lara Emmels«, widersprach Julia.

»Der Penner führt heute doch ein besseres Leben denn je«, lachte Drechsler sarkastisch. »Hubert Brack, fester Wohnsitz statt Pappe über ’ner Parkbank und ein halbwegs gescheiter Job beim Facility Management. Ich habe hart an seiner Vita gearbeitet, das können Sie aber mal glauben! Und wie oft ist einer der Jungs an mir vorbeigeeilt, nicht eines Blickes haben sie mich gewürdigt, und doch war ich ihnen stets überlegen.«

»Wenn man ein Schattendasein als Hausmeister als *überlegen* bezeichnen möchte«, konterte Julia spöttisch.

»Im Gegensatz zu den anderen lebe ich aber noch«, widersprach Drechsler. »Manduschek mal ausgenommen, aber auch dieses Thema wird sich in ein, zwei Stunden erledigt haben. Und wissen Sie auch, *warum* das so ist?«

»Manduschek?«

»Nein, das Überleben.«

»Weil Sie ein skrupelloses Schwein sind und außerdem eine ganz gehörige Portion Glück gehabt haben, schätze ich«, gab Julia zurück. »Denn im Grund genommen waren Sie recht nachlässig, unsere Rechtsmedizinerin hat dafür genügend Indizien gefunden.«

»Das meine ich nicht«, wehrte Drechsler mit einer schroffen Handbewegung ab. »Wovon ich rede, ist Anpassung. Nehmen wir den Jaguar im Regenwald, er hat scharfe Augen, tödliche Klauen und Zähne und praktisch keine Fressfeinde. Dennoch gleicht seine Lebenserwartung der eines Faultiers. Faultiere sind nur halb so groß, schlecht zu Fuß, sehen kaum, hören schlecht und stehen ganz oben auf der Speisekarte eines Jaguars.«

»Kommen Sie mal auf den Punkt«, unterbrach Julia ihn, doch Drechsler ließ sich nicht beirren.

»Ein Faultier passt sich an, das ist der Schlüssel zu seinem Erfolg. Aus seinem Fell wachsen irgendwelche Ranken, man erkennt es folglich nicht, wenn es im Baum hängt, und auf diese Weise sichert es sich ein relativ ungefährdetes Leben im Verborgenen. Kennen Sie Darwin, ich meine, Sie als Christin?«

»Jeder kennt Darwin.«

»Dann kennen Sie auch diesen unseligen Spruch, der mit ihm in Verbindung gebracht wird: Survival of the Fittest. Nur ist hier nicht körperliche Fitness gemeint, also Stärke, sondern ›to fit‹ bedeutet so viel wie passend zu sein. Es überlebt also derjenige, der sich am besten seiner Umgebung anpassen kann. Karl allerdings, dieser Dummkopf, ist auf diesem Spruch, der nicht einmal von Darwin stammt, permanent herumgeritten. Auf der falschen Übersetzung, versteht sich, und das, obwohl er sich so belesen gab. Er hat ihn zitiert, als er einen Löwen abschoss, und hat ihn auch parat gehabt, als er mich damals absägte. *Nur der Stärkste kommt durch, lieber Arthur*, Pah!«, spie Drechsler aus. »Das hat er nun davon. Ich stehe hier, und er liegt in einer Kiste, zusammengekratzt vom Straßenpflaster.«

»Sie sind ja vollkommen irre«, erwiderte Julia mit leichtem Kopfschütten.

»Sind wir das nicht alle? Aber sosehr ich unsere Unterhaltung auch genossen habe«, Drechsler verschloss den Rucksack mit klickendem Einrasten der Schnallen, »nun wird es Zeit zum Abtreten.« Julia erstarrte, denn als Drechsler sich erhob, fiel ihr Blick auf die Rasierklinge, die noch immer neben der Spüle lag. »Machen Sie keinen Scheiß«, sagte sie.

»Wieso nicht? Man wird Sie hier nicht so schnell finden, glauben Sie mir. Vor ein paar Jahren ist hier ein Mann abgestochen worden, auch im Winter, der hat weiß Gott wie lange in seinem Verschlag gelegen, bevor man ihn zufällig entdeckt hat.«

»Mag sein, aber wenn Sie eine Polizistin umbringen, schlagen Sie einen Weg ein, von dem es kein Zurück gibt.«

»Heißt das, ihr seid bessere Menschen als alle anderen?«

Drechsler zog zwei Stofftaschentücher hervor und schüttelte diese auseinander. Anschließend legte er eines auf das andere und rollte beide fest zusammen.

»Unsinn«, wehrte Julia ab. »Aber wenn es einen Kollegen erwischt, setzt sich der gesamte Polizeiapparat in Bewegung. Gnadenlos, denn dann hat das für jeden Beamten eine persönliche Dimension.«

»Persönlich ist gut«, sagte Drechsler grimmig. »Das ist es für mich auch.« Er knickte die Stoffrolle in der Mitte und holte unter dem Tisch eine Rolle silbernes Klebeband hervor. Dann trat er an Julia heran und warf ihr einen mitleidigen Blick zu. »Bedaure, aber hier endet unser Gespräch. Ich kann einfach kein Risiko eingehen, das müssen Sie verstehen. Machen Sie den Mund freiwillig auf, oder muss ich nachhelfen?«

Julia presste Zähne und Lippen fest aufeinander und wandte den Kopf zur Seite.

»Na gut, dann eben auf die harte Tour.« Sekunden später bohrten sich von unten her zwei Finger schmerzend in ihre Backen und drückten gleichzeitig ihren Kopf nach hinten. Stöhnend ließ ihre Muskelkraft nach, und der Kiefer klappte nach unten, im Inneren des Mundes schmeckte es plötzlich nach Blut, und unmittelbar darauf schob Drechsler ihr das Stoffknäuel hinein. Mit flinken Fingern fixierte er einen Streifen Klebeband über Julias Mund, wütend warf die Kommissarin ihren Kopf hin und her und versuchte zu schreien, was jedoch in einem kläglich erstickten Ton endete.

»Geht's wieder?«, hörte sie Drechslers Stimme, nun etwas ungeduldig. »Soll ich Ihnen ein bisschen Feuer auf dem Herd machen? Es ist Ihre Entscheidung, erfrieren werden Sie so und so nicht, denn die Heizung läuft unabhängig von der Luftzirkulation. Ich werde nicht zurückkommen, also gönnen wir uns ruhig ein wenig Verschwendung, oder? Immerhin habe ich über zwei Jahre lang fast alles entbehrt. Ach, ich denke, ich lasse den Herd brennen. Bei der Verbrennung entsteht durch die abnehmende Sauerstoffkonzentration ein wenig Kohlenmonoxid. Absolut tödlich, und Sie müssen nicht warten, bis Sie den Raum leergeatmet haben oder das Gas bis zu Ihrem hübschen Näschen gestiegen ist. So oder so, Sie werden einschlafen, aber ganz friedlich, nicht so wie die anderen, denn Sie haben mir nichts getan, und es gibt keinen Grund, warum ich Sie auf brutale Weise töten sollte. Ich bin ja kein Sadist.«

Du verdammtes Schwein, dachte Julia panisch und rang durch die Nase verzweifelt nach Luft. Drechsler öffnete klackend die Regler der vier Kochfelder und drehte sie auf volle Leistung. Rot-blaue Flammen züngelten rauschend und gleichmäßig um die schwarzen Metallauslässe. Als Drechsler seinen Mantel übergezogen hatte, knipste er die Beleuchtung aus, und das matte Leuchten des Herdes war die einzige Lichtquelle, die Julia blieb. Er warf der Kommissarin einen letzten Blick zu und stieß die Tür auf, draußen war es bereits tiefschwarze Nacht. Es klackte zweimal, als er zuerst die Tür ins Schloss drückte und kurz darauf den Schlüssel umdrehte.

Gefangen. Allein. Niemand weiß, wo du bist. Julias Gedanken rasten, Panik stieg in ihr auf.

Mit aller Kraft spannte Julia ihre Muskeln an, doch ihre Waden waren so fest an die Stuhlbeine geklebt, dass ihre Füße einzuschlafen begannen, und auch die Beine kribbelten bereits. Bitte das nicht auch noch, schoss es Julia durch den Kopf, und sie rüttelte mit den Unterarmen, doch auch hier war der Bewegungsradius massiv eingeschränkt.

Ich muss den Herd abschalten!

Wie viel Luft gibt es hier drinnen?

Die Wände des engen Wohnwagens schienen sich auf sie zuzubewegen, immer näher zu kommen, gnadenlos den wenigen Sauerstoff reduzierend, der sie umgab.

Mühsam kreiste sie mit den Händen und bekam mit dem rechten Daumen ihren Gürtel zu fassen; leichte Hoffnung keimte auf. Der Gürtel hatte eine metallene Schnalle, außerdem einen kräftigen Splint. Doch wie sollte sie an den rankommen? Ihr Handgelenk schmerzte vor Überdehnung, als sie auch den Zeigefinger in Richtung des Leders bog. Sie begann, daran zu ziehen und zu zerren, kratzend, in der unermüdlichen Hoffnung, dass sich die Schnalle in ihre Richtung bewegen würde. Doch zuallererst knackte es schmerzhaft, als ihr Fingernagel brach und sie für einige Sekunden verharrte. Dann, millimeterweise, begann sich das breite Lederband zu bewegen. Oder? Zumindest redete Julia sich das ein, während neben ihr mit todbringender Beständigkeit das verbrennende Gas aus dem Herd strömte und gierig den Sauerstoff aus der Atemluft fraß. Du musst dich beeilen, trieb sie sich an, doch sosehr sie sich bemühte, die Gürtelschnalle wollte und wollte nicht näher kommen. Julia wusste nicht einmal, warum sie plötzlich so darauf fixiert war, es war die einzige Bewegung, die ihr blieb. Mit dem Metall konnte sie vielleicht das Gewebeband anritzen, es auseinanderreißen und sich dann befreien … eine Alternative gab es nicht. Im Fernsehen fesselte man seine Opfer an Holzstühle, die man mit einem gezielten Sturz zum

Bersten bringen konnte. Doch die Gefahr war viel zu groß, auf dem Rücken oder der Seite liegen zu bleiben. Sank Kohlenmonoxid nicht nach unten? Julia wusste es nicht, aber sie wollte es auch keinesfalls untätig dasitzend am eigenen Leib herausfinden. Also weiter, sie musste diesen verdammten Stuhl loswerden, um alles Weitere konnte sie sich immer noch kümmern.

Luft, du brauchst Luft, dachte sie verzweifelt, und ihre Nasenflügel blähten sich. Dann hörte sie Stimmen, ferne, gedämpfte Laute, etwa so, als sprächen sie durch Ohropax. »Hilfe!«, wollte Julia schreien, doch die Einzige, die ihre Stimme hörte, war sie selbst, denn durch den Knebel drang kaum mehr als ein dumpfes Murren. Es knarrte, gefolgt von einem metallischen Ächzen, und das Türblatt brach auf. Eisige, frische Luft strömte in den Innenraum, und Julia sog diese dankbar auf, obwohl sie in den Nebenhöhlen stach. Da traf sie auch schon der Schein einer Taschenlampe, und sie erkannte Hellmers Stimme, sein Gesicht.

»Verdammt, Julia«, keuchte er und griff nach dem Klebeband in ihrem Gesicht. Für den Bruchteil einer Sekunde stach es höllisch, als er es abriss, und Julia schossen die Tränen in die Augen. Sie würgte den Stoffknebel heraus und spuckte voller Ekel den angesammelten Speichel aus.

»Mensch, Frank«, stöhnte sie benommen, »wie kommst du denn jetzt hierher?«

»Später«, antwortete Hellmer hastig und ging in die Hocke, um Julias Arm- und Beinfesseln zu lösen. »Jetzt holen wir dich erst mal raus hier.«

»Gerade rechtzeitig«, keuchte Julia, dankbar für jeden

Atemzug frischer, kühler Luft, die von außen hineinströmte. »Wir müssen sofort Manduschek ...«, fuhr sie fort und versteifte sich. »Schnell!« Ihre Stimme überschlug sich, als sie fortfuhr: »Drechsler ist Brack, er will ihn töten ...«

»Moment, langsam, wie bitte?«, fragte Hellmer ungläubig und richtete sich auf. Dann streckte er Julia auffordernd den Arm hin.

»Keine Zeit für Erklärungen, wir müssen sofort zu Manduschek!«, rief Julia und wollte aufspringen, taumelte aber und musste sich wieder setzen. Ihre eingeschlafenen Beine versagten ihr den Dienst, und das Kribbeln in den Waden wurde unerträglich, als das Blut langsam dorthin zurückkehrte.

»Beordert jemanden dorthin. Höchste Eisenbahn!«, wies Hellmer einen der beiden uniformierten Kollegen an, die hinter ihm in den Wohnwagen getreten waren. Dieser nickte und gab die entsprechenden Anweisungen an die Leitstelle.

»Und jetzt zum Mitschreiben bitte«, forderte Hellmer und half seiner Kollegin nach oben. Sie verließen den Wohnwagen mit langsamen Schritten, währenddessen erklärte Julia ihm alles in knappen Sätzen.

»Verdammt«, schloss Hellmer, als sie geendet hatte, »dieses gerissene Arschloch. Aber wir kriegen ihn, jetzt, da wir Bescheid wissen, ziehen wir das Netz zu. Er kann nirgendwo hin. Schaffst du es denn überhaupt? Du kannst ja kaum stehen«.

»Wird schon irgendwie gehen«, murmelte Julia erschöpft und mit zitternden Knien. »Hauptsache raus hier«, fügte sie erschöpft hinzu, »aber fahren musst du.«

»Wohin fahren?«, wiederholte Hellmer ungehalten. »Ich hoffe für dich, dass du damit nur den ärztlichen Notdienst meinst!«

»Quatsch, wir müssen zu Manduschek.« Ungeduldig zog Julia an Hellmers Ärmel.

»Du kannst dich kaum auf den Beinen halten, vergiss es!«

»Jetzt hör aber auf!«, blaffte Julia ihn an und vermied es tunlichst, ihrem Partner zu zeigen, wie hämmernd der Nackenschmerz sich über ihren halben Oberkörper ausbreitete. »Nach einer geschlagenen Woche voller Rückschläge haben wir endlich einen Erfolg, und den willst du mir vorenthalten? Ich fahre rüber nach Schwanheim, da hältst *du* mich garantiert nicht von ab, und wenn ich mir ein Taxi rufen muss.«

»Oh Mann, da fällt dir nix mehr ein«, brummte Hellmer kopfschüttelnd, als er das Gartentor ein Stück weiter aufzog; unweit davon sah Julia das mit einem Bolzenschneider durchtrennte Vorhängeschloss im Gras liegen.

»Okay, ich nehm dich mit«, lenkte er ein, »aber betrachte es als kleinen Umweg auf dem Weg ins Krankenhaus. Du lässt dich heute noch untersuchen, ist das klar?«

»Hm«, gab Julia zurück, und sie stapften einige Augenblicke schweigend nebeneinander her in Richtung Straße; Hellmer stützte sie dabei mit dem Arm.

»Was um aller Welt hat dich bloß hierhergetrieben?«, fragte er nach einiger Zeit stirnrunzelnd.

»Nur so ein Gefühl«, antwortete Julia wahrheitsgemäß und zuckte mit den Schultern, was ihr ein weiteres schmerzverzerrtes Stöhnen bescherte. »Ich fuhr auf die Ampel zu und entschied aus dem Bauch heraus, mal nach der Parzelle zu sehen«, ergänzte sie rasch, bevor Hellmer etwas sagen konnte. »Und jetzt verrate mir doch endlich mal, wie du mich ausgerechnet hier aufgespürt hast!«

»Das kann ich dir gleich noch bis ins letzte Detail erzählen«, wehrte Hellmer ab, »doch zuvor möchte ich die Geschichte von Drechsler fertig hören. Du mit deinen Alleingängen, verdammt, ich bin heilfroh, dass dir nichts passiert ist!«

Sie setzten sich in seinen Wagen, die Sportsitze waren dabei eine besondere Tortur für die Kommissarin, und fuhren los. Unterwegs berichtete Julia ihrem Partner, wie Drechsler sie überwältigt und was sie von ihm erfahren hatte. Sie schloss mit den Worten: »Tja, er hat alles bis ins kleinste Detail geplant, wie mir scheint. Selbst die Indizien, dass es keine Selbstmorde waren, hat er bewusst in Kauf genommen, weil er sich sicher war, dass wir ihm lange genug hinterherhinken, damit er sein Werk vollenden kann. Ich bete darum, dass die Kollegen rechtzeitig bei Manduschek eintreffen. Komm, tritt noch ein bisschen mehr aufs Pedal.«

»Ich kann ja wohl schlecht die Bordsteine und Schilder niedermähen, wenn mich einer nicht vorbeilässt, oder?«, brummte Hellmer. »Einsatz hin oder her. Aber das zehnte Revier liegt doch nicht weit von Manduschek entfernt. Die melden sich schon, wart's halt ab.«

Sie fuhren in rasantem Tempo durch die Stadt, und nicht zum ersten Mal bewunderte Julia die Fahrkünste ihres Kollegen. Ihr fiel ein, dass Hellmer ihr noch eine Erklärung schuldete. Obwohl sein Blick angespannt auf die Straße fixiert war, beschloss sie nachzuhaken. »So, jetzt mal Tacheles, bitte«, sagte sie. »Wie hast du mich denn nun gefunden?«

»Ich mache mir eben Sorgen um dich«, erwiderte Hellmer, »vor allem, weil du dein Handy niemals ausschaltest und ja auch darauf bestanden hast, sofort von mir angerufen zu werden.«

»Und?«

»Als ich nach 'ner halben Ewigkeit Zutritt zu Bracks Wohnung bekam«, Hellmer stockte, »also, ich meine Drechslers Wohnung ... Mein Gott, das ist verwirrend.«

»Egal, weiter«, drängte Julia neugierig.

»Hm. Ich stand jedenfalls in der Wohnung, alles leer, aber das kannst du dir ja denken. Ich sah mich um, nichts Verdächtiges, keine Hinweise auf einen Aufenthaltsort, und die ganze Zeit über dieser Nachbar in Hörweite.« Hellmer nahm kurz die Hand vom Lenkrad und deutete mit dem Zeigefinger in den aufgerissenen Mund. »Zum Kotzen, sag ich dir. Nun, ich wollte dich anklingeln, bekam aber nur die Mailbox. Ein paar Minuten später dasselbe, danach versuchte ich mein Glück bei Frau von Eisner, da meldete sich auch keiner, dann bei dir zu Hause und im Präsidium.«

»Ganz schön besorgt um mich«, zwinkerte Julia mit einem matten Lächeln.

»Seit dieser Entführungsgeschichte komm ich einfach nicht mehr damit klar, wenn ich nicht weiß, wo du dich rumtreibst«, gestand Hellmer ein, und Julia durchlief ein warmer Schauer. Sie war gerührt, entschloss sich aber, das nicht zu zeigen.

»Als ich dich dann auch beim dritten Mal nicht mobil erreichen konnte, ließ ich kurzerhand eine Handyortung machen«, fuhr Hellmer fort.

»Aber mein Handy war doch aus«, wunderte sich Julia.

»Das ist egal, es ging mir nur um den Funkbereich, weil ich nachvollziehen wollte, wo du sein könntest«, erläuterte Hellmer. »Der letzte Knotenpunkt war der Sendemast oben am Wasserpark.«

»Hm, da habe ich das Telefon kurz angemacht, aber das war, bevor du angerufen hast«, erinnerte sich Julia.

»Genau. Und dann fiel mir die Kleingartenanlage ein, etwas anderes haben wir ja derzeit nicht in diesem Gebiet.«

»Ich muss dir wohl danken«, gab Julia leise zurück. »Wer weiß, wie lange ich noch Luft gehabt hätte. Andererseits«, fügte sie sogleich hinzu, »hatte ich meine Gürtelschnalle schon so gut wie in der Hand. Das wäre filmreif gewesen, glaub mir«, zwinkerte sie, doch Hellmer reagierte nicht.

»Schau, da vorne«, sagte er nur. Sie hatten den Stadtteil Schwanheim längst erreicht und näherten sich Manduscheks Adresse. Die Dunkelheit wurde vom stroboskopartigen Blitzen mehrerer Blaulichter durchbrochen, und der Lichtschein wurde von weißen Hauswänden reflektiert, so dass sich ein schaurig kalter Glanz über die ganze Straße legte. Zahlreiche Menschen liefen hektisch umher, andere standen untätig herum. Zwei Streifenwagen und ein Notarzt waren vor Ort, außerdem eine Ambulanz.

»Scheiße, das sieht nicht gut aus«, murmelte Julia.

Hellmer steuerte so dicht wie möglich heran, hielt seinen Ausweis bereit und winkte damit, als ein Uniformierter auf den Wagen zugeeilt kam.

»Mordkommission, klären Sie uns auf«, forderte er aus dem heruntergelassenen Fenster.

»Wir sind gerade noch rechtzeitig eingetroffen«, erklärte der Beamte aufgeregt. »Er saß ihm bereits auf der Brust und schwafelte wirres Zeug, dann konnten wir ihn überwältigen. Da, sie fahren los.« Er deutete in Richtung eines Streifenwagens, dessen Rückfahrleuchte gerade angegangen war.

»Und das Opfer?«, erkundigte Julia sich.

»Wird durchgecheckt. Offensichtlich keine Verletzungen, aber er steht unter Schock.«

»Danke.«

»Komm, Julia«, wandte sich Hellmer ihr zu, »ich sehe doch, wie du dich die ganze Zeit über verkrampfst. Lass uns verschwinden und in die Notaufnahme fahren. Es gibt hier für uns heute nichts mehr zu tun.«

»Meinetwegen«, seufzte Julia, die dankbare Erleichterung durchströmte, dass es nicht noch eine weitere Leiche auf Drechslers Konto geben würde. »Aber wir sollten noch Bescheid geben, dass sie ihn dreimal durchsuchen und am besten rund um die Uhr überwachen.«

»Warum das?«

»Ich möchte, dass er für seine Taten verurteilt wird und einfährt«, erklärte Julia grimmig. »Es wäre doch ein Jammer, wenn er sich nun, da er nichts mehr zu verlieren hat, tatsächlich das Leben nähme.«

MONTAG, 10. JANUAR 2011, 8.55 UHR

Abschlussbesprechung in Bergers Büro.

Gebannt verfolgten Sabine Kaufmann und Peter Kullmer die Berichterstattung, von der Hellmer den Hauptteil übernahm und Julia nur die Szene im Wohnwagen ergänzte. Sie hatte sich mit größter Anstrengung ins Präsidium gequält, denn seit der Nacht zum Sonntag plagten sie die Erkältungssymptome wieder. Kopf- und Gliederschmerzen, erhöhte Temperatur und dann natürlich der steife Nacken, den sie Drechslers Schlag verdankte.

»Frau Durant, Sie gehören ins Bett«, warf Berger ein, der bereits seit Sonntag informiert war, wenn auch nur im Groben. »Sie brauchen sich überhaupt nicht zu erhoffen, irgendwelche Vernehmungen durchzuführen.«

»Das scheint ja ohnehin nur wenig zu bringen«, murmelte Julia mit kratzender Stimme. Eine erste Runde mit Hellmer, so hatte dieser berichtet, war ohne jegliche Stellungnahme von Arthur Drechsler vergangen.

»Der hockt in seiner Zelle und schweigt wie ein Grab«, seufzte Hellmer, »und dann diese Miene. Als sei er erstarrt.«

»Wir versuchen es weiter«, kommentierte Berger, »aber lassen Sie uns zunächst noch die verbleibenden Punkte klären.«

»Hat sich denn schon jemand mit Frau Markov unterhalten?«, warf Julia ein. »Sie hat ein Recht darauf zu erfahren, wer ihre Tochter auf dem Gewissen hat.«

»Ich wollte das nachher erledigen«, antwortete Sabine, eine Reaktion, auf die Julia insgeheim gehofft hatte. Ihre junge Kollegin hatte sich durch den einfühlsamen Umgang mit Frau Markov Julias Anerkennung verdient; die Umstände, warum das so war, musste niemand erfahren. Die psychische Erkrankung von Sabines Mutter würde so lange ein Geheimnis zwischen den beiden bleiben, wie Sabine es für richtig hielt.

»Das freut mich zu hören«, lächelte Julia also müde. »Nimm dir bitte eine der Ärztinnen mit dazu, denn ich habe keine Ahnung, wie Frau Markov darauf reagieren wird, dass sie Laras Mörder in Eisners Büro Auge in Auge gegenüberstand.«

»Mit einer geladenen Waffe in der Hand«, ergänzte Sabine mitfühlend. »Eine traurige Ironie.«

Hellmer raschelte mit einem vollgekritzelten Papierbogen, den er schon die ganze Zeit über in den Händen hielt. »Okay«, begann er nach einem prüfenden Blick in die Runde, »als Nächstes hätte ich nun die Ergebnisse der KTU. Die Kollegen sind noch immer am Werk und werden Drechslers Wohnwagen bis ins Letzte auseinandernehmen. Aber das bisherige Material ist schon recht umfassend. Er hat die Identitäten von Hubert Brack und Arthur Drechsler in zwei Schuhkartons gehalten, einer davon mit Reisepass und einem Batzen Bargeld, natürlich ausgestellt auf den Namen Brack. Im Drechsler-Karton waren ein paar alte Schätze seines glamourösen Lebens, eine teure Uhr, der

Zweitschlüssel zu seinem Maserati, einige Fotos – solcher Kram eben. Das Persönlichste war eine Aufnahme von ihm und seiner Mutter«, seufzte Hellmer. »Wenn er nicht so ein kaltblütiges Schwein wäre, könnte man fast Mitleid kriegen.«

»Sein Schicksal war ja auch tragisch«, warf Sabine ein, »völlig unabhängig von dem, was er daraus gemacht hat.«

»Es rechtfertigt aber nichts«, kommentierte Kullmer.

»Nein, sicher nicht. Aber noch mal zu diesem Brack.« Sabine runzelte die Stirn. »War das eine Scheinidentität oder der echte Name dieses Obdachlosen?«

»Letzteres«, antwortete Hellmer. »Über Hubert Brack gibt es kaum Aufzeichnungen, das meiste von ihm wissen wir erst, seit er sich beim Arbeitsamt meldete und Sozialleistungen einforderte. Aber da steckte Drechsler ja schon in seiner Haut.«

»Ziemlich kaltschnäuzig«, brummte Kullmer.

»Ja, aber wer vermisst schon einen Penner?«, erwiderte Julia. »Schätzungsweise hat er eine Weile gewartet, abgecheckt, ob die Sache Wellen schlägt, und sich dann die Identität geklaut. Einfacher, als eine völlig neue aufzubauen, und vor allem sicherer. Spätestens bei der Abflugkontrolle hätte ihm eine erfundene Identität das Genick brechen können.«

»Was er dann lieber bei dir versucht hat«, stichelte Hellmer.

»Erinnere mich bloß nicht daran«, stöhnte Julia und rieb sich den Nacken, der unter einem dicken Wollschal verborgen lag.

Peter Kullmer kratzte sich nachdenklich am Kinn. »Wenn ich das nun alles überdenke«, sagte er langsam, »hat dieser

Drechsler seinen Rachefeldzug bis ins letzte Detail geplant. Der eine oder andere Zufall ist ihm da zu Hilfe gekommen, aber letzten Endes sah er sich wohl tatsächlich als Raubtier auf der Jagd.«

»Wenn ich nicht so gaga gewesen wäre, hätte ich ihn am liebsten gefragt, ob er sich selbst eher als Faultier oder Jaguar sieht«, sagte Julia mit einem matten Lächeln. »Fakt ist, dass sein Schweigen ihm nichts bringen wird. Das Geständnis mir gegenüber ist zwar für sich alleine betrachtet nicht allzu viel wert, weil es keine Zeugen gab, aber die Indizien sind eindeutig.«

»Richtig«, pflichtete Hellmer bei. »Die Entwürfe für die E-Mails an Schumann, die Vorlage des Flyers – es ist alles da. Er hat Informationen wie das Tatortfoto nicht nur in den einschlägigen Kreisen gestreut, er hat auch alles fein säuberlich gesammelt. So wie andere ein Familienalbum führen, wahrscheinlich wollte er sich in Südamerika für den Rest seines Lebens daran aufgeilen. In seinem Wohnwagen konnte er das tun, da hat er sich offenbar sicher gefühlt, ganz im Gegensatz zur Wohnung, in der er als Brack lebte. Dort ist nicht der geringste Anhaltspunkt für sein Doppelleben zu finden gewesen.«

»Das dachte ich mir«, nickte Julia. »Er hat seine beiden Rollen perfekt gespielt. Von den günstigen Umständen, die ihm sein Verschwinden damals so leichtgemacht haben, einmal abgesehen, hat er mit absoluter Detailtreue sein Licht-und-Schatten-Dasein ausgelebt und voneinander getrennt.«

»Wir können ihn aber wohl kaum als gespaltene Persönlichkeit bezeichnen, oder?«, überlegte Sabine laut. »Sogar eher im Gegenteil. Wir haben zwei reale Personen, die von ein und demselben Charakter gespielt wurden, und nicht umgekehrt, wo eine Person in zwei Charaktere schlüpft. Richtig? Das sollten wir diesem Dr. Schultheiß mal auftischen.«

»Tu dir keinen Zwang an«, zwinkerte Julia ihr verschwörerisch zu.

»Wir müssen uns dennoch auf eine ziemlich starke Welle gefasst machen«, gab Berger zu bedenken. »Der Fall ruft die bundesweite Presse auf den Plan, mindestens. Allein Karl von Eisners Fall dürfte sogar die internationalen Agenturen alarmieren. Außerdem rücken die Wahlen immer näher, und eine gewisse Partei steht nun ohne einen ihrer Charakterköpfe da.« Er zog mit der Fingerkuppe nachdenklich einige Linien auf den Tisch und fuhr fort: »Das Verfahren muss daher besonders sauber und diskret ablaufen, ich sage es Ihnen nur vorsorglich. Wer weiß, wie viel Geld Drechsler noch gebunkert hat, es könnte durchaus sein, dass er sich hochkarätig verteidigen lassen wird.«

»Einer Verurteilung steht aber nichts im Wege«, ergänzte Kullmer fragend, »oder?«

»Nein, er wird einfahren, das garantiere ich dir«, antwortete Julia verbissen. »Und dann kann er gegenüber den anderen Raubtieren für den Rest seiner Tage beweisen, *wie* angepasst und stark er ist.«

EPILOG

Der Prozess gegen Arthur Drechsler dauerte weniger lang, als Julia es erwartet hatte. Aufgrund der Schwere seiner Taten, insbesondere gegenüber den beiden Frauen, forderte die Staatsanwaltschaft die Höchststrafe. Julia Durant hatte einen umfassenden Bericht über ihr Gespräch in Drechslers Wohnwagen zu Protokoll gegeben, sein Geständnis ihr gegenüber hätte wie erwartet alleine nicht für eine Verurteilung genügt. Anhand der sichergestellten Unterlagen allerdings konnte seine Täterschaft an den Morden der Mitglieder der sogenannten Big Five (die Presse stürzte sich gierig auf diesen Begriff) hinreichend nachgewiesen werden.

Drechsler verbrachte die Verhandlungstage schweigend, mit starrem, ins Leere gerichtetem Blick. Seine Bewegungen waren monoton, seine Stimme bekam man nicht zu hören, und er reagierte auch nicht auf das Blitzlichtgewitter außerhalb des Gerichtssaales. Die Presse beschrieb ihn als besonders kaltblütig, weil er so gleichgültig schien. Dr. Schultheiß, mit dem sich Julia Durant noch einmal telefonisch austauschte, bezeichnete sein Verhalten als Schutzreaktion. Er habe hoch gepokert und verloren, wenngleich dies nicht der glücklichste Vergleich sei. Sein Plan war zunächst aufgegangen, drei von vier seiner Feinde hatte er getötet, doch die Genugtuung, sich nach vollbrachtem Werk ins Ausland abzusetzen, blieb ihm verwehrt. Schultheiß warnte davor, dass Drechsler nun, da er nichts mehr zu verlieren habe, mäßig bis stark suizidgefährdet sein könne.

Sophie von Eisner brach ihre Brücken in Frankfurt schweren Herzens hinter sich ab. Sie musste vor Gericht aussagen, was sie gerne vermieden hätte, doch die Staatsanwaltschaft und die Verteidigung hatten darauf bestanden. Ihrer Schilderung wurde mehr Bedeutung beigemessen als der Befragung des letzten Opfers, Lars Manduschek, denn in seinem Haus waren einige Unterlagen aufgetaucht, die kein gutes Bild auf den Anwalt warfen. Er musste sich wegen diverser Mauscheleien verantworten, die er sich zuschulden hatte kommen lassen, darunter auch krumme Geschäfte, die mit der unsauberen Affäre um Arthur Drechsler zusammenhingen. Bis zum Schluss beharrte Manduschek darauf, dass ihm die belastenden Unterlagen von Drechsler untergeschoben worden seien, als dieser ihn in seinem Haus überwältigt hatte.

Möglicherweise erhoffte sich Sophie von Eisner für einen kurzen, geheimen Moment, dass es für sie und Lars eine wie auch immer geartete Zukunft geben würde. Sei es als Freunde, als Vertraute oder eben auch ein wenig mehr. Doch die Skandale und Verstrickungen, die im Laufe des Verfahrens aufgedeckt wurden, ließen diese Phantasien schnell zerplatzen.

Sie zog in die Vereinigten Staaten und hatte keinen Kontakt mehr zu Manduschek und auch nicht zu den meisten Partnern des Frankfurter Zweiges der Eisner Group. Das Standbein in Deutschland wurde aufgelöst; die skrupellosen Mittelsmänner und gierigen Firmenanwälte kamen allesamt dank bester Referenzen in anderen Unternehmen unter, deren Konzernpolitik keinen Deut menschenfreundlicher ist als die Karl von Eisners.

Sabine Kaufmann suchte in einigen langen Gesprächen Rat bei Julia, ob sie ihre Stelle reduzieren solle, um flexibler zu sein, wenn es ihrer Mutter schlechtging. Julia war von dieser Idee ganz und gar nicht begeistert, denn Sabine war ein wichtiger Teil des Teams, und sie hatte längst entschieden, ihr deshalb in Zukunft auch eine größere Verantwortung zu übertragen. Gemeinsam suchten sie ein Gespräch mit Kommissariatsleiter Berger, der zwar ein wenig enttäuscht war, als Letzter hinzugezogen zu werden, aber umso verständnisvoller auf Sabines Situation reagierte. »Frau Durant, wie lange kennen wir uns jetzt?«, hatte er zum Abschluss stirnrunzelnd gefragt, doch es war natürlich eine rhetorische Frage, und er ließ ihr gar nicht erst die Gelegenheit, darauf zu antworten. »Lange genug will ich meinen«, betonte er und hob mahnend die Augenbrauen. »Beim nächsten Mal holen Sie mich gleich ins Boot, Sie kennen mich immerhin genauso lange wie ich Sie und sollten wissen, dass ich nicht der Unmensch bin, den ich manchmal mime. Beim nächsten Mal also bitte etwas früher, Frau Kaufmann, abgemacht?«

»Abgemacht«, murmelte diese.

Nachdem Julia ihre Erkältung auskuriert hatte, besuchte sie Peter Kullmer und Doris Seidel als Erste aus dem Team der Mordkommission. Mit einem schweren Kloß im Hals hielt sie die kleine Elisa auf dem Arm, übervorsichtig, um ja nichts abzubrechen, eben so, wie man Neugeborene hält, wenn man damit keine Erfahrung hat. Doris und Peter lächelten, hatten sie als frischgebackene Eltern doch selbst zunächst kaum gewusst, wie und wo sie diesen kleinen, zarten

Körper anfassen durften. Ihnen entgingen nicht Julias schwermütiger Blick und die im gedimmten Licht des Kinderzimmers leicht glasig werdenden Augen. Mit siebenundvierzig, das brauchte keiner im Raum auszusprechen, bekam man eben keine Kinder mehr. Julia Durant beschloss in diesem Moment, Elisa so oft wie möglich zu sehen, sofern das für Doris und Peter in Ordnung ging.

Nach ihrem Besuch verabredete sie sich mit Alina Cornelius zu einem Frauenabend mit Kino, Cocktails und ebenjener Art von Gesprächen, für die ein Mann nichts taugt. Dabei stellte sich relativ schnell heraus, dass es weniger um Julias Kinderlosigkeit ging als vielmehr um ihre allabendliche Einsamkeit, wenn sie die geräumige Eigentumswohnung betrat. »Du kompensierst alles mit deinem Job«, wusste Alina nur allzu gut, »aber der Job brennt dich aus, wenn es nicht noch etwas anderes gibt.« Sie vermied tunlichst, den Münchner Kommissar zu erwähnen, das brauchte sie aber auch gar nicht.

»Ich bin einfach nicht dazu bereit, mein Leben völlig mit jemandem zu teilen«, seufzte Julia schwermütig, denn sie hatte den Kommentar durchaus verstanden. »Claus würde wohl nie fragen, obwohl ich schon des Öfteren das Gefühl hatte, dass er auf eine Einladung hofft. Ist es denn so schlimm, wenn ich dafür noch nicht bereit bin?«

»Frag nicht mich«, lächelte Alina vielsagend. »Frag dich das selbst … und dann frag ihn.«

Julia nickte. Sie wusste, dass ihre Freundin recht hatte.

»Ich habe einfach ein Problem mit Nähe, aber bin zugleich nicht gerne allein. Vielleicht bin ich ja ein Katzentyp«, murmelte sie. »Oder vielleicht besser ein Hundetyp.«

Sie strich sich sanft über die Hüften, obgleich sie seit Silvester nicht zugenommen hatte. »Regelmäßiges Gassigehen würde mir sicher guttun.«

»Wenn du meinst. Aber weder eine Katze noch ein Hund werden dir die Entscheidung abnehmen, ob und wann du Claus in deine Privatsphäre vordringen lässt. Glaub mir, Julia, ich kann es nach dieser Geschichte damals wirklich gut verstehen. Aber nach allem, was du mir von diesem Mann erzählt hast, hat er einen Versuch verdient, oder? Und an Verständnis wird es ihm nicht mangeln. Wer weiß, vielleicht möchte er ja selbst noch eine Weile mit einem Besuch hier oben warten. Ohne mit ihm darüber – und auch über deine Grenzen – zu reden, erfährst du es nie.«

Wie wahr, dachte Julia Durant und nickte stumm. Alinas Worte halfen ihr weiter, wie üblich. Sie durfte das Gespräch noch ein wenig hinauszögern. Aber allzu lange würde sie damit nicht warten.